大雅

为一种品格注脚

休斯系列

冬日花粉

休斯文集

[英] 特德·休斯　著

[英] 威廉·斯卡梅尔　编

叶紫　译

广西人民出版社

目　录

致　谢

感谢特德·休斯在这部休斯文选聚合成书的过程中提供的帮助；感谢基斯·赛格尔慷慨相助，许我自由查阅图书馆藏书，感谢他即时、及时的宝贵建议；感谢桑迪·布朗约翰；感谢埃克伯特·法阿斯和黑雀出版社许我引用访谈中的两个问题，以及许我再版休斯关于劳拉·莱汀的文论。

威廉·斯卡梅尔

书中文论再版之际，谨向以下出版商致以感谢。

卡卡奈特出版社：《雅诺什·皮林兹基》一文曾作为全书引言收录于由特德·休斯与雅诺什·乔基奇合译，由卡卡奈特出版社与安维尔出版社分别于1976年与1989年出版的《雅诺什·皮林兹基诗选》之中；《瓦斯科·波帕》一文曾作为全书引言收录于由卡卡奈特出版社与安维尔出版社分别于1978年与1989年出版的《瓦斯科·波帕诗歌全集》之中。费伯出版社：《诗歌创作》（1967），《莎士比亚诗选》

(1971) 全书引言，《艾米丽·狄金森诗选》(1968) 全书引言，《西尔维娅·普拉斯诗歌全集》(1981) 全书引言，《基斯·道格拉斯诗选》(1964) 全书引言，《上帝的舞者：致敬 T. S. 艾略特》(1992)，《莎士比亚和完整存在之女神》(1992) 选段。《格兰特街》(1982 年春) 卷一其三：《西尔维娅·普拉斯和她的日记》。《卫报》(1965 年 5 月 14 日)：《人性之歌》。海尼曼出版社：《隐匿的能量》选自《作家少年2》(1975)，《神话与教育》选自由吉奥夫·福克斯等编著的《作家、评论家与儿童》。伦敦哈德尔与斯托顿出版社：《奇闻异事和血淋淋的冒险》曾载于由桑迪·布朗约翰与艾伦·布朗约翰编辑的《相遇和书写》卷二 (本书所载为作者原稿)。利特尔、布朗出版社：《伦纳德·巴斯金版画集》(1984) 全书引言。《倾听者》：《痴迷者的阿斯加德》(1964 年 3 月 19 日)，《对立的自我》(1964 年 10 月 1 日)，《再生》(1964 年 10 月 29 日)，《国家的幽灵》(1965 年 8 月 5 日)。朗文出版社：《沙滩上的乌鸦》选自由艾伯塔·T. 特纳编辑的《45 首当代诗歌：创造的过程》(1985)。《伦敦杂志》卷一其二：引。《新政治家》：《退世》(1963 年 9 月 6 日)，《邓格博士》(1964 年 9 月 4 日)，《迷信》(1964 年 10 月 2 日)，《天国幻景》(1966 年 10 月 25 日)。《纽约书评》：《艾萨克·巴什维斯·辛格的天才》(1965 年 4 月 22 日)；《魔术师和柏油娃娃》(1965 年 12 月 9 日)。《纽约时报书评》：《未竟的事业》(1964 年 4 月)。《观察家》：《出版西尔维娅·普拉斯》(1971 年 11 月 21 日)。《诗书社会简报》：《爱丽尔》(第 44 期，1965 年 2 月)。北爱尔兰西方教育与图书馆委员会：《略谈中小学写作》选自《普希金奖之中小学文学奖手册》(1989)。《时尚》：《欧尔盖斯特》(1971 年 12 月)。《你的环境 I》：《环境革命》(1970 夏)。

导　言

自从《雨中鹰》于 1957 年出版以来，特德 · 休斯始终在英语诗歌领域发挥着重要影响。此外，他不仅为儿童文学的发展作出了重要贡献，也为如何培养青年学生与广大公众的想象力与创造力这一棘手难题的解决提供了重要助力。1979 年，在接受约翰 · 海芬顿的采访时，谢默斯 · 希尼[①]曾对休斯的独创特质作出了相当有效的描述：

> 我认为，休斯的声音是一种反叛的声音，反叛某种常规的、得体的声音。它丝毫无关讽刺，因为讽刺并非休斯的话语方式……我的意思是说，它所反抗的，是一整代人的声音——拉金[②]的声音、运动[③]的声音，甚至艾略特[④]的声音、奥

① 谢默斯·希尼（1939—2013），爱尔兰诗人。——译注（后文中未标明编者注或原注者均为译注）

② 菲利普·拉金（1922—1985），英国诗人，与特德·休斯一起被公认为第二次世界大战之后最重要的两位英国诗人。

③ 此处的“运动”指现代主义诗歌运动。

④ T. S. 艾略特（1888—1965），英国诗人、剧作家、文学批评家，诗歌现代派运动领袖。

> 登[①]的声音——这种声音的话语方式，这种诗歌之声背后的根源之声，正是英国中产阶级知识分子文化之声；我想，休斯的伟大呼喊、呼唤、呼吼即是：英语语言和英语诗歌比这种文化之声更为悠久，更为深邃，更为粗犷。这与他对中世纪英语和英语方言的兴趣以及他对狐狸、公牛和暴力的坚持完全一致。那是一种源自渴望的呼唤，他渴望更多，知道生命不止于此。对于中产阶级学派，他抱以含蓄的敌意，而中产阶级学派当然也回以含蓄的敌意。特德或许会被斥以暴力、怪异，但在一切的核心，温柔、崇敬与严肃俱在。这般特质在他的许多诗作里都显而易见……我是一种和他完全不同的动物……但我永远心怀感激，感激他的作品给我带来的解脱……我觉得特德是个极具创造之力、培育之力的个体。我想他是真正理解人类、理解创造的人。[②]

休斯的众多成就——包括他的一系列诗集，包括他在亚夫隆基金会、英国广播公司的校园广播节目以及由《每日之镜》和 W. H. 史密斯公司主办的儿童诗歌大赛背后起到的主导作用，包括他对其他作者与学校教师的安静而有力的鼓舞、他对各式文化影响的开放态度、他与艺术家和戏剧导演的合作——都记录在案。同样记录在案的，是他堪称典范的写作生涯，一段完全不受当代文学名望的虚饰与哄骗的写作生涯。也许，更不为人所知的是，在这些年里，在保持核心关注的同时，他也写下了大量的文学批评与文化批评，时而论及特定的作者、特定的热点，时而论及极具规模的社会议题、审美议题与形上议题。这奠定了他在“诗人—批评家”传统中的坚实地位，这些诗人批

---

① W. H. 奥登（1907—1973），美国诗人。

② 引自由伦敦费伯出版社于 1981 年出版的《观点：诗人与约翰·海芬顿的对话》第 73、74 页。——编者注

评家（从西德尼[①]、坎皮恩[②]、琼森[③]到叶芝[④]、庞德[⑤]、奥登、燕卜逊[⑥]）的现实思考与理论思考共同构成了经典英语文学批评的“正典”。在这部迟到已久的文集中，我试图在某种程度上揭示他的散文评论——从早期评论与校园广播（这一系列广播已被收编成集，以《诗的锻造》为名于 1967 年由费伯出版社出版）到以诗歌韵律与柯勒律治[⑦]为题，首度问世于此的精彩论文以及近些年来他与莎士比亚的“重新接触”——具有何等广度，又具有何等丰富的内涵。书中所有作品都各含教益，而且，当休斯千方百计，使尽浑身解数，试图抓住那些难以理解、把握，却共同构成了创造本身的因素（包括语言因素、社会因素、生理因素以及精神因素）之际，他的文字便常常因为智性兴奋的聚积而变得极具张力。 每一篇文章都不仅就他自己的诗歌作品与思考习惯作出了诠释，还都各成一个“点位”，勾勒出他赖以立身于现代“混乱”之中的休式诗歌“神话”（或曰“诗歌‘架构’”）的发展轨迹。

在以艾萨克 · 巴什维斯 · 辛格的生平与创作为题的散文评论之中，在《神话与教育》之中，在就《欧尔盖斯特》的“原始语言”（ur-language）或者“元语言”（meta-language）所作的短篇论述之中，在以一种自伤自毁，却无比英勇的方式“浓缩”莎士比亚的宏大主题的

---

① 菲利普 · 西德尼爵士（1554—1586），英国政治家、诗人、学者，曾将文艺复兴时期的诗学思想引入英国。

② 托马斯 · 坎皮恩（1567—1620），英国诗人、作曲家。

③ 本 · 琼森（1572—1637），英国诗人、剧作家、演员。

④ 威廉 · 巴特勒 · 叶芝（1865—1939），又称“W. B. 叶芝”，爱尔兰诗人、剧作家、散文家、神秘主义者。

⑤ 埃兹拉 · 庞德（1885—1972），美国诗人、文学评论家。

⑥ 威廉 · 燕卜逊（1906—1984），英国诗人、文学批评家。

⑦ 塞缪尔 · 泰勒 · 柯勒律治（1772—1834），英国诗人、评论家。

过程之中，在以艾略特的“圣那喀索斯之死”为题，思绽创见之光，文呈席卷之势的评论[①]之中，在那些极具穿透之力，却被掷于他最轻松随性的早期评论中的语句之中，休式思想的力量与精妙以及休式主题的广泛与多变尽显无遗。一如他对活在20世纪的神经末梢，不断刺激着当代人类的大小问题的执着，他与艾米丽·狄金森、辛格、沃尔特·德·拉·梅尔、欧文、道格拉斯、劳拉·莱汀、狄兰·托马斯、雅诺什·皮林兹基、瓦斯科·波帕、西尔维娅·普拉斯等[②]（单以他在文中提及论及的诗歌为据，人们便能推导出一份更长的名单，遑论那些出身“原始”文化，却同样和他有所交集的作者）各式天才的整个共鸣是如此强烈、如此深刻。他对微观细节（小到句法纹理）和宏观语境（大到整个文明整体）的透彻把握与一种迷人的谦逊（甚至谦卑）——面对一个陷所有批评家于庞杂与纷乱之中的世界时的谦逊——密不可分。“每当我‘完成’一篇文章，我都意识到自己已被彻底打败，被彻底驱逐在外——像被某个我一点儿也不喜欢的人用力推开了一样。但这似乎是我力所能及的唯一写作方式。”[③]

深入阅读休式散文的读者不难发现，他勉力通过论述、分析以及“诗性”讨论对他的主题与冲动进行了全方位的处理与探索，一如柯勒律治和艾略特所为。“伟大艺术的特质恰恰如此：在这些作品中，内在世界的完整存在和外部世界的完整存在互相结合，达成和解。”“只有在诗之音乐成为某种形式的行动之际，诗歌才能为述说真实之人的职责提供正当的理由。”此类观察足可用于回指休斯本人在应对巴斯金、辛格、狄金森或者莎士比亚的“恶魔”以及这些艺术家们因

---

① 该篇题为《诗之自我——致T.S. 艾略特百年诞辰》的评论收录于以T.S. 艾略特为主题的休斯系列作品《神的舞者：致敬T.S. 艾略特》中。

② 在本书中，休斯详尽评介了上述诗人、作家，详见后文。

③ 语出自休斯于1990年11月23日写给编辑的信。——编者注

其“恶魔”的专横命令而付诸实践的言语机制或者视觉机制之际所作的批评，而他对于《乌鸦》、《欧尔盖斯特》、边塞民谣以及民间传说之起源的记述与不完全解释也同样展现出在必要之时，他又自有一套堪以解读直觉与魔法的运行机制的知识理念。这究竟是互相依存还是互相排斥的两种“模式”，他所作出的解释又究竟能解释多少——无疑尚无定论，犹待探讨。除此之外，休斯还为想象、为叙事艺术的力量与必要性、为（最广义的）宗教的效用觅得一众五彩斑斓、千变万化的喻体，它们无不源自休式学养的“光谱”，并且无一尊奉“欧洲中心主义”。

我是谁，我是什么，我要去哪？沃德沃——休式森林的冥想之灵问道。这篇篇文论一再坚持：无论现代“谋略”如何想方设法，试图解除它们的“武装”，无论物质主义变得何等复杂、精密，无论我们的词汇变得何等严格，这些“大问题”都依然存在，并且永远不会消失；真正具有迷人魅力的作者总是毫无遮掩、避讳，直指人类赤裸的自我。无论“创造法则”的真相究竟如何，区区一台电脑、一种简单的行为模型或者任何一种在眼下这个时代广受应用的“还原理论”都不可能完全将其捕获或者予以模拟。柯勒律治认为，想象是“一个隐约与创造对等的过程”[①]，而诗歌则能“激活人类的整个灵魂，使其各式禀赋依照相对价值的大小与相对地位的高低彼此服从”[②]；休斯的思考，在很大程度上，正是对于这一认知的呼应。

同时，就像所有优秀的批评家一样，休斯亦对叶芝在《为老年祈祷》中写下“上帝佑我远离那些人们只在/脑海中思索的思想；/唱响不朽之歌的人/在骨髓中思索”时所呼唤的那种真实作出了回应。这

① 语出柯勒律治于1804年1月15日写给理查德·夏普的信。——编者注

② 语出《文学传记》第十四章。——编者注

类“真实”的“护卫”与“担保”往往只是纯粹的文字，所以他才时刻对那种种诗中新乐、“沙中新迹”和同时以自然与艺术为其载体的种种能量的“永恒愉悦”保持警觉，而侦测能力异常惊人的休式雷达则能自古及今，从各式地点、各式人物身上捕捉到这些能量。同时，他还自有一套在以文字传达本质之际避免小题大做、虚华浮夸的诀窍。有谁曾像休斯一样以如此精短的文字（重印于此，全文仅长六页）如此完美地概括艾米丽·狄金森的毕生事业？有谁曾像休斯一样以如此精准的表达总结第一次世界大战对英国人的政治生活与社会生活造成的隐秘而重大的影响，呈现基斯·道格拉斯那种狂热至极、无异于自我控诉的诚实以及狄兰·托马斯那种赤裸裸的狂妄（“他一诗一试：每一首诗都从某一个角度出发，欲以棱镜般的文字构筑起一簇静态的星群，令星光交汇，映织出整个天国幻景”）？有谁曾像休斯一样对社会层面、智识层面以及精神层面的“英式自满”作出如此有效的批评？休斯不仅从不轻易表露他的信念，还始终保持着平和的语调，从不以“专家”自居，但他的确坚信——一如谢默斯·希尼所言——生命不止于此，不止于足具“慢性英式倾向”（或者别过脸去，避而不看，或者一眼望见问题的两面，或囚“骚扰动乱”于各式规范与惯例之中，使之“称心适意”）之人所理解的生命。

当然，关于生命止于何处，一如关于所有“实质”之论，争论在所难免。比如，对于将文明等同于压抑、将“理智”等同于“合理化”的倾向，契诃夫[1]的论断——即与任何捶胸顿足的精神抗议相比，电能与净水供应都更是一种对于人类的关爱——也许就是一句有力的反驳。（契诃夫不曾忘记皈依原教旨主义信仰的晚年托尔斯泰和农民辛勤劳作的本质。）休斯很可能会同意这种说法，但他也会——

---

① 安东·巴甫洛维奇·契诃夫（1860—1904），俄国作家，短篇小说巨匠。

和帕斯卡[1]、陀思妥耶夫斯基[2]和劳伦斯[3]一起——如此作出回应。“理智”之所成不止于不冷不热的“合理性”，对于“理智”而言，依照“排中原则”构建而成的“实用宅区”永不“适居”，一如《地下室手记》中的主人公“地下狂人”所言：“如果理智悖反于人，人亦悖反理智。”

此外，“广如宇宙一般”的休式词汇——比如《被绞死的人与蜻蜓》中那一众盘旋在萨满思想与亚原子物理、拉比神学与希腊悲剧之间，恣意放纵能量并以此唤引埃斯库罗斯、爱因斯坦、科亚特利库埃、普罗米修斯、耶稣、大地女神和阿兹特克宗教仪式的词汇——或许不时会让人心神不安，因为在他张开五指，亟欲抓住不可言喻之物之际，随笔而动、披墨起舞于纸页上的，可能只是一些五光十色、回音连连但却晦涩难懂的抽象表达，而各式专有名词虽然响彻行间，却只回以一束尤显虚幻的“实质”之光。也许，这仅仅代表着，在本质上，他的想象，就像狄更斯[4]的想象一样，是一种“夸张”的想象、多产的想象。在下笔更为谨慎的批评家（比如艾略特）趋于编织“蛇舞”之论，追求精确而“含蓄”的批评之处，休斯却踏上智力征途，即兴发挥，设下一切似有可能捕获种种难以捉摸，没有任何词汇能够完美传达的“灵魂物事”的“埋伏”[5]。如此技艺在关于莎士比亚以及其他诸多诗人——包括我们眼中最伟大的“英美现代诗人”——的

① 布莱士·帕斯卡（1623—1662），法国数学家、物理学家、哲学家。

② 费奥多尔·米哈伊洛维奇·陀思妥耶夫斯基（1821—1881），俄国作家，后文中提及的长篇小说《地下室手记》即其代表作之一。

③ 戴维·赫伯特·劳伦斯（1885—1930），又称“D. H. 劳伦斯”，英国小说家、批评家、诗人、画家。

④ 查尔斯·狄更斯（1812—1870），英国作家。

⑤ 所以，在某种程度上，休斯的“动物诗”也许正是对于那股思想难以接近、把握或者“归档”于辞典之中的“炙烈狐臭”的“直示”定义——类似狄更斯那一系列堪称“人类图鉴”的形象“类型”。——编者注

文章里得到了最令人印象深刻的展现。在所有旨在探讨艾略特的人格与天才的文字之中，休斯的《诗之自我》无疑是最为透彻、最见精髓的尝试之一。就像他的《思之狐》一样，休斯的思绪紧紧围绕着相关的领域旋转，继而逐渐深入艾略特的人生，准确无误地抓住位于核心地带的形上困扰与个人困扰；对于这些困扰，艾略特本人或许也已在他谈及那种“激烈的个人怀旧（当然，这种怀旧无法解释，但它仍将从表面之下不断输送力量）”[①]——那种赋予《荒原》以生命时，在《四个四重奏》中奋力予以“收复”的“怀旧”时作出过暗示。

阅读休斯之际，“想象”与“慷慨”这两个词语时时跃入读者的脑海。前者被他称为“原始的智慧之釜”，而后者则是休式“诚实”的一种功能：他面向人类，诚实地发出个人的声音，凭借自身对于深藏在我们体内、存续在我们周围的“原始世界”（包括由文学、音乐与艺术凝聚而成的“原始云帽”在内）的蓬勃回应不断予人激励。值得人们铭记的是，在休斯脱颖而出之际，艾略特那种独一无二、强而有力的声音正统治着整个文字世界，拉金的悲鸣——一种自有其暴烈之处的悲鸣——也正訇然回荡于新兴福利国家的上空，不断播撒慰藉。他在“英美诗歌”的“独家账簿”中录入一项全新的“账目”，并在现代主义浪潮与战后紧缩政策各自立下令人目眩的严酷标准之后开辟出一条回通“寻常”与“非凡”的道路；这无疑是一番不容小觑的成就。特德·休斯给我们带来的惊异之一便是我们对于我们自己（一个显现于一种崭新而又无比古老的视角之下的自己）的惊异。以构成这部文集的一系列变幻无常的评论和饱含思虑的散文为证，他是我们这个时代不可或缺的作家与批评家之一。

---

① 语出艾略特写给约翰·海沃德的信，引自由伦敦费伯出版社于1978年出版的海伦·加德纳的专著《〈四个四重奏〉的创作》。——编者注

引[1]

诗人在世别无指望，唯有对自身天赋保持无限敏感，而这本身似乎也是一种天赋，有幸得之者少之又少。作为一名诗人，他将时刻以这份敏感和对于这份敏感的信念为依托，不断成长、进化，正如叶芝那样，汲汲追寻世间奇险，精神苦旅、灵魂长涉，以至亲身历验，只消是天赋所向，一律在所不辞，终而无愧诗人之名。否则，他将失去导引，思想间对天赋的触碰再无感应，迅而陷于无关人性、令天赋兴味索然的重重虚物之中，这实为一种自戕：借喻而举，譬如柯勒律治，现实来说，譬如马雅可夫斯基[2]。

诗人对其归宿、智慧及其天赋之足裕的信念易受诸多旁思杂虑的侵袭。天赋的运行，不但影绰不明、难以定义，而且断续无秩、时隐时现。诗人与诗歌无关的精神活动常常依附于公众领域中那些令人兴奋、看似重要的事务（同代知识分子个个对此自信满满），但诗歌的

---

① 本文曾载于1962年刊行的《伦敦杂志》卷一其二。——编者注

② 弗拉基米尔·马雅可夫斯基（1893—1930），苏联诗人、政治家，因长期受宗派主义打击，且爱情遭遇挫折，于1930年4月14日开枪自杀。

天赋对此绝无仰赖，是故明了直接的激励无疑是一种徒劳，即便有所影响，也仅是顶顶暧昧、可疑的影响，就像一个自疑终日的自笞之人见着一群疯癫老朽的女人，又或遇上个血污遍体、半死不活的同行，所受的激勉恐怕大抵如此。天赋启人心扉于信疑之间，须得等上几日几月后方可确信，也许永远也不能，毕竟诗人敏感，知察前人故例，又悉晓妄想之妖邪——自妄也好，整代人的错妄也罢。

柯勒律治堪为诗人“亦真亦假”的典范，真者笃信天赋、文无虚字，假者向世俗求索，在社会事业中觅寻满足。诗歌的轻重取决于想象的俗雅，张力的强弱，意境的深浅、广狭，更取决于诗之为诗与生俱来的韵调，而非与外物的牵绕；这一点，在柯勒律治笔下生动无比的篇章里得到了完美的诠释。

人言法国革命后二十年里，主宰英格兰舆论的重要议题大多社会性太强，政治色彩过于浓厚。作为那个时代伟大的英语诗人，华兹华斯[①]、柯勒律治和布莱克[②]在思想上对社会焦点并无讳避，一如常人般参与其中，但这似乎又与三人的诗歌创作并无直接关联。仅从现存诗作看来，人们不免怀疑：华兹华斯没准应当出山走走，多少开开眼界，瞧瞧人生百态；柯勒律治也许早该顺应新时，从黑暗年代中梦醒，从南极迷雾[③]中抽身；布莱克呢，则需良友相伴，多些世俗世故、无拘无束的谈话。那朵鲜花，那个年幼的姑娘，那只飞鸟，那个摇桨湖中的老人，那盗舟之行，那诱猎山鹬的陷阱，守山人灵魂的音符、魔幻森林中的魔幻少女，与亡禽共翔天际的梦，那些天使、黑皮肤的男孩，玫瑰、

---

① 威廉·华兹华斯（1770—1850），英国浪漫主义桂冠诗人。

② 威廉·布莱克（1757—1827），英国诗人、画家，英国文学史上极为重要的诗人之一。

③ 柯勒律治长诗《古舟子咏》中的意象。

石楠[1]，那所有孩童般天真无邪的心醉神迷，又有哪些关乎时代的伟大论题？无一有关——它们只等被那诗歌之魂借华兹华斯、柯勒律治和布莱克之手选中，成为隽永一喻。如今回望那二十载，我等若想一睹重大之事，只发觉其实并无一物比透过这篇篇诗赋毫无掩饰地感动着我们，对我们率然相诉的精魂更令人信服，更予人启迪。

柏拉图曾引达蒙之语：“一个国家最重要的法律若无更易，音乐的模式也无处可变。”[2]如此，一名音乐家究竟应当听从自身的天赋，还是去钻研律法？欲将所谓重大之事融入诗歌或把笔下诗句掷入时代激流的诗人应该牢记这一怪悖之论。

诗人的天赋不通情理。诗人大可琢磨自己的艺术、实验、思考并且率性而活，但一到落笔之时，一切润色与修调都为时已晚。某些特定的记忆、画面、声响、感受、想法以及其间种种关联不知何故在意识的核心开始发光发亮：诗人写诗，正是为了将它们完好无损地从意识中抽离并置于一个相对晦暗的世界。书写之际，诗人的一切联结一处（或曰“聚合”），化作诗文（诗文自证，无可置疑，同时也间接回证诗人本身）；行文之时，诗人别无选择，唯有听而任之。若对显现之物不予认许，便总有多种方式对其加以歪曲、“润色”，关于它应以何等面貌示人，又如何才能变得更容易被人接受、更“吸引人”，也总有诸多时髦之选，作诗之外的一身才能更是唯恐不能担起职责，为之效命；但在此时此刻，执笔之人已然不再是一个为其能为之诗的诗人，从某种意义上沦为迷惑世人的行骗之流。

（书中选文的原始出处均照此在篇首页底注明，未注明原始出处者均为此前从未公开发表的作品。以下不再说明。）

---

① 句中皆为华兹华斯、柯勒律治及布莱克三人诗作中的经典意象。

② 见柏拉图对话集《拉凯斯篇》，达蒙为文中一位音乐教师。

奇闻异事和血淋淋的冒险[1]

对我来说，以写作为乐始于校园时代。当时，我发现我写的东西能让我的同班同学感到愉快，有时也能取悦我的老师。那年我十一岁，家住南约克郡的一个工业小镇。我父母经营着一家报刊店，那家店宽敞、热闹，是个很有意思的地方。也是托它的福，彼时彼处所有能弄到手的连环漫画和少年杂志，我一本也没落下，赶在它们被卖掉之前，我就读了个遍。

我的写作主要源于我的阅读。我钟情也致力于书写奇闻异事和血淋淋的冒险。一般情况下，我会把故事的背景设定在大分水岭[2]以北，在狂野的西部，在热带的丛林，在非洲——尽可能地远离我居住的那座被烟熏黑的小镇，远离战争的阴霾。那时候，真正让我感兴趣

---

① 本文曾载于由桑迪·布朗约翰与艾伦·布朗约翰编辑，伦敦哈德尔与斯托顿出版社于1987年出版《相遇和书写》卷二；本书所载为作者原稿。——编者注

② 大分水岭，又称“大陆分水岭”，此处应指北美西部一系列连绵不断，将主要水系分为东向和西向的南北向山岭。后文中的“狂野的西部”应指荒凉而充满野性的北美西部。

的，只有打猎、捕鱼、摆弄诱猎的陷阱，只有鸟儿、鱼和各种野兽。所以我也千方百计地找来对胃口的书，不断地阅读。那时候，着墨于野生动物的书籍不如现在这般丰富，但我仍能读到如《射猎时代》《猎场看守》之类的周刊（我自掏腰包买下的净是此类刊物），并聊以自足。从十一岁到十三岁，我一遍又一遍地重读《水獭塔卡》①。因此我的创作也都以此为源泉，以我在森林中、田野上的亲身经历为源泉——在战争年代，我拥有彻底的自由，大可依己所好四处游荡。

十一岁时，我进入文法学校念书，就在那头一年，忘了是从何时开始，我意识到韵文的意趣更胜于散文。虽然在学校里我们阅读了大量的诗歌，可事实上，我之所以有此感想，却是因为一部漫画——当中的某个角色在某一周的连载中唱了一首又长又押韵的歌。于是我发现以韵文写作更能予人满足，那是一种更为特别的形式。但在之后的两到三年间，我也只是偶然为之，权当游戏。然后，到了十四岁光景，有一回去图书馆，我借了吉卜林②的《诗全集》。为何借的是吉卜林，我也不知道。也许是因为《丛林之书》，因为他笔下的莫格利——那个与野兽为伴的男孩，我们的老师曾在课上大声地诵读他的故事。然而，吉卜林的诗歌的确是一种启示。在那些诗篇里，有种难以明言之物深深地吸引着我，可真正摄我心魄的，却是他的韵律。从那时起，我的每一则韵文故事，都少不了吉卜林式的层层律步和声声韵锁:

---

① 《水獭塔卡》，英国作家亨利·威廉姆森（1895—1977）最具影响力的小说作品，创作于1927年。

② 约瑟夫·鲁德亚德·吉卜林（1865—1936），英国小说家，诗人，后文提到的《丛林之书》是其重要作品之一，讲述主人公莫格利在森林中成长、生活的故事。

> 松树的树皮上五道如凿的裂口好似弯曲的嘴唇，正是熊的爪痕[①]
>
> (And the curling *lips* of the five gouged *rips* in the *bark* of the pine were the *mark* of the bear)

如上一句，正是我当时所写。我开始翻阅各式诗集，寻找同样以“扬—抑—抑—扬—抑—抑—”为律的诗歌。有一两年的时间，我对“诗歌”的兴趣仅限于“如此为之”的文字：长句，重节奏，严格的押韵。仍记得当时，我找到沃尔特·惠特曼[②]——那位美国诗人的诗集，看见里头洋洋洒洒，尽是以长句砌成的诗篇，加上一个个妙不可言的标题——《鼓声集》《草叶集》，我的心中满是期待。可接着，当我发现他的诗句并不依循格律而作，全无抑扬可言，我便尤觉乏味，深感失望。尽管后来我将这些诗篇视作珍宝，认为它们不比任何诗作逊色，但最初在我眼里，它们了无生气，如同死物——读来像是外国文字。因为它们缺乏明朗的节奏。与此同时，还有另一部书——《英皇钦定本圣经》[③]——也牢牢占据我心，我像读小说一样把它读了个通透，孜孜寻觅着慷慨激昂的瞬间和魔法般奇妙的句行：《约伯记》《雅歌》《以赛亚记》《传道书》《圣约翰启示录》——从散缀其中的众

① 如括号中原文所示，以下画线标出的部分皆为重读音节，是为后文中所谓“扬”，其余部分皆为轻读，是为“抑”，传统英文诗歌常以抑扬格、扬抑格、抑抑扬格、扬抑抑格、抑扬抑格以及扬扬格等格律写就；以斜体标出的部分皆为句中局部押韵，赋予诗句以更明朗的节奏，予人“回响”之感（“lips”与“rips”押“/ɪ/”韵，“bark”与“mark”押“/ɑː/”韵；另有“and the”，“of the”，“in the”以及“were the”也以同音反复）。

② 沃尔特·惠特曼（1819—1892），美国诗人，开创了诗歌的自由体，代表诗作即为后文中提及的《草叶集》《鼓声集》。

③ 《英皇钦定本圣经》，《圣经》的诸多英文版本之一，由英王詹姆斯一世下令翻译，出版于1661年。

多精短的文段中，我找到了我所寻找的东西，或者更准确地说，我听到了自己渴望听到的声音。最终，有一回，我在学校图书馆草草翻看一本诗集，搜寻以长句写就且不误格律的诗歌时，有一首诗的第三部分抓住了我的眼球，是叶芝的诗，名叫《奥辛的漫游》[①]。

当然，在那些年月里，其他各类书籍也轮番对我进行了“轰炸”。大约在上学后的第六年，我有所觉醒，逐渐在“读以应试”的书籍中领会到精彩，并因此感到兴奋：老天眷顾，我们读到了《李尔王》[②]，读到哈代[③]的《林地居民》，还有雪莱[④]的《阿多尼》。不过除此之外，它们对我另有一层影响。从大约十三岁起，我对漫画的狂热慢慢消退，取而代之的，是对民间故事的狂热。阅读过程中的种种发现每每让我震惊不已。我开始收集读书所得，将它们一一记录在笔记本上。在那个年代，民间故事一如野生动物，鲜受书刊青睐，而书源的稀少却只令我更加热衷于此。巧的是，爱尔兰盛产民间故事、传说与神话，其矿藏之丰富，放眼世界也鲜有能及。爱尔兰人的传奇故事施下强而有力的魔咒，令我深陷其中，难以自拔。恰在狂热之极的时刻，我与方才提到的那首诗邂逅：叶芝的《奥辛的漫游》。

---

① 《奥辛的漫游》是叶芝于1889年发表的一首叙事诗，全诗分为三个部分，分别以抑扬格四音步、抑扬格五音步和抑抑扬格六音步写成，是故第一部分的诗句最短，第二部分次之，第三部分的诗句最长；英文诗歌中重读音节与轻读音节的特殊组合叫作音步，音步是诗歌的节拍（如上文中“... in the bark of the pine...”这一局部，便是由两个抑抑扬格音步构成），一般说来，音步越多则诗句越长；奥辛是爱尔兰神话中的伟大诗人。

② 《李尔王》，莎士比亚四大悲剧之一，故事来源于英国的古老传说。

③ 托马斯·哈代（1840—1928），英国诗人、小说家，《林地居民》是其代表作之一。

④ 珀西·比希·雪莱（1792—1822），英国浪漫主义诗人、小说家、哲学家，《阿多尼》是其为悼念诗人济慈而作的长诗。

《奥辛的漫游》是爱尔兰最具魔幻色彩的一则传说，叶芝以诗为述，分三个部分，其中第三部分的韵律令我心生共鸣。所以很自然地，我回到诗的开头，通读，把握整个故事的脉络，继而陷入一重新的魔咒。我找来叶芝的其他著作，很快便发现此人笔下的诗篇无一不被爱尔兰民间故事、传说与神话渗透。我大快朵颐，把他的作品看了个遍，尝不够那奇异的滋味。相应地，那些诗篇也将我吞噬、消化。对于浓重的韵律，我变得兴味索然。与此同时，我的英文老师也向我引介了艾略特和一些霍普金斯[①]的诗。在他们的诗文中，我找到了自己渴望至深的某种东西，也开始搜集他们的集子。而且当时，他们对我的影响还不只如此——潜移默化地，出于某些和语言本身无关的原因，我开始敌视拉丁文。我们的拉丁文老师认真、专注、情感强烈，一口浓重的苏格兰口音。他特别喜欢在教室里来回踱步，边迈着步子边朗朗吟诵维吉尔[②]的《埃涅阿斯纪》中那些长长的六音步诗句。他咏声不止，仿佛在自我催眠，我倒真真听得恍惚若迷。在个人的创作中，当我试着摆脱吉卜林的束缚，将叶芝与艾略特式的更具野性，更加诡谲多变、令人难忘（也往往更具《圣经》风骨）的韵律投入“自由”，与之结合，我不知不觉地落入了维吉尔式六音步的漩涡——至少也算是受其沾染。有时我写下的句子会让今天的我亟欲伸出援手、抢救一番，譬如：

> 水獭在冬天来到这里，可就连贝壳都是空的
>
> (The otter comes here in the winter but even the shells are empty)

---

① 杰拉德·曼雷·霍普金斯（1844—1889），英国诗人，其诗作富于创新。

② 维吉尔（前70—前19），古罗马诗人，长篇史诗《埃涅阿斯纪》是其最重要的作品之一。

纯纯正正的六步格。

可也就是在那个时候，韵律的魔法之门正渐渐向我开启，让我通过。我走进了一个隐秘的世界，在那里，被称为“诗之想象”的奇异之事正在发生。踏入这个世界的每一个人都必须找到自己的路。曾经读过的书和那些诗人、作家们都引领着我，带我走过了如上这条迂回曲折之路。

火狐

在剑桥大学的第三年——最后一年，我研读了考古学与人类学。但在头两年里——1951 年到 1953 年，我主修英文。像其他许多人一样，我最初以为英文专业的课程将有助于我个人的创作。英文专业的学生每星期都得写一篇文章。尽管我对我的导师怀有强烈的好感，对英文这一学科也极感兴趣，但我很快意识到在我的内心深处，滋长着一种莫名其妙的抵触情绪——我不想写这些文章。可能许多学生都会有类似的感受。一周连着一周，与其说是写作，毋宁说是挣扎。要说难，似也并不是拿不出实实在在的想法和点子，而是另有障碍。第二学年临近尾声之际，“大学文化”对我的冲击不复初年，我习惯了大学生活，找到了自己的方向，正前行自若——换言之，一句话，我比从前快乐。可也正在此时，那种抵触情绪也愈发严重。谓之“严重”，是因为它就像一条血流遍地、硝烟弥漫的防线，令人痛苦难当。最终，它让我停步不前。

我记得当时我离第一阶段的学位考试仅仅一步之遥，只剩（或者说几乎只剩）最后一篇文章待写。那一周，我早早动笔，盼能速速将它解决。可一如往常，我再次陷入挣扎，寸步难行。我费尽心力写了三到四天，每天好几个钟头，几乎夜夜伏案，写了满满好几页纸，却每每撕碎再来，一次又一次回到那定了又改，改了又变，重写了不下几十回的开篇的句子。我以为我很清楚自己想要表达的是什么——谁知一切尽是徒然。

一天夜里，我又一次熬到凌晨两点，身心俱疲。我身在大学寝室，坐在书桌旁，俯而凝望着一大页书写用纸，纸的顶端横着三四行字——仍只有起始句，最新一版的起始句。桌上的台灯亮着，灯光洒满纸页。左手边是窗，高高的，拉着帘子，身前，隔着书桌，是头朝远端的床，右手边，房间的另一侧，有三层木阶向上，连着房门，门上挂着我的罩袍。最后，我不得不放弃挣扎，上床睡觉。

我坠入梦境。我梦见自己仍旧坐在桌边，不曾离开，仍旧倾身于灯光照亮的纸页，直直盯着页顶，那几行文句仍在原处，一字未换。突然，我的注意力转向房门。我好像听见了什么动静。我静静等待，凝神细听，只见那房门正一点一点开启。紧接着，门缝里缓缓现出一个脑袋。它离地约莫一个人的身高，却分明是个狐狸脑袋——尽管房门处光线昏暗，但那形状清晰可辨。房门渐渐敞开，一个“人形”走下低矮的台阶，穿过房间向我而来，那形体既像一个瘦骨嶙峋的男人，又似一只前爪高举、直立行走的狐狸。没错，那就是一只狐狸，可它却有狼的体型。待它来到近处，步入光亮，我才看清它的模样：它刚刚才从焚化炉里出来，烧得遍体焦黑、肉绽血流，身上、腿脚上，每一寸皮肤都饱受炙烤，郁郁闷燃。我照旧坐着，它与我视线齐平，巨大的痛苦化作耀眼的强光，从它的眼中迸射。它继续向我靠近，最终在我身边站定。接着，它伸出手（此时一看，那是只人手，却也淌着血，烧得很惨，一如别处），将平整的掌面按向纸上的大片空白。按着手，他开口道：“停，别再写了——你这是要毁了咱们。”

说罢，它抬起手，纸上的血印赫然在目，俨然一幅手相标本，条条细纹与道道褶皱致密无遗，湿红发亮。

我登时醒来。无比完整而彻底的“现实感”促使我起身下床，去桌边看个究竟。我有强烈的预感——在那纸页之上，会有一个鲜红的血印。

1993

诗的锻造

——文选三则[①]

捕捉动物

世上有千百种捕捉鱼、鸟、野兽的方法。小时候，我将大部分时间都花在捕猎上，尝试过各种各样的方法。直到十五岁左右，我的一腔热忱才开始消退，渐渐淡却，于是我提笔写起诗来。

各位也许并不觉得这两种兴趣——捕猎和写诗——有太多共通之处。可我愈是回想，便愈是确信，确信于我而言，此二者始终是同一回事。孩童时期，每逢打谷时节，我追着老鼠不放，禾捆一被提起，离了堆，我便疾手去抓，逮住了就往口袋里扔，一连捉下三四十只，任它们扒着我的上衣衬里东攀西爬。如今，我对诗歌紧追不舍——较之童年，似是同一份狂热，无非“阶段”有别。我想，在某种程度

① 本文选自由伦敦费伯出版社于1967年出版的《诗的锻造》。——编者注

上，我会把诗歌当成一种动物。就像动物一样，它们拥有自己的生命——也就是说，它们似乎相当独立，并不依附于任何人，甚至与作者本人也断了关联，一切改变——添补也好，删减也罢，都会令其落下残疾，没准还会要了它们的命。而且，它们拥有某种智慧，洞悉某种特殊的东西……说不定正是我们亟欲知晓的秘密。或许我一心想要捕捉的，并不是叫得出名字的那些动物，也不是诗歌，而仅仅是存在于我的生命之外，也自有其鲜活生命的事物。不过无论如何，我对动物的兴趣与生俱来。我很清楚地记得，三岁时，我便已收集了一众铅塑的小动物——都是能在商店里买到的玩具，多得能在绕家一周的平顶围栏上头尾相接地摆成一圈，余下的还得叠着放。

我喜欢画画，喜欢做模型，所以，在发现了橡皮泥以后，我的"动物园"里有了变幻无穷的生机。四岁生日时，一位姨妈买给我一本关于动物的书——绿色的书脊，厚厚一本，我看见书里泛着光泽的照片，开始依样儿地画。在照片里，那些动物漂亮极了，可在我的画中，它们更好看，而且只属于我一个人。 那时候，我常坐在画前，久久地凝望，心中的那股子兴奋，我依然记忆犹新，时至今日，对于诗歌，我的感受也大抵如此。

我的"动物世界"并不只在家里。当年，我们住在西约克郡，家处奔宁山中的一片谷地。说起儿时对动物的热衷，我哥哥对我的影响恐怕无人可及。他大我不少，平日里总爱拿着把来复枪在山腰上蹑手蹑脚、四处潜行。他带着我一起，让我当他的猎犬，我急急匆匆、东奔西窜，跑遍了各种地方，收集他打中的猎物，喜鹊、猫头鹰、兔子、黄鼬、老鼠、麻鹬等，我是一处也没落下。他打得再多，也不够我找。而且那时，我手拿一把织如网帘、金属框圈的长柄网兜，每天都要去运河里捕鱼。

而这一切，仅仅是个开始。八岁时，我们搬到了南约克郡的一个工业小镇。我家的猫跑到楼上，在我的卧室里待了一周，始终闷闷不乐。对那个地方，它讨厌极了。出于同样的原因，我哥哥也离家而去，到猎场做了看守。不过，从许多方面看来，那次搬家是我人生中最最美妙的事情。我很快便在邻近的乡间找到了一家农场——我想要的东西，农场里样样都有。没过多久，我又发现了属于自己的一片天地——那儿有湖，也有树林。

我和镇上的男孩儿们（都是煤矿工人和铁路工人的孩子）交了朋友。和他们一起，是一种活法，可除此之外，在乡下，我还独自走过了另一段人生，不曾停步。两种生活，我分得清清楚楚，从未搅混。我依然保存着那些年里我写下的日记：除了捕猎的收获以外，我什么也没有记下。

最终，正如之前所说，到了十五岁左右，我的生活日趋复杂，我对动物的态度也发生了转变。我责备自己，觉得自己打乱了它们的生活。我开始观察它们，你知道吧——站在它们的角度观察它们。

大约在同一时间，我写起了诗。并非动物诗。直到多年以后，我才写出了堪称“动物诗”的诗歌，再晚几年，我才忽然意识到，在某种程度上，我提笔作诗，也许正是在延续自己曾经的追寻。如今我确信无疑：那种独特的兴奋袭来，你略有迷怔之感，几乎在不知不觉中陷入专注，在脑海中感知一首新诗的悸动，继而分辨出它的轮廓，感受它的重量，看清它的颜色，抓住它干净利落的最终形态；在茫茫死境中，它是独一无二、真真切切的生命。一切都太熟悉了，错不了，这就是捕猎，而那首诗，就是一个全新的物种，一个前所未有的生命样本——在你生命之外的生命。

至此，我已相当简略地向各位阐述了我对诗歌创作的兴趣——在我自己看来——是因何而起，又何以成长。关于其间所有，我都作了很大程度的简化，不过来龙去脉大致无误。其中有些许部分，在各位看来，可能不无模糊之感。比如，一首诗，写的是雨中漫步，又怎可以动物作比？的确，乍看之下，它或许真的不像长颈鹿，也不像鸸鹋、章鱼，整个动物园里也找不出任何与之相似的品种。更准确些，应该说，它是由单一灵魂支配的各种活体部分的集合。所谓“活体部分”，即是词语、意象和节奏，而“灵魂”，便是在它们共同运作之际驻居其中的生命。先有“灵魂”，抑或先有“部分”，无从知晓，可作为一种生物，一旦任何一个部分死亡，一旦有任何词语、意象或者韵律在你诵读之际无动于衷，不曾焕发活力，它便会残缺不整，灵魂也如蔫似病。因此，作为一个诗人，你必须让为你所用的每一个词、每一个意象、每个节拍——让每一个部分都成为活体。困难也由此开始。不过首先，规则，其实简单得很。所谓“活词”，或是来自听觉，比如“咔哒”“咯咯”，或是来自视觉，比如“雀斑点点”“脉纹道道”，也或来自味觉，比如“醋”“糖”，触觉，比如“针刺般的痛”“油似地滑”，还有嗅觉，比如“柏油”“洋葱”——源于人之感官的词，皆活。再或者，有些词自有其劲力，似能松紧肌肉，比如“轻弹”“平衡”。

可紧接着，困难更深一层。“咔哒”一词不单让你听到一个声音，也让你意识到一种短促、利落的动作——一如你念出“click”时舌尖的轻弹。同时，它给你一种感觉，使你联想起轻脆之物，比如一根忽然折断的细枝。重物从不“咔哒”，柔软的、可弯曲的东西也是一样。同理，柏油不仅气味刺鼻，摸上去也很黏稠，有一种特殊的厚度和令人窒息的黏性。而且，在变干前，它很柔软，缓缓地流动，像条黑蛇，闪着美丽的光泽。大多数词语都是如此。它们同时属于不同的“感觉”，有的好像生着眼睛、耳朵和舌头，有的又似乎长着耳朵和手指，生就一个可以移动的身体。而这小小的精灵正是一个词语的生命与诗性。诗人所必须掌控的，就是它无疑。

当然，你会说，这不可能。掌控这一切，怎么可能？文如泉涌的时候，你又如何能够确保一个词——比如“羽毛”，不和另一个词——比如后文中不远处出现的“糖蜜”，能各守其义，不发生多义性的纠葛呢？在糟糕的诗作中，这恰恰是症结所在——词语之间的你死我活。所幸，这种情况无须担忧，只要你做到 ·点：

那就是想象——想象你正在描写的事物。看着它，融入它，成为它，不必辛苦费力，像做心算一般机械地想。用眼睛观察，用手去触碰，用鼻子闻，用耳朵听，把自己代入其中即可。如此一来，你笔下的词语就会开始互帮互爱，像施了魔法一般。只要进入了这般想象，你不必为了何处以逗号断句、何处以句点收尾之类的问题而感到烦恼，也不再回头去看自己写下了什么。你睁开双眼，竖起耳朵，保持嗅觉、味觉以及触觉的敏锐，全身心地投入，专注于你正付诸言语的事物。一旦你退缩、躲闪，分了心，让目光回到词句之上并且开始担忧，你的担忧便会渗入词句，引起词语之间的相杀相害。所以，你必须保持专注，越久越好，完后再回首前文，看个究竟。对自己说：“别人怎么写的，我不在乎，这便是我眼中的它。”说上三遍五遍，再告诉自己：“不论我想到了什么词语，老的、旧的，只要此时此刻它恰如其分，就该大胆地使用。”如此，在少许练习过后，你会让自己感到惊讶。当你通读自己写下的词句，你会感到震撼。你捉到了一具灵魂、一个生命。

说罢以上这些，我想我该拿出一些范例，将我自己捕获的、年代不那么久远的“样本”向各位展示一二。

狐狸是我从未成功“养活”的一种动物。我始终感到挫败：曾有两次，我逮住了狐狸幼崽，可不等我细细琢磨一番，它们便命丧一位农夫之手；还有一次，一位饲养家禽的农夫放走了我的小狐狸——他那条狗就在一旁等着下手。许多年后的一个雪天，我在伦敦一间沉闷的租舍里，深夜未眠。当时，我已有一年左右没能写出过什么东西，可那天晚上我偶有灵感，觉得自己能写点儿什么，于是我用几分钟的时间写下了一首诗——我的第一首“动物”诗。全诗如下：

思想之狐

我想象这午夜时分的森林：
别有声息尚在
在这时钟的孤寂和这张
我以手指摩挲的白纸之外。

透过窗户，我看不见星星：
更近的，别有他物
在黑暗中愈发幽深，
正潜入这孤寂之中：

冷俊，优雅，似那暗淡的雪——
一只狐狸的鼻子碰了碰细枝、树叶；
两只眼睛闪动，一下
又一下，一下，又一下

在雪中按下整洁的足印
在树林间，机警地，一个瘸行的
影子缓缓移动，依着树桩，落入地洞
它属于一个大胆而来的身体——

穿过片片空地，一只眼睛，
渐宽渐深的绿，
闪亮，专注，
顾自前来，心有所系

直到——伴着一股突如其来的炙烈狐臭
它钻进我脑中的黑洞。
窗外无星依旧；钟声滴答，
文字已在纸页之中。

从这首诗里，很难找得出堪称“意义”的成分。它讲的是一只狐狸——这一点再明显不过，可这只狐狸“是狐”又“非狐”。一只不费吹灰之力就能钻进我的脑袋，时至今日大概仍然端坐其中，狗一叫便顾自发笑的狐狸，该是个什么品种？它既是一只狐狸，又是一具灵魂。作为狐狸，它真真切切；每每读起这首诗，我总能看见它动，看见它按下足印，看见它的影子拂过深浅不一、起伏无序的雪地。是这些文字，让它慢慢靠近，让我看见这一切。对我来说，它很真实。文字塑就了它的身体，也赋予它行走的空间。

如果，在写诗的时候，我能找到更具活力、更能生动展现其一举一动的词句，比如它耳朵的抽动与拉伸，比如它挂下的舌头正微微颤动，比如它呼出的气化作了小小的云朵，比如它裸露在寒冷之中的尖牙，比如它依次抬起的掌垫上跌落的雪屑——如果当时我找到了描述这一切的词句，它或许会比如今我在诗中读到的这只狐狸更加真实、更加鲜活。然而，它就在那里，不多不少。倘若在这行行诗句中，那只真实的狐狸不曾被我抓住，我便无从把这首诗挽救。我会将它扔进纸篓，一如其他种种失败的猎捕——多少次的追逐，多少次得非所求。而这首诗，每当我读起它来，那只狐狸都会从黑暗中现身，然后钻进我的脑袋。我想，在未来，即便我离世已久，只要这首诗有一印尚存，只要有人读它一回，那只狐狸都会再次现身——从黑暗中的某个地方现身，然后一步一步向他走来。

学着思考

在学生时代，我始终感到苦恼，因为总觉得自己的的确确有许多奇思妙想无法付诸文字。倒不是我找不到确切的词句，也不是说那些想法太过深奥、太过复杂，所以无从表达，只是每当我尝试开口或者动笔欲写的时候，那些想法便消失得无影无踪。我只觉麻木，脑海中一片空白，就好像谁问了我一个问题，说“你知道尤里乌斯·凯撒的大儿子叫什么名字吗？”或者“7283 乘以 6956 等于多少——快算。动脑子想，快想，快。”如今，出于某种原因，我对那些自己从未捕捉到的想法充满了浓厚的兴趣。有时你很难称之为“一个想法”——它们仅仅是关于某种事物的某种模糊的感受。或许除了英文之外，它们不与任何特定的——譬如历史、算术之类的学科契合。当时，我有种日渐强烈的感觉，觉得那些想法恰是日常随笔的绝佳素材——可能还不止是日常随笔。不过，在多数情况下，它们派不上什么用场，因为我根本逮它不住。或许在日常习作中，我曾抓住过某条尾巴，可光光一条尾巴是无法令我满足的。

也许各位已经明白了我的意思。我的思考方式全无问题，不时地，也有一些我觉得相当有趣的想法浮现于脑海，但我无法抓住它们，无法在我需要它们的时候像钓鱼一样将它们拽出水面。倘若不知道大多数人都和我一样，我想必觉得这世上独我一人有此困扰，除我之外也不会有人因此而感到好奇。人们常常觉得，有些想法一闪而过、转瞬即逝——或者，尽管人们知道自己记得一些事情，知道自己的心中潜伏着某些想法，可就是无法在必要的时候将它们挖掘出来。脑袋好像断电一般，思想似乎遥不可及。这事儿听起来玄乎，却真实存在。

内在生命是存在的，那是一个关乎“终极现实”的世界，是记忆、情感、想象、智慧和自然性常识的世界，不论你是否意识到它的存在，它始终在延续，如同心跳一般。同时，我们通过特定的思考，闯入内在的生命，抓取证据和解答，来支撑本就源于内在的“回答”。我们所必须学习的，正是那种突袭、劝导、伏击、锲而不舍的追猎抑或屈服听任的思考过程；倘若我们无法通过某种途径将其掌握，我们就好像不谙钓法的渔夫一样，只能对着池中的鱼儿——对我们脑海深处的种种思想望而兴叹。

至此，我所说的思考方式，各位已然心中有数。或许我根本不该称之为思考——我只是觉得，我们总会倾向于把大脑中的一切活动都称作思考。而我所谓“思考”——说是花招也好技巧也罢——能使我们有能力抓住那些难以捉摸或者幽暗不明的想法，将它们聚敛一处，放平摆稳，供我们真真切切地看上一看。我的意思，且由我举例阐明，比如，有人对你说：“想想你的叔叔。”——你能让“你的叔叔”在你的脑海中停留多久？的确，你开始想象你叔叔其人，可很快，他便让你想起别的一些事情，这些事情吸引了你的注意，叔叔本人则退入背景之中——如果他并未完全消失的话。现在，让你的叔叔回来。想象你的叔叔，只想他一个人，别的什么也别想。关于你叔叔，终究还是有许许多多可供想象的内容，比如他的眼睛，那是怎样的眼神？他的头发，是中分还是侧分？有几层波浪？准确说来是怎样的发色？或者，他有没有秃顶？皮肤的质感如何？他的下巴——究竟是什么模样？如此而已。用眼睛去看。一看，你就会发现，在你叔叔身上，根本不缺值得观察的细节，看上几个钟头也不为过，当然，前提是你真能让他停留几个钟头。在你从头到脚看完一遍以后，你还能从记忆中找到他说过的话、做过的事，找到他本身给你留下的印象，他的言谈举止带给你的感觉。你大可以花上几个礼拜，就让他待着别走，细细地把你关于他的想法琢磨一番。说几个礼拜，确是有所夸大，可经我这么一讲，各位立刻就能明白，让思绪停留——也只停留在你叔叔身上并持续相当一段时间（而非数秒之久），谈何容易。所以，你又怎能奢望把所有关于他的想法统统收集到手呢？

而且，你显然不能想到什么就照此方法“思考”一通，不能逮着什么就不放手，一个劲儿地想象，直到你上上下下事无巨细地深究完后才肯罢休——如此一来，你便无暇生活。不过，花一定的时间作此深思，是大有可能的。在此，我将举一首诗为例，方便各位理解，诗名叫作《眼前的猪》。在这首诗中，诗人久久凝视着某样静物，将由它而起的各种想法收聚一处。

他思考得相当迅速、干脆，集所有目光于猪，眼皮也不眨一下。很明显，他并未将所有的想法一并保留，而是拣选了其中最为般配的部分，将其聚砌成诗。全诗如下：

眼前的猪

那头猪断了气，躺在一架推车上。
他们说，它有三个人的重量。
它的眼睛闭着，睫毛粉白。
它的蹄尖如突，直直绷着。

这般沉重，这般粉厚的块头
死了，却似乎不仅仅是死了。
它不只是死气沉沉，远不止如此。
它就像一麻袋的麦子。

我一拳打在它身上，不觉同情。
走在墓地里的人侮辱死者，
总会觉得愧疚。可这头猪
好像无力谴责。

它死得过于透彻。只剩下
可以磅计的猪油猪肉。
最后一丝尊严离它而去。
它的身影不再是乐趣的源头。

死透了，便难得怜悯。
回想它的一生、它的喧闹、它出自本真的
一举一动带来的尘俗之乐，
似是错误的尝试、无谓的努力。

死得太过真实。它的重量
使我压抑——如何能挪得动它？
把它大卸八块，得费多大的劲呢！
它喉间的裂口触目惊心，却毫无可怜之相。

曾经在集市上，我飞奔于嘈杂之中

追赶一头满身脂油的小猪
它比猫还机灵，跑得比猫更快，
它尖声一叫，仿佛金属裂开。

猪流的血想必滚烫，它们就像烤炉一样，
让它们咬上一口比挨了马咬更惨——
它们牙刀一切，便是干净利落的半个月亮，
它们吃煤渣，吃死掉的老鼠。

这样的致敬与赞赏
早已不复存在。
我久久地盯着它看。他们准备烫它一烫，
烫了再洗，像刷洗门前的台阶一样。

那么，诗人通过怎样的途径才能学会像这首诗的作者一样让自己的注意力集中在同一事物上呢？这种能力弥足珍贵——但学校的老师肯定没法教你，能自然而然做到这一点的人，也不是很多。我个人不是特别擅长，但我的确掌握了某种技巧。不是在学校里，而是在钓鱼的时候。昔日，我在静水边垂钓，用了浮漂。各位知道，用了如此钓法，钓鱼的人唯一能做的就是目不转睛地盯着浮漂，一连好几个钟头。我曾花掉成千上万个钟头，就盯着它看——一个或红或黄的小点，扁豆大小，在十码开外。各位如果不曾试过，大概觉得这是种无聊透顶的消遣，教人昏昏欲睡。可事实绝非如此。

日常生活中那些分人心神、细碎扰人的杂念，都会在此期间消溶于无。如果你还想继续钓鱼，它们就必须消失。如果不消失，你就无法定下神来：你会心生厌烦，悻悻然打包走人。可一旦杂念消失，你便上了轨道，直达某种“极乐之境”。

你的整个“存在”凝栖于浮漂之上，轻轻然，却无一丝倦怠：它异常警觉，浮标一动——哪怕是最微弱的颤动，它便如遭电击。你不再仅仅是望着浮漂。你仿佛置身于无限的时空，有点儿灵魂出窍的意思，你意识到，在水下的昏暗中，正有鱼儿游弋，就像在管弦乐队的演奏中听到了低音提琴的鸣响。想象之弦时刻紧绷，不断感知着猎物的大小并以之自警——它正缓缓离开水草，靠近你的诱饵，或者，它融入水下世界的美景，静静地悬滞其中，全然不知你的存在。在这场忧惧交加、祸福难料的角力中，如此全神贯注的兴奋状态只是为了一个目标——为了从一个特殊的世界里提取某种如同有生命的金属一般可爱而坚实的东西，在那个世界里，别无一物，只有那些必然决然，育生命于无也归之于无的事实与真相。

文字与经验

文字是工具，是“新近”之学习所得，而且得来费力、忘得容易，我们使用文字，尝试赋予我们一部分的经验以一种独立于我们自身之外、多少可谓“永恒”的形体。在某种程度上，文字并无“天然”之质，就其肩负的职责而言，它们远非理想的选择。一方面，是因为每一个词都固有其明确的含义。这些含义形成一个小小的“太阳系”，构建起词语本身。可我们却指望它承载我们的一部分意图，承载经验的意义，而经验的意义终究是难以把握的，它延伸至我们的趾尖，可以回溯到我们出生以前，深入原子之初；它总是带着模糊的阴影、不断变化的特征和无从以任何表达方式予以“定固”的元素。哪怕是最最单纯的经验，也不悖此理。

比如，铁鸟之下，有乌鸦飞过——我们该如何将它描述？暂时忘掉那架飞机、那片天空，忘掉地上的世界、心中的念想——我们在乌鸦的飞行中看到的一切，该如何付诸言语？说它飞得决然、飞得沉重，抑或飞得嚣嚷——不管飞得怎样，都还不够。没有任何词语可以捕捉到乌鸦在飞行中展现出的那种无穷无尽、深不见底的“乌鸦性”与“乌鸦感”。我们只能将一个词语当作一个“指标”，或用一串词句构成一种“综合的指向”。比如，乌鸦飞过时那种不详之感，那种厚颜无耻、如盗似匪的气质，那种羽衫褴褛、移如流丐的印象，那种势如抱抚、廓形如固却又略显笨拙（仿佛双翅过于有力、过于沉重）的拍翅之姿，那种轻率莽撞的嬉乐之态，还有那种食尸之鬼不出声言、动似哑剧的骇人之气和那种殓者般光滑的外表等——这类短语和词组，够你写上很久，但你仍有可能错过那短暂的一瞬间里，透过乌鸦的振翅，你的蓦然一瞥所洞悉的世界。那一刻，当你抬头看见乌鸦飞翔，所有这般描述——一本书的量，都会立刻沦为废物。

世上有许多比乌鸦更重要、更值得我们尝试去述说一二的事物。不过乌鸦的例子足以说明：文字常常会将我们单纯至极的表达意图拒之门外。在某种程度上，文字正不断地作出尝试，来取代我们的经验。而当文字的力量强于经验最原始的生命力，当文字本身满是“自我”、满是它们消化吸收的辞典细目，它们的确可以“取而代之”。

关于文字的“任性”，暂时告一段落，再说便觉多余。经验本身又如何？我们费尽思量付诸文字的东西——它就那么容易被人把握吗？说来好像有点奇怪，但我们真的了解我们真正了解的一切吗？

不久以前，一个流浪汉到我家门口要钱。我给了他一些东西，然后望着他一步步走开。这似乎是再单纯不过的经验——望着一个流浪汉离开。可眼前的一切，我该如何开始描述？文字之于所见，一如文字之于乌鸦，仿佛顿时变得单薄。说“那个流浪汉走开了”，甚至说“那个流浪汉走开了，他步子缓慢，却又状若潜逃，仿佛拼命想要全速奔跑，寻找最近的角落”——都还不够。在平常的描述性写作中，只能这般措辞，不能再多——很简单，因为作者必须节省时间；关于一个人的行走，若将目力所及的所有细节一一记下，他便永远无法进入有关下一个对象的叙述——空间肯定不够，他将写下整整一部传记，书也就此告毕。就像描写乌鸦的人一样，他错过了顶顶重要的因素，错过了他在一闪之间看见并理解的事物——错过了那次点亮一切并让一切浸彻骨髓却不复重来的千伏电击，只让它化作点点滴滴轻浅细弱的刺痛，在纸页上、在堆积如山的词句中缓缓流泻。

在一个人的行走中，我们究竟看见了什么？我已经作出了暗示：我们看见了一切，看见了整整一部传记。我相信在某种程度上，事实就是这样。至于我们是如何做到的，无人知晓。或许，在第一眼看见那个人时，我们便本能地、不自觉地完成了某种“拟态”，复制了对象，做出了分毫无差的模仿，以至于我们立刻感受到他的所有感受，感受到一切赋予他的行走或者任何他正在进行的动作以独一无二的特殊性的因素。也许还不光是这样。但无论其“机制”如何，我们得到了信息。

可获取信息是一回事，感知到它的存在、意识到我们已经得到了它，大抵又是另一回事。我们的大脑中楼宇众多，且大多都上了锁，钥匙也锁在门内。通常情况下，在和某人的初次接触中，我们获得了某种单一的主体印象：喜欢或者不喜欢，相信或者不相信，真实或者虚伪，或是某种简单、鲜活却只能以个别具有试探性的模糊短语加以确定的感觉。这一短小的词组就像昏暗的水塘中一条大鱼露出水面、缓缓移动的鳍。我们只能看见鱼鳍，看不见鱼体，更别提抓住它或者拽它出水了——或者说，在通常情况下，我们无能为力，可有时候，还是可以做到的，而且，在这一方面，有的人素有天赋。

我记得我曾读到过小说家贝茨[①]的事迹：他惯于虚构经历，只要遇见或者看见了某个能勾起想象的人，他便迅速为其编造一份简短的生平或者历险小记。从这些幻想片段中，他会选取一些予以记录，用于自己的故事创作。可随着时间的推移，他发现这些所谓的“幻想”竟然不时地弄假成真，一字不差且一一对应地记叙了平常所见之人的真实生活。奇怪的是，在最初的“创造”中，他觉得一切都是自己的想象，一切都是单纯的捏造。换句话讲，最初，单单是通过观看，他便莫名其妙地得到了准确且极为详尽的信息，却不曾认识到这般信息的实质。在那一刻，他仅仅是在脑海中发现了它的存在——不带任何标记。

伟大的瑞士精神分析学家荣格[②]也在自传中描述了类似的经验。在一次特定的谈话中，他想要举例阐释某个他试图证明的一般性观点，所以他编造出一个虚构的角色并为之设定了虚构的场景，然后描述了他可能的行为——完全是为了说明观点而举例。听他说话的人他此前从未见过，但那人听着听着，就变得极度不安。荣格无法理解，直到后来他才明白，他信口编造的小小故事其实恰是对其私生活的一次详细而彻底的描述——在谈话间，通过某种途径，荣格获取了这些信息，却不明就里、不知其属。他所做的，仅仅是深入想象的腹地，寻找任何应其需要、可供编造故事的零碎素材，结果这些信息尽在其中，得来不费工夫。

---

① 赫伯特·欧内斯特·贝茨（1905—1974），英国作家，著有半自传体小说《给莉迪亚的爱》、短篇小说集《我的塞拉斯叔叔》等作品。

② 卡尔·古斯塔夫·荣格（1875—1961），瑞士心理学家、精神病学家，分析心理学的创立者。

不论是贝茨还是荣格，如果没有即时就地编造故事的机会且不曾于偶然间发现自己眼中的纯粹想象不知怎地竟与事实分毫不差，他们谁也不会意识到自己的发现，谁也不会辨认出自身的经验，谁也不会了解自己真正了解的事物。

有资料记载，说有些个体天生拥有即刻辨认出这类经验的能力。有时，他们头一回和陌生人见面，就能在短短数秒之内看见对方的一生——像电影胶片一般展卷而过，而且帧帧清楚。画面一旦播放，他们就再也停不下来。他们看见了，而且立刻就能知道这些故事属于眼前的那个人。荣格与贝茨也看见了，却不自知，而且在那一刻，他们迫使自己创作一则故事，才看见了一切，所以看见是看见了，却不甚自然。我相信，在某种程度上，我们都曾有过类似的体验，也都具备这样的“接收”能力。

还有另外一些个体，他们不仅能识别自身的“接收”经验，更能以类似的方式洞悉物体的过往与种种历险。这些人被称作心理测量者，已受到警方的重用。从某件涉及罪案的武器或者工具中，他们似乎能读取出罪犯本人的特征，也经常会发现大量与罪犯相关的信息。这些人并非绝对可靠，但他们当中的佼佼者拥有令人惊叹的成功记录。当他们拿住某个特定的物体，受其追寻的信息与知识便一一闪过他们的脑海。同样，有人说这是我们共有的天赋、潜在的天赋，说我们都活在人体这一神秘的电子世界中，这般天赋不过是人这一生命体的某种特性，难的不是获取信息，而是辨识信息——将它接受并融入我们的意识。可这一点并不令人意外。关于任何一件事物的感受，我们大多数人都难以明了。无论在什么情况下，我们都几乎不可能了解自己到底经历了什么。这是上天对我们的一种惩罚，谁让我们生而为人，脑袋里又满满当当，尽是些有趣的想法与暗示，还少不了一份自疑呢。

我遇见的那个流浪汉也是相同的道理，我意识到一种强烈的印象，完完整整，在他离开以后的很长一段时间里，这般印象不断地困扰着我。可我感知到的究竟是什么？望着他离开时那种搅我心神的东西——不论是什么，它那种复杂交缠、极其痛苦的实体，我该从何入手，予以深究？

更何况，即便你刚刚才目送一个流浪汉离开，刚刚才下意识地背负起他的整个人生，和我们体内无时无刻不在发展的各类状况相比，这般经验也实在是微不足道的：一如我们私人的历史、个人的造酿以及时时都在进行的生物意义的变化，我们当下所处、即时可知的种种情形与我们已然了解的一切实际上正挣扎一处，尝试在我们单一的生命中完成对自身的理解，同时也试图弄清在我们体内、在我们身边到底发生着怎样的事情，弄清我们到底是什么、可以成为什么、该做些什么又不该做些什么，弄清在那些尽管我们从很久以前便已经历，却依然在我们的内部延续（仿佛时间的流逝只能让一切更加鲜活）的境况中究竟发生了什么。

所有这些，都是我们的经验——它们是“终极的现实”，被记录在人类这个独特的“测量仪器”上。我已试图做出了暗示：我们真正了解的一切、那些真正为了我们而存在的现实，是无穷无尽的，它们的广博与深远，大大超过了我们寻常的认知。如果脱离了这一内在的经验世界，我们也就脱离了自己，被我们自己、被真正的生活驱逐在外。自打长出了这颗“多余”的脑袋开始，人一辈子最重要的任务——无论你何时得闲而为之——便是百般挣扎，只为真正地掌握自身的经验，换言之，即恢复真正的自我。就此，为了他人，人类发明了宗教。可为了自己，人们却发明了艺术：音乐、绘画、舞蹈、雕塑以及囊括这一切的作为——诗歌创作。

这是因为，我们偶尔可以找到特定的文字去打开所有那些林立于我们大脑之中的屋宇楼阁并且作出某种表达——或许不多，仅仅是“某种表达”——关于那瞬间“挤入”我们体内的信息——从一只乌鸦的飞行方式、一个人的行走方式和一条街道的景致中，从十数年前的某一天我们的所作所为中显露并印入我们脑海的信息。我们体内的晴雨计时刻感知着那种创造了人类并使人类有别于树木的力量，而这些特定的文字能在指针刹那的变化间，在那深不见底，也恰使我们具备“人”性的错综复杂中，在那隐声于我们体内，听之不见，却时刻推动着我们，使我们如河流一般不断向前的音乐中，在这一切的“表里不一”“相对不定”与“转瞬即逝”之中，在这主宰一切、不容篡疑的价值中，在彻底的“无意义”中，抓住某个局部、某段旋律、某种确定、某些意义并予以表达。而当文字足以在短暂的一瞬间里掌控“某某”，从中辨识并透现出所有最具生命也最为关键的信号——不是原子，也不是几何图形，更不是一堆晶体，而是人的信号时，我们便称之为诗。

略谈中小学写作①

许多年前，我编写过一部关于中小学写作教学的小书。实际上，那是一部集子，收录了由英国广播公司（BBC）推出的系列节目《听与写》的各期内容。在那部书中，所有我想表达的意思都可以归结为一个观念，而且对此观念，除了它本身所展现出来的种种内涵之外，我至今无法再添枝节。这一观念如此老旧，以至于它几乎已经被人遗忘。在学校里，它自然经常遭到遗忘。

我的观念是：在笔尖落向纸面，开始移动之前，写作者在想象世界中对于所写之物的“再创造”必须逼真，“逼”得越近越好。用词的生动、句子的构造以及论证或者叙述中的音乐感都可以通过教学来提高。可想象的力度与稳定性——这种事，又如何能“教”？大多数教师单纯地作出了假定：想象的能力决于先天，后天的影响于事无补。可几乎没有老师会怀疑：在写作以及广义的“英语学习”中，强大的

① 本文曾载于由北爱尔兰西方教育与图书馆委员会于1989年发行的《普希金奖之中小学文学奖手册》（译者按：“普希金奖”是为苏格兰及俄罗斯青年作家举办的一项写作竞赛）。——编者注

想象力是一个孩子顶顶傲人的天赋。这种天赋自发地承担着英语老师们的大部分职责。只要想象力可以被教授，被更早地教授，在校园时代得到训练与强化，很多问题都会迎刃而解，不费多劳。

想象力当然能教。有关想象力的训练与强化，最负盛名的教导指南便是圣依纳爵·罗耀拉[①]的《神操》。书中提及的灵修方法基本上都是想象的操练。它们基于一种理解：如果想象的“攥握”更为有力、更加真切，从中流淌而出的知觉、感受和经验就会更加准确、鲜活、逼真。依纳爵发展了他的方法，用于神职训练。其结果表明，单就英语教学而言，想象力是可以被训练的，而且方法也是有的。这种我们用于理解世界的真实及其总体的复杂性，理解身边的人的内心世界——理解其中的真实及其总体复杂性的能力是可以被训练的。任何一位教师都可以调制出一套基础的方法，满足课堂教学所需。

倘若忽略了对于想象力的训练，我们的写作教学大多是在浪费时间——只有极少数的学生算是例外。若能借助于想象的训练并聪明地加以利用，我们便会收获惊喜，发现在任何一个班里，都有一大部分的孩子具备了成为作家的丰富潜力。事实证明，年年都能培养出一大批青年作家的，正是那些通过某种途径为孩子们量身定制过类似训练的老师们。而这一点，也已引起了儿童写作竞赛的注意。

---

① 圣依纳爵·罗耀拉（1491—1556），西班牙贵族，天主教耶稣会的创建者，在16世纪反宗教改革运动中影响巨大，《神操》是其最重要的作品。

隐匿的能量[①]

“《每日镜报》[②]儿童文学大赛”最初是与“《周日镜报》儿童艺术大赛”并行的赛事——但后者也许更为著名。已故的赫伯特·里德爵士[③]是这两项大赛最主要的创始人，在他的引领下，最初的数届赛事顺利举办。大赛的成功出乎所有人的预料——而我所谓的“成功”，它的意思是说，这些赛事发掘了大量的作品、多样的才华，其丰富程度几乎令人难以置信。

事实上，面对如此“横溢”的才华，人们很难不为所动，始终抱持同一种态度。我们应当视之为某种自然而然，却转瞬即逝（一般情况下都是这样）的现象——就像青年之美、少年之美一样，还是该把它当作某种难以抗拒且储量巨大，本该被牢牢抓住并得到开发，却因为教育氛围与社会环境的影响，不断被我们荒废的真正潜能？我们不

① 本文选自由伦敦海尼曼出版社于1975年出版的《作家少年2》。——编者注

② 自1976年以来，该项赛事一直由W.H.史密斯有限公司赞助并主办。——编者注

③ 赫伯特·里德爵士（1893—1968），英国艺术史学家、诗人、文艺评论家、哲学家。

愿相信后者，因为它太令人沮丧。

写作的才能并非一种与生俱来，与外界毫无关联的奇特本领。在任何一个社会群体中，富有想象力的作家都是最为明显的“指标”，代表着整个群体的想象水平、想象能力、想象类型以及其他最重要的内心活动。一个群体隐蔽的共性——或者需要的共性，都在作家身上得到了体现。充满想象力的文学作品就像一整套置于社会前沿的表盘，我们可以从中读取信息，了解一个社会拥有何等隐匿的能量。社会在无意识中选择了那些个体，使之成为它的作家，作家的想象与社会整体的潜在能量紧密相关，窥一斑可知全豹。

接着，我们应当了解，英国儿童的写作才能异常出众，而且，和国外儿童的作品集一比，我们便可以清楚地看到，英国儿童写出了质量极高的作品，堪称天资绝顶的也绝对不在少数。当然，如果我们接下来的推断准确无误——也就是说，如果早熟的写作才能是有待发掘的真正潜能，如果一个作家的创作的确象征着其所属的某一群体的综合才能，那么儿童文学的高光也仅仅算是一个意味深长的标志，倘若果真是这样（至少我相信是这样），那么这项赛事势必见证了一个对于英国人来说具有重大意义的事实。或许，也正是因为有了这项赛事，这样的事实才不那么容易被人忽视。

这项赛事举办至今，已到了第十七个年头。在过去的几届比赛中，参赛人数均达五万。每一年，这五万份作品都必须被缩减成一部顶多百页出头的选集；选集中包含了精选出的获奖作品以及最接近奖项的篇目。从现存的十六部选集中，根据不同编辑的口味，仍能选出不少的作品再成数集——不但可以各具特色，而且任何一部都不比今年这部短薄几分。

这些参赛者来自英国各地，主要通过学校报名。根据年龄，他们被分入三个组别：八岁以下组、九至十二岁组以及十三至十六岁组。所有的参赛作品由一个成员众多的甄选小组一一研读，经受“提炼”，最终只剩大约六百人入围决选。决选作品被递交给一个握有最终决定权的评选委员会。委员会由七人或八人组成，每一位评委都将收到所有的六百份复件并依照个人的喜好程度从中挑选出大概一百件作品。最后，当终选之日到来，委员们聚首一处，反复研讨，确定五十或六十名赢得一致认可的获奖者。这样的选拔过程，总是充满了魅力。

每年的参赛作品都不一样。和绘画比赛一样，最引人注目的作品往往出自最年轻和最年长的两个组别。中间组别的作品大多有种“模仿”之感，而且总显含糊，不过也常有令人称奇的例外，而最年长组通常会比其他组别多出现两到三份或者更多令委员会里的所有评委都眼前一亮的作品。黑马也很常见，到处冒头，在个别评委看来，这些作品都自有其独一无二的特质——虽然它们很难得到其余评委的青睐。可若这个别的评委对自己的推选足够确信，这些黑马也总能入选。然而，从全局来看，评委的评选标准在很大程度上是一致的，差别主要在于优先顺序。

人们常说，儿童文学并不仅仅是处于幼体状态的成人文学。它是一种独立、自在的文学，它的价值——正如赫伯特·里德爵士在这项赛事创办之初便已注意到的那样——当以最高的艺术标准来评判。所以，这一众年度选集——包括今年这部——向外界展示了完善的作品、“最终的产物”，保留了原汁原味，供读者欣赏。然而，除此之外，更重要的是，儿童文学具备一种意义非凡且成人文学无从拥有的特质。

论感受能力，儿童确实有别于成人，而且差异显著，但儿童也并非在任何方面都处于劣势。事情往往就像中国先哲们所宣称的那样：

一个人若是童心已丧，便与死人无异。从儿童的感受、儿童的写作中，成年人可以学到许多——或是得到某种矫正，或是受到某种暗示。儿童的创作并不仅是一个满含天真的目光、新奇的事物，真实性有限的微型世界，在很大程度上，它还是一种无矫饰的认知过程，而且，和成年人相比，儿童的认知要自由得多、流畅得多、警觉得多，也远比我们的认知更接近认知行为的本质及其真正的规律。它站在新的起点，从头开始接触周遭的一切。它依然迷失在诚恳的挣扎中，像变形虫一般扭动着身体，去适应各种各样的神秘。它依然心扉敞开，来者不拒，依然急切地想要纠正错误、消除偏差，依然渴望了解事物的本质，依然处于最原始的恐惧之中，生怕自己搞不清状况。先入之见开始收拢，渐渐压迫，但尚未彻底关闭，尚未像根据饱经确证的既定程序完成了安全性调整的太空头盔一样，遮住整张面孔、罩住整个脑袋。在失去这种“赤裸”的过程中，我们慢慢变得自信，更加机械而高效地以我们选定的方式安身立命，但与此同时，我们也逐渐失去了真正的天分与悟性。我们不再乐于变化，不再那么好奇，不再拥有如此敏锐的知觉，也不再使用那种原始无拘束又极具野性的方法来解决问题。换句话说，我们开始渐漂渐远，离开了真实的泉流——也因此离开了真正的适应过程。我们身处这样的宇宙之中，见证并参与了这般生活，可我们的证言不再那么可靠。毕加索[①]耗尽旺盛的精力，只求剥除衣蔽，回归孩童般的赤裸——其间的挣扎与感受，只有他自己清楚。

每一年，在助力评选的过程中，我都有一种相同的感受：我感到挫败，因为我们不得不将如此众多的优秀作品排除在外。初读之际，

① 巴勃罗·毕加索（1881—1973），西班牙画家、雕塑家、诗人、剧作家，现代艺术的创始人，西方现代派绘画的主要代表。

你做出粗略的选择。可当你读完第二遍，当你发现自己的选择——除却少数几份确信无疑的“地标性”作品——与之前大相径庭的时候，惊讶与懊恼便接连而来，不可避免。就我个人的经验而言，在我集中精力细究这种常常令我感到陌生的文字并有足够的把握对那种独特的诚恳与见地作出评估之前，再三地阅读以及较长的阅读间隔——较长的“孵化期”是相当必要的。可即便如此，我依然疑虑重重。十七年来，大量的决选作品堆积如山，每一篇、每一部都被《每日镜报》的书记员们清清楚楚、整整齐齐地打在纸上。从此前的入围作品中任选其一，定睛一看，我都能感受到真真切切的震撼，几乎没有例外。我简直难以想象它竟然只奖未得，或者连年度选集也没能入选。这可能是因为此刻不比当初，这么多年过去了，我也许是在成人文学的氛围里、在冗词长句的“日常”中偶然地发现了它——一种急不可待、独特而真实的存在跃然眼前，毫无保留。然而，在评选的“隧道”中，当我们细细地琢磨着每一个细节，当我们尽最大的可能隔绝外界，几乎头也不抬地比较着手中的文稿与其他的几百份作品并一一作出评判时，一种“普遍的优秀”就成了评判的基准。于是，语气或者主题上的一点微弱的特殊性便足以决定最终的赢家。这样的评选流程并不完全令人满意——最后一刻的转变和武断、任性的选择四处“潜伏”，随时都有可能发生。可除此之外，别无他法。但我们无须另辟蹊径——只要我们记住一点：在大多数的得奖者与一大群紧随其后的竞争者之间，并不存在着多大的差别。那些得奖者与其说是“赢家”，不如说是“成功的代表”。

这一众作品摆在任何人面前都会引起好奇：这样才华究竟去了哪儿？此处当然少不了一个大大的问号，而且这样的疑问每一年都在加深，因为时至今日，这项赛事已然走过了如此漫长的岁月，可有此一点始终令人觉得奇怪：在所有早熟的，从比赛中脱颖而出的人才中，只有极少数在长大成人之后以作家的身份写出过具有同样才情的作品。说“极少数”都算夸大其词了，说“几乎没有”似乎更加确切。或许，关于这一点，还远远没到“概而论之”的时候。并不是所有优秀的作家都会在最初十年的练手期内便绽放出夺目的光彩。一些特别出色的作家在最初的二十年里都几乎默默无闻。也许，这仅仅证实了儿童文学——出于某种原因——只是一种独立的存在。不过，人们不免怀疑：它之所以“独立”，莫非是某种“恶因”使然？如此一来，我们便又回到了原点。如果早熟的写作才能是真正的潜能，甚至更进一步地说——如果它足以成为一个反映更加广泛的社会潜能的指标，如果我们相信在英国儿童身上存在着取之不尽的早熟之才并因此而欢欣鼓舞，那么对于以下这一事实，我们又该作出怎样的解释？——根据之前所述，在一个群体中，富有想象力的作家是最为明显的“指标”，可在十八九岁的青年身上，那些早熟的才能却几乎已经丧失殆尽。

而且，当我们注意到在那些日后的的确确成为了杰出作家的个体中，只有极个别人保留着童心，绝大多数的作品中都只剩青春的遗迹时，这样的结果就更令人摸不着头脑了。在一个作家的成长过程中，某种来自外界的“强迫”似乎远比与生俱来的文学天赋更具有影响力。就好像一粒“才能之谷”，若生于恰当的精神气候，便能化作丰收，不过与此同时，其他成堆的谷子就只能在错误的气候中渐渐变质了。可就此看来，这些早熟的才能似乎的确可以转变成真正的才能。然而疑虑依旧存在，我们百嘴千舌，谈论的正是一种说不上是灾难性的却也堪称不幸的事实：早熟的才能储量巨大，形成了生物意义上的“过度供给”，可这类才能在走向成熟之前便惨遭抹除，几乎无一幸免。人们势必感到疑惑：一个想方设法将早熟的脑叶统统切除的社会，还谈何未来？一切都无从挽救了吗？

显然，一项写作竞赛，即便盛大如斯，也不过是杯水车薪罢了。比赛的目的，或许是促进校园里的“创作情绪”。所以，这项赛事也已成为某种社会性运动（眼下有许多教师也已投身其中）的一部分。一如“惰怠情绪”和“破坏情绪”，创作情绪可以在任何群体中被激发。有时候，一群有思想、有手段的人能将某种情绪注入整个社会——在世界范围内，这样的例子比比皆是。只不过，让这种创作情绪在校园之外的任何地方得到激发，依旧是较难想象的事情。目前看来，一旦离开校园，创作才能几乎没有生存能力；这或许也从一个侧面反映出一种无疑已经浸透了整个社会的破坏情绪——一种自我破坏、扼杀想象与活力的情绪。它并不是唯一可见的“侧面”，但细一思量，它却最令人感到毛骨悚然——这是一场惨无人道的、针对天真的屠杀。

可如果创作情绪能在校园中得到培养与加强，那也是幸事一件。真正的序幕何时拉开，没有人知道。

强烈的情感[①]

在我们的想象中，原始人类具备了理想诗歌的某种特质——他们满怀赤忱，求知心切，耳目通灵，敏感异常，他们纯粹而现实，自然而热情；因此，对于他们口中的歌谣，我们有理由充满期待。因为从广义的人类本质上看，现代人类的文学处于胚胎期时的种种特征早在这些歌谣中便得到了繁衍（关于这一点，只有吹毛求疵的人类学家才会心存疑虑），所以我们不禁感到好奇：在这些萌发着诗之冲动的歌谣中，我们能否找到人类胚胎赖以呼吸的某种“鳃片”，并在其张合之间，一窥那埋藏在最深处的人性。

莫里斯·保拉爵士[②]将所有这些歌谣视作一种单一的文学——“原始人类”的文学，并以此对手头的素材、对一大堆的“碎屑”作出了某种程度的把握。有了这样的概括，他便能赋予其著作以整体的轮廓，大略地勾勒出主题，并将这些歌谣几乎一页一首地安置妥当。

---

① 本文曾载于1962年5月3日刊行的《倾听者》，是针对由伦敦魏登费尔德与尼克尔森出版社于1962年出版的莫里斯·保拉爵士的著作《原始的歌谣》的评论。——编者注

② 莫里斯·保拉爵士（1898—1971），英国古典文学学者，文艺评论家。

而且，就大体而言，这样的概括其实无失公允。对所有原始民族来说，生活是大致相同的——它迫使人们不断地思考野兽、牧草、天气、扶养与依赖，以及那种种无处不在、万物皆备的灵魂倾向。莫里斯爵士完全可以在以“原始人”称呼歌谣作者的同时探讨这些从原始生活中涌现的歌谣里蕴含着怎样的技法，指明它们体现了哪些典型的人生态度，并就它们与“文明诗歌”之间的“血亲关系”作出暗示。然而，这些歌谣——就其主题与创作动机而言——大多内涵神秘、性质特殊，它们不似现代诗歌，并不通向一个由通俗的观念与普遍的认知构建的世界，它们或是为仪式而作，或是关于某种对一个部落或族群来说具有独特意义的物件。面对这类不曾抓住实质性细节的“诗歌”，就像面对一首创作于现代，却并未明确地把握住那种无可避免的智力遗产与精神传承的现代诗，任何形式的分析都将在一种半真空状态中四处摸索，难以成织。因此，从表面看来，莫里斯爵士的散文在任何时候都不无迷茫之感，似乎是在不断地绕圈，又不断地回到原点；他深入特定的意境，置身其中，感知并探寻着某种可供识别的存在，或者仅仅是在“大流”之下步履维艰，一路追随。对于这一主题，他有足够的能力做出“概括”，却无法“细究”，可他始终关注细节，力求详尽，以至于整本书看上去略显冗长。

然而，它无疑是一部卓越的选集；作为一种对于原始歌谣的引介，莫里斯爵士的文字无可厚非。全书总共收录了两百多支歌谣，大多数都令人印象深刻。我们的许多发现一如我们的期待。在萌芽之初，诗歌似乎是一连串不知所云、伴着跺脚舞的节奏被唱响的音节。黑猩猩们竟能把声音发挥到这种地步，而且在此之前，显然没有多少可供参照的样本。自此以后，诗歌的发展模糊不清，没有定论，但在其早期的成就中，已经隐约出现日后在希伯来诗歌之中、在莎士比亚笔下获得巨大力量的排比句式，以及一种以对句行文通过重复与变化（大概也包括韵律）为艺术性服务的倾向。在这一阶段，诗歌的“终极”形式可见于描绘神明的历险，精巧而富于象征的澳洲组歌，也可见于刚果俾格米人的仪式性对白，前者当被视作史诗的前身，后者则向戏剧迈出了大大一步。在此期间，原始的抒情诗与挽歌都得到了极大程度的改良。大量的歌谣成为工具，成为具有魔力的咒语，在旨在达成某种预期目的或者驱离恶灵，使其无法植蛆于灵魂的作为中充当实际的媒介。

从这类“处方式”的词句出发，转向那些源自某一激动人心的事件，具有仪式之感却更显超脱的文字，是轻而易举的事情，而且，一旦目的性被弱化，诗歌便更具美感，更显复杂。最典型的例子也许莫过于那些悼挽之歌，它们仅仅是一种情感的宣泄——强烈的情感、人性的宣泄：

她已经离开了我们；不再像从前那样归来。
她不再像从前那样剁碎蜂蜜，
也不再拿起她的挖棒寻找甘薯。
她已经离开了我们；从前的她不再归来。

蚌子在小溪里到处都是，
可她躺在这儿，不再下水扒挖。
我们要去捕捉鳕鱼，就像从前那样，
可她躺在这儿，不再为鱼油恳求，
涂抹头发的鱼油，她已不再需要。

她从此不再用火。
她去的地方，没有火光。

因为她去的是女人的地方，死掉的女人。
啊，女人生不起火。
那儿到处都是水果和草籽，
却没有鸟和野兽，在女人的天堂。

以上这短短三节，足以让人对其他任何与之同类的歌谣心怀期待。和它们相比，文明化的诗歌的主体实在是无趣得很。

退世[1]

关于那个流浪汉，我们几乎一无所知，所以他是一种自由的象征，是伟大的流浪模范们的影子——临终的李尔[2]和托尔斯泰[3]，无处安枕的耶稣。我们平常所做的梦，一如任何典型的梦，是一趟有去有回的旅程；它通向"真实"，通向漫无目的、四处延伸的"自我"之所在（那是一个由仁慈、善良的神圣之力构建的世界），也通向世界的客观现实（在那里，人类就像深谙艺术之道的细菌一般）；一如莎士比亚以疯子李尔的面貌身临异境，一如托尔斯泰以自己的面貌离家避俗，我们以流浪汉的面貌踏上梦的路途，抵弃"自我的意识"，抛却拥有的一切，自称与众生平等。也只有这样，才算是不折不扣的做梦。倘若你活在梦中，并实实在在地走出了这一步，那么生活——在

---

① 本文曾载于1963年9月6日刊行的《新政治家》，是针对由伦敦企鹅出版社于1963年出版的菲利普·奥康纳的著作《流浪》的评论。——编者注

② 莎士比亚四大悲剧之一《李尔王》中的主人翁。

③ 列夫·尼古拉耶维奇·托尔斯泰（1828—1910），俄国批判现实主义作家、思想家、哲学家。1910年10月，托尔斯泰离家出走，11月于一个火车站病逝。

如今的社会环境中——便意味着救世军[①]旅店、罗顿之家[②]，意味着在六周之内丧失斗志，迅速潦倒，随之而来的可能是对酒精、对变质酒精甚至消毒酒精的依赖——诸如此类。这是一种效仿耶稣经历人间苦难的意志，旨在通过绝对的精神性努力蒸发自身的存在，使人遁入最纯粹的虚无，像一头打着哈欠的野兽一般死去。但如此这些不过是实际的细节罢了。在一个“良民”眼中，流浪汉仅仅生活在梦的领域。即便他已透彻地研究过流浪汉的生活，即便他已然明了所谓流浪汉是怎样一群身心皆被掏空的可怜虫，他的梦仍然固执己见，不断在流浪汉身上寻找着“圣徒朝圣”的影子，寻找着“圣洁的灵魂”，寻找着承受一切苦难的高贵品质，也寻找着那块被匠人们一再拒绝的石头[③]。如此，在梦的影响下，他对于现实的把握不再彻底，现实与梦境的界限也不再清晰。

这一悖论自有其无尽的魅力。一个宁信其有、莫信其无的研究者——比如不时以身相试，经历流浪生活，近来又重新上路收集笔记的奥康纳先生[④]——大可以把整一部书都献给如下之信念：尽管依照惯例，流浪汉都是意志薄弱、在心理上永久残废，整日在绝望中一路寻乞，似欲回归社会，又似安于放逐的人，但他们仍然是某种意义上

① 救世军是一个于1865年成立，拥有军队式的架构和行政方针，并以基督教作为基本信仰的国际性宗教及慈善公益组织，以街头布道、慈善活动的社会服务著称。

② 罗顿之家是由英国慈善家罗顿勋爵（1838—1903）为广大英国工人建造的连锁式旅店。

③ 《圣经》中记载：“匠人所弃的石头，已作了房角的头块石头。”传说以色列人建造圣殿时，有一块石头因为不太平整而被匠人丢弃，可到了圣殿即将建毕之际，人们发现房角尚差一块石头，却总也找不到合适的那块；后来人们终于在路边找到了合适的材料，而它正是从前被丢弃的那块石头。后人常把耶稣比作圣殿房角的那块石头，初被遗弃，终成关键。

④ 菲利普·奥康纳（1916—1998），英国作家、超现实主义诗人。

的“社会弥赛亚[①]”，身负救世之大任；他们的诚实太过单纯（虽然也太过愚蠢），耶稣般不争的灵魂“免疫”了太多病疾，以致他们在如今我们所了解的社会生活中的种种邪恶面前束手无策。“那个流浪汉站在耶稣精神的终点，将它铭记于心，却无法再行耶稣之事。”实际上，对于20世纪60年代英国的流浪汉们，奥康纳在书中只是顺带一提。从本质上看，他写下的是一部“长篇的悲叹”。在奥康纳先生眼中，我们的“道德”（比如基督教的慈善）与“生存”（比如积极的竞争）“已到了互不相容的地步”，而那个流浪汉则已成为一颗干瘪的种子：它是古老的希望仅存的遗骸，却也孕育着一个崭新的希望。

以上便是奥康纳的论证。它确实隐喻了某种真相——这一点，几乎不会有人反对。文明患了重病，流浪汉吃了最大的苦。可像人类这样如此迅猛、如此大规模地成长，又怎能病得不重？在怎样的社会里，才不存在与“流浪”本身格格不入的个体？奥康纳先生相信自己找到了答案。在序言里，他提醒读者，说书中的论述“毫不含糊，而且源自一种个人的、社会主义的观点”。但他这般“毫不含糊”的口吻实在令人难以接受，连篇的话语在你头顶上咚咚而过，每走一步便求一问。比如，他说“那个不擅长生活的人”也许是离它最近的人——这里的“它”，指的是“耶稣精神”吗？我们的社会真的如他所假定的那般到处是竞争，完全是一副穷鼠相追、恶犬相斗的光景吗？竞争精神就如此悖逆自然的规律，它真得翻越重重障碍才能深入人心吗？无论如何——难道竞争真的像他想象的那样，是彻底的罪恶吗？一旦竞争被强行遏止，人类的基因将会陷入怎样的麻木、停滞甚至倒退？众所周知，人类利己的本能不会因为一句话而停止。当耶稣

---

① 弥赛亚，犹太人所期待的救世主。

说出“**退到我后面去**”[①]时，他不仅创造了撒旦，也使他获得了自由，脱离了监管，去实践自我。如果奥康纳先生错了，如果世上真的存在自由意志和自我责任，一切将会怎样？或者，退一步讲，如果不存在太多，只存在一星半点——却足以让一只饥肠辘辘的乌鸦飞进由稻草人把守的田地里觅食的自由意志和自我责任，又当如何？如果确是这样，那么流浪者的诞生就不完全且不必然是社会的责任，而奥康纳先生也得找个新的理由来为他们著书立论了。如果奥康纳先生是对的，如果“意志”——以至“绝对的意志”在社会之外无地自容、了无价值，那么人类该听从什么，由谁来支配？那种伟大的、“去竞争化的”、崇尚“彼此寄生”的、在奥康纳先生的设想中可取代我们当下处境的“合作状态”想必也是人为的结果，可既然是“人为”，它就得仰仗强大而持久的意志力。然而奥康纳先生一次又一次地否定自由意志，却从未屈服于历史，这实在令人难以理解。

他这股“好辩”的热情无时不让他陷入混乱。一看见利己的倾向，他便觉得是宪法正将其非人性的规定强加于人。一对自己的行为产生疑虑，他便视之为某种平静而微弱，发自对人类的“终极指引”的声音。他笔下的文句暴露出这般混乱的源头：这是一部充满“野性”的文集，是一架疯狂的，由心理学家、社会学家和骨相学家的术语拼接而成的飞行器，驱动它的能量来自一次修辞性诗歌的爆炸。换句话讲，他所想象的世界是象征性的，他的文字就好比先知的预言，可他的论证方法和阐述风格却难逃“科学性”的标签。当他以基于事实证据的论说来呈现自己的愿景时，一切都充满了敌意与夸大。

---

① 《圣经》中记载：“耶稣转过来，对彼得说：‘撒旦，退到我后面去！你是绊我脚的，因为你不体贴神的意思，只体贴人的意思。’”此处，耶稣并非直指彼得是撒旦，而是说彼得的行为与言语正是撒旦喜闻乐见的。

这些人是谁，他们从哪儿来，为什么流浪，如今过得怎样——对于这类问题，他想方设法，能避则避，只给人留下极其淡薄的印象。他用特写镜头捕捉到的一众人像相当有趣，但看完一个再看下一个，便觉得照片里的人似乎上过电视，而且，关于这些个体，他虽写下了特别精细的观察，却始终无法令人信服。那远远不是一种富有同情心和责任感的警觉，也远远不是一种实事求是、坦率诚恳的风格——远不及奥威尔[①]所建立的标准；它充满如此浓重的劝诱色彩。书中最出色的部分是他个人的流浪生活：谈论自己时，他游刃有余，不仅文字流畅，点评也颇具分量。他对退出社会以后的一系列心理变化的描述着实令人读而生畏，大长见识。

现代西方社会已经在很大程度上放逐了人类的灵魂——这一点足够明确，但那些不断现身，数量却已锐减的流浪汉们恐怕不比针对马匹的一纸废令更能说明问题。奥康纳先生不遗余力、毫无保留地提出了质疑；在他看来，让人类的灵魂完整、幸福地回归社会，是不可能完成的任务。如今，我们拥有如此众多的同类，也许人类的大脑还不够发达，尚不足以解决这一问题。也许奥康纳先生所推崇的，只是一种“阵营的转变”；他将积累多年的巨大渴望一泄而空，完成了折磨他多年的独创性表演（这种独创性，在迄今为止的所有社会中都是具有决定意义的创造力），可他的努力却只会造就更多的流浪汉。大街上将满是象征着撒旦的游魂。

---

① 乔治·奥威尔（1903—1950），英国小说家、记者、社会评论家，其代表作《1984》和《动物庄园》是反极权主义的经典。

痴迷者的阿斯加德[①]

这部著作以一次主要从哲学角度出发，以古老诗歌、萨迦[②]、艾达经[③]以及一系列地名为对象的研究为依据，结合了考古学的最新发现，完成了一份关于对奥丁[④]、托尔和阿斯加德其他诸神的崇拜以及相关的神话与信仰的调查。E. O. G. 特维尔－彼得[⑤]是一位极其渊博的学者，目前在牛津大学担任古冰岛语教授。显然，在这一领域，论思想与研究的深度，几乎无人可出其右。对于研修宗教的学生来说，这部著作当属权威。

尽管书的内容更多地局限于核心的神话形象，参考资料也并非来自德国而是来自斯堪的纳维亚和英伦三岛，但特维尔－彼得的研究方

---

① 本文曾载于1964年3月19日刊行的《倾听者》，是针对由伦敦魏登费尔德与尼克尔森出版社于1964年出版的E. O. G. 特维尔-彼得的著作《北方神话与宗教》的评论。——编者注

② 萨迦特指古代挪威或冰岛讲述冒险经历和英雄业绩的长篇故事。

③ 艾达经是现代学者对两部古冰岛文学作品——一部散文集、一部诗集的统称。

④ 奥丁是北欧神话中的主神，是后文中的雷霆与力量之神托尔的父亲；所有尊奉奥丁为主神的神明都居住在阿斯加德。

⑤ E. O. G. 特维尔-彼得（1908—1978），牛津大学古冰岛文学教授，一生著作颇丰。

法和格里姆在创作《日耳曼神话》时采用的方法十分相似，而且在很大程度上，这部《北方神话与宗教》可以取代《日耳曼神话》。他选择了主要的神明、英雄和信仰并将它们一一“拆解”，得到一众“部件”——属性、变体、进化过程……诸如此类。但与《日耳曼神话》相比，他的作品更具有可读性，也更注重观点的确立——更倾向于对那些矛盾、模糊的形象作出坚实的判断。

阅读的过程相当艰难：对于普通读者来说，书中的哲学思辨在某种程度上想必是了无生气、令人压抑的。但它本来就是一部供学生研读的专著，并不面向普通读者。它所呈现的，也不是被注入呼吸、重获生命的一段过去，而是细致而详尽的信息。不过，一个伟大的机遇也因此被错过——或许也可以说，它被搁置了，因为特维尔－彼得先生无疑会是完美的人选，来将这一系列的“宗教史”编辑成卷，将最原始、最本真的内涵呈现在世人面前：他可将源语文本译成英文，以负责任的态度重新将那些神话与传说细细道来——本书的“姊妹篇”就此诞生。那将是多么精彩的一部集子！毕竟，在特维尔－彼得先生日常参考的原始资料中，只有一小部分被译成了英文，大多数都与一般读者无缘，种种神话与传说——即便它们真的为人所知——在人们的心目中也只是一则则空无一物、徒有虚饰的儿童寓言。

这着实令人感到遗憾，因为和最初随基督教一起——后来又在文艺复兴的影响下传入英伦，政治性地将我们关于这些“异类”神祇的本能而古老的记忆彻底阻断的“希腊－罗马”诸神相比，这一独特的神话体系对我们来说更加真实，是更深的“根”。我们好像即将失去麦克白[①]和李尔王，不得不以泰门[②]和科里奥兰纳斯[③]为依靠继续生

① 莎士比亚四大悲剧之一《麦克白》中的主人翁。

② 泰门（前320？—前230?），古希腊哲学家。

③ 科里奥兰纳斯（前527—前488），古罗马传奇将军。

存；好像一套完全来自于“希腊－罗马”体系的语汇即将取代“盎格鲁－撒克逊－挪威－凯尔特”式的语言习惯，成为绝对的主宰；究竟何者是我辈的祖先——毋庸置疑。这两种语言的“结合”的确是一笔“财富”，但在神话领域、在我们的日常思想与最深层的精神生活之间，我们无从实现类似的“结合”。有趣的是，即便是在莎士比亚之后，当极少数失落的“遗产”被人为地复活，我们依然清晰地看见：在这种“复活”的映衬下，我们的传统竟被渗透至此。作为最纯正的前拉斐尔派[①]作品，威廉·莫里斯[②]笔下的冰岛故事直接影响了叶芝，令其全身心地投入尝试，力图恢复前基督教时代爱尔兰民族的想象世界，而叶芝的心血又进一步成为能量的源泉，推动了整个爱尔兰民族主义运动的发展，使之大获成功。不过，一如之前所言，我们只需要看看自己使用的词汇，便能足够清楚地发现我们真正的精神生活究竟植根何处，发现那些往返于我们真正的想象世界与现实之间的路径到底通达何方。这些神明与英雄——谓之过时，实属谬误：他们是上善的“遗产”，却仍被锁在柜中。

---

① 前拉斐尔派是形成于19世纪中叶的一个英国艺术流派，推崇拉斐尔之前的意大利绘画风格。

② 威廉·莫里斯（1834—1896），英国设计师、诗人，前拉斐尔派代表人物之一。

未竟的事业[①]

威尔弗雷德·欧文[②]的大约二十首篇幅短小却令人印象深刻的诗歌，都关乎英国历史上一个短暂而异常的瞬间，而且除此之外，它们似乎别无特指。那个瞬间（即1916年至1918年——发生在法国战场的堑壕战[③]的最后两年）——不论法国人和德国人如何理解——是独属于英国人的记忆：它如此“私人”，如此摄人心魄，如此深刻地影响并改变了我们，以致于当叶芝（一个爱尔兰人）对欧文的诗句不理不睬，当他被美国读者区别对待，受到“名不副实”的评判，却在英国收获崇高的声誉时，我们并不觉得难以理解。

当时，那些避留国内的沙文主义者耳聋目盲，推施暴政，秉着“大英帝国无可撼动”的傲慢大夸海口、大肆宣传，使全国上下“义愤填膺”，陷入“爱国至死”的虚妄之中；如果对于这般氛围的感受不够充分，人们便无从想象在法兰西的血雨腥风中，欧文写下了怎样的哀婉、

① 本文曾载于1964年4月刊行的《纽约时报书评》。——编者注

② 威尔弗雷德·欧文（1893—1918），英国反战诗人，1915年入伍，于1918年第一次世界大战停战协定签署前一周殒命战场。

③ 堑壕战是一战时期流行的作战方式，战斗场面惨烈异常。

恐惧和英勇。所有那些或觉自己年纪太大，不堪杀伐，或觉自己身居要位，不可离开，或觉自己深陷事业，不便抽身，所以不曾赴战的政客、资本家和企业家们，都是暴政的帮凶。当被当作垃圾一样，被难以置信地、毫无意义地丢弃在战壕中的将士们抬头仰望，那些人就像一只盖子一样紧紧闭合。因为他们的专横与冷漠，在停战协定签署前一周殒命于法国战场的欧文下定决心，要成为“反抗的声音”。

他拥有足够的天赋来发出这样的声音。从1911年起，他在牛津郡登斯顿教区的牧师门下做了一年的学徒和俗家助理，似也萌生了担任圣职的想法。这种献一生于耶稣的意愿以及随之而来的、与之并行的一种“但见不平，便行义怒”的才能和一份对于弱势群体的毫不迟疑的同情在日后都起到了重要的作用。他曾写道：“在一间间农舍里，从狼性十足的农夫紧闭的双唇间，我也许听到了为另一场革命而准备的声音。”

1916年之前，他的诗歌才华并不出众，极为寻常——不过，他始终表现出一种早熟的倾向：一方面，他向往不朽，好抒悼挽之情；另一方面，他对感官的狂欢怀有天然的热情，在效仿偶像济慈[①]（此人倒好像确实对可怕之事有种特殊的偏好，对哥特式的恐怖与骇人之象心怀浪漫的渴望）的过程中，他也小心翼翼地呵护并培养着它。接着，不可思议的战争突然降临，以神圣而崇高的事业为名，激活了他心中的种种向往，也在赤裸裸的现实中为他提供了独特的、在其他地方无法寻找的素材。

他的创作道路尤为狭窄——倒不是说时代与个人的处境给他留下了较少选择的余地，但他的确是有意为之，才作出了如此规划。他希望以一种归根到底更为有力的“宣传”来对抗国内的宣传者们。他挺

---

① 约翰·济慈（1795—1821），英国诗人、作家，浪漫主义诗歌的杰出代表。

身而出，代表着一代青年、代表破碎的希望和数以百万计的死者，用最生动也最触目惊心的语言描述前线的苦难（不是因为他们值得同情——尽管他不断地表达“同情”、谈论“同情”，而是因为这一切都是错的），描述那些愚蠢的人犯下的罪行——他们睁着眼睛，却看不见惨痛，因为漠然，因为麻木。

敌人并不是德国人。在他的诗里，唯一的德国人（出现在《奇怪的会面》中）是一个称他为“朋友”的人；他接到命令，要取其性命，最终却发现那个人就是他自己。真正的敌人是国内那些好战而漠然，横行于公共领域的魔鬼。实际上，于英国而言，第一次世界大战算是某种意义上的内战（它至今仍在继续——而这也从某种程度上解释了这场战争对于现代英国的意义，解释了为什么它依然紧扣我们的心弦，为什么欧文的诗歌依然如此紧要）。他的诗歌必须成为武器。在他笔下，没有一个词足够生动，也没有一句话足够悲伤；对于他希望发出的声音来说，文字是再糟不过的声道。为了更好地达成目标，他也曾想过把镜头对准那道道战壕，毫不留情地按下快门，将照片送回伦敦参加展览。极少有诗人能像欧文一样怀着如此急切的心情，带着如此明确而实际的目的去写作。他所寻求的，是一次“根本性的说服”——或许也正是这样的态度，能让他从巨大的痛苦中抽离自我（这一点尤其卓越），保持客观。他使劲抓住读者的眼球，发出呼喊——并非“啊，上帝，看看我们的惨状！”，而是“看看你们的所作所为，看看吧！”。

隐藏在这为数不多的诗歌背后，使之不住回响的声源（有些诗人——比如萨松[①]的诗句虽也满含愤慨，却不曾有过回声），正是欧文的“天才”：他融入惨烈之中，通过某种途径吸纳了前所未有的恐怖

① 西格弗里德·萨松（1886—1967），英国反战诗人、小说家。

体验和大量的“真实”——所有那些深陷绝境、希望破灭，在沉默中死去的人所面对的真实。他的每一行文字都浸透着这样的宽广，每一句诗都像一片被幻觉支配的透镜——透过它们，我们的目光穿越厚重的乱象，直达现实的深处。

他以诗歌的形式作出了一次“旧式”的预言：满目的悲痛与杀戮中混杂着对目中无神的压迫者们发出的厉声谴责——一派天启般的异象[①]；同时，在刀光血影的最深处，弥赛亚奋力挣扎，只为破茧而出；“救世主在无人的地带。人们常常听见，他的声音从那里传来”，他如是写道。是欧文用自己的血泪写就诗篇并赋予它们以“普遍”的内涵，让我们了解到那场战争的真正意义。

① 文中“天启般的异象”这一说法源自《圣经·启示录》，其中记载了使徒约翰在拔摩海岛上看到的异象。

邓格博士[1]

战俘营、洗脑者以及各式各样的征募已经完善了一整套流程，以此来摧毁一个人对于自身身份的认同。当一个人性命堪忧、心无傍依，被折磨得筋疲力竭时，他原本的自我迟早会屈服。自我的拥有者被一举击溃，退化为近似野兽的存在，成了一团“外质”[2]，不顾一切、不择手段，只想重拾人性：他时刻准备着将自己注入一个全新的“身份模具”，接受任何形式的铸塑，甚至——在走投无路之际——甘愿陷入某种“可行的”疯狂之中；但最初，他会选择在新环境中安全性最高、最“成功”也最受认可的角色，将自己融入其中。所以，惨遭洗脑的人总是心怀感激，死亡集中营里的一个个号码成了艰苦奋斗的纳粹。罗基奇教授提出的“待证假设”基于以下这一论点：我们对自身身份的认同植根于某些最基本的生理性和社会性“常量”，而

① 本文曾载于1964年9月4日刊行的《新政治家》，是针对由伦敦巴尔克出版社于1964年出版的米尔顿·罗基奇的著作《伊普西兰蒂的三位耶稣》的评论。——编者注

② 原文为“ectoplasm”，一指“细胞外质”，二可指“灵之外质”，在神秘学中指灵媒在降灵过程中体表渗出的一种超自然的、可形成死者之外形的物质。

这些他称之为“原始信仰”的“常量”无法被撼动，除非外界的侵扰深及我们的心智。如此论调司空见惯，实无新意。但罗基奇教授极具独创性地“反其道而行之”，将注意力集中在一种逆向的侵扰之上。

罗基奇教授推断：如果其道可反，那么——与一个心智健全的人对自身的认定一致——一个妄想性精神病患者对自身的认定（比如，他疯狂地自命为上帝，自认是凯撒、开膛手杰克或者任何他为自己挑选的新身份）一定也是一种“原始信仰”。所以，欲将一个患者从他幻想的角色中驱离，须得瓦解他整体的精神错乱，使之开放自己，接受治疗，一如被洗脑的囚犯——在早先的“政治性错乱”被瓦解之后——开放自己，接受“治疗”。从这一假定出发，经过短暂而曲折的准备工作，罗基奇教授在密西根伊普西兰蒂州立医院觅得三位以救世主自居的患者，开始监督并引导他们辩论。通过这样的方式去拆裂他们的“原始信仰”，也许看上去有点残忍，但教授自有其正当的理由；他认为一个妄想性精神病患者自然是心垒森严之人，一切理性的谈判都无机可乘，而这样的人只有一个弱点：他确信自己是独一无二的“角色原型”，没有任何事物能引起他的怀疑，除非他亲眼看见一个活生生的、拥有相同身份的“挑战者”。教授引用了两则案例，借以说明这种“对质”似乎起到了效果，也印证了他的理论，但此二者均有些许可疑之处。而且，随着阅读的深入，这样的“可疑”不断地增长，贯穿全书。

这是一部凶邪之作。其中最凶、最邪的，莫过于罗基奇教授饶有兴致的目光——在它的哄骗与劝诱之下，三个精神病人不断地与无法容忍的事实迎头相撞，而且一次重过一次。这部书的魅力，在很大程度上是拜利昂（三人中最年轻的那位）所赐，他的一言一行几乎总能在第一时间夺人眼球、摄人心魄；最初，他的一系列反应让教授看见了成功的希望。利昂不似其余二人，并不仅仅是筑壁自守，一味地否定“病友”们的身份，而且是不断地要弄各种花招来缓解压力，让自己与“不可能的情况”共生共存，比如，他设法让别人称他为“雷克斯”，而不是“救世主”或者“利昂”；同时，他将自己的主张与断言转置于一种狂野而悲伤，以他和他母亲（似乎也是一位病人，精神错乱到了一定程度）之间变幻不定的关系为要点，以其极具艺术性的发展过程为主线的神话语境之中。他母亲本是个“老巫女”，一个可怕的、滥性的女魔，“镇日与毒药作伴，与一伙老妇为伍”；后来，她变成引诱亚当的女人——夏娃，接着又变成圣母玛利亚，最后还成了耶稣（即利昂）的妻子。然而，在教授不留情面的“包围”下，他终于无法再承受公开称神的巨大压力。于是，他与妻子离婚，宣布自己娶了“理想中正直正义的耶蒂人[①]”为妻；他说：“耶蒂人拥有‘最高形态’的基因，流着最崇高的血液；他们不曾被原罪玷污。”他化名为“理想中正直正义的邓格博士”，将身为救世主的骄傲完好无损地深深隐藏，然后携妻而逃，继续发展着自己的人生，也进一步陷入失望之中；他不断地挪移视线，躲避着教授坚定的目光，直到实验因为经费不济而告终，只留下他一人——留下这位“理想中正直正义的邓格博士”、这位“双性之神”、这位“潜在的女士”，在最幽深的洞穴中安然自处、与己成婚。这是一则感人肺腑——也很可怕的故事。

罗基奇教授最终承认失败，但他并未彻底放弃，依然对他的治疗方法心怀希望，尽管实验结果已经足够明显：利昂在其疯狂的认知体系中对“救世主”这一身份的认定和一个理智的人在其理智的认知体系中对自身身份的认定完全不具有可比性；而且，教授的“千锤百炼”，最终只是把利昂变成了一个坚硬的、无法再予以“简化”的

① 耶蒂人，又称“喜马拉雅山雪人”，是一种传说中的界于人与猿之间的神秘生物。

“合金球”（神、妻子和邓格，三者合一），并未将各种元素剥分开来，以更优雅的方式予以安置。

罗基奇教授为我们留下的“终极暗示”即是：在通常情况下，这一类精神错乱会使患者长期无法确定自己的“性别身份”。若以这一暗示为主要的论题，将关于“原始信仰”的推测放到一边，书中的叙述可谓清晰有力、直切要害。从整体上看，教授耗费了相当的笔墨来谈论现代人类对社会、现实以及自我的“流行性”疏离：在现代生活中，人们信仰不同的宗教、科学，拥有不同的意识形态——这种种矛盾四面延伸，在暧昧不明的境地抑扼了正常的人性，每一次传统的冲动、每一份传统的坚持，都见光即歿，种种“体面”的社会形式——归根到底——或将长久地陷入困惑，在野兽般的冷漠与无序中延存，或将为突如其来的某种错乱所“统一”、主宰。人们何以自信地面对这种生活？——除了死亡，唯有成神。

对立的自我[①]

在人们的印象中，普希金[②]是奇特的；他和他的俄国同胞们没有半点相像之处——他不仅是一个天才，而且是一个与众不同的天才，像是从外太空降临人间的"异胎"[③]。相较之下，拜伦[④]的奇文异表看起来不过是泛着贵族气质的英式古怪；他那只畸形的右足——就像莱奥帕尔迪[⑤]的"驼峰"一样——难称"特质"，只怯而退入"寻常"之中。每当拜伦和莱奥帕尔迪揭开自己的伤疤，总有种轻浅的戏剧感拂面而来。但普希金所面对的，是彻底的、没有出路的困境，他的绝望——相比其他任何作品——在这些"自我掩藏"的书信中散射出更

---

① 本文曾载于1964年10月1日刊行的《倾听者》，是针对由托马斯·肖编译、由牛津大学出版社于1964年出版的《亚历山大·普希金书信集》的评论。——编者注

② 亚历山大·谢尔盖耶维奇·普希金（1799—1837），俄罗斯文学家、诗人、小说家，现代俄国文学的创始人，19世纪俄罗斯浪漫主义文学的主要代表，现实主义文学的奠基人，被誉为"俄罗斯文学之父""俄罗斯诗歌的太阳"。

③ 原文为"changeling"，一般指传说中被仙女暗中调换的婴儿。

④ 乔治·戈登·拜伦（1788—1824），英国浪漫主义诗人，天生右脚内翻。

⑤ 贾科莫·莱奥帕尔迪（1798—1837），意大利浪漫主义诗人，一生饱受疾病折磨。

强烈的光热。

他生于贵族之家，在冰天雪地的北方长大，被迫生活在最引人注目的社会中心，抬头有严酷的礼制在上，转身有凶残的歧视在侧，一副阿比西尼亚人的相貌不仅尤其显眼，而且非常出名——这究竟是何等奇怪的命运使然啊。他为自己的非洲血统感到骄傲并捍卫它，可归根到底，它所带来的，想必是深深的羞辱感和一种“独我一人不类于众，生而有别于俄人”的固有观念。他的双重母语在某种程度上维护甚至滋养了这一基本的困境。从那一个个沉闷而死板的家庭教师那里，他学会了文雅社会的语言——法语，而他用于创作诗歌、表达爱意的语言——俄语，却是习自他的祖母和他那农民出身的奶娘。他的父母多少忽视了他的童年，这无疑也助长了他的“非洲之思”。在由种种窘况构成的整体环境中，他必已久经历练，才有足够的能力看清自己所面对的困难，再用尽可能巧妙的方式予以解决，并在极具革命性却也充满了压迫的时代成为如此独一无二的代表性人物。

所有的环境因素相合，为他立下了两根对立的行为标杆。他常常给人留下一人分饰二角的印象。在一个极端，是他更深层的自我，是那个受苦受难的人：他孑然一身，莫名其妙地被人类放逐，心中又贮满奔涌不绝却郁郁难舒的浪漫情感（他对那份原始的、私人的，由他一人独占的非洲式激情满怀依恋）；他多愁善感，仿佛满目皆是汪洋大海的荒凉，他像一个古式的俄国农民，也像一个生活的囚徒一般感受着虚无、枯燥和存在本身仅有的乐趣；这样一个自我，除了将自身所有的能量注入诗歌与女人之中，别无抒怀之道。也正是这样一个自我，成了他早期诗歌的灵魂。然而，在与一个极度刻薄、政治氛围过于浓厚的社会发生碰撞，尝到了痛苦的滋味以后（二十一岁时，因其早期诗歌与言论的煽动性，他被流放至俄国南部——这也是一场愈演愈烈，伴他一生的政治迫害的开端），另一个自我拯救了他，接管了他的生活，成为实际的向导。这是一个机智、精明、谙于世事的自我；他并不标榜自己的非洲血统，而是认法国宫廷人物——特别是伏尔泰[①]为祖。自此往后，普希金的诗歌成了一种诠释——诠释的对象便是这对立的两个自我之间的谈判与磋商。从这种“两极对立”的状态中，他创造了“第三者”，创造了他的伟大——那是一种强大的、饱含“斡旋”之智的平静，他以独一无二的方式将点燃于灵魂深处的种种才质融合为一。在某种意义上，《欧根·奥涅金》[②]便是一次完整的描述：两个自我之间进行了怎样的交涉，结果又如何，尽在其中。普希金显然更向往（自己笔下的人物）连斯基的生活——他渴望彻底活出天真、活出诗性，不辜负一丝潜能，可每天醒来，他看见的，却总是奥涅金的世界，在他胸腔里跳动的，也总是奥涅金的心；在他最后的岁月里，奥涅金附于其身，并随他一起在婚姻中，在层出不穷的烦恼中步步深陷。在这些书信中，我们遇见的，也正是这位奥涅金。

换句话讲，我们遇见的是一层“外表”：并非艺术家本身，而是那位才华横溢的“经理”。所以，从细节上看，尽管译笔清晰、生动，这些书信仍令人失望，因为不可避免地，我们阅读普希金的书

① 伏尔泰（1694—1778），法国启蒙思想家、文学家、哲学家，18世纪法国资产阶级启蒙运动的泰斗。

② 《欧根·奥涅金》是普希金发表于1831年的一部长篇诗体小说。故事主线如下：厌倦了上流社会生活的彼得堡贵族青年奥涅金因为偶然的机会到了俄国乡村，在那里他结识了地主拉林家的长女达吉雅娜。达吉雅娜对奥涅金一见钟情，经过激烈的思想斗争，她给奥涅金写了一封表达爱慕之情的信，而奥涅金却根本不能理解达吉雅娜的真挚情意，竟轻浮地当面表示了拒绝。后来，奥涅金在决斗中杀死了自己的好友连斯基，离开了乡村。几年之后，奥涅金在彼得堡上流社会的一次交际活动上再次遇见了达吉雅娜。此时的达吉雅娜已经从一个纯朴的农家少女出落成上流社会的贵妇人。在虚荣心的驱使下，奥涅金为她神魂颠倒，拼命地展开了追求，而达吉雅娜则真诚地告诉他：此刻她仍然爱他，却不能属于他，因为她要忠于自己的丈夫。

信，一如我们阅读济慈，就是为了探寻他的秘密，重走他的诗路，可普希金从不“泄密”。他总是轻快地来，轻快地走，小事常找你，大事无与共；或者，如果你“登门造访”，他总有办法以某种令人愉快的方式“指门送客”。他直白、直接，言无曲折、不作漫谈，而是紧紧攥住一事一物，将它们依序摆列，清楚、明白，虽不乏玩笑之意，却尽付简短之句，从不多加赘述。事实上，如今我们读到的，都是写给审查者的书信；他的大多数烦恼——在这些打一开始就难逃检审的书信中——只是透过极个别（只有极个别）不够谨慎的措辞才有所展露。然而，通过这些文字，我们依然能够了解他所经历的变故；品毕这连绵不断二十载的书信，只觉一种可怖的气息开始弥漫。

我们如临其境地感受到当时俄国的社会氛围：沙皇喜怒无常、好恶难测，人们在警察的监视下生活，暗自怨恨，改革的希望被一一掐灭，激进的朋党被连根拔除，审查制度无孔不入，欺世叛节者无处不在——一切仿佛一场即时即地的噩梦，从这些书信中升腾而起。但与此同时，我们也清楚地看到，只要放荡不羁的生活仍在延续，他便足够快乐；他依然能保留内在的自由，听命于自身的天赋，逆向地生长发育，秘密地开花结果。可婚姻的到来终结了所有：他与一位头脑简单、思想轻浮，尤合沙皇口味的宫廷名媛结婚，生活的方方面面都立刻受制于礼节，他也立刻沦为宫廷社交中的一件“附属品”。各式开销、累累债务、儿女、对未来的恐惧，以及来自家庭内外（不论是出于道德考量还是经济原因）不得不承受的种种羞辱，加上那条缚其身于沙皇，日趋紧固的锁链——一切都立刻落向笔尖、融入墨液；而且，在同一时间，他父母地贬财空、身价骤跌，弟弟欠下的债务也出于某种缘故落到他的肩头。他完完全全被送到了敌人手中。最糟的是，他竟然自责起来。写于婚后的封封书信中，已经看不见曾经的普希金：不知怎地，他作出了妥协，背叛了天赋。自此以后，他的书信读来令人觉得——相比在困境中抗争——他更多的是在毁灭中挣扎，不知该如何投下那“决定性的一票”。因此，我们也不难理解，为什么在一些现代俄国人眼中，他足以成为一种象征。

迷信[1]

人类历史上那些重要的迷信始终令人印象深刻。它们如此古老，生命力如此顽强，又如此稀少。它们如果纯粹是无稽之谈，又怎会这般寥寥可数？然而，不管如何开枝散叶、丰富自我，它们都从未失却自身核心的理念，始终以直觉为土壤，一次又一次地生根发芽，散发出那种“有悖于常理”的气质。对它们来说，最糟的是，它们无法“排泄垃圾”；种种疯狂的“枯枝败叶”因其而生，如阴魂般萦绕不散。其中最古怪、最神秘也最为声名狼藉的，莫过于占星术。可它又如此充满活力！路易斯 · 麦克尼斯[2]的历史性考察试图立足于早已坍塌的眺望之台，在废墟中寻集“可堪一用”的遗物；在很大程度上，它堪称一个巨大的、满是“垃圾”的跳蚤市场，书中的一众占星术士们摆摊设铺，贩售废旧，种种复杂难懂的图表似迷雾般罩笼全书。对

① 本文曾载于 1964 年 10 月 2 日刊行的《倾听者》，是针对由伦敦劳特利奇与凯根·保罗出版社于 1963 年出版的 T.C. 莱斯布里奇的著作《幽灵与占卜棒》和由西雅图阿尔特斯出版社于 1964 年出版的路易斯·麦克尼斯的著作《占星术》的评论。——编者注

② 路易斯·麦克尼斯（1907—1963），爱尔兰诗人、剧作家。

于占星术，麦克尼斯似已完成了态度的转变——最初的怀疑似已化作尤具野性的笑声。不过最终，在停笔之际，他的心中只剩好奇。

于外行人而言，占星术无非是一连串幼稚的谬论，是一座由胡言乱语砌就的通天塔。它曾自立为一门“科学”，挑战来自科学界的目光，因此备受打压。碰巧的是，数据统计往往对占星术的某些一般性原理表现出支持，但在占星过程中——无论以何种体系进行分析、计算，始终存在着成百上千种有待考量的因素，它们互为干扰、时刻纠缠，牵一发则动全身——只有某种直觉性的判断有其动弹的余地，更遑论“言之有理”了。不过，也的确有一些占星者做得到“言之有理”；有那么几位高人，比如美国人伊万杰琳·亚当斯[1]，能在试验条件下屡屡测算出似乎足以令最极端的嘲笑者信服的结果。但这些“结果”尚不足以成为“实料”——它们仅仅是口头的判定，一旦时过境迁，便几乎与谣言无异，继而被“明显的反例”击垮，被流行世间的星座骗术夺走光环。

真正的占星术究竟是一种仰赖直觉的艺术，还是——如占星者们所言，像高等数学一样——是一门玄奥的科学？答案其实并不重要，只要它有其效用。在公共领域，针对占星术的斥吼不绝于耳，发声者涌现如云，但科学呢——如果它不曾有过“掩藏失败，唯以成功示人”的意识，如果它不曾将不同年代的幻想家们依次排除在历史之外，它所引起的“嚎叫”，恐怕有过之而无不及。占星术所面临的，其实是一种源自常识、出于常情——或者说是一种道德性的抵制。它最大的两位敌人——大众科学与清教徒传统——就主要的反对意见达成了一致，认为占星术奴役了心灵，干扰了自由的思虑，并以抽象的

① 伊万杰琳·亚当斯（1868—1932），美国著名占星学家，曾因在法庭上成功为自己的占星实践辩护而声名远播，著有多部畅销作品。

规则替代了自然的观察与反应。这正是通俗占星术的致命效应——无论它在行家手里如何行之有效，又展现出何等灵异的功能。然而，占星术大有可能继续发展，尤其是在今天——当另一种古老而神秘的忠诚渐渐搅起波澜、展露出勇气时，它很难再遭到抑制；这也多亏了物理学的进步。

眼下，“理性”一词正处于水深火热之中。归根到底，真正“理性”的事物只有那些“创世”的法则，而我们至今对它们知之甚少。我们只能尽可能地接近理性的思考：手持帽子、毕恭毕敬地站在“创世之谜”面前，保持极度的警觉，等待一个新词的出现。我们不再轻易从被假定的初始原则出发，进行艰难而恼人、如同缆索飞行一般的脑力运动。只要出现“无法确定”的情况，我们便持以“既有疑点，利归‘宇宙’”[①]的态度。我们将坚持某些判断，比如“月亮不是一块绿色的芝士”，比如“鸟会下蛋”，比如“如果我们穿过房间，就会抵达对面的屋墙”。可对于其他许多问题——比如“甘地[②]的祷告是否影响了欧洲的政治”，比如“耶和华是否只是摩西和亚伦以及任何应邀与他们一同祈祷的人煞费苦心、依仗意念之力造就的一个性情高度暴躁且常以灵力作怪的幽灵”——我们不置可否。“人们心中的恶意与邪念是否会生出双脚，上街游走”，“敌我双方的梦是否会在某处相会、相斗、相残相害”，或者“某些非人类的‘电灵体’是否偶尔会找人类下一盘或以智慧相搏或与斗智无关的象棋”——这类奇思妙想是否仅仅是痴人说梦，我们无法证明，尽管新式的仪器随时都有可能

① 原文为“give the Universe the benefit of the doubt”；英文中有“give the benefit of doubt”这一说法（常作为法律用语），意为“既有疑点，利归某人”，通俗说来，即“对他人的怀疑既然未能证实，且往好的方面去想”。

② 莫罕达斯·卡拉姆昌德·甘地（1869—1948），被尊为“圣雄甘地”，印度民族解放运动的领导人。

令人信服地检测到它们的存在。如果必须“置以可否”，我们将选择抵制，因为它们深居于一个深渊之中——在那里，我们悉心经营的文明多半将土崩瓦解。可曾经，世界各地的人们都不时地发现这些古老的念想已然占据了他们的头脑，一如他们发现自己已然相信了佛教或者赫拉克利特[①]一派的说法，认为火才是这泱茫宇宙的本原。

对于“火本原说”，现代物理学家已经用现代文明的语言作出了重申。他们在愕然中保持着警惕，挣扎着，只求立足于人类的维度去理解万物；这显然不是一件容易的事，而他们的“理性”也在此过程中日渐蒸发——这类例子并不少见，泰勒[②]就是其中之一。在一座容纳了各种“动静”（在过去，它们被称为“超自然”现象）的房子的后门，他们将自己，也将我们卸落在一种保持着微妙的平衡，完全以电来解释所有的创世之论当中——因为，纯粹的“电性世界”里不存在“隔墙”，万物畅行无碍，各成一股“电力”，彼此间互为影响；在这里，“电场效应”主宰一切，也正是在这里，莱斯布里奇[③]的著作能够“言之有理”。

众所周知，所有生物都自带某种覆面宽广的“电场”。若你用手在猫身上抚捋几下，再将手悬在毛层上方，你掌下的毛发便会直直竖起。可是，要证明任何物体——不论死活——都具有类似的“电场”，却并不那么简单。

莱斯布里奇拥有“占测”未知的天赋，同样拥有这般天赋的人（根据计算，世上有三分之一的人有幸得之）通常不会对此提出质疑。占测时，如果你试图反抗那股隐形的拖扯之力，欲将探棒牢牢定

---

① 赫拉克利特（约前535—前475），古希腊哲学家，提出了“火本原说”，认为万物的本原是火，而宇宙是永恒的活火。

② 爱德华·泰勒（1908—2003），美国理论物理学家，被誉为“氢弹之父”。

③ T.C. 莱斯布里奇（1901—1971），英国考古学家、探险家、心灵学家。

住，那么你手中的棒子将因此而弯折甚至断裂。此外，还有另一种装置——也就是灵摆，它比探测棒更为敏感，而且（几乎）人人都能使用：一颗小球连在一截细线的末端，从指间挂下，通过左右摇摆来传达信息。莱斯布里奇描述了他如何在考古发掘的过程中使用灵摆来寻找地下古物。他不仅能占卜它们的方位，还能探知它们的深度与材质。在书中，他一一细述了他的方法。借由这一装置，他作出了生动的介绍，让我们了解了一片由众多电场构成的森林：我们生活在这片森林之中，自身的电场也时时受到身外之电的影响，经历着种种改变。在这些电场之间，一道道脉冲满携复杂的信息不断地传递；它们如何被传递，如何留下“印记”，“印记”又如何被贮存——这些问题已经属于电动力学的范畴，与迷信无关。

莱斯布里奇进行了逻辑性的类推，将以上这些情形代入“拟娩”[①]之中。妻子分娩时，丈夫也躺在床上，承受着相同的痛苦——这仅仅是千万种“移情病”（心可同感，身亦可受）中的一种；而且，它也许还能和信仰疗法发生关联：一如某些原始的医疗手段，治疗者以己之身接收患者的病疾，或将一定量的健康传递给病人。这一理论的关键就在于那普普通通的一条定律：电能从高电位流向低电位。电从电位较高的人流向由电位较低的人，随电流一起被吸收的，还有一股股来势汹汹，裹挟着各种思维方式、心情、倾向等，意在改良与修正的电波。某些特定的条件——尤其是高昂的情绪——似能提升一个人的电位，而沮丧、疲倦和恐惧似会降低电位。正如人们所知，在通灵过程中，信仰治疗师的静电位会有一定程度的下降，而这一事实也支持了莱斯布里奇的推论。除此之外，还有另一种可能：如果两人或

---

① “拟娩”是一种“父代母育”的古老仪式，文中的“拟娩”应指“拟娩综合征”（即将成为父亲的男性出现孕期的症状或在配偶分娩时感受到相同的痛苦）。

者多人之间拥有某种“共同的情感”（尽管一桩小事、一件小物便足以唤起“同情”），交流也能成立。朋友之间的心电感应无疑是最为畅通无阻的；在真正亲密的人之间，心电的“入侵”能力可以强到令人毛骨悚然的地步。而更为实际的巫术则须从受害者身上取得某些碎屑、琐物后才可操作，远距离魔法治疗（其疗效实在太好，所以无法被轻易否定）的实施也少不得病人提供的些许毛发或者一滴血液。

这一切都通往一个深渊——曾经，作为见证者之一的弗洛伊德[1]对此感到惧怕。这种无意识的“传递”具有怎样的限度？还有那些初次见面时就能大量且广泛地读取陌生人的过去，像莫扎特听见他的音乐一样轻而易举地看见他人的生活像电影一样一帧帧展开的人（一些个体生来便具备了这样的能力，荣格也曾在偶然的场合获得了同样的能力，并在著作中引用了自己的经历）——他们的天赋，又该作何解释？如果这样的“接收方式”真的存在，那么它不仅有可能是一种个人的异能，也有可能是为电性生命体质所共有的特性——两种可能性相当。一个孩子若以这种方式吸取源自血亲们的种种信息，其可能的后果令人生畏；让弗洛伊德感到惊恐的，也正是这一点。

在这个深渊里，还住着各种幽灵。许多幽灵都可由心理学或者医学来解释。但出没于某一地点，能让不同的人和各种动物都有所反应的幽灵或者“存在”就显然是“人间万物”的一部分，得用“万物之理”来加以衡量。莱斯布里奇的理论对这样一种幽灵作出了解释：它是一种印象——恐怖、悲惨、怨恨，也可能是快乐，它被某一处于情感高峰的个体投入并储存在某个电场之中（就像被储存在电容器中·样）——或像我们的经验一样被储存在我们自己的电场中。当某个正

① 西格蒙德·弗洛伊德（1856—1939），奥地利心理学家、精神病医师，精神分析学派的创始人。

处于“低电位”的人——比如一个心情沮丧或者受了惊吓或者一大早就萎靡不振或者生了病的人——踏入这一电场，那样的印象便回漏到他们的意识之中，让他们“意识”到它的存在。换句话讲，在地球的重力场中，所有这些电场都会积储经验，尽管这些经验也许会日渐淡薄；这些经验将以怎样的形态存在？——仅仅是这一个问题，就有可能再一次在拥挤的宗教世界中挑起争端。

莱斯布里奇深入深渊，完成了一场迷人的冒险，以上这些不过是浅处的风景。如果感应式录制设备能在性能上有所飞跃，让所有这些虽然重新焕发出生机，但又的确非常古老，也被广泛分享的猜测得到证明，将它们作为事实摆在最粗鲁的怀疑者面前，世界将会重新变得有趣——那将是何等的混乱！何等的有趣！要想在那一片混乱之中令人信服地存活下去，唯一理智且体面的方式，便是钻研物理、创造艺术。

再生[①]

萨满文化的踪迹与变种遍及世界，但它最纯粹也最典型的祭祀程序却是在东北亚与中亚地区形成的。“萨满”（shaman）一词源自通古斯语。萨满文化并不是一种宗教信仰，而是一种“技法”：它使人可以在某种出神的状态下，在各式各样的精神领域之间穿行、往返，也使人可以在实际的危机中以实际的方法对灵魂与精神作出“一般性的处理”。它与主流宗教并行，也在其内部走向繁荣。比如，一些西藏喇嘛就偶尔会行萨满之事。不同的宗教之间存在着根本性的差异，而萨满信仰——其内在经验、技法以及应用——不论在什么地方都跃然呈现出相似的形态，仿佛祭祀活动的整个过程与其说是某种单纯的文化传统，不如说是一次不可避免的生理反应，尽管文化传统显然也对萨满教的祭祀活动产生了细密而深远的影响。亚洲地区的萨满文化就深受佛教的影响。

即便是在佛教这样庞大的宗教体系中，萨满教仪式也可以承担全

① 本文曾载于1964年10月29日刊行的《倾听者》。

关重要的职责；相关的例证，在西藏版的“亡者之书”——《度亡经》[①]中也许可以找到。在《度亡经》中，死后世界的地理结构以及各式“陈设”与“装饰”都以佛教义理为参照，可总的来说，“中阴救度”的主要过程，即引导亡魂抵达安息之所或者回归生命的过程（连同一系列意义重大、声势浩大的活动，历历如绘、音翔韵绕的伴唱，对灵魂的训劝、威胁以及其余种种）却是典型的萨满教仪式。这项规模庞大、正规正式的作业早已和任何一脉萨满文化都断了关联，但它的根源在哪儿——看来已很明显。

萨满可以通过多种方式被“选中”。在一些地区，有志者与世隔绝、自我折磨，行斋戒、残己身，承受非同寻常的痛苦，直到一具“灵体”（通常是某种动物）降临并从此成为他与灵界之间的联络者；在北美印第安部落中，这种形式相当普遍。在另外一些地区，萨满的人选由部落决定：当选者经受严酷的考验、接受启蒙，最终有可能成为萨满，也有可能失败。然而，最常见的选拔模式来自于“灵界众生”：它们在梦中接近人类。在最简单的梦中，人们或像布里亚特人（Buryats）一样看见一只老鹰，或像戈尔迪人（Goldi）一样看见一个美丽女人，仅此而已。但在另一个极端，任何一个萨满（无论他最初如何被选为萨满）都必须经历的精神性转变的整个过程被充分地“戏剧化”，成为一场场漫长而复杂的梦。在这样一场全面而周详的梦中，最核心的情节——一如部落仪式（仪式上，受选者在部落的迫使下完成转变）中的核心情节——是一次“魔幻的死亡”；人“死”以后，尸体将被恶魔或者相当于恶魔的某种力量以一切可能的手段分解：水煮、火烧、饮血啖肉、千刀万剐等，不一而足。从这惨烈的

① 《度亡经》，又译为《中阴得度法》，作者为8世纪印度高僧莲花生，该书依照佛教教义介绍了人离世后处于“中阴”阶段时每天的变化情形。

“死状”中，萨满被众灵复活，获得了崭新的五脏六腑和一具崭新的、由众灵为之创造的身体。从梦中“痊愈”后（他可能一连数日无法梦醒，陷于彻底的恍惚），他便在某位萨满的指导下开始研修，全面地学习他这一脉萨满文化的伟大“遗产”，掌握神话、医学以及技术方面的各种知识——这一阶段将持续数年之久。

一些萨满行萨满之事只是为了自娱，但在通常情况下，萨满的“表演”不仅面向公众，也服务于公众。准备工作相当细致，仪式的过程耗时很长、场面盛大：萨满身着华服（上面挂满了镜子与往往重达五十多磅[①]的佩饰），跳舞、击鼓、腾跃，用歌声让自己出神并进入精神领域。在“出神”状态下，他能掌控火焰，不惧炙烤，挨一刀子也不流血，还能以令人难以置信的力量与迅捷完成诸多壮举。一般来讲，萨满的职责或是引导某个灵魂进入阴间，或是帮助病者，将其迷失的灵魂带回阳间，或是向死者递送祭品，或是向众灵提出询问：某场疫病因何而起？哪儿能找到猎物？某个走丢的人现在何处？而所谓“精神领域”的构造其实大同小异，具有普遍的一致性——熟悉的形象不断地重现：冰冻的河流、碰撞的岩石、洞口的狗、兽中之后、神山，诸如此类。最终的结果——在回归人界之际，萨满将展现出某种治愈之力，或向人们透露一则关于未来的消息。观众们受到的影响势必深刻：他们完成了一次彻底的精神宣泄，也让自身的宗教情感焕然一新。此外，这些萨满教仪式充满了滑稽的举止，以及各式各样的模仿、对话以及神奇的柔术，因此也颇具娱乐性。而萨满自己又受到了怎样的影响——这一点不得而知，犹待探究。最初，在成为萨满的过程中，人必须面对一次重要的抉择：一旦被众灵选中并且做了该做的梦，你便只剩下一种活法——要么死，要么做一辈子的萨满；这似乎

① 1磅约合0.454千克。

是极其普遍的信条。而肩负使命的人也不尽然是男性：在一些传统（比如在日本）中，女性萨满占据了主导地位。

那些启蒙之梦——那种“萨满式精神航程”的普遍模式以及与我们邂逅的种种形象与奇遇并不是萨满文化所独有的，事实上，它们是构成一种我们称之为“浪漫”的诗歌气质的基本体验。在崇奉萨满文化的社会中，能写出《维纳斯和阿多尼斯》[①]《奥辛的漫游》《圣灰星期三》[②]或者济慈的某些长诗的人都将具备拿起锤棒、敲打神鼓的资格，尽管实际的“航程”——可被感知地——藏身于神话（比如俄耳甫斯[③]和赫拉克勒斯的故事）、史诗（比如《吉尔伽美什史诗》[④]与奥德修斯[⑤]的事迹）和众多出类拔萃的童话故事背后。这一“航程”其实正是那种“英雄式追寻”的轮廓。萨满们依从心之所向，耗神竭力，保持极度的紧张，寻得实际的结果，而他们所经历的似乎是某一出不断“再生”也不断被人类灵魂投入演绎的重头好戏——它关乎根本，又充满诗性。米尔恰·伊利亚德[⑥]以一种既富于学术精神又令人陶醉的方式对所有已知的关于萨满文化的知识作出了细心而谨慎的回顾，他的著作[⑦]是针对萨满文化的一次重要考察。

---

① 《维纳斯和阿多尼斯》是莎士比亚发表于1593年的一首叙事长诗。

② 《圣灰星期三》是T.S.艾略特皈依英国国教后创作的第一首长诗，发表于1930年。

③ 俄耳甫斯和后文中的赫拉克勒斯均是希腊神话中的人物，前者擅长音乐，后者力大无穷。

④ 《吉尔伽美什史诗》是目前已知的最古老的史诗，最初以楔形文字写成，是一部献给统治着古代美索不达米亚地区苏美尔王朝的都市国家乌鲁克的英雄吉尔伽美什的赞歌。

⑤ 奥德修斯是荷马史诗《奥德赛》中的人物，曾指挥特洛伊战争，献木马计，使希腊获胜。

⑥ 米尔恰·伊利亚德（1907—1986），罗马尼亚宗教史学家、哲学家、作家。

⑦ 《萨满信仰》，米尔恰·伊利亚德著，由伦敦劳特利奇与凯根·保罗出版社于1964年出版。——编者注

然而，如果萨满信仰是在人和宇宙的神奇力量之间建立的一种如此个人、如此诗性又如此深刻的“约定”，那么苏菲主义[①]又是什么？读罢“苏菲派大统领”伊德里斯·沙阿[②]的这部惊人之作[③]，人们几乎倾向于认为萨满信仰可能是苏菲主义的“后代”——一个走失在外、被蛮俗化的后代。在由业余的神秘主义者、见神论者以及浅尝神秘辄止的半吊子学者提出的一众散乱的假定与臆测之中，人们常常遭遇所谓“隐秘的信条”，遇见某种有能力触碰被掩蔽的事物[④]，以及据说掌握着开启西方世界万物之门的钥匙而且独立于基督教的神秘联盟：塔罗牌、女巫（其所为有别于一般的巫术）、秘密社团、玫瑰十字会[⑤]、共济会[⑥]、卡巴拉教[⑦]等。沙阿在书中以毫不业余的方式作出了明确的论断：事实上，以上这一切都起源于苏菲学派；它们代表了堕落与迷失，是苏菲派信条的“滤后产物”。苏菲派的重要诗人——哈菲兹、鲁米、伊本·艾拉比——不仅身处世界历史上最伟大的诗人之列，也似乎为西方最伟大的诗人们提供了可观的素材与灵感。比如，西方的“浪漫”传统始终被“爱”与“隐秘性”浸透，而这正是苏菲派的馈

---

① 苏菲主义是伊斯兰教的神秘主义，起源于禁欲主义。苏菲主义者认为安拉是永恒的美，通向安拉的道路是爱，他们将苦行与禁欲作为一种修行方法，力求通过爱和沉思冥想、通过消除个人意识来服从安拉，使自己融于安拉，达到“无我”。

② 伊德里斯·沙阿（1924—1996），苏菲派学者、导师，一生著作颇丰。

③ 《苏菲学派》，伊德里斯·沙阿著，由伦敦 W. H. 艾伦出版社于 1964 年出版。——编者注

④ 原文为“touches the occult”，“occult”一词原义为“被掩蔽的”，可引申为“神秘的”“未知的”，此处为与“神秘”一词区分开来，取原始含义。

⑤ 玫瑰十字会是 17 世纪初在德国创立的一个秘密会社，自称拥有自古代传下的神秘知识，其标志为“十字架上的一朵玫瑰”。

⑥ 共济会出现于 18 世纪初的英国，是一个带有宗教色彩的兄弟会组织，也是目前世界上最大的秘密组织，许多著名人士与政治家均是共济会成员。

⑦ 卡巴拉教是犹太教的一个分教，起源可以溯至 12 世纪；其理论体系以对《圣经·旧约》的神秘解读为基础。

赠。一如罗伯特·格雷夫斯[①]在书引中所言，从已有的知识来看，在对生活与世界的态度以及研修方式上，督伊德[②]传统（与爱尔兰早期的各种诗派类似）和苏菲学派之间存在着令人惊讶的关联：苏菲人不传福音，不受既定教条的约束，却浪迹四海，到处安植院派（这一形式在本质上与吠檀多派[③]和禅宗一致）。苏菲学派的脉流总是在最意想不到的地方显现。在沙阿的著作中，许多早已被世人遗弃的谜团（它们似乎暗示着中东某地的某个伟大的精神时代早已死去，只留下一众无从解读的遗迹和“自动之象”，不断地搅扰着我们的怀旧之情）突然获得了有机的生命。

被选中的“准苏菲主义者”都具备了天然的资质，能以苏菲派的方式生活；他们在苏菲学院中经受严格的训练（那是一套旨在引导道德性的自我发展，而且高度完善的教学流程），年复一年地磨砺心性，不断地消减自我，摆脱天堂、地狱或者任何随身携带的宗教观念，不留生命于尘世，只为融入安拉——融入创世之力，成为安拉的活体与实质。苏菲派大师将这份对真主的爱融入生活，然后顺理成章地创造出令人难以置信的种种奇迹，其目的就是为了引导他人走上苏菲之路——不过，能够被引导的，只有那些前来寻求引导的人。苏菲一派（据说已达五千万人之众）想必是这世上唯一一个由通情晓理之人组成的群体。

---

① 罗伯特·格雷夫斯（1895—1985），英国诗人、小说家、评论家。

② 即督伊德教，这是古代不列颠的一个神秘宗教。

③ 吠檀多派是印度婆罗门教六派哲学中的一派。

启示[1]

——艾萨克·巴什维斯·辛格[2]的天才

艾萨克·巴什维斯·辛格在 1935 年移民到美国，他的第一部长篇小说《撒旦在戈雷》也于同年出版。自那时起，他的写作题材几乎全部取自战前波兰的“犹太世界”——或者更准确地说，是战前波兰的“哈西德[3]世界”（这一“限定”具有相当重要的意义）；1904 年，他本人——作为一名拉比[4]的儿子——便出生在这样一个世界。所以，他不仅以意第绪语写作，其选定的主题也进一步受限于特定的、

① 本文曾载于 1965 年 4 月 22 日刊行的《纽约书评》。——编者注

② 艾萨克·巴什维斯·辛格（1904—1991），犹太裔美国作家，1978 年诺贝尔文学奖得主，代表作包括长篇小说《撒旦在戈雷》《莫斯卡特一家》，短篇小说《傻瓜吉姆佩尔》《市场街的斯宾诺莎》。辛格是一位具有强烈的民族使命感的作家，其作品绝大多数都以意第绪语写就，对于犹太民族的命运和前途的担忧与思考深刻地影响了他的创作。

③ 即哈西德教派，这是犹太教的一个支派，又称“虔敬派”，于 18 世纪起源于东欧。

④ 拉比是犹太人对学者的尊称，尤指有资格传授犹太教义或精于犹太教律法的学者。

如今已成为“过去”的地域与文化。然而，在译者的努力下，他的作品有幸流传于世；他也——在数种意义上——被视为真正伟大的在世作家之一。

除了《撒旦在戈雷》，他还创作了另外三部长篇小说（均已被译成英文）和三篇短篇小说。若依时间顺序细读这三部长篇，人们最先注意到的，便是他眼前那幅格局浩大、发展完善（在人们看来或许堪称“成功”）的梦景。辛格通过文字来表达的一切，用“梦景”一词予以概括似乎十分恰当。他的想象是诗意的想象，具有象征性倾向——关于辛格，这一点至关重要，他借以表现主题的基本策略也取决于此。在他的一切所为之中，冷静而善于分析这一特质显得尤为重要，但这种特质却有机地屈从于一种掌控全局的力量：它归根到底是一种幻想之力、救赎之力。倘若没有这种“天才”，他想必已经崩溃——像其他人一样、像他所见证的那样，在怀旧之梦（缅怀充满仪式感的哈西德式虔敬）与绝望（穷途末路于茫茫宇宙之中）之间崩溃。然而，较之以上这两种极端，那居于其内、擅于创造的恶魔（和“梦景”一样，“恶魔”一词也尤为恰当）对他的影响更为深刻。正是它，使他如此沉湎于怀旧，又深陷于绝望；之所以既怀旧又绝望，是因为这位“恶魔”——说到底——正是发自其天性的呼喊，它不惜一切代价，在生活中求取满足，不愿放弃任何一丝自然而然的快乐。正是它，在无望的困境中承受痛苦，虚构起超乎常理的出路；也正是它，透过大多数人的眼睛，透过牢栏间的缝隙无言地凝望。从根本上看，它是超越道德的，既乐于创造，也同样乐于毁灭。但辛格体内的恶魔有所不同：它是一个充满智慧的灵魂，它逐渐在善恶之间划下明确的刻度，逐渐认识到哪些行为会让自己卷入悲愁、痛苦与空虚之中并唤来残忍的力量壮大自己，哪些行为又会让自己彻底陷入狂喜并尽情地享有属于自己的快乐能量。辛格笔下的篇章对这位恶魔在几十年间经历的“再教育”作出了诠释，而这几十年间的世界——特别是对于犹太人而言——实在是糟糕透顶的“校园”。他的作品提出了“人应当如何生活，才最真实，最像个人？”这一问题，但这个问题并非源自任何暂时性社群的中心，也非源自任何形而上的推测性思考或者远离现实的神经性迷惑，而是源自人性的“重心”。从犹太人的历史与传统之中，它们感受着痛苦、继承了智慧，作出了自己的回答。他的创作不重论述，更不以“记录”为主，而是一种“启示”；我们尊重他的发现，因为事实上，他的确拥有使我们必须尊重的权威与力量。

直到 1945 年，那位恶魔在辛格的作品中都以一种“受制于人”的形象示人。《撒旦在戈雷》和《莫斯卡特一家》(1950) 描述了它如何败下阵来。虽然这两部作品相隔十年之久，但在某些方面，它们殊途同归。在我看来，《撒旦在戈雷》稍显逊色：它意义重大，拥有令人震惊的结尾，但就大部分内容而言，其谋篇布局的方式使人甚感困惑。如果不拿它与辛格后来的作品（在这些作品中，他受灵感的支配，完成了种种“正当”的技术性发明，而这些发明本身就是一种探讨、一项研究）进行比较，我们也许不会如此明确地注意到这一点。《撒旦在戈雷》描述了在 17 世纪的波兰，沙巴泰 · 泽维①的“弥赛亚之癔”②如何影响了一个小小的哈西德社群。沙巴泰 · 泽维的追随者们（他们频繁地出现在辛格笔下的故事中）有效地完成了对“那恶

---

① 沙巴泰 • 泽维（1626—1676），犹太教拉比，卡巴拉主义者，于 1648 年自称为犹太人的救世主。

② 16 世纪至 17 世纪时，欧洲各国对犹太人的迫害加剧，承受着巨大痛苦的犹太人真诚地渴望救世主的降临。于是，“假弥赛亚”在许多犹太人社群中出现，沙巴泰 • 泽维便是其中最具影响力的一位。1666 年，泽维被带到奥斯曼帝国的最高领袖苏丹面前，苏丹命其改宗伊斯兰教（否则将以叛教罪处死），泽维接受了命令，“弥赛亚”也不复存在。

者”的神化，宣扬“在犯罪行恶的极乐中得救”的理念，仿佛在向禁忌、向破坏之力和超自然邪能负载的异界屈服时那种纯粹而彻底的紧张状态中存在着某种净化之力；这些禁忌和这样的异界曾与摩西律法——在其彷徨不定的历史中——发生碰撞，被制服并且从此不得不屈于其下，无法抬头。庞大的人群在卡巴拉神秘主义的号召下聚集起来，立于万物的“神圣边缘”，拧紧扣盖，将几大宗教和几位昔日的造物主锁入深处，只保留表面的串串点码、行行文字和种种仪式性的手势。这不完全属于古代历史的范畴，其中的某种成分已被现代心理学和先锋文学视为教条。有人可能会说，现代西方人的生活是一次规模浩大、被科学规划的投降——向从前的未知与禁忌投降，仿佛如此生活才是获救之道。由沙巴泰·泽维引发的精神瘟疫是一个准确的喻体——它象征着一场摧毁了一切精神原则、弃整个时代于愤世嫉俗的物质主义与意义真空之中的文化滑坡。正因如此，奈切尔（她嫁给了沙巴泰·泽维教派在戈雷的领导者；地狱之恶全面爆发、畅行无阻，最终在她的思想中集聚）所经受的苦难并非远在17世纪——它们属于眼下的这个世纪。也正因如此，我们有理由相信，这些苦难所反映的，其实就是辛格本人——作为波兰犹太人的代表——所经历的种种沉思。

辛格的创作基于这样一种经验：哈西德派的生活方式在重压之下土崩瓦解，可一直以来，人们之所以如此生活，恰是为了将造成这种压力的事物隔绝在外。生于社会变革之际，同时又得尊重秩序的诗人常常陷入类似的道德处境。20世纪中叶，深刻而丰富、严肃而庄重的哈西德传统（在它背后，是整个犹太传统）汇入意识形态的混乱之中——辛格所遭遇的，正是这样一个历史时刻。不为老“律法”所容的种种异端尽在眼前，这些诗人肩负着寻找新“律法”的职责。然而，当天性被解放、激情被唤醒的人，思想上的冒险家，“魔鬼之力”[①]的掌控者，以及以万物之真理为启示的人都被比作撒旦（在哈西德犹太人眼中，他们注定是罪恶的化身），当虔诚和仪式——一个民族独特的精神力量和唯一的生存之道象征着一种老旧而过时的秩序时，他们无疑将处于危机四伏的境地。在辛格的第二部长篇作品——《莫斯卡特一家》中，尽管撒旦式的象征之力不复存在，但那整一场冲突的过程与影响变得更加清晰、明确，易于追溯。

比《撒旦在戈雷》晚了十年，风格截然不同的《莫斯卡特一家》以托尔斯泰式的“全景模型”铸成，长达六百页的篇幅涵盖了一个富裕而庞大的父权制家族——莫斯卡特家族的兴衰与变迁，并以此颇具暗示性地影射出一个民族的命运。整个故事始于20世纪之初，终于纳粹向华沙投下的第一颗炸弹。全书的主人公是一个名叫阿萨·赫舍尔的年轻人；虽然拥有早熟的自由思想，但最初，从表面上看，身为拉比之子，他是个正统的哈西德犹太人。为了谋生，也为寻求神圣的真理，他离家从偏远的小城到了华沙，并与莫斯卡特一家发生了密切的关联。此后，故事的发展便成了波兰犹太人道德崩溃的写照。

《莫斯卡特一家》描绘了华沙犹太人的生活图景：宏大、汹涌、生动、真实，每一个段落都切合时宜。在这座城市里，犹太人处于西方的“磨石”下，其内在的一致性日渐破裂，种种典型的变异随之出现，但辛格仍以两个人物——阿萨·赫舍尔和亚伯兰的经历作为全书的“主流”。亚伯兰是一个享受生命的人，性情反复无常。来自异教的重重重压几乎彻底剥夺了他对正统思想的认同，但他并不畏缩，依

① 原文为“powers of the air”，即“空气中的力量”，该表述常见于《圣经·新约·使徒书》。一般认为，此处的“空气”含有“迷雾”“黑暗”之意，是与“天堂”对立的存在，而“空气中的力量”则暗指“恶魔的力量”，是故此处译为“魔鬼之力”。

旧保有活力，维持着自身——作为一个哈西德教徒——的完整性和愉悦感。尽管从各方面看来，他几乎完全生活在罪恶之中，尽管最后他在娼妇的床上崩溃、在情人的床上死去，但他始终是一个“真正的哈西德人”、一个“生物学意义上的犹太人”。然而，当作为根基的心受损受伤，陷入过度的狂热并因此动摇不定，不再牢靠，一切都变得奄奄一息，一切都将一头栽进异端的时代，被死亡吞没。他保持着“满压状态”的犹太性，完成了一次天真的跃进。他称自己的门徒阿萨·赫舍尔为懦夫；不过相比之下，阿萨·赫舍尔的行为从表面看来的确懦弱。但阿萨·赫舍尔早已退缩：他早就纵身一跃，闯入由达尔文[①]主宰的荒野，闯入西方文明隐而不现却硝烟不断的战场，然后——他退缩了。他虽没有“生活如斯”的幻觉，却容许那荒野之风将传统的信仰——将生命的意义通通刮走。那是他第一次背叛上帝；之后，他无论做什么、想什么，都透着一种迷茫、一种漠然。他的两次婚姻都触了礁，婚姻生活步履维艰，尽是折磨。在贫瘠的精神世界与玩世不恭的生活中，他探求智慧的远大志向尽付徒然。对于生活中的一切可能，他都抱以冰冷的怀疑。对他来说，上帝已死，可他又无法再爱上其他：人不过是一堆原子，是一具一无所育、被盲目的欲望摧垮的骨架。他冷酷而绝望地渴求着女人的肉体；他对女人的猜忌与憎恨（也许可以说是“憎恨”）有多深，这种渴望就有多深。他于青年时期完成的卓越专著《幸福的实验室》也伴他一起，在无谓地游荡中日渐朽烂，最终不知去向。他的民族失去了信仰，追求着崭新而混沌的世界；其一切后果——种种道德与智力上的困境——似已在他的思想中集聚。在冷漠的外表下，他正痛苦地死去：在《撒旦在戈雷》中，精神失常、中了邪似的奈切尔所经历的，正是这样一种神话式的死亡，

---

① 查尔斯·罗伯特·达尔文（1809—1882），英国生物学家，进化论的奠基人。

而这两部小说之间的关联，也许就在于此。

阿黛尔——赫舍尔的第二任妻子——一听说有关希特勒的传闻就准备离开赫舍尔，逃往以色列；出走之际，她找到了恰当的语句来形容自己的丈夫："他属于那种人——要么死，要么侍奉上帝。他早就抛弃了上帝，所以他已经死了——活着的身体、死掉的灵魂。"正是在阿萨·赫舍尔的这种处境中，辛格的梦景中所蕴藏的一般性、道德性的内涵才散发出光热。毕竟，阿萨·赫舍尔不仅仅是一个哈西德犹太人。他是一位典型的现代英雄。虽然不能忘记的是，辛格以意第绪语写作，其目标读者也以犹太群体为主，但我们依然发现，他的写作源于如此关乎本质的想象，以至于在他的作品中，"犹太性"已经上升为一种具有象征意义的特质，而他的描写对象，也不再是具体的"犹太人"，而是人与上帝之间的关系。他以各式各样的长篇小说和短篇故事描述了人神关系的各种阶段与片段（只有少许短篇是例外）——尽管它们都以犹太人的语言写就，具有明确的犹太性。所以，我们几乎可以断言，在辛格笔下，犹太人代表了现代社会中那些流亡于"神圣的传承"之外，经历着苦难，正不断尝试理解的人；而这也并不完全是辛格的个人发明。

小说的最后，阿萨·赫舍尔在纳粹的轰炸之下匆匆避躲，在他身边的，是他最新结交的女友——同为犹太人，却是个坚定的共产主义者。他知道自己这一路走来，始终在迈向堕落。共产主义是一种与"神圣生活"对立的意识形态。在女友的陪伴下，阿萨·赫舍尔遇见了那位哲学家——那位曾一度成为被"异教化"的犹太知识分子眼中的希望，此时却陷入困惑的天才；在从天而降的弹雨中，哲学家合上书本，说道："弥赛亚即将到来……死亡就是弥赛亚。这才是真正的真理。"正如死亡成为奈切尔的终点，对于阿萨·赫舍尔的经历而言，这便是合理的结局。抛弃上帝、抵制由"神圣的诫律"所规范的生活——最终被证明——是一种无可救赎的犯罪；随之而来的，是无从逃避的惩罚（书中的历史进程似乎证实了这一点）：罪人堕入意义的荒原，在毁灭与痛苦中无名无姓地死去，或者象征性的死去，或者真的一命呜呼——死的方式无关紧要。

在绝望中，在荒谬的宇宙中，辛格的梦景到达了那个地方——一个大多数与之相当的现代作家都已在情感上停留多时的“点位”（尽管他们为了更进一步，已然作出了令人瞩目的尝试）。若在百分之百的虔诚中被推向绝对的极限，“存在的抉择”会不可避免地成为一种宗教，因为人性的深奥与复杂，单凭理性的方式，是无法完全理解并予以把控的。于是，就像在一个毒物遍地的世界里选择（归根到底，这种选择依然合理）一种能开花结果的作物一般，人类必须克服千难万险，才能养成自身的信念和对种种纪律与禁令的遵从。也就是说，在其所处的“点位”，辛格拥有一切理智的、人性的动机，去重建一种对“犹太信仰”的赞同，可一旦失败，等待他的便是死亡。所以在此，哈西德犹太人的传统再一次承担起“普遍的意义”，成为（也许一直都是）一种范例式的、真正实际的、“关乎存在本身”的诫律。犹太信仰和大多数规模更大、影响范围更广的宗派不同：它的核心——在这样的语境下——可以说是一种漫长的、始终处于复兴之中、为走投无路的人而准备的“选择”，旨在确保一种可以对抗重重困苦的生存模式；三千年来，正是这种信仰，使得犹太人在面对如此严酷的压迫与在短短数十年间便让其他众多民族陷入分化的诱惑时，能一以贯之地保持不可动摇的凝聚力。因此，如果辛格在他的作品表现中出回归犹太信仰的倾向并将它视作一种脱离现代意义上的绝境、挽救人类的精神生活和所有伟大美德的途径，也不足为奇。

《莫斯卡特一家》是一个“母体”，它孕育了辛格此后的诸多作品。紧随其后的两部长篇小说——《鲁柏林的魔术师》(1960) 和《奴隶》(1962) ——仿佛两场幻梦，源自阿萨·赫舍尔的悔恨。魔术师雅沙·马祖厄自恃如有神助的奇思妙手，堕离信仰，投机取巧，成了某种意义上的撒旦。然而，雅沙·马祖厄与阿萨·赫舍尔不同，他心中的信念并未彻底死亡，(或许) 只是被掩埋在深处。当他落入深渊时，正是这股信念拯救了他；在自家院中一间砖砌的单人小屋里，他禁欲苦修，又成了远近闻名的“圣者”。虽然独自一人，但他并没有拒绝这个世界，他只是接受了唯一一种不会为他自己也不会为与他相识的每一个人招来痛苦的生活方式。《奴隶》朝着同一个方向又迈出了伟大的一步。雅各布在17世纪的波兰农家为奴，遭到残忍的对待。他与兽同栏，生命时刻受到威胁，但他不曾放弃自己的信仰。他爱上了农家主人的女儿，改变了她的信仰，并与她一起回到了一处犹太人的聚居地。这是一则关于英雄式的虔诚与奉献的故事：他坚持自己选定的道路，任何失望、迫害或者障碍都无法使他动摇；最终，和魔术师一样，他成了某种意义上的“圣人”。

在这部小说中，辛格笔下的深层主题之一清晰地浮出水面。他作出了暗示，也似乎本能地围绕着以下这一事实完成了小说的构建：在一个男人和他生命中的女人之间的关系与他和自己的灵魂——和上帝之间的关系之间，存在着某种隐秘的“对等性”。《撒旦在戈雷》中的奈切尔似乎和辛格本人有所关联，而哈达萨、阿黛尔、芭芭拉以及阿萨·赫舍尔的母亲则准确地定义了阿萨·赫舍尔之堕落的几个阶段。在《鲁柏林的魔术师》中，艾丝特、玛莎和艾米莉亚定义了三个不同的雅沙·马祖厄，而旺达和萨拉（一个女人的两个名字）则分别对应了从混沌中创造灵魂的雅各布和“圣人雅各布”。这些对应既微妙，又予人启迪。在神话性或者象征性的层面，关于小说的主人公，无论辛格作出怎样的叙述，这些女性始终都处于核心地位。也正是在这一层面，我们无比明确地意识到《奴隶》一书是何等伟大的成就，也或许能理解为什么这部小说能绽放出如此耀眼的光芒，为什么它拥有如此强烈的美感。辛格像一位先知一样回应了他的时代——尽管他的言语或许看似不符常理、不合时宜。如果世界是一座“地狱”，那么它就是唯一一间“幸福的实验室”；在《奴隶》中，雅各布与萨拉所达成的，是一种“炼金式的婚姻”——一种代价高昂、充满变数却也是唯一真正幸福的结合。所以，我们从中明白了什么？——人类抵抗堕落与困惑的动力和在似乎一片虚无的境地中“创造”上帝与“神圣欢悦”的技法从未改变，但一个人必须倾尽所有的热爱与忠诚，才能借此动力完成创造；而放弃它们，只需短短一日，且一旦放弃，世界也将再一次变成地狱。

辛格的短篇小说通过数十种方法，对以上这些引导性主题作出了充分的诠释，也或对它们所暗示出的一些境地作出了开拓，与长篇小说相比，这些短篇为他的发明创造提供了更大的自由。他的每一则短篇都是一次独特的实践——不同的笔调、核心、风格、形式，也是对各式人物与生活的一次令人印象深刻的“再创造”。它们中最出色的，论趣味性，放在现存的所有短篇作品之中，也无疑处于一流之列。在辛格的短篇中，一种喜剧式的口吻——一种狂野不羁的、几乎从未在他的长篇小说中出现过的自在与快意，或多或少地占据了上风，尽管它总以一种怪异的方式与悲怅的情感、朴实的文字、田园牧歌式的虔诚以及恐怖的氛围交相混融。故事情节的实际强度和所有事物表面上那种不加分别的欢悦，都通过某种方式与哈西德式的热忱联系在一起。从本质上看，这些故事重新对构成犹太传统的种种观念与“原料”作出了扼要的概述；文字中所蕴含的哲思都深深植根于犹太先贤们崇高而保守的智慧。然而除此之外，尚有众多因素（相比之下，以上所言仅仅是微不足道的一点）的存在使得这些故事不至于沦为一则则由艺术大师执笔的民间传说甚至“老妇之谭”[①]。它们呈现出口语化的叙事风格，生动而明快的声音无处不在；其中的一些篇目几乎堪称一首首毫无遮掩、直截了当，以真人实物为模型——在英语世界中极为罕见的诗歌。收录于以《市场街的斯宾诺莎》(1963) 命名的短篇集中的《黑色婚礼》一文充满了诗意的想象——它如此鲜活，又如此狰狞，(在我看来) 不曾在任何一位在世的诗人笔下出现；收录于《短暂的星期五》(1963) 中的《斋戒》和《血液》也与之类似。辛格的短篇小说常能引发几近神秘的洞见：比如，在《血液》中，人们似在对鲜血的嗜求与性欲之间发现了关联。也正是因为辛格与事物的“神秘”维度尤为亲近，人们才无法轻易地在辛格与任何一位作者之间作出比较。有的故事——比如《贾契德和杰契达》——如同面无表情的说笑，有的故事——比如《希达和库兹巴》——又是幻想一场；它们不仅写得精彩，也是一篇篇拥有强大力量的道德寓言、神学寓言，是为辛格的核心关切与重大主题开辟道路的贴身护卫。没有任何一类心理学术语，也没有任何一种现有的文学方法，能如此透彻地理解“神圣”与“邪恶”以及圣邪之间那充满痛苦与自我抉择的空间，并如此深刻而统一地对它们作出诠释：所有篇章都如此令人信服地联系在一起，所有人物与故事都令人心醉神迷。他为人类的心理世界划分了层次、建立了架构，整个体系不仅完满如球体，也具有内在的一致性，令人不禁忆及克莱斯特[②]和莎士比亚。然而，正是在那些朴实无华、现实感强烈的故事——比如收录于《短暂的星期五》中的《在刀下》——里，真正使辛格成为辛格的伟大品质才变得清晰可辨：他的文字不受“地域”所限，无论居于何处，都绽放出生命与现

① 英文中有“Old wives' tales”一说，意为“老妇人的故事”，引申为“无稽之谈”“愚蠢的迷信”。

② 海因里希·冯·克莱斯特 (1777—1811)，德国诗人、戏剧家、小说家。

实的光焰。他笔下的段落意境深远、面面俱到，充满了力量与智慧；相比之下，其他的现代小说——几乎每一篇　都显得造作而浅薄，它们承载了太多陌生、怪异，又难以消化的废物，且都太过奇幻、太过迷乱，少了几分直面生活的坚定。

人性之歌[①]

霍德加特先生为这部选集写下的序言思路异常清晰，予人深刻的启迪，他优先指出了民谣文学和“大传统”文学（即拥有成分复杂的作者群体与受众群体的文学）的区别，继而勾绘出庞大的系谱，介绍了传世民谣的复杂血统。在英伦诸岛，这两种文学之间的分裂是绝对的。要回答“这一切何竟如此？”或者仅回答“是什么主宰了这种分裂？”，就得着手将真正的民谣特质——那种独一无二、不可思议的特质“隔离”出来。

民谣的定义——用霍德加特先生的话说——即是“以大众化的风格述说故事并借此点评生活的歌曲”。他编著这部选集的目的，在于介绍各种不同的民谣形式并将不朽的杰作收录一处，为此，他集中探讨了民谣中所蕴含的那种特殊的诗意，这一做法真是好极了，毕竟在书上印着的，只是离开了旋律的词句。或许，有些民谣作者会说，诗意无关紧要，民谣的精髓在于旋律，可事实就是事实：民谣具有不可

① 本文曾载于1965年5月14日发行的《卫报》，是针对由马修·霍德加特编著、由伦敦费伯出版社于1965年出版的《费伯民谣选》的评论。——编者注

效仿的诗性。

“真正的民谣”所具有的“硬核”创造出一种不论在纸上还是在纸页之外都有其价值的文学形体。它们为所有渴望（谁又没有这般渴望呢？）用和最炙烈的生命活在同一维度却又无法被经验“包抄”的文字诉说自己的故事的人树立了典范。

所有从事文学创作的人都不可避免地置身于模仿或者替换的维度，受限于被精纯化的生活。但真正的民谣触及生活之的深度和广度，不仅具备严肃性，也成了一种简明扼要的“最终形式”：它们属于整个物种，而不属于个人；人类存活的证据无声地合唱，汇成一曲普遍的吟咏，倘若作者置身事外，对这歌声充耳不闻，便会立即被拒之门外，既失去严肃，也无缘终结——不论是写词还是作曲，皆是如此。那些超自然的曲调，没人知道是在多久以前，才有人亲耳领受一二，它们来自生活的深处，可没有人能找到明确的源头。

国家的幽灵[①]

第一次世界大战仍未结束，而且愈演愈烈，成了这个国家的头号幽灵。它依然无处不在，折磨着每一个人。在政治领域，它转变成地下斗争，也依然在延续。在隐蔽的战场上，英国社会的主要问题浮出水面，尽显颜色。一场社会革命深入道道战壕，如火如荼。

一战时期的诗歌自然对此作出了暗示。引导并塑造了萨松和欧文的诗歌的思想——在根本上——具有一种革命性的政治意义；与20世纪30年代那些显然更加笃志于革命的诗文相比，他们的作品丝毫不显保守。敌人并不是德国人。战争四年[②]，法兰西就像英格兰的梦境——一个如梦似幻、超乎所有想象的维度；在那里，种种社会压迫与腐败堕落都换了挡、变了速，化作一场场噩梦。人们必须在扮演好自身角色的同时，就在这同一种“睡梦”之中，经历那些通常只该由

① 本文曾载于1965年8月5日刊行的《倾听者》，是针对由I. M. 帕森斯编著、伦敦查多与温德斯出版社于1965年出版的《迈步离开的人：一战诗选》的评论。——编者注

② 第一次世界大战由1914年7月28日始，至1918年11月11日终，共持续四年有余。

梦中的幽灵们来一一承受的极端体验。对诗歌而言，倘若存在一个引领性的主题，那便是“醒一醒吧，我们才是真正的现实”，或是“看看我们，这便是你们的所作所为”。再进一步，也许——合理却难以想象的是：军人会奋起抗争，那些刻板的将军、政客、大发战争横财的商人，以及一切穷兵黩武、崇尚侵略扩张的思想与政策（无论是在行伍之间还是在平民之中）都将被一一清洗。在欧文的诗歌中，德国人只有一个：他被欧文一刀刺死，化作幽灵，却对欧文以“朋友”相称。但法兰西始终是一个梦境，在那里，一切痛苦都可以被忍受，没有任何一项决定落到实处，而只要当时的种种决定仍未落到实处，我们便依然活在梦中，依然能在这些诗歌中找到一种特殊的“相关性”。

一股“额外的”，大有可能在二十年后就消失不见的魅力，在幸存者的记忆中发光发热。他们将伤痕累累的回忆注入言语，战后的每一代人都在这些基于一手经验的大型神话故事的感染下成长。永恒的索姆[1]凶邪不减，依然潜伏在每一个幸存者的神经系统之中，地狱之恶肆虐如故，时刻准备抓住恰当的时机——在酒精和药品生效起劲之际再次将人彻底吞没。我们依然深陷于鲜活的记忆之中，同时也远远地置身在外。 正因如此，这部诗集中的每一首诗都间接地影响着我们。

不过，总体而言——除却欧文和萨松，诗人们输掉了那场战争。如果不曾被投入这样一场试验，乔治亚时代[2]的语言或许并不像看上去那般近乎糟粕。对于诗人来说，它恐怕是再糟不过的媒介：支配这种语言的，恰是一种在那场噩梦必须得到表达的时刻将它的“可能

---

① 此处指法国索姆省，位于法国北部，地处索姆河流域。发生于1916年6月24日至11月18日之间的索姆河战役是第一次世界大战中规模极大、伤亡极惨重的会战之一。

② 乔治亚时代一般指英王乔治一世至乔治四世在位期间，即1714年至1830（疑1837）年。

性”掩饰并隐藏起来的精神状态。然而，这些诗歌在某种程度上变成了证据，反映出那场战争的一个重要“方面”，因为它们记录了军人们——作为受过良好的教育，应国家的征召参军入伍的英国人——在彼时彼刻的普遍感受，而这样的感受，除了在这些诗歌之中，几乎无处可寻。事实上，这部诗集是对那些典型感受的一次选录，而不是对那场战争的客观再现。而那些感受——一如诗集的主编所指出的那样——在战争的四年间发生了改变：起初，人们感念，“此时此刻，感谢上帝，让我们活在当下，亲历他的时刻”；最终，人们问道，“他们的孩子也将坠落，为了相同的事业/除此之外，对于已然坠落的人/是否还有更恰当的纪念”。这些模式既刻板又通俗，但使之落入老套的，正是这些诗歌本身。

最初的浪潮过后，诗歌的模式转向不同形式的对比——对比法国战场的惨烈和英国乡村的美丽。欧文、萨松、格雷夫斯以及托马斯[①]在其最杰出的一些诗文中都作出了这样的对比。这种简明而单纯的策略在不久之后更趋尖锐，更显严肃：尸骸累累的景象和国人遥居本土、不谙战祸式的自满构成了尖刻的对比，不仅唤起了更迫切、更深刻的民族情感，也造就了欧文和萨松笔下最卓越的诗篇。甚至，说它创造了欧文本身，似乎也不为过。正如我们所知，对于自己的诗歌和照片——那些记录了道道战壕、种种紧急的行动以及类似的情状，他意欲放大尺寸，对在伦敦展出的照片，欧文怀有这样的期待：他希望它们能将前线的苦难真真切切地带到那些安居于故土的人们面前。在一定程度上，他的诗作可以代替那些照片，或者成为与之对应的文字性诠释。重要的是，不论是文字还是图像，都永远不够可怕、不够生动。他之所以能激活天赋，调动才华，一心一意地“吸纳”痛苦，正

① 菲利普·爱德华·托马斯（1878—1917），英国诗人、散文家、小说家。

是仰仗一个直接明了的目的——一种纪实的意图。也许，他口中的“悲悯”赋予了他的人生经验以深度，也为之增添了一抹饱含痛楚的温柔，但真正化痛苦为诗篇的，却是满腔的愤慨；那些诗篇旨在让世人惊恐，旨在刺激当权者的神经，让他们采取行动。

战争为欧文与萨松的特殊天赋提供了在其他的地方难以找到的素材，但对于当时的大多数诗人来说，那却是一场灾难。罗森博格[①]穿起军装来尤显怪异、不协调。他的想象受制于内心的挣扎，似乎很难与战争联系起来，尽管《破晓时分的战壕》在这部诗集中算得上是上乘之作。艾弗·格尔尼[②]和奥斯博特·希特维尔[③]是两位有趣的幸存者；他们所使用的，是一种非诗歌化的朴实语言，而这也成了令人难忘的一课——关于如何在其他“受到玷染的果实”之间保持自我的纯洁。

也许，我们期望这些诗人能为我们提供更加充分而详实的客观证据。 在这部诗集中，除了欧文的作品（诗集的主编将欧文一半最杰出的——或许也是最生动的作品排除在外）之外，堪称证据的文字少之又少。但我们不能忘记，战时的诗人们何以错愕万分。人们以不同的方式来理解和把握一战与二战，可一切“不同”，都源于那份错愕。要消解机关枪炮和数以百万计的军队所带来的冲击与震撼，要在一头扎进新的维度——一个让亚当的后代们第一次突然发现自己的存在毫无意义的维度——之后定下神来，四年的时间过于短暂了，爱德华时代[④]和乔治亚时代的英国无法为此提供恰当的“训练”，人们精疲力竭，不知所措，如梦游一般，也不在恰当的状态。

---

① 艾萨克·罗森博格（1890—1918），英国诗人、画家。

② 艾弗·格尔尼（1890—1937），英国诗人、作曲家。

③ 奥斯博特·希特维尔（1892—1969），英国作家。

④ 爱德华时代一般指英王爱德华七世在位期间，即 1901 年至 1910 年。

魔术师和柏油娃娃[①②]

在此，我们将不就“文学”这一术语展开争论。如果原始时期的作者有能力书写，其作品的受众也有能力阅读，那么在这样的语境下，文学单纯是指那些被写成文字且拥有富于想象力的语言架构的东西。我们需要认识到的，是“原始文学”和民间传说之间的区别。原始文学属于所有原始民族，除此之外，他们别无文学。当一个原始民族获得了文明化的技术和同伴时，人们便以文明程度最高的个体为典范，在不断效仿的过程中发展出一种崭新的文学，而那些古旧的口头文学则就此退化为民间传说。 在非洲的部分地区，这一现象至今依然可见。科罗拉多大学人类学副教授、《美利坚民俗杂志》的主编约翰·格林威所关注的，是那最“原始”的原始之物——是那依然与它所归属的社会群体

---

① 本文曾载于1965年12月9日刊行的《纽约书评》，是针对由英国民俗文化出版社分别于1964年和1965年出版的约翰·格林威的著作《原始人类的文学》和《原始的读者》的评论。——编者注

② “柏油娃娃”（Tar Baby）原是由美国记者、作家、民俗学家乔尔·钱德勒·哈里斯（1848—1908）收集并修编的一系列民间传说《雷默斯叔叔的故事》中的一个虚构角色，在现代英语中一般喻指越深入便越多牵连而无法摆脱的困境。

共享同一个“重心”的想象。

在《原始人类的文学》一书的开头，他所提出的问题同样也使我们之中的一些人感到困惑：人们何以对原始民族的文学如此漠然？即便是在五花八门、繁荣日甚的人类学研究领域中，它也仍属“小众”。在眼下通行的教科书中，格林威注意到，对于陶瓷碎片的分析占据了十倍于原始文学的空间。他编著《原始人类的文学》以及选录部分文学样本的姊妹卷——《原始的读者》，正是为了填补一定量的“差额”。他面向学生和大众读者，采用通俗化的风格写作，目的就在推广普及。而集幽默、雄辩、热忱以及对原始文学这一主题的透彻了解于一身并能灵活地予以掌控的他，也是完成这一目标的恰当人选。

原始文学命途多舛。记录原始文学的热潮始于 19 世纪，但记录者恰恰是那些通过记录——有意或无意地——对其蓬勃发展的种种势头造成毁坏的个体。他们中间包括虽然急欲听取，却对一切所闻加以阉割或在叙述者心中唤起“自动审查”的意识的传教士，也包括影响无异于传教士的立法者以及单单只将某种奇异之物的轮廓记录下来的业余爱好者。人类学家也随之到来，可相比之下，在最初，除了极少数的例外，他们并没有多大的建树，因为在文化传统和科学志向的影响下，他们看不起这些传说，视其为幼稚的幻想——或者顶多只是适合（或不适合）儿童享用的童话故事。蹩脚诗人和为育儿编写故事的作家们对任何流传于世的素材都来者不拒，并使之沉浸在 19 世纪的种种文学形式之中；如此，原始的素材改头换面，被引入西方的文明世界，在经过修调之后走进了维多利亚时代内阁大臣的女儿们的交际圈——一个让丁尼生[①]迈向堕落的交际圈——中。在格林威笔下对于北美印第安人的某些原始文学素材的遭遇的描述中，这一过程得到

① 阿尔弗雷德·丁尼生（1809—1892），英国诗人，维多利亚时代的桂冠诗人。

了清晰的诠释，即便与广为人知的各式神话学演示相比，他的文字也丝毫不逊色。在非专业的公众领域，原始文学仍未从这场悲惨的首秀中“复原”；在至今依旧大量涌现的通俗选集中，依然可见出版商对于种种阉割、美化以及“变性”行为的认同。

出于所有这些原因，原始文学的主体已然失落。当不持任何过于拘谨的保留态度，对由精确的细节构成的伟大神秘（欣然）怀有日耳曼式信念的现代记录者开始认真对待原始文学时，原始民族——几乎无一例外地——或已惨遭抹除，或已经历精神性的“重建”，他们的文学也已和养育他们的自然环境和自信一起消散殆尽，只留下块块碎片。然而，这些碎片依然聚汇成一笔不断增长的巨大财富，了无生气地积存在一个个人类学系和一间间民俗学图书馆里。之所以没有生气，是因为人类学家们不知该拿它们如何是好。没有人知道该如何是好。

人们已经作出过数次尝试，尝试将它们发展成不仅有趣，还有其效用的研究。例如，有人曾针对故事类型和故事主题的全球性转移作出了学术性的推测。但这些努力最终并未对更“紧要”，也即关乎“人”的转移与联系的推测提供多大的助力。当宾迪布人在澳洲的沙漠中第一次被人发现的时候，猫在他们的口中被称为“pudjikat”；因此在从前，最先发现他们的，是“pussycat”这一叫法[①]。无论文化在何处生根发芽，原始模型的“自发”之谜和直接了当、毫无新意的“窃取”行为始终如网线一般紧缠密合，难以分解。“帕托利”是前哥伦布时代阿兹特克人的一种游戏，游戏所需包括数只扁平的圆盘、一块

① 英文中“pussycat”意即“猫”，而“pussycat”和“pudjikat”在发音上相当接近。

计分牌、一张十字形的游戏板和几名计数员或筹码；游戏中设有“惩罚”与“安全”的站点；此外，当你的圆盘落在对手所占据的方格中时，便算完成了一次“击杀”。而在古代印度，一种名叫“帕奇西”的游戏也同样具备了以上这六项特征。此二者分别属于两种自发性发明的可能性之低，足以迫使人们为它们之间的相似性寻找其他的解释。然而，追溯文化传播的路径不过是一种简单有趣的游戏。格林威的致谢对象——弗雷泽、穆勒、简·哈里森、荣格、格雷夫斯、拉丁等人都曾将留存至今的原始文学资料投入更为大胆的应用，但他们所提出的种种宏大的假说都像那些传说本身一样不断地增殖并扩散开去。另外，那些被原始文学的强大魔力深深吸引的人只得像民俗学家一样，从学者之间的学术性对话中——或者从无穷无尽却颇有助益的编纂与收集作业中觅取满足。面对这一切作为，作为一名可敬的、对自身学科的声誉心怀悲愁、深感焦虑的人类学家，格林威选择退而谨守，似要和一大捆愚蠢的幻梦保持距离。当然，同一则故事，往往在每一位原始文学的叙述者口中都可能形成不同的版本，甚至在同一个人的每一次叙述中都有所变化；倘若考虑到这一点，在原始文化广阔无垠的“藻海”中——在分类不明、混杂不堪的文化废物中，人类学家们专注于其他名目，对文学漠然置之，也就不足为奇了。

不过，这些传说故事持续不断地“戏弄”着每一线希望。在历史研究中，它们普遍被视作无用之物（即便是在别无资料可循的领域）。但不时地，某些历史细节会出人意料地与它们粘连在一起，流传至今，比如《梨俱吠陀》[①]遵循口头文学的传统，历经三千余年，将关于印度古城的精确描述完整地保存了下来，而其所传所述最终也

① 《梨俱吠陀》是印度现存最古老、最具文学价值的诗歌集之一，内容包罗万象，长期依靠口传，关于其创作与编订的年代尚无定论。

被近代的考古发掘一一证实。除此之外，格林威也提及了其他各式案例。但任何试图记住一则故事，并在五个月或者半年间每两周一次、在不重读早先完成的版本的情况下，将自己的记忆以文字的形式记录下来的人将会得到最好的教训——关于口头文学的传统、关于民间记忆甚至更受尊敬的历史类型，也会同情那位茫然伫立，不知该如何以这类文学为源点作出具有科学气质的贡献的人类学家，同情那位土阿莫图部落的学者——他深陷于某种矛盾之中，继而叹道：

> 解释若对，传说便错。
> 传说若对，解释便错。
> 对，对的是传说。
> 　　啊，不对！
> 它错了，错了，唉！

要取得人类学意义上的成果，人们必须以一种超越“图书馆式”的人类学研究的限制，而且以更具有想象力的方式来应对这些传说与诗歌。它需要卓越的技巧，需要人类学家实实在在地亲临现场，置身于正在讲述这些故事的人群之中，去领悟这些故事究竟如何服务于作为其生成环境的社会，如何正当化、强化那些占据主导地位的社会精神并加以解释，领悟它们究竟揭示出何等终见天日的秘密，何等深层次的、隐藏在被全社会公开制裁的态度背后的种种态度。问题是，一旦传说故事被抽离社会、引入书本，我们便失去了那般鲜活的语境——无论书中的注解多么完善，研究的主线（在人类学领域，若欲研究这些资料，这或许是最令人兴致盎然的一条路线）也都染上了些许陈腐之色，我们也再一次面临阻碍。

所以，我们究竟该如何是好？——到最后，这些文学作品终将开启一项虽然尚未成型，但却（在许多人看来）是显而易见的伟大事业。为了推动这一进程，格林威凭借自己的两部专著作出了一次强有力的尝试。毕竟，就其根本而言，原始文学依然如故：它依然是一种富有想象力的艺术，依然可供人们消遣，依然是对深刻的精神戏剧的幻想式解读。生活并未真正停止，世界也尚未真正变成一座博物馆。这些传说故事不论对于我们的文学，还是对于它们自己的文学，都至关重要，它们仍旧活力四溢，充满了可能性，而格林威希望介绍给他的读者们的，正是这样一种具有生命力的文字。

在书中，格林威一路游历，笔迹遍及原始文学的各项重要特征，流连于最核心的角色——英雄、魔术师以及柏油娃娃们，探究了在不同民族之间无休无止、来来回回的迁徙过程中原始文学所经受的影响及其独特的反应，也谈到了在各种各样的社会环境中原始文学所发挥的不同效用。这一切都以渊博的学识为基础，融合了热情与自信，在格林威的笔下化作一行行在人类学领域中并不特别常见，具有高度可读性的文字。他遍寻所有已被出版的资料，广泛地涉猎，并将各式评述与学说的主要论点纳入考量（书中的参考文献目录长达 33 页）；他轻松自如——甚至乐在其中地畅行于民族学背景的纷乱与复杂中，引入了众多有趣的细节和“题外话”，更以迷人的章节对“鬼舞信仰”以及文字与音乐之间的关系作出了讨论。在论述的同时，他收录了大量的传说与诗歌——这一做法尤为恰当，因为他所发展的，并非某种关于原始文学的理论，而是原始文学本身。总而言之，关于我们究竟该在原始文学中寻找什么，这是一次一流的引介。同时，它也顺带记下了一部完善的历史，涵盖了人类学对于原始文学的种种“处理”。

然而，一旦格林威带着如此明确的目的迈出了其他人类学家或者民俗学家从未迈出过的一步——一旦他将原始文学当作一种艺术形式来对待，他的论著便不可避免地受制于他自身的文学品味所定下的标准。也正是在这层意义上——我觉得，尽管其初衷皆善，他依然未能充分地发挥原始文学这一研究主题的价值。在英语文学的世界，格林威的作品受到了广泛的阅读；在以《贝奥武甫》[①]的译本为对象的一次有趣的调研中，他向人们展示出他对原始文本的崇高价值的一番极具启发性的洞察，他还依仗自身的博学，对译者表现出不耐烦的态度，而这也让人们对他个人的选择——对他为《原始的读者》这部选集而挑选的篇目抱以极高的期待。事实上，这部选集确属上乘，内容出色——仅试举几例：比如汤加人的变形大战，迪雅克人关于丛林水蛭的起源，尤特人关于魔术师如何娶自己的女儿为妻的故事，比如诱捕太阳的各式陷阱，关于昴宿星团之起源的各式说法，再比如精彩至极的西印度版“亚当与夏娃”；每一则传说都以丰富的注解为背景。然而，这并不完全符合许多人（包括我在内）的期待。在《原始人类的文学》中，格林威对卡夫卡有所毁谤，因此，也许很自然地，他会将所有在我看来是整个原始文学世界中最卓越、最惊人，在某种程度上也是最精华、最典型，在西方文学中除了卡夫卡的故事再也找不到与之类似之作的篇目排除在他的选集之外。我所说的这一类作品，在保罗·拉丁[②]编集的《非洲民间故事与雕塑》和《温尼贝戈魔术师传说》系列以及 B. H. 张伯伦收集的阿依努人的传说故事中都颇为常见。正是在这种内在的“自主状态”中，我们才能在原始人类的雕塑与音乐里找到那颗已然影响并改变着我们的“种子”。

---

① 《贝奥武甫》完成于公元 8 世纪左右，是一部英国古代盎格鲁-撒克逊民族的叙事长诗，讲述了斯堪的纳维亚的英雄贝奥武甫的英勇事迹。该诗是现存古英语文学中最古老的作品，也是欧洲最早的方言史诗。

② 保罗·拉丁（1883—1959），美国人类学家、民俗学家。

原始音乐——也许是从根本上——改变了我们的世界，而原始雕塑也成了现代雕塑的主要源头之一——它自然已经引领着我们走出了僵局。但不知为何，与原始音乐和原始雕塑共享同一种精神内核的原始文学却不曾开花结果，仍未真正“到来”。我所知道的唯一例外，便是拉丁的非洲民间故事集对西尔维娅·普拉斯①的诗歌所造成的爆炸性改变。

眼下，这两部著作应当受到欢迎，一如格林威所暗示的那样，在任何一项英语课程中，它们都该成为必读书目。如果洛尔迦②在他那篇著名的讲稿中提及的“精灵”能在一间现代图书馆中占据一席之地，那么这一席之地理应被划入原始文学的区域。

---

① 西尔维娅·普拉斯（1932—1963），美国诗人、小说家，自白派诗人的代表，代表作包括诗集《巨人及其他诗歌》《爱丽尔》等。普拉斯是继艾米莉·狄金森（1830—1886）和伊丽莎白·毕肖普（1911—1979）之后美国最重要的女诗人，其一生饱受争议，诗作极富激情与创造力。1956 年 6 月，普拉斯与本书作者特德·休斯结为连理，并育有一子一女，后二人因情感变故而分居；1963 年 2 月 11 日，普拉斯于伦敦寓所内自杀，年仅 31 岁。

② 费德里科·加西亚·洛尔迦（1898—1936），20 世纪最伟大的西班牙诗人。后文中提及的“精灵”（Duende）原是拉丁美洲民间传说中的一种生物，后在西班牙语被用于形容一种强烈的情感、表达与真实感；1933 年，在布宜诺斯艾利斯的一次讲座中，洛尔迦第一次赋予了“Duende”这一概念以美学的价值与意义。

天国幻景[①]

这本书，无论从哪一页开始阅读，你都会发现自己很难再将它放下：这是狄兰·托马斯[②]笔下最杰出的一部喜剧，与《牛奶树下》或者他短篇故事之中的喜剧成分相比，它不仅更具野性，也更显老练。托马斯的“寻常人格”——那个他始终为之感到悲伤的、原本的自我，是一位与其诗性的自我（在某种程度上）共享着同一种语言的喜剧天才。

无论何时，只要他拧开龙头，奇思妙想便层出不穷；这些与其诗歌中的种种想法同根同源的奇思妙想，构成复杂而有机的组合，在精彩绝伦的词句中跃动。在他脑海中的某个地方，存在一个微型的、被

---

① 本文曾载于1966年12月25日刊行的《新政治家》，是针对由康斯坦丁·费兹吉邦编著，伦敦丹特出版社于1966年出版的《狄兰·托马斯书信选》的评论。——编者注

② 狄兰·托马斯（1914—1953），威尔士诗人、作家，人称“疯狂的狄兰”，英美诗歌史上的重要诗人，代表作包括诗集《死亡与出场》、后文中提及的广播剧《牛奶树下》等，其诗风精犷热烈、意象密集、音韵严谨而不失活力。1953年11月9日，托马斯在接连喝下18杯威士忌后暴毙而亡（此事在后文中亦被提及），年仅39岁。

复制的世界——各式天堂与地狱一应俱全，它散发出灿烂的光热，略显夸张、荒唐，却相当真实：它跌跌撞撞，穿行在字里行间。不论托马斯如何夸大其词，如何故作姿态，如何一开腔就频繁地卖弄修辞，他的写作都具备了非常具体的实质。在他所有的文字背后，不断发挥着魔力、吸引着人们的，正是这个如有神佑，拥有奇异的生命力，又充满了一致性的世界。它光芒四射，透过托马斯笔下最反常、最令人困惑的词组之间的缝隙，也同样透过偶尔疲惫、偶尔呆板的措辞表达着自己。它便是作品背后的心象：一幕美丽至极的幻景——一片扭曲而纯真的天地。

这部选集中的许多书信以及所有这些书信中的段落，都是流淌着喜剧血液的散文诗。照亮舞台的喜剧之灯长明不衰，几乎起到了相反的效果，扼制了文字的表演。可即便如此，将它们归于“文学”仍非恰当之举，也许只有那些惹人注目、华而不实的供稿——比如他写作生涯晚期那些写给凯塔尼公主[①]的信件——算是例外。无论他如何显摆那些经过高度润色的文字杂技，如何时不时就写下那些令人心醉神迷的妙言俏语，那种温暖而亲切的、对于读者的关怀几乎不曾离开过他的笔端，相比一位小心翼翼的作者，他更像是一名喜剧演员，仿佛每一丝轻微的反应——每一次细小的颤动都能引起他的回应。

他无法摆脱自身的天性、天赋以及引领着他的种种思想——考虑到这一点，也难怪有许多事情他无法处置妥当。假设对托马斯来说，在诗歌方面的天分在他的生命中是最“先入为主”的事实（在我看来，这一点毋庸置疑），那么他最大的敌人便在他自己体内。化身为恶魔、成为他最大的敌人的，正是他在艺术上——或者更准确地说，

---

① 凯塔尼公主（1880—1963），出版商、记者、艺术收藏家及赞助商，生于美国，后嫁给一位意大利贵族。

正是他在语言上的自觉，是一种源自“超我”[①]的文体意识。他与之斗争，也对它多有抱怨。二十一岁时，他便已在写给弗尔农·沃特金斯[②]（那个总能让他成为最好的自己的人）的信中说道：

> 我几乎对曾经所有那些必要的狡诈诡计与含糊晦涩感到害怕；无论如何，我都无法为那翻腾不已的词团注入任何真正的自由，无法使之扩散或者稀释分毫，无法为它带来任何的改变。如今的我似乎比以往任何时候都更强烈地感到：我正将自己的一切所知、所有统统收拾起来，存入一名疯医的口袋中，然后扎紧袋口，将它们封锁起来。

也许，他从未真正从那口袋中脱身。语言上的自觉不断地提升，并围绕着那种种会令任何一位诗人浑身冒汗的艺术标准不断地巩固着自己。因为《死亡与出场》而突然变得兴致盎然的读者，婚后从未间断、不留情面的现金需求，以及每一份被拖欠的酬劳，都调升了聚光灯的电压，将更可怕的强光投向他的书稿。此间发生的一切，尽在这些书信之中。《死亡与出场》出版后的八年里，托马斯只有六首诗作问世，尽管他不懈地挣扎，试图专注于写作。《哀悼》和《在约翰爵士的山岗上》均是大师级的杰作，与其笔下的任何篇章相比都不显逊色。但其余四首，对托马斯来说，只算得上“一般”，不仅显出疲倦，也透着某种前所未有的粗糙感——不难察觉，

① “本我”“自我”和“超我”是精神分析学家弗洛伊德对于人格结构进行分析时提出的三个概念：“本我”代表本能的欲望，遵循享乐原则；“自我”代表着理性，遵循现实原则，以合理的方式来满足本我的要求；而“超我”则代表着道德良心、社会准则与自我理想，受完美原则支配。

② 弗尔农·沃特金斯（1906—1967），威尔士诗人、翻译家、画家。

曾经的那种“自动性”正逐渐消退，难以挽回。在一生中最后的那些诗歌中，在《牛奶树下》中，在写给凯塔尼公主的书信中，他已深陷于自身的“甲壳”之中，再也动弹不得。那些（除却其他诸多效用以外）能让他逃离人格的诗歌，再也无法出现在他笔下。他与日渐凝固的诗歌风格斗争，在成百上千张稿纸上来回往复地推挪着形容与修饰，一着力便是数月之久，而这番“斗争”，也必是令他意志消沉的关键因素之一。

于他而言，《牛奶树下》是一种自然而然、不可避免的创作形式。他的“寻常人格”——那位天赋异禀、饶舌不已又惹人喜爱的喜剧演员，似乎一直以来都一如其他任何事物，只是一块由繁忙杂沓、令人惊奇的声音汇集而成的云团。或许正是这些声音，成了如此巨大的障碍，将那种单纯、单一的，属于一个真正的诗人的最后的声音隔绝在其耳力能及的范围之外。在写给帕梅拉·汉斯福特·约翰逊[①]的一系列书信中（在这些书信中，托马斯第一次适应了角色，成为那个易于识别的自己），那种不加避讳、敞开心扉的独白不时令人想起中世纪的疯女们在斗狗场边的喧嚷。唯独在谈论诗歌（包括他自己的诗歌、约翰逊的诗歌以及其他诗歌）之际，他才从玩笑的剧场中脱身；于是，忽然间，我们听见了为那些杂响增添光亮的声音，在那恶魔般的文体意识的支配下，他化身为一个冷酷、严厉甚至凶狠无情的人，发出一种稳固不移，充满了深刻的判断与神圣的自信的声音：稍有恃才说教、卖弄学问之感，不乏冰冷的客观性与咄咄逼人以至摧枯拉朽的批判力，一言一语都犹似讽刺，近乎残忍。所以，显而易见的是，让自己这一身才华——这一池蓄水——化作超现实的或疗愈性的一道

① 帕梅拉·汉斯福特·约翰逊（1912—1981），英国小说家、剧作家、诗人、评论家。

急流奔泄而去，是托马斯最不能容许的事情。

自我强迫式的小丑表演从未令人感到厌烦，这不仅仅是因为指挥者技艺的出神入化。而喜剧效果的产生一方面正是源于对某种异常严肃之物的由始至终的隐藏：青年时期的诗歌天赋、野心与理想，后来的种种挣扎与反抗，以及筋疲力尽、身陷绝境时的退却——向着一连十八杯威士忌的退却，都隐而不现。也正因如此，关于人们该以何种方式来阅读他的诗歌，这些书信成了最好的引介。无论我们如何尊崇新批评学派[①]，以纯化论者的眼光来解读诗歌，一首诗所唤起的联想都无非是那位“诗中住客”影绰不明的身影和诗文本身的一部分意指。叶芝的生活经历并非其总体成就中那更显无趣的一半；人们也难免好奇：如果从作为母体的“人生传记”中被彻底抽离，他的诗歌又具备了何等价值、何等分量？分量十足，毋庸置疑。可与现在相比，又轻了何止几分！对于更进一步——将诗性的自我置于“第三者”中的诗人来说，生活经历也许并不那么重要。但托马斯的生活、书信与种种传奇，都属于他的诗歌，因为这些经历让他的诗歌获得了更加丰富的意义。

托马斯眼前的“诗之幻景”最终弃他而去。那种置幻景于眼前的敏感和灵魂之率真也同样在生活中背叛了他。那是一幕完整无缺的创世之景：所见之一切，人类与原子、生命与死亡，都平等无差，不辨美丑、不分优劣，万物各据要位、各担重任，共同构成了一个单一而无限，有时被他称为“上帝”的存在。神圣的能量（他时而称之为“爱”，时而又称之为“欢乐”）不断循环，维持着它的生命。那是一个道德未决，充满了无限慈爱的世界。对这般景象，托马斯不加评

① 新批评学派是20世纪中叶在美国文学批评界占据主导地位的文学批评流派，强调通过“精细读法”来研究一部文学作品（尤指诗歌）。

论，不作诠释，也不事哲思。他的诗歌纯粹是一种尝试，旨在“呈现”其面貌；他一诗一试，每一首诗都从某一个角度出发，欲以棱镜般的文字构筑起一簇静态的星群，令星光交汇，映织出完整的天国幻景。正是这等如矢之志——而非寻常念想的修辞性扩张，使他笔下的语言情至欣狂、境及深广。

这幕幻景反映在他的生命中，化作一种彻底的坦诚，无论对于内在世界还是外部世界，他都心无遮掩，从不否定，从不拒绝，也从不压抑。然而，在那幻景之中，不仅存在着种种地狱，也看得见“在天国的忙碌之中默然无声的百万张面孔”。的确，地狱的景象在托马斯的创作中颇受偏爱。他曾说，诗歌必须“进一步地深入直至连弗洛伊德也无法抵达的深度，更彻底地揭示出种种隐秘的动机，使之清晰而赤裸地显现于光亮之中”。他半自觉地接受了不为英国上层社会那种激进好斗、崇尚殖民主义压迫的思想模型所容纳的“地下生活”。恰好，托马斯似乎身强力壮，堪称古摩尔人一脉在南威尔士的一大代表。他的写作与一般性思考在很大程度上是一种对最典型的地狱元素的祈唤。正如他自己所言：一旦听到召唤，恶魔便应声到来。或许，关于如何将群魔之舞限制于想象性的创作之中，叶芝能为他建议一二，但托马斯始终是个凡事不留商量余地也不求自保的人——本性如此，在任何方面都一样。一切生命皆归于一，他亦敞开自己，接纳一切，若非如此，他便“成了该死的傻瓜”。于是，那些恶魔、那些苛求、那些责任、来自外界的干扰和无尽的烦恼便接管了他的人生。

最后的岁月里，他饱受磨难，痛苦尽显于字里行间。在循环往复、狂烈日甚的苛求声中，他意志瘫痪，心魔深种，天赋才华也因而受挫，以致心魔成双，他将血肉之躯视作万神之殿并沉溺其中，不可自拔——此间种种，都逐渐成形于外在的现实之中。而这一切也都化作燃料，维持着滚烫的灯火，投下凄惨的光芒，审视着触及纸页的笔尖，审视着下一个词语落入句行。人们不免好奇：若有一笔意外之财，或有一人资助，或有税务局的一纸特赦，情况能有多大改观——恐怕也难见成效。他真正期盼并借酒精之力予以诱导的，是一场微妙的、席卷脑海的灾难：它将把曾经的“自己”——连同其所有凶狠的要塞和严酷的壁垒——一并摧毁，一劳永逸，为“自我”[①]留下一片透净之地。

除此之外，对于这些书信，对于这场喜剧表演，对于这部藏于书信之中的奇妙自传，我们有理由感到高兴。从所有走投无路的困境中，在着魔似的举止背后，他不断地现身：与费兹吉邦[②]的传记中的托马斯相比，他高贵得多，也可爱得多；他终究是一个天真的人，在人们眼中，他的形象或许远比那些觉得太难与之相处的友人们眼中的他更为高大。

---

① 原文为“Atman”，此语源自古印度梵文，意为“自我”“灵魂”。

② 康斯坦丁·费兹吉邦（1919—1983），美国历史学家、小说家、翻译家，著有传记《狄兰·托马斯的一生》。

被绞死的人与蜻蜓[①]

（为一支献给伦纳德·巴斯金[②]《版画集》的颂歌所作之注）

女巫西比尔用她宣告神谕的嘴，说出了严肃、质朴的呓语；透过神的默示，

她的声音响彻千古。

——赫拉克利特

我想到某种无限温柔

又无限痛苦的东西。[③]

——T. S. 艾略特

---

① 本文曾作为全书引言收录于由波士顿利特尔 & 布朗出版社于1984年出版的伦纳德·巴斯金《版画集》中。——编者注

② 伦纳德·巴斯金（1922—2000），美国雕刻家、插画家、木刻家、版画家、图形艺术家、作家、教师，一生信奉具象艺术（figurative art）的优越性，其作品多以“死亡”为主题。

③ 语出T.S. 艾略特诗作《前奏曲》。

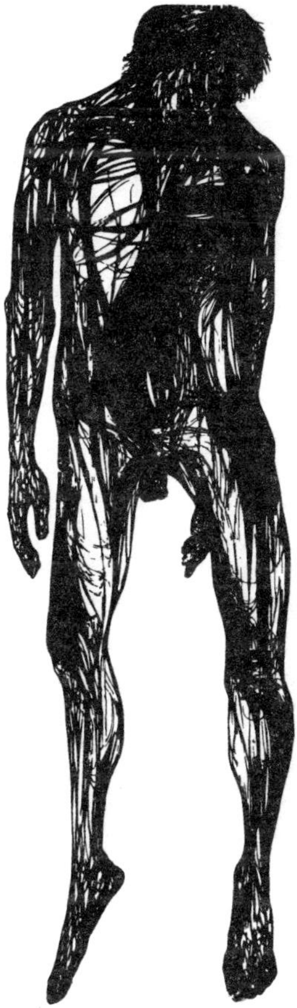

《被绞死的人》，巴斯金作品

艺术形式往往被定义为一面透镜，而伦纳德·巴斯金绘制的图像似乎与透镜尤有异曲同工之妙。典型的具有玻璃质感的圆滑轮廓，以及由道道屈折多变又不断汇聚的劲力织建而成的内在“晶格”(lattice)，在纸面之上将形式与结构的坚实结合表现得淋漓尽致；而事实上，它们所构筑的，是一张网——一种透明感，一种等待被目光穿透的物体。所有的深度就集中在表面，而这一表面又将我们的注意力直直引入深处。在巴斯金的所有作品中，那更深层的生命都具备了一种奇异的特质。

这些图像与玻璃彩窗亦有相似之处——这种相似性不只在于物理属性（尽管——显而易见的是——彩窗玻璃也同样拥有层次鲜明、划分精细的内部世界和由边界清晰、互为前后又互相包含的内在区域组成的变余结构），也在于它们如何处理我们的注意力。它们将我们置于一栋神圣的建筑中，我们仿佛正透过这一幅幅圣像向外望去，目睹世间的日常光芒因为它们的存在而改变，或者相反，它们置我们于建筑之外，我们的目光由外而内。接着，透过它们的各式象征，我们更进一步，看见圣坛周围正发生着神秘之事。那更深层的生命，换言之，并不仅仅是比普通的生命更深一层的生命，也不仅仅是更具有普遍性的生命。它是超拔的、神圣的，与其勉强以“宗教性”加以形容，毋宁说它是在宗教崩塌时漫天的余晖中幸存下来的某种东西。

巴斯金的艺术所具备的丰富的内向性拥有诸多组成部分。其中较为直观的，也许在图形样式本身便可得见，那风格像极了签名，如此特别，又如此一以贯之，恐怕连笔相学家也难掩兴趣。然而，其种种古怪的特质也暗示着其他种种“源头”。那些蕴含着玄秘之力，奇形怪状，犹如刮痕一般的线条仿佛是将用于召唤灵魂的魔符与锁骨结连成笔，即兴而作的书法作品，就像我们在注重实际应用的魔法书中看到的那样。在他的整套制图技法之中，这一元素仅仅是一线“踪迹”，但它隐隐窥探，目光穿过每一处可乘之隙，暗示出一种自然的、灵魂的倾向，也足以融他的创作过程于某些颇具犹太教神秘主义气息的自由状态之中。它是巴斯金来回于两个互为近邻的世界之间的通行证。而“扰人心神”，正是其作品本身的力量，也是那怪异之美的核心要素之一。

同时，更容易辨认的是，其图形样式的来源正是希伯来字母表：所有那些“阿莱夫”[①]“贝特”“拉梅德”和“约德”挤聚一处，填满了由神经纤维织成的框体，演化出脑袋、尾巴、触角、头发和嘴巴。他所创造的形象大都处于一种典型的孑然孤立状态之下，而这种孤立性不但使我们更敏锐地感知到它们不仅是图像，还是一种密码、一种象形文字，而且也使那种卡巴拉式的氛围变得更加浓厚，在如此氛围中，世界仿佛是一种辟邪之语，每一幅图像都竭力想成为其中的一个音节，或者至少——能成为一尊“戈仑石人”[②]，满携超越感官的讯息，鼓动着以线条构筑的网笼。

这表面之下的“膨胀”——这重重预言的膨胀几乎成了一种随处可感的压力，塑就了拥有奇妙的充实感与生命力的形体。可以说，在巴斯金的作品中，艺术呈现的语境始终具备一种“三维”的客观性。在巴斯金自己看来，他最首要的身份是一名雕刻家；在他绘制的所有图像中，那种“跳跃的、金属丝一般的线条”，那种纯粹而鲜明的实体感，均是雕刻艺术的特征。而他的想象则是一种与生俱来的、动觉型的禀赋，唯有在有机的、可延展的，且具有完整性的形式——包含了某种完整存在的图像中，它才能完成对自身的投射。与此同时，在将这些形式的轮廓与平衡一一探明之后，他便接收到发自其内部的一束X射线。他所绘制的图像作为一份蓝图，正是对这一系列复杂感受的再现：平躺于纸页之上的，是一个半透明的生命，是一具仍在子宫内、尚未降生的雕塑。或者，更恰当的说法是：他以一名原始猎户的X射线画下了一个生物的本质——它的灵魂，抑或它神圣的形象；它的生命中枢，魔幻的、神话式的、精神上的或者未来的、真实的创伤

---

① “阿莱夫”（Aleph）以及后文中“贝特”（Bet）、“拉梅德”（Lamed）与“约德”（Yod）均为希伯来语字母。

② “戈仑石人”是希伯来传说中有生命的石人。

以及构成生命之网的经络腧穴一应俱全，尽在计划之中。

确实，对于神秘学的世界——或者说对于产生了有关自然人类的通灵天赋，令人困惑不已的史料的“神秘互渗”所处的层面，巴斯金毫无兴趣。然而，这只能说明除了自己的判断，他别无所信。在现代艺术家身上，巴斯金式的理性——一种以实际为导向，如此强劲有力、全副武装又充分被调动起来的理性实在罕见。对于任何（在他看来是）回避真实的做法，他都深恶痛绝。大多数注目于巴斯金的观察家最终都对他那种极具破坏力的嘲讽心生敬畏；所有轻率的、对于梦境的艺术性开发都受到了他炮火密集的全力攻击。在他严格的审美目光之下，一切事物都必须就其“真实性”接受彻底的检验。而巴斯金所谓的“真实性”，意即一种立于最高的终审法庭、面对“握有终极审判之权的听众”的能力。

在巴斯金看来，一件艺术作品必须含有“真实的内容”。所谓“真实的内容”，一如他在诸多论著中阐明的那样，是“我们共同的真实——我们共同的人性的共同经验——的实体性存在”。而在他自己的创作中，“真实的内容”获得了更为具体的含义，特指“我们共同经历的苦难”的实体性存在。对此，挑剔的批评家也许会有所警觉，会提问道：“若将其艺术形式的本质纳入考量，巴斯金的这一断言是否一致适用？”的确，在创作过程中，他对于“共同的真实”与“共同的苦难”的理解，他的眼界与胸怀、探索的深度以及他触及的具体痛苦和对觅寻所得的处理与诠释，将种种在我们看来堪称“非共同”的艺术形式呈现在了我们的眼前。

在其工作室的正中央，无疑伫立着一具人体模型，但这一形体极不稳定，处于永恒的形变之中，其他各式存在似乎正竞相争夺着它的实质。猫头鹰、乌鸦、天使、恶魔、神话名人、幻视者、半妖、死灵等等——无一不在其作品的核心之处那一团饱受折磨的“外质”中奋力维护着自己。它们的显现在巴斯金的艺术“输出”中占据了相当的比重。显然，他被迫无奈，不得不赋予这些“剧中角色”以相应的表现形式。只不过（念及巴斯金自己的言论），这样的“存在”又可以实现什么样的内容、什么样的真实呢?

在这般语境下，对于将其言论与其创作的图像紧扣在一起的那种一致性的理解变成了一把钥匙。一旦这把钥匙被转动，巴式艺术的心理深度便能得到彻底的探索。

也许，要使钥匙转动，我们只需牢记一点：巴斯金所接受的，是“拉比式”的训练与深奥的犹太教传统的浸透。这一（可以说间接地为我们提供了最极端的科学唯物主义形态的）传统充分地考虑到了所有隐秘的可能性，甚至对其中的大多数都持以“疑罪从无”的态度。换言之，在原则上，它是开放的，不排斥任何程度的、可能发生在人类意识中的想象。而且，它认定，任意一种程度的想象都将对其他所有程度的想象产生影响，并造成真实的后果。在犹太教传统中，人体是唯一的“寄存器”，也是唯一完整而适足的标志，它容纳并象征着层级众多、无所不包的精神生活——一个结构复杂的宇宙，它将各式幽灵般的存在，各种精神状态、力量、敏感以及所有不同种类的特质包含在内。犹太人的想象维系着它的生命，使之一直延续至今，它也因此成了聚纳所有共鸣——一种源自犹太式生存经验的共鸣的容器，成了一份内心生活的“电子档案”。 这般不为其他任何一个民族所共有的生活，犹太人践行之，也为之付出了代价：它是一个完整的体系，拥有一整套一致且有效的符号。精灵与鬼怪在它的磁场中摩肩接踵，但它们并非民间迷信中的“鬼火”，而是任职于一场最古老也最坚决，至今仍未结束，且终将由上帝作出判决的诉案中的那些微官小吏。对于巴斯金的创作而言，一如对于现代艺术领域中的另一位巨人——艾萨克·巴什维斯·辛格的成就而言，这是具有决定性意义的一种传承。正如先前所言，巴斯金睁大了质疑之眼，惊人地警醒，但事实上，它所守卫的，是他内在的、渊博的，正以一种严谨而富有预见性的方式忙于为他开辟梦境，同时也相应地为他承受着痛苦的“犹太性”。就像在 W. B. 叶芝身边那群和蔼可亲的熟人密友之中存在着一位苏菲派大师一样，在巴斯金的隐秘资源中，也存在着一位族长般的先知。

这一传统便是现代版“恩多女巫[①]的洞穴”，巴斯金的艺术形式皆出于此。成形后，它们很快就向我们表明，它们源自人类之苦痛的“硬核”。每一种形式都是对融隐秘而切身的苦难与精神狂喜于一体的混合物的具体表现，而这正是巴斯金的专长。他的图像无一例外地结晶于此，一如晶体沉淀于过饱和溶液之中。即便是他创作的鸟、天使，也都自含金属与盐，自有其化学组成与晶体结构，并因此而变得坚固、锐利。而一旦透过眼睛被吸收，进入神经系统之后，它们便再次溶解，化作真实的认知与存在。

毫无疑问，这是“真实的内容”。但这并非全部。他的图像映证了被人为创造出来的“荣耀”之中的“恐怖”（在巴斯金的语汇中，这两个术语深受重用）——我们共同的人性所经历的“恐怖”。然而，它们的意义还远远不止于此。高于一切，也先于其他任何要素的，是这些图像的美感。一种强烈而奇特的美由始至终贯穿着巴斯金的艺术。

这是一个奇怪的悖论。巴斯金是以（在我们看来是）冷静而客观的方式予以记录的，是一种怵目惊心的生命经验：它多多少少存在于表面之下，也可能趁夜回袭，再次找上那些自觉已然摆脱了它的困扰

① “恩多女巫”出自《希伯来圣经》，传说她曾在扫罗王的请求下召唤先知撒母耳的灵魂。

并如受神祝一般地将其遗忘的人——不仅完好无损，而且变本加厉，与人们发生更危险的关联，更深层地涉及敌我双方，也对超越灵魂之所及的事物更趋开放。只不过，这一经验的呈现，仰仗的是某种象征性的形式——单单是一个扭曲的面具，抑或是一眼斜视，一张空白无物、毫无表情的脸，一声在梦中蜷伏于门槛之上的笨重人形一般鸣响于清醒的意识之中的叫喊。然而，从巴式艺术中获得美感的，正是这样一种形象。

这种他所有的作品所特有的惊人而凶邪的美，无法轻易被称作“内容”。但这种美不只是风格，它有别于那种赋予其图像以异乎寻常的冲击力与穿透性的精湛的技术上的专长。其图像的主题也许令我们感到震惊，其非凡的技艺也许令我为之倾倒，但这种异于其他种种的美不具有任何攻击性。它感召着我们，极其安静，却越来越难以抗拒。最后，当有关“我们的共同苦难”的纪录或者影像式证据已然久久没入一种弥漫着悲伤的模糊中时，在它的召唤下，我们似为满足自己的需要一般不断地搜寻巴斯金的作品，并且倍加珍惜，视之为某种灵药圣水的源泉。

再度忆及巴斯金自身的艺术准则，我们也许该问：在这美感之中，蕴藏着怎样的“真实”？在这美感背后，作为迫压之力的，是何等分量的“必然性”（这一表述同样极受巴斯金的青睐）？这源于痛苦，被毫无遮掩、毫无矫饰地创造出来，无论从何种角度看来都如此自相矛盾的美向我们发出了挑战，有待我们更细致地予以追究。

关于心目中理想的图像，巴斯金写道：那是一种似已穿越了世世代代，在大地之下延续至今的图像；如今，一切暂时性的“文化外层”饱受侵蚀，褪落殆尽，它再次显现，只保有某种基本的艺术实质的核心。在想象中——尽可能地——以此为准则来检验巴斯金创作的

阿兹特克《科亚特利库埃》雕像之略图，原作现藏于墨西哥城人类学博物馆

某一幅图像，并将某一典型的“巴式形象”，例如《被绞死的人》，“叠置”于一幅来自另一种文化的相关图像之上，实为有趣之举。在我自己的想象中，我将那幅巨人般的木版画和如今伫立于墨西哥城人类学博物馆中的科亚特利库埃（Coatlicue）——那庞大而骇人的阿兹特克圣母与大地女神的雕像联系在了一起。

在巴斯金的绘画作品中，《被绞死的人》有其特殊的地位。它是巴斯金第一件完全成熟的大型作品（创作于1954年），它仿佛是一名先锋，为后来的所有作品开辟了道路。人们也许会说，它本身就彻彻底底是一个崭新的造物，就像一颗被紧紧包裹的种子一般。

一旦我们将这两种“形式”置于一处，一片充满活力的“力场”便在二者之间，也在二者周围跃然成型，将它们结合在一起。“被绞死的人”成为一名典型的受害者——受“大地神母”之害，而“大地神母”事实上也成了“死亡女神”，显现出她最叫人毛骨悚然的一面。那受绞之人的形体就像耶稣被钉死在十字架上一样被钉在他母亲的身体之上，被母体吸干了生命，为其非同寻常的引力所禁锢并陷入瘫痪，于恍惚中在母体的掌控下、在与原始女神“死亡式”的交融中承受苦难，穿越永恒；它仿佛扎根于大地和死亡一般扎根于母胎之内。基于这类主题的“华彩乐段”不断地自我发展着。

然而，有一种东西——一种无关性别、分量均等，为《科亚特利库埃》和《被绞死的人》所共有的，足可由一具被剥光了皮后悬荡于空中的人尸，也同样可由那般被遏制的爆发、由那颗“阿兹特克核弹头”予以象征的东西贯穿并超越这类想象。

巴斯金自己也许会说：那便是“恐怖”（他会引用康拉德[①]笔下那句他最喜欢的台词：“恐怖啊，恐怖！”）。可如此说来，真正令我们感到恐惧的，究竟是什么？

并非被剥皮之人那令人胆寒的痛苦，也非那神性使然、令人恐惧的怪异感。《被绞死的人》无疑是一幅关于痛苦的图像，甚至可以说，它代表着绝对的痛苦，超越肉身的痛苦：那种存在正经受着无穷

---

① 约瑟夫·康拉德（1857—1924），英国作家；后文中的引言“恐怖啊，恐怖！”是其创作的小说《黑暗之心》中的著名台词。

无尽、不可言喻的折磨，胎儿自其默哑的双唇间挂下，像是某种被拧成绳状的凝结物。

而有一种东西，它超越了受绞之人的那种痛苦，也超越了《科亚特利库埃》那一百五十吨重的身躯和满身互为对称，如分子一般结合在一起的头盖骨与响尾蛇。

一切提出变化、反转或者新的秩序，解放了一直以来受到抑遏的事物并过早地引入一种不受欢迎的充满未来气息的新艺术，都会唤醒我们心中的抵触。然而，这种偶然出现的新奇事物即便遭到压制或被奉为经典，也时时会以另一种方式令人感到不安。至少，只要艺术本身严肃、真实（在很大程度上，只要人们如此认为即可），这种不安便不会消失——某种令人畏怯，几乎（如果人们敢于言明的话）可以“非人类”予以形容的东西始终存在并且无所不在。伟大艺术的香脂值得品味，甚至不可或缺，可它的源头，却似乎深及一种最根本的恐怖之中——那是一片被无边无际、吞没一切回声的恐怖所笼罩的境地。

每当我们适时适地听到音乐，音乐便会以一种神秘的方式开启这种恐怖。也许音乐就是打开恐怖之门的钥匙。如果（一如我们所闻）数学法则是“原始的深渊”中那棵植根于精神领域与“人事视界”之外的树木，如果音乐是一种由我等毛羽覆身之辈以那深渊之树的细枝编织而成，具有“慰抚之形”的灵魂之巢（听觉神经浸没于人体内犹如混响交鸣的赞美诗一般的化学反应之中），那么从音乐中流涌而出的那种恐怖便也是数学法则的汁液，是那深渊本身——也是饱含组织与创造之力的能量本身的分泌物。

在所有艺术中，一切“非音乐”的元素都依赖于“音乐”而存在。倘若任何一颗粒子失去了它内在的音乐性，艺术便失去了艺术的效用，也不再堪称“艺术”。因此，真正让艺术成为艺术、让宇宙的法则透过艺术发出鸣响，牢牢地吸引着我们并将我们拽离“自我的囚笼”，也似让万物彼此相连、让万物与其源头一一相连的，正是那种让艺术变得令人不快的东西。

无论这种“音乐性的涌流”具有何种性质，人类社会都显然无法确切地予以把握。一种变幻无常的循环（始于开门引流，而后闭门以拒）塑就了每一种文化的历史。它仿佛是某种模糊的物质，既神圣又遭人憎恶，又像是某种盛行于血流之中的精神药物。在描述它如何在短短半分钟之内——即便是在单一的个人身上——从再微弱不过的瘙痒遽然演变成足以撕裂灵魂的强烈感受时，洛尔迦为它起了名字，称它为“精灵”。在“阿拉伯－安达卢西亚”式的文化背景下，洛尔迦向人们展示出这种“精灵”如何会被自然而然地视作神明——一种神圣的恐怖——一道美丽而可怕的雷电。

同时，洛尔迦也作出了暗示：它似乎来自于“超越死亡的时空”。其言下之意，也似乎等同于：它来自“超越生命的时空”。

然而，就像那黑暗的、孕育了一切有机体的终极能源一样，它又是生命的核心。也许正因如此，唯有在危机降临、千钧一发之际，在极端的时刻，或者也可能在一个出于某种缘故活在永恒的“极端时刻”中的个人身上，它才会唤醒自己，而所谓“极端”，并非生命之力的激昂，而是死者的赤裸，是死者在退无可退时的无助。在那一刻，死者所面对的，是集聚一处的种种“无限”，他被剥夺了生命，只似拉扎勒斯[①]一般站立——一如巴斯金创作的那些被剥掉了皮的形象，透过胸口上那道奇异的伤口，他的自我与个人的生活都被彻底拔除。

① 拉扎勒斯是《圣经》中的人物，最初死于疾病，后被耶稣救活。

这般“精灵之乐”“乐中之乐”或者“灵质般的精华”——无论它是什么，它都扮演着一个更为人们所熟悉的角色——马那[①]。

据说，马那会降临在受难之人身上。也许，马那是人体在经受深重的伤害时自然而然作出的反应——是一种自我疗愈，而这也使它在超乎喻义的层面成为了救赎的化身。所有历史文化都认同的是：若欲换购神力，唯有经受苦难，而且，人们必须为之付出代价。有的人似乎先得到了它（或者说“接受了它”），然后才支付了代价；又或许，他们已然付出了代价，却不为人所见。但通常来讲，代价总是先于其他。这种“换购”（凭借刻意加诸自身的苦难便可购得马那）是一项技术性发现，也是一件古怪之事。受难者不断地承受苦难，直到马那无力再作抵御，只得缴械投降，治愈受难之人，同时似乎也找到了归属，不论男女，就此任人支配，就像那些对祈求者的声声呐喊、对其经历的种种禁欲之苦和重重折磨装聋作哑，直到无法再忍受——直到天堂之石沁出汗珠、神之御座开始颤动时才屈尊而降、授予一切，并使祈求之人步入神圣之列，接受治愈之力的印度神明一般。

或许，他们会更早一步降临，但却有所保留。

无论这种神力如何被人获取，无论其强度几何，马那——以及那音乐之根、那治愈之效，都彼此交混，尽融于自那深渊之树体内缓缓渗出的药液之中。

对于雕刻者来说，《科亚特利库埃》具有何等意义，我们只能猜测一二。她是一个巨大的、由阿兹特克象形文字写就的合成词，是一

① 马那（mana）特指波利尼西亚人、美拉尼西亚人和毛利人所信奉的一种无所不在的且可在特定的人与物身上得到体现的超自然神力。

尊骇人的“奇普”[①]——一个融宗教性与神话性于一体的人类学谜题。但她的力量不言而喻。她是恶魔般的一团马那，是石化了的怪异音乐，她就像闯入我们感官世界的一股舞动的电子——一条由日之浆流幻化而成，在凝固之际绕缠扭结，将肢臂与面目系于己身的巨蛇。

那正是马那之像，是马那的化身——纯粹的马那：不论是否符合我们的喜好，它都是主宰可怕的生命经验之源与任何具有实质的艺术的真正实质之源的女神。

《被绞死的人》同样是马那之像：所有被绞死的神明尽聚于一个被剥掉了皮的肉身之中，由一只单钩钩住，吊在一根单绳之上。它与《科亚特利库埃》不甚相似。尽管被剥掉了皮与自剥其皮的形象——头骨与大蛇——覆盖了《科亚特利库埃》的表层，但很明显，她本身并未遭人剥皮，也未被人吊起。她是穿过玄武黑岩挤涌而出的岩浆化作的坚实固块。

如果《被绞死的人》亦是马那之像，那么这种马那必然有别于其他。

在《被绞死的人》内部，究竟发生着什么？要明确这一点，巴式艺术的其他组成部分堪为助力。在丰富而多变的巴式图像中，有此容量颇大且值得注意的一类：它不仅未受超现实之物的玷染，也并无明显的象征意义如担在肩。由眼下这部版画集的终卷——《双翅目卷》收录的各式蚀刻昆虫正属此类。倘若《被绞死的人》处于我们想象中的一个极端，那么占据与之相对的另一个极端的，也许就是这些昆虫之一——也许就是那幅《蜻蜓》。对于《被绞死的人》，要作出任何一种诠释，我们都难以回避一个重要的问题，即：这幅《蜻蜓》究竟是如何适应并融入巴式艺术“总体的完整性”之中的？

① 奇普（quipu）是古代秘鲁印加人用于记录信息的一种结绳语言。

初看之下，那幅《蜻蜓》确实美得泰然自若。它得到精确的观察、细致的铸造，获得了坚固的实体，展现出一种细密之美。作为一幅旨在表现的图像，除了“它非常美丽”之外，蜻蜓是否另有所诉？天堂是否就在蜻蜓身周，是否就在它们体内？或者，巴斯金本人是否曾逃离过片刻——逃离那种使他创作的其他图像陷入种种苦痛的意识，并躲进这危如累卵的“极乐之堡”中呢？

而且，那幅《蜻蜓》并不孤单。巴斯金的晚期作品越来越多地对自然界中的动植物作出了正如《蜻蜓》一般客观的描绘，且始终散发着不可思议的强烈光芒。这种图像究竟是如何适应并融入巴式艺术“单一的有机体”（因为它确是一个单一的有机体）中的？先前我以“总体”一词来形容它的完整性，但与此同时，它也具备了有机的内在连接，而那超自然之力——马那则循环流动，流经每一个细胞，整个生命体都为了单一的目标而存活。

而理解《蜻蜓》（以及其他每一幅与之同属一类的图像）在巴斯金的作品中扮演着何种角色的线索就在于马那之饱满——显而易见的饱满，在于对象本身那种恶魔般的强度（也或可称之为恶魔般的美丽）。蜻蜓丝毫没有受到象征意图的扭曲，却仍然在这出“神秘之剧”中扮演着英雄式的角色。换言之，作为一种被奉为神圣的存在——作为那被奉为神圣的存在，它仍然是全剧的主角。将它与《被绞死的人》联系在一起的，正是它所经历的那场奇特的圣礼——那场受福之礼。

位于对极两端的《被绞死的人》和《蜻蜓》可被分别视作一次“转变”的起点与终点。然而，整个转变过程在最初便被包含在《被绞死的人》体内，到最后也依然如故，存在于《蜻蜓》之中，人们仿佛透过同一块晶体，从相对的两个表面同时对这两幅由光线编织而成的图像投以审视。巴斯金创作的每一幅图像都不悖此理，每一幅都与这一转变过程形成共鸣，仿佛所有的图像都是相同的复制品，是构成一个单一有机体的细胞。而让那神圣的、在那被我等认作巴式艺术之美的黑暗光辉中结束的转变过程得到表现，正是天赋才华的巴斯金所致力于完成的根本任务。

如果我们将构成图像的线条本身视作一种图像——视作巴式艺术的基本图像，我们便能对这一“任务”进行更细致——可能也是更深层的观察，也或许多少能对隐藏在这一“任务”背后的“生物意义上的必然性”有所感知。

初看之下，巴斯金的线条既有攻势，又似在攻击之下忍受痛苦：究竟是“攻击”，还是“忍痛”，抑或通过某种巧妙的技法，它在忍受痛苦的同时，也不断发动着进攻?

作为“自在之物”，它具有某种致命的魔力，某种不可思议的、猛禽式的优雅气质。也许，正是从线条本身鹰枭般张牙舞爪的狂欢中，所有那些生就巨爪的大鸟们才振翅起飞。

与此同时，最重要的是，巴斯金的线条是精美的。它是一道真实的伤口，时而拥有感知之力，警觉地留意着浮动的粒子，时而又化作深深的、怵目惊心的切口，似有鲜血即将从中涌出。它占测痛苦，也探寻痛苦。它是刻刀刀锋的灵魂，也是那一如既往，于一具赤裸的躯干之上、于一张脸面之上剖划切割的手术刀刀锋的灵魂。

刀锋与伤口，一如雌雄同体。在神话与民间传说中，常见的主题之一便是：若要治愈伤口，就需将造成伤口的刀锋置于伤口之中。

仿佛那刀锋能抵达鲜血不再流淌，叫喊不再成声，唯有马那溢涌的深处。

巴斯金曾在某处写道，他的主题就是伤口。其实，人们也大可以说，他的主题就是马那。“伤口的治愈”才是他真正的主题。

在艺术生活中，巴斯金由始至终都从他所感受到的与威廉·布莱克的亲密关系中汲取力量。这一关系从他二人对《约伯记》的痴迷中可见一斑。对于布莱克笔下的“人之神形”[1]，两位艺术家都怀有一种《圣经》式的担忧。那是一种预言性的担忧。从布莱克的时代以来，人类社会所面临的灾难变得愈发清晰、明确，或许也变得愈发无可逃避。在“末世之眼”看来（巴斯金的所有作品都假定了“末世之眼”的视角），原本应由宗教为之负责的“人之神形”如今已然成了普遍意义上的受害者。他试图在核爆炸的冲击波肆虐过后——在一切曾经支撑着他的信仰原子化之后——重新站立起来，而该为了他而被担起的责任则正飘荡在太阳风中。

在当代艺术中，那具惨遭蹂躏、被掏空了的形体无处不在。然而，直截了当、旨在宣泄情感的艺术是一回事，救赎式的艺术则是另一回事。巴斯金对当代艺术家的声讨与挞伐可谓“臭名昭著”。在巴斯金眼中，他们的艺术不过是由核爆炸引起的断续零碎的痉挛式反射动作，或者是臭氧层遭到某种破坏之后出现的各式动物学意义上的原始形态：在“基因崩塌”的过程中，随机变异大量涌现，火焰风暴掀起巨大的漩涡，塑就全新的生存环境，一线孤绝的希望残存，罹受辐射的染色体奋力挣扎，寻求新的“适应”过程。

然而，正是在这种“大毁灭”“大灾变”式的境况中，巴斯金的艺术不断地完成了进化。就像身处烈焰熊熊、火光炽热的焚化炉中的四号人形[2]一般，巴式艺术唯有在如此深重的精神灾难中，才能在那些饱受谴责与非难的艺术品的映衬下为人所见。

如果“自然之力”的复苏不可避免，那么巴斯金的艺术创作似也同样是不可避免的。他挽救了那因“人之神形”而生，正飘荡在太阳风中的责任，并为之找到了新的载体：艺术——一种接受过外科培

---

① “人之神形”这一意象出自威廉·布莱克的诗作《神的肖像》。诗的首节写道：“残忍有人心，嫉妒有人面；恐怖有人之神形，秘密有人之衣衫。”

② 此处所谓“四号人形”无特殊含义，应指巴斯金版画作品集中的第四幅图像。

训，具备了手术资格的艺术。如今看来，曾经归由宗教担负的职责已经成了一家即时即兴搭建而成的野战医院的工作，而那被剥掉了皮、被绞死的人，作为“世纪的受难者”，就躺在手术台上。

“人之神形”已然成为“伤口”。西方艺术史上（截至那时）尺寸最大的木版画（《被绞死的人》有近六尺高）正是对一道伤口的完整写照——彻头彻尾的一道伤口。

正是在此，在这木刻之中、在刀锋的实际运作之中，巴式线条的意义才为我们所明了。巴斯金殚精竭虑，正让艺术形态从母体中脱离。他正在解放一个身体，使之摆脱死亡的禁锢。在他刻划之际，人们不免会作此想象：一位外科医生似已恍惚入迷，却时刻保持着警觉。当刀刃切入肤表，巴斯金的心电图想必与那外科医生的心电图极为相似。手术刀所过之处，马那不住流淌。换言之，从我们的角度看来，那是美在流淌；仿佛在祷告声中，那刀锋不再是一片锐利的薄刃，而是一次来自指掌的触碰——一次祝福，一次爱抚，一次赞颂。在巴斯金的关爱下，坚硬的钢铁化作镇痛的软液，流入伤口之中。

这的确像极了崇拜。你会通过崇拜一道伤口来治愈它吗？或者更确切地说，你会通过崇拜伤者来治愈伤口吗？可那伤口确确实实被治愈了。毕竟，我们所谈论的，是一种已然圆满达成了目标的艺术。而这发生在艺术中的治愈倘若出自乡村医生之手（粗糙的双手经过伤口，不加触碰，将一阵战栗注入人形之中；伤口愈合之际，所有的见证者惊奇不已，皆欲放声而笑，也难抑泪水），是否就更像是一场奇迹？

无疑，“被绞死的人”被治愈了。当我们认识到在那对于痛苦与死亡的描绘中存在着如此完整的美感时，我们也便认识到了马那的胜利，认识到马那正如音乐一般被释放并不断发散，它用它的力量举起这具尸身，使之升入宇宙法则的力场，仿佛是科亚特利库埃或者与之相当的神明将这惨遭绞死、被剥光了皮的神-人高高举起一般，而宇宙的法则也仅仅是偶尔，仅仅是在我们未曾习以为常的眼睛看来，才披上了犹如幻象一般的恐怖外衣。《被绞死的人》体内充满了源自科亚特利库埃的马那。无论从何种角度观看，那都是一幅《圣母怜子像》。在宗教领域，这便是神明死而永生的至圣时刻，而对于木版画《被绞死的人》而言，这便是美的时刻，上帝之母似乎仅仅是换了一副面貌，便成了主宰这件艺术品的缪斯女神。

然而，在巴斯金的想象中，“被绞死的人”同时也正更进一步，逐渐进化为另一个物种。治愈之力突然从一道看似致命的伤口中溢出时，那一瞬间的救赎还不尽如人意。它的美必须绽放。“被绞死的人”必须如花般盛开，重获新生。于是这被剥掉了外皮，深深浸裹于痛苦之中，又赤裸裸地孑然于痛苦之外的尸骸正衍变成某种奇异之物——一枚蝶蛹、一只巨大的幼虫。巴斯金十年如一日地专注——在他穷尽一生的艰辛努力下，它终于化身为一只“蜻蜓”，完成蜕变。

而这，也为巴式艺术内在的环形进程画下了完美的句号。

《被绞死的人》代表最初阶段：痛苦滋育马那。而《蜻蜓》则代表最后阶段：马那完成了彻底的救赎，彻底治愈了痛苦，并使之转变成与自身对立的形态。曾经的受难之形转变成崭新的优雅姿态。“被绞死的人”变成“蜻蜓”，可由始至终，他还是那个“被绞死的人”。这便是马那的治愈之术，尽在我等眼前——那是一大股高度集中且异常浓稠的马那。

在这一过程中，奇迹发生了，在我眼中，这件作品宛如奇迹，因为治愈的过程宛如奇迹。如此，若有人说“*可这一切仅仅发生在艺术之中*”，这“仅仅”二字，又从何说起？艺术创作殊途同归，无论我们如何加以描述，其结果都是相同的：说“它在一场自编自制的‘神秘剧’中引发了最为重要的事件——让那富于创造与治愈之力的灵魂在‘深重的苦痛’中出世，让以救赎为使命的神圣天赋降生[①]于人间”也好，说“它将艺术在生物意义上的必然性诠释为人体本身的免疫系统与自我修复系统的精神性组件并将它展示在世人眼前”也好，本质上没有差别。

因此，当我们对巴式艺术的奇异之美感到疑惑，并问“在他的艺术背后，究竟隐藏着何等秩序或者‘真实’，又隐藏着何种程度的‘必然性’？”时，我们将在这一在巴斯金手中臻于完美的“入圣之变”[②]中找到答案。

在某种程度上，“被绞死的人”本身就是快乐的，甚至以欢乐形容也不为过。他几近“粗俗”，是一则终结一切黑色笑话的黑色笑话[③]。

他的形体是一则寓言。在某种程度上，巴斯金创作的每一个形体都是一则寓言——令人回想起哈西德教派和苏菲学派的种种寓言：每一个看似简单明了的冲突都是一幅立体的错视画，位于不同经验层面的交汇之处。在《被绞死的人》这则寓言中，在法官们止住笑声之后，在所有那些施虐者、行刑员、剥皮人、士兵以及幸存者们都止住笑声之后，他们竖起了耳朵——那具死尸、那体无寸肤的躯体本身已开始放声大笑。这幅再令人满意不过的“精灵”肖像，洛尔迦曾求而不得。

---

① 原文为“nativity”，一般特指耶稣的降生。

② 原文为“act of consecration”，意指与“神圣”发生关联、脱凡入圣的行为或转变，故以此为译。

③ 原文为“gallows joke”，一指讽刺且带有恶意的笑话，也可指绞刑架下的笑话、在危险或令人不快的处境中所讲的笑话。

紧接着，在这则天启式的寓言中，法官们苦喊一声，倒在尘土中，像扫罗王仆倒在路上[①]一般，而施虐者、行刑员、剥皮人、士兵和其他人则一面在地上打滚，一面咬牙切齿，像讶异不已的考古学家莱亚德[②]笔下的那些部落土著一般大声叫嚷，帐篷中的贝多因[③]诗人吟唱古歌，歌声阵阵传至他们的耳畔。

《被绞死的人》所产生的冲击，就其本身的"波长"而言，恰似一声神圣的叫喊。人们不禁想象，在某座神殿里——在某间深得埃斯库罗斯[④]钟爱的宗教神话中的地下密室里，神明故去，一声震耳欲聋的叫喊随之响起，它不仅象征着世界的终结，而且满含惊疑；在那一刻，他重获新生，因而纵声于狂喜之中。

以上种种，的确只是一闪而过的感受。虽然代价高昂如是，我们在自己的额叶中安装的降压器却依然接纳了这股电流并将信息登记在案。神经纤维将视线投向一面镜中，经验飕地掠过脑颅，在眉宇间留下淡浅的汗迹，或许也引发了显著的静电变化——即便是在目睹画面的人说出"我不喜欢它"的时刻。

"被绞死的人"的笑声——那甩脱一切的笑声、深藏于大自然中那永恒不死之物的根脉之间的笑声，正是马那之声。

---

① 《圣经·使徒行传》中记载："扫罗行路，将到大马士革，忽然从天上发光，四面照着他。他就仆倒在地，听见有声音对他说：'扫罗，扫罗！你为什么逼迫我？'他说：'主啊，你是谁？'主说：'我就是你所逼迫的耶稣。起来！进城去，你所当作的事，必有人告诉你。'"

② 奥斯丁·亨利·莱亚德（1817—1894），英国旅行家、考古学家、楔形文字专家、艺术史学家、绘图家、作家、外交家，以对于尼尼微以南的亚述文化遗址尼姆鲁德的发掘闻名于世。

③ 贝多因人是一支古代阿拉伯游牧民族，常居于帐篷之中。

④ 埃斯库罗斯（约前 525—前 456），古希腊悲剧诗人，与索福克勒斯（前 496—前 406）和欧里庇得斯（前 480—前 406）并称为"古希腊三大悲剧作家"。

巴斯金的雕塑创作是不朽的。如他自己所言，“不朽”，正是他作为一名雕塑家的追求之一，他的许多版画作品也受到了这一特质的影响。比如，在他的刻刀下，所有人物的面部表情都趋于不朽。他创作的大型人像便是典型；在某种阿兹特克式的可怕启蒙下，它们扛起“埃及式的重负”，成为那不可毁灭之物的具体象征。类人生物走出爱因斯坦的阴影，脱离烩煮原子的大锅，仿佛是被抛入人间的太空异物；它被剥掉了皮，通体炽热，血肉如熔，某种叫喊不及抵达瘫痪的双唇便遭扼抑，深入脑颅的惊愕使双目陷入僵凝，但它迈出了人类的首步，并化作人形，出现在新世界的门口，乞求属于自己的名字。

这个形体包含了“无限”，而赋予它以“无限”的，正是覆于其实体表面的那般质若青铜又冷如硬石的宇宙残片。它“尊荣”加身，紧攥着厄洛斯的永恒火焰，手中仿佛是一片危险的镭石碎屑。同时，它也心怀悲怆。它那如行星一般运转，满载命运与冲动的实质和那宛似日焰一簇，如火一般呼吸着的荣耀正咄咄要价。对此，它心知肚明，那张憔悴而愁苦的脸说明了一切。而当种种特征更具“人性”，那种身处无限时空之中的孤独感便愈发显得庄严而冷峻，那悲怆之情也变得更加尖锐。

尽管如此，这具形体依然坚定地认为：它是约伯，是普罗米修斯。它若能开口说话，甚至（更有可能的是）开口歌唱，我们听到的将是那饱满而和谐的、与史诗共鸣的和弦。

史诗是马那的故事。无论在何处，只要萨迦[①]通过各式隐喻述说着人类追寻马那、发现马那的故事，史诗的形态——它那清晰可辨的

---

① 萨迦（sage）原指古代挪威或冰岛讲述冒险经历与英雄事迹的长篇故事，现可泛指涵盖一连串事件或经历的讲述或记述。

片段构成的“循环模式”便显现无遗。

细究之下，人们惊奇地发现，在很大程度上，巴斯金对于艺术形象的塑造始终围绕着“史诗原型”旋转。纵观历史，如果史诗拥有三种常见的形式（其一，即文明程度最高的宗教追寻；其二，即原始而粗犷的英雄史诗；其三，即最典型，也可谓最具生物性的，承载精神航程的萨满之梦），那么这三种形式无一不为巴式艺术形象提供了丰富的养分。在巴斯金的画廊中，每一幅图像都以史诗中那借助想象之力穿透苦难，深入死亡之地抑或超越生命之境界的冒险之旅为归属。如此众多的形象皆身陷惨境，如历地狱、炼狱之苦：肉体饱受折磨的灵魂，精神饱受煎熬的肉体，大批来自天堂和地狱的军官，残缺不全的躯干，狰狞可怖的战士，天堂的瞥视，超自然的女人，丑陋的怪物，神圣的历史与神话传说中的人物，永生的草本植物，如虚似幻的亡灵——所有这些“偏执”的主题都源于史诗。巴斯金最受人们青睐的图像、他最“个人化”的创作、那些他似为恢复自身精力而回归的艺术形式——那些飞鸟、鸟形人和预言中的形象，尤其是那些写照人与终极的真实、真相与神圣之间的沟通的“神迷之死”——无不直接来自萨满的梦幻之旅，来自于困难重重的起飞和穿越种种障碍、历经层层考验，直抵生命之源的航程。事实上，也许除了尸体本身所扮演的，已为所有宗教祭祀所征用的先验角色以外，这些特定的选题并不以任何文化语境为依托。

这一切都无可避免，因为巴斯金的艺术创作与三大史诗形式的共通之处就在于，它们都将对于马那的追寻作为核心的情节。巴斯金本着直面眼下之危机的精神，限创作过程于一次以生物体为对象的精细手术，并以此在手术中保持冷静与客观，注讽刺之力于锋刃，纵使刀尖深探，游走于神经之间，也往往无碍于他的奇思妙技。可与此同时，他也在马那之力的推动下，转而沿循古老的掌纹，踏上漫长的旅途。归来之际，所有传统的、源自迷梦一般的萨满式精神航程的经验已尽在其身。这一精神航程曾不断地重现，也想必将继续——在私人的痛苦或者部族的不幸过载于个体身上时——自然而自发地重现。有一类人，他们在自己所处的时代迎面遭遇20世纪中叶的所有残忍与凶暴，在自身化作的灰烬中奋起，将凶残之力纳入掌控并在两千年后恢复了以色列国的荣光[①]，而巴斯金正是这类人中的一个，这一点绝非巧合。

《约伯记》为巴式艺术在形式上的统一——或者说是为我所能窥见并依我个人的理解予以概述的那种统一性提供了最完满也最切中要害的语言表达；至少在我们的文化中，《约伯书》当之无愧。当然，与其说是“我们的文化”，不如说是“巴斯金的文化”。《约伯书》就像一份隐而不现的“总体规划”，运筹于巴斯金的每一件作品背后。它不但让巴斯金创作的所有图像和谐相处、互为表里并使之一致归从于巴斯金的灵感之源，也维持着某种由情感与表达交织而成的宏大时空——正是在这种时空中，巴斯金完成了对于种种艺术形式的塑造。

与《约伯记》的亲密关系不仅暗示出巴式艺术在西方社会的“精神戏剧”中扮演着何种角色，也让我们对巴式艺术的“规模”有所领会。当僧侣式的衣饰与教条在大灾变的启蒙下日渐溶解、蒸发，基督教精神焚烧殆尽，深埋于最原始的“犹太岩”[②]中的信仰之根也在劫

① 《圣经·使徒行传》中记载：“他们聚集的时候，问耶稣说：‘主啊，你复兴以色列国就在这时候吗？’耶稣对他们说：‘父凭着自己的权柄所定的时候、日期，不是你们可以知道的。但圣灵降临在你们身上，你们就必得着能力；并要在耶路撒冷、犹太全地和撒玛利亚，直到地极，作我的见证。’”

② 古代犹太人曾对岩石、山峦、树木以及月亮等事物怀有崇拜。

难逃，仿佛那个长久以来都不曾失去西方人所谓“基督天性”的灵魂已然从十字架的幻梦中坠落：它在灰烬中苏醒，发现自己终究还是流着犹太人的血液——即便不是赤身裸体的约伯本人，也与他同根同源。约伯——“人之神形”，纯粹而单一，他是个赤裸裸的孩子，是无限光荣，也无限可怕的造物主的孩子。

也许，正是通过如此之“替换”，巴斯金——一位在犹太性面临灭顶之灾时现身的治愈者、一位现代以利户①——才终于发现，因为一次天启而受难，似已遍及人间的伤者——世上所有男女的“人之神形”，正静躺在他的刀锋之下。

① 据《圣经·约伯记》记载，以利户是约伯的好友，常在约伯苦恼时访问约伯。

伟大的主题

——莎士比亚评注[①]

不读《莎士比亚全集》的理由似有许多。我们之中极少有人会将目光投向那脍炙人口的七八部剧作之外的诗文，而且，在想更多地品味莎士比亚的文字时，我们也往往会选择重读这些作品。于是，出现在大多数的“莎迷”们眼前的，又将是：

主啊，时间的背上背着一个皮包……[②]

抑或：

那是最美丽的花朵

① 本文曾作为全书引言收录于由伦敦费伯出版社于1971年出版的《莎士比亚诗选》中。——编者注

② 语出莎剧《特洛伊罗斯与克瑞西达》。

当夏日依旧，我在此驻留，菲黛尔……[1]

仿佛他们心中最伟大的诗人突然醒来，又出版了新的一本文集似的，而这部《莎士比亚诗文选》的初衷，主要就是为了满足他们的喜好。

人们也许会问，当我们将这些段落从特定的语境中抽离，它们是否会像离开身体的脉动一般，就此崩塌？

的确，剧本如磁铁一般将文字牢牢吸住，不仅决定了文字的意义与极性，还切断了它们与日常生活之间的关联，使之神圣化并为之注入了活力。在特定的语境中，透过这些段落，我们可以深入剧作本身，了解其内在的生命活动：那是一整套井然有序、令人惊叹的“环形”室内照明系统，错综复杂的文字与“生命之环”完美融合，一词一句都具备了如此微妙的准确性，乍看之下，一切都宛如奇迹；它是一首更为宏大的诗歌，由更为宏大的语言写就，也具有更为强烈的，任何简短而孤立的诗段都无从聚焦的美感。可一旦脱离了特定的语境——我们必须承认，它们便成了完全不同的文字。它们从虚幻的戏剧世界中坠落，不得不在读者阅读之际，从那如同垃圾堆一般，尚未被完全消化多少处于混乱状态的二手经验中，从由残缺的记忆与断碎的瞥视构成的不确定中寻求自身的意义。于是，我们忽然察觉，它们是何等奇特的口语诗歌啊。当我们的目光透过这些文字，注入我们内心深处的黑暗时，种种新的事物、新的可能便层出不穷，尽显于词句之中。

是故，从剧本中提取这些段落时，我们虽然弱化了它们的诗性，却在语言本身的运转过程中解放了某种东西。它们走进寻常诗人与寻

---

① 语出莎剧《辛白林》。

常诗歌的世界，于英文而言，它们变得更加“普遍”，于我们而言，它们变得更加“个人”。

于是，在某种意义上，我们得到了一位诗人，一位完整的诗人：此前，我们只看到他的一面，只看到比如他在十四行诗中所展现的那般灵活多变却相对“狭小”的诗艺，可这些诗文只是这位世俗的，几乎可以“恶魔一般”来形容的莎士比亚的早期作品，难说重要；如今，我们将他从“神圣的莎翁”体内稍稍抽离，使他的形象更显明晰，不再如着魔一般。然而，不管怎样这丝毫无伤于那位高高在上的诗人。重新在此认识一位世俗的、“次要”的莎翁为我们打开了一扇门，面前的道路径直通向彼端，通向神圣而伟大的莎翁，而“莎士比亚全集”依然完好无损。

在拣选过程中，我始终秉持原则，抽取的段落无一不由最具强度与张力的诗文构成，它们不仅长度足够，也足够“自足”，足以凭借一己之力创造一种生命。这一原则大大缩减了我的选择范围。至少是从《一报还一报》(1604) 之后的剧作开始，对于许多段落，我都心怀疑虑，不知是否能在尚未阅及那些更散漫（大量可见）、更零碎（随处可见，压倒性的丰富程度）或者不那么“自足”［比如《安东尼与克莉奥佩特拉》(1607) 中那些诞生于“死亡场景”的伟大对白］的片段之前便将它们列入文选。事实上，有数部剧作并未对这部选集作出任何贡献。

尽管带有颈羽般的时代色彩[①]，但不知为何，莎士比亚的语言依然比之后存世的任何文字都更贴近英语本身的生命内核。之所以如此，一部分是因为莎士比亚的语言对蕴藏于英语方言之中的“诗歌本

① 此处的“时代”指“伊丽莎白时代”（1558—1603），即英国女王伊丽莎白一世（1533—1603）统治时期。

能”作出了卓越的艺术性发展。就连他著名的“钳形语势”（即分别以一个拉丁文衍生词和一个古英语词汇为左右两翼，双向“夹攻”，来“牵制”一个概念），其实也是流利的方言所固有的巧妙伎俩。而弥漫于字里行间的那种充满野性与自创性的诗歌气质——他通过一种极其复杂也极其理智化的语言予以表现，几乎让其他所有诗人的文字都显得虚假而做作的气质则来源于另一种方言本能——一种误用（虽是“误用”，却极具想象力）拉丁语外来词的本能。这的确是一种原始的、无意识的，却高度准确的“一语双关”，声名狼藉的“aggravate”便是一个典型：在俚俗语言中，“aggravate”意为“不断地刺激，使人忍无可忍”；它不仅是一种乔伊斯式的语义融合（融“激惹”“愤怒”与“夸大”之义于一体），也是一种更深层的，直通古英语中的“‘gr’内核”——将“aggravate”中的“gr”与“咆哮”(growl)、“碾碎”(grind)、“渴望”(eager)、“悲痛”(grief) 以及“摩擦”(grate) 等词语中的“gr”连接在一起的“语义短路”。较之拉丁式明确而严格的用法，英语中的这种扭曲式的误用使得“aggravate”一词继承了远比其原始意指更具有力量的含义[①]。莎士比亚不断地“误用”语汇，始终动作轻细，而且如我所言，正是这至关重要

---

① 英文中的“aggravate”一词源自拉丁语，取“加重、恶化、压迫”之意。在古英语中，“gr”这一词根意为“增长”，而在“咆哮”“碾碎”“渴望”“悲痛”与“摩擦”等词语的原文中，“gr”恐另有“通过‘碾磨’使程度加深”之意，而莎士比亚绕过拉丁语的原始含义，用“aggravate”来表达“增长、提高”或“（通过碾磨）使程度加深”之意，是为“误用”。比如，在莎士比亚十四行诗第一百四十六篇中，莎翁写道：“……所以，灵魂，请拿你的仆人来度日，让他消瘦，以便充实（aggravate）你的贮藏。”（参考梁宗岱译文）又比如，在《仲夏夜之梦》中，波顿曰：“……但是咱可以把声音压得高一些(aggravate)，不，提得低一些；咱会嚷得就像一只吃奶的小鸽子那么地温柔，嚷得就像一只夜莺。”（参考朱生豪译文）以上二例中的“aggravate”皆为作者所谓的“误用”。

的“误用”，赋予了他的语言以一种“始创于危急关头、为某种迫在眉睫的使命而生”的气质，那是一种简单而亲切的、不假思索的，以碰巧就在触手可及之处的语言碎片为原料的即兴创造，而真正的言语表达恰是如此：相比狭隘的限定，文字的含义更多地来自难以抗拒的启示——由关于文字超越其精确定义（既在其上，亦在其下）的正反两面的一个信号、一次暗示，以及这仿佛一众互相推撞、挤涌而来的精灵一般近似胡言乱语却极具音乐性与表现力的古怪语浪所引发的启示。在概念得到传达的同时，我们也受到音乐感与想象力的冲击，获得了一种“深不可测”的满足。一如在“真正的言语表达”过程中，声音和语调中的“动物性音乐”之交流远比话语本身的内容更重要，而莎士比亚不仅深谙此理，亦精通其道。因此，在这层意义上，他的语言不仅难说老旧，反倒更具有未来的气息：它沉浸在一种完整而直接的，我们希望自己迟早能在全然不依借古语的情况下回归抑或达到的表达状态之中。

起初，正是这番思量，促使我着手编这部选集，从而将隐藏在戏剧及其沉重而肃穆、如金字塔一般的艺术成规之下的诗文抽离并直接将其中一些上佳之品呈献在读者眼前。

一首长诗的片段并不构成一首短诗。它依然是一个片段，它所包含的各种元素无法在其内部保持平衡，因此它会在读者心中激起某种不安，而在阅读这样一部选集时，这种感觉必须得到允许。许多最出色的段落拥有异常可怕的力量（莎翁晚期的剧作中，那些既非出自某个因为着魔于凶残的恶意或者错误的幻觉而陷入疯狂的人之口，也非出自某个心魔已除的人之口的大多数对白都令人毛骨悚然，比如奥赛罗的话，“且慢，在你们离开之前，再听我言语一二……”，再比如麦克白之语，“明天、明天，又一个明天……”，不一而足），而在特定的语境中，这种力量得到了控制，且通常会为剧本的其余部分所平衡

［虽然也有例外，比如《麦克白》(1605) ］。于此，我们正掏出莎士比亚的心脏——如果它通体黯黑，我们也不该忘记：在大多数读者心中，莎翁的剧作健康无疑。

挑选具有诗歌的强度、长度与完整度的段落（一如我之所为），所造成的结果之一也许会让某些读者感到惊讶：绝大多数满足这些要求的段落——尤其是选自《哈姆雷特》(1601) 以及之后的剧作的那些段落——都具有高度的相似性，似乎血脉相通，同出一源。一个单纯的事实浮出水面，渐渐变得难以忽视：无论何时，当莎士比亚赋予文字以最高的强度、异常的长度与异常的"自足"，以及如突然爆发一般的完整度时，他几乎无一例外地正抡起榔头，敲打着、强调着同一样东西——一个由种种执念交缠而成的特殊绳结。

换言之，这样一部选集揭示出一个事实，即：那些诗文的主根深埋于某种尤其黑暗而丑陋的"性之困境"(sexual dilemma) 之中；而这赤裸裸的事实（赤裸到令人对这它的正当性产生怀疑）却为莎剧本身的广度与多样性所掩盖。同时，在进一步的观察中，我们又发现，无论这些剧作顾及什么方面、涉及什么主题，它们都无时不怀抱着坚定的执念，一心一意地分析着、探索着这般困境。

也许在人们看来，以单一的基本观念对莎士比亚的创作进行概括与归纳不仅毫无意义、令人失望，而且难逃轻贬之嫌。然而，单一性有时足以容纳一切。对莎士比亚来说，这种单一性，便体现在他依照他所发掘的自我本性而设定的规划之中。即便是莎士比亚，也只有一种本性；即便是莎士比亚，也终究无法摆脱自我。

就莎士比亚而言，其单一的基本观念即是他笔下几乎所有的伟大段落都彼此联合、协力讲述，每一部剧作都以某种不同的形式予以重述的那则象征性寓言。正是通过这种方式，莎士比亚的想象才将他自身的秘密呈现在他自己眼前。那则寓言是一场伟大的、不断重现的梦。也恰好，他的本性如斯，他所处的时代、地位如斯，以至于其本性——其严重分裂之本性的这一象征形式在他为创作戏剧而进行自我发掘之际化作一道难解之题出现在他的眼前：他所面对的，是一个长期存在的“性之困境”——一场力量的碰撞、一次戏剧性极强也足具吸引力的冲突。

有人会说，诗人之所为，不外乎为其本性寻找恰当的喻体。然而，此话并不全对。大部分诗人始终无法接近并把握其自身构造的总体规划，再将它“完整”地表达出来。他们中的大多数人或者固守于自己偏爱的一隅，或者醉心于如路透社电讯一般远程传输的信息，又或者将其本性发出的信号误译为源自某种“虚假本性”的语言。莎士比亚几乎是独一无二的：他完整地发掘出自身最原始的本性，领悟了它的语言，继而发现它是一个如此残酷无情，迫使他不事喘息、不断寻找解答的谜。在那个时代，戏剧家普遍多产，但很明显，唤醒莎士比亚并促使他投身创作，历经折磨，著就三十八部（甚至更多）鸿篇巨制的，绝不仅仅是来自他人的委托。

在莎士比亚的早期剧作中，这则万能钥匙一般的寓言的种种碎片已然清晰可见。《泰特斯·安德洛尼克斯》（1593）包含了这则寓言的所有元素，却无法充分地加以捏合。这些碎片重现了历史上的重大事件并逐渐成为主导，确立了早期莎剧以“福斯塔夫－哈尔王子”[①]式的“两极对立”为核心的基本形体（即我们所记得的那副形体）。奇怪的是，接着，他暂罢戏剧创作，转而于 1592 年与 1593 年分别写下了《维纳斯和阿多尼斯》与《鲁克丽丝失贞记》这两部长诗。在除诗

① 福斯塔夫和哈尔王子是莎士比亚历史剧《亨利四世》（1597）中的人物，前者生活腐朽、道德败坏，后者看似行为放荡，终日无聊鬼混，实则头脑冷静、抱负不凡。

歌以外无须顾及其他的情况下，他以美妙的文字直接明了地将整一则寓言完好无损地搬到了纸面之上并对它进行了极其精准的分析，此后，它便再次遁入“地下”。各式喜剧不断“摆弄”着它的碎片，但这些碎片却逐渐露出狰狞之相，变得难以“摆弄”。诸如《威尼斯商人》（1596）、《朱利叶斯·凯撒》（1599）、《罗密欧与朱丽叶》（1594）以及《特洛伊罗斯与克瑞西达》（1602）之类的剧作似乎都对它满怀抗拒，仿佛它那磁场环绕的形体正试图压制它们自身的形体。在此类剧作中，这股抗拒之力贯穿始终，一目了然。

显然，这则寓言是莎士比亚的“诗动力之源”。在诗歌中，他能揭示出寓言的完满形态，但在剧作里，他却只能设法通过诗化戏剧情节来达成目的。然而紧接着，《哈姆雷特》著毕，某种精神革命也随之爆发。忽然间，他意识到诗歌化的戏剧与戏剧化的诗歌之间的区别，意识到该如何通过戏剧来探索诗歌——也即探索他的“诗性寓言”(poetic fable)，并不再通过诗歌来探索戏剧。

或许，更准确的说法是：作为其想象之“蓝图”（或者“大纲”）的这则诗性寓言变得如此重要，以至于它不再容许自己进一步遭到“正规”戏剧主题的开发，而是强行采取一切手段，占据舞台中央，成为第一要角并第一次为自己发声。换言之，在《哈姆雷特》中，这则寓言成了核心的主题，而在之后的所有莎剧中，情况也依然如是。《哈姆雷特》中的种种迹象充分表明，在这则寓言现身之际，莎士比亚并无准备；在较长一段时间里，它冲破束缚，不断失控，促使莎士比亚则不断地进行修改。然而，正是在此，正是在《哈姆雷特》中，莎士比亚的浓浓诗情与勃勃剧兴完成了汇聚。同时，莎诗的所有风格元素也融汇一处：那伟大而成熟，他将尽一切心血为之调音转调的诗歌风格在一瞬之间获得了丰满的羽翼。

假如莎士比亚在创作《特洛伊罗斯与克瑞西达》的过程中撒手人

寰——只需作此想象，我们便能判断这则寓言的到来具有何等意义。如果想象成真，那么像《哈姆雷特》这样的一部戏剧便成了难以想象之作。可《哈姆雷特》一旦问世，便足以使我们明了：自此以后的每一部莎剧都完完全全是为显现于《哈姆雷特》中的某种东西量身定制的作品——或为巩固，或为限制，或为重新整理。

照前文所述看来，这则寓言似乎极其“私人”，独属于莎士比亚。幸运的是，虽然我们无从了解它“私人”的一面，但它“公共”的一面却丝毫未受遮掩。任何一位诗人——任何一位不同寻常的诗人都各受其“原动力”的支配，因此更具有决定性意义的究竟是“私人”的一面还是“公共”的一面——是诗人本身的“构造”还是诗人所处之时代的奇异力量，我们不得而知。在人们的想象中，唯独那些自身的“构造”与时代的“核心冲动”通过某种形式达成一致的诗人，才能成就真正的艺术高度，而那些看似更具天赋的诗人则只能渐渐走向枯萎。很显然，莎士比亚属于前者。我相信，在后文中，当我下笔描绘它的轮廓时，这则由莎士比亚最深层的执念汇集而成的极其“私人的”寓言，将会完美地反映出那场在伊丽莎白时代遍及英伦各地并最终爆发，演变成英国内战①的精神冲突。

伊丽莎白一世治下的英国呈现出一派几乎空前绝后的乱象，社会的各个层面似都充斥着混乱与骚动，大小事件层出不穷，要一一阐明这些事件对莎士比亚造成了何种影响也绝非难事。然而，一个人与自我对于造物主的认知之间的种种“磋商”与“谈判”才是对其诗性想象最具影响力的“单一决定因素”。这一点再自然不过，而其他的一

① 原文为“Civil War”，但此处的“内战”实指在1642年至1651年发生于英国议会派与保皇派之间的一系列武装冲突及政治斗争，史称“英国内战”，亦称“清教徒革命”。

切也再自然不过地成为它的从属。一个人与自我对于“神圣”的认知之间的关系决定了他生活中的一切，包括他每一个想法、每一种感受的品质与连通性以及一举一动的意义。因此，即使莎士比亚的想象与使得伊丽莎白时代的英国社会彻底陷入困境（历史令人信服地向我们说明了这一点）的宗教斗争拥有高度契合的“底层设计”，我们也无须感到惊讶。

在激进的加尔文教派和以女王为首的“改革派”[①]之间的这场斗争中，加尔文主义者（或说清教徒势力）于莎士比亚在世期间不断地加剧自身的斗争强度（第一轮动真格的示威活动爆发于 1564 年，而地点恰恰就在沃里克郡[②]），宣称英国的“宗教改革”措置不当，无非是把教皇换成了女王，一切旧恶依然如故。

而且，对于伊丽莎白一世和她治下的国民来说，情况还不止这么简单，因为当时，英国女王已经自动成为“旧女神”——成为中世纪英国的真正神明，即前基督教时代的凯尔特女神（她的尾巴紧紧缠绕着那些依然相当具有活力、依然处于前基督教时代或者无基督教信仰的世界）的代表，而那位女神也已作为圣母玛利亚与撒旦为旧天主教信仰所归化。玛丽·都铎[③]首当其冲，继承了双重负担——同时代表着两大宗教的女神，而此二者于同一人身上的融合其实是再自然不过

---

① 原文为“Reformed Church”，一般被用作新教加尔文宗教会的统称，但这一表述在文中所指，乃是在由伊丽莎白一世领导，以颠覆天主教的统治为目的的宗教改革运动中形成的教派，故以“改革派”为译。

② 法国宗教改革家、神学家、加尔文教派的创始人约翰·加尔文逝世于 1564 年，而莎士比亚恰恰于 1564 年出生于英国沃里克郡。

③ 即玛丽一世（1516—1558），英格兰和爱尔兰女王（1553 年至 1558 年在位），都铎王朝的第四任君主。玛丽一世是极其虔诚的天主教徒，即位后在英格兰复辟罗马天主教，以取代其父亨利八世（1491—1547，1509 年至 1547 年在位）提倡的英国新教；为此，她下令烧死约三百名反对人士并因此被称为“血腥玛丽”。玛丽一世死后，其宗教政策为继任者伊丽莎白一世所颠覆。

的事，因为隐藏在玛利亚背后的伊希丝[①]与隐藏在中世纪的英国背后的凯尔特女神原本就是同一位神明。玛丽·都铎的不幸之处在于，她在执政期间遭到不奉国教之人的反对；他们不断地给她施加压力，企图完成宗教改革，迫使她显现出“旧女神”恶如撒旦的一面并采取行动，作出回应，不仅让她留下了“血腥玛丽”的恶名，也使得“天主教之皇冠”与那古老的，在《旧约》中被斥为恶魔的地中海蛇身女神的形象在清教徒的认知中变得更加清晰、更加可怕、更加难忘。

这一系列偶然却极具象征性的复杂境况，对自16世纪60年代起便在清教主义逐渐兴盛的过程中完成了自我定义的英式宗教改革以及随之而起的唯物主义观念、民主化的展望与理性主义哲学都造成了十分具体的后果。但其中最重要的、对莎士比亚的诗歌影响最大的，莫过于象征着王座之神圣，既是中世纪与前基督教时代英国人心目中的女神，也是主宰着爱与自然法则，主宰着一切知觉、一切有机生命的女神的“天堂女王”这一拥有不可抗拒的强大力量并具备了多重身份的原始性存在被年轻的“清教徒耶和华”(Puritan Jehovah)拽入法庭接受审判的方式。那是一场规模浩大、包罗万象的审判：它所依据的神学思想仅仅是那场隐于其后且为其所纳的社会革命最显而易见的表相。双方斗得不可开交之际，这场“内战”不仅深及每一位国民的身心，亦贯穿了莎士比亚的一生。他们动用了所有资源，穷尽了所有智谋——每一件该被历史铭记的事物、每一种经受了检验的论证、每一份呈于公堂之上的细小证据……伊丽莎白时代汹涌澎湃的社会能量在很大程度上正是来源于这场宏大的精神公案，而莎士比亚的戏剧则不

① 伊希丝是古埃及神话中的生命女神，她不仅在古埃及受到崇拜，也影响了包括古希腊、古罗马在内的西方世界。古埃及艺术中伊希丝怀抱荷鲁斯（古埃及神话中法老的守护神）的形象亦与天主教中的圣母子形象十分相似。

仅完满地记下了斗争开端的种种冲突，也同样完满地预言了它的结局。

有时候，革命爆发得太过迅速，诗人无法从中获取太多。造就革命的力量造就了诗人，继而爆炸、四散，融入不同于往昔的境况之中，而诗人，则不是死亡就是被时代遗弃。莎士比亚比一般的诗人幸运。伊丽莎白女王终其一生都在勉力抗拒这场爆炸。她设法让自己与“旧女神”恶如撒旦的一面保持距离，将闪耀着“神圣之荣光”[①]的一面注入人们的认知之中，从而维持一种悬而未决的平衡状态，直到1603年她离开人世。那年，莎士比亚三十九岁。这场缓期爆发的冲突不断积蓄着力量，塑造着所有国民——包括莎士比亚——的思想。早在伊丽莎白一世过世前很久，对于宗教内战的恐惧便已相当普遍，对于清教徒的同情也显然在朝中贤良（比如西德尼、培根、艾塞克斯[②]）之间——一如在那些整日耽于幻想，疯狂到在1591年走上齐普赛街，宣称威廉·哈克特[③]便是“新的弥赛亚、新的欧陆之王”的极端分子之间漫延开来。

伊丽莎白一世驾崩后，其继任者詹姆斯[④]不遗余力，公开抵制“旧女神”，反对前任所施行的“旨在唤醒偶像崇拜的巫术”。因此，我们不难想象，在詹姆斯即位之后，社会个体的内在冲突如何在真正

① 伊丽莎白一世常被称作“荣光女王”，因为终生未嫁，也被称为“童贞女王”。

② 即菲利普·西德尼（1554—1586）、弗朗西斯·培根（1561—1626）与艾塞克斯伯爵罗伯特·德弗罗（1565—1601），三者皆为伊丽莎白时代的重要朝臣。

③ 威廉·哈克特（？—1591），英国清教徒、宗教狂热分子，曾自称弥赛亚，后因叛国罪被处决。

④ 即詹姆斯一世（1566—1625），英格兰和苏格兰国王（分别于1603年至1625年与1567年至1625年在位），斯图亚特王朝的首任君主，在位期间鼓吹君权神授，间接引发了1649年与1688年的两次革命。

意义上进入了失控状态。从此类重大事件所处的层面来看，不论情愿与否，每一位国民都成了整个国家的缩影。一位耶和华（一个已经成为事实的耶和华）的神圣代表已然实际地，也象征性地取代了女神，而推延内战的使命便落在了每一个个人的肩头。向左还是向右，所有人都必须作出选择。或者，如果他们同时深陷于两个世界——中世纪旧女神的世界和新耶和华的世界，他们可以发挥想象，另辟蹊径。他们可以创造一副堪用一时的“人格面具”、一个“为救急而生的自我”来应对危机，也可以创造一个紧紧抓住所有碎片，将新登大位的神明和被罢黜的女神之间的你死我活抛在脑后的自我。于此，莎士比亚的主人公蹒跚而来：怯懦、恋母、双腿孱弱、犹豫、畏缩，对复仇满怀恐惧的哈姆雷特。

就像在古希腊一般，这是悲剧诞生的时刻：一位古老的酒神身处一个理智与道德在怀疑主义的淬炼下忽然“硬化”的世界，正痛苦万分。

要了解这两大神明之间的斗争如何塑造了莎士比亚的寓言以及这则寓言继而又如何塑造了他的戏剧并成就了最伟大的诗的时刻，我们先得将目光投向《维纳斯和阿多尼斯》与《鲁克丽丝失贞记》这两部长诗。

初看之下，这是两部互相对立的诗作。在《维纳斯和阿多尼斯》中，一位爱之女神——那位爱之女神试图强暴阿多尼斯——一个年轻而虔诚的清教徒，而在《鲁克丽丝失贞记》中，淫欲缠身的国王塔昆则强暴了年轻而虔诚的人妻——清教徒鲁克丽丝。

诗中，阿多尼斯和鲁克丽丝的形象尤为单纯——仅仅是极度虔诚的清教徒而已（他们就“淫欲的世界”所进行的论辩在这两部万言长诗中占据了颇大的比重），而其他的形象则更显得神秘。维纳斯不仅是爱神，更是“天堂女王”，她的鸽子正是最原始的“神恩使者”。一如其他所有形式的暗喻，在莎士比亚的文字与神话之间，存在一种自然而然的亲密关系。同时，维纳斯亦是“地狱女王”，在这层意义上，她的野猪[①]便是象征着毁灭与死亡的恶魔，而身为“地狱女王”的她自然也成了掌管着地狱、鬼魂、夜月、黑暗以及猎犬等，守护着一切魔法的巫术女神赫卡特。同理，身为爱神的她同时也是众神之母、世间一切生灵之母伊希丝：她就是“自然”。

塔昆的形象一样复杂，但其复杂的“层面”与维纳斯略有不同。无疑，他是一位“神圣的国王”，但这“国王”的头衔却并不完全正当。因此，他的神圣性便颇显可疑。他杀害了正当的国王，才篡得王位，是弑君之王。此外，遇害的国王乃是他的岳丈，所以他的所作所为亦近似“弑父”。对鲁克丽丝而言，强暴无异于杀害，因为这种侮辱彻底摧毁了她。而在摧毁鲁克丽丝的同时，塔昆也有效地摧毁了他自身的神圣“王性”。

一旦我们意识到这是两部以一种相当机械，在神话中颇为常见的方式互成对立面的诗作，我们便能理解二者在深层意义上的互补性。在《维纳斯和阿多尼斯》中，女性化的“神圣之力”赐予维纳斯如此强烈而饱满的爱意，以至于惯于自卫的“寻常人性”不知该如何接受，而在《鲁克丽丝失贞记》中，男性化的“神圣之力”因被断然回绝而陷入狂暴，诉诸毁灭（隐藏在塔昆和那头野猪身后的湿婆[②]正是玛尔斯[③]），从而为这场宿命式的灾祸画上了句号。在宗教领域，这种转变——从满怀爱意的女性到怒不可遏的男性的转变——是一种常规的“连续”或“摆动”；就莎士比亚而言，它也至关重要。

---

① 在《维纳斯和阿多尼斯》中，阿多尼斯正是被一头野猪杀死的。

② 湿婆即印度教中的毁灭之神。

③ 玛尔斯是古希腊神话中的战神，亦是维纳斯的情夫。

至此，我们也许可以理解：这两部长诗其实是同一则故事未经接合的两半。它们所构成的故事便是莎士比亚的寓言——他一生中最重要的发现、一个成为他一切创作之基石的方程式。然而，在所有聚汇在它上面的元素中，那最卓越的“直觉认知”——那主导着所有戏剧性发展的“机制”依然不见踪影。它藏身于两部长诗间的缝隙之中。倘若莎士比亚不曾创作戏剧，这道缝隙便成了一大难题。但事实上，剧作中的种种证据使我们了解，这道缝隙相当于一次奇异的突变、一次骇人的精神变异。在某种意义上，它不仅是引发疯狂（在内战时期使所有参战者深陷迷惑的疯狂）的关键因素，也是每一部莎剧（《莎士比亚全集》中自《哈姆雷特》往后的所有作品）的核心动力。

在创作《一报还一报》前，莎士比亚本人似乎不曾对它有过准确的把握。在他的寓言猛然显现于《哈姆雷特》之中并以压倒性的力量将他制服之后，他与这一发现保持着相当的距离，他将它置于冰面上，尽可能冷静地——却难掩恐惧地——在《一报还一报》中对它进行了细致的分析。也正是在《一报还一报》中，我们找到了从两部诗作间断裂的关节位置消失不见的东西。

在这部剧中，一生始终恪守规训的清教徒安哲鲁监管着一座道德沦丧、人皆乱性——已彻底交由狂暴的维纳斯掌控的城市。即将遁入修道院的伊莎贝拉——一个完美的鲁克丽丝式形象——为拯救出于纯真的欲念而犯下罪孽的弟弟向安哲鲁求情。换言之，即一位纯洁的清教徒为犯下“自然之罪”的血亲求情。很显然，纯美的女性暂罢近乎神圣的作为，为激发肉体之爱的欲望屈身向严厉而审慎的清教徒求情这一情境是对《维纳斯和阿多尼斯》的有力呼应——论点一模一样，论证过程亦受同一股几乎偏执到令人反感的热情的推动。安哲鲁拒绝了她，就像阿多尼斯一样，而伊莎贝拉则不懈坚持，就像维纳斯一样。

剧情发展至此，莎士比亚将凝视的目光稍稍转移，于是我们发现，安哲鲁正经历着某种改变。事实上，在《一报还一报》中，重大事件独一无二，整部剧作不外乎一副装置，旨在将我们的注意力聚焦于这一事件，而此时此刻，它正发生在安哲鲁身上。一位恶魔已经到来。忽然间——尽管极不情愿，但他依然“被维纳斯点燃”了。安哲鲁不再是安哲鲁。他那脆弱的清教徒面具已然破裂，另一个安哲鲁随之现身。与此同时，在长诗讲述的平行故事中，阿多尼斯也不再是阿多尼斯。在创作《维纳斯和阿多尼斯》时，莎士比亚年纪尚轻，故事的发展更具有一种神秘的距离感，那场幻梦依然处于种种象征之中，并未得到直白的诠释。但同样地，在诗里，恶魔也已到来——一位化身为野猪的恶魔。显露出邪恶一面的维纳斯在一瞬间摧毁了阿多尼斯，用神话作者的腔调来讲，即：阿多尼斯已被作为地狱女王的维纳斯牢牢占据。一个温和而脆弱的清教徒就此消失。在他消失的地方，我们看见一朵鲜花[①]。挺立于《维纳斯和阿多尼斯》与《鲁克丽丝失贞记》之间的缝隙中的，正是这朵溅满鲜血的鲜花。

同时，被摧毁的安哲鲁（对安哲鲁来说，被摧毁的只是一副面具）化身为一名因淫欲烧身而陷入疯狂的暴君。他与塔昆之间的关联尤为密切。他统治着一个城市，却不是一位正当的统治者。此时，其统治者的地位已被淫欲篡夺。同塔昆一样，点燃其欲火的，正是女性最根本的纯洁性——她的贞洁、她不受欲望禁锢的自由、她对欲望的抗拒及其肉体之美默然无声的吸引。像塔昆一样，如果她拒不顺从，他便会诉诸谋杀。像塔昆一样，他希望一切都在绝对的隐秘中、在黑暗的掩蔽下上演。最终的结果也像塔昆一样，在邪欲获得满足之后，

① 在《维纳斯和阿多尼斯》中，阿多尼斯被野猪杀死后，“从他洒在地上的那片血泊里，一棵鲜红雪白相间的花一下涌起，非常地像他那种鲜丽红艳的圆圆血滴，在他那雪白的双颊上现出，分明又清晰”（参考张谷若译文）。

他会像变了一个人似的，对自己的所作所为感到陌生。

那头摧毁了阿多尼斯的野猪——换言之——其实就是他自身被压抑的“性本能”——它被隔离于理智之外、被否认，因而陷入疯狂，变得像野兽一般。被他拒绝的维纳斯化身为恶魔，取代了他的意识。这位冷淡如冰的清教徒则在可怕的一瞬间变成“性欲狂人”——变成纯真与美德的破坏者，变成神圣的灵魂与他曾侍之若主、奉之若圣的唯一信仰的侵犯者。阿多尼斯变成了塔昆。

触发这一“变形”的因素是单一且（在许多人看来是）具有学术气息的，即：阿多尼斯的“加尔文之镜”[①]；它将“自然”——特别是“自然”赖以创造万物的“爱”——划分为“抽象的善”与“具体的恶”。“自然”复合自身的尝试（先于“爱”中，再于被断然回绝的“爱”变成的任何事物之中）与清教徒“在任何情况下，她都不该复合”的坚定信念，成为隐藏在《莎士比亚全集》背后的“酷刑之室”与动力之源。

而最为关键的“扭转”——那神秘的，让自视高洁又执意顽抗的清教徒转而陷入疯狂、操起屠刀的化学变化，则缘于似恶魔一般的“自然”之狂力侵入曾将她拒之门外的大脑内部的隐秘过程。哈姆雷特望着奥菲利亚，却看见母亲和叔叔同床共枕，于是发了疯；奥赛罗望着纯洁的妻子，却看见卡西欧的妓女，于是发了疯；麦克白望着苏格兰的王座，听着妻子说话，却听见女巫的声音，看见赫卡特的三张面孔，收到来自地狱的邀请，于是发了疯；李尔望着柯蒂丽亚，却看见高纳里尔和瑞根，于是发了疯；安东尼望着他视若珍宝的女王，却

---

① 原文为“Calvinist Spectacles”，意为“加尔文主义的镜片”，作者以此来形容阿多尼斯深受加尔文主义的影响，仿佛透过镜片来看待事物。

看见那淫荡的埃及母马背叛了他，置他于“山穷水尽的垓心”[①]，于是（在某种意义上）发了疯；泰门望着一众亲爱的朋友，却看见狼群般的债主和贪婪的妓女，于是发了疯；科里奥兰纳斯望着妻子和母亲，却看见想把他撕成碎片的罗马暴民，于是开始表现得像个疯子；里昂提斯望着妻子，却看见波利克塞尼斯的淫妇，于是开始表现得像个疯子；波塞摩斯望着“经常限制”其“合法欢愉”的新娘，却看见那阿埃基摩“像只滚圆的野猪似地”扑了上去，于是开始表现得像个疯子。

莎士比亚式的淫欲——这头来自“黑暗”的野猪——为谋杀而现身且——照例——以地狱幽灵般的种种征兆为伴，与一切禁忌为盟：

> 赌假咒、嗜血、好杀、满身是
> 罪恶、凶残、粗野、不可靠、走极端……[②]

它与清教思想——一种对“自然”之本性不再敏感的思想结合，造就了一种奇异的新生命：理查三世、塔昆、哈姆雷特、安哲鲁、奥赛罗、麦克白——深陷混乱之中的人。

奇怪的是，恰恰就是“混乱中人”——从亚伦到卡利班，成了诗之喉舌。透过行行诗文，人们发现这些伟大的段落皆以这位狂意或正汹涌四泄或刚刚退却的狂人杀手为归属。这些段落即便不是出自他口，其描述对象也是他无疑。

这位混乱中人或是篡弑国王的反徒，或是谋杀女人的凶手，或者

---

① 原文为“‘to the very heart of loss’”，语出《安东尼与克莉奥佩特拉》，此处参考朱生豪译文。

② 语出莎士比亚十四行诗第一百二十九首，参考梁宗岱译文。

两者皆是。一如我们在长诗中所见，在所有莎剧中，鲁克丽丝式的形象与一众承载王性之神圣的国王形象都在某种程度上是完全一致的：象征着纯洁的爱与真理，宛如天使一般的少女和象征着完美的秩序与正义的神圣英雄互为表里，共同构成了某种单一的原则。而“塔昆化”的形象将此二者双双杀害：只需杀死其一，便能摧毁其二。只需在原则上摧毁其一，便能在事实上摧毁其二，反之亦然。在所有莎剧中，施于少女之身的强暴与谋杀同时也都是摧毁神圣法则的弑君之行，而种种弑君之行同时也都是摧毁神圣原则（关于爱、关于真理、关于纯真）的强暴。

莎士比亚天才般的伟大灵感之一的秘密正在于此。当饱受压抑的“自然女神”突然爆发，以邪恶之力制服拒绝她的男人并创造出这等弑君篡逆的混乱中人时，莎士比亚将一首在本质上关乎情爱的诗歌引入一种纳容一切的政治情节（尤其是表现正当的统治者被带有某种野兽的印记，已然半入疯癫的形象取而代之的情节）之中。

于是，在那两部长诗中，莎士比亚将他的四个“能量极点”——即鲁克丽丝、维纳斯、塔昆和阿多尼斯——确立为一个“叙事循环”的不同阶段：维纳斯紧逼阿多尼斯，于是阿多尼斯在某种毁灭性的狂暴中死亡，继而通过一次“花般的死”重生为塔昆，于是塔昆摧毁了鲁克丽丝（也摧毁了他自己和所有的秩序）。在剧作中，莎士比亚以各种各样的结合方式对这四个极点进行了重排，似欲逆转不利于阿多尼斯和鲁克丽丝的决定；在两部长诗和之后直到《雅典的泰门》(1607) 为止的每一部剧作中，这一企图都得到了着重的强调。每一部剧作都代表着一次愈发绝望的，旨在从一口沸腾着性之罪恶，愈显可憎的大锅中提取一种愈显完美的鲁克丽丝精神的努力，而通过某种方式从那野猪的魔爪下拯救阿多尼斯的努力也与之并行，坚定不懈。有趣的是，在著毕《李尔王》(1605) 及其胞衣般的续篇——同样可怕的《雅典的泰门》之后，莎士比亚突然后退一步，放松了压力。在《科里奥兰纳斯》(1607) 中，塔昆化的阿多尼斯终于第一次拒绝把一切进行到底。从那一刻起，莎士比亚开始修改罪行，而我们则开始以“罗曼史”来称呼他后来的剧作。在这些剧作中，被疯癫之人或狂暴之力杀害的女性并未真正死亡：她们再次现身，原谅了罪犯，并为之带来幸福。

除却相关各方的巨大痛苦，莎士比亚所记录的，是维纳斯和那头野猪逐渐走向失败的过程。当他以剧为步向前迈进时，在他身后，各种清教元素融于炉中，形成强硬的思想合金，正在整个国家的精神世界里不断定义着、完善着自身。他的悲剧英雄——受控于被自己拒绝的恶魔并因此忍受着某种忠诚（忠诚于阿多尼斯、塔昆、维纳斯和鲁克丽丝这四大原则）的桎梏的清教徒阿多尼斯则拼命挣扎，试图调和这四者之间的矛盾，因而撕心裂肺，陷入永恒的痛苦。

身着黑色套装的哈姆雷特是尚未彻底被维纳斯掌控，拒绝彻底沦为塔昆的阿多尼斯。他的疯狂源自其最初在思想出现裂缝（那头野猪将钻过这道裂缝而来）时的恐惧。我们心知肚明，在奥菲利亚“花般的死”之际，裂缝便已出现：此时的哈姆雷特必须采取行动，完成塔昆式的宿命，但他拥有完全清醒的意识且始终保持抗拒，也从未完全失去阿多尼斯的身份。他的经历是一场极其缓慢的“阿多尼斯之死”。

重新现身时，哈姆雷特已从福丁布拉斯那儿学到了印象深刻的一课，成了一名内心强大的军人——就像奥赛罗一样。而奥赛罗——一位坚定而果决的统帅——同样难逃维纳斯的掌控，但他的处境更加危急，黑暗已然渗透他的皮肤并将原始的非洲性注入他以基督信仰为虚饰的本性。换言之，他是过度成熟的阿多尼斯，正迎来自我分裂、变成塔昆的一刻。他是以最最单薄的“阿多尼斯之肤”为皮表的塔昆。这部剧作对那转变的一瞬间进行了更为细致入微的分析。在无比谨慎而专注的分析中，奥赛罗将向我们证明，苔丝狄蒙娜其实就是鲁克丽丝。但清教思想中那愤世嫉俗的根本论点[①]——那个依然存留于哈姆雷特的脑海之中的论点却在奥赛罗之外（但仍未完全脱离）化作具有真实形体的伊阿古，在最后时刻彻底激怒了奥赛罗并使之爆发——他变成了塔昆，然后被撕成碎片。

他几乎立即重新登场，并化身为麦克白[②]。《麦克白》被莎士比亚限定为一个特写镜头，聚焦于那个至关重要的瞬间，即阿多尼斯变成塔昆的瞬间：它是一次持续的爆炸，它放大并放慢了发生在两部长诗之间那道缝隙中的一切，对那朵从阿多尼斯的血泊中涌起的鲜花进行了微观的分析，而麦克白则继承了一位曾经的阿多尼斯的褴褛衣衫，从一团血腥的黑暗中现身。同时，这团黑暗本身也受到了细致的分析：它其实就是麦克白被恶魔掌控时所处的状态，而所谓恶魔其实就是他的妻子；在他妻子的身后，站着那三个女巫，而那三个女巫身后，则站着赫卡特本人——站着地狱的维纳斯。《麦克白》便是“莎士比亚式瞬间”的一幅“全身像”。在意识完全清醒的情况下竭力抗拒的阿多尼斯终于明白自己一旦变成塔昆，将意味着什么。在转变发生之际，麦克白对于自己的恐惧，正是莎剧中最令人恐惧的存在。

《李尔王》中，李尔在第一幕中完成转变之后便放弃了挣扎，不再试图调和种种互相冲突的碎片。他仅仅是听而任之，放下责任，突然净身离去，远离他所引发的爆炸。《李尔王》以特写镜头的方式极

---

① 在剧中，奥赛罗是一位黑人，而在17世纪的英国清教徒中存在的一种宗教优越感所针对的对象之一便是黑人。

② 《奥赛罗》《麦克白》和后文中论及的《李尔王》均创作于1605年。

大程度地放大并分析了塔昆不可避免的毁灭。

如果莎士比亚的虚构作品是以某些特定的力量为对象的实验，那么我们必须承认，他的实验结果经受住了现实的考验。从这场清教徒和中世纪女神之间的冲突中，他在种种于内战之动荡与谋杀女性之暴行中涌现的意象里发现了这一不断出现并上演着相同戏码的“第三形象”。那个时代的历史并非实验，但在莎翁之子的同代人里，的确有一个男人从内战之动荡与泛滥成疾的戮女之行中现身：他杀死国王，篡夺了他的权位——“旧女神”迎面而来，他从阿多尼斯变成了塔昆。克伦威尔[①]对于自己受“神圣的掌控”之迫而为之的一切感到恐惧，而这份恐惧也得到了充分的记载。也许，连接莎翁笔下那位自命不凡的年轻新贵和克伦威尔的历史通道更显直接。大约在《麦克白》初登戏台的同时，一个小男孩梦想着成为英国国王。他对信奉清教的老师坦白了自己的梦想并因此挨了一顿鞭打。是年少的克伦威尔通过心灵感应享受着莎士比亚的启示，还是说，这仅仅是那场所有人——除了莎士比亚和一位名叫克伦威尔的小男孩之外——都竭力回避的英国梦所完成的一次重大突破？从宗教对立的死局中现身的“第三者”的灵魂是否正试图先通过莎士比亚的创作，继而——在虚构的文字中受挫之后——通过克伦威尔的人生来寻求真实的生命？

这些“对应”神秘而迷人。不论在其他方面具有何等意义，它们都为我们提供了某种暗示——关于在对人类实施掌控并获得真实的生命之前，在想象中奋力预演着各自的角色之际置重压于莎翁之身的种

---

① 奥利弗·克伦威尔（1599—1658），英国政治家、军事家、宗教领袖、清教徒，17世纪英国资产阶级革命中资产阶级新贵族集团的代表人物，曾逼迫英国国王退位，于1563年解散国会，将英国的政治体制转为资产阶级共和国，出任“护国公”。

种力量的深度与严肃性。

克伦威尔实践了莎士比亚的寓言。以维纳斯的模样出现在年轻的莎士比亚眼前，在莎剧中无处不在的女神最终沦为离开赛提波斯，被放逐到荒岛之上的希克拉库斯[①]——或者更准确地说，她沦为了黛丽拉、沦为了撒旦、沦为了普遍意义上的女性灵魂，被清教徒打入了十八层地狱；对此，克伦威尔护国时期的外事秘书弥尔顿[②]进行了忠实的记录。在这场从16世纪中叶一直延续至17世纪中叶的宗教斗争中，英国失去了她的灵魂，而莎士比亚的寓言，换言之，其实正是对这一过程的记录与诠释。“感性的离解”（dissociation of sensibility）这一说法太过委婉，无法体现这场斗争的惨烈，而我们的国民诗人笔下的诗篇则成了一出出具有正当理由的悲剧。

就后世而言，“王政复辟”的偶然性封印了这场灾难。重登王座的国王[③]在复兴王权的同时也复兴了一种宫廷体制：它以符合17世纪中叶的“法国宫廷风情”的种种品味来约束另一个国家的语言习惯和行为方式；对于这另一个国家根深蒂固的“英国性”，它完全有理由感到害怕。艾迪森[④]那些至今依然规范着我们的教养的文句在一夜之间（在同一个夜晚，拉伯雷[⑤]的译者乌尔克哈特[⑥]大笑而亡——可以想

---

① 赛提波斯和希克拉库斯均是莎剧《暴风雨》（1612）中的角色，前者是一个虚构的神明，后者是一名恶毒的女巫，也是主人公之一卡利班的母亲。

② 约翰·弥尔顿（1608—1674），英国诗人、政治家、民主斗士，曾在克伦威尔“护国时期”担任“外事秘书”。

③ 1661年即位、复辟英国封建王朝的查理二世（1630—1685）曾长期流亡于法国。

④ 兰斯洛特·艾迪森（1632—1703），英国作家、牧师，1670年被任命为“皇家教士”。

⑤ 费朗索瓦·拉伯雷（1483—1553），法国作家、天主教神父，代表作为《巨人传》。

⑥ 托马斯·乌尔克哈特（约1611—约1660），苏格兰作家、翻译家。

象这被他视作欢乐的大笑是何等模样）取代了弥尔顿的文句，可见那场权力的交接是何等成功，又具有何等真切而不可思议的突然性。

对于莎士比亚的语言来说，更大不幸在于，“王政复辟”时期那种瘸跛的、充满诡巧之术的宫廷式言语表达竟被层层传递，直达帝国的军事边戍。在那里，杂乱无章的军官式语言和“阅兵场式”的人声控制系统取代了对于所有英国人来说最值得青睐也最理想的言语表达方式，并作为“女王的英语”为我们所继承。

对于莎士比亚的不懈坚持，我们必须致以钦佩。他历尽重重艰辛，只为追寻一种可能，而最终，他的确成功地从凶残的屠刀下救出了鲁克丽丝，从那野猪的魔爪下救出了阿多尼斯。他救清教主义观念于“自然”的深渊中。维纳斯像蓝眼睛的女巫希克拉库斯一样被他放逐，塔昆像满口诗文、半人半兽的卡利班一样被他驯服。在一口受魔法庇护、密不透风的熔炉中，他把鲁克丽丝（米兰达）嫁给了阿多尼斯（斐迪南[①]）。可这般结合何其呆板！多么像模像样的两个清教徒木偶！普洛斯彼罗脸上那如受惩罚的表情是何等苦涩！他想把魔法书沉入大海（维纳斯诞生的地方——为创世之力所主宰的地方）的原因我们一清二楚：所有的悲剧，连同它们的证据一起，尽在那书本之中。

莎士比亚的艺术性处理使我们更能理解那场宗教冲突何以对日常生活的方方面面都造成了真切的影响。透过这些剧作，我们一目了然：那场冲突——在本质上——已然演变成一种“性之困境”。那是一个自我发展、自我实现的历史进程：在神学层面，它是一场为了形而上的象征而发动的战争，而在个体的神经系统和想象的世界中，人

① 在莎剧《暴风雨》中，米兰公爵普洛斯彼罗依靠魔法完成了复仇，也让女儿米兰达与那不勒斯王子斐迪南相爱并最终结婚。

们则为了那“黑暗淫邪的地方”[①]而战，为了肉体的堕落而挣扎，并最终失去富有创造力的灵魂。当存乎肉体的爱被贬为淫欲，当淫欲同其他被列为禁忌的事物结合并化身为嗜杀的恶魔，生命本身便令人恐惧，纯洁的少女也无异于荡妇和女巫，奇迹般的创造之源则成了直抵“虚无”的空洞。在那片片离经叛道的清教主义透镜之中，种种“极端”不住摆荡，似是折磨人心的光学幻象。正是在试图将这种种“极端”放平摆稳并一一作出比较的不懈努力中，莎士比亚邂逅了自己最伟大的诗之瞬间。

当然，除了彼时英国人的宗教感受，他的寓言也不可避免地将其他与之平行的经验世界纳入了考量的范畴。这则寓言为古老的萨满之梦——为那通达宇宙、洞听诗性生活抑或神圣生活之召唤的梦作出了完美的示例。各大宗教的“底层设计”都通过它得到了体现。它不仅让原始的神经系统、肉体以及主导反射活动的大脑皮层在生物意义上的生命“极性”得到了戏剧化的表现，也以更具体的形式承载着关于“隔代遗传”的久远记忆——关于那些不断“重现”的，莎士比亚无从听说也无从阅及的仪式与象征的暗示。在了解一个精神分裂却天赋平平的人为了搜寻素材能潜至何等深度的情况下，人们不会轻易为莎士比亚的秘密航程定下界限。也许，以上所有才是珍贵而永恒的，他自身所处之时代的宗教对抗则无关紧要，无非是激发其感受能力，使他更敏锐地察觉到这些“深层模式”的因素；在他的寓言中，他找到了打开这种种“模式”之门的万能钥匙，解放了使他区别于其他诗人，似已自成一个物种的能量与光亮。

---

① 原文为“the dark and vicious place”，语出《李尔王》，暗指女性的私处，此处参考朱生豪译文。

作为一名编辑，倘若以最强劲的诗之张力、细致的笔触以及适合于这部选集的形式写作的莎士比亚曾有更广泛的涉猎，书及更多样的主题与情绪，倘若留下例如“抱着必死之念”[①]这样伟大的台词的莎士比亚曾从容不迫地“离题而论”，展现出他在《特洛伊罗斯与克瑞西达》中以大师级的技法予以掌控的丰富性，继续为我们书写成熟如斯的文句，我势必更觉快乐。然而，他已然写下——或者正在写下《哈姆雷特》。伟大的主题已然显现：重压落在肩头，“离题之论”便告终结[②]。

---

① 原文为“Be absolute for death”，语出《一报还一报》，此处参考朱生豪译文。

② 这篇引文的“伟大主题”后来被发展成一部详尽的专著——由伦敦费伯出版社于1992年出版的《莎士比亚和完整存在之女神》。由费伯出版社于1991年出版的全新扩充版《莎士比亚诗文选》中另有一篇不同的引文对莎士比亚的诗性语言和诗文进行了更深入也更细致的审视与讨论。——编者注

欧尔盖斯特

——无言之谈[①]

1971 年夏天，我和彼得·布鲁克[②]、杰弗里·里维斯[③]以及创设于巴黎的国际戏剧研究中心的演员们合作，致力于一出戏剧的制作；该剧的剧本以《被缚的普罗米修斯》、摩尼教宇宙论、波斯和日本的民间传说、卡尔德隆[④]的《人生如梦》等为原始素材，糅合诸多元素，以古语和一门虚构的语言写就。最终，它被命名为《欧尔盖斯特》——在被虚构的语言中，这一词语含有“太阳”之意。全剧以阿尔塔薛西斯二世之墓和薛西斯与大流士之崖墓为舞台，作为于 1971 年 8 月 29 日开幕的“第五届设拉子艺术节”的一部分在古波斯的波斯波利斯上演。

---

① 本文曾载于 1971 年 12 月刊行的《时尚》杂志。——编者注

② 彼得·布鲁克（1925—），英国戏剧导演、电影导演。

③ 杰弗里·里维斯（1932—2010），英国电影导演、制作人。

④ 卡尔德隆·德·拉·巴尔卡（1600—1681），西班牙剧作家、诗人。

我们可以直截了当地以“存在的与发生的”来定义“真实”。然而，一个人说谎时，他说谎这件事确实发生了——这也是一种真实，而他对于自己说谎这件事的认识则是另一种真实。由他的谎言造成并机械地随谎言而来、起于良知却或许不为他自己所知的种种后果是一种真实，其他种种生于说谎之际、以谎言的实体为媒介，狡猾却或许相当大胆地进行自我表达的隐蔽感受也是一种真实，如此等等。在同一个谎言中，一整个家族的真实都发了声。他的话语塑造了谎言，但各种真实却透过他声带的变形、他的表情和手势，也通过被称作“心灵感应”的那一闪电光来表达自己。

所有的真实——不论大小——表达自己的方式都同样坚定，也同样古怪。真实的奇怪特质之一，就是它不愿意使用语言——就像《李尔王》中的柯蒂丽亚一样。也许，越对自身感到确信的真实便越对语言的适切性感到怀疑。曾经，在为一部以发生在第一次世界大战期间的加里波利战役为焦点，我期望能以长诗的形式来完成的作品收集素材时，我清清楚楚地感受到了这一点。我阅及各种回忆录和历史记载——无不滔滔不绝、巨细无遗，但无论这些著作多么滔滔不绝、多么巨细无遗，因其不可避免的虚假性，读者始终无法照单全收。无疑，在任何一个真正重要的方面，现实始终有别于任何一种记述。

我曾与加里波利战役的两位幸存者有过交流并从中深受启发。他二人性情质朴，态度严肃，其中一位曾身受重创，口若悬河，另一位只负过轻伤，却沉默寡言。然而，从前者滔滔不绝的话语中，我似乎鲜有所得——无非是一些奇闻轶事。可断断续续地出自他朋友口中的一词一字却传达出某种可怖至极、令人毛骨悚然的意味，直到今天，每每想起他的回忆，我依然心存警觉。他们对共同经历过的可怕事件作出了回忆，但在其中一位的讲述中，语言本身和自然而然的叙述技巧与戏剧性修饰掩盖了一切，而在另一位的回忆中，那声声感叹和迟疑不决、含糊不清的词句——我也不知道是什么——总之，就是他那似动非动以及那沉默中的某种东西以那似动未动的姿态和真真切切的默然为依托的表达，还原了一个生动无比、充满惊人力量的世界。

这一原理适用于所有不同类型的情境。在任何时候、任何情况下，一个人都几乎不可能通过刻意的手段来表达其深层次的痛苦与经验。这般“刻意”的文学作品浩如烟海，却几乎无一真实。一个人甚至连自己真正想要什么都无从了解。他竭力保持真诚，可他的语言却比任何时候都显得虚假。他发誓要挖掘出自己真正的、真实的感受，却身陷迷雾之中，辗转于模糊的形影之间，茫然不得要领。他一把抓住看似真实的感受并郑重宣告“就是它了”；同时，为了巩固并确保它的真实性，他甚至会以它为核心，着手构建起一种人生。但紧接着，另外种种截然不同的感受迂回而上，接踵而至，现身问道：“那我呢？”“那我呢？”“还有我呢？”“我们也全都是你啊。”最终，在争鸣不止的一众声音中，他也许会陷入绝望，瘫坐不起，而这些声音无一不假却无不真诚有力，无不保持着绝对的严肃——严肃得如此惊人，其中之一没准还有枪在手。可它们无一是“它”，无一是“真正的”他。然后，一个陌生人不期而至，在隔壁房间里听到了他的声音，抑或看见他进门而来或正笑着起身与人握手——在刹那间，陌生人便对他知根知底，仿佛无论何时何地，他一切可能的反应和举动，陌生人都了如指掌。事情往往就是这样，而几乎不可避免的深入了解迟早将证明在这最初的一刹那间显现的，是何其准确的一幕幻象。他真正的自我——那个他觅而不得的自我——以他的整个存在为媒介，又或许仅仅是透过他嗓音中的一丝轻颤，发出了清晰而响亮的声音。作为一个完全由真实尺寸的真实构成，不断应对着这些无从理解的、具体的、终极的人生境况的人，作为一个从无从理解的诞生中幸存下来，又被无从理解的死亡监禁终身的囚徒，他即使每隔两三年便创作出一部无所畏惧的小说、一部艰涩难懂的哲学专著或者一部觅寻心灵的诗集，也可能始终无法写下任何一个鲜活的、真实的词语。

我们所有人都像他一样。他真正的人生，连同一切他对这般人生的真正认知，都以某种方式被锁在他的体内。它为他的一切所为负责，也承担着一切后果，但他却被“有效”地锁在门外，而他所拥有的“头脑”，无论多么聪明，似都无法成为开门的钥匙。于是，其多数所为都变成一种尝试，旨在破门而入，闯进被锁在门内的人生。精神分析和艺术各成一条“解放阵线”，前者普及大众，后者（尤其是戏剧）犹待专攻。这种种至关重要却饱受离隔之苦、如块垒般郁积于内的真实正奋力发声、试图逃脱，而我们则千方百计想听它诉说、还它自由，社会便因此而陷入永久的混乱之中。

大多数时候，正是这种以“真实”为灵肉的生物为我们的人生带来了兴奋，但它还不完全是我们真正需要的真实。除此之外，还有另一个人、另一个存在——它具有更重要的意义，是更为重大的真实。如果连这种生物都得如此费尽周折才能让自身的真实得到表达，那另一个更深层、“更进一步”的真实又当如何？如果连这种生物都如此难以把握，我们得潜得多深、走得多远，才能找到那另一个既隐于其下又超然其上的存在？

而且，事实上，在我们的寻常生活中，那另一个存在几乎从不发声，毫无动静。我们如此彻底地失去了与他的联系，以至于我们几乎意识不到他的缺席。我们知道的仅仅是，不知怎的，那伟大而珍贵的东西已没了踪影。而在我们的世界里，真正的不幸也就此开始。那光彩鲜明、照亮一切并赋予一切以意义的精灵（也或是一整群精灵）已没了踪影。不，也不是没了踪影，只是失去了与外界的联系。但也许，在各种各样的地方，我们仍能听见它的声音。

它是“人”无疑，但它同时也是除“人”以外一切拥有生命的存在。当我们听到它的声音，我们便能理解，在这无限的时空中，在我们体内的某个地方——在生命的核心地带，生活着如此奇怪的一种生物：它奇怪、美丽、可悲、可怕。某些兽类和鸟类不费吹灰之力便能使这一存在得到纯粹的表达，于是，单从一号一叫、一声一调中，你便能听见那远非人类的语言所能形容的终极存在——完完整整、真真切切。这种“真实”拥有某种惊人的特质：它让人觉得可怕。不知何故，它令人感到痛苦，但同时又美得彻底。曾经，当叶芝的精灵们正向他口授诗之原料时，一声猫头鹰的啼鸣从屋外传来，精灵们随即陷入停顿。过了片刻，精灵之一开口道：“我们喜欢那种声音。”没错，正是“那种声音”让精灵们竖起了耳朵。它解放了在我们的体内藏得最深、最接近核心的幽灵，令它猝然回神，倾耳注目。它是一只精灵，也只对精灵说话。

一些歌者具备了这种原始如自然之力，深不可测，无关人情人性，似能直通宇宙万物的完美特质，但他们往往年事已高，或是演唱古老歌谣的男性，或是状似着魔，如灵媒一般吟唱的女性。一些沉浸于表演之中的儿童也是如此，在（本就独一无二的）宗教文本的咏唱录音或者原始圣人式歌吟的录音中，这样的特质尤为显著。在所有这些歌声中，那如同失落的精灵一般的存在开启了一扇通往一个“精灵世界”的大门——如此而已。 它仅仅是开启了一扇门，那另一个世界便随之显现，那宇宙万物也仿佛在刹那间赫然现于眼前。

有时候，演员也具备了这种特质。它不仅会说话，还会移动：除了声音以外，显露于演员的移动之中抑或举止之间的某种特性也同样宣告着它的存在，使之昭然若揭。诗剧中的所有声音与动作都服务于同一个原始的目的——构建与那个世界的联系，揭开它的面纱，并让它带来的种种压力和它的种种法则所引起的困惑得到表现。在此类戏剧中，倘若演员的表演恰到好处，语言的诗性便无足轻重；就语言而言，真正重要的是：在剧中的一切（每一块肌肉、每一次音调的变化、每一个姿态）共同发声之际，语言应当与之协力、与之交鸣。在真正的诗剧中，偶然成诗的语言是最不具备诗性的成分。

至少，在我一直以来的想象中，这便是一种理想的戏剧。我从未想过它会在英语世界出现，因为它需要一众理想的、不可思议的演员，以及一位不仅和我有共同的追求，也知道该如何竟其所求的导演（其重要性高于一切）。 而我始终无法想象，怎样的语言才能承载这样的戏剧。

在这种特殊的戏剧中，真正的诗之潜能蕴藏于种种特殊的“物理事件”及其“序列模式”之中，但其最重要的载体莫过于演员，而问题就在于演员。我从未有过“剧院该由剧作家来主宰”的错觉。剧院属于演员。或许，考虑到演员本身的必然属性，这也意味着，剧院同样属于培养他们、训练他们的导演。然而，如果演员处于封闭状态，再卓越的导演也会陷入无助。于是归根到底，一切都取决于演员自己的探索，取决于其所感、所见能通过他的表演得到何等纯粹的呈现。如果演员的内心空洞无物或者仅仅是为寻常无奇的“舞台虚荣”所充斥，那么世界上最伟大的剧本也将变得空洞无物，或者仅仅是为寻常无奇的“舞台虚荣”所充斥。提高一个演员对隐藏于某一情境之中的“诗性现实”的敏感度（以便他揭除蔽障、尽睹其貌并使之得到纯粹的呈现）如同一次“精神回火”，是一个无比艰辛的过程，因为没有任何一个活着的演员能够保持足以让他自然而然地作出纯粹表达的那种“无我的纯真”。教他一种几乎没有人有能力完成的表演，教他成为一个精灵赖以表达自我的媒介，成为那更接近生命之源，以如此奇怪的方式发声、运动，却终究能满足我们真正的欲求与需要，而且一旦与我们照面，便会发出威胁，要让我们的整个人生都显得无足轻重、虚假不实的种种力量的——而非一肚子饱受压抑的激情——载体，也几乎是不可能的任务。但也并非完全没有可能。可能性依然存在，因为时不时地，在不同的舞台上，虽然每次只有几秒钟，但我们的确目睹过这样的表演——即便说不上完美，也已近乎完美，比其他任何形式的表演都更完美。

当彼得·布鲁克邀请我参加这次以《欧尔盖斯特》为最终成果的实验性创作时，我知道，关于以上种种，他和我一样，也进行过大量的思考。很快，我清楚地意识到，他早在数月之前便已着手“预热”演员，对我在前文中所描述的那种表演方式作出了探索。不过，除此之外，他那般隐秘而故我，对某种“精神强度”的追求却为一种本能的，对包罗万象的戏剧世界（那是一口收纳一切可能的巨型布袋、一个供所有“人之能量”和所有“极性”相互碰撞的地方）——对“莎翁式”创作风格的向往所制衡。同时，他那向四面八方延展，直达远非目力可及之处的实验性想象与技法也在最终定夺之际彻底屈从于实际的考量。对于我有关“剧场属于演员”的言论，他无疑会予以纠正。他大概会说，在演出过程中的任何时刻，剧场都属于剧场中的一切在那一瞬间的短暂结合，也属于许多剧场之外以及那一瞬来临之前和随之而来的人、事、物，并且，在那一刻，这种结合必须有其效果。

在我们为《欧尔盖斯特》逐步定制的文本中，我们二人的想法如何交汇、结合，我们如何剥夺演员们的“语源”，切断一切轻而易举的“言语联想”，避免一切轻而易举的，对于我们希望能予以呈现的那种深层次真实的“言语性遮蔽”并猛地一推，使之身陷一系列——对于其中一些人来说——如烈火一般真真切切地检验着特训成效的事件，又如何将所有内容生生灌入一小时十五分钟的演出之中（在这一小时十五分钟里重复出现且长时间延续的那种表演状态已然极度接近我们所寻求的那种引人入胜、近乎神圣抑或邪恶的经验——按《圣经》中的说法，即："一个精灵从我面前经过，我身上的毫毛直直竖起。"[①]），其中的曲折一言难尽。

① 语出《圣经·约伯记》。

环境革命[①]

《环境革命》一书不仅恰逢其时，而且出自一位“异常够格”的作者之手。在当今社会中，它扮演着诸多不同的角色——每一个角色都具有重要的意义。

总的说来，它是一部上溯开端、广及世界的环保史。书中，作者发表了一份详尽的，以兴起于近现代美国和英国（大部分开创性工作都完成于这两个国家）的环保运动为对象的调查报告，继而拓宽文路，述及一系列旨在使运动国际化且大体上堪称成功的尝试。他对当时的情况作出了完整而全面的描绘，投射出可供选择的未来全景——地球何去何从，决定权就在今天的人们手中。相对来说，在早期阶段，环保运动的内容较为简单：在美国，第一批国家公园得到建立；在英国，思想开明的地主们于 19 世纪前夜采取了一系列保护土地的措施。而在后续阶段，它变得极为复杂：环保人士致力于从因为

① 本文曾载于 1970 年夏发行的《你的环境（1）》，是针对由伦敦霍德与斯托顿出版社于 1970 年出版的麦克斯·尼克尔森的著作《环境革命》的评论。——编者注

我们疏于监管而失控的重重污染以及它们所带来的重重压力中，从我们亲手创造的这个怪异而荒谬的“反自然”世界中——从几乎已经脱离掌控、独立自主的“技术领域”中挽救“自然万物”。“环保”不再是少数有钱有势之人的高尚愿景，它已成为每一个人迫在眉睫的责任。在与环保运动相关的方方面面，麦克斯·尼克尔森[①]都是完美的权威。他曾于1952年至1966年担任“自然保护协会”的总负责人，更在官方与非官方的国际委员会、国际计划、会议、研究项目以及理事会等各式组织与活动中屡次出任领导，其丰富的履历让读者心生好奇：单凭一个人，何以胜任以上所有？他在书中所揭示的，是一个能量汹涌、充满活力的世界——一个环保主义者的世界，涉足其中的人千千万万。然而，他的这份记述又何以成了惊人之作？

其惊人之处就在于，它对两件事进行了衡量：其一，即普通民众对于刻不容缓的环境问题一无所知；其二，即环保主义者未能使普通大众认识到这些问题。当然，普通大众的“无知”其实也是一种深深的抵触。人类天生健忘，总能把对于物种灭绝的恐惧抛在脑后。饥饿与贪婪几乎不惜一切代价，总能占据上风，而且，大多数人已然面对着太多烦恼，无暇再顾及其他。尽管如此，环保主义者的“失败”却令人难以理解：他们的种种焦虑缘何无法得到广泛的宣传？蕾切尔·卡森[②]的《寂静之春》无疑在世界大多数国家都引发了巨大的震动。随之而来，与之一脉相承的，则大抵是一些非正式的新闻报道。十年过后，普通园丁仍对列举于《寂静之春》中的种种证据全无所闻，卡

---

① 麦克斯·尼克尔森（1904—2003），英国环境学家、鸟类学家、环保主义者、国际主义者，世界野生动物基金会（World Wildlife Fund）的创始人之一。

② 蕾切尔·卡森（1907—1964），美国海洋生物学家；在其最重要的作品《寂静之春》中，卡森以生动而严肃的笔调，将人类因过度使用化学药品与肥料而对环境造成的污染和对生态造成的破坏详尽而透彻地展现在读者面前，直接推动了现代环保主义的发展。

森的著作唯独在它改变了相关法律的情况下才更进一步，得以借法律之力迫使普通农民在务农方式上作出改变。如山的铁证聚积如故，只是不曾有人以恰当的方式予以整理、排列并将它们送往具有决定性意义的那条“阵线”——直达“大众之耳畔”。不过，事情还不只这么简单。

主导西方文明的种种基本观念都对环境保护持反对态度。这些观念源于“改革宗基督信仰”和“旧约清教主义思想”——这一论点已得到广泛接受。 它们基于同一个假定，即：地球上的一切皆是上帝赐予人类且仅供人类使用或借以谋利的一大堆原材料。而那些寄生于地球之上，令人毛骨悚然的爬虫则是泥污所育，没有灵魂的恶魔，它们同样被置于人间，仅供人类使用或借以谋利；女人死里逃生，差一点就成了爬虫的同类。被改革宗基督信仰以微妙的方式神圣化的厌女倾向与对自然的狂热抵制相生相伴，其结果便是对人类的流放：人类离开“自然圣母”的怀抱——不仅与内在的自然脱节，也与外在的自然隔绝。“西方人”的历史其实就是一个思想被放逐并逐渐远离“自然”的过程：他一步一步陷入绝望，不顾一切地寻求机械的、理性的以及象征性的“安全保障”来替代他业已失去的对于“自然”的“精神依信”。从根本上讲，西方人的理想人生就是一次神话式的“追寻”——追寻一种灵魂的结合抑或物质上的再征服。无论如何，那失落的人生都必须被重新夺回。它是一则以精神上的浪漫主义和英雄式的技术进步为主题的故事，是一段人类走向衰亡的历程。任何人、物，一日抛弃“自然”或为“自然”所弃，便会失去与其创造者之间的联系并成为所谓“进化意义上的死端”。基于这一原理，我们的“西方文明”便是一个“进化意义上的错误”。无疑，当精通巫术、善为灵媒的现代艺术家注目于水晶球时，他总能看见同一副景象。他看见在显现出最原始的或者某种极权性形态的“摩西之超我”的桎梏下，人们以圣保罗式的人格分裂自我麻醉，深陷如噩梦一般延续至今的心智崩溃和精神空虚之中。这便是西方文明的“灵魂状态”。不过除此之外，他或许也能另有所见。他或许会看见伊甸园的幻象——真正的伊甸园，那是一个群风嗷嗷、光芒熠熠、万兽共栖，“像‘第一天’那样美妙绝伦”的天堂，那是地球在真实宇宙中的真实模样：他或许会看见潘恩——那位被尼采[①]以前所未有的深刻误解错认为狄奥尼索斯的牧神，那个独一无二、生气勃勃却不无可怕之处，凝聚着自然万物的生命并不停变幻、不断重获新生的精灵；即便它惨遭荼毒、濒临死亡，它拼命成为自己的努力也时刻处于更新换代之中。终将幸存于世的（如果真有什么能幸存下来的话），便是这样的天堂幻景。这便是“新世界”的“灵魂状态”。然而，当田里的老鼠倾听着宇宙的声音，在每一个活体细胞都彼此依存、互为神圣的大自然体内奔跑、穿行时，“开发者”正透过面甲的隙孔凝神注视着同一片田地，而他的身后，则站着一整支军队——所有疯狂的念想、所有迫不及待要将世界兑现的股东们。

环保的历史同时也是反环保的历史。对于敌人，麦克斯·尼克尔森拥有比任何人都更透彻的理解。在他有生之年的大部分时间里，环境保护想必是一项看似无望的事业。当整片海洋秽如一锅乱炖，满是各类毒物与核废料，一千英里的纯净海岸又有何裨益？把毒物与废料倒入海中的承包商能以此换来多少收入，他大概心知肚明。他了解那些发现播撒毒药（不但会渗入土壤，更会殃及水源，进入禽鸟体内的毒药）比用盛着甜啤酒的凹碟更容易杀除蛞蝓的菜农，了解那些蠢而又犟、大同小异，像打牌一样玩弄着狭隘无知却被视若爱宠的想法，

---

① 弗里德里希·威廉·尼采（1844—1900），德国哲学家、语言学家、文化评论家、诗人、作曲家、思想家，西方现代哲学的开创者之一。

只因输不起，便眼睁睁地看着成千上万亩良田惨遭毁坏的“公务人员”，也了解大型工业无所顾忌的贪婪以及助长并保护着这种贪婪的政府部门所进行的无耻交易。这类洞察与认知以及他层层堆积并借以证明这一切的证据充斥着这部著作，可他在书中发表的评论——尽管颇为审慎——却不含一丝绝望的意味。

不可避免地，来自政府的各种形式的反对成了他在环保工作中所面临的主要障碍。他以亲身经历为素材，将政府在环境问题上的种种失策与失误聚集一处，写下了如今已成为名著的《系统》（1967）一书，可这些经历却永远无法得到足够的宣传。于他而言，与政府之间的冲突与碰撞想必是严酷的考验。毕竟，他所对抗的，是谋害地球的凶犯；如果地球正惨遭杀害，那么屠刀便在政府以及各部门委员会之手。倘若政府能感受到危机——或者，倘若公众能让政府感受到环境问题所带来的真切影响，那么这些问题（比如英国国内以及周边地区的供水系统所遭受的工业污染）将很快被“削减”为微不足道的小事。政府无须耗费多少时间与精力（不比在“罗德西亚事件”[①]上花费的时间与精力多多少），只以区区几次罢工为代价，便能以立法和补贴的形式出台或通过业已经过深入调研的技术手段来实施某项“应急计划”。环境保护本应该——也本可以被当作一场战争来对待。它不仅能改变英国，也能成为影响远及世界各地的一大“战例”。最终，它将成为一次规模宏大的“国家性投资”。众所周知的是，如果环境危机无法尽快得到解决，我们将面临灾难性的后果——其严重程度将更甚于在上一场大战[②]中我们所经受的一切苦难。然而，“解决危机”并非我们力所能及之事。

---

① 罗德西亚为津巴布韦共和国的原称，位于非洲南部，本是英国殖民地，此处“罗德西亚事件”指1965年罗德西亚宣布脱离英国独立。

② 此处的“大战”指第二次世界大战。

在这部足具建设性意义的著作中，麦克斯·尼克尔森以重“得”而轻“失”的论调对这类内容进行了耐心的梳理与探讨。他以浓重的笔墨指出了教育的重要性，尽管他心知肚明：让我们的学校将“正确认识大自然神圣不可侵犯的完整性”以及“‘校准’我们的行为并使之依顺于大自然的律法”作为最基本的一课教授给学生的可能性直至近年才初露端倪。他指责在工业社会的成形过程中呼风唤雨、舞弄权力的经济学家们所接受的教育，因为事实上，他们全然不知自己费尽周折加以污染与破坏的大自然对于所有生命而言具有何等重要的意义。他强调：对于农民的教育已势在必行，我们日常所食，连同那九寸土壤以及其他种种生命，都尽由农民照料。某些农民无所顾忌（仿佛历史已然终结，仿佛三十年后他们的土地便不再为人所需，仿佛购其所产的公众是一个最好以利润最大化的方式迅速予以消灭的物种）的投机之行，人们必须亲眼见到，并信以为实。此外，其他许多人也都处于易于轻信且显而易见的无知之中，而这般无知同样不利于环保事业。 它无异于那种为化工产业所推崇，将所有人的鼻子统统捏住的犬儒主义态度。

麦克斯·尼克尔森以尖锐的措辞对“林业委员会”进行了批判，尽管人们不免会感到疑惑：“林业委员会”是否和那些手持电锯，只为从巨大的树干中滑穿而过的欢乐便欣然无束地砍伐树木的锯匠一样，对土地遭成了如此恶劣的影响？电锯的“嗡嗡”鸣响——那致命的鸣响——已成为新一代的“英格兰田园之歌”。无论在什么地方，只要“林业委员会”不曾设下那一个个不可穿透、不通人情的“平行四边形”，通电的木锯都不曾停歇，正把天际线一一擦除。一切这类破坏环境的行为，都只待那么一次、两次的立法来加以制止。即便是世界性的人口爆炸（如今，世界人口正以每三十五年便翻上一番的速度增长）这一潜藏于一切问题的背后，一再陷麦克斯·尼克尔森的强烈企盼于无望之中的重大难题，也能通过立法来解决。

他一步步向前推进，将这一切留在身后。在这部书中，最令人感到钦佩的事物之一，便是那股积极乐观、充满希望，驱使他不断前进的力量。“……*在这个世界上，存在着某种不可战胜的东西，某种‘其时已至’的观念。*”——在书中的任何地方，你都能感受到随这开篇之句汹涌而来的压迫力。

环保的时代已经到来，这一点毋庸置疑。但环保运动本身以及当我们意识到自然的完整性何其重要时那种突如其来却为时已晚的警觉仅仅是冰山一角，隐藏于海平面以下的，是一种更深层的兴奋与意愿。视自然为一个“单一有机体”的观念古已有之。它是人类历史上第一个伟大的“想法”，是最原始的神学思想赖以生成的“基本直觉”。自从基督信仰“硬化”为新教主义，我们只能与玄奥的、唯心的、邪恶的、过度情绪化的、野蛮的、神秘的、女性化的、疯狂的、革命性的以及诗意的一切结为同盟，追随那种如异端一般隐于地下、离经叛道的生命。而在过去的短短几年中，“自然”忽然再次现身并透过“电脑”之声，将“科学依据”呈递于世人的耳畔。除此之外——除了“电脑”异常强大的评估能力和人类对“电脑”的满心敬畏之外，“自然”别无指望。常有人说，以废黜每一个原始观念为出发点的“科学”终将使这些观念“重归旧位”，并奉之为生命的必要条件和对于“宇宙”的真实描述。这般轮回就像老式的朝代更迭，不同的神明相继为主。基督信仰废黜“自然圣母”并以其伏地之身为母体孕育出“科学”，而“科学”却进一步破坏“自然”并以其半毁之身为母体孕育出“电脑”——一位比它的“父亲”和“祖父”都更强大的神明：它重尊“自然”——尊其“生母”“祖母”以及“曾祖母”为“众神之母”“圣中之圣”。因为我们所见证的，是一场十年前还难以想象，眼下却皆已成真的“诗之幻梦”：“自然”重新现身，成为司掌人间的“伟大女神”，成为“众生之母”，而“电脑”的语言，那种让世间万物——甚至连科学技术都心服首肯、甘愿侧耳的声音，便是她所下达的“神谕”。

凭借着这部著作的适时出版和麦克斯·尼克尔森在公共生活中所取得的成就与地位，他成了这场革命最首要的宣传者和预言者之一。在过去，环境保护之所以处于弱势，主要是因为环保领域的专家们都“过于专业”，以至于地球物理学、自然地理学、水文地理学、植物学、动物学、遗传学、生物统计学、生态学、气象学以及其他相关学科都在一种近乎完全孤立、彼此绝缘的状态下各自为政，没有任何一门学科有其明确的方向与清晰的愿景，也没有任何一门学科能使其呼声闻于公众。昔日，环境保护宛如一地散乱的枯骨。可如今，各学科正极速聚合。麦克斯·尼克尔森之所以杰出，正是因为他从一开始便预见到，环境保护须以一整套完备的知识为根基。在老一代环保专家里，他是极少数不仅融数项核心专业于一身，亦对其他专业知之甚详的人士之一，也是唯一一个以包罗万象的愿景引导着这些“专业优势”，赋予它们以令人敬畏的声音并以出色的执行能力使之得到发挥的人。

在这部著作最初的某一章中，麦克斯·尼克尔森细致地描绘出地球的整个表面，他仿佛自北向南，循着螺旋形的航道绕地球一圈又一圈地飞行，对大部分地表进行了近距离的检视。众多迷人的照片以及紧随其后的长篇述评贯穿全书，各式图表汇集于书尾附录，在他的构筑下，这一由图像、数据与文字铸就的模型活化为一个生机勃勃的微型地球、一个环保主义者眼中——也即“自然”眼中的地球。其效果令人难忘。他向我们作出了详尽无遗的展示：纷繁如斯却谨守律法的风、水流、岩石、植物、野兽以及天气等——这些彼此间互通互联的工作部件正以极其复杂而精确的模式维持着地球的运行。同时，他也让我们看到，地球是一个小到极点的地方。它是有限的、虚弱的，可供使用的土地如此狭小，每一个活体细胞都纤脆易碎——这一最终印象令人惊恐。此外，在这一模型的帮助下，他将整个地球置于我们手中，作为某种此时此刻完全该交由我们来照料并为之负责的东西。人们颇感新奇地望着手中的地球——不胜惶恐，同时又难掩兴奋。尽管他一如既往地以彻底性而非娱乐性为宗旨来进行写作，但他笔下这番完整的描写依然以其持久的冲击力不断地刺激着人们的想象。它改变了人们的想象，而任何能改变想象的人、事、物，都足以改变一切。我们将这样一个地球捧在手中，所有传承至今的观念都消失无踪：眼前的证据太过直白。在这颗微型地球体内，不仅寄存着我们的胃肠、血液和变幻无常却关乎生命的化学反应，也寄存着我们的未来。

望着眼前这幅“全球为一”的图景（它古老如史前之象，却又如此切合当下的现实），我们意识到，环境保护是多么超前的一项事业。当政治家、社会学家、经济学家、神学家、哲学家之属在一个业已崩塌的文明留下的一地墁灰碎石中择良拣优时，环保主义者正悉心护育着一个崭新的全球时代。如此看来，麦克斯·尼克尔森取“*为地球之新主指南*”一语作为全书的副题无疑是正确的选择。此外，他笔下的一词一句也都理所当然地为如此强烈的希望所浸透，为如此坚定的决心所引领，并与一切有关“西方文明”的悲观论调形成了鲜明的对比。他发出了异常明确的警告：环境保护已刻不容缓，“西方文明”之于我们，或将变得太过强大且强大得太过长久。可尽管如此，他依然令读者在释卷之际有此感受：美妙之事依然有可能发生；地球可以被拯救；我们虽然受制于抽象的概念，受制于我们自身的愚蠢、贪婪和不思进取、低能无谋的政府，却并非全无指望。他让我们看见了希望：我们仍有可能及时醒悟。

麦克斯·尼克尔森以科学家的身份写作。从早年从事博物学研究和鸟类观察时起，终其一生，他都坚持科学的研究方法，笃信科学证据。他始终对“科技”深信不疑，不曾动摇——即便是在“科技”似已成为其最大的敌人之际。然而事实上，麦克斯 · 尼克尔森是一位先知，这一切以科学为信仰的不懈努力都基于某种明确的直觉：他深知当自己终于下笔，欲对心中的幻景加以勾绘时，怎样的语言才足以承载它的重量。在不屈不挠、力求客观的阐述和如遭重型战车碾磨而过的种种事实背后，隐藏着一幕真实的幻景。他以世间一切生灵之现状为基础构建出某种想象并通过文字加以描摹，似已设法将所有抽象观念或者偏见置之度外。 而且，他那种以行政者的腔调写就，若无这般想象为依托便尤显“杂食”的散文式语句也不时透显出引人入胜的雄辩气质。自第 259 页起，他以相当的篇幅对“自然”与人类最深层的心理状态之间的相互关系进行了探讨，其内容超越了一切科学的范畴并置现代神学于真空之中。这些篇章不仅使他对于地球的真正生命和自然在精神层面上的内在统一性的种种想象力惊人的理解一一得到了阐明，也凿开了一线缝隙，使我们的目光得以深入此刻正牢牢将我们握在手心的“感性”，一窥究竟。

“自然”的执念——归根到底——是生存的意志。于“自然”而言，每一个新生的婴儿都是一个全新的开始。倘若在“西方文明”的影响下业已“西化”的人类——即所谓“进化意义上的错误”——仍能敞开自我，接受纠正，“自然”大抵会如此为之，而若这般人类已多少陷入封闭，“自然”也依然会作出纠正的尝试。麦克斯 · 尼克尔森的这部著作令人们前所未有地确信：这一刻已经来临。

神话与教育[①]

在《理想国》中的某处，在描述如何建立其理想中的国家时，柏拉图就理想国民的教育问题进行了简略的论述。其间，他作出了著名的论断，即：若以正确的顺序向儿童提出正确的问题，人们便能从他们的回答中提取高度成熟的数学真理；这一过程也与他本人在各式谈话中使用的哲学方法极为相似。他把谈话对象当作儿童，询之以细小而简单、合理而隐蔽的问题，并逐步从他们的回答中提取柏拉图思想体系（自那时起，直到今天，这一思想体系始终以某种方式支配着西方世界的精神生活）的某一个组成部分。不过，他继而谈到，儿童并非正式教育（依照柏拉图的理念，所谓正式教育应由数学教育、哲学教育与道德教育三部分构成）的对象。他暗示道，对未来的理想国民而言，正确且恰当的教育与儿童教育全然不同：唯有那浩若烟海且独属于希腊的传统神话与传说才能为人们提供这种教育。

---

① 本文选自由吉奥夫·福克斯等编著、伦敦海尼曼出版社于1967年出版的《作家、评论家与儿童》。——编者注

柏拉图如果不是一个教育家，那他便什么也不是。他的著作可以被视为一次持久的、面面俱到的，以“如何塑造理想国民”为主题的论辩。在他看来，创造一个既精于哲学，又能以充满智慧的方式与负责任的态度统治国家并能完美地理解何为“美德”的精英阶层是大有可能的事情。可同时，他却建议从神话传说中那些令人难以置信的想象入手，来完成对于他们的培养。人人都知道，无论对于人类还是狗，“第一堂课”的启蒙都至关重要。所以，若以由种种超自然的形象及其种种不可思议的古怪行为构成的神话为基石来打造精英阶层的精神生活，其效果究竟如何？历史上那些对柏拉图尊崇有加，甚至将他奉若神明的哲学家们其实都对这些匪夷所思的故事不屑一顾，认为它们荒唐至极。所以，柏拉图的这些建议又是因何而起呢？

神话传说为希腊诗人的创作提供了素材。其中的许多故事都在诗人的笔下重获新生，化作垂范后世的篇章，象征着后人难以企及的高度。然而，柏拉图对诗人的态度，我们一清二楚。他认为诗人应当受到抑制——就像他自己一样：据说，在柏拉图初次遇见苏格拉底时，他的诗作便遭到了他自己的抑制。如果他对诗人一无所求，那么他又为何对那些塑就了诗之想象的神话传说抱以极大的尊重？

他没有宗教上的动机。在柏拉图看来（一如在我们看来），希腊神话中的男女诸神都只是普普通通的宗教符号，并不具有任何特殊而重大的意义。但很显然，在这些神明身上，存在着某种重要的特质。那么，究竟是什么，让他们在柏拉图的观念里成为思想开明、注重现实并能完美适应理想国家的未来国民赖以成型的最佳基础？

让我们假定：柏拉图在提出这些建议的同时，进行了一如平常的认真思考。那么，这番思考的内容究竟如何？在寻找答案的过程中，这一问题也引导着我们朝着种种有趣的方向进发，作出深入的探索。

在前柏拉图时代的希腊，存在过诸多形象更为模糊的思想家。这些形象构成一个独特的集体。他们的著作即使残缺不整，只剩碎片传世，却也揭示出众多门类不一且意义重大的思想，而柏拉图仅仅从中提取出一瓢饮。如今，在现代世界里，无论身在何处，每当我们环顾四周，都很难找到任何不曾以某种形式在这些早期思想家的观念中得到预示的事物。他们的思想显现于奇异而梦幻的氛围之中，就这些思想而言，最引人注目的，无疑就是这种氛围。柏拉图是一个足具人性且为世人所熟知的形象。他开创了一种细致而慎重，注重逻辑思维，强调循序渐进研究风格并在谈话中恪守其道，铸就了所有伟大的篇章。 在柏拉图之后，几乎所有的哲学家都对这一风格作出了发展，直到它最终进化为一种独立自在的科学方法。然而，柏拉图的前辈们却立足于一个完全不同的世界。相比之下，他们更显神秘，仿佛活在神话世界，做着神秘的梦。

事实何尝不是如此？在我们看来，他们的思想深深地植根于神话之中。在古代希腊，神话冲破人兽之间的茫茫黑暗，拔地而起，化作巍巍群山，而他们那些广博无垠、充满力量的见解则宛如浮雕一般半隐半现于山壁之上。

这些神话传说为何诞生于希腊，而非别处？古代希腊究竟有何特别之处？彼时，希腊境内的众多民族已然创造出属于自己的宗教信仰与神话体系——它们多多少少互有关联，却也各有不同。同时，希腊境外的异族他邦也各有创造——同样，它们也常共享源泉、各取所需，却朝着不同的方向，进化出相互独立的体系，有时是具有庞大规模的体系。那种种看似不可思议，充斥着矛盾、强权与神秘情感的超自然之梦恰恰是人类的内心世界与外在世界的投影。在相互独立的群体中，它们以其特有的方式发展礼制，确立教条，划分精神价值的层级。接着，在第一个千年[1]的开端，通过某种途径，它们开始在希腊汇合：或从非洲经埃及而来，或从亚洲经波斯与中东而来，或从欧洲、从地中海沿岸各地而来。它们在希腊相遇，并与生成于希腊本土的种种幻梦交相混融。无论何时何地，每当两种自有其宗教主见的文化狭路相逢，发生正面接触，一次“内在的爆炸”便不可避免。希腊也就此成为一片战场，诞生于古代世界的诸多宗教感悟与神话灵感都聚集于此，展开交锋。冲突异常激烈；相应地，人们也付出了巨大的努力，试图找到解决方案，一一调解不同元素之间的矛盾，而那些早期的哲学家们便是这场斗争中的英雄。这场斗争创造了他们，它为哲学家们开辟了道路，使他们得以深入精神与想象的腹地，一探究竟。在他们身上，对于宗教本身的“宗教式热情”转变成一种对于“神圣”与“存在之严肃性”的特殊感受，神话中模糊不明，满含象征意义的神秘知识则转变为对于宇宙之真理与人类之真相的一种明朗而丰富的洞察。在他们的作品中，这一转变过程清晰可见。一个伟大的时代紧随其后：在公元前5世纪，斗争与转变进入高潮。

所以，柏拉图似乎完全有理由认为，神话传说的“奇幻维度”绝非“无聊”或者“荒谬”所能形容。如此一来，我们也或许能作出一番猜测：柏拉图究竟是出于何种期待，才提出建议，认为儿童教育应以“尽可能地熟悉神话传说的丰富剧目”为开端?

首先，我们可以说，柏拉图所倡导的教育方式会对儿童造成以下这些影响：

每当儿童掌握一则故事，这则故事便成为一个所谓的“想象单位”。比如，一则既关乎现世又涉及地下世界的故事便是一个相对来

---

[1] 原文为“the first millennium”，此处应指从公元前一千年到公元元年的一千年时间。

说更具有弹性的想象单位。它不仅涵盖了两个世界的空间，也通过某种方式将其内容囊括在内；它有效地调和了阴阳两界的矛盾，并使得贯连其间的道路保持畅通。儿童大可随心所欲地故地重游，在闲暇时分再次回到故事之中，环首四顾，找到熟悉的一切并细细思量一番。沉浸在这样一则故事所承载的世界中时，他们逐渐学会控制自己的想象，调整自己的心理，并试图作出某种形式的沉思。而且首先，每一则故事都与众不同。无论有多少想象积存于大脑之中，每一个单位的想象都是完整而独立的存在。

如果一则故事被完美地掌握，以至于一眼望去，它的所有组成部分都历历在目（我们仿佛透过一扇窗户看见了一切），那么这则故事便已成为某一个词语的内在景致，仿佛一片构造繁杂的“腹地”。它变成了一个词语。这则故事的任何一个片段都成了“词语”本身的代表，整个故事的“电路”也因此被接入意识之中，不断地散发出光热。耶稣的故事便是一个相当极端的例子。一旦有任何一个点位受到触碰，整一则故事都会在刹那间浮现于我们的脑海。每当说起“耶稣降生”，说起“面包和鱼”①、“拉撒路”②或者“耶稣受难”，我们便立刻感受到整个故事的电压，目睹其内在的光亮——仅仅一个单词的提示便已足够，一如我们只需动动指尖，便能触碰整根电线。

故事本身无疑是一种收获、一笔财富。我们只需稍作想象，想象一个对这则故事一无所知的人。他的无知会令我们感到震惊，同时，他也会真真正正地被我们的社会排除在外。对于大多数在我们的文化中既存乎根本，又无处不在，尽显于枝叶之中的观念，他都无法理解，甚至无从理解。若要追究隐藏在“耶稣受难”一词背后的重重含

① 原文为“loaves and fishes”，语出《圣经》，原指宗教人士的俸禄，现泛指物质利益。

② 拉撒路：《圣经》中人物，死去后因耶稣而复活。

义，我们想必将一路回溯，重温绝大部分的欧洲历史和一大部分的罗马史、中东史。我们将在“耶稣受难”的引领下，走进“个人生活”的每一个角落；用不了多久，在它的迫使下，我们便不得不对一些远比知识性的解释更为重要的意义加以认可。它开启了一段“精神历程”，唤醒了一份对于“终极现实”的执着与向往（这些“现实”随时都有可能忽然现身，死死拦住我们的去路并毅然提出要求，要我们作出一番在其他情况下完全无法想象的自我牺牲）。这类单词“磁化”了我们的生活，使之进入一种特殊的运转模式；在它们背后，不仅绵延着世界的熙攘与广博，也隐藏着它的所有深邃与汹涌。一个词语讲述了一则故事，而故事本身又将与之相关的一切从混沌中抽离并置于我们的视野之中：它们以一个特定的词语为中心，牢牢受其牵引，形成一个飘浮于夜空之中、散发着熠熠光芒的星群；也许，为了避免纠葛，我们会退而远之，保持距离，但它们就在那里，不曾消失。它们始终占据着一方天空，活在我们的思想中，与我们共享生命，共同成长。小小一则故事就能牵动无数！仅仅一个词语就足以牵动一整则故事。

想象一下，在一首诗歌的朗诵过程中，你听见这样一个短语：“*希特勒的受难*”。与“受难”一词一样，“希特勒”也是一个足具象征意义的符号。单独来看，这两个词语——在很大程度上——承载着现代文明的“观念”。然而，如果隐藏在这两个词语背后的故事不为人知，它们便成了毫无意义的符号。我们几乎可以说，只有在同时掌握这些故事之后，我们才具备了这样的“观念”。对于同时掌握了这些故事的人来说，当“希特勒”与“受难”同处这样一个短语之中，它们之间的碰撞无疑将引爆一颗潜藏在灵魂深处的炸弹。无论我们喜欢与否，一场规模庞大的“内在活动”都将随之而起。“希特勒”和“受难”如何能以这样的方式共存？真的可以吗？——在我们费尽思量、寻找答案的过程中，各类哲学意蕴与道德内涵不断涌现，久久地吸引着我们的注意。我们对于善恶本身以及“善恶之外”的所有理解——那些正静静蛰伏，或已遁入休眠的理解顿时惊醒，再度活化。许多无意识的“假定”与“直觉”浮出水面，表明自己的态度并作出解释，然后重新评价彼此。对于某些性格的人来说，以如此方式成双入对的两个单词将大有可能引发一次对于善、恶以及善恶之间（在心理层面）的隐秘关联乃至实际关联的全面重估。不过在此，可见的斗争双方仅仅是两则故事而已。

如果没有这些故事，我们如何能把握那重重含义？如果没有这些故事，我们又如何能将那重重含义“约简”为两个单词？一如在古代希腊，不同的世界发生碰撞，唤醒了哲学家和诗人，这些故事收集并积蓄着大量的真实，以真实之光照亮我们，给予我们真实的能量。如果我们提出争辩，说对于善恶的理解与对于历史掌故的了解毫无关系——我们只需作此比较：对于希特勒之恶，在对于他的故事只知大概的时候，我们作何感想？可在了解了更多细节之后，我们又作何感想？一比即知，正是希特勒故事中的种种细节，改变了现代人类的观念。他的故事并未将某种不曾存在过的东西“紧贴”在我们身上，而是向我们揭示出某种从未消失过的存在。没有任何一则故事，也没有任何事物，曾如此有力地做到这一点——一如只有耶稣的故事才足以改变人类先祖们的观念。当我们将这些故事当作故事来了解，我们了解得越深，就越能透过它们来看清这个世界、看清我们自己。

每当我们想起耶稣的故事，率先浮现于脑海的，无非是三两句话。其余的所有情节都化作“潜在”的可能，为这粒微小的种子所凝聚，它就像一座城市的蓝图。一旦我们将它置于想象世界，铺平摆稳，它便成了一切屋宇得以建成、一切生命赖以存活的基础——希特勒的故事也是一样。

这两则故事是极端的例子吗？不然——在生活在古代希腊，得同时应对多位“耶稣”、多部《圣经》与众多“希特勒”的人们看来，这样的案例又有何极端之处？伊索寓言就更像是为我们“量身定制”的吗？也不然——它们的“运转方式”与耶稣和希特勒的故事别无二致。格林童话亦是与之类似的预言。

然而，这两则故事为我们作出了清晰的展示：一旦我们对故事有所了解，它们便会自行其“思”。它们不仅吸引还点亮了我们的个人经验中与之相关的一切，也似乎正不断就其自身所独有的意蕴进行着私密的沉思。它们是生产“理解”的小小工厂。从它们所描绘的形象及其发展模式中，全新的意义持续涌现，并被我们自身的成长与不断变化的环境搅入思绪可及之处。

接着，在我们生命中的某个时刻，它们开始结合，被迫发生在那个短语中，发生在“希特勒”和“受难”之间的事情开始自然而然地发展。承载着诸多故事的大脑变成了一个小小的古代希腊。

这一切也和故事的古老程度无关。生物意义上的人类如何古老，故事便如何古老。无论在过去它们作为一种丰富灵感的来源给人们带来过多少启迪，它们都从未枯竭。说回具体的例子：耶稣的故事永远无法被看似无穷无尽，曾试图将它“译”成某种更易于掌控之物的神学苦思和无趣的说教“缩减”。一如任何一个真实的故事，它不可简化，就像一个新生儿的身体一样，始终是一个小小的、完整的“世界”。无疑，只要世界持续存在，很快就会有人出现，如初识一般来理解这则故事。他将回望过去，看见两千年来，人们如何以一种令人昏昏欲睡的方式对这一主题作出笨拙的探索。在此过程之中，也从其他事物的碰撞中，他将极有可能得出某种崭新的、难以抗拒的东西，为人类生活找到某个全新的方向。就许多关于其他某位神明的古老故事而言，这种可能性同样存在。何来不可能呢？历史的确就像那个新生的婴儿一样年轻。每一则故事都依然是最原始的智慧之釜，充满了新的愿景、新的生命。

何为所谓“想象”？显然，想象有多种“维度”。那么，它是否有“种类”之分?

“想象”一词通常用于指代我们在脑海中创造某一事物的图像并于我们思考之际将它放平摆稳的能力，此外别无太多含义。我们的一切所为几乎都以此为基础，所以很显然，拥有强大（而非薄弱）的想象力对我们来说相当重要。教育完全忽视了这种能力。我们该如何强化、如何培养想象力？我们似乎理所当然地认为一个学生的想象力就像他的五官一样与生俱来，无从改变。我们得之，用之，如此而已。

确实，我们意识到，想象力因人而异，从“几乎为零”到“天马行空”，可达天壤之别。如果一个人完全无法对自身各种行为的结果作出思考，我们会说：他没有想象力。他必须遵守原则，或者听从命令，又或依循先例；他总是显得极度死板，因为他终究行走在黑暗之中。我们都认识这样的人，也都知道他们相当危险，因为如果他们在其他方面禀性直烈，其周围的环境终将遭到破坏，其亲近之人终将受到伤害。可怕的是，他们善于计划，同时又是计划的奴仆——冷酷无情的奴仆，计划代替了他们不曾具备的能力。他们意志坚定、不顾一切：在别人发现“另有他路”的地方，他们只看见一道深渊。

如果一个人能对自身的某种行为导致的结果做出生动却与实际结果不符的想象，我们会说：他所应对的，是一种不可预知的情形；或者，我们同样可能会说：他的想象不够准确——也许充满活力，但并不准确。在他的想象中，不存在任何能让一幅看上去无比真实的图像成为准确图像的固有法则。这个人会非常令人讨厌，而且，和没有想象力的人一样，他会造成各种破坏，因为他自信满满，满脑子在他看来万无一失，实际上却错得彻底（因为在某种意义上，他无法完美无缺地感知真实）的精打细算和解决方案。换言之，他对于真实的寻常感知——那种想象赖以校准其所有图像的感知忽视（或者说误解）了太多。在某些情况下，来自外界的诸多干扰难辞其咎，但绝大部分的疏忽和误读仅仅是因为粗心大意罢了。

很多时候，我们中的大多数人都属于以上这两类人。第三类人相当罕见。或者说，我们属于第三类人的时刻相当罕见。既准确又强大的想象如此罕见，以至于其拥有者一旦出现，便被视为某种超越人类的存在。在少数几位伟大的将军身上，我们见证了这般想象。通常，它总是——也往往只能零散地出现，因为准确的认知难免零散。我们只须拿自己做个再简单不过的试验，便能再次证实这一点。一旦我们的认知失明，我们的推测也就成了纯粹的虚构。

这类最基本的，以其精致的布线贯通种种认知的想象是我们最宝贵的“实用设备”。它是一块控制面板，主导着我们的一切所思、所为，所以它理应成为教育的首要顾虑。可是有谁曾在任何一间教室里花过半个小时，以任何一种方式对它加以强化？即便是在准确的认知显然至关重要的科学领域，这种能力可曾得到过有意的培养？

我们应对外部世界的方式从根本上取决于心灵之眼的敏锐程度及其视觉的清晰度和视野的广度，三者皆备实属不易，且若我们仅仅是机器，如此便已足够。但我们并不单单活在外部世界。无论是好是坏，都还存在着另一个世界——即存在于我们体内的内在世界及其所有附属。它比外部世界更近，更具有决定性，也与外部世界截然不同。所以，我们必须同时活在两个世界。而且，由于它们每时每刻都相互依存，关系复杂，一旦我们忽略了其中之一，只专注于另一个世界，意外便在所难免，而这些意外也许足以致命。

那么，为什么内在世界无法被视为外部世界的延伸——或者说，为什么那只敏锐、清澈、客观的思想之眼足以看清显然更“存乎于外”的世界，却不足以看清“存乎于内”的这个世界？它看不清的原因究竟是什么？

内在世界无法被轻易谈论，因为它不曾被任何人理解。尽管它是离我们最近的东西——尽管它的的确确就是我们，但我们就像活在太空中一颗未经探索的行星上一样活在其中。在更大程度上，它不是一个“地方”，而是一个“充斥着各式事件的区域”。而且，首先，我们必须承认，它无法被客观地看待。对水的生理渴求如何转变成“我们想要的是水”这一确切的想法？我们如何“看见”某种我们甚至并未感受到的情绪的构造（虽然位于我们皮表的电极将会记录它的存在）？“主观”一词的发明有其道理——但在这一意义最为模糊的通用术语之下，隐藏着我们最重要的一半经验。

那么，在内在世界中，究竟发生着什么？想来总让人惊恐——我们几乎对它一无所知。不能说什么也没有发生，所谓“什么也没有”，无非是一扇关闭的门的关闭状态。可如果说“有”，我们又能具体到何种程度？

我们很快意识到，内在世界不可描述，不可穿透，亦不可见。我们试图理解它、掌握它，却不断闯入一个又一个暂时的梦。我们突然发现，为能“客观”地观察内在世界，我们曾经不得不将自己和一个完全“主观”的世界分隔开来，而且这个世界已经消失。最终，我们承认，对内在世界而言，客观的想象、客观的认知和那些功能敏锐、成效清晰，能如此完美地应对外部世界的仪器几乎一无用处。

从结果出发一路回推，我们或许能绘出一幅草图，粗略地表明“其中理应有些什么”。原始的认知接连不断，如漫天轰炸，但每一颗炮弹都必须落在某个地方。同时，我们能够注意得到，任何一次认知都能在纷乱的记忆与联想中唤起许多细微的感受，而这些感受又将进一步激发种种也许更为强烈的感受。而且，我们自觉已经找到一些证据，来证明我们的情感生活和本能生活——一种似乎更“大”一些，与瞬时认知的关联不那么紧密的生活——正不断地聚集、重组，对外部环境作出回应。但这些更大也更剧烈的能量偶尔也受制于一些最为琐碎的认知，并受其牵引，远游而去。时不时地，我们意识到一场情绪交错、能量云集，规模似乎更为宏大的戏剧正在上演，我们难以为之命名——灵魂的、精神的、宇宙的，任何一个名字加于其身，都像是一个隐喻，因为在那个世界里，一切都是相对的，我们永远无法确信那种种“信号”受到了何种程度的放大或者缩小。我们可以相当自信地作出猜测：所有这些盘根交错，就像我们体内的电子装置（腺体、器官、各种化学变化等）产生的各式电场一般的内在过程正努力作出自我表达。它们无不尽己所能表明自己的需求，一如“口渴”表明自己对水的强烈要求。它们不断以一种默然无声却光芒四射的方式谈论着自己，谈论着它们彼此之间的关系，谈论着在我们活着、成长着，也正持续迈向死亡的身体里——在将它们聚集一处的身体里上演的那场“综合主戏”(main overall drama) 此时此刻正发展出何种剧情；同时，它们也谈论着外部世界，因为所有这些“剧中角色”确确实实正努力通过某种方式在外部世界生存下去。它们被创造，正是为了这个世界。创造它们的，也正是这个世界。所以，隐藏在某一个体的皮表之下的它们高度关注这一个体的所作所为。因为它们就是他。它们希望他以一种能给它们带来最大满足的方式生活。

这一描述足够直白，但它不过是那只“客观之眼”所能作出的合理判断。再者，它只是一种“置身其外”的描述，一如我们自觉对一条电路的运行方式感到确信。然而，就与内在世界更亲密的交涉而言，就与其种种力量的真正接触和对其种种领域的真正探索而言，客观想象的眼睛其实一无所见。

我们通过拒绝“内观”来解决问题。我们用客观的目光来定义我们自己和所有觉醒的、具备智能的生物，并说“让我们客观地看待一切”。其实，这无异于说：“让我们一块儿开心。”但我们蜷着身子，就坐在位于视网膜后的驾驶舱里，操纵着方向，穿越晶状体外鲜亮而密集的风景，专注于细节与差异。最终，当我们有生以来的所有注意力都被窄化并融入外向的视线，我们便开始觉得自己的身体无非是一件多少有点愚蠢的运载工具。所有源自内在世界的迫切信息在我们听来宛如一片空白，顶多也就是偶然的一声咕哝或者一阵刺痛，因为我们没有接收这些信息并加以破译的设备。精灵聚居的身体是一切认知的触须，是接收所有音波的天线。但我们切断了电源。客观目光的排外和客观智思的力量与光华忽然间沦为愚蠢——最死板、最致命的愚蠢。

如此状态听上去的确极端，但大多数我们认识的人——特别是上了年纪的人——往往视之为理想的状态。这是一种“现代理想”。过去三百年——尤其是近五十年来的教育倾向与科学客观性不断上升的地位和宗教意识不断下降的地位达成一致，协力塑就了这样的理想。这是一种“科学理想”，也是一种强有力的理想；它创造了现代世界。少了它，现代世界将支离破碎，陷入无尽的痛苦。而真正的不幸在于，现代世界正径直迈向无尽的痛苦，因为人类已经被它说服，开始用一种只堪以狭隘形容的认知模式来定义自己。人们越是严格谨慎地追求理想，就越接近不幸。一只聪明、智能，尽显精确图像的眼睛背后，往往是一颗愚蠢的脑袋——最可怕的愚蠢。

对于这种理想的向往是如此强烈，以至于它已然在外部世界获得了实际的形体。一种将客观认知机械化的完美装置已经降临：相机。正如我们所知，科学客观性有其自身的道德准则，它与人类的道德准则无关。它就是相机的道德准则，也是在这个时代占据主导地位的道德准则。它是一种对任何内在世界的要求彻底漠然的道德准则。它蔑视“人的因素”，也因此纯粹，因此充满力量。主导这个时代的理念与政治意识形态对这种轻蔑的认同近乎宗教狂热，一如科学本身。

几年前，我在一本美国的图片杂志上看到一组照片，照片展示了一头老虎杀害一个女人的过程。照片背后的故事如下：那头老虎——一头驯服的老虎——是那个女人所养。一位职业摄影师希望拍摄她和老虎一起散步的照片。不知是什么——也许就是那台不停拍摄的相机——惹恼了老虎，而它的主人则试图安抚它的情绪，就在这时，老虎痛下杀手。那么，当时，那位秉持客观态度的英雄做了什么？吉姆·科贝特[①]在其笔下关于食人虎豹的精彩故事中描述了诸多受害者如何因为声名骇人的食人狂魔被另一个人赶走而获救的场景。其中一回，一个女孩以掘棒痛击兽首，才救人于虎口。然而，以上这位摄影师（他的行为不难理解，因为他和我们一样，都生活在现代世界）已经变成他的相机。他当时在想些什么？是“既然老虎已经冲她下手，再去救她，延长她的痛苦，岂不残忍”，还是“如果我就站在这儿，尽量不出杂声，也许它就会把她放了，可要是我碍着它了，它肯定会一口把她咬死，和猫一样，想从猫爪下救它捉住的老鼠时，猫也会是这种反应”，还是“如果我插手，谁知道会发生什么，到时没准还会误了飞机”，还是“无论如何，我也没法改变事情的结果。我又有什么资格去干预‘自然的循环’？这种事已经发生过千百万次，数之不清，只要世上还有老虎和女人，它就总会发生”，还是——他仅仅是觉得“天呐，天呐，千载难逢的机会”？无论他在想些什么，他并未停下快门，而是继续拍摄，拍完了老虎杀死女人的整个过程：杂志上的图片为证，而且这猛虎杀人的故事给人的感觉，仿佛那位摄影师从

---

① 吉姆·科贝特（1875—1955），英国作家、猎人，著有《库马翁的食人魔》等。

头到尾都的的确确不在现场，仿佛那台相机作为一种单纯用于记录外部现象的机械设备仅仅是在继续履行一台相机与生俱来的义务。也许是我冤枉了那位摄影师。也许是我忘了有人说过：最终，拍够照片之后，他冲上前去，拿起手里的相机或者别的什么东西往虎身上打。又或者，也许他只是像我们中的许多人一样，在那一刻明智地选择了怯懦。但不管怎样，他拍到了他的照片。

我们看电视时，很多人都会感受到相同的麻痹与无力。有趣的情节过后，是什么让我们继续被那只小小的、明亮的眼睛[①]深深迷住?不可能是在晚餐后漫步于窗帘和壁炉架之间的恐怖、疯狂与残杀。我们何以动弹不得? 在那块坚实的屏幕背后，现实被彻底抽离，进入另一个维度，我们无法再参与其中。依赖自然的冲动作出反应的内在世界安稳地处于“中性状态”。就像屠宰肉鸡的人一样，我们沦为某种纯粹的观察者。在我们眼前经过的一切都同样重要，也同样不重要。就我们所见而言，在某种真正实际的意义上，我们陷入了瘫痪。即便是自称讨厌电视的人也同样会如着魔一般陷入被动。他们唯有依靠意志的力量，作出某种惊厥式的反抗，才能解放自己。客观想象这一珍贵的工具控制着我们。它物化为相机，将我们囚禁在镜头之中。

在不久以前的英国，内在世界和基督信仰密切相关。就连基督信仰内部的冲突也只是在更大程度上揭示并巩固了内在世界。本世纪初，当宗教知识失去最后的遮羞布，威信不再，精神分析学家似为填补空白一般出现。他们同样试图赋予内在世界以形式，但其方法与基督信仰有所不同。

轮到基督教会来具体描述内在世界的法则时，它错误地宣称这些法则皆为客观法则。如果“科学”(其法则具有如此明确的客观性，以

① 原文为“that bright little eye”，此处指电视屏幕。

至于它有能力将这些法则强加于整个世界）不曾出现，如此描述也许可行。随着基督信仰的错误说法逐渐丧失科学层面的意义，披着基督教外衣的内在世界变得难以理解、荒唐无稽，最终遁入无形。以科学为依托的客观想象抵制宗教，斥之为江湖诈骗，并视内在世界为一堆神话故事、一片原始迷信的遗迹。人们如同奔向某种伟大的、崭新的自由——某种伟大的、终极的觉醒一般对摒弃任何形式的宗教或者内在生活的生活观念趋之若鹜。本世纪最为汹涌澎湃的思想运动和政治运动为全新的解放写下了宣言。那些伟大而充满美感的陈词标志着崭新的牢室正真真切切地虚位以待。

当然，内在世界不会单单因为不再有宗教来赋予它一副可见的形体而就此蒸发。一个人的内在世界不会单单因为某种政治意识形态或者思想意识形态的要求而折起它的精神羽翼，关闭所有经过精密调试的回路，像某种单纯由零件构成的机械一样运转。当宗教外衣被人剥除，被"解除圣职"的内在世界遭到驱逐，开始四处流浪，漂泊不定。当它不再被生活接受，失去了最根本的健康，它便陷入巨大的病涡之中，感觉尽遭剥夺。精神分析学派所面对的，正是这样一个内在世界。

目光炯炯的客观智慧所孕育的那一点领航员般的微小意识将内在世界的身体与灵魂引入地狱之门。昔日，"宗教交涉"曾欣然接受本能与感觉的古老能量并赋予它人性。宗教使者曾以简单而深刻的语言同挣扎于人们体内的种种力量交谈，并对它们加以教化（不论成败，至少有过尝试）。没了宗教，这种种力量也已失掉人性。整个内在世界重拾野性，陷入混沌，不断回归原始，超越掌控。它已成为恶魔的居所。但当然，我们已经和那个世界断了关联，也缺乏拾取其各式信号的设备，所以我们意识不到它的变化。我们感知到的，无非是一片广袤的荒芜，它空虚、贫瘠、孤独，毫无意义。如果我们真能设计出某种精妙的镜面装置，得以一瞥我们内在的自我，我们会满心惊恐地认出它来——那是一头在地狱中缓缓爬行、逐渐解体的野兽。对它，我们拒绝拥有。

过去的一二十年间，牢室般的相机镜头开始破裂。我们的内在世界千方百计地让我们感受到它被妖魔化的状态。孩子们何以被它深深吸引？因为每一个新生的孩子都是自然纠正文化之过的机会。孩子们对它最为敏感，因为他们受科学客观性的影响最小，最不适应相机镜头中的生活。出于某种“双重动机”，他们试图挣脱镜头。他们看见自己的父母被囚禁在一个丑陋的、如同精神荒原一般世界里，于是想从中逃离。同时，他们明白这个为我们所抵制的内在世界并不仅仅是一个满是堕落的冲动，唯见饱受屈苦的能量疯狂爆炸的地狱。我们真正的自我就在其中。在内在世界的深处，与所有疯狂交混一处的，是曾经赋予生命以意义的一切，是本属于我们生物意义上和精神意义上的存在，如今已然失落的一切认识、力量与忠诚。重回内在，寻找失落遗产的尝试呈现出多种形式，但对群集而起的异教团体来说，这是他们的首要任务。

药物无法带领我们到达那个地方。如果我们在此提及那些确实能以药物帮助新入教的信徒依其所需去往某个地方的神秘宗教，我们就不应忘记：在此，神话再一次成为了关键。这样的精神旅程是某种被精心神话化的仪式的一部分。巩固内在世界，赋予内在经验以人性化的形式并将它们和日常生活联系起来的，正是神话。少了神话制剂，用药者会被带往内在世界里的一座监狱，从相机镜头中逃离之后，他又将深陷于相同的被动、孤立和虚无。

客观想象虽然重要，却还不够。那么“主观”的想象又如何？一种为了窥探内在世界而被专门培养起来的能力终究会变得和窥探外部世界的能力一样被专业化并造成巨大的破坏——这是唯一合乎逻辑的推测。此外，真正的问题源自以下这一事实：内在世界和外部世界每时每刻都相互依存。我们只是它们发生碰撞的地点。法则互相矛盾——或者说在我们看来是互相矛盾的两个世界正挣扎着寻求和平共存之道。不论我们喜欢与否，我们的生活无外乎我们对于这般碰撞与挣扎的理解。

所以，很显然，我们需要的，是一种能同时拥抱两个世界的能力：一种广博而灵活的理解、一种不仅能拉开帷幕，像一出宏大的戏剧一般让争执与冲突登上宽阔的舞台并对双方致以同等的尊重，而且始终——一如歌德所言——对“物的世界”和“精神的世界”抱有同等信念的内在视线。

其实，这就是想象。我们在谈论伟大艺术家的想象时所指的，正是这样一种能力。伟大艺术的特质恰恰如此：在这些作品中，内在世界的完整存在和外部世界的完整存在互相结合，达成和解。同时，在这些作品中，我们发现这两个世界的法则全无矛盾之处；它们共同构成一个包罗万象的系统，是在某种程度上令我们觉得几乎无从遵守，只有最伟大的艺术家们才有能力加以重述的法则。它们就是人性的法则。而且由古至今，人类始终承认，伟大的艺术作品（无论通过何种媒介）对于这些法则的重述就是最伟大的人类活动。它们是最伟大的作为，也最具人性。我们认可这些作品，不单是因为我们无不竭尽全力，像在钢丝上寻找平衡的人一样寻找着那些法则，也是因为它们是调和万物、平衡一切不平衡的方法。

所以，一旦我们认识到它们的表达方式，我们便似乎受到了这些作品的治愈。更重要的是，正是在这些作品中，人性才得以真正形成。每当环境发生改变，每当内外世界之间力量的天平开始倾斜，伟大的艺术都必须被再次创造。与外部世界隔离的内在世界是恶魔的居所，而与内在世界隔离的外部世界则尽是毫无意义的物体与机械。让人同时活在这两个世界中的能力被奉为神圣，而这仅仅是表达“这是一种一旦缺失，人性便无法真正存在的能力”的方法之一；它也同样可以用“宗教”或者“梦幻”来加以形容。更关键的是，能敞开胸怀，本着创新精神拥抱这两个世界的，正是想象。

而教育的目的，一如柏拉图的预言，正是为这样一种想象绘制蓝图。

可以说，被柏拉图荐为教育年轻国民的理想教材的神话与传说，对内在世界的各式力量和外部世界的顽固条件（寻常男女都必须生活在这些条件之下）之间的交涉作出了种种大规模的诠释。它们是一幅幅宏大而又详尽的草图，勾勒出理解并调和内外世界的种种可能。换言之，它们是一份档案，记载着种种为我们所讨论的这种想象而准备的草案。

在这层意义上，它们准确、有效，因为它们原本就是“真实理解的真实投映”。其中至善之属是由最高层次的灵感与真实构成的部落之梦。它们对在两个世界发生碰撞的内在领域中真正发生的一切作出了真正的诠释。这一点已被一次又一次地证明：在神话传说出现以后的任何一个时代，都有富于想象力的人借助它们的基本模式和基本形象来完成创造。

但希腊神话并不是唯一真正的神话。神话的定义有其不言而喻的一面，即：它们承载着这一类型的真实。这些庞大的梦唯有在它们对真实的情状作出表达之际才能成为一个民族的宝贵财产。牧师和神父不断对神话进行详细的阐述，但并不真实的东西一再被遗忘。所以，每一个真正的民族都拥有其真正的神话。收集神话的人放眼望去，便会惊讶地发现，世界各地的“真正神话”都离奇地相似。它们就像人手上的道道掌纹一般相像。

但柏拉图作出了暗示：所有传统的故事，不论大小，都是其教学大纲的组成部分。的确，这些故事都同出一源。如果一则故事能以口述的形式得到两三代人的传承，那么它或者是出自真正的源头，或者是找到了真正的源头。“小”故事也同样是强而有力的教学设备，丝毫不比“大”神话逊色。

以故事为工具进行教育是一种悠久的传统，其刻意程度似乎远甚于柏拉图的建议。关于这种教学方法，斯坦纳有很多的话要说。伊德里斯·沙阿在他出版的许多苏菲文学著作中指出，传统故事在培养伊斯兰圣贤的过程中起到了非常关键的作用。在这些故事中，有的篇幅冗长，涉及“一千零一夜”式的冒险与奇遇，有的不过是短小的趣闻逸事。

一如我借耶稣的例子所指出的那样，“故事教育”的第一步是了解故事，随着了解的深入，故事仿佛打下了自身的基础。进入第二阶段后，一切都取决于想象的自然过程。

那则故事好比一套工具。除了主题之外，它还包含两种可以分离的元素，即模式与形象（耶稣的故事正是一个典型的案例）。它们共同构成了那则故事而非其他。同时，它们也各自启程，走向属于自己的新生。

它们的行进路线取决于大脑构建比喻的天赋。大脑自动地利用以某种模式显现的一系列形象来组建另一个完全不同的系列。它将一种形象当作代表着种种相关却不同而且若非如此便无法被形象化的意义的形象来加以利用。

如此，乞丐与公主的简单故事开始“传导”有关心理状态和心理关系（或者精神状态和精神关系）的直觉。通过简单而自然的想象，对一则童话故事的阅读从最初的闲读发展成对与原本不省人事、无言以表的感受、情绪与精神之价值的丰富认知。完美的调停方案忽然出现，两个世界可就休战条款达成一致，顺利解决内在争端（其斗争并不必然激烈、可怕，虽然在本质上，这往往是一场恶战）。一则被适时讲述的简单故事能够凭借其自身的模式为处于混乱之中的能量带来秩序，从而改变一个人的生活。

在故事的模式向着四面八方在意识的所有层面迅速扩散之际，故事中的种种形象也同样发挥着功效。拉撒路的形象在耶稣的故事中占据着显著的地位，对一个孩子而言，要让这一形象与其地位分离并非易事。可一旦它开始移动，它的重要性便不再受到任何限制。在陀思妥耶夫斯基所有冒险式的追寻中，那个似乎蕴含着他取之不尽、用之不竭的能量，散发着无限光热的基本形象，正是拉扎勒斯。

一个形象并不需要通过在某个声名显赫的宗教中扮演核心角色来获得其重要性。《李尔王》的核心形象，无非是在一个非常简单的小故事——即“盐的故事”[①]中出现的一个非常简单的“童话国王”。在李尔和耶稣的故事中，我们都能看见一个简单故事中的简单形象如何凝聚着一个时代的所有张力——精神、自然、善、恶以及某种看似无法控制的最高存在之间的互相碰撞。但这一切都被这个简单故事中的简单形象带入一种人性的模式，继而融入我们的理解。

---

① 此处，作者以盐来比喻莎士比亚戏剧《李尔王》中国王李尔退位后的悲惨命运。《圣经·马太福音》中，耶稣对他的门徒说：“你们是世上的盐。盐若失了味，怎么能叫它再咸呢？以后无用，不过丢在外面，被人践踏了。”

艾米丽·狄金森[①]

虽然艾米丽·狄金森的朋友们对她附于信件中的即兴诗文[②]大为赞赏，但其非凡的秘密创作是直到她死后，直到 1886 年她妹妹在她的书桌里发现了大量手稿之后才为人所知。其中一些是字迹整洁、简约，笔势匆促、有力的连写体手抄，被松散地缝成一本本小小的册子。其余诗稿都处于各种各样的未完成状态，给她的编辑——梅布尔·卢米斯·托德和米莉森·托德·宾汉姆的工作带来了巨大的困难；两位女士在 1890 年到 1945 年间陆续编制出多部狄金森选集，将其诗作置于大众视野之中。同时，其他一些诗选也经艾米丽·狄金森的侄女之手问世，所以，到 1945 年时，其所有诗作都得以出版，但或

---

① 本文曾作为全书引言收录于由伦敦费伯出版社于 1968 年出版的《艾米丽·狄金森诗选》中。（编者注）艾米丽·狄金森（1830—1886），美国诗人，现代主义诗歌的先驱之一，一生极富传奇色彩。狄金森从 25 岁起断绝社交，专注于诗歌创作，绝大部分诗歌作品于死后才被出版并广为人知。狄金森的诗作现存 1700 余首，以描写日常生活、普通事物为主，思想深邃，诗风独特。——译者注

② 狄金森的很多作品出自书信，因为生前未经编辑出版，所以有时很难界定为完整的诗篇。

多或少都变了模样，编辑的痕迹很重。除了时常变得难以辨认的连笔字迹和她——在一首诗的核心位置——罗列数种可供选择的词语或者句子却不明确指出其最终偏好的习惯之外，最大的困难在于将她用以断句的短线转换成传统标点符号的过程[①]。编辑们大胆地动手修改，但结果却无法令所有人满意。后来，敏感而富有同情心的评论家们——比如约翰·克罗·兰色姆[②]——就此做了各种实验，却也无法阻止越来越多的人认为：艾米丽·狄金森画下的怪异短线是其诗歌风格和创作方法中不可分割的组成部分，一旦被翻译成逗号、分号或者其他标点符号，原本完美而赤裸的诗之电压便会遭到阻断。

为此，T. H. 约翰逊在一个集注版本中对《狄金森诗全集》进行了重新编辑，尽可能严格而细致地保留了诗人原稿中的一切。于是，在1955年，艾米丽·狄金森的诗歌首次免于编辑调整，完整地出现在世人眼前。1960年，T. H. 约翰逊为普通读者定制了新的版本，同样在尽其所能地确认并遵循诗人意图的前提下，将手稿上的种种诗歌变体一一转化为简单的文本，编就一部足具品位与智慧并惠及如今这部选集的巨著。最终清数时，全集共计诗歌1775首。艾米丽·狄金森生前只见到其中6首发表，而且每一首都为迎合时代的口味经过编辑之手校改，几乎面目全非，以至于从那以后，她似乎完全把自己托付给了后人，也似乎完全没了任何指望。

她是文学史上最古怪也最迷人的角色之一。1830年，她出生在马萨诸塞州阿默斯特镇。青少年时，她因蓬勃的创造力和喜剧天赋而在家族里、朋友中知名。可她却几乎从未表现出要闯荡世界的意向，而

① 在诗歌手稿中，狄金森多以形如破折号的急促短线断句，不使用传统的标点符号。

② 约翰·克罗·兰色姆（1888—1974），美国诗人、批评家，“新批评派”代表人物。

且，随着时间的推移，她越来越不愿意和外界来往。早在二十四岁时，她便总对人说："我不出门，除非有什么急事牵着我的手把我带到外面。"最终，她逐渐将这一倾向发展成近乎彻底的自我囚禁，整日待在她父亲的宅子里，谁也不见。她父亲是位颇受欢迎的律师，也是小镇上的公民领袖。他活跃在当地的政治与社会事务之中，结交了大批朋友，其中不乏在整个麻省的公共生活中扮演着重要角色的人物。在艾米丽自己看来，他态度严厉，令人心生畏怯。后来，她写道："他的心纯粹而可怕，世上只此一颗。"但他拥有一间巨大的书房，也许他这位个性鲜明、情感强烈的女儿正是通过他的所知所虑偷偷倾听、监听着这个世界。

在她仍然愿意接见客人的时候，她从未给人留下胆怯或者孤僻的印象。一位名叫 T. W. 希金森的作家登门造访；此前，艾米丽曾写信请他批评过自己的诗作。虽然长期的通信已经让他对某种与众不同的东西有所准备，但他依然觉得震惊不已、难以承受：强烈的情感、尖锐的观点、离奇的意象和隽妙的词句如连珠炮一般向他袭来，无不显得放肆而过分。此后，他以"夸张的真正放纵"[①]来形容他与这位"半已疯癫的女诗人"之间的对话，说"我从未见过任何一个能让我的神经疲劳到这种程度的人"。她沉醉于生活之中，从不试图隐藏心中的狂喜："我该做的，就是热爱……我该做的，就是歌唱……"；"我在生活中找到狂喜……光是活着的感觉就足够让我觉得快乐"。可想而知，在她远离尘世之后，这样的性情也必然因此而逐步发展成巨大的张力，直到任何一丝兴奋都能引起爆炸。"星期五我尝了尝生活。很大一口。一个马戏团从我家门前经过——现在我仍能感受到脑海中的

① 原文为"the very wantonness of overstatement"，此处的"夸张"意指夸张这一修辞手法。

那抹红色。”正是在写给希金森的信中，她这样描述自己：“（我）很小，像只鹪鹩，我的头发很粗，像栗球上的毛刺——而我的眼睛，像客人留下的，玻璃杯中的雪莉。”在诗里，她则以“长满雀斑”和“吉卜赛人一般”来形容自己。

1860年左右，艾米丽·狄金森经历了关键的转变。尽管人们不断地谈论着各种各样的可能性，但这一转变在多大程度上是其自身的种种特质自然而然走向成熟的标志，又在多大程度上是由某一外部事件引发，都不得而知。但其结果是一场在她体内熊熊燃烧的大火：六年内，大约一千首诗应运而生；她的所有诗作里有一半以上都创作于这一时期[①]。根据计算，1862年一年，她便作诗366首。那几年，正逢南北战争（1861—1865）如火如荼，全国上下躁动不安，她也正迈向心理上的成熟，三十岁出头——也许正是此时，她意识到自己那份天生不同寻常的爱并不为他人所需要。但在许多读者看来，其诗歌的核心主题暗示着在她的创作生涯中起到决定性作用的事件是一次巨大而终极的失望——因为对某一个人的爱而失望（大约就在这个时候）。这一角色有两到三位可能的候选，在往来书信中也有据可循。这种观点认为，她满携绝望的能量，将一腔热情从失去的爱人身上转移并投入唯一可能的替代——即“显现出神圣一面的整个宇宙”，而想象和诗意的喷发紧随其后。无疑，她数次在诗中描述过这一过程，而且，这类情感的转移总是不难让人相信。从那以后，在现实中遭到否决的婚姻在精神世界里——单方面地——延续，一如她笔下的许多诗篇所

① 狄金森的创作生涯大致可分为三个不同的阶段：第一阶段为1861年以前（这一阶段诗作风格传统，情感自然），第二阶段为1861年至1865年（这是狄金森最富创造力的阶段，据T. H. 约翰逊统计，狄金森于1861年作诗86首，1862年366首，1863年141首，1864年174首，诗文极具激情与活力，充分探讨了死亡与永生这一主题），第三阶段为1866年以后。

见证的那样:

> 神圣的头衔—属于我!
>
> 妻子—没有印记!

此时此刻在她想象的熔炉中聚集的力量决定了她的伟大。对她来说意义最为重大也最有趣的境遇之一在于，一如“显现出神圣一面的整个宇宙”成了她“丈夫”的镜像，新英格兰所面临的整个宗教困境在其历史进程中最关键的时刻成了她与“他”之间的关系——实际上就是她的“婚姻”——的镜像。因此，她被精神化的爱情和它所面临的重重困难，也成了一场最切合时代、也最具规模的宗教争论。

当时，与在新英格兰各州占据主导地位的旧加尔文主义发生正面冲突的，是新时代的精神——不断消解《圣经》的“高等批判”，力求解放思想的“超验主义”运动和一种普遍的、科学性的怀疑主义（在边境地区残酷无情、注重选择的实用主义，以及由“自由掠夺者”偷运而来，具有国际规模的种种仇恨的双重反冲下，这种怀疑主义在美国显得尤为狂热）。当彻底复苏的清教主义思想像瘟疫一般席卷而过（在她的交际圈里，几乎只有她一个人作出了抵抗），将她的亲友们从肉体与世界中抽离，艾米丽·狄金森却始终将自己隔离在乔纳森·爱德华兹[①]的信念之中，认为可见的宇宙是“上帝的流溢，只为纯粹的创造之乐而生，其中的一切造物都通过承认其整体之美而找到存在的理由，即便它们被这种美丽杀害”。此外，南北战争如同一场意识形态的赌博，置整个“国家”于熔炉之中——或者集体自杀，

① 乔纳森·爱德华兹（1703—1758），新英格兰人，18世纪启蒙运动时期著名的清教徒布道家，曾对北美殖民地的“大觉醒运动”作出了重大贡献。

或者团结复兴。印第安部落和千百万头北美野牛在处女般的平原上等待，达尔文也正笔耕不辍。在艾米丽·狄金森体内奋力挣扎、寻求和解的种种力量，正如那种种不断破坏又不断重塑着美国的力量。

诗歌为证，身处时代变革之中的艾米丽·狄金森始终镇定。那个神圣的，她常在诗中喊到的“你”是一个半人半羊的耶稣[①]还是那个畏爱潜逃的牧师查尔斯·沃兹华斯[②]，是“耶和华与自然的合体”，是那位难以接近的麻省最高法院法官奥蒂斯·P. 洛德先生，还是一整个更显晦暗的谜团——我们无从辨识，但无论谁是真正的“你”，在她的精神世界里，他们都有一位生性执拗的“妻子”。她热忱、投入，过着隐居生活，身穿似为精神世界里的新娘量身定制一般的白色衣裙，天天写着读来宛若祈祷一般的诗歌。但首先，她忠于自己，忠于自己的智慧。无论是“宗教”还是“科学”，都无法以“权威”迫使或以传言诱使她接受任何东西。她保持着完整的自我，其判断始终处于某种悬而未决的终极状态。所以，她的诗歌所记载的，不仅是她迷狂般的热爱，更是她强烈、鲜明，充满怀疑的独立个性，她的疑惑和在她表面的迷狂下屡屡绽放的——绝望。

无论她在生活中倾注的热爱及其遭遇的所有困难对她的诗歌创作有多重要，都有另一种似乎经常降临其身、与她的外在生活无关的体验对她造成了同等重要的影响。她最伟大的一些诗篇即以这种体验为主题，她最出色的诗作无不对此有所涉及。正因如此，她诗中的思想与形象才散发出广大而冷峻的独特气息。她似乎一直不太明白自己该

---

① 原文为“Pan-Christ”，“Pan”指希腊神话中半人半羊，象征创造力、音乐、诗歌与性爱的牧神潘，“Christ”即耶稣。

② 评论界一般认为，艾米丽·狄金森和三位男性有过恋情，一是曾在她父亲的律师事务所任职的年轻律师本杰明·F. 牛顿，二是在费城工作、已有家室的牧师查尔斯·沃兹华斯，三即后文中提到的法官奥蒂斯·P. 洛德。

如何看待这种体验。它似乎化作一种生理状态——一种近似恍惚的状态——反复向她袭来。在这种状态下，一幕幻景在眼前拉开，她看见终极的现实，看见她自己的灵魂——那融入宇宙之中的灵魂；在她所有关于其特征与性质的描写中，她从未擅自为它命名。对她来说，这是最深刻、最神圣——同时也是最可怕的体验：时间消失，如入死境，无边无际，无比强烈。它就像一种反驳，否认她在精神生活中相信并热爱的一切；它几乎是一种终极的启示，指向一片可怕的虚无：

最最—像那混沌—无尽—寒凉
没有机会—或者圆木—
甚至没有陆地的报道
来为绝望辩护

——因此，那种成为她"诗性的自我"，以各种方式在她的感受、思想、语言、意象和诗歌技法中增殖扩散的"似是而非"也正是源于这种体验。在任何时刻，狄金森都可能有此感受：它不请自来，占据她的身心，掀起阵阵电子风暴；兴奋中，种种物象在眼前闪过，宇宙露出怪异狰狞之相：

一阵风吹起，虽然没有一片叶子
在任何一片森林中摇晃——

她忠于这种体验，所以始终无法就任何事情下定决心。它的凝视洞穿她的生活。无论她身在何处，一切事物都让她感受到彻骨的寒意，感受到它就在附近，所以她不知道该思考什么。只有一件事她可以确信，那便是：它就在那儿，而且诗就是它的语言。在它的影响下，其他所有顾虑都脱离终极的意义，飘向半空，成为完全相对的存在，任她信手拈来，用作艺术戏码。它是个谜，而她赖以解谜的方法只有一种，那便是死亡。死亡令她着迷，她觉得死亡将迫使她迈出必要的一步，越过眼前的幻景，觉得死亡将带领她和她的睿智毫发无伤地从谜中穿过。她把自己的所有问题都交由死亡来解决。于是，死亡，她身边满满当当、备受珍爱的“创造”和她眼前那幕骇人的幻景之外的一切共同构成了她的“三位一体”。在这三者身上，她所领悟的神圣便是她所洞悉的诗意。正是因为对于这种“三位一体”的虔诚（与那些更显正统，在她用来如此得心应手的宗教术语毫无关系），她才成了“美国出产的最伟大的宗教诗人”。

在某种程度上，正是她对语言的准确感受——作为“忠实”的一个方面——使她不曾远离由其悬而未决的判断所导致，让她备受煎熬的缺陷，并始终安于抽象，从未迈出通往哲学与“共同宗教信仰”的那轻松却致命的一步，也正是她在文字上的天才，使她的所有天赋与那阵阵发作、难以控制的痛苦成为焦点。她之所以有能力处理一个如此广大的主题并赋予它如此重要的意义，纯粹是因为其诗歌风格本身的独创性和蕴含其中的种种力量。

她的诗歌中流淌着一种缓慢而微妙的韵律——一种像显微镜一样将每一个音节置于特写镜头之下的装置；她的诗歌中隐藏着一个深邃而稳定的焦点，所有词语都处于明确的关系之中，却又通过某种方式自由结合，以致于每一个个体音节都似乎即将滑入全新的意义，无不奋力展示自己，亟欲被人发现；她的诗歌中镶嵌着一幅凝聚着种种思想，如马赛克一般的象形图案，她将一种似岩浆般喷涌的想象、一股似浆流般汹涌而炙热的激情和一幕天启般的幻景编码加密并汇入其中；她的诗歌中点缀着如破折号一般横亘在恍惚之中，满携悬念与慎思的短线，暗伏着谜一般隐晦的艺术策略，饱含着莎翁式的语言质感——被最平凡的意象与经验浸透的词句在隐喻的力场中变得牢不可破；她的诗歌中弥漫着如血液一般鲜活、似神经一般敏感，在似是而非的氛围中焕发出奇异活力的拉丁语息，进行着以对立、平行、镜像和七巧板式的拼接手法使种种作为参照物的世界完美地达成一致并完成对位的音乐游戏；当然，她的诗歌中也少不了无处不在、热闹非凡的尘世狂欢。她的诗歌才华孕育出永不枯竭的独特艺术，给人们带来难以享尽的快乐。用上她最喜欢的两个表达来说：凭借两种其固有的小小“器具”——一曲赞歌、一个谜语，她像人类的想象一直以来都能做到的那样无比坚定而确信地抓住了事物的“中心”和“周缘”。

为这部诗集挑选篇目并不容易。她独特而卓越的诗作形形色色，为数众多。这部“选集”在其本身的种种限制下无法成为一个代表。最终，我选择了我在选择之际最喜欢的篇目，并且充分地认识到，无论是对我本人还是任何一位读者而言，我在数量如此众多、魅力如此强烈的诗作中作出的这次选择都远不足以成为最终的选择。

西尔维娅·普拉斯

——《爱丽尔》[①]

在其早期的诗歌创作中，西尔维娅·普拉斯写得非常缓慢，几乎每写一个词，都要查一遍辞典和同义词典，并在每一个引起她注意的词下画上一道缓慢而浓稠的墨线。她对复杂押韵和韵律组合的执迷也是这一缓慢过程的一个部分。她在一些早期诗作中设下道道竖栏一般的障碍[②]，使之近乎不通情理。但她乐在其中。她最本能的冲动之一便是创建模式——生动、大胆、对称的模式。她喜欢画画，什么都

---

① 本文曾载于1965年2月发行的《诗书社会简报》第44期。——编者注

《爱丽尔》是西尔维娅·普拉斯的代表诗集。普拉斯于1963年2月11日自杀时在书桌上留下一只黑色的弹簧活页夹，其中含有四十首诗作的手稿，后由普拉斯的丈夫——本书作者特德·休斯，根据手稿顺序进行整理与删减，于1965年和1966年分别出版了两个不同的版本。“爱丽尔”一词主要有三层含义，一为莎士比亚戏剧《暴风雨》中施法召唤暴雨的精灵的名字，二为普拉斯在英国乡间练习时其坐骑的名字，三为希伯来语中圣城耶路撒冷的别称。——译者注

② 此处作者以“设下道道竖栏一般的障碍”来喻指普拉斯因为追求上文中的“复杂押韵和韵律组合”以及后文中的“模式”而让其诗作变得难以理解。——译者注

画——一片草、一棵树、一块石头，但她更愿意画些复杂而混乱的东西，比如一大堆垃圾。在她的稿纸上，这堆垃圾不仅变得整齐有序，充满力量，像一尊非凡的雕塑一样不可更改，还呈现出其诗歌的风貌，一切都像血脉相连的活体细胞一样团结一处，毫无陌生、死板或者随意之感。《爱丽尔》中的诗作便是这般耕耘的成果。在这些诗中，她掌控着现代诗歌语言中最为广阔也最具辨识度的词汇。同时，这些诗歌多半是以极快的速度写就，她忽略格律和韵脚，追求节奏与冲力，如口述一般不断地开启思想和音乐的航程。在这些看似古怪的诗句中，所有词语都不仅充满了惊人的热能与张力，具备洞悉一切的准度，还无不深刻而紧密地结合于一首诗内，在和声般的深邃构想中承认彼此、呼唤彼此。正是因为这种深藏于文字之下且极具音乐性甚至数学性的法则，这一次次诗意的爆炸才获得了不可撼动的终极形态。

在这些诗歌背后，隐藏着一种强烈而固执的个性，也隐藏着一个绝望地迷恋着这个世界的孩子。在她的“骨帽”① (hood of bone) 中，凝聚着一汪奇怪的冥想——它赤裸、苍白、狂野，漂浮在一片似由“原始画家”执笔绘就的景致——一幕光芒熠熠的“天堂”幻景之上；同时，那也是一个怪异而骇人的天堂，一幕灯光聚焦、无可更变的死亡幻景。

此外，在这些诗歌背后，还有一个漫长而艰辛的准备过程。她在紧张的智力竞争和日耳曼式的严苛氛围中成长。她的母亲是第一代拥有奥地利血统的美国人，她的父亲则是德国裔波兰人，二者都是大学教师。她崇拜父亲，但她八岁时，父亲去世，此后，西尔维娅和她的

① 语出普拉斯的诗作《边缘》，原句为：“月亮无事可悲，从骨帽中静静注视。”该诗亦是《爱丽尔》中的一首。

弟弟由母亲一手带大。无论面对怎样的教育方法，西尔维娅都是完美的学生：每一堂课，她都加倍努力。她拥有惊人的意志力，一心追求优异。最终，她仿佛经历了一场进化过程中的严峻考验，在受尽折磨之后幸存下来：无论何时，她都绝不允许自己变成无关紧要、力有不及的人。她最害怕的事情莫过于有一天，她会生活在爱的天赋之外；在她看来，爱的天赋与勇气——用她自己的话来说——与“胆子”无异。她当然拥有这种天赋，而且是实实在在而非抽象意义上的拥有。她不太明白自己该如何驾驭这种天赋：她落入了它的掌控。它把她和杯子、植物、动物、景色和人拴在一起，陷她于一种持续的迷狂之中。她把这一切都尽可能地存入诗里，存入那些美到难以置信的句行和幻觉般重现的形象与画面之中。

但就西尔维娅而言，真正不可思议的事情始终没有改变：两年间，她的生活几乎完全被孩子与家务占据，但她却经历了一次诗性的成长，它发生得如此突然，又如此彻底，阅遍史籍也难觅先例。第一个孩子的出生似乎开启了这一过程，忽然间，她可以加足了劲，以全速写作，并且全身心地投入，而第二个孩子则又让她向前迈出了重大一步。所有形形色色，发自天赋的声音都聚集一处。在大约六个月里——直到她去世前那一到两天，她一直倾听着源自其非凡个性的音乐，竭尽全力地写作。

《爱丽尔》并非一部易于批评的诗作。它和其他任何诗作都不甚相似。它就是*她*。她所做的一切就像这部诗作，这部诗作也就像是她　一个永恒的她。

出版西尔维娅·普拉斯[①]

A. 阿尔瓦雷兹[②]在他几个月前发表在《观察家》上，为西尔维娅·普拉斯于不久前问世的两部诗集《涉水》与《冬树》所作的书评中，就西尔维娅·普拉斯的作品自她过世至今的出版通史作出了种种猜测。如今，如他所言，她的诗歌似已拥有“一大批潜在读者”，所以他认为她的遗作执行人必然受到“难以抗拒的诱惑”，想再慢慢琢磨出新的读物，以某种故意而巧妙的方式予以出版，在（利用次要的读者）开发其作品的同时（利用次要的作品）开发读者群体，而且事实上，他几乎提出了如此质疑：是不是从一开始就是这样？到目前为止，她的作品都以一种“奇怪”的方式出现，这种“奇怪”是不是就怪在这儿？和从美国各大高等学府的一些角落里吹来的风相比，这根本不算什么。阿尔瓦雷兹先生大概并不知道他写的是何等疯狂的一类文章。

所有这些人基本上就是在告诉西尔维娅·普拉斯的遗作执行人他

---

① 本文曾载于1971年11月刊行的《观察家》。——编者注

② 阿尔弗雷德·阿尔瓦雷兹（1929—2019），英国诗人、作家、评论家。

们应该——以及本该承担怎样的编辑义务，好像她的所有著作（早就）应该得到纤悉无遗的出版，最好连所有碎片、变体以及她充满活力的手稿上那一众删删改改也不要遗漏——其中的一些内容如果就此埋没，将会是文学的损失。对一位学者而言，这并不难办，只需投入精力，多加谨慎便可。

但根据我的认识，我的义务并不只是做个学者这么简单。首先，我要对她的家人负责；其次，我要对她最出色的作品负责。实际上，她本人的义务也不外于此（这一点不容忽视），因为我觉得就总体而言，我是最该对她负责并且负责到底的人。

为了她的家人，我遵循她的原则，试图通过能使收入最大化的方式来经营她的作品。如果这一点让阿尔瓦雷兹先生感到担忧，我只希望他的担忧不止于此。对她的作品，我试图以恰当的方式进行出版，旨在让她最出色的作品发挥其应有的作用，获得其应得的地位，免受次要材料的消极影响。要达成这一目标，其实并不像她的仰慕者们想象的那么简单。

对于他所谓“伴随着大学里的忙碌阵阵悸动的普拉斯工业”以及那“一大批潜在读者”，我觉得自己完全没有任何义务可尽。学者们要的，是对诗歌诞生过程的剖析；大批潜在读者要的，是她的血液、毛发、触碰、气味以及厨房里那张离她的死亡地点最近的椅子。有朝一日，学者们想要的东西将大有可能得到传承，而此时此刻，新闻工作者们也不断满足着其他读者的胃口。但我觉得，无论是对学者还是其他读者，她都无所亏欠。

我同意——其作品的出版方式也许看似古怪。但它并不真的古怪。那些关于它的猜测不得不通过“歪曲”与“过滤”来“遗漏”种种明显而自然的原因。在文学层面，整个出版历程大致如下：

1961 年出版的《巨人》在评论界收获了不大不小的成功，但从经济利益的角度出发，对于出版商而言，它又是一次不大不小的失败——他们找不到任何依据来让自己相信他们所经手的是也许终有一天会成为其重要资产的天才之作。1963 年 1 月，她的小说《钟形罩》顶着一个笔名出版（但只在英国发行），凡是（真的）注意到它的批评家都作出了极其“适中”的评论。在我的印象中，只有安东尼 · 伯吉斯[①]的一篇文章似乎隐约提到了这部小说在十年后——在她的作者身份为人所知、她的诗歌出名之后变得异常显著的种种特质。1963 年 2 月，她去世时，她的读者群很小。之后，收录于《爱丽尔》中的诗歌开始四处现身，但对于这些作品，更多的编辑抱以排斥而非接受的态度。在杂志编辑中，对她的才华表示明确认可的人屈指可数：《伦敦杂志》的艾伦 · 罗斯，《评论季刊》的布莱恩 · 考克斯和托尼 · 戴森，还有阿尔瓦雷兹本人。但只要是她的作品，这几位编辑都愿意刊登。她列过一份清单，上面整整齐齐记录着：她寄过什么，寄到哪里，哪些卖出去了，卖给谁了，卖的时间，价格，哪些被退回来了。如今读来，这份清单着实有趣。

她留下一份碳印文稿，原来的标题是《爸爸》，后来被改成《爱丽尔》，稿子上到处都是细小的改动。全稿包含约三十五首诗作，以《晨歌》开篇——一如现在，以“蜜蜂组诗”[②]收尾——但不包括《蜂蜇》。它以“爱”为开端，到“春天”结束[③]——一如她曾向我指出的

---

① 约翰 · 安东尼 · 伯吉斯 · 威尔逊（1917—1993），英国作家，代表作为《发条橙》。安东尼 · 伯吉斯是其笔名。

② 由费伯出版社于 1965 年出版的首版《爱丽尔》中包含与蜜蜂相关的诗作四首：《蜂会》（完成于 1962 年 10 月 3 日）、《蜂箱的到来》（完成于 1962 年 10 月 4 日）、《蜂蜇》（完成于 1962 年 10 月 6 日）以及《过冬》（完成于 1962 年 10 月 9 日）；此外，普拉斯另有一首《蜂群》（完成于 1962 年 10 月 7 日）亦与蜜蜂相关，但并未收入这一版本。

③ 《爱丽尔》中，《晨歌》的首句为“爱为你上好发条，你走得像只胖胖的金表”，《过冬》的末句为“它们尝到春天”。

那样。我曾反复问她这部诗集她准备何时出版，但她或者避而不答，或者故作神秘，言辞暧昧，让我觉得她似乎不知道该如何是好。这很反常，因为之前，每当创作有所进展，她都会热切地拿出她那本手稿，请众人传阅。

那本手稿中的最后一首诗写于1962年12月。1963年1月28号，停笔将近两个月后，她重新开始写作，到2月5号为止，她总共花了五天，写出十二首新诗。她给我看了其中的两首——《图腾》和《慕尼黑女模》。在我看来，这两首诗比《爱丽尔》中的作品（她只挑出几首给我看过）更加出色——她自己也这么认为。但说她为此而感到高兴又似乎有点奇怪。这些临终遗稿虽然出自同一时期，却在她死后四处散落，全无归属，和并未收入《爱丽尔》手稿的诗作以及创作于《巨人》完成之后、《爱丽尔》动工之前（一段略显漫长的间隙）的作品混在一起，而所有这些作品——除了最后的十二首诗——不是已经出版，就是在去往杂志社或者从杂志社返回的路上。她对自己的每一行文字都很重视，一旦涉及买卖，她要么谨慎至极，要么肆无忌惮。当然，她更希望自己的作品能在英美两地同时上架。但在一本书的组编过程中，她总会把自我批评的力度提升一个档次。和学者们一样，她的诗迷们觉得有必要完整地读一读偶像的作品，一个字都不该错过，然而，只有傻子才会心存幻想，认为上品佳作的影响终究不会受到凡品拙作的玷染。艺术的根本目标就是识别“上佳”并使之摆脱“凡拙”，保持独立。一切的努力都是为了这个目标。

《爱丽尔》中的诗歌所展现的诗意并不令我感到惊讶。它归根到底是一次许多年来我们一直向往并为之努力的飞翔。但直到最后那几个月，我才渐渐明白它想以怎样一种方式飞翔。

一如之前所说，她有点害怕自己的诗歌，害怕它们终将造成一些长远的后果，有点不知所措。她过世后，这些诗歌置我于重重困境之中，每一道难题都绝无先例，令我陷入彻底的困惑。自此，那段时间里她和她的家人所担心的所有事情都开始一一发生，而且还不止如此。无疑，风雨仍将继续——还有一些因为她的死带来的种种影响而受到伤害的人尚未"入场"。但当我最终放弃，不再试图"预估"一切未然之害时，许多已经出现的障碍仍未得到有效的解决。

阿尔瓦雷兹已经注意到，直到她死后两年有半，《爱丽尔》才得以出版。除此之外，也还有不少抱怨的声音，其中一些出自几乎匪夷所思的幻想。我承认，在那些日子里，作为遗稿执行人，我的反应算不上最最果断，作为其家属利益的守护者，我也算不上最最警惕。但当时，在公共领域，对她感兴趣的人也尚未发出如此巨大的呼声。显然，这很难让人相信。就连阿尔瓦雷兹——在短短八年过后——也似乎已经忘记这一事实。当我最终将其手稿的打印件交给她在英美两地的出版商时，两边都不想要。《巨人》的负责人、她最热切的支持者——海尼曼出版社的詹姆斯·米奇已经离开，而克诺夫出版集团——她在美国的出版商则似乎感到相当困惑。出版商的为难或许在某种程度上和我提出的条件有关：我的要价不低，但也不是那么的高。我知道我拿出手的是些什么，也知道那是最后一次。僵局始终难以打破。其诗作的种种处境陷入瘫痪——一种若非身处其核心地带便无法想象的瘫痪。

最后，在来自公司内外的有力支持下，我把这部诗集推荐给我自己在美国的出版商们，但依然没有取得任何进展，就连这部诗集最热情、最积极的支持者也希望能删掉手稿中的一半内容或者至少删到"二十首诗左右"。他们觉得若以全稿付梓，可能会惹来某种愤怒的抵制。这也陷我于新的迟疑之中，因为它触碰到了我自己心中的"不确定"——它们就像真真切切的问题一样：我是不是该先从一小部分开始出版？全本出版是不是就是无法被人接受？它是不是真的过了？

我很焦虑，觉得这部诗集不该以任何一种方式失去它的力量，觉得她的作品理应得到认可，但我相当清楚地看到，真正明白该如何理解这部诗集的人少之又少，而且我深知在书写评论之际，一个人会发生何等改变，所以当时我已经动手，开始重新编排这部诗集，删除了一些看上去像会引来轻率攻击的篇目、一两首恶意更显昭然的作品和几首我觉得在语调和形式上可能会让人感受到明显重复的作品。还有两三首诗纯粹是被我落在了笼罩着那段时日的迷雾之中，消失了一阵。如果能及时找到（有不少事情比把伟大的诗歌献给世界更加重要），我会把《爸爸》也一并删除。而且，如果当时我觉得有一些诗终有一天会被人破译，我同样会删掉它们。同时，我排除了一两首目的性太强的作品（事实证明，我的排除是白费功夫，它们已然为人所知，如今也已完成了自己的任务），加入了两首创作于《爱丽尔》之前的诗——《短赋曲》和《悬吊的人》；加入前者是因为我觉得它足够出色，足以和诗集里的其他作品比肩而立并融入其中，加入后者倒不是因为它出色——尽管它的确出色，而是因为它描述的，正是使得《爱丽尔》成为可能的经验——一个在明确的时刻发生的明确事件（一如她诗中的一切），而且在文字与现实之间，仅仅是一层单薄的伪饰。此外，我还加入了大约九首她的临终遗诗，因为在我看来，它们太过重要，无法被排除在外。此番删减之际，我所感受到的“不确定”自然非常浓烈。至今我依然无法确信：如果我依照她留下的版本，以“蜜蜂组诗”为全书收尾，把之后的所有内容[①]排除在外，《爱丽尔》是否会成为一部更好的诗集？但有很多事情，我已经不记得自己何以如此为之，比如：为什么美版《爱丽尔》和英版不同？然而我想，在

① 由费伯出版社于1965年出版的首版《爱丽尔》中，“蜜蜂组诗”中最后一首《过冬》之后共有十二首诗，包括前文中提到的《短赋曲》和《悬吊的人》。

绝大多数时候，我之所以如此为之，都是因为考虑到某一些人的情感与利益。我不认为自己高估了可能的伤害。

最后，在英美两地，合同终得签署，但即便是在正式手续完成之后，一如所有作家都知道的那样，书还得等上好几个月才能与公众见面。我忘了《爱丽尔》等了多久——忘了两年半的时间还剩多少。想起当时种种，现在看来，那段时间其实很短。

《爱丽尔》定稿之后，我手头还剩下一叠我并不是特别想要出版的诗稿；当然，我也无意销毁它们。这些诗作未必是有些人似乎一直都期待见到的“内容”——虽然“是”或“不是”取决于你如何看待它们。考虑到它们的品质，我觉得它们的确堪称“内容”。从创作《爱丽尔》的第一首诗开始，她突然养成了保存草稿的习惯，一张不落；这也让它们看上去更像是一些“内容”，因为此前她从不操心草稿的事。而且，她不仅保存，还在每一张稿纸上都认真地注明日期。她也许有所夸大——多少我不知道，但无疑，在那些日子里，她曾经一天就写出了——或者更确切地说是完成了——三首诗作，而且更多时候，她想必还得面对三首甚至更多无法在一天内完成的作品。

《冬树》包含几乎所有（六首除外）《爱丽尔》中的诗歌以及创作于《爱丽尔》之后且并未收入《爱丽尔》的作品。《涉水》收录了她创作于《巨人》之后、《爱丽尔》之前的诗作——我认为已无遗漏。这些作品之所以制成两辑分别出版，是因为它们原本就是差异显著的两组作品。尽管阿尔瓦雷兹作出了暗示，但这两本薄薄的集子是否将持续吸引“那一大批潜在读者”，或者——和单独一本更厚、标价更高的集子相比——它们能否带来更多的收入，对我来说并没有实际的意义。也许果真如此，我也希望如此，但我觉得这并不足以成为任何担忧的理由。除了由图雷特出版社推出的两本小小的限定版诗集之外，

《冬树》和《涉水》是自六年前《爱丽尔》出版以来她第一、第二部问世的诗集。如今，说服我出版这另一些诗作的，无疑是她的名气。但在1971年的今天，她只能算是刚刚成名。即便是现在，真正让她成名的，也并非她的诗歌，而是她的小说——那本在美国经过一系列的编辑处理并引起轰动的小说①。我的确及时意识到了伴随这份名气而来的商机，并以两部限定版诗集的形式出版了这些作品，但如果我发现这些商机对我的诱惑像阿尔瓦雷兹所担忧的那样强到难以抗拒，我大有可能会再加调配，把它们做成五六本书。

我很希望自己能听从他的建议，如此继续下去，每过两到三年就出一本她的集子，并真正动手经营这个他所谓“已经出现”的市场。唉，是我醒得太晚。如今，除了已经出版的作品以及大概早晚会进入“普拉斯作品集”的五六首诗作以外，只剩下她的短篇小说和短篇散文依然留守稿中。我希望其中的一些能得以出版。只有那些更关心自己的论文而非她的成就的学者才希望见到她青少年时期的作品问世。阿尔瓦雷兹提到的“第二部小说”——和其他许多东西一起——已经不幸遗失在就发生在她死后，阿尔瓦雷兹也很熟悉的那场交通枢纽的混乱之中。

事实上，我不确定自己是否因为制作了最新出版的这两部诗集而对她出色的作品造成了消极影响。但就目前公众的回应看来，消极的影响肯定是有。这些诗作让英国评论家们困惑不已，急得可怜，就像中国古谚中那位靶垛边的“守靶员”一样迫不及待地想要大声喊出她有何“射失”之处。在这等耽于幻想的期待之下，我估计任何实际的诗作都不得不以一种虎头蛇尾的方式出现，即便是她最薄弱——但也无疑是极具天才的诗歌实践的作品也必须如此。然而，这样一种回应无法让任何人相信一部《诗合集》的出版已经刻不容缓。

---

① 此处的“小说”应指西尔维娅·普拉斯的自传体小说《钟形罩》。

搜集西尔维娅·普拉斯[①]

1963年2月11日，西尔维娅·普拉斯去世。去世前，她已写下了大量诗歌。据我所知，她从不毁弃诗稿。除了一两首例外，她的所有诗作都在她的努力下获得了某种在她看来可以接受的最终形式，只有个别古怪的诗句诗节或者某个错误的开头或者结尾不受待见。她像一位工匠一样对待她的诗作[②]：倘若无法用手边的材料搭张桌子，能造把椅子——甚至做个玩具她也十分乐意。对她来说，每一件最终产品在更大程度上是某种暂时耗尽其聪明才智与独创能力的东西，而非“一首成功的诗歌”。因此，这本诗集所包含的，并不仅仅是她保存下来的诗作，而是1956年之后[③]，她写下的一切。

她很早就开始组装诗作，使之成集，并在不同时期呈予出版商和

---

① 本文曾作为全书引言收录于由伦敦费伯出版社于1981年出版的《西尔维娅·普拉斯诗歌全集》中。——编者注

② 此处的“诗作”的原文为“verse”，在英文中，“verse”和“poem”均可表示“诗、韵文”，但在用法上有所区别；前者更强调诗的形式，后者则更强调诗的意蕴，是故作者在后文中用“桌子”“椅子”和“玩具”来喻指诗的不同形式，前文中的“诗句诗节”之古怪亦为形式上的古怪。

③ 西尔维娅·普拉斯和本书的作者特德·休斯于1956年6月结婚。

种种诗歌赛事的评委会审阅，每每满怀期待。那些年里，这部诗集以一种自然的方式逐步进化，老诗褪落，新诗生长，直到 1960 年 2 月 11 日她在伦敦与海尼曼出版社签订《巨人》的出版合同为止，这部处女诗集已然经历了数次标题的更换和内容的更改。1958 年初，她写道："今天，在那间昏暗的艺术教室里，我看见一幕异象——它就是我那本诗集的标题。我突然非常清楚地意识到，《陶制头像》就是正确的标题、唯一的标题。"接着，她继续写道："这个新标题的出现通过某种方式切断了源自《三环马戏团》与《两个情人和一个海滩流浪者》的那种披着糖衣、脆似水晶并久久萦绕的声音，让我从中解脱"（《三环马戏团》与《两个情人和一个海滩流浪者》即《陶制头像》之前的两个标题）。两个月后，她又暂时将《陶制头像》换成《永恒的星期一》。过了两个星期，她又"以我自认最出色也最具有奇妙感染力的诗歌之一来为之命名，这首诗关于我的'父海神思'……'（女士和）陶制头像'已经出局。曾经，在英国，它是我'最好的诗'，但现在它让我觉得难堪：它太花哨、太透明、太零散、太死板了——五个小节里有十行用了复杂的修饰语打头"，于是标题又变成《五寻深处》[①]。

次年，《五寻深处》被《班狄罗公牛》取代，但接着，在 1959 年 5 月，她写道："偶来灵感，把诗集的标题改成了《楼梯上的恶魔》……这个标题包含我的诗集，也对我那些关于绝望的诗作出了解释——绝望就和希望一样，充满了欺骗性。"这一标题坚持到十月。当时，她在雅斗[②]；其间，她又获得一种不一样的灵感，于是就此在笔记中写

① "五寻深处"（意指水深五英寻之处）一语出自莎士比亚戏剧《暴风雨》中精灵爱丽尔的一段唱词："五寻深处躺着你的父亲，他的骸骨已经化作珊瑚……"

② 雅斗位于美国纽约市郊，是一处用于招待各国作家、画家、作曲家等静养、创作的庄园。

道："写了两首让我开心的诗。一首写给尼古拉斯[①]"——她想要个儿子，并把这首诗命名为《庄园里的花园》——"另一首关于古老的主题：'父亲崇拜'"——她名之曰《巨人》；"但它们不太一样，更显怪异。在这些诗里，我看见一副图景，一种气象。把《奖章》从原来那本书里拿出，下定决心开始写第二本书——无论如何。最重要的是摆脱'我现在写的东西都是为原来那本书而写，这种想法，那本'湿透了'的书。所以现在我已为新书写下三首诗歌，书名暂时就叫《巨人与其他诗歌》"。

如今，人们不难发现，"不管不顾"地开始创作一本新书并摆脱此前所写的一切这一决定标志着她在写作上的第一次真正的突破。这一突变的实际内在过程以一种形而上的方式在"生日诗"中得到了有趣的记录。1959年10月22日，她对"生日诗"进行了一番构思："野心勃勃的种子入土，为了一首由诸多独立的章节构成的长诗，关于她的生日。"——五天后的10月27日即她本人的生日——"一场关于精神病院的思索，性质：工具的意义，暖房，花店，隧道，生动却不连贯。一次冒险。永不结束。不断发展的重生。绝望。年迈的女人。灯光打暗"。然后，在11月4日，她写道："在'生日诗'系列里，我神奇地写出了七首诗；还有之前那两首小诗，《庄园里的花园》和《巨人》，我觉得很有色彩，也很有趣。但（原来那本）诗集就好像死了一样。如此久远，如此遥遥。它几乎不可能找到出版的机会：刚把它寄给第七个……别无他法，只能试着让它在英国出版。"几天后，她又记录道："这星期，在去往日光浴场的周日散步途中，我作了首好诗，一首为了第二本书而作的诗。想起由这些新诗筑就的

① 普拉斯和休斯生有两个孩子，女儿弗里达·休斯生于1960年，儿子尼古拉斯·休斯生于1962年。

第二本书，我就感无比欣慰：《庄园里的花园》、《巨人》、七首“生日诗”，也许还有《奖章》——如果我不把它插回原来那本书里的话。”但接着，她意识到：“如果我那本书真的有人愿意出版……我会觉得我有必要把所有新诗都扔到里头，让它更有力量。”

事实恰恰就是如此。在忽然为她带来丰硕成果的雅斗时光将尽之际以及12月回到英国后经历“生活剧变”期间，她无力再为她的“第二本”书增添多少内容。所以，1960年1月，当詹姆斯·米奇告诉她海尼曼出版社愿意以《巨人》为名出版她的诗集时，构成这部诗集的，只有那些她在思想上予以排斥的老诗和寥寥几首在她看来如此异乎寻常的新诗。

这份出版合同一经签署，她便再次提笔创作——尽管创作方式有了显而易见的变化：此前，一首诗要么是“一首书里的诗”，要么就“不是一首书里的诗”，但此时，她似乎更放松了，并在之后的两年里不再试图为逐渐生长的一窝幼卵寻找一个满怀忧心的母题，直到孕育出那些临终遗作的灵感在她生命的最后六个月里将她俘获。

1962年圣诞前后，她把如今在《爱丽尔》名下为人所知的一众诗作收入一只黑色的弹簧活页夹里，并对其顺序进行了细心的编排。这一辑诗作将几乎所有写于《巨人》付梓之后，1962年7月以前——这两年半里的诗作排除在外。她为标题伤透了脑筋，一如寻常。在其手稿的标题页上，《对手》被《生日礼物》取代，《生日礼物》又被《爸爸》取代。直到去世前不久，她才把标题改成——《爱丽尔》。

最终于1965年出版的《爱丽尔》[①]多少与她设想中的诗集有所不同。它收入了十余首她继原《爱丽尔》之后创作于1963年的诗歌，尽管她本人——在意识到这些新作源于不同的灵感之后——视之为第三

① 1965年的首版《爱丽尔》由当时普拉斯的遗作执行人休斯担任主要编辑。

本书的开端。它略去了自 1962 年以来她创作的一些更具个人攻击性的诗歌，也本可略去个别她生前已在各大杂志上发表——以至于到 1965 年时已然广为人知的作品。得以与公众见面的版本是我在出版一大部作品集（包含诸多创作于后于《巨人》先于《爱丽尔》时期的诗作）和以一种更慎重的方式初步引介其晚期作品——即出版一本只印有二十首诗作的诗集之间作出的最终妥协。（一些出版顾问觉得在这些作品中得到表达的种种剧烈而汹涌的矛盾感受可能会让读者群体难以承受。在某种意义上，就最终结果看来，这一担忧确实不乏洞见。）

作为《爱丽尔》的续篇，于 1971 年问世的《涉水》收录了绝大多数完成于《巨人》与《爱丽尔》之间的作品；同年，十八首无集之诗连同 1962 年初她为电台节目所作的诗剧《三个女人》一起被收入《冬树》，作为终篇出版。

眼下这部完整的合集包含以数字编号标明顺序的 224 首写于 1956 年之后的诗作以及从她 1956 年之前的作品中挑选而出的 50 首诗作，旨在集西尔维娅 · 普拉斯的诗歌于一卷，收入各式未入诗选、未经出版的作品并尽可能依照真实的时间顺序予以编排，以便读者深入理解这位独一无二的诗人，把握其诗路始终与整体成就。

作为这部合集之基础的手稿大致可以分为三个阶段，每一个阶段的编辑工作都遇到了不尽相同的困难。

第一阶段大致可用“少作”加以概括；在这一阶段，第一个小小的难题在于其终点的界定。以 1955 年末——她刚满二十三周岁时为界不失为一种合理且便利的分割方法。会对创作于这一时间点之前的 220 余首诗歌感兴趣的主要是专家学者。西尔维娅 · 普拉斯本人已然坚定地把这些作品（其中有许多都是她十岁出头时的作品）抛在脑后且无疑不会再出版。然而，在这一阶段，也有不少作品似乎足具保留价值，可供一般读者欣赏。其中最出色的作品与她后来的任何作品一样具有鲜明的特征和极高的完成度。在这些作品中，强烈的造作之感也许在所难免，但她那种独特的激情点亮了一切。而且，在相当年少的时候，她便已感知到深藏于其笔下句行的声韵与质感中的那种“数学意义上的必然性”并让这份感知得到了充分的发育。于此，人们也不难发现，她的创作对于一个充斥着内在符号与内在形象的超负荷系统——一个“与世隔绝的时空剧场”的依赖是多么彻底。如果这一系统能被转换为一幕视觉投影，这些诗歌的实质与模式将化作一幅幅无比奇妙的曼荼罗[①]图案。作为诗歌，它们始终是灵感的狂欢，但也常常不止于此。即便是其中最薄弱的作品，也为记录她在最终起飞前全力加速的过程提供了助力。

这些早期诗作中最杰出的一部分在不少终稿打印件中生存了下来，另一部分则从杂志上复原，一些既无印稿也未登上任何杂志的作品得以从信件或者其他地方找回，也可能还有更多作品至今未见天日。在这一阶段，作品的时间顺序往往无法被准确判定，只能把握其最粗略的轮廓。有时，一个日期可以根据一封书信的日期或者一本杂志的发行时间来确定，但偶尔，她也会拿出昔日的诗稿重新修订——间隔有时长达数年。

从整个“前 1956 时期”的作品中，我选取了大约五十首似乎堪称最佳的诗作；这些作品——以尽可能贴近其创作顺序的顺序——印在全书末尾，作为一份附录。所有自“前 1956 时期”留存至今作品也按字母顺序以列表的形式附于书末，可被准确判定的创作日期皆各随其主。

---

① 曼荼罗即梵文“Mandala”的音译，意指一些东方宗教用以代表宇宙的图案。

西尔维娅·普拉斯第二阶段的创作始于 1956 年初，终于 1960 年末。1956 年初宛如一座分水岭，因为她的第一本诗集《巨人》中的数首开篇之作正是在这一年里一一成型的。而且，从这时起，我和她一起工作，密切配合，目睹了这些诗歌的诞生过程，所以我有足够的理由确信——这些作品就是全部。数年来，我们不罢搜寻，但未再发现任何遗漏。每一首诗的终稿打印件都完好无缺。其时间顺序也比上一阶段清楚得多，尽管仍有一些问题遗留。在这一阶段，她意识到自己的真正本质，听见源自内在的真正声音，并在诗歌风格上的连续蜕变中完成了一位诗人的快速进化。每一个崭新的进化阶段往往都催生出一组如血亲一般具有普遍相似性的诗作，而且，在我的记忆中，每一组诗作通常都与某一个特定的“时间地点”相关。我们每做出一个动作，似乎都有一种风格在她笔下脱落。

因此，这一阶段的“诗组”顺序相当确定。但如今，我几乎无法就任何一组诗歌的先后次序作出准确的判断。那首怪诗总会像上古时代的残留物种一般从组里一跃而出。偶尔，她也会预见到自己的未来，写下一首如今看来似乎本该再过许久才会出现的诗歌，比如“前 1956 时期”诗选中的《两个情人和一个海滩流浪者，比如 1959 年的“生日诗”系列中的《石头》。某些时候，我能精确地完成诗歌及其创作日期和创作地点的匹配，比如：1956 年 6 月 21 日，塞纳河边，她以一道护栏为案，创作《德雷克小姐去吃晚餐》。当然，也有个别时候，她在手稿上留下的日期会和在我看来确定无疑的记忆产生矛盾。因此，我无从也从未试图在手稿上没有注明日期的诗作之后标附创作时间。所幸，从 1956 年起，她完整地记下了给杂志社寄送作品的日期，而且，在通常情况下，她每每写完就会尽早把稿件寄出，所以，这也为我对其创作顺序的估算提供了一种依据。

西尔维娅·普拉斯第三阶段也即最后一个阶段的创作——从编辑

的角度看来——始于1960年9月。大约从那时起，她养成了在每一首诗的终稿打印件上标注日期的习惯。有两三首诗在完稿后又经过修改，但她也标明了修改日期。1962年初，她开始一张不落地保存草稿（此前，这些手书的草稿都在创作进程中被系统地销毁），所有临时终稿的日期通常也都得到了注明。因此，在这一时期，其作品的日期顺序正确无误，只有那些创作日期相同的诗作偶尔会在排序过程中造成疑难。

尽管深受诱惑，但我并未让这些临终遗作的草稿在书中依照其逐步演变的过程得到完整的再现。可以说，这些草稿在西尔维娅·普拉斯一生的著作中扮演着重要角色。在一些手稿上，美丽而惊人的短语、句行随处可见，密密麻麻挤在一起，其中的许多备选语句丝毫不比她用以完成终稿的最终选择来得逊色。然而，若将它们全部印出，这部诗集无疑将成为一部“巨著”。

西尔维娅·普拉斯和她的日记[①]

西尔维娅·普拉斯的日记由一本本笔记和一捆捆散页混合而成，得以刊登于此的选文大约是所有文稿中的三分之一。另有两本笔记在她死后留存了一段时日，内容始于 1959 年底——即现存记录中断之后，涵盖她生命的最后三年。其中较晚的一本被她丈夫销毁，因为他不希望它成为一份不可不读的记录，出现在她的孩子们眼前（在那些日子里，他视遗忘为生存的基本要素）。较早的一本则消失得更晚一些（并且仍有可能会再次出现）。

人们自然会问，出版这些日记是源于何种动机。反对的声音也有理有据，依然强烈。她的晚期诗作在其读者心中激起的某些显而易见的困惑是出版这些日记的决定因素之一。《爱丽尔》展现出一种戏剧化的语言表达。但她戴的是怎样一副人格面具？她又身处怎样一出戏剧之中？——诗歌似乎并未提供足够明显的判断依据。当然，一个好谜总能激发丰富的猜想，所以如此看来，这也许并非坏事。但她的去世所掀起的波澜似乎成倍地放大了她的每一声告白，使之扩散于混乱

① 本文曾载于 1982 年春刊行的《格兰特街》卷一之三。——编者注

无章、量度不明的音轨之中。试图对她的诗歌作出诠释的人始终无法达成一致，她在写给她母亲的信中作出的自我解释，或者她的传记作者所提供的错误解释，几乎毫不“稳固”。于是，问题发展为：我们如何才能在这般如今几乎已经成为其一部分作品的“伴奏”中找到出路？我们是否能在拉近焦距，透过更直接的证据亲眼确认并把握她的真实形象之后作出更准确的判断？这些最接近一幅鲜活肖像的日记内容正是为了回答这个问题，为了提供某种有望稳固认知的“镇定物”，来帮助人们正确理解隐藏在其诗文背后的现实。而且，其效果也许还不止于此。

阅读这份缩略版日记之际，人们不禁会感到好奇：那一连串通往她生命中最后三年，如今已经失落的简短记录是否才是更重要的内容？毕竟让她声名远扬的正是她在那些年里完成的作品。无疑，我们失去了一份涉及所有那些晚期作品的珍贵附录。然而，在这些留存至今的日记中，也蕴藏着一些同等珍贵的信息。如果我们仔细阅读，深入理解，便能从中找到钥匙，解开最耐人寻味的普拉斯之谜，克服我们在探寻其诗之核心的过程中遇到的最大困难。

所谓“最大困难”源于她的诗歌天赋——一种极其古怪的天赋。而且，这种困难并没有因为她留下了两种类型完全不同的诗作而有所减少。

几乎没有诗人以任何一种方式在作品中透露过其诗歌天赋诞生时的种种情形或者这些情形在其“精神经济”中服务于哪些必要的目的。很难说出有谁曾如此为之——仿佛诗歌的首要任务就是掩盖自己的踪迹。倘若真有某位“帕斯捷尔纳克[①]”或者“华兹华斯”刻意为

① 鲍利斯·列奥尼多维奇·帕斯捷尔纳克（1890—1960），苏联作家、诗人、翻译家，代表作为《日瓦戈医生》。

之，试图揭示一切，其结果就是一部东拉西扯、散乱无章的自传——足以予人启示，却无法成为一道 X 光。除此之外，在绝大多数情况下，诗人们都谨守诗道，专注于探索题材、主题、智力上的可能性和不同的修饰方法，致力于发展一种文化作物（它自然生长，隐根于地表之下并且不以自身的诞生过程和私密目的为其有机组成部分）的枝叶花果。西尔维娅·普拉斯的诗歌宛如一个单凭一己之力存活的物种，几乎每一个词、每一句话都是对于所谓“诞生过程”和“私密目的”的揭示。尽管她野心勃勃，只想成为一个会正常开花、正常结果的作者，她的作品却仅仅是条条深根，好像她的全部作品①好像被隔离在那种种发展与变化的过程（在其他诗人身上，这些过程在他们提笔之前，在冥想之树生出一片树叶之前就已结束）之中，又好像那位诗之精灵爱丽尔的精彩表演构成了她的所有诗歌。然而，她的诗歌所展现的，仅仅是一则关于囚禁的故事——是爱丽尔在普洛斯彼罗劈开松树，让它重获自由之前的生命特征和存在方式，而且，即便是在《巨人》完成之后，情况也依然如是。恰好，在这一大捆留存至今的日记即将结束之际，《巨人》定稿成集，松树也绽开裂缝，整个过程都在记录之中。

她的这种奇异特质是一个谜——一个本质意义上的谜。也许，她只是一个极端的例子；也许，一如她的作品，其他许多诗人的作品也同样坚定而固执地养护并分析着自己的根，她之所以突出，是因为她的“根系”特别清晰，因为她照料其“根系”的系统性方法异常明了，如手术一般精确。也许，这与她的性别有关。也许，她的奇异特质源自某种女性的“直线本能”：在这种本能的引导下，她无须思考

① 此处的“全部作品”原文为“entire oeuvre”，意指包括诗歌、小说等各式文体的全部作品，而“所有诗歌”原文为“all poetry”，仅指诗歌作品。

就能作出判断，明白什么事情真正优先，什么事情真正重要；一旦其自我的核心受到威胁、破坏，她便本能地加以养护、修复，宁可辜负生活中的一切渴望，屈之饿之，也要喂饱她自己的根，让它变得强而有力并得到安全的传达。

其诗歌才华的“根系”是一场深入而全面的内在危机，源头大概至少可以追溯到她父亲的死亡（那一年，她八岁）。到了1953年，时年二十一岁的她第一次尝试自杀之际，这场危机似乎就已透过其“首要象征”得到了十分明确的表达。

1953年后，危机愈发严重。它演变成一个持续不断、密不透风，而且变化极其缓慢的内在过程，以至于在很长一段时间里，它似乎陷入停滞，死若僵局。虽然它的意志主宰着她的生活，它本身——在很大程度上——却只停留在她的日常意识之外，但从她的诗歌中，我们可以一睹它的内在运行机制。她所经历的外在动荡，她投入了大量精力的学习、研究、情爱、婚姻以及工作似乎都从未打扰到它——尽管她理所当然地从中选取了种种细节并将它们作为诗歌意象来加以利用，从而进一步发展她的X光。

她试图理解、跟随并且促进（但终归徒然）这一模糊的内在过程；这些日记之所以重要，正是因为它们对这种种尝试作出了丰满的解释。随着时间的推移，她越来越清楚地意识到自己正经历着怎样的内在变化，并视之为某种“戏剧”。序章（即1953年之前发生的一切）结束以后，正戏开始，“死亡”率先降临，一次漫长的“妊娠”或者“再生”随之而来，最终，与之相应地，一次“诞生”或者“重生”不可避免，一如陀思妥耶夫斯基、劳伦斯和其他预言重生的先知们所言（他们的著作被她奉若神圣）。

所谓“死亡”——在她之后写下的所有文字中扮演着如此重要一角的“死亡”——即发生在1953年夏天的那次离成功只差一步的

自杀尝试。这一自杀经验的种种神秘维度似乎因为两个意料之外的事件而进一步深化，变得绝对而透明：她躺在黑暗之中，无人发现，时而半有意识，断断续续，如此足足“三日”；随之而来的电击治疗出了差错，她几乎触电而亡——至少她自己总是如此形容。无论治疗是否真的出过差错，无论她是否真的挨了电刑，有此一点几乎毫无疑问：那场“三日”之死和那次雷轰电击之下的觉醒融其危险的内在“遗产”于某一“母体”之中，此后的一切似乎都以此为源——仿佛她的大脑构造经历了一次彻底的改变。

她会将她的自杀行为描述为一种回到父亲身边的尝试。不难想象，从精神分析的角度看来，这种尝试——就她而言——是一种“日常的重建”。但她对此尤为重视，于是这种“重建”也在她的“复原”过程中、在其诗歌的成长过程中逐渐占据主导地位。20 世纪 50 年代末，她时而会拿出通灵板来琢磨一番，这一举动也许足以印证一些推测。她父亲名叫奥托，而“精灵们”会定期从一位据说在地下世界呼风唤雨的“奥托王子”那儿带来指示。当她表明迫切的需求，想进行一次更加私人的交流，她会被告知：奥托王子无法直接同她对话，因为他必须服从“巨人”的命令。当她继续争取，想要拜会巨人，“精灵们”便说：巨人不可接近。人们不难发现，随着岁月流逝，她为了在这位巨人——于她而言——所具有的种种意义面前做出妥协而付出的努力逐渐成为了她的诗之核心。

紧随“死亡”而来的“妊娠”（或者“重生”）——作为一个奇怪的中间阶段——持续了很长一段时间，这本日记从头到尾都属于这一阶段，她的第一部诗集《巨人》中的所有诗作也都*取自*这一阶段的后半部分。之前我们已经谈到，说这一过程是一种对于“自我核心”的“养护”，是其内在危机密不透风、缓慢至极的变化过程；种种证据显示，这般形容确切无疑，它是一间深藏不露、与世隔绝，充满神秘与象征，她唯有通过诗歌才能进入的内在剧场（有时它更是一间医院式的剧场）。与此同时，我们更清楚地意识到，在这间剧场中发生的一切正以一种多么怪异的方式自行其是。它仿佛是一口隐秘的熔炉，或者更准确地说——是一个子宫；它几乎是一个生物性的过程，却丝毫不因为这种生物性而变得易于掌控；她无从插手，就像怀孕一般，身心皆遭独占。

无论是基于对其日记的理解还是对其首部诗集的阅读，我们都难以充分地认识这一特殊的状态。日记的读者也许会感到好奇：为什么她不多记录一些日常的事件？那些年里，她的生活中不乏奇遇和冒险，也总有有趣的事情发生在她身上，但她的日记却习惯性地予以忽视。当她面对这些纸页，下笔和自己交谈，那极具磁性的内在过程便通过某种方式占据了她的全部注意。这一时期，在其所有诗歌和小说的创作过程中，她感觉自己的一切创造都如臣服于一位暴君一般取决于这一内在过程。每一个提议都是它强征所得。她试图扩展她的创作，使之转向世界、他人，覆盖更广大的外部现实，并在探索外部现实的过程中忘记自己，她为此付出的种种刻意而近乎疯狂的努力在眼下这本日记的许多段落中都有所体现——她终究还是获得了如此强烈而持久的快乐。但那间隐秘的作坊、那一团错综复杂的根系和那个熔炉依然掌控着一切。所有文字都成了它的另一种形象、另一个内置的镜头。一切不堪用作“形象”、不堪成为“镜头”，无法将其自身的某一方面客观化的东西都根本不曾出现在纸页之上。

除非将这一点纳入考量，否则我们几乎无法准确理解这些日记的情绪：那种身处幽闭之中、生活悬而未决的感受如噩梦一般挥之不去；她觉得自己仅仅是一层轻薄而脆弱的外壳，包裹着那沉重而炙热，发生在她自己体内的某个地方却又遥不可及的一切。若非如此，我们将很有可能发现自己正试图从她的诗歌中寻找一些原本只可能在她的诗歌中存在，却因为这一内在过程如此狂热地专注于它自身目标明确的化学变化就而消失不见的事物与品质。同时，我们也将误解诗中那些的的确确克服了艰难险阻，从核心地带穿越而来的语调与内容，误解它们在重重束缚之下所表现出来的紧张与悲切在心理意义上的准确性与直接性。

荣格学派的心理学者也许会把这整个阶段称为“炼金式自我个性化”的经典一例。这一诠释无法彻底回答所有问题，但它足以明确其诗歌意象的种种细节——那些在一个以许多不同的形式不断再现却始终透明、始终封闭的玻璃熔炉中默然延续的恐怖——所具有的积极意义。最重要的是，也许，它有助于证实一个真相：这一内在过程其实是一个自然而积极的过程——即便在所有生活遭到破坏时的无意识反应中，它并不是最为积极、最具疗效的一种；它是一个自我拯救的过程——是她最深层的精神生命为了对抗命运的不公而完成的复活。而且，荣格式的诠释也同样能够解释这一过程所造成的令人意想不到的结果——一个崭新的创造性自我的诞生。

即便如此，在这一进步过程中，真正意义重大的，无疑还是她竭尽全力完成进步的方式。她抱着一份饱经摧残并且频繁面临虚竭的决心，虽然从未真正了解对手是谁，却一次又一次毫不留情地发起攻击。她决心面对自身的问题，拽出存在问题的那部分自我，检验之，重塑之，并且拒绝在任何不够彻底的慰藉或者模棱两可的错觉中暂得休憩——真正令人惊叹的，正是这份决心在本质上的严肃性。在她的日记中，处处都是这种严肃留下的典型印记。她如此惧怕自己的所作所为，却依然如此为之，可若没有这份毫无掩饰的惧怕，她的所作所为也不会如此令人惊叹。有时，她似乎因为内在保护的缺失而深受重创，几乎落下残疾。为了在伤害面前暴露自己，这些日记中的文字（一如其诗歌中的文字）不断地自我简化。它们异乎寻常地缺乏“思想性的上层建筑”——没有暂定的想法、理论性的说明，也没有发展完善的幻想，而以上这些都不仅仅是些工具，更是一层层的护罩。它们所拥有的，很明显就是源自她本身的种种特质——以及她注入文字之中的那种激情四溢的人格力量。人们不难发现，《爱丽尔》的语言所具备的性情——那种勇气与脆弱的独特融合——从何而来。在她的“日本丝绸，绝望之蝶”[①]中，我们发现她正强迫自己深入某个内在熔炉，而这个洞见也在这一页又一页的日记中逐渐变得清晰，并且始终不曾消失。

但她并非一无所获。1959 年末（即这份留存至今的日记即将结束之际），她做了个梦。当时，她如获神示：梦中，她试图重塑一尊庞大的、破碎的“巨人”石像。鉴于她个人的神话体系，我们能够理解这个梦的重大意义。她在一首当时被她视为一次突破的诗作中将梦诗化，并称石像的废墟为“父亲”。但也许，在几天之后，这个梦的真正意义才在一首名为《石头》的诗中——在这尊人格化碎像的“石料来源”再次出现之际——得以显现。在这第二首诗中，那片废墟正是她的“医护之城”，是重新制造人类的工厂。于此，在一地碎片中，一个新的自我得以组建，或者——更准确地说，在被暴力摧残到只剩最本质的核心之后，一个老旧的、破碎的自我在这间工厂里得到修复、更新，然后重获新生，而且——最重要的是——这个崭新的自我将以一个崭新的声音来表达自己。

长达六年之久的“戏剧”在这新的自我“诞生”之际达到高潮。如果在那首名为《石头》的诗中被记录下来的“诞生”并未在真正意义上于 1959 年 11 月发生，我们能否读到这本日记都犹未可知。

---

① 语出《爱丽尔》中的《仁慈》，原句为“我的日本丝绸，绝望之蝶，也许随时会被钉住，会被麻醉。”

《石头》是名为“生日诗”的一系列诗作中的最后一首。她在日记中记下了许多关于这一系列诗作的构想。起初，它仅仅是一个实验性的诗歌创意，为她提供了模仿罗特克[①]的空间。但很显然，在这一创意背后，还存在着许多隐秘的动因。作为一系列“实际的魔法”，“生日诗”来得正是时候。后来，她意识到自己变了，但也只有在回顾之际，我们才能理解当时究竟发生了什么。在之后的三年里，她本人认定《石头》就是她写作生涯的转折点，她真正的写作也由此开始。

在进一步的回顾中，我们也许不难找到“诞生”将至的种种迹象与预兆。也许她的短篇小说《约翰尼·帕尼克与梦之圣经》就是她的“施洗约翰”。在认识到自己的改变之后，她还写下了其他数首与《石头》共享荣誉的“诞生”之作——《庄园里的花园》(一篇为即将出生的孩子而作，满怀忧虑与不安的欢迎致辞)、《巨人》(诗中，她描述了那场关于巨人碎像的神示之梦）以及《奖章》(诗中，她将一条蛇形容为一种不生不死的原始之美、一种如晶体般剔透的石之本质)。但只有这首《石头》，才是“诞生”本身。

它和她之前写下的任何作品都不一样。诗中，由意象到意象的跳跃和意象群内部的种种关联构成的“联想体系”完全不同以往，而且——一如我们现在所了解的那样——这正是《爱丽尔》的“联想体系”。从《石头》中的每一句话里，我们都能清清楚楚地听见如今我们已经非常熟悉的《爱丽尔》之声。

《石头》是一首“双焦”之作，它既是一次“诞生”，也是一次“重生”：诞生的是她真正的诗歌之声，重生的则是她自己。《石头》利用文字细节将她的“死亡”过程、治疗过程以及缓慢而隐蔽的复原

---

① 西奥多·罗特克（1908—1963），美国诗人、教育家，代表作为《苏醒》。

过程封存在一首诗内。正是在这首诗里，我们可以看到她在诗歌创作中发挥着何等奇异的想象，也正是在这首诗里，我们不难发现，就实质而言，她的诗歌恰恰就是她努力存活的写照。在另一个诗人笔下，《石头》也许就成了一个幻想式意象的艺术性集合。但她——在一般意义上——没有自由幻想的能力。如果她笔下的某个意象源自某个无意识——或者有意识的“梦”，那么它必然代表着某种意义；为了这种意义，她已然通过某种方式付出了代价或者将要通过某种方式付出代价——或者说，她已然“经历”过或者将要“经历”这种意义。它就像某种生理症状一般存乎必然。这便是其主观模式的客观一面。在这层意义上，她体内的水晶球诚实到无可奈何的地步，而这样一种诚实必将造成无可逃避的内在后果。无疑，一如我们已经发现的那样，她之所以缺少自由，正是因为她的诚实。但也正是这份诚实，使她始终忠于那份对她来说最为重要的责任。因此，《石头》中那一连串用于表现她如何在神话之父的废墟中重新创建自我的意象必须被赋予“事实”的地位。这场“戏剧”是一次伟大的“简化”：她用“诞生”与“重生”的结合来抵消“死亡”，平衡“死亡”，并从中得到鼓励，满怀如此强烈的信心继续前行。但虽说是一次“简化”，这场“戏剧”依然以一种仪式化的形式对她二十七岁之前的主要内在劳动作出了典型的概括，对此我们很难提出质疑。

这便是她的日记想要诉说的故事：一份诗歌才华如何——为了一个对整个生物机体而言至关重要的目的——在内在需求的迫使下成为一种完整而纯粹的表达性存在。

我们所谈论的这种“诞生”通常有其宗教背景——或者至少会以某种神秘的准则为依托，在世俗文学中极为罕见。如果《石头》的的确确记录了这样一种诞生，那么我们理应对某些显而易见的影响——

对某种以特殊的方式绽放的能量心存期待。在她的创作生涯中，几乎无法用传统文学语言来评价的，只有这第二个阶段。但西尔维娅 · 普拉斯在 1959 年 11 月之后完成的所有作品都会影响我们对于这份日记的理解与评估。

在《巨人》中的最后几首诗作完成后不久——也即这本日记的正文结束后不久，她的生活的确迎来了一次重大转折。但几周后，这次转折才进入高潮。

1959 年 12 月，她与丈夫一起搭船前往英国，尽管当时，在创作方面，她重获新生，信心饱满并因此而感到高兴，但她的生活却似乎依然处于一种悬而未决的状态，她所有的野心与抱负都遥遥远遁，一如以往。不久之后，她便写下一首名叫《甲板之上》的诗。诗中，她提到“美国号”轮船上的一位同行旅客——一位美国籍的占星学家（就外形而言，此人宛如詹姆斯 · 乔伊斯的克隆），这位占星学家已经选定了最吉利的日子，准备一举以其占星学说征服英国大众。但他的乐观并未对她造成任何影响。最后的大学时光彻底沦为过往，等待她的只有写作和母亲的身份——对当时的她来说，1959 年 12 月的伦敦无疑是沉重一击：车辆在昏暗而潮湿的街道上嘶嘶穿梭，似乎从未显得如此渺小、黯淡、肮脏，人们的穿着也似乎比她记忆中的模样更显邋遢。十余天后，在维多利亚大街附近一家破旧旅馆的地下房间里，她躺在一张床上，高高鼓起的孕肚支着 *A. E.* 艾利斯[①]的《刑架》——那一刻，她似乎觉得自己跌入了又一个人生谷底。

但在接下来的三年里，她一一实现了她在过去十年的挫败中为之付出过无限苦思的所有抱负。抵达英国之后的第一个月，在詹姆斯 ·

① 德里克 · 林赛（1920—2000），英国小说家、剧作家，“A. E. 艾利斯”是其笔名。

米奇的推动下，海尼曼出版社在英国出版了她的第一部诗集《巨人》。4月，她生下一个女儿。1961年初，在极度兴奋的状态下，她以极快的速度完成了她的自传性小说《钟形罩》；尽管哈珀和克诺夫两家出版社无意在美国出版这部小说，但它立刻被海尼曼出版社接受并在英国问世。在她的人生规划中，用她自己的话讲——在英国的某个地方觅得一个“基地”尤为重要，她希望能从这个“基地”出发走向四方，袭击世界的每个角落，吞尽快乐与激情。于是，1961年稍晚一些的时候，她在英国西部得到一栋房子。1962年1月，她生下一个儿子。同年5月，《巨人》在美国由克诺夫出版社出版。

与此同时，她稳步进行着新诗的创作。在《石头》的诱惑下，我们刷新自己的注意力，重新审视这些诗作。它们确实和以往的作品不同，但从表面上看，也并非特别不同。一方面，在这些诗里，几乎找不到任何《爱丽尔》即将到来的迹象，而且，她自己似乎也觉得这些作品只是一支插曲。她把这些诗作交由杂志发表，但在发表之后，她就撒手不管，任它们自生自灭——倒不完全是因为她自己不待见这些作品，但也绝不是因为受到下一部诗集的引诱，因为在这本日记中，我们不难看出，当时她所担心的，是她更早期的诗作。虽然孩子占据了她的生活，但这无法完全解释她在诗歌创作上的停滞。真正的原因——一如以往——就反映在她的诗中。

在这一时期与她的创作相关的一切都暗示着在1959年后——在她成功地死而复生，戏剧圆满落幕之后，她发现站在内在舞台上的自己正面临一种全新的戏剧情境；相较之下，她的第一出戏似乎仅仅是大幕真正拉开之前的热场表演。

其实，那场在《石头》中看来如此完整的诞生仍在延续。而且，它还将继续延续。我们可以在诗中找到并跟踪那个困难重重的分娩过程。这些诗歌在两个极端之间来回摇荡：一个极端，是一个女人（或者所有女人）对于不孕不育和死亡的恐惧；另一个极端，是满心欢喜的母亲对于充满生命活力、即将离开母体的胎儿的赞颂，其间，则是神谕加身的胎儿自己发出的一到两声满含激励的宣告。但很明显，如此概括还远远不够。也许我们依然还得面对并且完整地理解像《钟形罩》这样的作品。直至我们读到她完成于 1961 年 9 月、10 月以及 11 月（至此，《石头》完成整整两年）的诗作时，那位新生儿似乎才感受到外部世界的第一缕清风。然而，即便到了这个时候，依然处于襁褓之中，裹着积习旧韵的《爱丽尔》之声也无外乎一丝呜咽。但至少，新的戏剧情境已然清晰可见。我们看见，她的新自我——首先——正面对一片大海。它不仅仅是哈特兰[①]之海、菲尼斯特雷[②]之海，更是“死亡之湾”[③]和幻化成凌晨两点的手术医生[④]的截肢病房（令人回想起《石头》中的“医护之城”）的那片“空无，除了一大片空间之外的空无”[⑤]。她遇见她自己那具印着月脸的石棺，遇见她那面积起阴云的镜子[⑥]，遇见露出最凶邪一面的月亮，遇见紫杉——遇见“黑暗与沉默”[⑦]。在这一组——到当时为止——她最令人毛骨悚然的诗作

① 普拉斯和休斯于 1961 年 8 月搬至英国德文郡居住，哈特兰码头是当地著名景点。

② 菲尼斯特雷角地处西班牙，普拉斯作有《菲尼斯特雷角》(1961.9）一诗。

③ “死亡之湾”一语出自普拉斯的诗作《菲尼斯特雷角》，原句为“它们并不来自下面的死亡之湾，而是从另一个地方，蓝色的热带，我们从未去过”。

④ 普拉斯作有《凌晨两点的手术医生》（1961.9）一诗，后文中的“截肢病房”是该诗中的一个意象。

⑤ 语出普拉斯的诗作《采黑莓》(1961.9)，原句为“最后的弯带我到山的北面，山面是橙色的岩石，面向空无，一大片空间之外的空无，泛着白色和青灰色的光，喧嚣如银匠一下又一下地捶打着倔强的金属”。

⑥ “印着月脸的石棺”和“积起阴云的镜子”这两个意象出自普拉斯的诗作《遗言》(1961.10)。

⑦ “黑暗与沉默”一语出自普拉斯的诗作《月亮和紫杉》(1961.10)，原句为“而紫杉树传递的信息是黑暗——黑暗与沉默”；前文中的“露出最凶邪一面的月亮”和“紫杉”这两个意象亦出自该诗。

中，她所遭遇的，正是她已然从中解脱的一切。

正如我们所见，在《巨人》里的所有诗作中，她那宿命的一部分存在——那兼收并蓄、庞大繁杂，曾经让她难以承受的一部分存在都像一具母体一般怀抱着她，养育着她，让她回归新生。死亡——在这具母体中（在某种意义上，曾经试图害她性命并且近乎成功的这一部分复杂的存在也以死亡为标志就此完全显现）——对于幸存下来的那个核心来说，具有某种顺势疗剂的功效。

但既然她已经作为一个她可以——一如她在她创作的广播剧《三个女人》中拼命想要做到的那样——视之为夏娃，视之为一个生活与儿女的热爱者的自我被复活，她就必须继续处理那曾经陷她于坟墓之中“三日”之久并依然以另一种的方式留存在她体内的一切——处理那“另外一个”[①]。而且，只有在这个时候，在她即将步入独立的人生之际，她才第一次能看清那终于和她分离并且出现在她的眼前，待她加以深思、予以征服（如果可能的话）的“另外一个”究竟是什么。

在这一关键时期，她显得意志消沉，但这不难理解。她的“爱丽尔自我”正是为了赢得这场战斗才逐步进化，而且，尽管她更希望——也最有可能希望自己能作出让步并生活在某种休战状态之下，但新的自我一旦诞生，她有多希望休战，就有多大可能迈出那不可避免的一步。

在获得新的力量，摆出新的姿态之后，她迅速集中注意力，着手解决问题。在完成《三个女人》（这部作品须被当作一份天真的演说来听，而非当作一部文学作品来读）之后，她父亲的鬼魂突然——在两年半的时间里——初次再现，而迎接它的，是一次直截了当、令人

① 普拉斯作有《另外一个》（1962.7）一诗。

生畏的去神话式评估。紧接着，她对那“另外一个”——那个致命的，隐藏在此时此刻她终于得以迫近并加以围困的一切之核心的女人作出了前所未有的精确描述。此后，她的诗歌短暂地停留在一种极其美妙的平衡状态。完成于 1962 年 4 月初的三到四天之内，分别名为《涉水》《水仙花中》和《野鸡》的三首诗歌在她的作品中尤显独特。也许，正是这般“内向”的成就——这一瞬冷酷、轻巧，又异常美丽的掌控，使她有能力更进一步。

在写《野鸡》的一两天内，她开始了另一首诗的创作，它关于一株在她家的院子里投下浓荫的山榆。从这首诗的手稿中可以看出，她以她一贯的方式开始创作，并视之为另一首插曲式的诗作（它或许是《野鸡》的续篇，因为在现实中，《野鸡》里的野鸡曾经飞上这首诗里的榆树），其惯有的诗歌特征也开始聚集。但接着，我们发现她忽然陷入一次延续了数页之久的挣扎，她笔下的诗行试图篡夺权力，自行其道。她不惜加以扼勒，强行恢复了秩序，可就在她似乎赢得了胜利之际，诗文冲破她设下的所有限制，突然爆发——这一回，她听之任之，未再阻拦。

爱丽尔之声顿时变得响亮而饱满，从树中阵阵传来。从那一天起，它再无支吾。在之后的五个月里，她又写出了十首新诗。诗歌的主题不再让她感到惊恐。爱丽尔被创造、被解放，正是为了践行这份它正予以践行的使命，何来惊恐可言？在每一首诗里，恐怖都迎面而来，而天使落入掌控，不得不作出妥协。这一次次的胜利所释放的能量显而易见。由于那些注定的巧合，同年 7 月之后，在外部环境影响下，这场内在斗争愈演愈烈，走向极限。10 月，她和她丈夫分居之后，敌人的每一个细节都似乎变得清晰可见。同时，她开始全速写作，在一个月里完成了具有相当篇幅的二十六首诗作。接着，她在 11 月写下十二首诗，又分别在 12 月 1 日和 2 日各作一首，直到这股诗流突然停止。

这时，她开始在伦敦寻找住处。12 月，她在樱草山附近找到一套复式公寓。 公寓在一栋房里，房子饰有一面纪念叶芝曾居住于此的牌匾。她布置好这个住处，漂漂亮亮地摆好家具，赶在圣诞节前带着她的孩子一起入住，并开始发展社交，建立友圈。

到了这个时候，她心里十分清楚在 10 月和 11 月里，自己究竟做到了什么。她知道自己写下的东西超乎她最狂野的梦，知道自己已然展现出令人震惊的力量并以此征服了扰其一生的妖魔。然而，对于这些诗作，她的态度却很超然。她说，“它们拯救了我”，并将它们当作一段已经成为过去的插曲来谈论。很明显，她的确已经走过来了——像劳伦斯所说的那样走过来了[①]，也的确大获全胜。她在人格上的成长和那种崭新的人格力量令人印象深刻。诗集完美无缺，集中诗作都得到了细心的整理与排列。她似乎毫无再次提笔的冲动。12 月 31 日，她对一首起草于 10 月的诗作进行了一番修补，却并未将它收入《爱丽尔》的正稿，即便到了这时，她也没想着要费点心思把它完成。

1963 年 1 月，所谓“十五年来最寒冷的冰冻时节”影响了她的健康，夺走了她的精力。但在 1 月 23 日，《钟形罩》在英国出版时，她的状态开始复苏。即便她对这部“增压版”自传的公开发行有所疑虑，在当时，她也并未在谈话或者日记中有所提及。如今读来，关于这部作品的评论似乎足够友善，但在当时，一如所有评论，它们只让人觉得恼怒、沮丧。但从表面看来，她并没有因为这些评论而泄气。

接着，到了 1 月 28 日，她重新开始创作。她认为这些诗歌是一个全新的开始。她喜欢在最初那几首诗的成形过程中降临的那种与众不

---

① D. H. 劳伦斯著有诗集《看！我们走过来了！》。

同、更酷更妙（一如她自己的描述）的灵感和那种更显浓密的诗歌模式。在知道后来的情况之后[1]，人们自然会把目光转向别处，尽管在这些诗里——相比在她之前的许多诗（或许只有那最后一首诗作是个例外）里，悲剧的征兆似乎并不显得更为迫切。

但在那年 2 月的第一周里，一系列不同的危机同时爆发，她的处境复杂到有悖常理，其中的一些危机也在其他地方得到了记录。无疑，在 2 月 11 日这个星期一的清晨，所有的危机在她最后的抉择过程中结合一处，给了那个“不可知晓的元素”以可乘之机。

在某种意义上，她的所有诗作都是“附属产物”。她真正的创造是那次“内在妊娠”和那个自我征服的新自我的最终诞生，她的日记见证了它的诞生，而它也在《爱丽尔》中那些创作于 1962 年的诗篇中如此不可抗拒地证明了自己。如果这样的创造就是一个人所能完成的最重要的任务，那么她笔下诗歌的重要性也正是源于这样的创造：从开始直到最后——或者说几乎直到最后，它们对整个创造过程作出了如此贴切而准确的表现。

那个如此神通广大的新自我最终还是无法将她拯救，但也许，这仅仅传达出人们一再从这一特定的冲突领域中获得的教训：在打败一个似乎已经被彻底打败的敌人之后转身弃之而去的一瞬往往就是最危险的一瞬，一切都没有保证。

---

① 西尔维娅·普拉斯自杀于 1963 年 2 月 11 日。

西尔维娅·普拉斯

——《雾中羊》的演变

本文受索斯比拍卖行手稿部的罗伊·戴维斯之托而作，是为1988年2月在格拉斯米尔为华兹华斯信托所作之讲演而准备的插图版讲稿。

Sheep in Fog

The hills step off into whiteness.
People or stars
Regard me sadly, I disappoint them.

The train leaves a line of breath.
O slow
Horse the colour of rust,

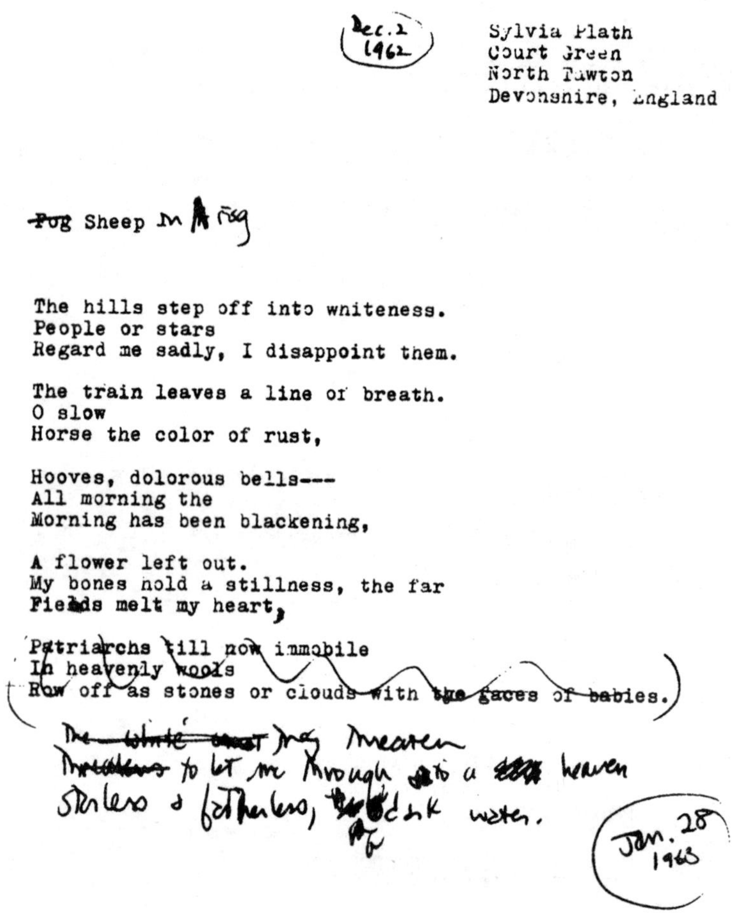

Dec. 2
1962

Sylvia Plath
Court Green
North Tawton
Devonshire, England

Sheep In A Fog

The hills step off into whiteness.
People or stars
Regard me sadly, I disappoint them.

The train leaves a line of breath.
O slow
Horse the color of rust,

Hooves, dolorous bells---
All morning the
Morning has been blackening,

A flower left out.
My bones hold a stillness, the far
Fields melt my heart,

Patriarchs till now immobile
In heavenly wools
Row off as stones or clouds with the faces of babies.

They threaten
To let me through to a heaven
Starless & fatherless, a dark water.

Jan. 28
1963

A 页・于 1962 年 12 月 2 日定稿的打印件以及于 1963 年 1 月 28 日所作之修改的钢笔字迹

Revised Dec. 2, 1962
Jan 28, 1963

Sylvia Plath
23 Fitzroy Road
London N.W.1

Sheep in Fog

The hills step off into whiteness.
People or stars
Regard me sadly, I disappoint them.

The train leaves a line of breath.
O slow
Horse the color of rust,

Hooves, dolorous bells——
All morning the
Morning has been blackening,

A flower left out.
My bones hold a stillness, the far
Fields melt my heart.

They threaten
To let me through to a heaven
Starless and fatherless, a dark water.

B页·于1963年1月28日定稿的打印件

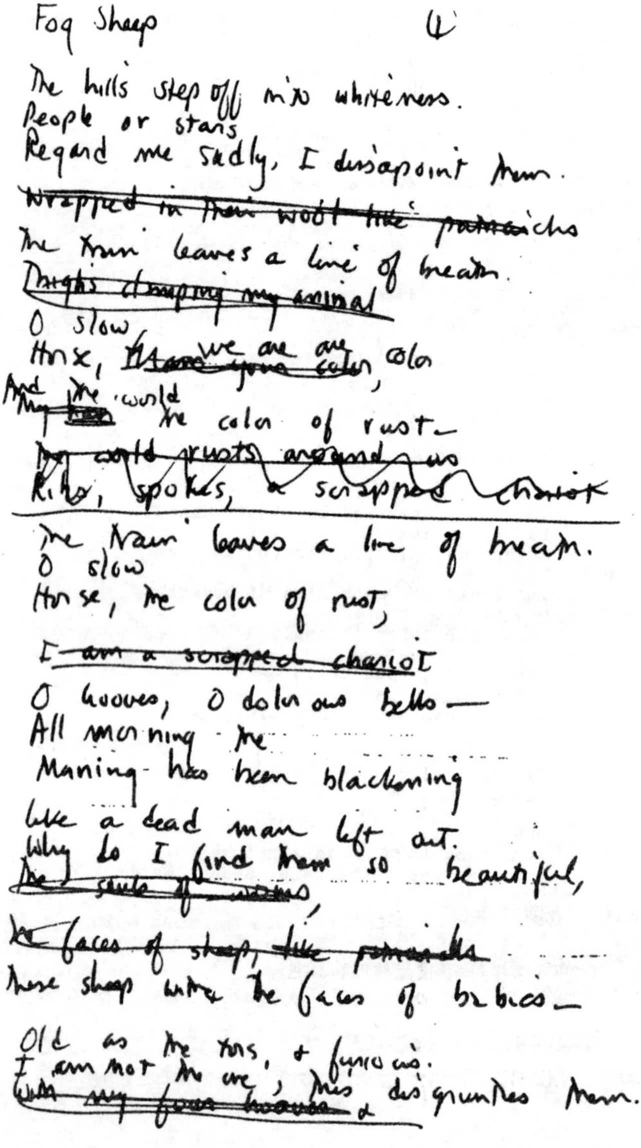

Fog Sheep　　4

The hills step off into whiteness.
People or stars
Regard me sadly, I disappoint them.
~~Wrapped in their wool like patriarchs~~
The train leaves a line of breath.
~~Thighs clamping my animal~~
O slow
Horse, ~~we are your color~~ the color
And the world the color of rust—
~~The world rusts around us~~
~~Ribs, spokes, a scrapped chariot~~
The train leaves a line of breath.
O slow
Horse, the color of rust,
~~I am a scrapped chariot~~
O hooves, O dolorous bells—
All morning the
Morning has been blackening
Like a dead man left out.
Why do I find them so beautiful,
~~The souls of women,~~
~~The faces of sheep, like patriarchs~~
These sheep with the faces of babies—
Old as the trees, & furious.
I am not the one, this disgruntles them.
~~With my four hooves~~

C页・诗作手稿中的第一页草稿

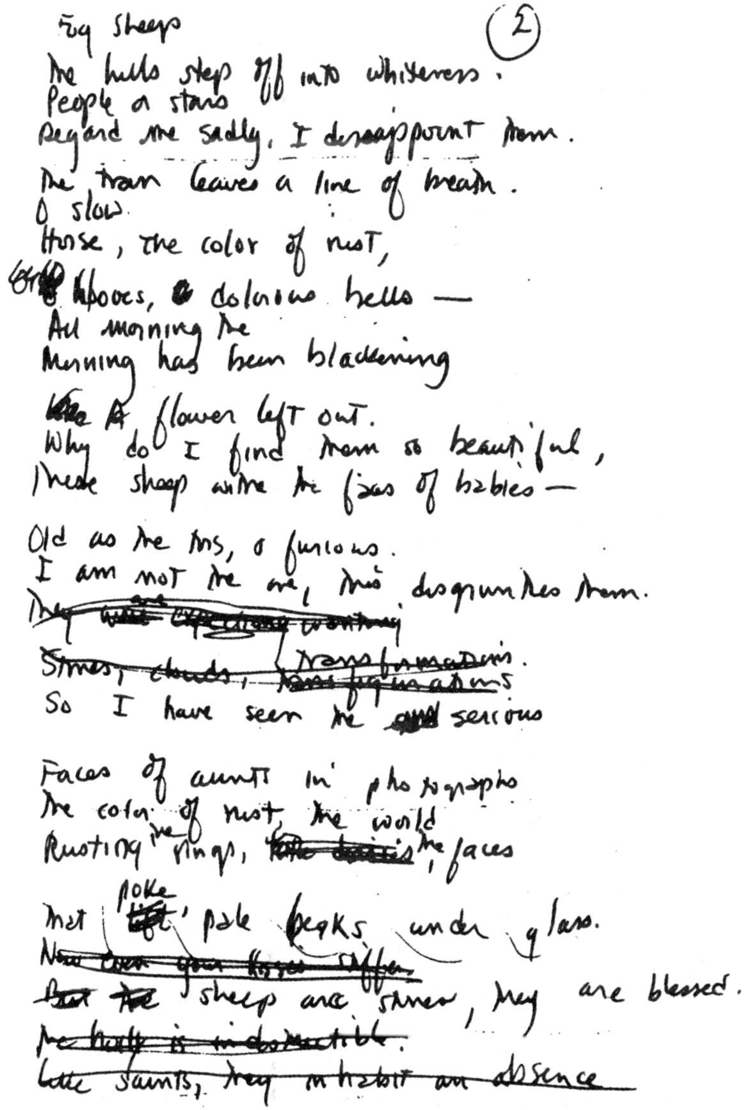

D页・诗作手稿中的第二页草稿

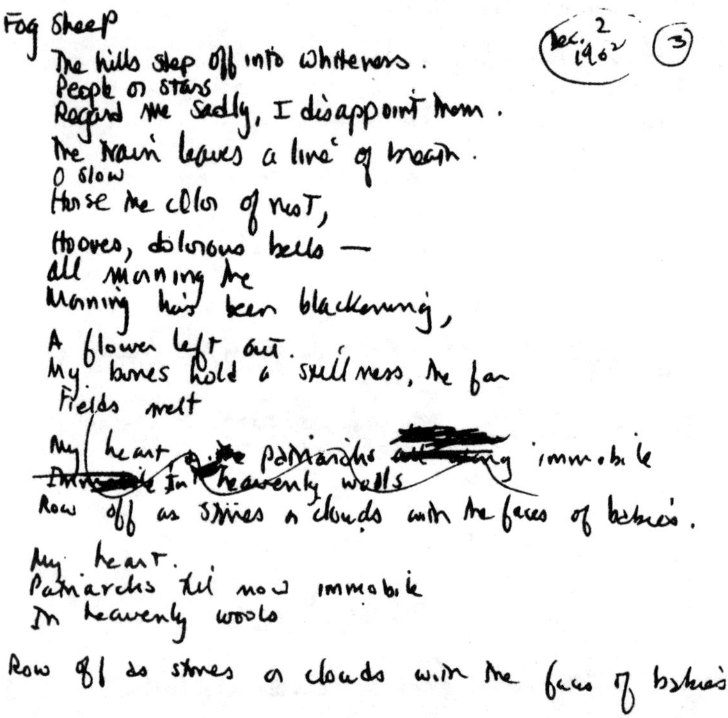
Fog Sheep

Dec. 2 1962 (3)

The hills step off into whiteness.
People or stars
Regard me sadly, I disappoint them.
The train leaves a line of breath.
O slow
Horse the color of rust,
Hooves, dolorous bells —
All morning the
Morning has been blackening,
A flower left out.
My bones hold a stillness, the far
Fields melt
My heart the patriarchs [illegible] immobile
~~Immobile~~ In heavenly wools
Row off as stones or clouds with the faces of babies.

My heart.
Patriarchs till now immobile
In heavenly wools
Row off as stones or clouds with the faces of babies

E 页 · 诗作手稿中的第三页也是最后一页草稿，完成于 1962 年 12 月 2 日

Hooves, dolorous bells—
All morning the
Morning has been blackening,

A flower left out.
My bones hold a stillness, the far
Fields melt my heart.

They threaten
To let me through to a heaven
Starless and fatherless, a dark water.

雾中羊

山岭踏入白茫。
人或星星
悲伤地注视着我，我令他们失望。

火车留下一线气息。
噢，慢
铁锈色的马儿，

马蹄，忧伤的钟声——
整个早晨
早晨都在变暗，

一朵被遗弃的花。
我的骨头攥着一股沉静，遥远的
旷野融化我心。

它们威胁
要我穿越去往一个天堂，
无星无父，一泓黑水。

Ariel

Stasis in darkness.
Then the substanceless blue
Pour of tor and distance.

God's lioness,
How one we grow,
Pivot of heels and knees! —The furrow

Splits and passes, sister to
The brown arc
Of the neck I cannot catch,

Nigger-eye
Berries cast dark
Hooks—

Black sweet blood mouthfuls,
Shadows.
Something else

Hauls me through air—
Thighs, hair;
Flakes from my heels.

White
Godiva, I unpeel—
Dead hands, dead stringencies.

And now I
Foam to wheat, a glitter of seas.
The child's cry

Melts in the wall.
And I
Am the arrow,

The dew that flies
Suicidal, at one with the drive
Into the red

Eye, the cauldron of morning.

爱丽尔

黑暗中的停滞。
接着，没有实质的蓝
涌出峭岩和远方。

上帝的母狮，
我们如此成为一体，
脚跟和膝盖的枢轴！——车辙

开裂而过，宛如
我抓之不住的
颈间棕弧。

生着黑眸的
莓子投下黯黑的
钩子——

口口黑甜的血，
阴影。
另有什么东西

拖着我穿过空气——
大腿，头发；
从我脚跟落下的碎片。

洁白的
戈黛娃[1]，我剥掉——
死去的手，死去的紧迫。

现在我
起沫成为小麦，海洋一闪光亮。
孩子的哭声

在墙中融化。
而我
是那箭头，

是露珠，自杀性地
与那冲动合而为一，
飞入鲜红的

眼睛，那晨昼之锅。

（译者按：为方便读者理解本文，译者将与本文密切相关的两首诗作的原文列出并附上译者的个人中译。）

因为我们拥有她所有晚期诗作的所有手稿，而且所有手稿都标有明确的日期，所以我们可以对孕育出这些诗作的两次惊人的灵感狂潮的来龙去脉进行追踪，它们宛如一幅曲线图上的两道接连而来、满载

---

① 此处指11世纪英国传奇女子戈黛娃夫人。为了抗议丈夫向人民征收重税，她曾赤身骑马穿过大街，仅以长发遮体。

兴奋的波浪。在第一股狂潮的主导下，她在 1962 年 7 月写下三首诗作，8 月一首，9 月末到 10 月末之间共二十七首，11 月十首，12 月 1 日两首，最终，在 12 月 2 日写完最后一首即《雾中羊》之后，浪潮突然息止。

她将这些诗作中的大多数和一些赶在潮起之前完成的新作整合一处，聚编成集，并以《爱丽尔》为之命名。即使不进行深入而细致的分析，我们依然能够明确指出，《爱丽尔》中的诗作记录了普拉斯在面对一种双重处境时所作出的挣扎：当时，她和她的丈夫突然分居，而她父亲的死（她父亲死于她八岁那年）对她造成的长期创伤也恰好在同一时间演变成一场危机（1953 年，她曾试图通过自杀来追随她的父亲并且几近成功）。面对这些异常强烈的负面情感以及其他与之相关的消极感受，她奋力反抗，在斗争中同她的孩子们和在她看来已然重获新生的自我一起创造新的生活，并抱着非凡的决心和积极的态度写下了定稿于 1962 年 12 月 2 日之前的这些诗作。

此后（即 12 月 2 日之后）的两个月里，她只字未写，只有一天例外：12 月 31 日，她拿出一首诗，作了些修改。这首诗即初作于 10 月 15 日的《偷听者》。她缩短了诗的篇幅，对内容作出很大程度的整改，但并未留下任何一份终稿（据我所知，这是唯一一首她从未完成的诗作）。注有日期的手稿不仅说明了这一点，也足以使我们确信：自此往后，她未再动笔，直到 1963 年 1 月 28 日。这天，她修改了完成于第一次灵感爆发期间的最后一首诗作——《雾中羊》，然后在同一天里，又继续写下三首新作。第二股浪潮就此到来。两周后，她过世时，为新的一部诗集而作的十二首新诗已经成稿，修改后的《雾中羊》正是其中之一。

这最后一组诗作和之前那一组诗作在情绪上迥然不同。但这首

《雾中羊》既属于前者，也属于后者：就初稿而言，它是第一组诗的终结；就终稿而言，它又是第二组诗的开端。

图中便是这首过着双重生活的诗【见 A 页】。根据页顶的日期判断，用打字机敲出的诗行属于 12 月 2 日，而用钢笔作出的修改（一如各位所见，这番修改只涉及最后一个三行式诗节）则完成于 1963 年 1 月 28 日，日期标在页底。

然后，她敲出修改后的版本【见 B 页】，在页顶注明了两个日期，仿佛在这两个版本的品质差异中，她认识到某种特殊的意义。在我的印象中，这是她唯一一首注有两个日期的诗作。然而，如果我们仔细观察这最后三行诗句，我们就会发现，那种不同寻常的意义就隐藏在 1 月 28 日的修改之中。修改后的版本完整且完美地实现了发生在两组诗歌之间的转变：情绪由乐转悲，灵感由吉转凶。

首先，在 12 月 2 日的初稿中，我们发现，在最后三行诗里，《爱丽尔》的种种重要主题以一种奇怪的方式缠在一起。和她在两个月后的 1963 年 1 月 28 日用以取代它们的三行诗句相比，它们毫无不祥之感。它们含糊不清——但强烈地倾向于积极的一面。“家长”（patriarchs）一词让人感受到某种来自父亲的影响，它满含善意与关爱（甚至可以说是一种圣经式的关爱）。而且，虽然这些“家长”——“*像石头和云团一样*”——离她而去，但他们都有着婴儿般的面孔。在普拉斯的神话体系中，婴儿始终是极具积极意义的造物，他们代表着崭新的生命、全新的开始以及源自生命之根本的纯真力量等，所以，这也是她竭力强调积极态度的一种表现；同时，作为诗末一词，“婴儿”（babies）也让整首诗在一种强而有力的欢快节拍中结束。这些“家长”是满怀关爱的父亲，这些父亲是生命的婴儿，这些身裹“天堂羊绒”（heavenly wools）的婴儿或许又是可爱无邪的天使——他们虽已稍稍远去，却依然离她很近，并且尚未完全收回她所熟悉的那种善良的魔法。事实上，“雾中羊”这个标题似乎就已表明，整首诗无外乎一次祝祷，只为祈求他们的关爱与保护。

换言之，这最后三行诗所描绘的景象依然试图停留在《爱丽尔》的世界——依然向往希望和最终的胜利。而且，我们知道，这份初稿完成于 12 月 2 日，在这天以前，澎湃的灵感与强烈的自信已然持续了数周之久。

然而，这三行诗并不完全管用。出于某种原因，它们并不真实可靠。作为全诗末节，它们无法逆转“马蹄，忧伤的钟声”或者“早晨都在变暗，/一朵被遗弃的花”所承载的情绪——无法逆转伴随前四个诗节汹涌而来的那一整股沉重而悲痛的情感力量。而且，我们渐渐觉得，这些“家长”及其婴儿般的面孔不乏怪异可怕之处，他们仿佛来自死后的世界（唯独普拉斯的诗文会让人有此感觉），有点像是但丁[①]笔下的《炼狱》式人物——这些婴儿也许太像是一个个可爱的天使，好像注视着他们的，是一个刚刚才脱离肉身，步入死境，还无法完全理解其所见的灵魂。尽管如此，如我所言，她似乎仍然相信可能，坚守着希望，认为这些婴儿般的面孔是对生命的承诺甚至保证。

但我想即便如此，我们也无法忽视一点，即：在这首诗的创作过程中，引领着《爱丽尔》的灵感已在突然之间发生了改变。那种惊人而持久，迸发出昂扬的意气，贯穿此前八周的反抗突然衰退——或者更确切地说，它发生了逆转——又或者，再更确切一点：它揭示出始终不曾消失的存在，但灵感依然是灵感。前四个诗节依然构成她最美丽的诗作之一的五分之四，但那股同时也是一种欢乐的狂怒已然蒸发。剩下的只有哀悼。

---

① 但丁·阿利基耶里（1265—1321），意大利诗人，欧洲文艺复兴的先驱之一，代表作为长诗《神曲》。《神曲》由《地狱》、后文提到的《炼狱》和《天堂》三部分构成。

于是，我们明白这最后的三行诗为什么不合时宜。在这三行诗里，她奋力一搏，借助于充满魔力、象征着神佑与重生的意象，试图扭转方向，让这首诗走上《爱丽尔》的轨道。但新的灵感不愿妥协，拒绝受迫。这副景象依然显得机械、牵强。显然，此时的她还远远没有做好准备，来面对真正的结论——一个预先注定的结论，一个《雾中羊》本身正不懈坚持、不容篡改的结论。所以，她写下这样三行尤显造作的句子，来否决并镇压这种结论。

12 月 2 日的版本足以说明以上所有，而且当时，她认为这个版本就是最终版本。然而，要了解在这首诗的成形过程中究竟发生了什么，我们不仅得把目光转向 1 月 28 日的最终版本，还得从头开始，细看一遍《雾中羊》的所有草稿。它们的确说明了一切。

作为一首标题诗，《爱丽尔》本身就是普拉斯最著名的诗作之一。它描述并几乎神化了一次破晓时分的骑行：当时，她骑着她那匹名叫“爱丽尔”的马儿在达特姆尔高原上奔驰。它是典型的普拉斯式诗歌，也是《爱丽尔》的精华，因为在诗中开口说话的“我”甩脱一切世俗的枷锁，领着她自己和她胯下的马儿——一如诗中所言——“自杀般”地冲向那正冉冉升起的红日。于此，她的用意相当明确：一旦从世俗的限制（或者世俗的生活）中解脱，她便重获新生，进入某种更为宏大也更光辉灿烂，但却依然无外乎某种生活的境界——或许可以说，这是一次精神性的重生。她在三十岁生日当天写下了它。

除了《爱丽尔》以外，我们眼前的这首《雾中羊》是她唯一一首关于晨间骑行（同一个地方，同一匹马——即“爱丽尔”）的诗作。《爱丽尔》完成大约一个月后，她开始了《雾中羊》的创作。

正如我们所见，这两首诗拥有相同的主题——一次发生在破晓时分，以某种死亡为目标的骑行。但《爱丽尔》中的所有价值观念都在

《雾中羊》里发生了颠倒。在《爱丽尔》中，作为一位精神世界的英雄，她纵马飞驰，以胜者的姿态猛然冲向正冉冉升起，象征着父权的朝阳，但在《雾中羊》里，她却成了败者——一个令人或星星失望的败者，正步履艰难地走向深不见底、无星无父的黑暗，走向凄惨的消亡。

换言之，对普拉斯的灵感、成就与命运产生决定性影响的那种危险而极端的“极性”和那种白云苍狗般的内在动态都在这两首“骑马诗”的关联中得以体现。

我们只须将视线转回《雾中羊》的工作手稿并从头开始按顺序把它们通读一遍，就能更清晰地看到她在这首诗的创作过程中到底经历了什么。(在听完以上这些内容之后，各位将能很好地理解其中的要点。)

先看她的第一页手稿【见C页】。

开头的三行诗句来得自然而然、清晰澄澈——丝毫不负她的期待，该是怎样就是怎样。

但接着，她立刻向那些“家长”伸出双手。然而，她意识到自己不该操之过急，于是又把他们送走。

然后，她陷入片刻的犹疑，悬停的空气中渗出一线火车的气息——完美无瑕、不可更改。

接着，我们看见，她试图和她胯下的马结合。“大腿紧紧夹住我的野兽”——这几乎是对《爱丽尔》中那三行诗句的直接回忆：

上帝的母狮，
我们如此成为一体，
脚跟和膝盖的枢轴！

同时，它也让人想起在同一首诗的后半部分出现的另一句话，“与那冲动合而为一”。然而，尽管此时她已经在《雾中羊》和《爱丽尔》之间构建起内在关联，但她意识到自己无法再像之前那样将那股昂然奋争、欣然若狂的能量注入文字之中。而且，她已然找到一种更为恰当也更具有表现力的方法来完成人兽之间的融合。所以，她摒弃了那种老旧的，已在《爱丽尔》中耗尽的“肌肉性关联”，在她们“共同的颜色”中发现了新的同一性。

这时，她仿佛意识到某种令人不快的东西即将来临——某种会让她措手不及的东西。她一通删改，词句在纸页上搏斗。然后，我们发现，真正令她感到困惑的，并不是她们共同的颜色，或者她的颜色、马的颜色、她头发的颜色甚至这个世界的颜色——与其说是颜色，毋宁说是“铁锈”(rust）这个概念。

“铁锈”这个词又何以令她忐忑不安？很快，她的笔迹便告诉我们何为“铁锈”。在接下来的两行诗句中，这首《雾中羊》和《爱丽尔》之间的复杂关系尽显无遗。铁锈属于一辆马车[①]的残骸。她的马、她自己以及整个世界——在短短的一瞥之间——化作一具爬满铁锈的马车残骸。

我们知道这辆马车从何而来。驾驶这辆马车的并非爱丽尔[②]，而是法厄同——一个凡人女子和阿波罗（太阳神和诗歌之神）结合后生下的儿子：他驾着他父亲的太阳马车冲破雾霭，奔腾而去，但他半是血肉的双手无法驯驭太阳神马，马儿不听使唤，脱离故道，恣意穿越诸天。可想而知，最终，马车失事而毁，法厄同遇难而亡。这则神话不仅凝聚着《爱丽尔》这部诗集的寓意，也是她的生死写照：她登上

① 此处的“马车”原文为“chariot”，尤指古代用于战斗或竞赛的双轮马车。
② 此处的“爱丽尔”应指莎剧《暴风雨》中的精灵爱丽尔。

诗歌之神的马车，开启“爱丽尔之航”，试图飞向（或者扎进）她那位无从接近，只化作诗之意象在灵感世界中现身的父亲，并将生理性的自杀转化成一次精神性的重生。在《爱丽尔》中，这则神话几乎无处不在，时刻影响着戏剧情节的发展，但在整首诗中，没有任何迹象表明它已然闯入她的意识。在《雾中羊》里，它试图破门而入，却被她生生撵走。

然而，在《爱丽尔》背后的某个地方，它仍坚持不懈，连推带挤，执意要冲破阻拦，展现自己：

世界在我们周围生锈
肋骨，轮辐，一辆残破的马车。

但在某种程度上，这幅图景难说恰当。它太不明确。它激活了一整个世界的意义，但对于这一首诗——对于这首精致而微妙的哀叹之歌所蕴含的那种冷酷的现实性来说，这些意义太过庞大、太过神话（也太过原始）。

接着，我们看见她在多大程度上作出了让步：她浓缩了这则神话，使之融入另一幅图景——这一行：

噢，慢

将火车以及火车的一线气息和她身下的马儿融合，仿佛那辆坠毁人间的马车的实质并未化作一具巨大而笨重，锈及整片乡野的残骸，而是敛踪匿迹，隐藏在火车和马儿的内部，独以火车的一身铁衣和马儿的一身锈色来表现自身的残破。

但那辆马车依然不肯罢休，试图卷土重来。于是，她突然在马车的工艺和自己的身体之间找到了共性——她不再是“与那冲动合而为一”的“箭头”，而是：

一辆残破的马车。

与之前一样，这让她难以承受。她再次将它推到门外，它也暂时只能满足于“铁锈”一词和一辆火车留下的诡异余像。

这时，一个全新的想法出现，另一个完美的三行诗节随之而来；这仿佛是在她百般挣扎，终于摆脱了她的马车之后——从她短暂的疲竭中悄悄滑落的三行诗句。只读诗作终稿的话，我们很有可能会问：这忧伤的钟声是什么意思？但像现在这样，当我们对那辆从空中坠落、情状凄惨的太阳马车有所了解，并已明了这场车毁人亡的惨剧就是隐藏在《雾中羊》背后的灾难时，我们就能理解：这是为一个死去的法厄同而鸣响的钟声——是哀悼的钟声。正是为了强调这层含义，“早晨”一词满含悲哀地出现了两次，仿佛这个在《爱丽尔》中化作崭新一天的红色眼睛——化作重生之“锅”的早晨如今已然沦为一场鲜红不再、满目黑暗的葬礼。

接着，我们深感震惊地看见了马车御夫的遗体。他曝尸于荒野之上，真真切切地躺在那里：晨昼本身——

就像一个被遗弃的死人，

而这个死人的出现也让真相水落石出。普拉斯的读者会立刻想到那尊破碎的、引人注目的“巨人石像”——那个伟大的，在她之前的诗作中四处现身的死人；在她自己的诠释中，这是一具本属于她的父亲，她无从埋葬的遗体。但《爱丽尔》中的诗歌所传达的，正是那种与她父亲一起被埋葬、被识别，然后在《爱丽尔》中奋力挣扎，迈向重生，继而完成自我表达的声音。一如这具遗体曾在《巨人》的最后一首诗作中重现，这种声音也在《爱丽尔》中重现——她父亲的身体仿佛是这种声音的茧蛹。但当“爱丽尔”的骑手径直奔向“上帝之眼”，《雾中羊》里的“上帝之眼”——那晨昼本身、那熠熠阳光——却和早晨一起陷入黑暗，而那位骑手——那位太阳的御夫、那个（同时也是她重获新生的父亲的）“精灵”——已经死在大地之上。

但紧接着，她试图逃避这种种含义：如果那位死去的御夫是《爱丽尔》的精灵，那么他也就是普拉斯自己。她转而向羊群寻求曾经的安慰——它们美得不可思议。但它们仿佛因为目睹了那具原形毕露的尸体而饱受惊吓，已然“蜕变”成“蠕虫的灵魂”。她就像要强行迫使梦中的一幅图景转变成某种更吉利的征兆一样试图将它们转化为某种更令人放心的形象——于是，“家长”们再次登场。但她仍然觉得他们不够可靠。在删除“家长”的同时，她祭出她那屡经尝试与考验的“十字架魔法”——即婴儿般的面孔——来避开那些蠕虫的灵魂，但曾经的“《爱丽尔》反射”已然失效。在她笔下，婴儿们都成了可怕的天使：

> 老如突岩，狂怒不已。

“突岩”（tors）即达特姆尔高原上那些从花岗岩山体顶部直突而起的岩堆或者岩丘，是远古山脉的核心。她知道自己需要愤怒天使的帮助，但这同样令她难以承受，这番自我拯救的尝试也就此瓦解。于是，她另起一页，重新开始【见 D 页】。

在这第二页上，前三个诗节满携自身强烈而必然的音乐性率先出现。灾难的场景布置完毕。御夫那具蛮野犹然、神话色彩过重的尸体在诗中被归化为“一朵被遗弃的花”。但（就像在莎士比亚的《维纳斯和阿多尼斯》里取代了阿多尼斯的身体的那朵鲜花一样）这朵死人蜕变而成的花含有某种鲜活而隐晦的意义。因为这些手稿的存在，我们知道隐藏在这朵花儿背后，封存在这朵花儿内部的，是一次何等骇人的心理变故、一次对诗人而言何等致命的变故。这朵死去的花——或者更确切地说——这朵虽未明确死亡，却因为“被遗弃”而“变暗”的花其实无异于在《爱丽尔》中驾驭着爱丽尔并创作出《爱丽尔》中所有诗歌的精灵。它是一次英雄之旅的唯一遗像。它封印了《爱》之灵感的狂野奋争。

但她依然作出了尝试，想用她在《爱丽尔》中那些诗歌的创作过程中学到的技巧与方法来挽回局面。她让思绪回到《爱丽尔》的世界，进一步寻求曾经有助于她的那种意象。她重拾第一诗节的想法，回顾人类与天国的失望，并在羊群身上感受到类似的态度；于是，她深入探索，首先发现了“它们满怀期盼”的可能，接着又删掉“期盼”(expecting)，改用“渴望”(wanting) 来加以强化，仿佛对某种积极的意义心怀希望，但她未曾想到，它们真正渴望的，绝非径直回通荒凉的“石头、云团和转变”。划掉这两个句子之后，她的目光穿透羊的面孔，直达祖传的相片（此前，在《爱丽尔》中，它们焕发出生命的活力，凝聚着亲密的情感），紧紧抓住“姨妈”们的面孔。但此时此刻，这些相片无情地崩塌、瓦解，溶归那辆满身铁锈、无可抑制的马车；突然，它又再次现身，满载着相片、指环、日记和玻璃板下那一张张神秘的钩形面孔——甚至（似乎）还包括亲吻。她生活和婚姻中的一切都和她一起陷入马车之中——一切都正遭受铁锈的腐蚀。它再一次拽着她驶向某种她无从掌控的境界，她也再一次强迫自己下车、离开，找回生着婴儿面孔的羊群，它们已然:

更显理智，深受祝福

“它们像圣徒一般，栖居于一处空无。”至此，我们方能理解这群羊何以如此重要——何以成为这首诗的标题。此时此刻，它们所代表的，是她的殊死一搏——只为让这首诗在一幅能漂浮在流向黑暗的诗意之上，并能给她保护、使她免受侵蚀的图景中完结。她孤注一掷，起手唤引魔法之力，突然写下一句不知从何而来的：

冬青坚不可摧

来巩固这幅图景并赋予它一种刺钩遍体、不容侵犯的永久性。也许，在 12 月 2 号，那些圣徒们正像“东方三博士”[①]一样逐渐接近“圣诞”，这棵“神圣的冬青”或许也是随之而来的贺礼——为了庆祝灵魂的重生、婴颜之羊的重生、“羔羊”[②]的重生。所有这些隐性内涵无不跃然萌动在这行诗句背后。“东方三博士”“冬青”和“羔羊”都在《爱丽尔》的胜利之剧中扮演着重要的角色。然而，尽管关于“圣徒”和“冬青”的两行诗句天生丽质、自成其美，是纯种的《爱丽尔》式措辞，但从她的手稿中，我们不难看出，早在这两个句子在纸页上逐步显现之际，她就已经觉得它们难当其任。于是，她回到开头，在第三页稿纸上从头再来一遍，试着越过那道神秘的障碍【见 E 页】。

誊完前三个业已完善的诗节之后，她完成聚焦，乘着强烈的乐感，避开势不两立、碰撞不断的巨石峭壁，在岩缝中滑行，推进，通

① 普拉斯亦作有《东方三博士》一诗。

② 在基督教文化中，耶稣常被称为“上帝的羔羊”。

过第四道难关，写下第四个完美的诗节——它引入了两个具有决定性意义的崭新想法。正如方才所见：首先，马车和御夫彼此分离，各自隐匿，马车融入一身锈色的马匹和留下一线气息的火车，御夫则遁入那朵“被遗弃的花”；接着，她又试图将亦人亦车的自己等同于那辆“残破的马车”。这时，在她的第一个新想法中，死去的御夫和毁坏的马车一同溶入一幅虽然略显模糊，却比“马与火车”和“被遗弃的花”都更强而有力的图景：

我的骨头攥着一股沉静……

死人、花和残破的马车尽在这股寂静之中。紧随其后的，是第二个新想法：

　　遥远的
旷野融化
我心。

这三行诗句直接通往两个月后她赋予这首诗作以最终形态时显现的那个不可避免的结局。两个月后的最终结局证明，“融化”（melt）一词是这三句诗中的关键——它通向另一个神话。它将诗中这位不顾一切冲向太阳的人“溶入”了另一个如此为之的个体之中——谜底很快（准确来说，是两个月后）就会揭晓。

但眼下，在 12 月 2 日，她并未遵循诗作本身不可改变的内在法则，而是试图力挽狂澜，给她自己一个充满希望的结局。为此，她狠下了心，不留一丝情面。她本可继续深究，涉入那辆锈败的马车内部，也本有可能在一整车的混乱中发掘出另一首完全不同的诗——那首正不懈努力，企图强行从这首诗里现身的诗，但她并未如此为之，而是放弃了满怀困惑的挣扎，不再和那辆满载厄运的马车较劲，只把已经完成的四个诗节系入一个整洁的包裹，并让绳头穿梭在羊群的神圣形象（它们既是家长，又是天使面孔的婴儿；它们是幸福的伪装，掩护着她的“父亲”和“父亲”的“女儿”，掩护着她的“丈夫”和她的“孩子”）之间，打上一个虽不失装饰之美，却足显拘谨与草率的结。于是，她不再删改，12月2日的《雾中羊》在《爱丽尔》式封印中结束，但现在看来，如此结尾无外乎权宜之计，显然还不够充分。

她意识到这个结尾也许不甚妥当，也意识到《雾中羊》的主体情绪和主体“故事”无疑会和她基本上能以娴熟的技法在《爱丽尔》中予以掌控的“程序”产生矛盾，所以她一直将这首诗排除在《爱丽尔》之外。一如我们所见，直到两个月后，她才有能力接受那个不可避免的真正结论，而对这一真正结论的“接受”也解放了她最后的十一首诗赖以生成的灵感；这最后的十一首诗记录着她如何深入那一泓“黑水”的真正意义，完成最后的突破。

所以，在1月28日，她再次拿出这首诗作，移除了错误的结尾。然后，她的目光穿透“融化”一词，无比准确地落向隐藏在它背后的神话。勃鲁盖尔[①]描绘伊卡洛斯跌落云端、坠入大海的画作是她的最爱之一：大学时代，这幅画的一张印刷品就挂在她的墙上，伊卡洛斯也是她频繁提起的一个角色。奥登那首关于这同一幅画作的诗歌《美术馆》——在我看来——是她最喜欢的奥登作品。从达特姆尔北缘——她骑马的地方俯望，北德文郡的全貌尽收眼底，那仿佛是一片与众不同的土地，宛如一片温柔起伏、缓缓退向北方天际的海洋——

① 彼得·勃鲁盖尔（约1525—1569），荷兰画家，荷兰画派巨匠，欧洲独立风景画的开创者，后文中提及的画作即勃鲁盖尔的名作《风景与伊卡洛斯的坠落》。

在那天际线后，隐藏着那片真正的海洋。当骑手举目远眺，望向这片在拂晓的迷雾中若隐若现的风景，遥远的旷野不仅“融化”了自身的起伏，也“融化”了骑手的心，心随浪涛一起，融入旷野之中。在《爱丽尔》中，作为一个以胜者的姿态奔向“父亲”的法厄同，她将自己的心——将自己的整个存在融入鲜红的太阳之眼，而在《雾中羊》里，太阳马车和太阳神马则在“融化”一词的作用下蜕变成伊卡洛斯的蜡翼——他同样（不顾父亲的警告）飞得太高，太过接近太阳。此时的她已不再是那个奋力攀升，冲向“晨昼之锅”（且已在《雾中羊》的废稿中悄悄坠落）的法厄同，而是坠入“一个天堂”的伊卡洛斯。这另一个与那口红似太阳之眼、熠熠如父的“晨昼之锅”对立的“天堂”正是那“无星”“无父”的一泓“黑水”。

隐藏在《爱丽尔》背后的“法厄同神话”化作《雾中羊》背后的“伊卡洛斯神话”，整个“融化过程”美妙绝伦，极具力量，但这两则神话都不曾留下任何明显的痕迹。可想而知，一旦她在诗中提及其中之一，神话概念的暗示性力量便不复存在。

所以，这些草稿所揭示的，不单是一首著名诗作的创作过程。它们所揭示的，是一个在本质上和这首诗作平行的诗歌主体。它们是一次彻底的透视，一份终稿在成为具有特定意义的终稿之前所经历的种种“诗之运作”显露无遗。此话怎讲？——在某种意义上，诗作的最终版本隐藏了所有“运作”。它压榨之，劫掠之，只取堪为所用之属，其余多数则难免为其所隐。但在看过这些草稿之后，我们对于这首诗的尊重并未减少。我们对它的理解远比以往深刻，因为我们已经认识到诗中那些象形文字的独特含义。对于这首诗而言，这些草稿并非次要的附属，而是一本记载着诗之真义的日志。

赋予这首诗作以其怪异的生命、明亮的音效以及打动我们的力量的，是一场心理危机，而这些手稿则揭示出这场心理危机的性质与规模。换言之，它们——和诗的最终形态相反——是一扇敞开的窗，透过这扇窗户，我们得以一睹在具有决定性意义的心理变化发生之际，诗人正受到何等动机的引领，正作出何等挣扎。

此刻，我们已然明了，那个简简单单的“铁锈”、那个简简单单的名词“花”和那两个具有神秘影响力的形容词“无星”“无父”都有其精确的意义。我们已然理解，在这些直白的字符背后，隐藏着一场大规模的“心理—神话”式的戏剧——它隐没在内心深处，满是奋争与苦斗，当然也很可怕。

正因有了这些幸存至今的手稿，我们才有可能作出猜想：诗作终版最后的词语——“黑水”——其实正将坠落的太阳马车和随之一同坠落的御夫吞没，又或者，这首小而冷峻的诗作其实是一列仪仗，正为在《爱丽尔》中的一众诗作里被戏剧化的整一场非凡的冒险——为一次在她看来终告失败的努力送葬。

*

总而言之，这完整无缺的一系列草稿以一种引人入胜的方式向我们揭示出一个现象的开端、过程和结尾，任何一首诗作的终版印稿都无法就此给出任何线索。各个时代的所有诗人都曾有此经历，其运转流程如下：

在一首诗歌最初的“灵感”中，可能——也常常不存在“言语”“意象”或者任何一种、任何一个清晰的“想法”。它只需要是一种被隐约感觉到的“情绪”或者“音调”。许多诗人都证实了这一说法。

而在写作之际，则可能发生以下四种情况之一——

首先，最初的“灵感”可能会在它寻找与自身完美相称的言语、意象、节奏和形状的过程中通过某种方式（仿佛在一瞬之间——甚至像是预先就已形成一般）突然浮出水面。诗歌像在自己创作自己，让诗人陷入彻底的惊讶，仿佛全然不知它从何而来。一旦在纸页上显现，它便无可更改。《忽必烈汗》[①]可能就是最著名的案例之一。在大多数诗人笔下，这类诗歌相当罕见。

其次，诗歌也有可能半隐半现。于是诗人想方设法，拼命予以帮助，不断献上言语、意象，挖空心思、掏空魔袋，试图预料它、哄诱它，从已出现的点点滴滴之中掘取每一个最细微的暗示。事实上，在这手忙脚乱的“助产”过程中，他几乎完全不知道自己是否真的是在帮它。许多前途无量的诗作就毁在这一阶段。可能，他的确希望自己正在帮助他的灵感，但实际上，他正抑制着它——抑制着一首天生完美，预先就已形成却尚未完全显现的“第一种”诗歌，并以另一首不同种类，在他大脑中那些爱管闲事、不甘置身事外的“部门”的干扰之下杜撰而成的诗歌取而代之。但如果他足够开明、足够顺从（能“悬置”日常的自我），如果他的技法、想象和理智——就大体而言——足够柔韧，他也许会发现自己正逐渐发掘出某种与曾经出现在他自己或者其他任何人笔下的任何文字都截然不同的东西——某种就和之前那种不知从何而来，但来则尽来，宛如现成的诗歌一样让他惊讶不已、尤感陌生的东西。《荒原》[②]可能就是这类诗歌中的著名范例之一。大多数诗人的最佳作品都属于这一类型。

但大多数诗人的大多数诗歌都在第三种创作过程中成形。在此过程中，“灵感”只提供个别古怪的短语或者句子，诗人则借助某种或许足具智谋，却在本质上由其本人的写作经历、创作习惯、审美偏见以及他创作某一种诗歌的自觉性欲望预先决定并固定的技法来予以追

① 该诗系英国诗人塞缪尔·泰勒·柯勒律治的作品。
② 该诗系英国诗人 T.S. 艾略特的作品。

逐。在这种情况下，一块灵感的碎片其实无外乎一次演练日常作诗方法的机会。这类诗歌的终稿往往满含诗劲，满载惊人的词组、句行和巧言妙语，至少也算是一件件令人愉悦的工艺作品，一场场语言性的盛装舞步，配得上钦佩与赞许。但它们犹如座座丰碑一般屹立，纪念着那种种独一无二，却殁于娘胎之中——并被重新吸收的原始灵感。当你感觉到这种死亡（有时你或许也能感觉到在如享专利的终稿背后，藏着一首独特而美丽的诗歌），你自然会问：它何以受到抑制？——诗人或许不知怎地（也许仅仅是受惯性的引导）就和原始诗作的替代品成了合作伙伴。但除此之外，是否还存在着某个特殊的原因——某种致使神经麻木、灵感崩塌的原因？

此外，还有更有趣的第四类诗，它是第三类诗的变体。这类诗作的最终成品与其说是某种成熟诗风的展现或者某种对于隐而未现的另类结果的抑制，毋宁说是苦苦争取而来的一纸条约——一种调和原始灵感与诗人性格中的其他部分的临时方案，一种危如累卵、参差不齐，而且极其敏感的协议。这些诗歌虽然绝非所谓完美的诗歌，但依然是激动人心的文学作品。

《雾中羊》的一系列草稿所展现的内容对以上四种创作流程均有涉及。

首先，《雾中羊》的第一个诗节即是纯粹的“灵感”。它暗示着这整一首诗都已准备就绪，只待倾泻而出，不致一丝痛苦。但某种东西——某种“预感”改变了作者。所以，出于某种特殊的原因，她立刻插手干涉。她神经收缩，一阵畏怯，试图“抓住”羊群（一种已经验证的《爱丽尔》式基本形象），寻求父性的保护。这也意味着她切断了灵感之脉：一如我们最终所见，关于羊群，这一灵感根本无话可说。（除了标题，羊群根本无处停留。）

她意识到自己的错误，继而修正思路，设法——通过接下来那一行完美的诗句——找到灵感之脉的断点。但她的专注再次毁于焦虑，她也再次——在写下那行“**大腿紧紧夹住我的野兽**”之际——试图将一切都拽入早先那首《爱丽尔》的成功模式之中。

于是，她继续挣扎，一面试着调整知觉，重新感受那首亟欲在她笔下现身，却由于某种原因令她感到惊恐的诗歌的最初灵感，一面又试着续写那首能让她回避这一骇人的灵感即将透露的讯息，从而免受苦楚，保全自己的诗。她仿佛正不断地作出尝试，想迫使这首诗里的马在它宛如“忧伤的钟声”一般的蹄声中化身为《爱丽尔》中那匹随她一起飞向太阳的马。

接着，“铁锈”的出现让她惊讶不已。一如我们所见，另一首诗就此打破了平衡。忽然，我们——和她一起——身陷那辆马车的残骸之中，步履蹒跚。

这是一个困难的时刻，她花了不少时间才迈过这道深坎。此时的她正设法同时创作三首不同的诗歌。首先，是那首源于原始灵感的诗：它明晰、现实、可以完善——或许已经完善，只等被她发现，虽然得等上两月之久。其次，是那首她想写下的诗——那首关于圣经式的父性之羊的诗：它继承《爱丽尔》式风格——一种能一举将她提起，助她在反抗中完成超越的风格，懂得如何应对有关她的父亲以及她和她父亲之间的宿命关联的可怕讯息。再者，便是这另一首关于那辆锈迹斑斑的马车，此刻正处于萌芽状态的诗：它深深植根于那次奔向太阳之眼的“**自杀**”之旅。或许单单是因为她再一次坐上了爱丽尔（上一回，这匹有血有肉的坐骑曾载着她飞向太阳）的背鞍，这第三首诗就——“**像一条可怕的鱼**”[1]一样——在《雾中羊》的场景中

---

① 语出普拉斯的诗作《镜子》，原句为：“在我之中，她已溺死一个年轻的女孩，在我之中，一个老迈的女人日渐向她浮起，像一条可怕的鱼。”

浮现。

从这时起，在不断倾听内在秘谕并记录着那首被灵感浸透的挽歌之际，她丝毫没有放松，始终在进行尝试，想借助曾在《爱丽尔》中的诗作里行之有效的技法与体系来写下那首她有意识地想要写下、旨在自我保护的诗歌。同时，她无法摆脱那首更为深层也更宏大，实际上正讲述着真正的故事并预言了故事结局的神话之诗。她从未表明她已经意识到那辆马车的“内容”也许是正竭力表现自己的一首——也是一种——完全不同的诗歌。但最终，她的战术与技巧取得了胜利。她的确设法摆脱了那辆马车和它所带来的惊恐。另两首诗也就此协力压制并废除了第三首诗——一个源于幕后的宏大故事。

这时，如果能挤出更多精力，或者更多时间，她便有可能会将注意力完全转向这首更为深层也更难以驾驭的神话性诗歌并且尽力加以挖掘。此前曾有一回，在关于一棵榆树的一组十分紧凑，也极具抑制性的诗行中，一些更显著的暗示推挤而出，而她把握住了这些暗示并深入发掘，从而完成了她最重大的突破之一，不仅彻底改变了她的创作技法，也找到了她真正的主题。

但在《雾中羊》里，她最终抑制住了入侵者上窜的势头，将它逐回深处；但它依然存在，正从那层“铁锈”之中——也透过那辆火车的气息、那朵逐渐变暗的花和那股攥在骨中的“沉静”暗暗向外窥望。

但情况依然相当复杂：为了唯一的一份终稿，剩下的那两首诗依然争斗不休。她为羊群制定的种种计划依然试图抑制那另一首携载噩耗的诗。在这些草稿中，我们看见她凭借那些她曾经试过，也已经受过考验的技法展开了何等英勇的搏斗。最终，当那位不速之客几乎接管了一切，她亮起绿灯，允许“《爱丽尔》分队”——作为一股警察力量——介入维稳，像强制戒严一样写下了最后三行诗句。

所以，在《雾中羊》里，四种诗歌都“各展所长”。如我所言，第一种诗——即那种得来不费功夫的灵感之诗——大概从一开始就在书写自己。即便她不断扰其诗流，这首诗歌的所有最终措辞也确确实实在其着落之际——无论落于何处——就已完全形成：所有词组、短语都不必像寻常宝石那样，得经历明显的敲打，才能从某块粗糙的矿体中脱颖而出。也许只有在最后两行诗中，她才因为一次细微的误听而产生犹疑。同时，可以说，那首完美的《雾中羊》——一如第二种诗——是在她克服重重困难，经历明显的挣扎之后才得以出产的诗作。而且，很显然，那种源于常规习性的抑制性倾向从未罢休，执意插手干涉，时刻试图绑架一种既定风格的展现时机——一如第三种诗歌的遭遇。最后，也可以说，她在 12 月 2 日留下的《雾中羊》是一纸“条约”——一份正式的，于紧张状态下在对立且敌对的两个利益主体之间得以维持的停战协议——即第四种诗。此外，无疑，我们也已瞥见另一首浮现于史诗与戏剧的“总体陈述”之中，种类完全不同的诗：它是关于那辆马车的神话之诗，是那场承载着她的命运，完全出于主观的戏剧；它饱受抑压，沉向深处，不曾化作一滴笔墨。尽管在某种意义上，这第五首诗为了在现实中成为自己而付出的努力不仅决定了我们眼前这首《雾中羊》的每一个词语，也将法厄同的神话“转变”为伊卡洛斯的神话并以此为她提供了最后三个诗行，但它始终不为人知，一如如果她早去世两个星期，《雾中羊》的最后三个诗行和最终那个完美无缺的形态就不会为人所知。

所有这些被那份最终印稿隐藏的东西之所以能重见天日，完全是因为这一系列的草稿被完整地保存了下来。

基斯·道格拉斯[①②]

基斯·道格拉斯生于1920年，1944年在诺曼底阵亡。这部选集仅收入其现存诗作中的不到一半。

1951年，他的首版配有注释与引介的诗歌全集经约翰·沃勒和G·S. 弗雷泽编辑之后，由版本诗歌伦敦有限公司推出。当时，大多数诗集读者的兴趣主要缘于其“战争诗人”的身份，所以，他似乎已在很大程度上被人们遗忘。如今，在全集首版十二年后——在他去世二十年后，人们愈发清楚地认识到，他的贡献不仅仅是一些关于战争的诗作：他笔下的每一首诗——无论是否关乎战争——都有其特殊的价值。他的诗歌艺术——作为一个整体——似也具有某种特殊的价值。它依然充满活力，甚至正源源不断地创造生命，而且，它活得越久，就越显鲜活。

这部选集中的第一首诗——《和一位神明的相遇》创作于1936

---

① 本文曾作为全书引言收录于由伦敦费伯出版社于1964年出版的《基斯·道格拉斯诗选》中。——编者注

② 基斯·道格拉斯（1920—1944），英国诗人。道格拉斯曾作为士兵参加第二次世界大战，于诺曼底登陆过程中阵亡，死后因其关于二战的诗作而受到关注。

年。虽然这首诗的视野相当有限，实应归之于青少年作品，但它完成了它的任务——一项并不简单的任务，并且完成得精彩绝伦、毫无疑问，一如他的一切所为。而且，他最重要的后期作品赖以被创造并独树一帜的种种特质在这首诗里就已清晰可见。

诚然，他的文字十足简单，语言的音乐性变化尤其诚实、迷人，诗歌技法完美无瑕，但这还不是全部。他的语言也极具气势与力量——或者更确切地说，它静静地憩息在此时此刻它凭借其巨大劲力的卓越爆发所能达到的唯一点位。其弯转曲折的声调，不仅透显出某种正因这般坦诚之故才免于挑衅之嫌的率直，也如此清晰地呈现出一种异常清醒的思想逐步前进、发展的轨迹。就诗歌技法而言——若能将它剥离并单独予以考量的话，他时刻保持敏锐，毫无麻木或者梦游之感，处处老练、得体，其笔势如此迅捷，承转如此精妙，手段如此高效，节奏如此沉稳——在这些方面，任何一位在世诗人的作品都难以与之媲美，而在这一切背后令严如钺，决定笔锋所向的，是一腔在本质上追求实际意义的能量——一腔迫不及待、利若刀锋的能量。

在其九年成就斐然的写作生涯中，道格拉斯进步神速。在结束青少时期的精彩预演之后，他的诗歌艺术大致经历了两个明显不同的阶段，并已呈现出进入第三个阶段的明确迹象。这一发展过程中，他似乎极少受到来自外界的文学性影响。首先，他或许相当完整地移植了奥登的语言，但他清空了蕴含其中的“智思之虑”，使之转变成实际的生活经验，并留下些许细小的缝隙，供 1930 年代晚期的诗歌流派悄悄潜入，填上各自的色彩。但他的性情具有如此绝对的现代性，以至于对他来说，英国诗歌传统这尊如同怪兽一般可怕而令人窒息的母体似乎完全无法成为障碍。

他第一阶段的成长在那首名为《忘了红叶》的诗作中得到了典型

的体现。自《和一位神明的相遇》以来，他不仅一无所失，反倒收获了一片崭新的，可供自由想象的空间，一种崭新的从容之感流淌在意象的转变之间。但在这首诗中，种种仙奇之象无不源自某种尚未完全摆脱其魅惑，依然半溺于梦境之中的记忆；这种尚欠成熟的模式正是第一阶段的标志，这一阶段延续了数年，直到1940年他离开牛津。

在他离开之前，一首名为《死者》的诗预示着第二阶段的来临。在这首诗中，宛如画中风景一般，单纯只为装饰的意象形式消失不见；他的描述之力日渐锐利，亮出现实主义之锋。诗人的意志好像突然受到动员，幻景突然澄清，他似乎不再原地久坐，思考着“可能”与“不可能”，而是起身付出行动。他不再对事物的影像抱有浓厚的兴趣：他想要的，是它们的实质、本性和它们在生活中造成的影响。他的思想像是在“行动”的团结下立刻——也相当突然地成为一个整体，他的诗歌也同时具备了原创性和成熟度。在这首《死者》中，我们已经可以看到最重要的“道格拉斯特质”。他不仅仅是“把诗意写成了诗”或者说发展出了复杂而巧妙的形式。他对语言做出了革新——倒不是说他笔下的文字组合有多颠簸，遣词造句有多恣肆，也不是说他的表述出奇准确，他真正的成就在于他重建日常谈话之“简洁性”的方式：他将某种炙热而充满探索精神的思想活力注入每一个词语，使之时刻保持新鲜，融急于表达的迫切、直言禁忌的兴奋和在信手拈来之际洞察本质的绝对从容于一体。随之奔腾流淌的诗之音乐和在其诗歌模式的内部永无休止的抑扬起伏与百转千回正是这般自信与坦率的思考的“自然路径”。

这种崭新的语言尚未得到任何研究。它的纯粹性主要源自它的即兴气质。它宛如被灵感浸透，自有其鲜活生命的匆匆笔记，却丝毫无碍其认知与印象的完整与微妙及其艺术良知的彻底显现。例如那首名为《埃及》的诗作——它可能只是一篇简要的日记，可它又何尝不是一首完美的诗歌?

在战争的影响下，他的诗歌天赋迈向成熟——或者说，是迈向第一阶段的成熟。在某种意义上，战争是他理想的主题——所有在死亡的辐射中渐渐焚尽的人性虚饰。这便是他的“幻景”——是为其一切观察与细节注入意义与紧迫性的统一概括：不仅仅是“真相即美”(truth is beauty)，更是“真相杀死了每一个人”(truth kills everybody)。围绕着这一关键，他写下了一首又一首诗，仿佛思想上了拴绳。也许，在这一观念的根底，凝聚着他私密的冥想——并非一个象征死亡与诱惑的符号，而是一份对其自身结局正迅速迫近的清晰预知：在他笔下最为精美的两首诗中，他充分地意识到了这份预知。道格拉斯的文字本与海明威的文字享有某些共同的特征，而将二者区分开来的，正是这份预知。海明威试图想象的，是道格拉斯已然提前承受的死亡。道格拉斯没时间培育那棵果香四溢、秋至叶落的“如何生存”(How To Live) 之树。他在诗歌中对“社会中人”全无关心。小女孩身体里那具凶残的骷髅、月下荒原上被饿犬噬食的遗尸、镜子背后的那个死人——这种种旁证不断堆砌，逐步驳倒了他所有的斗志与希望。

从严格意义上讲，这第二阶段的每一首诗都以某个单一而客观的核心——某一场景、事件或者物件为依托。但在一到两首——特别是其中一首诗中，他作出了改变：其中一首名为《从埃及归来的路上》，另一首名为《当我死时把我简化》——其核心特征并非单独的某个具有吸引力的客体，而是一个由各式陈词构成的星群；在《当我死时把我简化》这首比前者更无拘束的诗作中，道格拉斯将他的诗歌潜质发挥到了极致。于此，他创造出一种风格：它似乎能以诗性的方式处理它的一切遭遇，却既非某种兴奋而短暂，通过节欲才能实现的语言活性，也非某种潜藏于意识深处，只在寻常大脑半入迷醉之际才可予以打捞的梦幻珍宝，而是一种为了极度清醒的心灵整体而准备，适用于所有情况的语言。它是一种实用且通用的风格，(举例来说)一如莎士比亚的风格；它将一种平凡而敏锐的口语倾向和诗意的广度结合，将一种极其高阶的仪式性张力与乐感结合，但归根结蒂又无外乎自如随性的言语方式。这一成就值得我等后来之辈心存感激。

附文一：道格拉斯和欧文
——给编辑的信，1988年2月2日

我会很有兴趣了解关于欧文和道格拉斯之间关系的讨论。我予以详细讨论[①]的那种存在于二者最显著的特征之间的“反向对称”似乎确实存在（眼下，这似乎已经是陈词滥调！），但我可以理解这般对称何以如此显现在我的视野之中。写完那篇引言后，我意识到我从自己的父亲和兄长身上汲取了某种灵感。1939年，家兄参军时，一份祈祷盘踞我心，成为我挥之不去的永久心事：我祈祷他不会被拽入我们的父亲在1914年到1918年间被拽入并经历的一切。我希望他在思考这件事时比我更相信这是一种宿命。欧文——在我逐渐了解他的诗歌之际——逐渐成为一个代表，他代表着我父亲的经历，而后来的道格拉斯所代表的，则是我兄长的经历（二者同处一个时期，道格拉斯当时身在北非）。所以，于我而言，那种“对立性连续的模式”早已存乎预想，而且足具张力。

作为我那篇引言中的一个角色，欧文的出现为关于人们并不那么熟悉的道格拉斯的探讨提供了熟悉的依据……（该处原文内容丢失）

---

① 该“讨论”出现在由德斯蒙德·德拉汉姆编辑、牛津大学出版社于1988年重印出版的《基斯·道格拉斯诗全集》的引言之中。——编者注

对比性文章。

我确信，关于罗森博格，您是对的[①]。道格拉斯想必也在他自己对于诗歌创作的态度中辨识出了那种更切合当下，也更具效用的成分。

您关于“艺术诡计”与“距离效果”的讨论让我感觉自己必已在我的论述结构中留下了巨大的漏洞——比我想象中的更大。倘若在这一方面，我似有疏忽之嫌，那必然是因为我在表达任何我想表达的内容之际，都太过自然而然地视之为理所当然的出发点。我并未深入谈论细节，但于我而言，所有关于道格拉斯的思考都受限于一个问题：他如何设法做出了如此不可更改、如此自成典型、如此昭昭然坚不可摧，听来却又如此自然、自发，像极了一瞬之思的种种设计？

在那篇引言中，我的所有努力只为“定义”某种与之略有不同的东西，但最终，我也许连“暗示”都没有做到。这“某种东西”——无论它是什么——栖居于那种古怪离奇、满载电荷，贯穿其所有诗行的音调变化之中。它是那种“私密性显现”——即一个至关重要、不可约减的本质性自我毫无遮掩的积极活动——留下的“印记”。它并非那种让奥登笔下的每一行诗都成为一目了然的奥登式诗行的独特属性（或者诸如此类的东西）。在大多数诗人身上，没有任何迹象表明这种“印记”的存在。所以，它并不是一种十分必要的特质——弥尔顿没有，华兹华斯没有，艾略特没有。怀亚特[②]是唯一一个似乎在某种程度上拥有相同印记的诗人。我也始终觉得我在 R. S. 托马斯[③]身

① 指威廉·斯卡梅尔所著、由伦敦费伯出版社于 1988 年出版的《基斯·道格拉斯研究一种》中的相关内容。——编者注

② 托马斯·怀亚特（1503—1542），英国诗人、政治家，曾将十四行诗引入英文诗体。

③ 罗纳德·斯图尔特·托马斯（1913—2000），通称“R. S. 托马斯”，威尔士诗人，二十世纪最重要的抒情诗人之一。

上找到了这般特质。它是一种个人特质，因为它承载着由私密的痛苦与挣扎塑就的音调，但就大体而言，它是一种独一无二、得之不易的精神“本质”，与其说是一种才华或者能力，毋宁说是一种“存在的特质”——正因如此，我才在文中谈到了葛吉耶夫[①]。它就像能即时见效，只从那些古怪而罕见的个人手中流涌而出，此外无人能得之一二，即便是最负名望的医生也无法企及的治愈之力一样罕见、一样独特。或者，在深信灵媒的人看来，它就像其中那极个别的能让狐狸手套在一月开出花来的神人一样罕见、一样独特——诸如此类。我亦不准备在此对它加以定义。但我所谓“诗歌在某种程度上是一个人‘最深层的存在’——‘最内在的造物’、对其本性最真实也最具有决定性意义的‘精神控制’——的‘赤裸显现’”，就是这个意思。诗歌制定了种种条款，使这一“造物”和诗人的困境——和它本身不可预知的嶙峋利缘与现实达成妥协。

我这么说，是否让人觉得这般条款的制定是件轻而易举的事？我无法明确定义的这种“本质”直到最后一刻都不曾在诗作的草稿中显现。我同意您的看法——这些诗歌源自内在深处，源自某个产生终极决议的地方。所以，那种纪录真实的决心、机会以及（我所说的）动机才提供了外在手段。所以，《勿忘草》才从一条语锋尖锐的日记——穿越灵魂的动乱——转变成一首晶莹剔透的诗歌；它调和了自身转变过程的每一个阶段，却从未完全停止记录。

---

① 乔治·葛吉耶夫（1866—1949），神秘学家，一生云游四方，20世纪初在欧美地区颇有影响，曾开创名为“第四道”的修行方法，其真实出身与修学背景至今仍是未解之谜。

附文二："亚当斯"和"海鸟"
——给编辑的信，1988年5月8日

透过您的"镜头"再看《海鸟》，我发现自己正把《亚当斯》当成一份缩减版[①]《海鸟》的注释来阅读。我试图将那幕几乎完全融合于海鸟这一单独意象中的"双重幻景"拽入明处并加以拆分，再分别予以直接的审视。

亚当斯像一只鸟
有人说，他听不见你讲话
从表面上看，他生着一双鸟眼[②]

令人想起

他是个狱卒。
准我假释外出
靠心灵感应将我带回
他在我心深处

——您是否觉得这几行诗有其不同寻常之处？这种不动声色的审慎表达似乎就是道格拉斯一贯的"准备模式"：他摆好架势，准备认真对付某种真实到裂心灼目却难以触及——某种未免离他太近（因而

① 道格拉斯完成《海鸟》一诗后又对该诗进行了重新创作并以《亚当斯》为之命名。
② 此处的"鸟眼"原文为"bird-eyed"，另有"目光锐利"之意。——译者注

无法予以艺术性掌控）却又难以触及之物的种种要素。（“坐下来对它进行描述之际，我足有肉搏之感”。）

在《海鸟》中——也是透过您的“镜头”，我将这般极度真实却难以触及之物视为那只活鸟和那只死鸟的真实本体——一个象征其自我感受的意象：他觉得自己在某种程度上已然提前死亡，活着的他已然成为他自己那具在历经死亡之后仍然清醒，拥有反常意识的遗体。在《海鸟》中，生死二者在如此众多的句行中呈现出叠加之态：

> 一只死鸟和一只活鸟

二者从未被适当区分开来——

> 死鸟无眼，但有一只明亮的眼睛

（空空的眼穴中有一只明亮的眼睛）

> 活鸟看见了我

（他看穿了我，发现我是一具无眼之尸）——（实际上，他甚至发现我就是亚当斯）

> 踏着一块黑色的岩石飞入空中

（他踏出一座石棺——似幽灵一般）

> 我从死鸟身上挪开视线，望着他飞

（我的注意力从他作为一具死尸的幻象转移到他作为一只活鸟的幻象，虽然我始终望着同一只鸟）

电光般闪耀的蓝

（它亦生亦死，活力如电——千伏贯体的幽灵，健康的羽毛；同时，它也是一个符号，独独象征着存在，代表的“只有真相”，即无论是死是活，尽在“存在之中”——因为对于道格拉斯而言，死亡是一种如此充满生机的“试金”状态。但接着，对比出现——

下面的他橙黄似焰

电蓝闪耀，足载“生中之死”（满负电荷的宿命，凶邪的美）；焰橙熊熊，饱汲“死中之生”（碳粒燃烧，宿命，生命的荣光）——二者被

我难以置信的颜色

定义为他为之绞尽脑汁的“生死悖论”中那两种同时存在的“互斥现象”。

观察这一“二元体系”如何贯穿几乎所有诗行并频频闪烁十足让人觉得有趣，而看他如何精确而紧凑地完成这一体系的构建则着实让人心醉神迷。

在我的想象中，在道格拉斯凝聚种种含义与暗示之际，亚当斯也逐渐在他眼前显现，宛如短焦镜头中的影像。接着，紧随其后的那场肉搏似乎确实涉及他真正关心的问题。也许他感到鸟的意象对于这些问题的折射太过间接，也太过偏重对其审美价值的开发。亚当斯这一

形象的确奇怪。如果他真的是个军人——再加上道格拉斯自己，您不觉得在某种程度上，他也就是压在道格拉斯背上的那头野兽——一个如同弗兰肯斯坦[1]式的怪物一般，说着“**回来告诉你们一切，我要告诉你们一切**”[2]之类的话，试图真正存在的“鸟人”？怪哉，他就杵在脑海之中，挥之不去，如此峻峭嶙峋、令人不安——道格拉斯的老“亚当”！幻显“生中有死”的造物！

那幕“生中有死”的双重幻景几乎就像是道格拉斯的神秘经验。鲜活到裂心灼目的美丽生命——虚无之宇宙。我想，正是这种隐藏在他借助自己的语言，以敏捷的笔法完成的“物理性介入”背后的宏大思虑所蕴含的张力，使我们感觉到他不仅仅是个优秀的诗人——他是一位重要的诗人。

---

① 弗兰肯斯坦即英国小说家玛丽·雪莱（1791—1851）创作的科幻小说《弗兰肯斯坦》中造就人形怪物的疯狂科学家。

② 语出英国诗人 T. S. 艾略特的诗作《J·阿尔弗雷德·普罗弗洛克的情歌》，原句为：“我是拉扎勒斯，从死人那儿来，回来告诉你们一切，我要告诉你们一切。”

瓦斯科·波帕[1]

瓦斯科·波帕于1922年出生在位于南斯拉夫北部巴纳特地区的格里贝纳茨。他曾在贝尔格莱德大学、维也纳大学和布加勒斯特大学学习，曾被塞尔维亚科学院聘为通讯院士，也曾在诺利特出版社担任编辑。他于1991年去世。

波帕的作品已被译成多种语言。到目前为止，除了单独刊登在杂志——尤其是《现代译诗》——上的诗作以外，波帕已有三部诗集在英语世界出版：一为企鹅书屋于1969年出版的由安妮·彭宁顿翻译、特德·休斯作引的《（波帕）诗选》；二为华盛顿御夫出版社于1970年出版的由查尔斯·希米克翻译的350册限定版诗集《小盒子》；三为安维尔诗歌出版社于1972年出版的由安妮·彭宁顿翻译并注释的《大地直立》。

---

① 本文曾作为全书引言收录于由伦敦企鹅出版社、伦敦安维尔诗歌出版社和曼彻斯特卡卡奈特出版社分别于1969年、1978年和1989年出版的《（瓦斯科·波帕）诗歌全集》中。——编者注

眼下这部诗集不仅包含企鹅版《诗选》与《大地直立》中的所有篇目，也收入了被企鹅版《诗选》删除的《树皮》中的所有诗作以及波帕自《诗选》问世之后出版的另外三部诗集。因此，这几乎是一部“波帕全集”，它囊括了波帕本人到目前为止以诗集的形式出版的所有作品。

波帕是一整代中欧诗人之一——捷克斯洛伐克的赫鲁伯[①]、波兰的赫伯特[②]和以色列（或德国）的阿米亥[③]也许是另外几位拥有类似才华的诗人；他们的青春时代被战争拦腰截断。他们对在两次大战之间的那些年里盛行于欧陆诗坛，总体上崇尚超现实主义的诗歌原则的反应无非是一种个人性情的转变，但这种“反应”为此后发生的一切——特别是他们的国家所经历的一切和全人类在某种程度上（更甚于以往任何时候）所经历的一切——所强化。证明人是一种政治性动物——一种仿佛需要被证明一般的“国家性数字”的间接证据在数以百万计的死尸中称量而出。为了记录人类对于历史和人类本身的身心机制如何作用于人类的认识并连同种种痛苦一起记录他们如何借助内在的创造力超越这些痛苦，这些诗人不断作出尝试，其诗歌也因此获得了足以使之成为一种崭新事物的精度、辨识度与谦逊之感。相比那些我们可以度假其中或者在我们的肉体于悉心的照料之下得以舒适地存活之际腐烂其中的种种现实——也即被艺术（特别是当代艺术）当作某种更优越的维度强加于人的种种现实，这些诗歌更接近我们若想继续存活则必须活在其中的普遍现实。我想正是波兰诗人米沃什[④]在他躺在某间屋子门口望着身边街道上的卵石在子弹的敲打下一一蹦起

---

① 米洛斯拉夫·赫鲁伯（1923—1998），捷克诗人、作家、医学家。

② 齐别根纽·赫伯特（1924—1998），波兰诗人。

③ 耶胡达·阿米亥（1924—2000），以色列诗人。

④ 切斯瓦夫·米沃什（1911—2004），美籍波兰诗人、散文家、文学史家。

之际意识到大多数诗歌并不适用于一个人们确确实实会真正死去的世界——但并非全部。以波帕为代表之一的许多诗人似乎也已将自己的诗歌艺术投入类似的试验之中。

我们可就塑造其诗之外观与风格的力量作出猜测。他们不得不——在现实中——面对并经历一种对于身在别处的艺术家而言虽是事物的某种普遍形态，却只断断续续地隐现于充满“自由主义困惑”的文明乱局之中，偶尔才得人一瞥的“幻景”。在世诗人中，他们无疑最为纯粹，也最为清醒。

在某种程度上，他们的世界让人联想起贝克特①的世界。只不过，他们的世界似乎更加勇敢，更具人性，也更为真实。贝克特的立场更显超然，更注重分析，更接近一个观察者或者外科医生的视角，全凭个人的毅力到达并站定。相反，他们却似乎置身于参与者的立场。它展现出他们在面对一场以连续不断的祸乱置整个国家于旷日持久的痛苦之中的灾难时所作出的积极而富有创造力的回应。人们不禁觉得，在他们每一个人背后，都隐藏着一个民族的“意识”。归根到底——就像贝克特一样，他们在其“幻景”中看见的，是“动物细胞”的挣扎，是灵魂在一个被归纳入这幕“幻景”之中的世界里经历的重重折磨。但就元素的丰富程度而言，他们的幻景远甚于贝式幻景。它包含日常生活的所有内容、所有感受。人们甚至有理由相信，他们对于“想象性真实”的洞见比贝克特更深一尺，因为在他们的作品中发生的一切——无论是何等可怕之事——都发生在一种裹容一切，向往隐藏在他们所创造的世界深处的原始之美、终极之美的约伯式激情之中。他们的诗歌主题围绕着那个饱

---

① 塞缪尔·贝克特（1906—1989），爱尔兰剧作家、小说家、诗人、散文家，代表作为《等待戈多》。

受折磨的活体灵魂：它有能力快乐，却深受欺骗；它太过脆弱，五感皆无定性并且满含疑惑；它如此难以定义——几乎可以愚蠢形容，却真真切切地存在并渴望继续存在——而且，与贝克特的世界不同，这一切绝无一丝荒谬。它是唯一的珍贵之物，是依循整个宇宙的法则被设计——也无疑是被整个宇宙设计的灵魂。在这层意义上，这些诗人并不是被文明世界宠坏的顽童——因为无法实现那些无望且虚假的期待而感到失望并被剥夺了关乎“必然”的种种启示，而是隐隐透过某种弦外之音传达着多少有违时代风向的预言并不求任何人倾听的先知。他们努力成长，设法拨开迷雾，直面“一个无人适居的世界”，却并未因此而愤世嫉俗；他们依旧喜爱这个世界并坚守着一份完好无损的同情。他们找回了最单纯的，源自动物本能的勇气，敢于接受一切可能。

另外，他们的世界也让人联想到现代物理学的世界。只不过，他们的世界对我们来说更具效用，因为尽管二者同为难测之渊，皆由不可知晓的律法支配，充斥着不可知晓的粒子，但在他们的世界里，重力的核心并不隐藏在宇宙深处的某个“假定”的范畴之内，也并不随着数学钻杆的深入而逐渐暴露，而是存在于一个人对自身的感受之中，存在于他的身体和他最本质的“人之主观”当中。他们拒绝为了带着某种碎片式的感觉——某种象征着自我疏远的抽象标识——逃入某个大受欢迎、可觅归属的安全地带而出卖他们的手臂、腿脚、头发、耳朵、肉体或者灵魂以及灵魂和他们一起承受的一切苦难。在他们最根本的诗歌技法——那种他们赖以掌控其种种探索的极度灵活、充满试探，又求真务实的自由发挥中，我们读到一连串极具开放性的代码并可以此为依据来猜测在诗里诗外究竟发生着什么；这串代码象征着一种认真而谨慎的拒绝：他们拒绝封闭自己，将会带来伤害和痛苦却承载着关键信息的一切隔离在外，也拒绝向他们自己的语言和意象如暴君一般强行加于其身的任何僵硬而死板的发展屈服——他们对真实和虚假之间的种种界限保持着一份一丝不苟、永无穷尽的机警。事实上，这是一种极其令人振奋的“道德警觉”。在某种意义上，他们愿意接受无从假装任何一根手指依然在逃的囚徒所必须接受的一切。一如从死境归来的人，他们拥有比常人更强大、更敏锐的感知能力，能精确无误地感觉到对于“活着”而言，真正重要的究竟是什么。

在实际境况中感受到的这份无助已然将其诗文中的修辞色彩清洗干净。他们无法通过任何满怀希望，旨在改变真实的努力来篡改自身的经验。他们的诗歌是一种构建清晰可闻的意义却不妨碍静默的策略，是一种以试探性的方式将注意力集中在几乎无法察觉的关键信号之上，不犯任何错误，却也不抱任何追根究底的希望，只能不断探索的艺术。最终，凭借精妙的手段与谋略，他们从一个被恶意浸透的负面世界中“沉淀”出充满快乐的积极一面。同时，他们创造出一个小小的反讽空间——一份抒情式的艺术作品；在此空间之内，他们的人性无须自贬。

瓦斯科·波帕有其独特的创作手法。像其他几位诗人一样，他好像对人类文明通过各式假设来予以聚积的一切都相当熟悉。同时——也像其他几位一样，他似乎已在自己眼前把历史的胶片从头到尾放映了百遍千遍。但他所有精神或者心理意义上的“历史所有权”都已彻底遭到剥夺。他的诗歌“轻装简行”，不受“倾向”与“成见”的束缚；在这一方面，没有任何诗歌能与之比拟。没有任何诗歌比他的诗歌更难“包抄”，但它们又绝无御守之意。他的诗歌试图找到真正的存在，并揭示其真正的“状况”。他笔下诗文的运动是他深入研究某种被惶然把握、惶然发现的事物的一部分方法。但他不会因为惊恐而心生畏怯。他从未失去那种根深蒂固的幽默与讽刺——这是他保持完整人性的方式。而且，他也从未失去专注，始终将全副心神凝聚在自己正予以谈论的事物之上。他的文字在不断的自我检验中前行，对自身的错误十分敏感，拥有亲切而富于戏剧性的活力，宛如岩岸上的某种生物为了感知大海的存在和蕴藏在大海之中的巨大力量而探出的触须。这并非毫无来由的比喻。他的作品沉浸在原始的氛围之中，充盈着创世之前的气息，他仿佛置身于所有“动力”与“准则”都已准备就绪并处于满能状态，却尚无一物被创造出来（即便有，也只是一些碎片）的境地。完整而可见的人类极少出现在波帕的风景之中。只有脑袋、舌头、灵魂、手、火焰以及具有神奇活力的“漫游之物”——比如苹果、月亮——在风景中展现自身，并在种种奇怪却又不乏奇怪的熟悉之感的命运的引领下获得生命。他的诗歌世界近似音乐的世界：一整“库”在精挑细选之后获准从外部世界进入“诗界”的符号与形式以种种最基本的方式完成，常常散发出一种怪异的数学气息，却似乎深深植根于精神世界或者内心世界的结合。也像音乐一样，他的诗歌将最可怕的对峙与冲突转化为某种不动声色的嬉戏：一串魔咒、一个谜语、一场游戏、一则故事。这是隐藏在语言背后的“通用语言”；一旦由语言代码织就的诗之纹理遭到消解（它无疑会在翻译过程中消失，虽然在我看来，眼下这部英译版诗集从头到尾都保持着贴切而新鲜的非凡诗性），我们眼前便只剩下象形文字一般的“固态”物体与“固态”事件，它们“直接”传达意义，兼具“物质”属性与“精神”属性，既是直白的陈述，又是异幻的想象。

他逐步抵达了这般自由无束，又充满必然的境地。他最早期的创作风格往往在很大程度上归功于一种带有温和的超现实主义色彩且为世人所熟知的现代诗艺，尽管在波帕笔下——一如在以下这首名为《忘却之中》的诗（它出自一系列风景诗作）中那样，这种风格不仅焕发出迷人的魅力，也已然表现出明确的意图：

从遥远的黑暗中
平原伸出舌头
那无可抑制的平原

溢出的变故
散落的黯淡文字
平直的脸

到处都是
一缕灰烟如手

没有船桨的叹息
没有翅膀的念想
无家可归的瞥视

到处都是
一片迷雾如花

无鞍之影
愈发安静地刨抓
笑声的炙热灰烬

这首诗出自他的第一部诗集《科拉》，但在这部诗集的开篇之作《熟识》中，他便已勾勒出后来那些更典型的作品赖以生成的基本创作方法和时空范畴：

别试着把我引诱，蓝色的穹顶
我没在玩闹
你是干渴的上颚的穹顶
高悬在我头上

空间的丝带
别往我的双腿上缠
别试着让我入迷
你是一条清醒的舌头
一条分成七叉的舌头
在我脚步之下
我不会过来

我独一无二的呼吸
我没有呼吸的呼吸
别试着将我麻醉
我感受到野兽的气息
我没在玩闹

我听见熟悉的犬噪
牙齿碰撞的噪音
我感觉到下颚的黑黯
打开我的双眼
我看见

我看见

我没在做梦

一切俱在——种种不可思议的元素完成了惊人的融合。思想精深的哲学家同时也是一位掌控着原始的力量，言辞精辟而深奥的咒术大师。宇宙的荒凉景象透过投射出孩童般单纯的目光并表现出情绪化的古怪态度的眼睛徐徐展开。民俗性的象形文字和极具魔幻气质的怪物拼写出以普遍的元素法则和生物法则为源点的广阔视野。其整体风格完全是一种效果异常惊人的艺术发明。它让波帕的文字能够保持极致的抽象，却始终明白易懂，不失趣味并葆有十足的人性，就好像他在讲述一则喜剧故事一般。正是在这种最受波帕青睐的“装置”——即这则篇幅短小的寓言（或者如梦似幻的奇闻轶事）之中，我们最清晰地看到了他的转变——从文学性超现实主义到古老程度和深刻程度远甚于之的民俗性超现实主义的转变。二者之间的区别似乎就在于这样一个事实，即：与文学性超现实主义挂钩的，往往是一种极端的抽离——从实际困境中的生存与成功处理这些困境的过程中抽离。人的心灵在放弃挣扎，不再与实际境况作斗争并因此失去源于这种斗争的“统一焦点”之后也失去了昂扬的斗志，只能向在梦景中随意流淌、无端浮现的意象屈服。但在另一方面，民俗性超现实主义则始终亟欲与一种“应对”实际困境的努力结合：这些困难如此巨大，以至于它们已然迫使困境中人暂时离开条理清晰、逻辑明确的现实维度并进入不仅贮藏着宛如X射线一般的理解之力，也护育着理解之根的想象之渊。其间，不存在任何向“梦之川流”屈服的意思——无论是为了向它屈服而屈服还是为了从外在斗争中逃离。在这个充满“质之蜕变”与“诗之翱翔”的世界里，难题都被一一拆分、一一解决，但解决方法始终实际。这一类型的超现实主义——如果它可以被称为超现实主义的话——总是自然而然地伴随一种脚踏实地、时刻警醒，秉持自由探究精神的语调，而在波帕的诗歌中，二者无处不在，并且始终同在。

那种不断尝试、探求谬误的姿态和即时即兴的语言气质——那种为了接近某种他几乎得在彻底无视诗性或者话语惯例的情况下为之创造语言的事物而作出的尝试——与他“循环”式的创作方法并行。每当他想表达某种意义，在他更正思路并从另一个角度出发，采取另一种措辞之前，能得到他的信任并担负起这种意义的词语不会超过六到七个。同样，在他重新作出尝试并从另一个完全不同的角度出发，择取另一首诗歌之前，能得到他的信任并担负起某种意义的诗句不会超过十五行左右。每一个“循环”都创造出适用于一个宇宙的“术语”；接着，他便借助这些术语——以不乏系统性的方法——来探索这个宇宙。为其所有诗作所共有的迷人特质之一就在于，人们无法设定任何限制，来界定在洞察宇宙实质的过程中，他的诗性机制能抵达何等深度。他的诗歌常常让人想起那条在凯库勒[①]的梦中旋转的蛇。比如，那个名为“游戏”的循环就很贴近我们所了解的人类。没有任何事物能阻止这些诗歌成为仅仅是在措辞与时机的把握上具有独创性或者艺术性的作品，除了它们所带来的认知冲击和它们所唤醒的那个残酷无情、充满罪恶的世界。这一循环也完全可以被视作一种“原生动物”或者数学上的种种可能；它就像置身于人性之中的任何一种活动一样在这些“游戏”中尽情玩耍。这些诗歌——如同木偶一般——比我们的现实更加深刻：它们的模样和举止越具有人性，其原始属性也就越显明了。

在《第二天堂》中，那整一幕幻景变得广阔无垠，所以，人们不

① 弗里德里希·凯库勒（1829—1896），德国化学家，曾因在梦中见到首尾相连的巨蟒而发现了苯的结构简式。

难理解他何以被称为一位“史诗诗人”。他的宇宙比以往更具有神秘的活性与恐怖之感，但他对于人类生命的爱比过去任何时候都更亲密。那无穷无尽，似将摧毁人的重要性的可怕境况好像恰恰成了人获得其重要性的条件。“人”就是生长并遍布于“一切”之上的那张面孔、那对胳膊、那双腿脚等。就像一个坐在椅中的人所看见的那样，正是这一事实的合理性和它根本上的简洁性决定了波帕的诗歌特质。

于 1972 年出版的《大地直立》是一部关于塞尔维亚民间历史记忆的诗体评论，一首围绕着神话中的牧狼人、塞尔维亚的守护神圣萨瓦而展开，途经各大民族圣地、忆及种种民族圣事的朝圣之诗。波帕的诗歌方法以这些民间记忆为原始素材，发展出极其丰富而“繁忙”的联想模式，历史的时空常常突然豁开大口，部族式的情感常常唤起奇异的共鸣。与此同时，整个历史“序列”也——作为一种“梦幻景象”的有机序列——以更大的强度运作；它广泛利用众多资源，饱汲个人情感，是不断经历重大转变的灵魂所进行的一场“炼金”式的冒险。这般旨在在以同样简洁的语言书写一首民族诗歌、一场心灵冒险、一个具有神话浓度的部族之梦和一部私人历史评论的同时创造一系列美感如此强烈的手工艺品的尝试是一次波式艺术的独特展现。

1975 年，他出版了三个长“循环”。《狼盐》从同一片历史矿脉中掘取原料，但在加工方法上和《大地直立》略有不同。它无疑是波帕最具吸引力的诗集之一。跛足的狼是现代塞尔维亚人，而“跛狼”这意象则象征着塞尔维亚人的精神。这一“循环”的诗作是富含多种不同的情绪和大量“形态变化”的赞歌——献给神话世界中所有塞尔维亚之狼的“跛父”或者“跛母”的赞歌。它是真实之物，是以一种最深刻的语言对整个民族——及其“古老的灵魂”——发出的呼唤。人们在阅读《狼盐》之际，也许得将它视作与“大卫王的诗篇”同类的文学作品，但隐藏在这部诗集背后的动机却始终如影随形，人们也将时刻感受到它的严肃与深沉。无论它还具有何种意义，对我们来说，它都是波式诗歌的巅峰——有趣、美丽，蕴含无限的创造力。

另有一些“狼诗”从《狼盐》中溢出，落入另一部创作于同一时期，也同于1975年出版的诗集《原始的肉体》之中。这组诗作与此前问世的任何波式诗作都不一样：它们简单、直接，诗人童年和青年时代的记忆以及有关战争岁月和小镇弗尔沙茨的记忆都被宛如匆匆笔记一般的诗文一一唤醒。除了那些涉及最久远的童年生活和祖先事迹，可见众狼现身的诗作以外，这部诗集并无神话维度。但这些诗歌坚定地张开翅膀，不知疲倦地飞向那种种广阔无垠，孕育出其他几部诗集的传奇世界，并将自身融入更宏大的背景之中。

如今，波帕的所有诗集都交相呼应。人们逐渐感受到那种隐藏在蜂拥蚁聚的各式组成部分背后的那个始终如一的庞大“整体”。波帕于1975年出版的第三部诗集《公路上的房屋》创作于此前的二十年间。所有保持高度一致的波式“循环”似都不是一气呵成之作，不以单一灵感为基础。它们郁郁幽燃，经年累月，在保持自身的基因特性，完整地实现自我的同时彼此交叉，直到这些原本就已经是由规模更小的“循环”构成的“循环”本身逐渐开始构成更为宏大的“循环”。在波帕通过一部又一部的诗集深入探索他的生活之际，一个宇宙似也从另一个宇宙中穿行而过。波帕的旅程是现代诗歌世界里最引人注目，也最激动人心的壮举之一。

雅诺什·皮林兹基[1][2]

匈牙利人将雅诺什·皮林兹基视为他们最杰出的诗人之一。卓越的诗人、从不出言奉承的山多尔·弗勒什[3]称他为“匈牙利最伟大的诗人”。他去世于1981年。

皮林兹基的个人特质很难定义。显然，他身在那一代包括赫伯特、赫鲁伯和波帕在内的“东欧诗人”之列，但任何关于他的讨论都被他的与众不同之处引入另一个完全不同的语境之中。在匈牙利人的心目中，他往往与普通作者略有区别，他的诗歌也与普通诗歌稍有不同；如此“区分”的理由源自他性格中的某一核心的要素。文学批评始终无法单就其崇高的美学价值对皮林兹基的作品作出论断：一切论证都不可避免地涉及他本人的“道德－宗教”立场；这一立场在现代

---

① 本文曾作为全书引言收录于由曼彻斯特卡卡奈特出版社和伦敦安维尔出版社分别于1976年和1989年出版的《（雅诺什·皮林兹基）诗选》中。——编者注

② 雅诺什·皮林兹基（1921—1981），匈牙利诗人。其诗歌风格简洁、直接，富于宗教情怀，代表作有诗集《吊环与平衡木》《大都市宗教肖像》《碎片》《结局》等。

③ 山多尔·弗勒什（1913—1989），匈牙利诗人、翻译家。

匈牙利或者其他任何地方都完全不是一个简单而纯粹的话题，但在皮林兹基的人生经历、诗歌创作和诗歌以外的其他文字中，这一立场得到了如此深刻有力、不容置疑的定义，以至于它成了批评界共同面对的一大难题——一个私人的，关乎存在本身的挑战。所以，他的“伟大”——不同于弗勒什的伟大——并非缘于想象之充沛和语言之丰富的伟大。在更大程度上，他的伟大源自某种形式的精神特性。其想象与语言的重量以及非同寻常的性情也同样植根于此。

他的诗歌全集相当“轻薄”。1970 年前，他一直采用传统的诗歌形式——无非“松紧”有别。之后，他的诗歌形式获得外在的自由，诗歌产量也远远高于以往——虽然诗歌本身的篇幅愈显短小。其实际风格的特质是一种源于其幻景之核心的本质。它简单、直接，甚至“贫瘠”，但匈牙利人一致认为，它是一个拥有至高明度并保持着无比精确的平衡，满含婉转的乐感与张力的奇迹——一块独一无二、无可比拟的金属。通过阅读译文，我们只能试着想象这般奇迹（尽管像我一样在工作中与原诗有过密切接触的人很快便能获得一种异常清晰的概念）。但即便是一份粗糙的译文，也无法完全掩盖皮林兹基对于终极事物的独特“幻见”及其“诗歌禀性”的迫切感、深度与复杂性。

1921 年，他出生在布达佩斯。一些曾对他的作品在形式上的成熟造成关键的影响，如今已为世人所知的因素值得在此一提。其中，最具决定性的因素或许也似乎最不起眼。虽然他的结句方式始终传统，但他的语法却相当另类。在一个逐字对照的译本（尽管如此手法会给深度解译带来困难）中，人们能清晰地感受到这一特点——感受到发生在各式关联之中的那种自行其是、突如其来的怪异“省略”。说他赖以掌控主题的语言方式含有某种原始性的成分亦不为过。但这一古怪的特质不仅——作为一个不可分割的组成部分——成就了他最复杂也最奇妙的语言效果，也是其诗歌语言的真相。他自己的话最能说明这一特点：

> 如果有人问我到底什么才是我真正的诗歌语言，我其实不得不说：我的诗歌语言就是一种语言的缺乏，一种语言上的贫困。我曾从我母亲的姐姐那儿学习我们的母语；她出过意外，病了，几乎只能像孩子那样结结巴巴地说话。但我学到的不算太多。无疑，从外面的世界，从截然不同的各式作坊、车间里，我的母语又得到了各种各样的增补，完全随机、偶然。这便是我“接收”的语言。而我们的母语好就好在这里；我们只管接收，不想增添任何东西。我们会觉得任何增添都是一种伤害，那就好像是我们在试着改进我们的本源一样。但在艺术中——我必须满怀穷者的骄傲说出这话，即便是如此贫乏的语言也能得到救赎。在艺术的世界里，聋子也能听见，瞎子也能看到，跛子也能走路，每一个缺陷都可能变成一种创造卓越的力量。(以上摘自 1969 年的一次访谈)

这里的“母语”以及——也尤其是他对“母语”的态度（一如他的描述）是一条极具启示意义的线索；它直通皮林兹基“诗歌性格”的整体。

另一个具有普遍意义，他笔下的几乎每一个词语都在迫使我们予以考量的因素即是他的宗教背景：他成长在天主教家庭，接受的也是天主教式的教育。他对天主教思想的某些方面保持着一以贯之的忠诚，在诸多小事中，这种忠诚都显而易见，比如：他的许多诗作都在各式天主教期刊上发表，他本人也于 1957 年以职员的身份加入了天主教周刊《新人》。然而，从他的诗歌中，人们却发现他和天主教思想的内在关系既不简单，也不令他感到快乐。他曾被称为一位“基督教诗人”——甚至“天主教诗人”；在他的作品中愈显稠密的天主教术语和天主教意象也为此提供了可靠的论据。但他彻底拒绝了这些标签。无疑，他首先是一位“宗教诗人”。一轮象征着宗教意识，令人尤感敬畏的烈日——一轮午夜之阳——高悬在他的一切回应之上。但率先显现的，是他对于一种不同于天主教思想——一种初看之下似乎与天主教思想直接对立且矛盾的“启示阶序”的忠诚。

1944 年，他应征入伍——正好赶上德军溃退，成为战俘。在战争的最后一年里，他待遍了奥地利和德国的各式战俘集中营。

无论他遭遇了什么，在那些集中营里的见闻与经历显然为皮林兹基揭开了“第七封印”[①]，它是一次关于“新人”的启示：人性的外衣被彻底剥除，唯独人的细胞在生物意义上持续生存。在他历经战俘岁月之后，一个奇怪的生物出现在他诗歌的心脏地带：那是“**一棵气喘吁吁，没有四肢的树干**”；它饱受原始欲望的折磨，身陷一地文明的碎片之中，只等枪弹入颅或被活活打死，或者仅仅是被扔在垃圾堆里——又或者，它将一直在永恒的虚无中等待。这一最初的启示所带来的冲击似乎物化并证实了某种早在他的孩童时代便已萌发的认识：集中营的世界成了他最深层，也最私密的“诗之认知”的世界。

1946 年，他的第一部诗集出版。在匈牙利，这部诗集的出版是一个重要的文学事件。他和阿涅斯·内梅斯·纳吉[②]一起成为了新一派

---

① “第七封印”的原文为“seventh seal”。《圣经·启示录》中记载：“羔羊揭开第七印的时候，天上寂静约有二刻。我看见那站在神面前的七位天使，有七支号赐给他们。”“第七封印”的揭开意味着审判的开始。——译者注

② 阿涅斯·内梅斯·纳吉（1922—1991），匈牙利诗人、作家、教育家、翻译家。

诗人的领袖并开始共同编辑他们的杂志。然而，沉默很快降临；直到十年之后，他的诗歌才重新现身。1959 年，他的第二部诗集（包含重印自第一部诗集的 18 首诗和 34 首新诗）问世，并立刻广受赞誉，被视为一位重要作家的重要成就。

这些在数量上相对较少的诗歌已经逐渐奠定了他的国际声誉。人们从一开始就清楚地意识到，皮林兹基的声音源自现代世界的“灾难中心”。尽管如此，同样清楚的是，全凭非凡的努力，他的语言才从一个无可更动且正不断强化的“沉默核心”中逃脱。那个孑然出现在他诗歌的心脏地带，失去了所有希望并已被判死刑的“树干”说得越来越少。

此后的 13 年里，他总共只发表了 16 首新诗。接着，两部新诗集分别在 1971 年和 1974 年问世，一条新的发展路线从似乎绝无可能改变的核心投射而出，97 首崭新的诗作就此诞生。但它们——即便有其意义——也无非是对核心之“牢固”与“沉默”的深化。这 97 首新作无不短小、零碎，其中一些诗篇仅由一个单句或者一组对句构成。第一部诗集被命名为《碎片》——所谓碎片，即来自十字架的碎片；第二部诗集的标题可以译成《结局》。但在这些诗里，他的变化显而易见。其早期作品的情绪与意象在一场似乎直到 1975 年才终告完成的内在转变中幸存下来；那年，他出版了《空间与关联》——一部图文版诗集，诗作间穿插着艾尔泽贝·莎阿尔[1]的雕塑作品的照片。

皮林兹基说：“我希望能在写作的同时一直保持沉默。”在这一方面，他并不孤独；许多现代诗人——特别是那些与他同代，也有过类似经历的诗人——都和他一样，对个人的沉默无比执着。一如那些印度圣人在终极的真实借他们之口说话之前彻底拒绝说话，一如苏格拉

[1] 艾尔泽贝·莎阿尔（1905—1975），匈牙利雕塑家。

底在法官面前一语不发，一如耶稣默然接受他人的控诉，沉默可以成为一种响亮的言语。几乎从不讽刺挖苦，也从不作救世之想的皮林兹基让我们意识到另一种沉默的存在。

人们势必会感受到，他的诗之灵魂所渴望的，是一种最赤裸，也最无助的对抗方式：一种耶稣式的受难姿态。他的沉默是十字架上的那一瞬沉默——那声喊叫之后的沉默。

在“后奥斯维辛”时代，“艺术完整性”的沉默是一种真实的存在。集中营里的大量“人”证和的奥斯维辛式的种种情状提升了“真实”、“现实”和“理解”的价格——寻常语言似已无力承受。为这般境况所塑造的欧洲诗人广为人知。他们只能抱着一份风干的绝望，一丝最低限度、饱经检验的希望和一种特殊的反讽态度继续写作——如果真的还存在“继续”的话。但皮林兹基将难题转移到了其他维度——更为传统，但或许也更广阔、更古老、更深刻、更密切与之相关的维度，因为他始终是他自己，始终活在宗教意识的支配之下。

这并不是为了暗示他创作的必然是以基督教精神为内在灵魂的诗歌。如果这些诗歌不在某种程度上是一种对上帝的呼唤，那么它们便什么也不是，但它们所呼唤的，是一位似乎并不存在——或者即便真的存在，也仅仅是为了石头而存在的神。并非“无神”——神依然“无所不在”，但他的存在方式完全不同于基于基督教教条的一切想象。那是一位处处缺席，属性消极，几乎从不予人慰藉的神；在他所创造的世界里，集中营和现代物理学平等相处，共享家园。但他有此一种具有重大意义的“神之全能”：他就是“真实”。

我们仅仅是在最单纯的条件下，通过最单纯的途径——即通过我们一直以来所承受的苦难、眼下正在经历的苦难以及所有在这些苦难之中占有一席之地的种种实物，便抵达了这一“真实”。真正不可思议的是，在皮林兹基的诗歌中，这一“真实”的赤裸性、肉体性和无助感与至高强度的精神张力完成了融合。在他眼前那幕荒凉萧瑟的幻象中，一切景致都为其自身的光热所揭示。这位尤其冷酷、尤其无情的神化作闪闪光点，显现在他笔下的所有“诗篇”[①]之中。

在任何一首诗中，我们都能找到那宛如钻石一般的核心：一种“末日启示之后的沉寂”——钉子钉在手中，伤者无法开口。皮林兹基的宗教情感之光无不发自那颗无可更动的“晶心”。这道道光芒只有一条可能的出路，即离开惨受钉刑的伤者——从他的肉体中离开，但皮林兹基拒绝了这一可能。

正如其诗歌所云，这一生物意义上的终极羞辱和终极孤独已然无可挽救。两性之爱成了一声怒号抑或一阵无言，只为在炫目的空虚中探寻另一个人的存在——无论是谁。在他的爱情诗中，“他”和“她”处于分离状态，一如肉体与意义和希望分离，一如灵魂无法得到任何形式的安慰。但在这一绝境的肉体性与致命性于皮林兹基的心中唤起的惊恐之中，不存在一丝厌恶。

我们可能会问，这样一幕幻景何以呈现在如此美丽而令人满足的诗歌中？——毕竟，它所展现的，归根到底是一个“死亡的宇宙”，一种不可动摇，也不可更改的恐怖，存活其中的种种造物依旧徒然重复着各自的动作。他诗中那些少得可怜的物事和那些巨大而空旷的远景何以绽放出如此令人难忘的活力与光芒？囚犯伤痕累累的头骨、木笼中的鸡群、被灾难漂白的墙——这些如同监狱大院的种种特征一般不断重现的具体对象无不深深沉浸在一种怪异而耀眼的“僧侣式美感”之中，宛如一幅早期宗教绘画中的各式形象。

它们揭开一片死地的真貌：所有文化依托都被撕碎、抽离，全面

---

① 此处的“诗篇”原文为“psalm”，原指《圣经·诗篇》中的圣咏、赞歌。——译者注

战争的终极暴行已然成为自然法则，人类只剩一副残缺不整的身体，人性沦为纯粹的生理机制；一切语言都显得陈旧、无力。但皮林兹基的诗歌恰恰出现在这般显然已经无可更变的最终现实之中；这些诗歌的语言似乎拥有救赎一切的力量，它将象征着恐怖的符号转变成某种“敬仰”的神圣标志。

这些象征符号所经历的，并不是一种超然于凡俗之外的救赎。它们所经历的，是一种“太人性的”，也毫无稳定性可言的救赎：它发生在鼓动于哺乳动物体内的神经系统之中，是一颗平凡的奉神之心所完成的壮举，是一次在无路可退之际借助似乎全然无外乎“诗歌性”技法的手段临时创造的“奇迹”。

在这条救赎之路上，皮林兹基的诗歌艺术几乎自证为一种宗教活动。但在作出这一判断之后，我们立刻意识到他的诗歌其实也是一种附属产物。他的主要任务并非诗歌创作，而是深化与改善——深化他的某种关注，改善他对他眼前那幕无时无刻不与他的全部人生紧密相连的幻景的服从。的确，对于匈牙利人而言，他的个性与人生都堪称典型，一如他的诗歌：它们是一张“单层织物”。皮林兹基的文字由始至终都以他的整个生活方式为代价，他的诗歌之所以能成为真正的权威，正是因为他的这份坚持，也正因如此，这些诗歌才化身为一种关乎存在本身的挑战，出现在所有被它们深深吸引的读者面前。

尤其值得注意的是，与皮林兹基特点相近的人物——比如梵高[①]，比如陀思妥耶夫斯基笔下的某些角色，比如（或许是最具相似度的）西蒙娜·韦伊[②]（他曾将《西蒙娜·韦伊全集》译成匈牙利

① 文森特·梵高（1853—1890），荷兰画家，后印象派大师。

② 西蒙娜·韦伊（1909—1943），法国哲学家、思想家、社会活动家、神秘主义者。

文）——皆非诗人。这些极端的个人、其种种内在挣扎的本质和那种近乎圣徒式或者自我毁灭式的性情像赤裸裸的“之”形闪电一样穿过皮式作品的磁性气场。他们人格化了最关键的元素——那股满载电荷，隐藏在他的温柔与顺从背后，如钢铁一般强硬的力量。

若其诗之力量的“右手”是他对于一种关于人类的最终境况，已然清晰地呈现在他眼前的真实的精确把握，那么那只远比“右手”更具人性，也更痛苦的“左手”便是感官世界中那种种令人感伤的元素在他体内唤起的那种具有神秘张力的感受。这股张力无论如何都称不上“强劲”或者“剧烈”。倒不如说，它不仅是一股沉静，同时也是一份苦恼中的迷醉，一道源自内在真相的强光、一种“形变”之际的顺从。如此，当所有灵魂之力都集中在无可更改的终极现实之上——即便它触目惊心，痛苦和快乐就似乎变得难以区分。最接近毁灭的一刻正是一切创造的开端。

结果并不令人感到欣慰。但它治愈了伤口。恐怖与祝福完成了奇异的结合。分别象征着天主教思想的神秘内核和集中营之惨况的两种意象已然进入了相互依存的状态。

在试着阐明那些在皮林兹基的诗歌艺术中起到关键作用的“灵感”给我留下的印象之际，我意识到自己依然忽视了一些重要的事情，还无疑完全错过了其他诸多要点。“拥有这般象征性活力的诗歌，就像被切开的珠宝，能从每一个方向吸取光芒。”但在八到九年的熟悉过程之后，我想我有理由做出尝试，在某种意义上指明隐藏在这些在表面上看来尤显直白而开放的诗歌背后的那幕幻景具有何等性情，内含何种真实；在翻译过程中，我们也自然而然地朝着这个方向作出了努力。

然而，这一译本的忠实程度已是我所能达到的极限。数位匈牙利作家都非常愿意提供我所需要的逐字释译，我想对他们表示感谢。最终，事实证明，与诗人雅诺什·乔基奇[①]的合作给我带来了最大的便利。我们保持着长期的友谊；数年前，正是他将我领入了皮林兹基的诗歌世界。他严格地引导着我。这一译本其实既属于我，也属于他。根据我的判断，在他的初译草稿中，就已经存在众多无可改善的完美译句。而且，除了似乎常常在一位诗人将母语作品译成外语之际渗入译文之中的那种不可避免的奇异质感和“风格”印记，他自然而然地保持着一种对于原作之风味与音调的纯粹感知；那种无比迷人的特质——那种异质感和陌生感正是一位译者的“磷火”。每当雅诺什·乔基奇将它“俘获”，我便更深切地感受到这一最重要的特质，但我无法在他无意予以重构之处或者在我不得不对他的措辞加以重组之处自行“重构”。最初，我之所以被皮林兹基的诗歌吸引，正是因为它们的简洁与准确——一种满含无助之感的准确。没有任何一种方式能比最接近字面意义的译文更好地表现这般气质，我想我们如果具备足够的胆量，就应该以如此译文付梓。于是，字面意义的准确传达才成为我们的第一原则。

在翻译过程中，一首名为《外典》的诗作令我尤感困惑。它大有可能是一份具有终极意义的总结性陈词。在很长一段时间里，我深感绝望，觉得完全无从下笔翻译——原作的文字绽放出如此耀眼的怪异光彩（即便是最粗糙的字面性译法也丝毫无碍于之），任何一种译法都显得淡而无味。凭借不假雕琢的天然语言和（在括号中进行的）细致的语义辨析，雅诺什·乔基奇的逐字对译以一种生动的方式传达出这种氛围与力量。最终，我完整地保留了这篇译文的原貌，只做了最低限度的文字性调整。

---

① 雅诺什·乔基奇（1928—2011），匈牙利诗人，曾与休斯合作翻译雅诺什·皮林兹基的诗集。

通常情况下，每当我擅作主张，自由发挥，雅诺什·乔基奇都像一位辞典编纂专家一样不辞辛劳，费尽苦心，只为纠正我的谬误。书中这些通过逐字对应来贴近原作的译文——倘若作为一种“指针”——将会顺利完成它们的指示任务，帮助读者重新想象原诗应有的模样。

劳拉·莱汀[①][②]

眼下，任何一位正执笔从事创作的诗人都面临着一大难题，即：如何不被来自那个刚刚成为过去的伟大时代的种种影响压垮？上一代人留下的遗产太过丰富。同时，对于一位在世诗人来说，这些遗产——就其效用而言——似乎已经过时。他们积累并存入诗之账户的巨额财产虽然从未在真正意义上成为开支，却已在某种程度上失去了原有的价值。也许，这个世界的变化太过迅速。如今，持续递出空头支票的人有增无减；但一如我们所见，在滚滚人潮之中，也有一些诗人更诚实地选择了另一条路——他们宁愿接受彻底的贫穷。

然而，真正的“另一条路”另有所在：诗人应当向着隐藏在自己脑海深处的诗之源头一路回掘，忽略一切来自外界的影响——一条行

---

① 本文曾载于由圣芭芭拉黑雀出版社于1980年出版的《无人适居的世界》中。——编者注

② 劳拉·莱汀（1901—1991），美国诗人、散文家、小说家，其作品多于身后出版，代表作包括诗集《初醒》、散文集《在心灵的守护下》、回忆录《我这个人》等；莱汀在大约1941年放弃了诗歌创作，1945年后又将精力投入有关哲学与语言学的散文创作之中。

之于一个美好时代的开端或许比行之于其末尾更加容易的道路；为此，劳拉·莱汀的诗歌艺术作出了独一无二的示范。在人们的想象中，这理应是一条让诗人真正成为诗人的独特道路，但诗人们却几乎从未设法予以坚持：我们自身的社会属性和本能的行为模式使我们几乎不可能在最初的纯真灵感降临之后继续自行其路。正是因为她的诗文是对于如此诗路之“可行性”的具体探索与具体发现，劳拉·莱汀的诗歌艺术才无可非议地——一如她所指出的那样——作为“一份崭新的诗歌语言学初级读物”对其他诗人产生了影响。

劳拉·莱汀的追求并不是一种“宗教式”的追求，除非维特根斯坦[①]对于语言的要求和他最终的绝望可以“宗教式”来加以形容。在以强制之力将诗歌推向“极限”的进程中，她并不像她本人所断言的那样孤身一人，但自从那部显然让她确信自己已在诗歌领域中辜负了她对于“真实”的认知的《劳拉·莱汀诗集》出版以后，她未再发表任何一句新诗。如今，她宣称自己的沉默比诗歌更能使其“诗之良知”保持纯粹。

无论她如何觉得自己辜负了她对于“真实”的认知，我们都可以说，她从未辜负诗歌，直到她停止创作。在莱汀式的绝对主义论调中，我们感受到一种深刻的错误——一种天使般善良的贪婪。在某种对于理想境界的苛刻要求——一种抽象的，不惜自我毁灭的追求——的压制下，深深沉溺于那种喋喋不尽的狂热状态——那种正是“表现性言语”的生命之所在的状态并不断寻找着“近似之物”和“妥协余地”的生物已然失去主动。然而，赋予她笔下的诗歌以其不可思议的强烈信念和一以贯之的内在道德方向的，也正是伴随这般贯穿其所有

① 路德维希·约瑟夫·约翰·维特根斯坦（1889—1951），英国哲学家，20世纪最具影响力的哲学家之一，主要研究数学哲学、精神哲学和语言哲学。

诗文的严格“要求”而来的持久压力。

也许，莱汀的秘密就隐藏在这种“结合”之中——一种专注、绝情，超越语言之上的强烈欲望和一种柔软而灵活、狂野而自由的新型语言的结合。她对当出之言怀有一种“宗教式”的敬重，但对力所能及的出言方法不屑一顾——“*诗歌无足轻重。*”但只有在语言上天赋异禀的诗人才能成功地将这一切进行到底。常常被人和最为接近其诗歌主旨的语言哲学联系在一起的那种以天真的方式被数学化、程序化的理想语言其实是和劳拉·莱汀式的精准表达完全对立的存在。她的语言的真正原始的表达，是一只装满“粗糙的即兴表演”和“临时魔法”的急救药包，它们天真无邪、欢快戏谑、离奇古怪，又躁动不安，不断被分解，又不断被重塑，永无休止。它是一种自私的语言，是在一时冲动之下为了她对于超乎这般语言之外的种种现实的追求——一种既猛烈又致密、既清醒又入迷、既敏感又谨慎的追求——而诞生的语言。它精确到几乎不可思议，但这种“精确”与其说是一种冷冰冰的、语义性的精确，毋宁说是一种“表现力”上的精确：处于一汪明眸之侧的众多事物都无情地聚合于客观对象之上。她诗中那种奇异的音乐感与模式性，她那份经久不衰的惊喜——那个更显宏大，在文字以充满活力的姿态到来之际便已受其掌控的诗之领域——这一切似乎都附属于她那种特殊的，在本质上对文字嗤之以鼻的专注状态。她的“优先顺序”正确无误。当诗人对于文字的敬重更甚于他对于永远试图寻找并纠正文字的真实的敬重，诗歌将被置于死地。当然，反之，诗歌亦亡——但不亡于它被创造之前。

作为“*一份崭新的诗歌语言学初级读物*”，她的诗歌一如既往地鲜活、典型。毫无疑问，在未来，诗人们也依然会像过去一样对它们心存感激。

沙滩上的乌鸦[①]

也许，任何一位不熟悉古代原始文学中的“骗子故事”或者不认为那些民间作品在以严肃的文学形式创作的“文学正典”中占有一席之地的读者都会试着将“乌鸦”与在西方现代传统的框架下更为人们所熟知的某种事物联系起来。人们通常会想起那种在战后的西欧流行一时的“黑色喜剧”。但构建这般关联是一种误导行为。

的确，“黑色喜剧”（据我理解）和“骗子文学”在表面上具有明显的相似性。但就根本而言，它们是如此对立的存在——那些表面上的“相似”其实是一种绝对的“对立”，就像正负两极一样。

“黑色喜剧”是一个文化进程的终点，而“骗子文学”则是起点。“黑色喜剧”的效果出自在支撑性的形上信仰瓦解之际陷一个社会或者个人于痛苦之中的动物性绝望和自杀性虚无主义，而“骗子文学”的影响则源于那种无可扼杀的生理性乐观——一种在世界尚未得到完整的创建，形上信仰依然处于幻梦阶段，正欲挣脱而出之际支撑着一

① 本文曾载于由艾伯塔·T. 特纳编辑、由哈尔洛朗文出版社于1985年出版的《45首当代诗歌：创造的过程》中。——编者注

个社会或者个人的乐观。

在“黑色喜剧”中，绝望和虚无主义被视为根本，一切生存尝试都是暂时的、滑稽的、没有意义的、“荒谬的”。但在“骗子文学”中，乐观与创造的欢乐被视为根本，一切为了生存，为了拓展生命、强化生命的努力——无论有多失当、失败，每时每刻都充满了自证自足的意义。

二者极易混淆，因为在历史上，它们时而共存，而在心理层面，它们更是经常如此——或者说，至少，在负面情绪最终扑灭一切可能的希望（一如我们在眼下这个时代经常见到的那样），以至于生理性的更新与再生素性就此放弃、彻底终止之前，它们一直处于共存状态。其间的种种悲苦与崩溃——作为一种现实——在“黑色喜剧”中得到体现，所以，在我们“诊断”自身经历的尝试中，“黑色喜剧”确实有其效用。但在“骗子文学”中得到体现的，是于这般至暗时刻被“压缩”在痛苦之下关键因素——那个奋力更新着自我，在自我深处寻求新的资源与指示并以新的成长与自我表现形式为目标不断作出探索的神圣精灵。如此，那最糟糕的一刻便几乎成了最难得的机遇——所谓“砖荷加倍，摩西即来”[①]正是此意。在一个敢于正视外部环境并如实予以应对的人看来，“黑色喜剧”——就其拣选证据的方式而言——也许太过狭隘、太过愤嫉，几乎就像一通出自偏执狂之口的迷妄之辞，而“骗子文学”则可能是“不负责任”的创造，因为它拒绝退缩，不惧一切来自敌对势力的恐吓。

当然，那只是一句谚语。如果“砖荷”翻上两翻，没准摩西也会被它压扁。“骗子”的出现不提供任何保证。事实上，他们甚至可能

① 该句原文为“When the load of bricks is doubled, Moses comes”，原为犹太谚语，意指“人的绝境便是神的机遇”。——译者注

是不祥的预兆——随之而来的灾难也许足具催欲之效。

“性”和“骗子”之间连着一条“热线”。在一个个人的生活中，“黑色喜剧”就像一个以无可逃避的衰老与疾病为本体的隐喻，它仿佛建立在化学意义上的幻灭和细胞的崩解之上，而“骗子文学”则与“性爱”之天真——一种稚若婴幼、不负责任的天真达成一致，仿佛建立在精子永世不朽的进取之上。

对此二者的区分需要锐利的目光。伴随着一种消极的音调，“骗子”的世界——那个失落的，充满希望的世界冷冷地反映在“黑色喜剧”之中，但在“骗子文学”里，“黑色喜剧”所描绘的世界——那个在劫难逃的世界却伴随着一种积极的音调得到“炙热”的反映。这就像两种笑声的区别：其一尖酸刻薄，充满破坏力，其二肆无忌惮，富于创造性，但发出这两种笑声的人所面对的，似乎是同一种灾难。

也许，归根到底，这便是“骗子”的真实身份：他是一种乐观，是在一亿五千万年之后依然热切不减、奋力抗争的精子的乐观。

文明围绕着他的脑袋怒放如花，又在他脚下粉身碎骨。他漠然于时代的劝阻，不断碰壁，却每每从中——一点一滴地——汲取进化意义上的教训并将一切遭遇都转化为有利的条件：其实，他<u>就是</u>一种全力以赴，欲救生命于逆境之中的决心。此外的一切特质都围绕着这一核心，沿着长长的椭圆形轨道旋转，但他的昂扬斗志和行进轨迹都恒常如一。精子不断地寻找卵子——只为和一切非其本身的人性之物结合并满携业已倍增的遗传潜能，在焕然一新的世界里创造一个崭新的自我。

在“骗子文学”中，表现“骗子”的短处与挫折的桥段——那些充满嬉闹又足具野性，被视为这一文学体裁显著的特征之一的滑稽场面——是在实现那种既关乎人性，又存乎本质的现实主义文学追求的过程中不可或缺的重要力量。无论那种种冒险有多奇异、有多夸张，这般看似乐于嬉闹，实则乐于关爱、乐于同情的“民间气质”都永远不会过时。

骗子——作为精子之魂——的反复追寻宛如一幅宏伟的蓝图——不仅是一种深刻的生物印记，也是对我们来说最具效用的一套工具。我们始终像使用工具一样自然、自发地用之于心理复原或者心理成长的每一个阶段。它在“觅神之人”的精神迷狂或者某种他为之效力的迷狂尚未完全丧失深藏于精子体内的“性之三昧”之际为他指出一条明“路”。它就在神的脚下，宛如“命运”之手，在他的“英雄故事”中引领着“英雄”前进并因为他终有一死而陷之于悲剧之中，却始终以悲剧性的欢乐维持着他的生命与意志。一部由一系列的“悲喜剧”构成的“骗子萨迦”（Trickster Saga）就像活跃于“悲剧”背后的萨堤[①]一样涌动在“英雄故事”的深处。它不仅是一个系列，也绝非真正意义上的悲剧，因为承载着精子之魂的“骗子”是象征着阳根之力的恶魔，他去而复来，不可毁灭。无论他犯下何等致命的错误，无论他对何等悲剧性的缺陷放任不顾，他都拒绝被痛苦或者死亡拘禁，总是设法避开，永不绝望。他有太多投机取巧的想法，因而不达“性之三昧”，他身处进化之初，太过原始，因而不至精神迷狂；同时，他又太过永恒，因而不觉悲剧性的欢乐——他脚不停步，一路游走，沉浸在生物性的欢欣之中。

每一个角色都投下其他角色的影子。“骗子”“英雄”和“路”上的“圣徒”相会于“圣愚”之中。他们无一碌碌于封闭的社会，无不登上史诗的舞台，置身于风息如沐，“一切皆有可能”的剧场。每一个角色都忠于那尾小小的精子——那条蜷伏于一整套俄罗斯套娃中心

---

① 萨堤即古希腊神话中半人半兽的森林之神；他耽于淫欲、性喜欢乐，既是创造力、音乐、诗歌和性爱的象征，也是噩梦与恐慌的标志。

的蛇，并勉力在我们身陷困境之际救赎我们，治愈我们，甚至——在某种意义上——复活我们。

在我尽己所能以“乌鸦”为原始意象进行诗歌性开拓之际一直引领着我的核心隐喻正是“骗子萨迦”这一特定的观察。

在《沙滩上的乌鸦》中，“乌鸦”面对着他所认为的大海。没错，那就是大海。与此同时，他的眼前蒙上一层下意识的幻象——子宫的幻象——那个孕育了他，他已然忘记的子宫：它属于他的“挚爱”——那个他终将在他克服自身的反常并意识到自己的真正向往（和真正向往他的一切）之际找到的挚爱。

希望的征兆如是：他辨认出痛苦——或者更确切地说，他辨认出了“阵痛”[①]。但与其说是“辨认”，毋宁说是“意识”：他“投映”痛苦，从而意识到了它的存在，因为他也深陷于痛苦之中，尽管他自己并不知道。他拒绝承认的一切内在都处于痛苦之中，而痛苦又不断地呼唤痛苦。困惑中，他对此有所察觉。他亲身经历了整个“交换”过程，却并未参与其中，只是置身事外地予以观察。换言之，他依然“幼稚”——依然逃避着内在的现实；又或者，出于某种原因，他尚且无法辨认出这般现实，所以无从为之负责，所以依然幼稚。

这首诗的语言——一如《乌鸦》中的大多数诗作的语言——其实是由它的属性所决定：它是一则“诗歌传奇”，而传奇的古老视角则有赖于一种特定的“简洁”。在当代文学如火如荼之际创作一首“诗歌传奇”的困难之处尽在于如何达成一种恰如其分的“简洁”——然后牢牢把握住它。在我看来就是这样。作者必须对简洁保持向往。

① 前文中的“疼痛”的原文为“pain”，泛指“疼痛、痛苦”，但此处的“阵痛”原文为“travail”，既可泛指“煎熬、痛苦”，亦可特指“分娩时的阵痛”。——译者注

“复杂”——作为人类意识的组成部分——是极具吸引力的一种特质；在任何建设性的脑力劳动中，它都往往会强行征用一切可以征用的心血。在“复杂”的近侧，存在着一种“简洁”：它大致是一个对丰富的外部效应进行概括并加以挑选的过程。在“复杂”的远侧，也存在着另一种“简洁”：它关乎对于核心的控制。作为语言风格，这两种“简洁”都为不同类型的洞察提供了机会，但一则成功的传奇所采用的，往往是后者。

一旦《沙滩上的乌鸦》被视作一首“歌中之歌”，在歌声中占据统治地位的旋律往往会再次为其自身挑选基本的词汇——一种就像音乐本身一样具备“动觉型”根脉（至少是一种“有形”的根）的词汇。这一挑选过程似乎确实已经发生，但在此，我只当提出了一种观察。我想，一次对于词汇的细致分析或将涉及众多内容，比如某种视旋律为某个特定物种之变体的解释，比如对其“身心性”特征的精确定位——诸如此类。无论如何，文字的选择始终处于旋律的掌控之下——一如荷尔蒙的分泌完全取决于身体活动的类型。旋律的这一特殊功能是“乌鸦”式语言的唯一法则。

或应说，《乌鸦》的诞生源于伦纳德·巴斯金的邀请；当时，我受邀与他一同创作一本单纯以乌鸦为主题的书。成群的乌鸦已然以各种各样的形态聚集在他的雕塑、绘画与版画作品之中，但他希望能在此基础之上创造更多的乌鸦。或许，在任何一位作者手中，作为一本书的主角，乌鸦都将成为一种象征，而一只具有象征意义的乌鸦始终活在传奇世界之中。这便是《乌鸦》之翔的开端。

内在音乐[①]

制作于沃尔特·德·拉·梅尔[②]过世后不久的一份采访记录至今存世。他坐在他的房间里，谈论着各式话题，像被逼到了墙角一般，以一种相当谨慎的方式一点一滴地掏出趣闻逸事，来满足录音机的胃口。最终，他将注意力转移到隔窗可见的一棵树上。接着，他继续回忆，想起曾有一天，雷雨大作，一道闪电击中那棵树时，他恰好正望向窗外。闪光和巨响足够惊人，但最惊人的莫过于那棵树的反应。他说，那棵树就干脆甩掉了身上的所有树皮。“像个甩掉衣服的姑娘一样。”

在这一不可思议、惊心动魄的奇妙瞬间在他的脑海中重现之际，他所作出的那番描述——那些浮现于冥思之中，伴随其苍老却充满令人惊叹的警觉与活力的声音缓缓流淌而出的短语和话声中那种既不缺乏也不吝惜惊奇之感的抑扬顿挫——构成了我所知道的最奇特也最神

① 本文曾作为引言收录于由伦敦音乐戏剧艺术学院编制、由莱因哈特出版社于1988年出版的《诗歌散文选》第十二卷中。——编者注

② 沃尔特·德·拉·梅尔（1873—1956），英国诗人、小说家。

秘的“人声再现”之一。

忆罢奇闻之后，他几乎丝毫不事喘息，立刻开口朗诵了他的诗作之一，此前那番“人声再现”的纯粹性也为这段朗诵所封印，仿佛突然遭到隔离：倒不是说他没把自己的诗念好——其实恰恰相反。从他的朗诵之中，你听得见你希望从一个自诵其诗的诗人口中听见的一切：你听得见那种奇异的、内在的音乐——一曲融各式“心理成分”的歌声于一体的合唱，诗文所承载的一切可能都取决于之。德·拉·梅尔的朗诵的确是对其诗文的完美“投射”。

但你无论如何谛听，都听不见那个在树被闪电劈裂之际望着窗外的德·拉·梅尔。那种精妙而赤裸，正汲汲探寻的音乐——那种他赖以在回忆中发掘那幕幻景，你似能从中听见他最内在的情感和弦的音乐——并未“出席”他的朗诵。于此，任何一位诗歌或者散文的朗诵者都能上到一课。

此外，另一次古怪的经历又给我上了另一堂课。当时，应彼得·布鲁克之邀，我改编了塞涅卡[①]的《俄狄浦斯》。在试图以最简单而直接的方式释放蕴藏在这部怪剧中的种种能量之际，我将原作简化为一部骨瘦如柴的清唱剧，并削除文字上的修饰，将词汇缩至可以百计之量。同时，我试着维持一种整体与细节上的模式感：节奏的模式、力度的模式、情绪的模式和抑扬顿挫的模式——一如一部音乐作品中的种种模式。而且，包括艾琳·沃斯、约翰·吉尔古德爵士、科林·布莱克利和罗纳德·皮卡普在内（他们无不技艺精湛，极擅念诵诗文、塑造场景）的演员阵容也具备了充分表现这些

① 吕齐乌斯·安涅·塞涅卡（约前4—65），古罗马政治家、哲学家、剧作家、雄辩家，后文中的《俄狄浦斯》是其代表剧作之一。

模式的能力。

距首演之夜还剩两到三天时，彼得·布鲁克让整个演员团队（共三十六人）在舞台上一字排开，请他们站在原地，不动一肢，以双倍于平常的速度与十足响亮而平直的声音——即不包含任何富于表现力的音调变化的声音——像机器人“戴立克”一样通诵剧本。这一练习旨在唤醒演员，使其摆脱所有或已在无比漫长的排演过程中固定化、机械化的发声习惯。但结果出乎意料。

演员们使劲全力，开始念词。几分钟后，我便意识到自己正亲身经历着某种崭新而非凡的体验。事实上，整部戏剧已经以一种陌生却令人难以抗拒的方式被彻底地语言化。不存在演员的表演对视觉的干扰，不存在声音的诠释对大脑的干扰，只存在一种唯有保持极度的专注才能跟上的速度：词语开始“发生”在某一足具深度的时空，它们的种种意义都不仅被完全解放，也被一一放大。当时，我们全都被打包装进一艘已然摆脱了一切物质条件的束缚，正乘着纯粹的声音急速飞驰的火箭。很难理解或描述当时究竟发生了什么，但所有人都感觉到了这般异常。电场的强度高到令人难以忍受。一位演员晕了过去，一位坐在前排的置景师也晕了过去。练习结束之后，我和彼得·布鲁克面面相觑，震惊不已。

接着，我突然想到：类似的风格、速度、内向性和如此具有爆发力与明确性的“密闭状态”是否曾在莎剧表演中出现？这是否就是那些巨大的“戏剧建筑”得以升空的原因？而且实际上，据我所闻，最接近如此境界的表演正是“法兰西喜剧院”对于拉辛[①]的剧作和《理查三世》[②]的诠释。

---

① 让·拉辛（1639—1699），法国剧作家，与莫里哀（1622—1673）和皮埃尔·高乃依（1606—1684）并称为17世纪最伟大的三位法国剧作家。

② 《理查三世》是莎士比亚创作于1591年的一部历史剧。

我感觉自己瞥见了一整个更宏大的戏剧性存在，一个已经被我们的英式舞台遗忘的存在。也许，那些僵硬的、呆板的、戴着面具的希腊演员正是通过这种方式在半圆形露天剧场里完成了他们“扩音式”[①]悲剧表演，并让他们的观众在演出结束之后沉浸在一连数天的迷狂之中，满口激昂之语，不罢抑扬之调[②]。

那些希腊戏剧近似于“感恩礼拜仪式”。神界与冥界仍在倾听，戏剧本身也意在为之所闻。不仅是在古代希腊，在世上任何地方，任何时候，只要人类试图让声音传至精灵、神明或者上帝的耳畔，咒语般的言语方式都会为之所用。他们舍弃日常的语气和音调变化（倘若没有这些语气和音调变化，人类几乎无法互相理解）并诉诸这般不乏狂乱之感的“素歌”，就好像那些精灵、神明或者上帝已然通过某种方式知之于凡间众生：除此之外，他们一律不听。而且，这是一种与生俱来的语言能力。在任何需要祈祷的时候，我们都能在自己身上发现这种能力。

至此，我们已经在一定程度上偏离原始的话题——即沃尔特·德·拉·梅尔和那棵树的故事。但也许，我们依然离自诵其诗之际的叶芝或者艾略特很近。

在开口吟诵诗歌或者形体鲜明的散文之际，我们也就此提出了某种诉求。无论认可与否，我们都必须接受这一事实，而听见这般诉求并逐渐向我们靠近的，正是“人性之灵”——与人类更亲密，也更丰满的“人性之灵”。问题在于：何谓“人性之灵”？它值得被如此召唤吗？我们对它有多大的需求？是少许即够，半成为宜，还是多多益

---

① 此处的“扩音式”原文为“megaphone”，意指“扩音器”；古希腊露天剧场因其特殊的建筑材料与构造，能将噪音降到最低并让演员的声音得到充分的传播，从而达成良好的“扩音”效果。——译者注

② 古希腊悲剧多为以抑扬格写成的诗剧。——译者注

善？它深至几许，何处为尽，又有何等力量贯透其中？这种种游升而上抑或飞坠而下的力量是骇人之力，还是亲善之力？同时，我们也不能忘记朗诵者本人。他所寻求的，是一份乐趣，一次震颤，还是一阵惊恐？他究竟在寻求什么？他身在一个予之护佑的神奇循环之中，还是身在其外？

在以“精灵”为主题的讲演中，洛尔迦就某一些人在某一时间、某一地点对“咒语”之力所怀有的期待作出了一番解释。他描述了安达卢西亚弗拉门戈歌手帕斯朵拉·帕文在加的斯一间酒馆里的表演过程：

> 她放声演唱，歌声犹如幻影，犹如流动的金属，又仿佛被苔草覆盖，仿佛与她的长发紧紧交缠；它时而被曼赞尼拉浸透，时而消失在昏暗而遥远的丛林之中。但她一败涂地：一切都漫无目的。听众始终默然……只有一个矮小的男人……以极低的声音出言讽刺：“巴黎万岁！”，像是在说：“在这儿，我们不在乎功力、技巧或者熟练程度。我们在乎的是别的某种东西。”
>
> 那一刻，帕斯朵拉·帕文像着魔的女人一般站起身来，形如一位心灰意冷的中世纪悼徒；她一口气喝掉一大杯卡萨利亚——一种烈性白兰地酒，又坐下身，开始无声地演唱。她气息不接，不事微妙，喉间痛辣如焚，但——“精灵”随之起舞。她成功地摆脱歌的绞架，为一个狂躁不羁、激情似火的“精灵”开辟了舞台……唱罢，泪水打湿了台下听众的衣衫……

在关于发掘尼尼微的回忆录中，莱亚德也描述过类似的经历。他讲述了一天夜里，一个巡走四方的吟游诗人如何在帐篷里为效力于挖掘工作的部落成员奉上一场表演，观众们如何——于诗人吟唱史诗之际——在地毯上扭动着身体，一面磨牙不止，一面发出痛苦的喊叫，也讲述了他本人如何把这一切看在眼里，却完全无法相信自己的眼睛。

这些例子“过度”了吗？——人类和“精灵”或其一众亲属之间的对话占据着“内在深渊”，伦敦音乐戏剧艺术学院的所有测验都被固定于“向前一步，便是深渊”的边缘。我们之中极少有人足具越过这道边缘的意愿。沃尔特·德·拉·梅尔无意为之。他——和他窗外的树一起——立足于边缘之上，在安全无虞之际教授着那堪称典范的一课。

又或者，他真的仅仅是在边缘立足？让那棵树的故事变得如此挥之不去，令人难以忘怀的，也许恰恰就是——“精灵”的一丝气息。它无碍于他茶点时间的彬彬有礼，却或许会提升隐藏在那些奇异“涡流”中的声音。我清楚地记得我第一次听到迈克尔·霍登念诵莎剧台词时的反应。在那之前，我始终相信一个发自现代英语世界的声音绝对无法令人信服地处理莎士比亚的语言。但迈克尔·霍登就在那儿，相当冷静地念着台词，就像在和朋友说话；那是一种格外强烈的声音：它经过各式细致入微的调制，被良知浸透并饱含关怀与忧虑——一种完美的声音。《特洛伊罗斯与克瑞西达》中俄底修斯的那些长篇演说乘声而起，在其自身的错综复杂中穿行、搜寻，一如沃尔特·德·拉·梅尔的声音在他关于那棵被雷电击中的树的记忆中穿行、搜寻。言语和韵律温柔地拥抱彼此，一丝不挂，似乎全然不谙艺术；它们必然而然，充满自然而然的情感，并被封闭在一种深邃而平静，源于当下剧情的想象之中。在他的声音里，“精灵”出现了吗？出现的也许并不是在帕斯朵拉·帕文的歌声中出现的那位唤醒彻骨寒意的“精灵”，而是一种对“精灵”的感知、一种让一切都黯然失色的存在。隐藏在演员的声音之下的，并不是“精灵”的言语方式，而是一片黑暗，是“精灵之渊”。

1988

济慈论梦者与诗人的区别[①]

诗人与梦者截然不同，
性质有别，他们互为反面，完全对立：
一个向世界倒出一罐香油，
另一个让世界困惑[②]。

我猜想，在以上这四行诗中，济慈意在指出，真正的诗歌（他非常热衷于必要的区分）——这一对于人类来说具有终极价值的事物——是一种拥有治愈之力的物质；它的核心能量是一种治愈之能，就好像它是由自体免疫系统——即人体的自我修复系统——的心理性组成部分以一种自然、自发的方式予以生产的物质。相反，济慈所谓“梦者”的作品则由疾病症状——即不同于“治愈性反应”的症状（我知道，在物理医学领域，二者有时很难区分）——的内容构成。“梦者”的作品所蕴含的能量属于“分解代谢型能量”，其笔下的意象

① 本文原为一份写给通讯记者的回信，约于1986年完成。——编者注
② 语出济慈的长诗《海伯利安》。

体系植根于实际破坏进程中的焦虑与痛苦，是以产生于疾病猛攻、机体崩溃之际的种种兴奋为对象的戏剧化处理。

虽然济慈并未道明，但我想有此一点不言自明：这些“梦者”是“疾病初级阶段”的声音，他们有多不可避免，就有多不可或缺，因为他们所表达的，是对于疾病的“最初意识”（这些“梦者”若非前所未有之属，那他们便什么也不是）。他们是疾病赖以表达自我，发表宣言，表明其自身存在的完整属性并对其种种威胁加以引导的声音；疾病在“梦者”体内引发痛苦，而声音则由痛苦的模式来定义。在文字作品中（假定作者正对他已身陷其中的某种特定的“社会—政治”境况作出反应——即使他已然在历经某种私人的创伤之后习惯了这种境况），与以上这一切等价的则是一种意图明显的选题方式——即作者在限所有情绪与注意力于具体的“社会—政治”问题之际从中择取题材。

大多数作者都处于这一“初级阶段”，他们的文字直白易懂，因为所有沉浸在同一种流行性困境之中的人都共享着构成其作品的原料所涉及的一切词汇，而“第二阶段”，如果它真有可能到来的话，则必须从一种截然不同的源头汲取能量——其能量来源深藏于一个个人的“生物性核心”之内，而非普遍分布于“当下环境”之中。这些被济慈称为“香油”①的能量让“治愈之力”通过它们自身产生效果。我们终将辨识出它们的存在，因为我们发现它们的的确确能治愈我们——或者说，是因为它们让我们感觉到自己似乎正得到治愈；我们会像寻找特效药草的病兽一样寻找它们。人类终将意识到这些作品的价值，因为人类需要它们；最终为人类所珍视的，也只有它们。除了

① 此处以及文首诗行中的“香油”原文为“balm”，特指具有疗伤或者镇痛之效的香树油。——译者注

种种奇珍异宝之外，这些作品是任何一个民族或者时代给我们留下并被我们牢牢抓住的唯一遗物，而我们之所以牢牢抓住它们，正是因为它们依然足具“治愈”之力，尽管我们通常只称之为“美丽”。

在真正的艺术中，这般治愈能力的古怪之处在于它和“题材”之间的神秘关联。在音乐中，治愈之流最显汹涌，但音乐又何来题材可言？我们若将社会关怀与政治关切注入其中，会对音乐的真正力量和真正美感造成何种影响？即便是在绘画中，这种“治愈”之力——就其对于“题材”的态度而言——也显得反复无常。

简而言之，我想我应该说，我确实认为对于诗歌来说，存在着一个“适当”的来源和一个“不适当”的来源——是“来源”，而非“原料”。所谓“适当”的来源即那种治愈性能量的来源，而“不适当”的来源则是——其他任何地方。按照这一定义，所谓“原料”则可能是治愈性能量意欲化为己用的任何事物。如果“原料”的选取者并非治愈性能量本身，而是自我的精神活动或者源自我们体内的任何一个角落的任何冲动，那么“治愈”之质的“适当”力量与“适当”美感就无疑会大打折扣。

诗歌与暴力

埃克伯特·法阿斯[1]提出的两个问题

本文意在就埃克伯特·法阿斯在1971年1月刊登于《伦敦杂志》的一次访谈中提出的两个问题作出内容更为详尽的回答。

法阿斯：

批评家常以“暴力之诗”来形容您的诗作……这样一种诗歌与我们习以为常的社会价值观念和人道主义价值观念有何关联，它又在多大程度上可以被视为一种以这些价值观念为对象的批评？

---

① 埃克伯特·法阿斯（1938—），加拿大学者，著有多部以现代诗人为研究对象（包括休斯）的作品。

休斯:

我注意到这种说法，主要是通过年轻学生的来信；他们常在信中向我寻求更多与他们所谓的“暴力之诗”相关的信息。

“暴力”(violence) 一词在埃德温·缪尔就我的第一部诗集所作的评论中首次被用来定义我的诗歌；论及那首名为《美洲虎》的诗作之际，他将所谓“暴力”定性为一种“可敬的暴力”。何谓“可敬的暴力”?

如何定义“暴力”一词? ——这难道不是一个社会性问题吗? 它的定义取决于你在“防御行为”的种种无影无形却极度敏感且互有重合的领域中所处的立场。

在《雅歌》中，佳偶之美“威武如展开旌旗的军队”①。也许这就是“可敬的暴力”，即便它源自女性之美。

当扫罗——一如传言所云——仆倒在地并停止存在，而“教会之父保罗”于他倒地之处披着他的外皮站起身来，扫罗完全有理由称之为“凶杀性暴力”，但保罗亦可恰如其分地称之为“可敬的暴力”，因为它将保罗和耶稣及其至高无上的精神性存在紧密地结合在了一起。这些“暴力”与“我们习以为常的社会价值观念和人道主义价值观念”有何关联?

我第二部诗集中的《画眉》曾不时作为“暴力之诗”被人引用。这首诗的劲力集中在一个“三重意象”之上：画眉正捕杀一条蠕虫；莫扎特的大脑正谱写乐章；猎食中的鲨鱼——出于本能的反应——正张口咬向自己身上的一道淌着鲜血的伤口。全诗如下:

---

① 《圣经·雅歌》中，新郎对新娘唱道：“我的佳偶啊，你美丽如得撒，秀美如耶路撒冷，威武如展开旌旗的军队。”此处的“威武”原文为“terrible”，亦有“可怕”之意。

画眉

草地上专注、光滑的画眉令人胆颤，
相比活物，它更像是一卷钢铁——一只镇定的
黑而致命的眼睛，那双纤细的腿
被唤醒，陷入知觉之外的隐动——一惊、一弹、一刺，
超越那一瞬间，拽出某个不住扭动的东西。
从无懒散的耽搁，从无倦怠的凝视。
从不叹息、挠头。只是一弹、一刺
和凶猛的一秒钟时间。

是它们只够容纳一心一意的脑壳，或者一具训练有素的
身体，还是天分，或者整整一窝幼雏
赋予了它们的日常以这等如子弹一般坚定、自动的
目标？莫扎特的头脑有之，还有鲨鱼那张
渴望血腥的大口，即便这血腥源自它自己身上的一道伤口，
即便它将吞噬自己：它的效率
好似一道流线，不受任何疑虑的拉扯，
不因任何阻碍而偏移。

人则不然。马背上的英雄气概
将宽阔的工作台上的工作日记甩在身后，
在一件小小的象牙饰品上
雕刻多年：他的行动自我崇拜——但为了他，
虽然他一心想融身于祷告之中，分人心神的恶魔

在何等炙烈的火焰空间里何等喧嚣地狂欢、呼赞，在何等荒茫的
黑静水域中哭泣。

在我能回答您的问题之前，我们应当进一步厘清那些批评家所谓的“暴力”具有怎样一种含义。然后，我们也许可以看看这首诗如何为自己辩护。批评家们似乎通过“暴力”一词作出了消极的暗示，而埃德温·缪尔则作出了积极的暗示。

读者们又如何理解“暴力之诗”中的“暴力”一词?

我想先就这些问题作出澄清，因为我所引用的这首《画眉》实际上是一份以某一种暴力为对象的评论——一种非常具体的暴力、一种具体的模式；只有在这种特定的暴力得到鲜明的分辨与定义之后，这首诗作才能获得公平的申辩机会和某种被人理解的可能。

当你依照一定的模式对“暴力”一词的常见用法进行排列，你便能清楚地意识到它的意义模糊到何种地步。首先，“暴力”一词显然尤为广泛地涵盖了不同程度的严肃。我所谓“严肃”，是就道德后果与精神后果而言。隐藏在“暴力”一词背后的“普遍意象”始终是一番旨在冲破某种障碍的激烈行动，但这番行动所造成的道德后果与精神后果却既有可能至关紧要、无比严重，也可能空空如“零”。不妨作此想象：在一幅曲线图中，一条象征着“严肃”的曲线持续走高，“暴力”一词一路相随，不断重现，在曲线的初端，它的意义微弱而松散，行动的后果或者并不存在，或者无关紧要，而在曲线的终端，它的意义强烈而具体，行动的后果亦极其重大。但出现在线上任何一个点位的，都是同一个简单而赤裸的词语——“暴力”。人们无从知晓一个孤立于纸页之上的“暴力”有多严肃，也无从判断它所承载的是积极的暗示还是消极的暗示；这些具有决定性意义的“额外属性”

完全取决于语境。在“暴力”一词——就像在“暴力之诗”这个短语中一样——几乎完全脱离语境之际，它其实并非毫无意义，但它依然是一个有待被定义的词语。它依然包含所有不同程度的严肃和所有积极或者消极的暗示：它们无不扭动着身体，翻滚于“暴力”的内部，犹待被人选中。

或者——更准确地说，它们宛如深藏于“暴力”一词的“基因核”内，等待被“选入”某种特定生命的染色体一般，以一种互相对称的形式陈列在那幅曲线图中。

在词义最显微弱而松散的一端，尽管道德暗示接近于无，“暴力”之所指却仍有积极与消极之分。人们可以用“暴力”来形容一种激情、一匹纵情腾跃的马，或者一位舞者，可以通过“暴力”来传达某种积极的含义与满载兴奋的钦敬并得到极其充分的理解。更多时候，即便是在词义如此微弱而松散的一端，“暴力”一词也往往满含消极的暗示——一如媒体用语“性与暴力”中的“暴力”。一般来说，在这种情况下，它代表着强加于人或者他人财产的种种足具冲击力的物理性损害，但在寻常观念中，当“暴力”被控制在一个严格、合理且堪为典范的惩治体系内时，其道德后果与精神后果也依然轻微、可控。如果物理性损害开始逃脱体系化的掌控，更重大的消极后果开始引起人们的注意（对于这些道德后果与精神后果，媒体有时尤为敏锐），那么暴力本身也将随着“严肃曲线”的上升而发生变化：它开始逐渐攀向一种更为强烈，也更具体的严肃。

在曲线的另外一端——即词义最为强烈而具体的一端，“暴力”已然进入另一个世界。此刻，“暴力”一词真正的消极活力在“侵犯”的概念范畴中涌现，词义的内核就此绽开，揭示出某种“强暴”之意——某种对于神圣的信念与法则的破坏。在对于犯罪性的非法行为和物理性的激烈举措的总体认知之中，那种特定的恐怖——即源于

"亵渎神圣"的恐怖处于核心地位。同时，道德后果与精神后果变得至关紧要——其恶劣的影响不断传染，害及深远。这一激进而消极的强烈含义似乎是"暴力"的主要含义。在将希特勒的鹰爪称为"暴力分子"之际，我们所采用的，正是这一含义。它合情合理地凝聚着我们的所有警惧。在这一含义背后，隐藏着我们对于如炸药一般潜伏在人性之中的恶意的一切了解。

然而，在这一极端，"暴力"也同样可以承载积极的暗示。暴力行为的意义就此发生反转。我们不再拥有侵犯神圣法则的凶残力量。相反，我们毅然认定神圣的法则——一种能在转瞬之间摧毁一股破坏法则、"侵犯"法则的力量并带来无限生机的认定。在我看来，扫罗所经历的那次突然而自发的"转变"[①]或许足以对这般强烈而积极的暴力作出一种形象的诠释。于此，道德后果与精神后果再次变得至关紧要——不仅传染性强，而且影响深远，但它们已然被视作完完全全的"善果"。

这似乎表明，在任何一个极端以及曲线上的任何一个点位，"暴力"一词的"积极"意义都是"次生的""隐性的"意义。无论何时何地，对于"暴力"一词的使用都基于一个普遍的假定，即：它所承载的暗示必然消极。只有一个经过仔细定义的清晰语境才能排除消极的假定，使积极的含义得到巩固。但这种积极含义的次生属性和它对于特殊处理的依赖丝毫无碍于它的真实性、重要性和有效性。这种强烈而积极的暴力模式理应比强烈而消极的暴力模式更能以其独有的方式引起我们的关注，因为在它背后推动着它的力量源自关于使人类有能力体验我们所谓的真理、真实、美、救赎和"基本的爱"（它丝毫不比

① 此处的"转变"原文为"conversion"，一指"转变、转化"，二指宗教或信仰意义上"皈依"。——译者注

"基本的恶"次要）的一切的启示。

我的诗作《画眉》旨在聚焦这种强烈、具体、积极的暴力的一个方面，旨在为之提供一个经过仔细定义的语境并就这一方面作出某种评论。它将"画眉"与"鲨鱼"并置，试图以其特有的方式揭示并隔离扫罗体内的保罗，再就人类对于这般启示的反应作出评论。

但从我所拟定的意义模式之中，人们不难看出，最初为这首诗所吸引的，是一种微弱、松散、消极的"暴力"，但随着诗意的发展，其严肃程度也不断加深。

"画眉"和"鲨鱼"是两个可靠的意象。野兽互相残杀、彼此为食的场景（常见于电视节目之中）让许多人心神不宁。在某种程度上，对于这些场景，大多数人都会以"暴力"相斥——一种散发着残忍气息的暴力。于此，我们所使用的，是位于曲线初端，词义最为微弱而松散的"暴力"：野兽在动物社会中的行为无从在人类社会中引发任何道德后果与精神后果。然而，在目睹这些场景之际，我们的种种感受却真实无疑：那种厌恶之感和源自同情的痛苦或许尤为强烈。

这样的观众一旦成为读者，便会自然而然地将"暴力之诗"里的"暴力"解读为那种微弱而松散、处于"媒体语境"中的暴力并因此而觉得对于一首将一只捕杀蠕虫的画眉和一条将原本意在它者的猎杀转向自身的鲨鱼置于特写镜头之下的诗歌来说，"暴力之诗"无疑是一个恰当的标签，而批评家们同样是由观众转变而来的读者：他们作出了相同的解读并因此而觉得"暴力之诗"这一说法有理有效。但批评家们明了，除此之外，"暴力"一词还有诸多更为严肃的意义。他们迫不及待地投身于消极的深渊，寻找足具戏剧性的评注。于是，他们将诗歌本身拽入其中，能拽多深就拽多深，而在消极的深处，一切谴责与非难都——必然——更显严肃。

即便如此，论及《画眉》一诗的暴力性时，他们的评语也始终围绕着“画眉”与“鲨鱼”——即杀以饱腹的猎食者们。换言之，这些批评家似正想方设法，欲将某种极其强烈而消极的“暴力”之意强加于微弱而松散、处于“媒体语境”中的暴力之上，而且在我看来，承受这般“强加之意”的意象无疑是极具积极意义的意象——即旨在从扫罗体内揭示保罗的隐喻（一如之前所言）。若要深究这些评论家何以如此为之，我们或许得回到初端，从他们在屏幕上看见猎食行为时的反应——即那种微弱而松散的“媒体式”反应说起。

大多数人每周（说是“每天”亦不为过）皆需吞食诸多不同种类的动物肉脏——若非如此，他们无法继续生存，而当猎食场景出现在屏幕上时，我们的反应也因为这一事实而处于更沉重的压力之下。而且，与人类屠宰这些动物的方法相比，任何野生猎食者的猎杀行为都似乎满含仁慈、无可指责。对所有因为屏幕上的猎杀而深感惊恐的人来说，人类自身与宰食行为的内在关联无外乎一种同等可怕的犯罪。流淌在这一内在关联之下却与之密不可分的，是一种非同寻常的意愿——一种剥削、压迫、折磨甚至杀害同类并在不断改善谎言的所有变体和旁观他人受难时的所有快感之际不断侵犯一切法则与神圣信念的意愿。就个人而言，我们每一个人都乐于相信自己属于人中异类，属于时而被视为圣徒的少数群体，绝不会参与这些道德败坏的暴力行为。但我们必须接受对照实验的“小范围”结果：一旦获得许可，大多数人都会尽心尽力、热情热切地陷他人于终极的痛苦之中。同理，我们也必须接受“大规模”的教训：历史的发展一再向我们证明，除了“神圣法则”的统治之外，人类的唯一选择并非四海一家，而是无序与残杀——一种终极的、消极的暴力。

无论我们如何适应这种尤显怪异的“隐性罪恶”，在实际生活中，我们只有两种选择：或者接受并置之于现实视野之中，或者拒绝接受。在我们看来，它是一种强加于人的罪恶，是人所不齿的罪恶，所以我们不愿接受。我们情愿切断自己与它的关联，并竭力抑制一切源于这般罪恶且指向我们自身的暗示。于是，我们看见：一个身强力壮的人形食肉动物在目睹一群狮子猎食一匹斑马之际顿觉恶心，起身离开房间，并放声宣称“如此凶残不断不绝，世界实在太过可怕”，却连想都不曾想过，在我们大口啃嚼的那块牛肉被两片面包夹住之前，那头重达半吨的小公牛如何在迎头电击之下陷入昏厥，如何在心跳尚存之际惨遭割喉，又如何被人抓住蹄踉、猛地吊起，任由旋转的刀刃、疾驰的电锯和无情撕扯的双手为所欲为，并在短短八分钟内化作轻轻摇晃于半空之中的两半干干净净、不染血污，只等中间商前来选购的鲜肉；又或者，他连想都不曾想过，在那只羔羊被烤成让人馋涎欲滴的全羊之前，人们如何用（像耳机一样的）钳夹夹住它的两只眼球（为了更好的接触），再接通电流将它电晕（或者电死）——诸如此类。

批评家们通过对于“暴力”一词的使用来扩展他们对于“画眉”这首诗作的反应——一种混一众杂乱无章的负面感受于一处的反应、一份被一只“相比活物，更像是一卷钢铁”，正在聚光灯下捕杀蠕虫，供养全家的“画眉”激活的抗拒。而且，这般捕杀行为或许会招致更大的抗拒，甚至被视为某种“侵犯”，因为在布朗宁和哈代笔下，画眉曾是美丽而英勇的歌者[①]。一个对于田园牧歌的宠儿之一妄加诋毁的人想必得落下某种骂名——恐怕略有此意。

如果在“暴力之诗”中的“暴力”一词背后，隐藏着一间虽然未经曝光、供认，却充斥着哭喊与尖叫的屠宰工厂——一如我所相信的

① 英国诗人、小说家托马斯·哈代的诗作《薄暮听画眉》和英国诗人、剧作家罗伯特·布朗宁（1812—1889）的诗作《海外乡愁》中均出现了“画眉”这一意象。

那样，那么将（正捕杀蠕虫的）“画眉”叠加在（正谱写乐章的）“莫扎特的大脑”之上这一做法无异于火上浇油。二者的并置即便不是一种“破坏”，也充满“不当”之感，二者的“对照”则近乎“亵渎”，更刺耳的警钟就此响起，就好像这一回，作者完成了一次放肆而荒唐的“暴力”表演，而且，他或许意图明确，一心想像达达主义者一样侵犯读者的知觉与情感。

这类读者最可怕的猜疑将在那条“鲨鱼”陷入盲目的饥狂而张口咬向自身的伤口之际得到证实。在他们看来，将这条自我吞噬的狂鲨作为一幅“肖像”——“回顾式”地——叠加于在灵感的刺激下陷入欣狂并奋然搏动的莫式大脑之上也许无异于一次对于凶暴之意、对于全诗之“暴力”的完美证明。

但任何一位牢牢抓住我所设定的诗歌脉络与论证模式的读者无疑将另有发现。若将“画眉”“莫扎特的大脑”和“鲨鱼”这三个意象视作象形符号，唯独“莫扎特的大脑”具有清晰明了、不证自明的意义。所以，它是解开“画眉”与“鲨鱼”之谜的钥匙。正欣然谱写乐章的莫式大脑——正勉力创造莫扎特式音乐的那一整块动物性大脑组织——具有单一而直白的意义，即：肉身凡胎之中的神圣活力。这一意义是一条无可更动的中轴，我们对于这一意象的任何解读都围绕着这条中轴转动。

另外两个意象（即捕杀蠕虫的“画眉”和自我吞噬的“鲨鱼”）的意义（如我所言）依然模糊不明——依然有待在这一具体的语境中得到定义。

微弱而松散的消极“暴力”不足以对“画眉”或者“鲨鱼”作出准确的定义。在“画眉”与“鲨鱼”的猎食行为中，存在诸多与这般“暴力”相矛盾的因素。“画眉”进化，正是为了捕虫而活；它专于猎杀，也是为了养育幼小。“鲨鱼”进化，正是为了嗜血而生；它的所作所为，是鲨之为鲨的唯一证明——只不过，在鲜血的诱骗下，出于天真的本能，它转而咬向自身，却浑然不知究竟。诸多意义就此呈现。

于是，问题变成：在这一众形形色色的意义之中，是否存在着一种不仅为此二者所共有，且与莫式大脑的意义（即“肉身凡胎之中的神圣活力”）相应相当的意义?

人们只需从传统视角出发，便能发现某种清晰而强烈的意义：在这层意义上，无论是“画眉”还是“鲨鱼”，都满怀无私无我、如沐启示（也即“清醒”）的顺服，像莫扎特的大脑一样遵从着塑就它们的存在与其天赋活性的造物法则。它们毫不费力，即时“遵从”，而这种“即时性”亦是莫式音乐创作的“神圣”特征之一。

于此，批评家所谓的“（消极）暴力之诗”开始亮出凭据，自证为“积极暴力之诗”——关于神圣法则如何在各式造物内部发挥功效的暴力之诗。

于是，这首“画眉”顺理成章地成为一次旨在紧紧抓住某种“普遍的现实”（即运作于造物内部的神圣法则的种种特征）并从人们在目睹“画眉”与“鲨鱼”的行为（以及自然世界的普遍现象）之际因为刻板的成见和感性的认识而作出的微弱而松散的“媒体式”误读之中将它抽离的尝试。它奋力萌发于那些最能激发最为盲目，也最平凡的本能反应的行动之中，并试图达成某种超然于那些行动之上，亦更显清晰的理解，而所谓“更显清晰的理解”无外乎一种认知——认知神圣法则如何运作于自然世界中的造物内部：莫扎特的大脑活动是一个极端，“鲨鱼”的自噬之举是另一个极端，而猎虫养家的“画眉”则是两个极端的结合。

在神圣法则的统领下，它们的行为都并非消极意义上的“暴力”

行为：其物理层面的激烈性不可否认，却也不致愧疚，无可责难，不构成对于法则之治的威胁。相反，它们是天真而顺服的造物，它们所释放的能量不断重申着创造它们，使之思考如是、嗜血如是、猎杀如是的神圣法则。

倘若果真如此，倘若这般说法足以作为对于前两个诗节的合理解读得到承认，那么我想，这首“画眉”确已展现出“批评”的姿态——对于某种态度的批评。没错，在我看来，那是一种以（我所谓）刻板而感性的方式退缩的态度：它在野兽相杀的场景在屏幕上出现之际退缩并在退缩之际坚守一种足以掩饰话音之暗示的反对立场，而这番暗示实为那间屠宰工厂（那间不言自明，坐落于田中小牛和盘中牛排之间的屠宰工厂）的创建者之一；它全面否认自身的罪孽，公然谴责它在不知不觉之中与之“串通”并从中获利的一切。所有对这般“态度”加以强化的传统价值观念——无论它们是否堪称人道——都必是可疑之属。

接着，进入第三诗节的《画眉》将这般“态度”与那位作家以及一切有此倾向的人等同起来。显然，它并非一席意在谴责一切对它的谴责、愤然回响于码头上空的长篇演说。它或许正置身于布道讲坛（却仅仅是作为“罪者”之一），试图在滔滔不绝、慷慨陈词之际唤醒自己——试图修复它对于真实的残缺感知和它业已陷入瘫痪的自知之明，试图冲破“我们习以为常的社会价值观念和人道主义价值观念”的束缚，奔向那种“更显清晰的理解”。

这一切都在最后一个诗节中得到清晰的呈现。觅杀蠕虫的“画眉”、谱写乐章的莫式大脑和自噬其伤的“鲨鱼”以其不可思议的非凡速度静憩于神圣法则之中。其轻快的速率其实是一种沉静——一种与“核心存在”相安无事的沉静。唯独人类无法得到这份安宁：我们对于现实的虚弱感知在“画眉”和“鲨鱼”的行为中发现并认定的消极“暴力”令我们“胆颤”不已；同时，我们放弃与莫扎特共享“神圣”天赋的一切可能。我们之所以无法得到这份安宁，正是因为我们自身的分裂使我们无法自然、自发地保持对于“神圣”法则的忠诚。迫使我们付出这般代价的，正是这道横亘于人类意识之中的“后天裂缝”。于是，自然而自发地忠于造物法则的“神圣”能力惨遭冻结，被牢牢困在我们体内（这便是最后数行诗文的主旨）。而且，就这般能力而言，在一切生路尽遭剥夺之后，在真正意义上适应生命的可能也被完全否决。因此，它或者——在挫败中——被恶魔感化，或者——在升华过程中——虚构形上之乐，又或者一无所为，只是——在无奈与绝望中——顾自悲悼。换言之，它受到了“侵犯”（也曾罹受足以致残的“暴力”），而“侵犯”它的，正是我们对于那些虽然来之过易，却不仅足以代替“神圣”的能力，而且支撑着社会契约的能力的接受与认可——也即“我们习以为常的社会价值观念和人道主义价值观念”。

这便是《画眉》一诗的训诫。问题在于：即便这首《画眉》成功将积极的“暴力”和以无序与残杀（等等）对“我们习以为常的社会价值观念和人道主义价值观念”造成威胁的消极“暴力”清清楚楚地区分开来，它大概依然不受欢迎。积极的“暴力”（一如在“保罗在扫罗体内显现”这一意象中再次得到清晰诠释的“暴力”）同样会——以源于自我重估的自我纠正的痛苦，以源于一种更为细致、深入，旨在与“神圣”法则相安无事的自我调整的痛苦，以在艾略特的诗中被三位“圣人”形容为“艰巨之苦”[①]的痛苦——对“我们习以为常的社

① 语出 T. S. 艾略特的诗作《三圣人的旅程》，原句为：“我们见过诞生与死亡，但总以为它们截然不同；这般诞生于我们而言是艰剧之苦，就像死亡，我们的死亡。”

会价值观念和人道主义价值观念”造成威胁。那最后一节诗文包含着我们对于“转变”之痛的共同抗拒。虽然前两个诗节竭尽全力，试图尽可能地提升那种积极“暴力”的清晰程度并让“画眉”和“鲨鱼”成为像莫扎特一样在真正意义上活跃在无所不在的积极现实与“神圣”现实之中的英雄，最后一个诗节却出自一个自觉无力完成这般挑战的读者笔下。它完成于“我们习以为常的社会价值观念和人道主义价值观念”的框架之内，而这些价值观念认可甚至美化这种无力之感——它们认可“无法承受太多现实”[①]的人生。正如“画眉”一诗最终指出的那样，这些价值观念护佑着存续已久的“人之境况”——一种像它远离动物的完整性和一份对于它赖以存活的种种行为的真正本质的明确认可一般远离其精神性存在的“境况”。这般“境况”——以及这些不断予之慰藉的道德价值观念——始终深受怀疑，因为往好了说，它们容忍恶劣的后果，往坏了说，它们无异于这些后果的帮凶。

所以，作为对您的问题的最终回答，我想——没错——您可以说，如果“画眉”一诗成功地完成了自我表达（一如我所作出的概述），那么它的确与这些价值观念有所关联，它的确对它们作出了某种批评。

除了《画眉》以外，我的诸多诗作都曾作为“暴力之诗”为人所引，但就其目的而言，这些诗作和《画眉》无甚区别。

一位教师曾在来信中就我的诗作提出了各式问题，其中之一如下：“《憩鹰》和《梭鱼》是否仅仅是完成于‘同感’状态之下，旨在反映潜伏于自然界中的暴烈之力与破坏之力的实践？”

我回答说，就诗歌的解读而言，无论是何种诗歌，我的第一原则

---

① 语出T. S. 艾略特的诗作《四个四重奏》，原句为：“人类无法承受太多现实。”

始终是让诗歌——在每一位读者面前——自尽其意，因为在任何一组具有特定形体的意象集合中，每一双眼睛都各有所见。[①]

但接着，我的确在回信中阐明了我自己对于这两首诗的解读；我首先指出，“老鹰”和“梭鱼”（像“公牛”[②]一样）均为“静物”（或曰“近乎静物”）。我依照计划，抱着创作一个“诗歌系列”的想法，以一种直截了当的方式下笔行文。在这一系列的诗作中，“老鹰”、“梭鱼”以及“公牛”等都将成为以可怕而神圣的力量为血肉（“鹍鹰”中的一行诗文几乎完全引自《约伯记》）的天使：它们悬停在造物主的王座周围，沐浴着熠熠荣光，却都一动不动——或者仅仅是以极其缓慢的

---

① 一般来说，我认为对于我们而言，在我们阅读寓言（或者诗歌，或者任何一种具有神秘的象征意义的作品）之际，最具效用的解读便是我们*为自己*而完成的解读。将对于寓言故事的研读融入心理训练与精神训练（一如苏菲学派所为）的意义尽在于：如果在这类作品中探寻意义的过程亦是一个自我探寻的过程，那么我们的理解必将经历某种源自内在——即取决于我们自身的资源与可能性的转变。未以如此方式经历内在考验的一切启迪都无法在真正意义上属于我们；它们始终是外在的信息，不仅无从影响我们的生活和固有潜能的发展，也无从改变我们对于自身的理解和对于生命本身的把握，甚至会成为一种阻碍、一种压抑。就其本质而言，它们毫无价值。师者只能通过提供能激励我们继续进行自我探寻的暗示与实例（也许是另一则故事，也或是一个隐喻、一个范例）来帮助我们完成自己的解读。在收录于一部由伊德里斯·沙阿汇编而成的《苏菲派教学故事集》中的一则寓言里，这一真相得到了简明扼要的阐释。常有学生给我来信，说在随堂作业中遇到了我的某首诗作，盼我回以解释；我时而会以这则寓言作为答复：一位苏菲派导师刚刚当着他学生的面前讲完一个故事——一个若能被准确理解，便足以启发学生的思想与心灵，使之有能力接受下一阶段训练的故事。一位新生（或许是个生性固执、略显“西化”的学生）听得困惑不已，开口向导师询问故事的意义。于是导师问他：“如果你在一个水果摊上挑中一只格外美味的桃子并已花钱将它买下，但那果贩却当着你的面剥掉了桃皮，吃掉了桃肉，只把果皮果核递还给你，你会作何感想？”那位学生依然困惑，又复问道：“可老师，这个故事我也没能听懂。请您解释。”于是导师又耐心地把桃子的故事重复了一遍。——原注

② 休斯作有《公牛摩西》一诗。

速度移动；它们安静、平和，实际上正是由“神圣”法则的炽热实质构成的存在。“梭鱼”（“luce”，即“光”之鱼[①]）、“阿比斯神牛”[②③]、“荷鲁斯[④]”——它们宛如“上帝之子”。我想将我的自然世界——将这些伴我度过童年的生灵聚焦于某种“神圣”的维度。我想表达自己对其“神圣”属性的感知。同样，这些生物不仅顺服、守法——“静憩于神圣法则之中”，也（如我所言）正是以“生物形态”显现的“神圣”法则。即便“老鹰”和“梭鱼”亦事杀戮，它们的杀戮也合理合法；在这层意义上，它们的杀戮无异于一种“圣礼”。它绝非“暴力”行为，而是“依法”行为。

所以，在这些诗歌的创作过程中，我力求予以表达的，始终是我

---

① “梭鱼”（Pike）亦称“光鱼”（Luce）；“luce”一名源自拉丁语古名“Lucius”；在拉丁语中，“Lux”即“光”（light）。——原注

② 在古埃及信仰中，“阿比斯神牛”是普塔神的化身之一。

③ 一位小男生曾给我寄来一份对于《公牛摩西》的“课堂解读”；他的这份“解读”几乎完完全全就是那块在我创作《公牛摩西》之际驻留在我脑海之中的“神话碎片”。在他的解读中，那头“公牛”的确就是摩西；在它的带领下，神圣的民族就像离开冥界的灵魂一般离开埃及的监牢，踏入那片崇尚精神生活的应许之地。他的解读相当完整，但并未涉及更深层的背景：摩西（在传说中，他“头上有角”）是“冥神俄赛里斯之子”；“俄赛里斯之子”是荷鲁斯，而荷鲁斯又是重生的俄赛里斯；荷鲁斯是“猎鹰”，但俄赛里斯是“公牛”；因此，这头“公牛”是那只“猎鹰”的另一种形态，而“猎鹰”与“公牛”又都是“神”的形态；在幼年荷鲁斯变成幼年耶稣之际，“猎鹰”将他的“神圣凭证”保留下来——并和这些凭证一起出现在霍普金斯［译者按：“霍普金斯”即英国诗人、牧师杰拉尔德·曼利·霍普金斯（1844—1889）］的诗歌之中；“公牛”的“神圣凭证”源自非洲地区的“公牛”崇拜，这些凭证在埃及得到强化，继而逐渐演变成爱尔兰和地中海地区的“公牛”崇拜并始终保持着鲜明的遗传特征；“阿比斯神牛”和俄赛里斯在早期王朝统治时期合而为一；到了“托勒密时代”后期，作为“阿比斯神牛”的俄赛里斯——即塞拉皮斯已然成为诸神之首。虽然我对这头公牛相当了解，但我无意将以上所有一一译入我的记忆之中。但如我所言，在我创作《公牛摩西》之际，驻留在我脑海中的，正是这块“碎片”。那位小男生准确地找到了它。——原注

④ “荷鲁斯”即古埃及神话中的太阳神，常被绘以鹰头。

的一众“初心”。在1950年代晚期，当它们出现在读者的世界并为世人所知，他人的解读总让我深感惊恐。

法阿斯：

罗伯特·康奎斯特[①]将您的四首诗作收入《新诗行》的第二卷中，但早在引文之中，他便已明确表达出他对于“暴力之诗”的拒斥。像《鹗鹰》一样，您的两首与“美洲虎”相关的诗作也常被解读为对于暴力的歌颂。

休斯：

对此，我也许已经作出了回答。您觉得其他国家的读者会怎样看待这些作品？也许这整场争论就是一片满缀老式英国风车的田地。莫非我对于这些野兽的看法是如此与众不同，是世所仅有？五六岁时，我深深着迷于一头八英寸长的铅制犀牛，很想把它占为己有——它就摆在位于米瑟罗尔德海伯敦桥一头的“泰德罗家”的橱窗里；那是一种让我欲罢不能的热情。和其他铅制动物一样，它个头很大，也更昂贵，我从未得到过它。在很长一段时间里，那种失落感一直折磨着我。但我的这份痴迷也算不上有多“超前”。二战结束后，为替一项旨在大量生产猴果的单一种植计划开辟道路，英国政府在肯尼亚大肆屠杀犀牛，好像有40000头犀牛因此丧命，但没人对此感到惊讶。当时，在世人眼中，犀牛是凶残可怕的野兽，可如今，全世界都喜欢犀牛——或者是为了珍惜那五六千头幸存下来的家伙，或者是为了杀害

① 罗伯特·康奎斯特（1917—2015），美国小说家、历史学家。

它们并拥有或者吸纳这一显然具有神圣属性的兽种留下的某种“遗物”。老虎、美洲虎——乃至自然界的所有生物亦复如是。

这种态度上的转变发生在（几乎）每一个人身上，但它并非流行一时的风尚，而是一个巨大转变的组成部分——一个发生在“我们习以为常的社会价值观念和人道主义价值观念”之中的巨大转变。

也许您可以说，当这些猎食者作为某种象征着若不加以象征便无从显现的“精神力量”的符号出现在艺术作品或者图腾中时，它们便成了可疑之物。一般来说，人们总能通过某种途径来辨识并解读这类符号，也常常将这类符号和某种“心理事件”联系起来。荣格就曾宣称，在两次大战之间的那些年里，他在德国人的梦中侦测到数量急剧增长的狮子、黑豹——危险的“大猫”。如今回顾，其意义不难不理解。1960 年代，塞尔维亚诗人瓦斯科 · 波帕曾以塞族圣人——“牧狼人圣萨瓦”为主题写下一个极具力量的诗歌“循环”（译者按：有关诗歌“循环”的信息详见《瓦斯科 · 波帕》一文）。到了 1970 年代，他对我说，在南斯拉夫，每次他作公开朗读，都有学生大声喊叫，要他朗读“狼诗”，他一开口朗读，那些学生就陷入癫狂——狂到让他觉得惊恐、困惑。我问他你觉得这意味着什么，他说：“我不知道。但我担心——非常糟糕的事情。”

在布莱克的神话体系中，“老虎”就像是化作动物形态的铁匠“洛斯”[①]，而“洛斯”则是神圣生命能量的完美化身——他几乎无可置疑地象征着那股伴随“法国大革命”（对于这场革命，布莱克无比敏感）而起，席卷整个欧洲的精神能量狂潮。但即便布莱克的“老虎”可以以这样一种方式和隐藏在“法国大革命”背后的汹涌力量联

① 在布莱克的神话体系中，“洛斯”是位铁匠，是艺术家，是人类的想象力与创造力的化身。

系起来，人们也无法想象如果布莱克忍住冲动，未曾创作这首《老虎》，就会有任何一丝苏醒于天地之间精神能量重回梦乡。

叶芝无疑将《基督重临》中的“狂兽”和某种在他来看来足以改造社会的精神能量狂潮联系了起来。叶芝的“狂兽”——在政治意义上——比布莱克的“老虎”更为复杂，但归根到底——作为一种精神象征，此二者也许是同一回事①。

---

① 早在它放逐德国之前，这只“大猫”便已在叶芝的神话体系中定居多年。在于 1889 年问世的诗集《奥辛的漫游及其他诗歌》中，出现了以下这首名为《关于内特尔希普先生展出于爱尔兰皇家学院的绘画》的诗作：

关于内特尔希普先生展出于爱尔兰皇家学院的绘画

远处的月之镰刀顾自航行，
眼前的母狮舔舐绵软的幼子
温柔而无畏地卧于葬柴之上；
高处，涎液从他口中滴下，
雄狮，那绝世孤者，斜斜
低下华丽而威严的王首
咆哮，在未知的触碰下陷入狂躁，
并非那摇撼森林的咆哮；而是一声呼喊
低沉、漫长、悦耳。一豆露珠
闪闪挂在一片草叶背面，它听得见
却未颤而坠落。四周熊熊火光
于他眼中再现辉耀。外在法则的
焰圈似乎永不停息，
古老而暗沉的抗议不曾顾忌，那呼喊
那最内在、最鲜活的心球
无所畏惧。他，永恒，践行他的意志。

这幅画作其实本就配有一个足够有趣的标题：“身处大火之中，他们毫无痛苦。”漫天浓烟焰舌之下，狮子一家聚集在“**一块高高凸起的岩石**”之上，四周是燃烧的森林；火纱掩蔽苍穹，一瞥新月遥遥明亮。这首诗的描述性语句——包括“**低沉、悦耳的反抗之哮**”(low，musical roar of defiance)（转下页）

但同样，就这首《基督重临》而言，无论“狂兽”是在某种有限的意义上和“爱尔兰民族主义”(Irish Nationalism) 紧密相连的意象，还是在某种更广泛的意义上和涌动于欧亚大陆之上的种种力量密切相关的符号，人们都几乎无法想象如果叶芝忍住冲动，不曾付诸诗文，就会有任何事情以一种更安静或者更友善的方式发生。

即便人们撤回昔日的愿望，希望世上不曾有过“法国大革命”，也不曾响起过它的一众“国际和声”(布莱克的“老虎”想必是一阵强音)，革命已经发生这一事实也不会改变。同理，即便人们谴责叶芝为了激励他的同胞而付出的毕生心血，即便人们宁愿放弃叶芝的价值观念（这种极具革命性的价值观念使得叶芝的艺术方向和所有革命运动的方向在某种程度上达成了一致），并接受英国对于爱尔兰的“勒控”(stranglehold) 赖以延续的“**我们习以为常的社会价值观念和人道主义价值观念**”，《基督重临》是《事件的意象》而非政治宣传这一事实也不会改变。如果叶芝担心他过去的诗文曾将一些年轻的生命送至敌人的枪口之下，那么所谓“过去的诗文”，就想必是那些的的确确对其主题发出“政治宣传式”的明确政治指令的段落；它们完

(接上页) 在内——均取自《展品目录》中的描述性段落。那只同样是在大火中寻找庇护，正蜷伏在母狮身边的羚羊让“布莱克式”的联想在画中得到了直白的呈现；对此，深受布莱克影响的叶芝想必了然。这首诗创作于 1886 年，当时的叶芝年仅二十一岁。问题在于：他何以对这般主题产生兴趣？如今回顾，荣格和罗伯特·康奎斯特或许会明确指出：1886 年，格莱斯顿［译者按：“格莱斯顿”即英国政治家、经济学家威廉·尤尔特·格莱斯顿 (1809—1898)，他曾四度出任英国首相］提出了“爱尔兰自治法案”，而叶芝也于同年成为一名活跃的民族主义者。但荣格或许也会指出：此前一年（即 1885 年），叶芝成了一名“赫尔墨斯主义者”；可以说，在创立“都柏林赫学社团”并自任主席之后，他正式加入了这一学派。换言之，无论人们对这只“大猫”作出何等“天然”的政治解读，它从一开始就在一个主要以神秘主义和东方宗教哲学为根基，更具宏大规模的“神圣”神话体系之中占有一席之地——类如“老虎”之于布莱克的神话体系。——原注

全可以被解读为对于暴力的煽动，是和《基督重临》完全不同种类的诗文。我想我同意康奎斯特的说法——如果没有这类字句，他的某些诗作也许更显出色。但在我那些诗中，我实在找不到任何与这类不仅像政治宣传一般直白明确，又极富政治色彩或者哲学意味的“训词”有半点相似之处的成分——也找不到任何急于向任何人下达任何指示的内容。

布莱克在一幕“幻景”中看到了他的“老虎”并将“老虎”和“羔羊”（即耶稣——一个显然与之对立的存在）以及“约伯的上帝”捆在一起，试图通过控制“老虎”来理解“老虎”。这便是布莱克接受“必然”——接受现实的方式：一如约伯接受他的上帝赋予他的一切行为和一切后果。叶芝的接受方式与之类似：他仿佛志在改造罗马帝国一样将他的“狂兽”刻画成即将在伯利恒出生，却将以“老虎耶稣”的身份与形态出生的耶稣并以此来控制“狂兽”；同时，在《基督重临》中，这位“耶稣”也正是为世界画上句点并迎来“神之国度”的弥赛亚；但除此之外，在第三层面，这头“狂兽”亦是

> 一具拥有狮身人首的形体，

缓缓行走在“沙漠中的某个地方”——换言之，它就是埃及神话中的“斯芬克斯”；在广阔而深邃的叶式象征世界里，这头野兽将在茫茫沙漠之中造就一个“毁灭时代”的“大女神”的“埃及狮”形态纳入自我之中；但同样，在这场汹汹而过、洗净大地的灾难背后，她依照她自己的神话为这片土地带来了新的生机。这便是叶芝接受某种“必然”（它想必非常可怕，但在他看来，它又无疑是现实本身的组成部分）的方式。一如在布莱克的诗中，也一如在《约伯记》中，这一现实的启示终必良善——在“他，永恒，践行他的意志”（He, the Eternal，works his will）之际。

以上这些例子足以引起我们的思考：莫非在这些诗里，尽是布莱克、叶芝或者波帕“对于暴力的歌颂”？说“这些神圣的动物出现在这些诗人的视野之中，各具特殊的魅力、‘可怕的美’[①]与力量，而诗人仅仅是感受到某种迫切的愿望，欲以双眼所见构筑一个意象——并勉力于这一意象之上施加某种道德管控”是否更有意义？在这层意义上，这类诗歌无非是一种见证。我原本一直以为，任何一个宁愿不接受这种诗歌的文明——人们都宁愿不予接受。

自 1950 年代晚期以来——即“暴力之诗”这一短语出现之后，和其他许多人一样，我始终对某种如今看来足以在最广泛的意义上被称为一场“运动”的历史性发展保持关注并满怀某种惊异之感。我的首部诗集出版之际，我花费绝大部分时间予以探索的文学依然稀少、昂贵、难以捉摸，在绝大多数情况下，这类文学只能在一到两家专业书店或者大型图书馆里找到。从那时起，所有神圣的文本，所有神话汇编和神话研究，所有民俗厚蕴，所有关于宗教和神秘运动的史述与评注，所有圣人、贤者[②]、先知与事神行圣之人的传记——都已然和出土于此前无从触及的各式手稿或者外语矿脉之中的大量前所未见的相关资料一起——成了大众出版市场的宠儿；而且，在同一时期，有关野生生物与自然历史的书籍以及（更时新的）电视节目也几乎风靡全球。随之而来的无数变化在以一种缓慢而坚决的方式归旧石器时代的世界——即“异教世界”或者“自然世界”于其“神圣”地位的同时

---

① 语出叶芝的诗作《1916 年的复活节》，原句为：“一切都被改变，被彻底改变：一种可怕的美已经诞生。”

② 此处的“圣人”和“贤者”原文分别为“saint”和“sage”，二者皆可译为“圣人”，但用法有所不同：前者常指宗教典籍或者传说之中拥有超凡力量且成就极高的圣人，而后者则常指现实之中拥有非凡智慧的贤者。——译者注

以一种最显奇特的方式迎来了自然世界的首要代表——女性（在美国，这一现象也许更为显著）。一切都互有通联，脉络清晰。某种和“神圣”的女性生理一样古老——却也一样时新、一样永恒、一样无所不在的古远之物实现了大规模的复兴；其他许多事物（包括一些相对来说更容易被人接受的事物）也已乘着这股巨浪而来，一一显现于世。所有激流汇聚成一股浪潮、一场运动：它旨在以崭新而良善的理智与情感拯救世界——旨在于“我们习以为常的社会价值观念和人道主义价值观念”不断自我宣传之际颠覆它的统治并从中拯救人类、拯救一切生灵——拯救“生命”本身。

如今回首，如果我笔下的生物果真——一如罗伯特·康奎斯特和其他许多人所暗示的那样——漂浮在某一具体历史趋势的旗帜之上，我希望这一“趋势”无外于此。

1992

莎士比亚与神秘新柏拉图主义

“神秘新柏拉图主义”——作为一场运动——始于 16 世纪初期的意大利。宗教改革如火如荼，教会分裂日益深化，而神秘新柏拉图主义则是一次有意识、有构思、有领导、有组织的反应。当时，一部奇怪的古代文献合集被译成意大利文，并被认定为赫尔墨斯·特里斯密吉斯托斯的著作[①]；他被认作一位生活在摩西时代的埃及圣人，柏拉图思想和基督教思想似乎已然在其极富创见的思想中初见雏形。这部著作所提供的可能——回归一切精神启示之本源的可能，以及在某种宏大、普遍，以一个耶稣式形象为核心的“结合体”中找到“共同遗传特征”的可能，激发了巨大的兴奋。这部智慧之书复活了所有被天主教正统和新教逆势排除在外的“人类精神历史”。由此而生的新“结合体”也因此在原则上对远古世界和“外基督教”世界的精神体系和哲学体系保持开放。书中，无论在何处得到引用，这些体系都被约简为单一的“象征对应”体系。换言之，所有为人所知的神话体系

① 这部“著作”实为一部汇编，收录了公元前 1、2 世纪的诸多专著，其中的一部分为诺斯替教派的思想著作。——原注

都被约简为单一却极其丰富、由隐喻式术语或者意象筑就的简练语言；这些自有历史，也因其历史本身而获得精确定义的意象，织就了一种足以承载全新宇宙观念的新型符号语言的广博内涵。语言成型之后，人们只需赋予这一宇宙观念一副架构，并且找到方法，为它注入鲜活的精神生命。

我无意擅自传扬这场贯穿 16 世纪（却也几乎止于 16 世纪）的“赫尔墨斯神秘新柏拉图主义”运动的广泛影响[①]和席卷之势，只将着重选述这场运动——在它与莎士比亚（已然为人所知）的社交世界和文学世界产生交集之际，在它显然与他的想象生活以及他对于关乎“宗教改革”的主题性处理（尤其他和普洛斯彼罗的关系）发生关联之际——所展现出来的显著特征。以下这段出自米尔恰·伊利亚德[②]笔下的论述对这场运动的总体规模作出了概述：

> 当代学术研究最为惊人的成果之一便是有关“魔法”与“赫尔墨斯神秘主义”的发现：这一思想不仅在意大利文艺复兴运动之中扮演着重要角色，也为哥白尼的新天文学——“日心理论”的最终胜利作出了重要贡献。在刚刚问世不久的著作《乔尔达诺·布鲁诺与赫尔墨斯传统》中，弗朗西斯·叶茨[③]对隐藏在这一时期人们对于“赫尔墨斯主义”的热衷背后的深刻内涵作出了精彩的分析。这份热衷不仅展现出文艺复兴时期人们对于某种不单蕴含着摩西思想和柏拉图思想，也将祆教思想与卡巴拉思想以及具有首要意义的埃及神秘宗教与波斯神秘宗教的思想包括在内

① 由劳特利奇出版社出版的弗朗西丝·叶茨的一系列著作已就这一主题作出了详尽的论述。——原注

② 米尔恰·伊利亚德（1907—1986），罗马尼亚宗教历史学家。

③ 弗朗西斯·叶茨（1899—1981），英国文化史学者。

的原始启示的向往，也揭示出某种对于中世纪神学与中世纪人类观和宇宙观的深刻不满；这份不满不仅是一种对于我们所谓的“地方”文明——纯粹的“西方”文明的反抗，也是一种对于一个具有普遍意义且超越历史范畴的神秘宗教的渴求。在几近两个世纪的时间里，“埃及”和“赫尔墨斯主义”——“埃及魔法与埃及神秘主义”令无数神学家和哲学家（其中既有信徒，也有怀疑论者和地下无神论者）痴迷不已[①]。

实际上，由于“记忆系统”和卡巴拉思想通过某种方式完成了结合，“赫尔墨斯神秘新柏拉图主义”者的宇宙观与人类观的确获得了一副架构与精神活性。16 世纪初期，记忆系统已然被经典传统与神学传统归化。基本上，这些记忆系统即被固定在想象世界中的“精神地图”上，由知识与推断构成的“综合记忆”能被完完整整地排列在地图之上，每一项知识、每一种推断都被一个有助于记忆形成的视觉意象锁定在其应有的位置。记忆地图往往呈现出阶梯之状：下至“地狱”，纵穿“中间世界”，上及“神圣之源”。这类“记忆设备”得到了圣托马斯 · 阿奎那[②]的授权：一方面，他自己的庞大记忆便是惊人的实例；另一方面，他也曾颁布“特许”（后来被清教徒撤销），“没有意象，人类便无从理解”。他曾被视为“天主教精神宇宙观念”的记忆地图的主保圣人，而弗朗西斯 · 叶茨也已提出，但丁的《神曲》实际上也是一幅由《地狱》《炼狱》和《天堂》构成，由一系列充满能

① 节选自有芝加哥大学出版社于 1976 年出版的《神秘主义、巫术与文化风尚》中的《神秘世界与现代世界》一文。——原注

② 圣托马斯 • 阿奎那（约 1225—1274），意大利哲学家、神学家，经院哲学的集大成者，曾将理性引入神学，用“自然法则”来论证“君权神圣说”，是自然神学最早的提倡者之一。

量的意象、具有历史定义的形象和生动形象的情节绘就的记忆地图；这些成为“助记符号”的意象、形象与情节共同著就了完整包含但丁式思想宇宙与精神宇宙的“但丁式幻景辞典”。整部《神曲》是一次“天主教式冥想”，其总体规划犹如一场礼拜仪式；在它的提拉之下，但丁（或者读者）脱离某种平凡而世俗的状态（即世俗的，对于主之召唤的恐惧），升入对于“神圣之源”的欣狂沉思之中。

将卡巴拉思想引入“神秘新柏拉图主义”的人，正是“神秘新柏拉图主义”之父皮科·德拉·米兰多拉[①]。在卡巴拉“生命之树”上——在“公正之柱”与“仁慈之柱”之上、之间——共列有依序向上（下至最低阶层的种种“地狱”，上及“神圣之源”），象征着十种“原质”——十种“天使之力”的十个“站点”。这十个“站点”共同构成一个等级划分异常明确（由底至顶，从十到一）的“象征对应”体系，每一个“站点”都像档案柜中的一份档案，像瑜伽行者体内的一个穴位，也像一整个“生命领域”中的神经之节；它们包含了存在的所有可能。宇宙中的任何事物——一旦归附于它的象征符号——都能依据自身的精神特质与精神意义在“树”上找到恰当的位置。因此，卡巴拉“生命之树”无异于一个具有“嵌套层次结构”的宇宙模型、一种人们赖以想象“有序宇宙”的装置；换言之，它是一种手段：它将“可知的宇宙”内化为一架“上帝之梯”，并以此来对灵魂加以组织。修行者投身冥想，勉力提升自己的意识，以“智慧之蛇”的身躯为径，逐步攀爬，逐“站”上登，直到与“神圣之源”紧密融合。

因为承载卡巴拉思想的语言是希伯来语，是上帝的语言、天使的

---

① 乔瓦尼·皮科·德拉·米兰多拉（1463—1494），意大利哲学家、人文主义者。

语言，因为“生命之树”的意象结构是“圣经式”“塔木德式”的意象结构，因为人们曾经认为，这一为实现“神圣之源”之思而存在的奇特装置正是耶稣将在三天之内重新建立的“庙殿”[①]，因为这一装置恰好又是神秘主义领域中最为复杂、最为精巧、最令人敬畏，也最难以撼动的记忆地图，又因为在最低阶层，这一装置赖以运作的冥想技法诸如虔诚的祈祷，但在最高阶层，它们又尤似与种种超现实存在的交融，它为皮科·德拉·米兰多拉的新型“象征对应”体系提供了尤显自然而然的框架、语法与精神准则；他希望借助这一崭新的体系来革新并重塑长年统治西方世界，当时已然濒临崩溃的基督教精神架构。他唯一需要做的，就是将卡巴拉思想抽离犹太教思想并让耶稣成为它的核心——一如他的实际所为。通过这样一种方式，他创立了“基督教卡巴拉思想”；无论“赫尔墨斯神秘新柏拉图主义”如何变异，这一思想始终是它的“神经系统”（或曰“原始模型”）。

为在莎士比亚的戏剧——特别是《威尼斯商人》中追循卡巴拉思想的踪迹，人们已然作出了诸多尝试。但即便一位剧作家并非严肃的神秘主义者，卡巴拉思想也能通过多种方式在戏剧创作中发挥效用。另外，除莎士比亚对于宗教信仰的明显态度和他对于神话的处理方式之外，莎士比亚持之不懈的卡巴拉式实践（至少在他生命中的某一阶段，他曾勉力为之）也有助于人们对他的想象世界在某些方面的发展作出解释（一如叶芝的卡巴拉式实践之于叶式想象世界的发展）。

在16世纪的最后二十年里，“神秘新柏拉图主义”的主流在英国汇聚（在某种意义上，甚至可谓“达到了高潮”）。在这场运动的最后

---

① 《圣经·约翰福音》中记载：“因此犹太人问他说：‘你既作这些事，还显什么神迹给我们看呢？’耶稣回答说：‘你们拆毁这殿，我三日内要再建立起来。’”

阶段，乔尔丹诺·布鲁诺[①]和约翰·迪依[②]是最具影响力的伟大人物；当时，他们都处于人生的巅峰。

迪依是伊丽莎白女王的御用数学家，不仅是英国航海家的顾问、英国海军的创建者，也是当时最有名望的英国哲学家——一位威望极高、影响深广的人物。他所信奉的，是一种被帝国主义思想、“救世”思想和“基督教卡巴拉思想”浸透，以不断深化的“沉浸”（沉浸于最终几乎将他吞噬的精灵之咒与天使之咒）为目标的“神秘新柏拉图主义”。他曾是菲利普·西德尼爵士的导师。在孕育了伊丽莎白时代“诗歌复兴运动”的“思想/文学”圈中，菲利普·西德尼爵士是倍受尊敬、广受赞誉的杰出典范；在他英年早逝之后，这一“圈子”又得到了艾塞克斯伯爵罗伯特·德弗罗的“继承”，而艾塞克斯伯爵不仅是弗朗西斯·培根爵士的“主顾”，也是莎士比亚的“主顾”——南安普顿伯爵亨利·里奥谢思利最亲密的朋友。迪依也曾是沃里克郡贵族福尔克·格雷维尔[③]的导师，而福尔克·格雷维尔曾经发出著名的声明，说他是“菲利普·西德尼爵士的朋友”，在同一段话中，他还发出另一句（出于某种原因）并不那么著名的声明，说他是“威廉·莎士比亚的导师”。所以，就此看来，关于约翰·迪依和他所信奉的“基督教卡巴拉思想”，莎士比亚知之甚多。

布鲁诺在1583年来到英国。这位满怀激情、斗志旺盛，志在传

---

① 乔尔丹诺·布鲁诺（1548—1600），意大利思想家、哲学家、自然科学家、文学家，因捍卫并传播哥白尼的“日心说”而被宗教裁判所判为“异端”，并被烧死在罗马鲜花广场。

② 约翰·迪依（1527—1608），英国数学家、天文学家、占星学家、地理学家、神秘学家，一生致力于研究炼金术、占卜以及赫尔墨斯哲学，“大英帝国”（British Empire）一词正是由他创造。

③ 福尔克·格雷维尔（1554—1628），英国诗人。莎士比亚即出生于前文中提及的沃里克郡。

播全新观念的意大利人同样影响卓著。布鲁诺的“神秘新柏拉图主义”思想由古埃及宗教思想、哥白尼式的宇宙观念（亦是一个关乎“精神创世”的庞大意象）和一种融众多记忆系统于一体的非凡修养结合而成。这些记忆系统皆以类似卡巴拉“生命之树”的准则为基础。换言之，每一个系统都以某架“象征对应”之梯为基础，每一种“对应”都和它的“助记意象”固定一处，梯子下至最低阶层的存在，纵穿以各大行星为象征，作为“原质”发挥功效的天使之力，上及在布鲁诺的思想体系中（一如在迪依的思想体系中）演化为“神圣之爱”的“神圣之源”。修行者——就像卡巴拉主义者一样——运行这些体系，登梯而上，通过（如今或许会被称为“自我催眠”之技的）各类仪式性魔法程序将自己的冥想锁入“超常状态”——“爱之狂热”之中。修行途中，亦像卡巴拉主义者一样，布鲁诺力图打开灵魂的“黑钻之门”，解放各式“幻景”和关于“神圣理解”的种种启示——甚至超自然的力量与智思。这一“经由魔法之力驱动的想象”（一如他的描述）正是布鲁诺学说的关键所在。他将他的“助记意象”称为“印封”(seals)——意即“魔符”(sigils)，每一个“魔符”都是一种“魔性存在”的标志。这些“存在”——一如迪依的“天使”——并非一些奋力挤上学术针尖的抽象概念。在布鲁诺看来——一如在卡巴拉主义者看来，它们不仅拥有人格，毫不排斥人性的交涉，也能被经过魔法训练，极擅协调的心灵感知、捕捉，易受意志的操纵，更能——在恰当的处理下——提升心灵，使之接近神明一般的意识与存在（布鲁诺如是宣称）。布鲁诺在英国待了三年，著书，讲学，为其思想争辩。他于1583年在英国出版了探讨记忆地图的重要论著《印封》，后又于居留英国期间将他的另外两部著作献给了菲利普·西德尼爵士。正因所有宗教思想与神话体系都被征而召入他那庞大的思想“结合体”中，这位“沉睡灵魂的唤醒者”（布鲁诺的自称）

对由宗教改革引发的野蛮冲突不屑一顾，视之为“小孩的争吵”，并独自在笼罩着这个小小社会，也掩匿着刚刚成年的莎士比亚和年仅二十五六的弗朗西斯·培根爵士的炙热气层中掀起一阵煽燃巨大争端（他曾一度身处险境，不得不寻求意大利使馆的庇护）的旋风。

布鲁诺的思想想必“生效”于已然得到确立的迪式“磁场”之中，但也许，单就布鲁诺而言，布鲁诺式“神秘新柏拉图主义”的某些显著特征在今天看来——在回顾之下能在多大程度上用“伊丽莎白式”①（且不说“莎士比亚式”）来加以形容，他的影响就有多大。有人认为，莎士比亚对于“爱”的神秘神化和布鲁诺的“英雄之爱”之间存在着直接的关联；也有人提出，在《爱的徒劳》中，俾隆关于“爱”的神圣之力的伟大狂想（第四幕，第三场，第324—345行）是对于布鲁诺学说的直接回应——也几乎是一次直接表达。作为极负盛名的莎剧台词之一，尤利西斯在《特洛伊罗斯与克瑞西达》中对于宇宙秩序、社会秩序和精神秩序的伟大揭示（第一幕，第三场，第85—124行）可能直接源于布鲁诺式宇宙幻景——一个以太阳为其物理核心、道德核心与精神核心的哥白尼式宇宙。布鲁诺的宇宙——正如我所指出的那样——同时也是一个凝聚着各式精神力量的集合：这一宇宙之中的所有存在无一不是某一精神实体的意象、“本影”、“魔符”或者“象形符号”。在他的“内在冥想戏剧”之中，这些意象成为独立自主的“魔性存在”（即在获得超越自身的力量之后成为独立的生命），揭示出一个他即便用以下这段文字加以描述，也完全合乎情理的宇宙：

---

① 此处“伊丽莎白式”原文为“Elizabethan”，意指“英国女王伊丽莎白一世时代的……”；后文中的“莎士比亚式”原文为“Shakespearean”，莎士比亚即生活在伊丽莎白一世统治期间。

我们的这些演员们，
我曾经告诉过你，原是一群精灵；
他们都已化成淡烟而消散了。
如同这虚无缥缈的幻景一样，
入云的楼阁、瑰伟的宫殿、
庄严的庙堂、甚至地球自身，
以及地球上所有的一切，都将同样消散，
就像这一场幻景，
连一点烟云的影子都不会留下。构成我们的料子
也就是那梦幻的料子；我们短暂的一生，
前后都环绕在酣睡之中。①

——《暴风雨》(第四幕，第一场，第148—158行)

这些力量的“聚结”是一种深不可测的“存在状态”，能与一切“人性面具”完美契合；在被卷入源于人性“限定”和人性“极性”，满含训诫之意、扭曲之力的激情之前，它始终保持着本质上的天真，更无关道德。它的根本属性永远不会更改——它就是创世的“原初质料”；一如我将予以论述的那样，对于布鲁诺——以及莎士比亚——而言，它就是“神圣之爱”，就是“完整存在之女神”本身犹如“灵质”抑或“磁质”一般的生命实质。

布鲁诺提出他的思想体系（并周游欧洲，寻求皇室赞助），首先是为了提供一种解决宗教改革时期的政治困境与精神困境的途径。在这层意义上，在某些领域，这一思想体系的确影响极深；一如我将试

① 本文中作者节选的莎剧段落的译文皆参考朱生豪先生的译本。

图阐明的那样，在一定程度上，莎士比亚的“道德构想”正是一种旨在解决政治困境与精神困境的“神秘新柏拉图主义式”（甚至“布鲁诺式”）方案。但布鲁诺最强而有力，也最直接的影响，一如迪依最强而有力的影响，源自他的魔法“技术”——那一系列旨在获取并掌控精神力量的方法。因此，人们不难理解“赫尔墨斯神秘新柏拉图主义”何以如此令人着迷，何以能从由天主教教义和新教教义筑就的幽闭监牢之中解放灵魂（一如其实际所为），又何以似乎成了激活无穷无尽的思想“运算”之力与认知“运算”之力的秘钥。但在这场运动的早期发展过程中，这种令人兴奋不已的开放态度（对一切精神路径保持开放）经历过一次危险的转折。卡巴拉思想的涌现和赫尔墨斯·特里斯密吉斯托斯本人对于魔法实践的授权促使科尼利厄斯·阿格里帕[①]“复活”了整具远古魔尸：所有深葬地下的仪式性魔法、巫术和妖术重见天日，并被融入“赫尔墨斯新柏拉图主义”思想体系。这一危险的转折曾经一度抓住英伦时代灵魂的某一“敏感部位”并对其施以魔咒，而阿格里帕也曾一度成为备受崇敬的秘法界权威——一如马洛[②]笔下的浮士德所承认的那样：

> （他决心要像）
> 阿格里帕一样诡诈
> 他的影子让他赢得了整个欧洲的尊敬。
>
> ——《浮士德博士》（第一幕，第一场，第 144—145 行）

---

① 科尼利厄斯·阿格里帕（1486—1535），德国魔法师、神秘主义作家、神学家、天文学家、炼金术士。

② 克里斯托弗·马洛（1564—1593），英国诗人、剧作家，伊丽莎白时代最伟大的剧作家之一，与莎士比亚生于同年。

此后（尽管这场运动的发展在一段时间内得到了犹太教卡巴拉思想的神圣原则和由基督教卡巴拉主义者奋力维持的基督教式道德管控的保护），在他为数众多的强大敌人眼中，这位“赫尔墨斯神秘新柏拉图主义”者的所作所为无异于和魔鬼交易。他孑然踏走在一面立于对抗日益激烈，碰撞不断的两大势力——天主教势力和新教势力之间的刀刃之上。在某种程度上，这类实践者被视为反叛者，他们陷入险境的理想主义观念和他们受到的猛烈抵制酿就了一场更具规模、也更深层的宗教冲突。这一冲突在它所造成的两大显著“结果”——两次熠熠生辉的“作为”中得到了强劲有力的阐释：透过莎士比亚的《暴风雨》和马洛的《浮士德博士》，那个孕育出无数思想爆炸的伟大时代——向我们自身的内在本质——宣告着它的内在本质。

显然，在16世纪80年代甚至90年代，在某些“圈子”（比如莎士比亚为之创作《爱的徒劳》的团体）里，布鲁诺曾被视作一位现实主义学者。在布鲁诺的学说中（一如在迪依的学说中），意义最为重大的元素之一便是：在他自己看来，他并非一个崭新宗教的主教（甚至算不上一个秉持哲学精神的神学家），而是一个推崇实证的研究者——仿佛他正作出前所未有的探索，只为揭示神圣宇宙的真正结构（尽管在探索过程中，他发现自己的精神世界已发生变异）。他的主题依然是“灵魂的本质”，是“世界的统一精神属性”，但他的一切探究都似乎发生在一间实验室（同时也是一间“精神健身房”）里，他的全副思想、全部实践都被一种崭新的实用主义精神——科学精神浸透。

在莎士比亚的文字中——在他对于“人之主体性”的分析（具有如此卓越的客观性，又如此系统而彻底的分析）中，科学精神的影响同样显著。在那个既包括著作无一不被神秘主义者的魔幻观念浸透的查普曼[①]，也包括数学家哈里奥特[②]和“冥顽不化”的怀疑论者拉雷[③]（他们二人协力为英国殖民者揭开了北美大陆的神秘面纱）在内的团体中，人们无疑也不难找到科学精神的踪迹。同时，它也影响了弗朗西斯·培根爵士；他以精明的手段予以隐藏并为之注入理性的“神秘新柏拉图主义”思想直到他过世之后才在《新亚特兰蒂斯》（出版于1627年）中迎来了迟到的表达；尽管后来这部著作被奉为“玫瑰十字主义”的圣典之一（培根本人也被奉为“玫瑰十字会”的创始人之一），但它始终被公认为“皇家学会”的灵感之源，而最终成立于1660年的“皇家学会”又为崇尚实用科学与实用主义哲学的英伦传统打下了坚实的基础。

根据培根的著述内容判断，他对赫尔墨斯主义文本、玫瑰十字主义文本、炼金术文本以及布鲁诺和迪依的著作相当熟悉。也许，如果人们能够接受“莎士比亚和培根很有可能就像培根和本·琼森一样接近”，那么源于“莎培之争”[④]的诸多怪异之间就不会显得如此复杂。充足的证据表明，培根不仅与他的贵族“主顾”艾塞克斯伯爵亲密无间，是他的密友兼顾问，也与艾塞克斯伯爵的挚交、莎士比亚的“主顾”——第三代南安普顿伯爵亨利·里奥谢思利保持着密切的往来。换言之，培根很有可能身处那个莎士比亚为之创作《爱的徒劳》的团体之中。这一可能也许有助于解释珍·奥弗顿·福勒在其关于弗朗西

① 乔治·查普曼（约1559—1634），英国诗人、剧作家，曾将荷马史诗译成英文。

② 托马斯·哈里奥特（1560—1621），英国数学家、天文学家、作家。

③ 沃尔特·拉雷（1552—1618），英国诗人、探险家、历史学家。

④ 此处的“莎培之争”意指有关莎士比亚的真实身份的争论，曾有学者提出，莎士比亚的真实身份就是弗朗西斯·培根。

斯 · 培根爵士的著作[①]中指出的事实，即：《爱的徒劳》中那瓦国王（King of Navarre）的三大贵族侍臣的名字和法国公主的那位贵族侍臣的名字几乎和数年之前安东尼 · 培根（弗朗西斯 · 培根爵士的兄长）及其随从到访那瓦王国时的护照用名一模一样；剧中，Biron 变成 Berowne（俾隆），Dumain 变成 Dumaine（杜曼），Longaville（朗格维）保持不变，Boyesse 变成 Boyet（鲍益）。这一趣闻或许就是所谓“圈内人的幽默”。除了贯穿全剧的“布鲁诺式新柏拉图主义”思想之外，《爱的徒劳》一剧还蕴含着更多有关最终成为具体的玫瑰十字主义特征存在的特定暗示。《爱的徒劳》的故事情节更有可能源于“投射”自整个团体的共同思虑之中的某一情境，而非某一个人（无论是莎士比亚还是培根）的影响或者特殊兴趣：那是一种令团体中人兴奋不已，也许还不乏论辩之意的“思虑”——一种融不同种类的“神秘新柏拉图主义”思想于一体的“思虑”（没准正是一场“迪式思想”与“布式思想”之间的交锋）；在某种“退隐”过程中，它“避离”社会，逐渐演变成一项审慎的团体研究计划——一份宣言的开头写就，实施计划的规范拟毕，只待团体成员的共同参与。这一尤为直接的社会背景使得整部戏剧成为一场不仅极其关乎时事，也极具启示意义的闹剧——一场严肃的闹剧（但对于任何未曾亲身融入这一奇特情境的人来说，这场闹剧必然显得异常模糊、勉强，且无关正题）。《爱的徒劳》的开篇之词——那瓦国王对其三位侍臣的呼吁更将这一情境牢牢固定在全剧的中心：

① 即由伦敦（及海牙）东-西出版社于 1981 年出版的《弗朗西斯 · 培根爵士：一部传记》。——原注

让众人所追求的名誉
永远记录在我们的墓碑上，
使我们在死亡的耻辱中获到不朽的光荣；
不管饕餮的时间怎样吞噬着一切，
我们要在这一息尚存的时候
努力博取我们的生命，使时间的镰刀不能伤害我们；
我们的生命可以终了，我们的名誉却要永垂万古……
那瓦将要成为世界的奇迹；
我们的宫廷将要成为一所小小的学院，
潜心探讨有益人生的学术。
你们三个人，俾隆、杜曼和朗格维，
已经立誓在这三年之内，跟着我在一起生活，
做我的共同研究的学侣，并且绝对遵守
这戒约上所规定的种种条文……

——《爱的徒劳》（第一幕，第一场，第 1—18 行）

国王言罢，朗格维立即发誓服从，说道：

身体虽然憔悴，精神上却享受着盛筵

——《爱的徒劳》（第一幕，第一场，第 25 行）

在十四行诗第 146 首中，莎士比亚又对这种“憔悴”作出了更为严肃的探讨：

可怜的灵魂……
赁期那么短，这倾颓中的大厦
难道还值得你这样铺张浪费？
是否要让蛆虫来继承这奢华，
把它吃光？这可是肉体的依皈？
所以，灵魂，请拿你仆人来度日，
让他消瘦，以便充实你的贮藏，
拿无用时间来兑换永恒租期，
让内心得滋养，别管外表堂皇……[①]

但那瓦国王的这一提议——一如沮丧的俾隆所言——将女性和对女性的爱排除在外，而此后的故事情节则成了旨在纠正这一执迷不悟的“错误路线”——旨在将对女性的爱纳入其中的机械装置；在此过程中，以毅然保持客观的培式风格为依托，将女神的“爱之创造”——自觉的“爱之创造”[②]。排除在外的“神秘新柏拉图主义”之“清教主义模式”（在此模式中，对于魔法的研究转而成为对于神之创造的探索）遭到了女神本身的强行纠正。法国（这一伟大王国的）公主和她的三种面貌——三位侍女迫使那瓦（这一微狭之邦的）国王和他的三位侍臣接受一种崭新的“神秘新柏拉图主义”模式——一种不仅将她包含在内，更以她和她的爱为中心的模式。正是在这般“迫使”之下，俾隆才在他发表赞叹爱之力量的长篇布式狂想之际满怀激情地完成了他对“爱之神圣”的皈依。

---

① 本段译文参考梁宗岱先生的译文。

② 此处的“爱之创造”原文为“love-creation”，意近“拥有爱的能力的造物”。

一切沉闷的学术都局限于脑海之中，
它们因为缺少活动，
费了极大的艰苦还是绝无收获；
可是从一个女人的眼睛里学会了恋爱，
却不会禁闭在方寸的心田，
它会随着全身的血液，像思想一般
迅速地通过百官四肢，
使每一个器官
发挥出双倍的效能；
它使眼睛增加一重明亮，
恋人眼中的光芒可以使猛鹰炫目；
恋人的耳朵听得出最微细的声音，
任何鬼祟的奸谋都逃不过他的知觉；
恋人的感觉
比戴壳蜗牛的触角还要灵敏；
恋人的舌头使善于辨味的巴克科斯显得迟钝；
讲到勇力，爱情不是像赫剌克勒斯一般，
永远在干着惊人的伟绩吗？
像斯芬克斯一般狡狯；像那以阿波罗的
金发为弦的天琴一般和谐悦耳；
当爱情发言的时候，就像诸神的合唱，
使整个的天界陶醉于仙乐之中。

——《爱的徒劳》（第四幕，第三场，第 324—345 行）

其他人也与之一同皈依。但这并不意味着他们放弃了那个雄心勃勃的宏大计划——于某种“退隐”过程之中“避离”社会并完成“自我转变”的长久过程。相反，女神和她的三个“自我”为皈依者提供了一个经过“改革”之后的计划，它包含“赫尔墨斯玫瑰十字主义”苦修：

> （你必须赶快找）一处荒凉僻野的隐居的所在，
> 远离一切人世的享乐；
>
> ——《爱的徒劳》（第五幕，第二场，第803—804行）

包含“赫尔墨斯玫瑰十字主义”“访病”：

> 你必须在这一年之内，昼夜不休地
> 服侍那些呻吟床榻的病人；
>
> ——《爱的徒劳》（第五幕，第二场，第829—830行）

而那位狄奥提玛式的女性（即剧中的罗瑟琳）又特意向俾隆这位“莎翁式布鲁诺”重复了一遍“仪式指令”：

> 　　要是你希望得到我的爱……
> 为了达到这一目的，
> 你必须在这一年的时期之内，不许有一天间断，
> 去访问那些无言的病人，和那些
> 痛苦呻吟的苦人儿谈话；你的唯一任务
> 就是竭力运用你的才智，

逗那受着疾病折磨的人们一笑。

——《爱的徒劳》(第五幕，第二场，第856—862行)

接着，她又继续说道：

如果耳朵里充满了自己的呻吟惨叫的病人，
能够忘却本身的痛苦，来听你的无聊的讥嘲，
那么继续把你的笑话说下去吧，
我愿意连同你这一个缺点把你接受下来；
可是如果它们没有那样的闲情听你说笑，
那么还是赶快丢掉这种习气的好，
我看见你这样勇于改过，
一定会非常高兴的。

——《爱的徒劳》(第五幕，第二场，第871—877行)

在这些早期诗行中，“玫瑰十字主义”对于“在独自培育雄心勃勃的灵魂之际在日常生活的熙攘与繁忙中怀着主动而无私的爱去护助病苦”的“尊崇”，预示着那份在此时此刻——对于莎士比亚而言——仍在过程之中的“自我转变”终告完成之际，化身为那位悲剧英雄重获新生的圣洁自我的“如同赤裸的婴儿一般的怜悯”[1]。如此，《爱的徒劳》便成为一个象征着以“莎翁模式”(同时——在此时此刻——也是一种“玫瑰十字主义模式”)呈现的“神秘新柏拉图主

① 语出莎剧《麦克白》。

义”精神的意象。它描绘出莎士比亚自我引导式的未来进程：这一进程在十四行诗第146首中粗显轮廓，在《皆大欢喜》和《终成眷属》中成为极具仪式性的实际经历，并在“悲剧等式”的完整发展过程中得到全面的实现，但此时此刻，从历史角度出发，如我所言——用后来才有的术语表达，它依然处于“玫瑰十字主义”阶段。

也许，由此可见，布鲁诺的“技术”何以如此切合时代，何以在处于“早期莎式阶段”（或许亦可称之为“《维纳斯和阿多尼斯》阶段”）的“英伦冲突”中成为一剂“良药”。到了无异于“步入高龄”的弥尔顿时代（弥尔顿的“基督教卡巴拉思想”殁于“庙殿”的支柱之间）的牛顿时代（牛顿的秘密炼金实验和占星学术仿佛某种残留不去的本能反应一般不断延续），“真理”的概念已然洗尽一切“人之主体性”的“玷染”，像一轮崭新而锃亮的太阳一般冉冉升起，象征着不容分辩的“宇宙二元体系”，标志着原子唯物主义和数学法则之间的超凡“结合”。换言之，女神——像巴比伦古神马尔杜克一样——最终在暴烈的斗争中败下阵来，又——像“混沌母神”提亚玛特一样——被“皈”入征服者的“惰性物质领域”；她“魔幻”而“神圣”的创造之力已然——以一种“原始”的方式——遭到“征收”，沦为征服者的“科学”。

然而，在此之前，在英国，“神秘新柏拉图主义”和超自然领域之间的“交往”久已呈现出自我毁灭之势。由于这场运动毫不遮掩它的追求，企图置天主教思想与新教思想于其更为宏大的思想“结合体”中并一并将其溶解，天主教势力和新教势力完成了有效的联合，并协力回以肃清。极易被视作恶魔之道的魔法理论与魔法实践便是暴露无遗的最大弱点。在天主教势力看来，这一“**文艺复兴时代最具想象力的观念**”无异于恶魔崇拜，是异端邪说（1600年，布鲁诺被活活烧死在罗马的火刑柱上)。在新教势力眼中，它是明明白白的恶魔崇拜（约翰·迪依最终名誉扫地，饱受排斥，于1608年在穷困中死去)。在清教势力看来，它既是恶魔崇拜，又是偶像崇拜（因此，在清教徒群体中，即便作为一种教育性技艺，构成记忆系统的象形意象以及“神秘新柏拉图主义”者的神圣能力——“想象”本身——也仍被视为“诅咒”)。在唯物主义哲学家和崇奉理性的哲学家眼中，它是一种迷信。在科学家看来，它是一种荒谬。它从“体面”的思想领域中消失，(和女巫一起）被推入深不见底的“地狱”，以至于没过多久，所有“理智之人”都开始惧怕与之发生关联。在莎士比亚的作品中——或在其他任何地方，它都不再“可见”(相应地，莎士比亚本人也在很大程度上不再“可见”)。在之后的几个世纪中，它偶尔搅起波澜；在革命之力粉碎镇压之“壳”之际，它曾抬起一只胳膊，拥抱过引人惊疑的歌德，拥抱过备受谴责的布莱克，拥抱过受尽嘲讽的叶芝。

莎士比亚仍在世时，它已然退而遁入各式深受苏菲主义影响，以“伊斯兰教托钵主义”思想架构为模型，多少处于隐匿状态（一如“共济会”和“玫瑰十字会”）的秘密社团与兄弟会组织[①]。

---

① 也许，在一定程度上，莎士比亚与伊斯兰教苏菲主义之间那种宛如“命脉”一般至关重要的密切关联之所以始终神秘难解，正是因为这些“赫尔墨斯神秘新柏拉图主义”秘密社团始终处于隐匿状态。伊德里斯·沙阿曾在由伦敦W. H. 艾伦出版社于1964年出版的《苏菲学派》一书中将“玫瑰十字”这一表述（一个看似是以基督教思想为基础的意象：“玫瑰”位于“十字架”的中心）解释为一种对于阿拉伯语中一个意为“一种特定的，旨在提炼（精神意义之）精华的（托钵主义）修行方式”，并在苏菲主义者笔下、口中成为表述各式苏菲主义精神训练的一般术语的复合术语的“翻译”。“神秘新柏拉图主义”社团借用了“玫瑰十字”这一“误译”来为自己命名，一如它们也曾借用“石匠”(Masons，即“共济会”）为名——一如它们无疑也从“托钵主义”思想中借用了其他象征形式、行思规程和学说教条。——原注

弗朗西斯·叶茨在她的著作中提到了诸多当代学者的意见：当时活跃于英国的各式团体都曾参与“玫瑰十字主义”运动。此外，她就天主教徒本·琼生对于“玫瑰十字主义”思想的“精通”进行了调研：本·琼生不仅通晓德国“玫瑰十字主义”著作（他曾是弗朗西斯·培根爵士的文书助理），而且熟知德国“玫瑰十字主义”者对于“诗人的寓言，‘伊阿宋的金羊毛’，‘金苹果园’”“以及成千上万个/关于我们的石头的抽象之谜”的“炼金主义”诠释。

她将《炼金术士》解读为天主教徒本·琼生对《暴风雨》的嘲弄式“驳斥”①：《暴风雨》中的普洛斯彼罗是如此彻彻底底的一个“神秘新柏拉图主义”魔师，以至于在大多数人看来，这一形象若非莎士比亚本人的肖像，就完完全全是一幅约翰·迪依的肖像。众所周知的是，当时，迪依的著作已对“玫瑰十字主义”运动造成了某种具有决定性意义的影响，但奇怪的是，“欧洲玫瑰十字主义”的核心圣书——出版于1616年的《基督徒罗森克鲁兹的化学婚礼》却出自德国作家约翰·瓦伦丁·安德烈埃笔下；他曾“通过模仿英国剧作家”（安德烈埃本人所言）来设计自己的剧作，在《基督徒罗森克鲁兹的化学婚礼》中，他似乎由始至终都梦游在对于晚期莎剧的幻影式追忆之中。

对布鲁诺造成影响的最为奇特的记忆系统之一与“剧场”相关——16世纪意大利建筑家、哲学家朱利奥·卡米罗的“记忆剧场”；它是一座拥有剧场式构造的实际建筑，似乎就像一个装满象征意象的巨型档案柜。布鲁诺死后，最具声名的记忆系统也同样是

① 《炼金术士》注册于1610年10月，因此所谓“驳斥”的方向可能正好相反。——原注

一间“剧场”——活跃在17世纪初期，自称为“玫瑰十字主义”哲学家和“赫尔墨斯主义”哲学家的英国医师、“神秘新柏拉图主义”者罗伯特·弗勒德的“记忆剧场”。弗朗西斯·叶茨认为，这间（弗勒德在著作中予以详细描绘与阐释的）“记忆剧场”——这另一个规模庞大、层级清晰，具有明确的内在关联体系，以一架动态“升梯”联结“天堂”与“地球”并通过某种方式将卡巴拉“生命之树”融入自身的意象建筑的基础，正是莎士比亚的“环球剧场”（Globe Theatre）。用“剧场”来比喻结构化的意象体系和“神秘新柏拉图主义”者“经由魔法之力驱动的想象”（种种令人惊叹的实体穿过“黑钻之门”，显现于这般想象之中，发出极具启示意义的声明）不失为恰当之举。但类如“生命之树”的记忆地图——作为一个“象征对应”的“宝库”，一份有条有理，总领一些各自代表着血脉相连、无可更易却仍不断进化的一整“族”内涵的“象形符号”的“纲要”——显然为一个由象征性戏剧构成，始终保持有机统一的戏剧“循环”和一种统一的诗性想象提供了重要的参考。布鲁诺式“神秘新柏拉图主义”思想的基础便是布鲁诺对于古埃及宗教思想的理解（如有机会，我亦欲向读者展示莎士比亚本人对于这一特定的神话体系熟悉到了何等惊人的地步），他对于那些自有其内在结构的象征符号——布式“印封”的使用在很大程度上有赖于他对于古埃及象形符号的认知。他解读这类意象所蕴含的“诗之可能”（一如阿奎那所为）并通过审慎而细致的方法诗化这类意象，将它们——作为对于这般可能的阐释——应用在他献给菲利普·西德尼爵士的一系列十四行诗中，一如三百年后，庞德也曾试图“归化”隐藏在具有内在结构的汉字“意符”背后的原理，使之融入英语诗歌。

即使不假定“莎士比亚是一位虔诚的‘神秘新柏拉图主义’者”，或者不假定“他不仅仅是觉得那些奇思妙想相当有趣，不仅仅是对那种种宣言感到好奇，也不仅仅是受到某些概念的吸引”，我们依然可以作出推测，在这场规模庞大、内涵复杂，融各式古老而魔性的宗教思想与宗教方法于一体的运动中，以下这些观念与想法曾引起莎士比亚的注意：

1. 一个包罗万象的体系——一个规模宏大的精神“结合体”；它在一幕呈现与“神圣之爱”合而为一的完整幻景中调和了作为两大极端的天主教思想与新教思想。

2. 一个纳融百川的神话体系，所有古老的神话形象和神话事件俱在，共同构成一个满藏象形字符和象征符号的“宝库”——崭新的形上体系赖以成形、生效的“个人语言”。

3. 这种对于神话形象（亦可谓“历史形象”）的“整合”无异于一个“记忆系统”、一张平面图表，它记载着关于历史、关于那“另一个世界”、关于内在世界——尤其是关于精神境况和道德类型的可知的一切。

4. 这一“记忆系统”堪比一座“剧场”。

5. 这些意象都是自有其内在构造的诗性意象：任何一个单独的意象都是一个内含经过精准折叠，具有诸多层级的意义，并且始终与一个统一体系的意义保持一致的“包裹”。

6. 实践中——一如在圣依纳爵·罗耀拉的《神操》与卡巴拉式精神修行之中——一种“近乎实际”的成像过程是有效冥想的第一要素。

7. 冥想是一种以仪式性的魔法程序为依托的“召唤”——对于幻觉性形象的召唤；人类可与这些形象对话，它们是“直觉之景”“想象之景”与超自然“神视”的载体。

8. 戏剧是一种人们赖以操控灵魂的仪式。

也许，在这份列表中加入作为卡巴拉思想之根基的四个道德目标亦不为过。它们同样易被视作莎翁式戏剧“循环”的四个基本目的（与基本成就）；随着莎剧创作的延续，它们日益精炼、日益显著：

一，即实现“固定”和“自由”之间、严厉而正式的“审判”之力和流动且自发的“仁慈”之力之间的和谐；二，即实现“神圣的联姻”——实现男阳之力与女阴之力的结合；三，即拯救深陷恶魔之渊的“上帝荣耀”——拯救作为“上帝荣耀”的化身，沉浸在物质存在之中的“神圣之灵”（它本是“爱丽尔”——被想象成女性的以色列之魂，是作为上帝之新娘的灵魂）；四，即掌控——抑或抵御源自恶魔之渊的恶魔之力。这四大原则亦是以如此强劲有力的势头涌入“浪漫传奇”的“底层结构”之中的诺斯替教“索菲亚”神话的柱石。

尽管在那股裹携各式形上体系的国际潮流之中，莎士比亚曾以多种语言应答如流，但在剧作中，源自莎翁自身的根本神话——就像一个在其进化过程中始终保持完整的有机生命一般——依然忠于自我。

神话、韵律、节奏

神话是狡黠之物。在此，我所谓“神话”（mythologies），无外乎人类予以发明，借以具体表达深层共同理解并置之于寻常指涉可及之处的“图像语言”；正是因为深层共同理解的存在，一个完整的人类群体才能继续保持完整。

在一个完整的群体中，共同理解之“池”就像一个积聚着群体财富的共同银行账户。每一位群体成员皆可随时取用所有存款。这笔存款是一种精神财富（或曰“心理财富”），因此无论人们如何花费，它也不会减少。相反，人们越是“铺张浪费”——它的流通速度越快、传播范围越广，群体成员——作为群体中的个人——便越感到“安全”，越感到内在财富的增值。深层共同理解的交流——以源自这种理解赖以呈现的神话的象征符号为媒介的交流，有助于巩固统一的群体内在生活。羚羊群体的“神话”之一便是“尾之轻弹”。一只羚羊轻弹尾巴，这一下轻弹便逐羊传递，传遍整个羊群，但与此同时，所有羚羊都顾自低头吃草，若无其事。在羊只个体的感知中，这一次轻弹想必就像一次共同的、简短的祷告，意为：尽管我们都作为羚羊而存在，但我是一只纯粹而饱满的羚羊、一只不朽的羚羊。蚂蚁的“神话”则被“码”入“轻抚”（轻抚彼此的触须）与“轻叩”（轻叩彼此的身体）之中。无论何时何地，于相遇之际，同属一个蚁群的两只蚂蚁都会“合唱”这首神秘的“部族之歌”，在亲昵而和谐的交流中巧妙地交换并吸收一切讯息。也许，对于蚂蚁个体而言，这番表演的意义即是：我们这个强大的民族始终如“一”——我就是一个强大的民族。如此，裨益不言自明。

如果群体成员的共同理解完整无缺，那么单单一次来自共同神话符号的触碰就足以激发完整的交流。每一个言语信号都凝聚着源于整个群体的意识与能量的电压，足以“照亮”所有通过交换信号来进行交流的成员。任何近似这类信号的文字似都无法为绝大多数现代作家所用；或许，只有在原始群体或者规模依然很小，仅由互有关联的古老家族聚合而成，血缘关系依然相当清晰的部落式民族之中，如此信号才更有可能产生效用。在这种原始的情境下，语言可谓满含意义。所以，当人类学家向一位年迈的霍皮（Hopi）妇女询问“霍皮歌曲何以如此简短”之际，他得到了如下回答：“我们的歌曲很短，因为我们几乎无所不知。”意即：因为对于象征着由共同的理解筑就的部族思想体系，霍皮一族赖以生存、延续的“神话”，我们无不知根知底（她也许还会加上一句，“而且，对于这种‘神话’，我们毫无异议”），所以我们无需作出任何解释。

倘若乍听之下，这似是所谓的“文化停滞”，那么对于那些乐在其中的族人来说，“文化停滞”倒更像是一种完美的状态：“停滞”的文化——在心理层面——足具丰富的内涵，一如绝大多数古老群体的文化。然而，一个融深层的共同理解和对于共同神话（为整个群体所共享，群体思想体系赖以保持清醒的神话）的完美认知于一体的思想体系并不必然意味着“文化停滞”，它能为最有效的外在活动提供

“基础力量”：处于“伟大世纪”的雅典、存续两千余年的犹太世界和二战之后的日本都是绝佳的例证。

在现代多元文化社会之中，情况显然难复如是：众多群体及其神话、其源于共同理解的思想体系混杂一处，被迫适应彼此。任何一个多元文化社会都必然已经发展出（或正勉力发展）一种通用语言。在最单纯的情况下，每一个（一方面）成长于“子群”之中，（另一方面）又必融入群体“联邦”的公民都必须具备双语能力。第一种语言无过于在“子群”神话中得到体现的共同理解，实为阻隔群际交流的一种障碍，而第二种语言则理应排除每一个“邦中子群”所特有的共同理解与共同神话，因为它无法容忍无法为所有人所共享的一切。从“通用语言”的角度来看，任何一个“子群”所固有的思想体系与神话都难免狭隘、古旧之感，不仅有其局限，更是一种束缚，只能作为“地方特色”、作为某种“扶椅式”①文化旅途上的消遣而得到纵容（如果真能得到纵容的话），而从任何一个“子群”的角度来看，“通用语言”即使并非毫无意义，也尤显浅薄、随意、空洞，不仅有失品格，更是一种贬损，甚至足具破坏之力。且不论现代作家如何下定决心，力求解决这一困境，也不论他们经历过何种失败，事实都不曾改变：每一部现代文学作品都只能在连接基于共同理解的“子群”思想体系（也即作者本人的思想体系），以及“子群”神话和以现代多元文化社会的“通用语言”为代表的思维方式（一种包罗万象、普遍适用的理想思维方式）的“连续体”中找到自己的位置。无论作者是否有此意图，无论他们是否有此意识，一旦被置于“语言镜头”之下，他们的作品都将被固定在“连续体”中的某一点位，而这一“点位”

① 此处的“扶椅式”原文为“armchair”，一指“扶手椅”，二有“足不出户”“不切实际”之意。

只有在作品出版之后——作者将作品呈现于来自其他各个“子群”、来自每一个犹如“文化融池”一般的“通用语境”的读者眼前之后——才变得清晰可见。

在那一刻，每一位作者都将自然而然地意识到自己的作品所面临的一切交流障碍。于是，“作者式”的想法跃然涌现：这是不是某个来自某一封闭而孤立的“子群”，正因我不属于同一“子群”才对我严加指责的读者？抑或：这是不是某个来自“通用语境”，深受新兴“多语漩涡”的影响，发现我的文字无法译成新式“洋泾浜语”的国际主义读者（毕竟，就其定义而言，所谓“通用语言”——在一个涡流汹涌的世界性“熔炉”中——原本就是一种善变之物、一位不断更换面纱的舞者；每一股转瞬即逝的潮流都足以左右它的舞姿，对于新颖的向往和对于老旧的反感占据核心地位，支配着它的一举一动）？当然，此乃无谓之问。在崭新的全球性多元文化像沙暴一般冲破电视屏幕，滚滚而来之际，文学作者只能继续摸索而行，尽可能地传递源自主观意图，具有充分意义的信号并且心存希望——但愿能在某时某地看见一条轻轻一弹以为回应的尾巴，或在某时某地遇见一对高高抬起、欣然摇颤的触须。

光凭我亲身经历的两次小小的失败交流就足以说明在细细一丝疑虑背后可能隐藏着何等“空无之渊”。我亦成长于某一“子群”之中，我的成长环境为我提供了诸多接触“自然世界”的机遇，所以对我来说，“自然世界”——世间所有形形色色的生物本身及其所有作为（无论这些“作为”是否“源于其所”）便是触手可及的“神话”之一。初看之下，作为一种神话，自然世界并未失去它的优势——依然普遍、永恒。一只野兔在现代世界、在人类梦境之中的行为方式和它在数千年前（当它初次作为一种符号出现在远古图腾中时）甚至数十万年前（当它初次作为一种猎物遭到人类的捕杀、初次作为一种形象出现在人类的脑海中时）的行为方式无甚差别，而且，在未来的数十万年甚至千百万年里，它仍将继续保持这种行为方式，也许直到人类消失之际，它也不会改变。所以，它理应是一个可靠而持久的“神话式”图像语符，足以承载与在洞穴壁画、日式“根付”（Netsuke）和因纽特雕像中得到体现的种种理解类同的理解，而这类——看似普遍、看似基本、看似单纯的——理解与感受则无疑能够突破立于群体之间、“子群”之间的壁垒。同理，所有生物皆复如是。

在我听闻一位在读罢数行出自我的笔下，旨在戏剧化一只鹪鹩的诗文之后彻底陷入困惑的“城市诗人”发出连连惊呼之际，我才意识到以上这种想法的谬误。对于这首诗作的主旨与含义，这位诗人一无所知。令他深感不解的并非我的文学风格，我的其他诗作无一不能得到他的完美“响应”。我突然反应过来：这是一个从未见过鹪鹩的人；他出身于一种与丰富而古老、神秘而通俗的“鹪鹩历史”全无交集的文化，甚至可能对所有鸟类都一无所感。据说，在希伯来语中，几乎所有鸟类都被归入同一个词——一概被称呼为“鸟”。总而言之，在这位诗人的“神话”中，鹪鹩无疑全无影踪，而我的诗作却有此要求——鹪鹩必须存在于读者的“神话”之中，一如狐狸之于日本人的“神话”，一如郊狼之于纳瓦霍人的“神话”。米奇老鼠的迷人魅力并不源于他的所作所为，而是源于他的“身份”：他就是我们的老友“米奇”。这位“城市诗人”的评论亦令我想起我自己在阅读某些提前假定读者已然熟知某种和我一无与“共”的“图像语言神话”的诗文时所遭遇的困难。对他而言，我对于鹪鹩的戏剧化处理毫无意义。大多数诗歌都足够“混杂”、足够“笼统”，足以让大多数人各有所得，而且事实上，诗人有意为之的“效果混合”往往能激发读者的反应，因为这般“混合”宛如一次挑战，足以唤醒读者体内的“译者”，使之燃起斗志，立刻从中“译取”某种有趣的含义。但基于单一鸟类的图像语言不仅太过精确，无法吸引“译者”的注意，也太过具体，对它一无所知的人根本无从解读，一如其他许多精确如是、具体如是的图像语言。也许，我的“鹪鹩”就是极为常见的“绝缘符号”之一：这类符号象征着深藏于某些诗文内部的精神生活，却无法向对它们一无所知的读者传递任何信息与意义。

对于一般读者来说，鹪鹩远比哈姆雷特来得陌生。关于哈姆雷特，人们坐在椅中，笔随心动，轻轻松松就能写下许多，并且始终全神贯注、满怀悲愁，浑身上下一动不动，静到花园里的蜘蛛能在人腿和椅腿之间织起一张大网，而且毫无疑问，在世上任何地方，“哈姆雷特”都至少不会让“文学读者”感到困惑（尽管如此说法未必适用于托尔斯泰[①]）。可以肯定的是，绝大多数“文学读者”都会将“哈姆雷特”置于某种“尽如人意”的整体认知——对于哈姆雷特式处境的整体认知之中，并视这般认知为其归属——换言之，在这般认知中，“哈姆雷特”这一意象丝毫不显荒唐、不显随意、不显反常。

但若有人着力描写一只“将自己唱入痉挛”的鹪鹩，在绝大多数“文学读者”（即便不是全部）看来，这只鹪鹩想必尤显模糊、随意、勉强：他们无法在记忆档案中找到任何一种能让任何一只鸟儿自然而然地“将自己唱入痉挛”的“语境”。一些读者可能会本能地作出“超现实式”解读，认为这只鹪鹩——一如一只被一道光催眠，进入神迷状态，缓缓飘浮而起，一边吟诵某部佛经，一边升入黑暗之中的狐狸——是一只超现实的鹪鹩。但如果作者对这只“将自己唱入痉挛”的鹪鹩进行戏剧化处理，继续赋予他各式身份——比如一名林中隐士、一位（某种意义上的）“凯尔特圣者”（无论何时何地，在他放声赞颂他的“造主”之际，他都极易陷入迷狂），在大多数读者（无

---

① 托尔斯泰曾对莎士比亚多有微词。

论是何类读者）看来，这只鹪鹩便尤显荒唐、可笑——怪诞、无谓。为什么是一只鹪鹩？为什么不是一只槲鸫？为什么不是一只夜莺？同为因爱而狂的歌者，夜莺岂不远比鹪鹩出名？但即便是就夜莺式的“英雄歌者”而言，“将自己唱入痉挛”这一表述也难免反常、夸大之感。在济慈和哈代笔下，此类歌禽亦不曾狂至“痉挛”。

换言之，除非作者能将这般古怪的特质置于某种完整而自然的语境之中并且提供足够的凭据，证明在某种现实中，鹪鹩的确会有如此表现，否则“将自己唱入痉挛”这一倾向将无法——作为一个（源自某种“共同”的神话，已然得到充分理解的）象征符号的公认特征——产生效用。原因单纯如是：你无法指望读者来提供由一手的、直接的经验和源于亲密关怀的熟知构筑而成“现实语境”——以对于自然世界的共同理解为基础的语境；也就是说，在语境缺失的情况下，即便是在一个或许不比一则卡通寓言更显“严肃”的虚构世界里，那只欲“将自己唱入痉挛”鹪鹩也势必无法成为一种“象征形象”。

如果作者有意赋予“鹪鹩”以非一般、非传统的意义，那么任何新信息都必须——作为信息——出现在诗文之中，比如：

……可怜的鹪鹩，
最微小的鸟儿，也将奋不顾身——
为了保护巢中的幼雏——与鸱鸮争斗……

在这些诗行中，莎士比亚无比谨慎。为了确保他的观众能够准确地理解他想表达的意思，他不仅提醒（或曰“告知”）观众“鹪鹩是最微小的鸟”，而且明确地告诉他们“所谓‘鹪鹩’是一种鸟”。很多人并不完全确信鹪鹩是一种鸟，它的“尺寸”则更鲜有人知。莎士比亚先将他的“鹪鹩”置于鸟类的自然历史之中，然后才着手将他那些令人惊叹的“专家数据”——作为“更进一步”的自然史实、一项源自科学观察的发现——引入文中。他不事省略，悉心“告知”，仿佛他已然假定他的观众对此一无所知。如此一来，原本会将鹪鹩想象成某种“形如肿物一般的精灵”或者“一只鸭般大小的鸟儿”的观众不仅对鹪鹩这种小鸟有了更为清楚的认知，也对“鹪鹩”这一意象有了更加深刻的理解。

若欲意象化鹪鹩的痉挛式歌唱，继而从中提炼更深层次的意义并不引起“无知”受众的困惑，作者或许得以如下表述开篇：“褐色的鹪鹩，世上最小的鸟，最最神秘的禽类之一；它在荆棘丛中、在浓密的树篱中过着隐密的生活……”——只有在此类信息俱备之际，作者才能更进一步，写道：“放声歌唱时，鹪鹩会摆出最最出人意料的姿势；它俯下前胸，半张翅膀，不断抖动身体，直到浑身上下震颤如癔，有点像是一只毛羽初萌，为了填饱肚子在母亲面前屈身乖伏的幼鸟（于此，相关的解释必不可少），但（若以‘乞食’作比）它的‘乞食’方式不仅独具一格，也更显极端：后颈回仰、下压，沉入胛骨之间，尖喙大大张开，朝天咏唱……歌声持续期间，它似乎陷入某种扭曲的‘发作’——近似一种癫痫式的痉挛……”即便是在获得如此详尽的信息之后，也仍只有潜在的爱鸟之人——对鸟类怀有天然好感的人——才能完成直觉性的跳跃，将全新的信息融入关于鹪鹩的“成见”之中。这只“唱入癫狂的鹪鹩”远比一只“为了保护幼雏，与石像鬼般的猎食者争斗的鹪鹩”更难被“译”成人的语言。一旦作者开始意识到理应不言而喻的认知，即“鹪鹩会以如此方式鸣唱”这一本该为人共享、耳熟能详的原始认知（一如对其行为与生活的一般认知）——除了在极少数零星散布于世界各地的个体身上——已然无处可寻，他便会想起那位霍皮族妇女的回答。在另一个与此相对的极端，在以“原子化”的“子群”为其基本单位的现代多元文化社会中，在绝大多数层面，人类的共同理解都太过稀薄，以至于“通用语言”几乎成了毫无意义的存在：一切指涉都必须自携清晰而详尽的基本语境——即便是在最最“自然”的层面，否则，对于绝大多数读者而言，任何表述都无外乎含糊不清的行话术语。然而，正是这般对于“详尽语境”（即“自然历史”）的严格要求，使得一只特定的小鸟无法在一种与群体生活紧密相关，也自有其运行模式的“深层共同人性理解”中扮演足具神话特性的角色。（反映出深层共同理解的“原子化”的）共同“神话”的“原子化”正是通过这样一种方式不断压缩着象征空间，使得象征艺术变得越来越不可能，使得故人旧作——在“学术重建”领域之外——变得越来越难理解。

近日，我收到一封彬彬有礼却满含疑惑的信，来信者请我透露一些线索，助他理解一首关于蚂蚱的诗。这首诗作和伦纳德·巴斯金的一幅画作一起出现在一本关于花与昆虫的青少年读物中，此诗正是为了配画而作。我希望这首蚂蚱之诗——一如那首鹪鹩之诗——能以一种与众不同的方式在时时给我带来最为强烈的文学快感的“传统”中找到归宿。约鲁巴猎人的诗歌便是这一“传统”的代表；这些诗作已由乌利·贝尔翻译，被收入由费伯出版社出版的诗选集《响尾蛇》中。约鲁巴猎人的生活与在约鲁巴诗歌中成为主题的各式生物息息相关，因此这些诗作无不是基于一种共同而完整、现实而直接的经验。猎人胸有成竹，相信夸张的反讽、滑稽的戏剧化表达和幽默的超现实联想能够激活最为生动的现实之感。实际上，和大多数以动物为主题的原始民间故事一样，这些诗歌无异于一种玩笑——一种满含深情的玩笑。

作为一个神话符号，这只“蚂蚱”具备（或曰“曾经具备”）某种传统特性，扮演着（或曰“曾经扮演着”）某一传统角色，是（或曰“曾是”）一只人所熟悉的一般的蚂蚱。而且，对于那些曾在农业化学用品实行“最终解决方案”之前踏入过英国境内的任何一方草地、一片草丛之中的人来说，蚂蚱如青草一般常见的岁月其实并不那么久远。那种随风交织、弥漫，沁人肺腑、心魂的欢欣之感不仅与印象中的英伦乡间之夏密不可分，也离不开那只状似一架奇异而精密的微型机械，时时以其无所不在的跃动惊人心魄的“蚂蚱”——他仿佛一枚小小的“电池”：动，则满夏欣然，静，则万物如凝，一动一静，不曾间断。所以，当我下笔描写他时（心知伦纳德·巴斯金的水彩画将会提供所有帮助读者完成对象识别的提示），我并不觉得自己正以一种古老而（必显）模糊的模式进行创作。全诗如下：

像是一只蚂蚱

一个陷阱
在田间小径上等待。

一个枝条织就的装置，工件齐全，
弹簧紧绷，准备就绪。

它如此脆弱，一身是草
（茎、节，和干糙的尖叶）。

以一只软毛幼虫为饵，
一只满含情爱的肚腹，搏动中发出信号。

一段源自野性的世界，
痴痴追恋的音乐踩着芬芳的步点而来。

一丝气息的触碰，让陷阱
忽地弹动，身形模糊——

而音乐高扬。

一只矫健的提琴
捕获了它的琴手。

张开云指的夏天，美丽的捕手，
拾起歌笼

取出这支歌，置入群歌之中
它们是她的财富，她的裙袍，

她重新设好陷阱，在一码开外的地方。

这封来信使我重新意识到对于英国读者而言，这些诗已然太过“间接”（它以一种拐弯抹角的方式从一种几乎已从英国消失的“神话”——“蚂蚱的夏日世界”中汲取营养），诗歌模式似也至少堪称“模糊”。数年以来（几乎可以说是多年以来），只有一回，我在一块几码见方的田地里发现一只蚂蚱，除此之外，我不曾在英国野外见到过它们的身影。所以，我只能接受：对于大部分英国人来说（或许是对于所有仍在努力“发掘诗意”的英国人来说），关于（亦是“人类世界”的）“蚂蚱世界”的知识——那种“母乳般”“孩童式”的一手知识已然不复存在，而这个已然消失不见的“蚂蚱世界”正是我的诗赖以获得一切意义的“神话”。如今看来，这封来信的作者很有可能从未见过（遑论“抓住过”“有过”）任何一只蚂蚱；有关自然历史的电视节目或许也未能提供那种足以让这些生物走进心灵“神话体系”的直接经验。我的回信如下：

> 等在田间小径上的“陷阱”正是“蚂蚱”自己。换言之，这只“蚂蚱”就是一个由支杆和弹簧组装而成的陷阱，想象一下——一件由干草等材料制成的微型捕虫装置。
>
> 那只被我形容为“饵”的“幼虫”则是“蚂蚱”自己“满含情爱的肚腹”：看起来、摸上去，它的确像是一只小小的幼虫；它不住抽颤、悸动于细长、粗糙、干草一般的身体部位之间，满含对于爱侣的渴望。
>
> 这只“陷阱”（半是设计精美的捕虫装置，半是性爱诱“饵”）是为捕“歌”而设，而“歌”即“源自野性的世界，痴痴追恋，踩着芬芳步点的音乐”；“群歌”宛如欣狂不已，漫游在树林之中、田野之间的精灵，无不极难捕获：它们是上帝的创造——最难捉摸也最珍贵的创造。
>
> 很快，一首（默然无声，尚未落入陷阱的）“歌”追恋而来，痴痴寻性觅爱；它无性不欢，无爱不生——一首时时受爱滋养的“歌”。
>
> 这首饥渴之“歌”的一丝气息触碰“陷阱”之际（也许，是在它嗅闻诱饵之际），“陷阱”忽而跃动——弹簧忽地一松。（若你曾经握紧双手，关住过一只蚂蚱，感受过它的踢踹，你便能理解“拉紧的弹簧忽地一松”是怎样一种感觉。）实际上，它用它

的双腿（如你所知）牢牢抓住了“歌”，并就此“模糊”在跃动之中。但在我等可怜的人类看来，放声歌唱（至少制造出某种音乐）的，正是那只蚂蚱自己。

一首“歌”被“陷阱”捕获——“音乐高扬”。

仿佛一只“提琴”（即“蚂蚱”）竟然像一个陷阱一样在提琴“琴手”（他受到“提琴”的引诱，欲在琴中找到他满心渴望的灵魂伴侣——找到“性之乐声”）的灵魂中捕获了“性之乐灵”。一如我在诗中所言，（仿佛）一只提琴（竟然）捕获了它的琴手。与此同时，在他猛然扑向“提琴”，亟欲从中抽取“性之活力”（即“音乐”）之际，“琴手”亦被“提琴”捕获，并开始与这件似欲从他体内取歌而出的乐器搏斗。

——一种微妙的“双向”关系。

这只“陷阱”（即“蚂蚱”）是由“夏天”所设——在我的想象中，她是一位旧石器时代的“神女猎手”。她以魔法一般的精妙技艺做好陷阱，以便捕捉“群歌”，仿佛每一首“歌”都是一层丰厚而美丽的兽皮；这些毛皮是“她的裙袍”，仿佛只有在披上这身“裙袍”——这身“源自野性世界的音乐”之际，她的身影才能为人所见，她的声音才能为人所闻。从笼中取出“歌”后，她在“一码开外”重新设好陷阱。在我们看来，这只“蚂蚱”似飞似跃，蹦出一码左右，后又静坐不动——“弹簧紧紧拉着，准备就绪”，等待另一首“歌”的到来。

所以，这首诗是一则小小的故事——在你分清故事角色，理解故事情境之后，它其实非常简单。

无论这封回信如何阐明了这首诗作的“情节”，它都无法单凭一己之力提供所有关于那个久已消逝的完整世界的鲜活记忆；那个世界不仅是“蚂蚱”的跃动发生的地方，还承载着这一微小举动的全部意义。以上这些解释顶多只是“一种翻译”——从一个世界及其“神话”的语言到另一个世界及其“神话”（即来信之人的世界及其“神话”）的语言的翻译；如今，在这另一个世界及其神话之中，这份“译文”也许丝毫不比关于“奎兹特克”[①]的（注解版）诗文更具活力——生命的活力。也许，这首“蚂蚱”之诗的唯一指望便是：或许终有一天，蚂蚱——不似“奎兹特克”——将会重回英伦大地，重新化作无比生动的形象，出现在孩子们熟悉的“共同神话”之中。

两种音乐传统

正统韵律

赋予语言以意义的“神话”是一回事，赋予语言以其音乐表现力的节奏又是另一回事。在我的首部诗集中，一首描述群马在清晨时分静憩于高野崖沿之下的诗作曾以如下两行诗收尾：

Between the streams and the red clouds, hearing curlews,
Hearing the horizons endure.

在溪流与红云之间，听见鹬鸣，
听见地平线的延续。

① “奎兹特克”即为古代阿兹特克人与托尔特克人所崇奉的“羽蛇神”。

罗伊·福勒[1]在他就这部诗集所作的一份严肃而周到的评论中牢牢抓住最后一行并且自信地指出：它“念不出口”。

罗伊·福勒的“诗之音乐经验”不可谓不丰富。在我看来，他的诗的确自有一套音乐模式，乐感优美、和谐，但他的“乐感”与这最后一行的乐感（这种乐感显然是他所不欲）毫无相似之处。我的意思是说，无论这行诗是否有其特别之处，它的音乐模式都与罗伊·福勒的音乐模式截然不同；这首诗作会以如此方式收尾，完全是因为这一诗行捕捉到了我想要的音效。罗伊·福勒大概会问：什么音效？换言之，他可以接受这一行字，却无法接受这一行诗，因为他听不见它的音乐模式。

于是，我意识到（后来，在我听见罗伊·福勒和其他一些诗人朗诵他们自己的诗之际，这种意识变得更加强烈），在英语诗歌中，存在至少两种迥然不同的音乐传统——不仅存乎诗文的写作方式，（或许）亦更存乎诗文的朗诵方式（故也存乎阅读方式）的传统。

几乎所有通常会被我们视若“传统”的诗和几乎所有眼下人们正以英语写就的诗都是“单一韵律”之诗。也就是说，每一行诗——从头到尾——都只依循一种韵律来对每一个音节的“自然分量”（即在自然会话状态下，人们赋予词语音节的轻重之分与时间量值）加以使用，以至于这一韵律本身都已不证自明、清晰无疑。可以说，无论这类诗被写成规律而正式的押韵诗节或者规律的五音步“无韵素诗”，还是多少更显自由一些，除了于其“一路小跑”之际偶然得以创立的韵律模式之外，不遵循任何可被识别的韵律模式（一如所有散文文句），它们均是为了轻松随性的会话语音而“谱”，任何人拿在手上，都能立刻轻而易举地完成一次即兴朗读。任何一类读者——便是那些

---

① 罗伊·福勒（1912—1991），英国诗人、作家。

耳朵毫无修养的读者——都能把握它们的乐感，而在读诗之际，大部分读者会把所有诗（无论他们所读之诗属于何种传统）都当作这类诗来读。

以下这段出自艾迪生[1]《从意大利写给尊敬的哈利法克斯勋爵查尔斯阁下的信》中的诗便是一个经典案例：

While *you*, my *lord*, the *rur*al *sha*des ad*mire*
And *from* Bri*tan*nia's *pub*lic *pos*ts re*tire*,
Nor *lon*ger, *her* un*gra*teful *son*s to *plea*se,
For*their* ad*van*tage *sa*cri*fi*ce your *ease*,
Me into *for*eign *real*ms my *fate* con*vey*s
Through*na*tions *fruit*ful *of* im*mor*tal *lay*s,
Where the *sof*t sea*son* and in*vi*ting *clime*
Cons*pire* to *trou*ble *your* re*pose* with *rhyme*...[2]

当您，阁下，备受乡荫仰慕的阁下
已从不列颠尼亚的公职退隐归家，
不必再去取悦她那些心无感激的孩子，
无须再为他们的利好牺牲您的安逸，
我在命运的引领之下走进重重异域，
穿越种种蕴载着富足与不朽的国度，
他乡温和的季节和怡人的气候

---

① 约瑟夫·艾迪生（1672—1719），英国诗人、散文家、剧作家、政治家。

② 本段诗歌由“抑扬格五音步”写成，为了方便读者理解，译者已用粗斜体表明诗中的重读音节，其余音节皆为轻读音节，后文中未注明“译者标注”的重音标注均为作者所标。

合谋用习习诗韵叨扰您的静休……

论及这首诗时，塞缪尔·约翰逊[1]说它“一直以来都广受赞誉，但其为人赞誉的优点始终如故：正确而无苦心耕耘之迹，优雅而无虚浮之饰，一如他的任何一首诗作”。在这番评语中，最值得注意的词语便是“正确”(correct)。(艾迪生选择的）韵律模式和他所选之词的音节的“自然分量”以如此“正确”的方式完成了匹配，读者绝无可能弄错。第五诗行和第七诗行的首个“抑扬音步”的颠倒来得自然而然。所以如此看来，人们也许会说，这段诗在韵律上的唯一瑕疵便是最后一行中的“your”(即“您的”）一词：在只读取“自然分量”的情况下，由于“trouble”(即“叨扰”）一词的第二个音节（即“ble”）会在目读之际迅速潜出视野，现代读者往往容易漏掉落在“your”上的强拍，将整个诗行读成：

× / × / × × × / × /
Cons*pire* to *trou*ble your re*pose* with *rhyme*...

以致语音如遭磕绊，只能踉踉跄跄地踩过最后一个抑扬音步。这无疑会引发一次轻微的“节拍呃逆”，给读者带来困扰（因为此前的七行诗已如此不容分说地确定了每行诗的重音数量)。但事实上，只要读者迫使自己的声音——就此诗行的“诵读可能”——作出某种“音乐诠释”，这行诗完全可以避免这般“畸形”的节奏。人们只需在“trouble”之后稍事停顿，暂提气调，让重音落在“your”之上，它便能立刻复原，成为一个完整的“五音步”诗行。但如此做法亦有风险，一种无关而刻意的“不速之义”就此隐现：“您的静休”(your re-

---

[1] 塞缪尔·约翰逊（1709—1784)，英国诗人、作家、文学评论家。

pose）成了“阁下您的静休（不同于我的静休和其他人的静休）”（yours，my lord，as distinct from mine or theirs）。因此，在现代读者看来，这一诗行并不绝对“正确”，尽管如果落在“your”上的这声重音是一次源于作者本意的特殊强调，那么这一小小的“不规则现象”便能被视作一种“技巧展示”——一种微妙的，让演员或者读者有机会从中“提取”（fetch out，霍普金斯语）意义的戏剧性处理。

罗伯特·格雷夫斯的诗作《亡魂归来》是另一个经典案例：它同样只取词语的“自然分量”而用，但它不仅始终遵循短语成行（尽管在全诗末节中的确出现了一个完美的“抑扬五步”诗行）、五行成节的惯例，也避开了任何一种规律的、可被识别的韵律模式。这般“诗律”不仅同样“正确”，同样没有勉力“耕耘”的痕迹（整首诗作自循清晰而短促的节奏，尤显自然、随性），还一如全诗首节所示——同样清楚直白，直指“刻薄”之意，优雅而无“虚浮之饰”：

To bring the dead to life
Is no great magic.
Few are wholly dead:
Blow on a dead man's embers
And a live flame will start.

让死者复活
并非伟大魔法。
没谁死得彻底：
往死人的灰烬上吹一口气，
一团火焰便活活燃起。

在各式不同的场合，关于如何让每一首诗都找到自身独一无二、不可预知的音乐形式，格雷夫斯总有众多想法可谈。但人们不难发现，在这首诗中，他伸手牢牢抓住了“扶手”：

To *bring* the *dead* to *life* is *no* great *ma*gic

是一个节奏感极强的五音步诗行。同理：

Is *no* great *ma*gic. *Few* are *who*lly *dead*

也是如此。它“反射”并强化了首个五音步诗行的结构（二者的结构构成了鲜明的对照），而对于同一个短语的共享则更深化了这一效果。但无论这些诗行是被视作三个“自由”的短语还是被视作两个身披伪装、互相套叠的五音步诗行（其余诗行都足具坚决逃避这般隐而不现的五音步格的倾向），在诵读过程中，它们只能获得一种韵律模式。以自由诗体承载寻常会话语言的格雷夫斯式诗歌风格就此成型，而且显然，格式韵律与艾迪生式“双韵对句”的韵律（即那种节奏强烈、无可逃避的正式韵律）截然不同；但在某一方面，它们尤为相似：二人对于词语的选择完全基于词语的“自然分量”，只需拿起诗稿，任何一位读者都能立刻以最自然随性的会话风格完成一次即兴朗读。

以下这段译文节选又是另外一个范例。它出自一首名为《苦难》的诗（作者是著名捷克诗人米洛斯拉夫·赫鲁伯，译者是以英语为母语的捷克译家乔治·瑟内尔）；乔治·瑟内尔的“内在听觉”不乏任何一个“文明头脑”所能具备的独立与敏锐，丝毫不受老派“英语音乐传统”的影响，但他的英语表达却依然十分纯粹，字里行间都透显出一种对于英语词汇之“自然分量”的精准把握：

Ugly creatures, unly grunting creatures
Completely concealed under the point of a needle behind
  the curve of the Research Task Graph,
Disgusting creatures with foam at their mouths, with
  bristles on their bottoms,
    One after the other
    They close their pink mouths
    They open their pink mouths

    They grow pale
    Flutter their legs
      as if they were running a very
      long distance

    They close ugly blue eyes
    They open ugly blue eyes
      and
      they're
      dead.

    But I ask no questions.
    No one asks any questions.

丑陋的生物，丑陋而咕隆作声的生物
完全隐藏在研究任务图表中的曲线背后的一个针尖之下，
口吐泡沫的恶心生物，身底长满鬃毛，
　　一只接着一只
　　它们闭上粉红的嘴巴
　　它们张开粉红的嘴巴

　　它们渐渐苍白
　　拍动它们的腿
　　　　仿佛正在跑过一段极其
　　　　漫长的距离

　　它们闭上丑陋的蓝眼
　　它们张开丑陋的蓝眼
　　　　而且
　　　　它们已经
　　　　死去。

　　但我不问问题。
　　没人会问任何问题。

同理，尽管在以上这段诗之中，不存在任何耳力可及的常规诗韵，但就算这些诗行遵循着某种的确存在却看似随性的韵律，读者永远只能作出一种“音乐诠释”——与词语的“自然分量”相符的诠释，任何读者都能立即完成即兴朗读。

显然，人们不能因为这些诗行（一如格雷夫斯的《亡魂归来》）

并不遵循任何一种正式的韵律模式（一如之前那段艾迪生的诗所遵循的模式），就认定它们“缺乏音乐”。格雷夫斯之所以如此措辞、如此分节、如此切割诗行——就像在乐谱上划出鲜明的方向符号一样，完全是为了着力强化每一个短语的“音高”、“步调”与“节奏”。绝大多数诗人（除了极少数惊人的例外）都对这类效果尤为敏感。格雷夫斯之所以切断：

To bring the dead to life is no great magic

将它写成：

To bring the dead to life
Is no great magic

正是为了制造足具戏剧效果（一种音乐性的戏剧效果）的一次停顿、一番“检视”、一种声调上的细微变化、一个新的焦点，甚至一种新的“思虑”。对于每一个处于“半敏感”状态下的读者而言，这次切割不仅是一个指向这种音乐效果的明显信号，也是引发这一效果的关键。任何忽略这次切割，不事“转调”，顾自跨行连读的读者都在某种程度上误读了格雷夫斯想要表达的意义，破坏了他的音乐，错过了极为强烈的读诗快感之一。在我拼合两个前后两个短语之后恢复“原貌”的单一五步诗行中，不存在明显的“音效”信号。如此一来，音乐效果的呈现便须仰仗读者的理解与发挥：在目光提前扫过整个诗行之后，读者须像一个全心投入演奏之中的音乐家一样——根据诗文本身的意义——随心所欲地把握并引入这种音乐效果，付诸最大程度的“人声表现”，完成所谓“音乐诠释”。但即便如此，这一效果也只关乎诗中一众短语的“音高”与“步调”；词语本身的“自然分量”依然如故，自动占据着支配地位，维持着单一的韵律——一如它们对于日常会话语言的统治。

就瑟内尔的译文而言，情况亦复如是。他的“英语”之所以舒心“适口”，首先是因为这些英文词语排列方式使得它们的“自然分量”依照一种恰当而有效的韵律模式充分达成了音乐效果与戏剧效果，比如：

They grow pale
Flutter their legs
  as if they were running a very
  long distance.

而且，就韵律而言，不变的法则只有一条，即：在“音乐”层面和“戏剧”层面，每一个短语都必须恰如其分、自然顺口，而规模更为宏大的音乐即将诗文“砌成”有效诗段的音乐的呈现则需仰赖对于诗行的切割与排列——

They grow pale

这一简短而孤立的短语“默然模拟”着变化过程：所有陷入苍白的脸庞渐趋静滞，在一个漫长的“凝冻”过程中逐步显现于特写镜头之下；这般“凝冻”过程的发生与延续有赖“grow”（即“渐渐”）这一动态表述的引领：它逐渐推进，终将面色引入一个自然而然的强拍——聚焦着一片“pale”（即“苍白”）的固定镜头之中；同时，这一短语的孤立成行也将这一单一事件转变成一个迷你高潮。接着，与此构成鲜明对比的：

Flutter their legs

予人一惊——一声满载恐慌的“扬音”：丑陋的生物被惊恐浸透的领悟与其生物性变化的终点——即那凝滞的“苍白”——在一瞬间应声化作一阵绝望的逃脱尝试。强烈的“电影效果”随之呈现：“pale”在惊扰之下乱成“fl”，陷入无望的挣扎，不断似鼓翼一般在窒闷的时空中徒然可悲地扑打着渺小而“有限”的双腿，企图挣脱、逃离（“utter”）。

这两个因为一次音乐性的停顿（即行末停顿）和形成于紧密的并置状态（使之构成一组对句）之下的强烈对比而发生碰撞的单一短语引发了一场饱含无望、无助之感的生理性危机。此后，这场危机不断增强、放大，融入一个漫长、稳定，不断膨胀，又终趋衰退的音符之中：

as if they were running a very
long distance

所有希望像从在劫难逃，无论如何扑打双腿都寸步难移的肉体中亡命而出的灵魂一般疾速奔逃、四散，淡入一片单调而空洞的“未然之境”(non-event) ——淡入那段“long distance”(即“漫长的距离”)。在以这样一种方式理解、诵读这首诗作之际——当声音“直觉地”遵循着一切含义与暗示，读者便会清楚地意识到，上演于行节之间的“诗之乐剧”的“编导”，正是对于诗行的切割与排列，而诗歌译文也就此成为原创诗歌。但在我看来，每一次切割与排列都无外乎一种形式处理；因此，它们也无外乎一种对于自然会话语音的自然步调、自然语序与自然强调的加强——这便是我的核心观点。所以，在诵读这首译诗之际，读者也绝无茫然无措之感。这样的诗也许看似无聊沉闷，无论如何也算不上良品佳作，而读者或也麻木不仁，无法做出敏锐的"音乐诠释"，难以感知跃动于字里行间的戏剧灵魂，但至少，对于每一位读者而言，在自然会话状态之下，这些诗无一难以"念出口来"。

非正统韵律

可以说，在某种程度上，霍式"跳韵"（sprung rhythm）的出现使得英文诗歌韵律的发展更趋复杂。在霍普金斯的同代人（除了极个别深感困惑的读者以外）看来，他的一系列诗体创新①——以发表于1876年的《德意志号沉没》为始——在韵律上尤显怪诞，在乐感上令人费解，着实"念不出口"。

但在霍普金斯看来，"跳韵"绝非新潮之物。根据霍普金斯所述，它是一种相当简单直白的韵律：

> 跳韵是最为自然而然的东西。原因如下：(1) 在韵律可感的情况下，它就是日常会话与书面散文的韵律；(2) 它就是所有音乐（除了最为单调的规律音乐）的韵律，所以，它会出现在任何"就乐而作"的韵歌与副歌歌词之中；(3) 儿童歌谣、天气谚语等也是它的载体，因为无论这些歌谣或者谚语最初是以何种"连

① 为使（在他看来）已显刻板呆滞的英诗格律重换生机，霍普金斯曾经作出三大创新：一即"逆转音步"，二即"逆转韵格"，三即"跳韵"。"跳韵"的音步具有两大特征：一即所有音步都以重读音节为始，二即轻读音节可多可少，可有可无。

> 续韵律”(running rhythm，霍普金斯素以这一术语来称呼“规律的英文韵律”）写就，重拍音节都会在“屈折词缀”(terminations)随着语言本身的发展与变化逐步减缩之际渐渐聚拢，致使韵律“起跳”……然而，尽管如此，虽然声名卓著的希腊抒情诗歌与拉丁抒情诗歌以及出现在《农夫皮尔斯》中的古代英语诗文皆以跳韵写就，但自伊丽莎白时代以来，跳韵其实已然不复存在（格林[1]可以说是最后一位认出跳韵的作家），因为时至今朝，跳韵理论虽已成为韵律分析的指导原则，跳韵本身却或为“单次效应”而跳，或在固定位置发生，似乎再未于任何一首英文诗（哪怕是首短诗）中得到应用。我之所以提出这一观察，正是因为与此相反的论调不容分说……

霍普金斯不曾提及笔下长诗无一不属“跳韵”诗歌的斯马特[2]与布莱克。布莱克相对较短的一些诗歌也同样成功地避免了固定而严格的韵律，足具“跳韵”之质。但更令人惊讶的是，他竟然对柯勒律治“视而不见”。

在《柯勒律治诗歌全集》(1834）中，有两首诗作理应引起霍普金斯的兴趣。“这两首诗作作为指向霍式韵律理论与韵律实践的‘最直接线索’或者霍式韵律的‘极简形式’得到霍普金斯的承认”似乎才是情理之中的事。其中之一——《克里斯塔贝尔》的第一部分——已被公认为19世纪（在诸多方面——不仅是在音乐性上）最具开创意义的英语诗歌之一（有人甚至会说：没有“之一”）。

也许，柯勒律治在诗性音乐（或曰“诗歌韵律”）上的创新在

---

① 罗伯特·格林（1558—1592），英国作家。

② 克里斯托弗·斯马特（1722—1771），英国诗人。

（两首诗中的）另外一首篇幅更短的诗作——长十一行、名为《骑士之墓》的诗作中得到了更为纯粹，也更突出的体现：

Where is the grave of Sir Arthur O'Kellyn?
Where may the grave of that good man be?
By the side of a spring, on the breast of Helvellyn,
Under the twigs of a young birch tree!
The oak that in summer was sweet to hear,
And rustled its leaves in the fall of the year,
And whistled and roared in the winter alone
Is gone, —and the birch in its stead has grown.—
The Knight's bones are dust,
And his good sword rust; —
His soul is with the saints, I trust.

亚瑟·欧凯林爵士的墓在哪里？
这个好人的墓可能在哪？
在赫维林峰的胸口，依着一泓泉水，
在一棵年轻桦木的细枝之下！
在炎炎夏日孕育甜美的音符，
在一年之秋舞动黄叶，沙沙作响，
又只在冬天呼呼咆哮的橡树
不复存在，——桦木取而代之，茁壮成长。——
骑士的遗骨已入尘土，
他的宝剑已锈；——
他的灵魂，我相信，已与圣徒一处。

在于柯勒律治身后出版的《柯勒律治诗歌全集》之中，这首诗作被称为“一次以某种韵律为对象的实验”。生前，他从未将它送印，但他朗诵过它，使它得以口耳相传，并对斯科特[1]造成了深刻影响，一如多年以后，它又将在年轻的叶芝心中留下烙印[2]（虽然这时，霍普金斯尚未写下那番对这首堪称先驱之作、堪为完美范例的诗作“视而不见”的论断）。但柯勒律治何以不愿在世时予以发表？在韵律层面、意境层面，《骑士之墓》都与《克里斯塔贝尔》极其相近。经由柯式象征符号予以加密的“柯翁自传”表明，这首《骑士之墓》作于1800年10月7日之后的某个时段：当时，从华兹华斯的小屋离开以后，他踏上归途，越过赫维林峰——沿着寻常路线徒步而行，心中满怀确信——确信不知何故，他的诗歌天赋已死。而且，在同一天里，他也表现出对于发表《克里斯塔贝尔》的疑虑。

《克里斯塔贝尔》曾经经历长达十六年的雪藏。终得发表之际，它以一席奇怪的辩解作为序言。对于所有现代读者而言，这首诗作最最引人注目的“特点”便是那场暧昧不明却是全诗核心的性爱。1816年，同在《克里斯塔贝尔》发表之际，首批品毕全诗的评论家们也都猛然扑向这一核心。因为惧怕“某种隐藏在主题深处的恶心

---

① 沃尔特·斯科特（1771—1832），英国诗人、小说家。

② 叶芝的诗作《叶落》：

> 秋色染上深爱我们的细长树叶，
> 染上麦垛之中田鼠的毛皮；
> 黄了，我们头顶上的山梨树叶，
> 黄了，被露水打湿的野莓叶子……

和《奥辛的漫游》的第一部分都是典型的代表（二者均于1889年发表）。——原注

之物”，哈兹里特[1]畏而退却，并且传播谣言，说杰拉尔丁其实是个男人；在另一位评家笔下，《克里斯塔贝尔》成了“最为淫秽的英语诗歌”。威廉·华兹华斯将《克里斯塔贝尔》排除在第二版《抒情歌谣集》之外，但华兹华斯兄妹和柯勒律治本人均未记下他的“排除理由”——他的态度想必坚定：一是出于审慎，二是出于“正经”。在长达十六年的“雪藏”期间，《克里斯塔贝尔》的手稿副本广为流传，柯勒律治本人亦常开口朗诵，读到、听到这首诗作的人想必也是这种态度。作为那个时代的“书信大家”之一，当批评声如飞石一般阵阵袭来，柯勒律治没有任何理由意识不到读者与听众的“敏感”。他曾就其他诸多诗作——比如《三座坟茔》、《该隐的漫游》和《忽必烈汗》——的主题作出辩解，但在《克里斯特贝尔》的诗前序言中，他丝毫无意为之，除了对于“抄袭指控”的顾忌（他有意撇清未然之嫌——抄袭他人作品之嫌；事实上，这些“他人的作品”正是《克里斯特贝尔》的“后代”）之外，唯一令他备感忧虑的“隐患”便是读者对于韵律的理解。他在序中写道：

> ……《克里斯塔贝尔》的韵律并非严格意义上的不规则韵律，尽管乍看之下，它可能的确不甚规则，因为它建立在一种新式原则——一种只计重音、不计音节的原则——之上：每一行诗包含七到十二个音节不等，但重音始终只有四个。然而，音节数量的增减并非任性之举，也不单单是为了方便，而是为了与意象或者情绪的性质转变保持一致。

---

① 威廉·哈兹里特（1778—1830），英国散文家、评论家、画家。

除了柯勒律治以外，唯一一位曾经明言自己有此担忧（担忧读者无法理解诗中韵律）的“经典”诗人便是霍普金斯。霍普金斯在其诗序初稿与书信之中就其“新韵律”所作的解释——在根本上——实与七十年前出自柯勒律治笔下的这段序文一脉相承。柯勒律治——一如霍普金斯——将他在韵律上的创新视为一种实验性的“新式原则”，而且已然就其基本法则作出一番技术分析。事实证明，柯勒律治的“新式原则”恰恰就是霍式的“跳韵”。霍普金斯对于“跳韵”的描述几乎完完全全是对柯勒律治之言的“引用”：

> 审读之际，只取重音或者强拍，不计音节数量，因此一个音步可能只含一个重读音节，也可能含有一个重读音节和多个轻读音节。

柯勒律治的遭遇无疑看似一场“小题大做”。一次小小的韵律创新是否真能引发如此汹涌澎湃的文化敌意？答案显然是“是”。沃尔特·斯科特爵士试图全盘接受《克里斯塔贝尔》和《骑士之墓》，但他发表于“消化”过程之中的效仿之作已然招致无比密集的炮火，而在《克里斯塔贝尔》问世之后，这般炮火也势必不会放过柯勒律治。这在我们看来也许难以置信——成熟的诗歌读者竟然无力作出如此简单的“音乐诠释”，从而读懂如此“简单”的诗段：

> The one red leaf, the last of its clan,
> That dances as often as dance it can,
> Hanging so light, and hanging so high,

On the topmost twig that looks upat the sky.[①]

（……今夜哪儿有风来吹动）
那片红色的叶子，叶族的遗孤，
它在它能翩翩起舞之际起舞，
如此轻盈，如此高高
挂在仰头凝望天空的顶梢。

但像霍普金斯一样，对于公众的态度与性情，柯勒律治心中有数。1816 年，《克里斯塔贝尔》迎来了以下这道“告令”：

我们早已发出谴责，谴责斯科特先生的诗歌实践……他无视发音规则，将“自由发音”视为某种诗人赖以调节诗文长度与诗歌韵律的原则。在此，面向所有相关人士，我们严肃声明：这类诗人难辞其咎，他们的作品无疑是不折不扣的“浮夸散文”——甚至算不上有意为之的“浮夸诗歌”；他们寄希望于读者对其“自由发音”的默许……当维吉尔（如此作诗之时）……当荷马（如此作诗之时）……当莎士比亚（如此作诗之时）……他们无不高于那种旨在通过模仿达成和谐、旨在迫使声音适应感觉的刻意尝试，这般尝试只可能出现在德国音乐和德国诗歌之中。柯勒律治先生不曾间断的努力想必会让他们惊恐不已；他勉力……试图诗化最为单调的散文，试图向人们灌输一种标新立异，毫无和谐之感的“和谐体系”……在我们看来，所有读者就此达成一致的时刻很快就会到来……真正伟大、高贵的作者已为我们定下标准，所有远离这些标准，意在“诗化散文，以为韵

① 出自柯勒律治的诗作《克里斯塔贝尔》。

文”的诗人终将从哪里来，回哪里去，重归那片满含空虚的“迷失之域”。

这份出自一位供职于“正统部门”的公仆笔下的“告令”难免沦为笑柄；它不单基于一种排斥自然会话韵律的官方禁令，也更基于一种颇具喜剧气息的忽视——它完全无意深究维吉尔、荷马以及莎士比亚那些更为世人称道的诗歌效果究竟从何而来。但在英国——直到今天，这份“告令”总能（随着某一重大事件的发生）定期得到更新，它的轻蔑之意、自满之气与自信之感丝毫不曾减退。

柯勒律治的“新式原则”——以歌为源

当柯勒律治和华兹华斯于其友情初盛之际合力筹备第一版《抒情歌谣集》时，他们意图予以实现的艺术——根据二人自己的解读——是一番对于某种新生事物的全能张力的回应。但柯勒律治——着魔似地——将这股“张力”认定为一种崭新的音乐、一种崭新的节奏，某种如幻听一般萦绕耳畔的韵律，一如挥之不去，萦绕在霍普金斯耳畔的“跳韵”。

收录于《柯勒律治诗歌全集》中的一大部分作品（比例高得惊人）都是“韵律实验”。其中许多篇目都是直截了当的“改编”——对于经典韵律的“改编”。但与此同时，他也在不断尝试，力图打破枷锁，更进一步。他的笔记本上到处散落着韵律符号的“实验性结合”。由此可见，在他眼中，诗文的抑扬与节奏正是最最基本的“诗之脉动”。人们有理由相信，除了素体诗以外，他的诗作——在他寻词择字之前——无不始于一幅由鼓点扎成的刺青图案，一份勾勒出诗行的长度、节奏与韵脚的“舞蹈编排”。这一“素以韵律为先”的习惯甚至影响了他的素诗创作。华兹华斯为他这位本该著作等身，实则诗文精少的多年好友感到遗憾，觉得柯勒律治在“韵律的试验”上耗费了太多时间。但任何一位细细聆听两个诗人声音的读者都难免会感到好奇：宏伟而绚烂的“华式曲调”本身究竟从何而来？柯勒律治像极了他的前辈菲利普·西德尼爵士：他不懈挖掘，不断深入，试图找到那片他耳力可及却身心难至的音乐之海。他仿佛被囚禁在一艘随波摇晃、不住颠簸的帆船之中——坠身茫茫乐海是他唯一的解脱，而那三首梦幻之作——《忽必烈汗》、《古舟子咏》和《克里斯塔贝尔》——所讲述的，则正是一则有关音潮乐浪如何冲破囚窗，惊其心魄的故事。

当二人因为某些特定的创作意图而受到“民谣”诗体的吸引，他们知道虽然他们双双有求于它，但他们的真正所求却截然不同。无论是对于柯勒律治还是对于华兹华斯而言，“民谣”都是一种恰当的载体——足以承载他们革命性的激进主义。二人与“民谣”之间连着两条路线（证据明确无误）：一为直接路线，即古老的英伦民谣传统，在此传统之下，“民谣”即是“普通大众”之诗；二为间接路线，即在伴随法国革命而来的文化冲击波中成为主导成分的德国浪漫主义。原始形态的“民谣”显然是最为客观、最不关乎个人，也最无个性的诗歌体裁。但在歌德及其后辈“经手”之后，“民谣”已然成为一种富于想象的抒情形式，也即最为主观、最关乎个人，也最具人性的诗歌体裁。在二人所处的时代，在战火纷飞的英国，将“民谣”作为一种诗歌形式加以发扬——无论是直接发扬还是间接发扬——无外乎一种政治行为：英伦传统民谣誓与“普通大众”团结一致，而德国浪漫主义民谣则毫不掩饰对于“新式”欧陆情感与欧陆观念的忠诚。前者秉持客观，向外求索，旨在共享源于“人民大众”的古老力量；后者遵循主观，开启一条内向之路——直通“斯芬克斯”。柯勒律治和华兹华斯如同先知一般精准地预感到自己的创作意图，并将他们的“共同事业”命名为《抒情歌谣集》。

即便是在地道的英伦传统框架之下，“民谣”也具有双重属性。一方面，它是一种土生土长的叙事歌谣，不仅发源于纯粹的音乐旋律（在这一点上，“民谣”不同于任何一种诗歌形式），而且专注于各式回通宗教神话的“原型主题”（那些最具张力，也最受尊崇的“民谣”杰作无不如是）。另一方面，它又是一种土生土长的“诗性叙事”形式，虽然广受欢迎，却显得单调，仅仅是一种讲述“寻常”故事（虽然动人心魄，却仍不离“寻常”）的方法。一种浅白而直接的语言风格以其独一无二的方式“调和”了这两个极端，并为二者所共享。在第一种模式下，这种语言风格（一如在德语之中）历经不懈发展，足可完成“升华”，融入“奇幻”之歌——甚至“超现实”之歌，但在第二种模式下，它却满足于寻常事件与寻常言语方式。

二位诗人相当自知自觉地在这两种蕴含着不同可能的领域之间画下了清晰的界线，并且心照不宣。在他二人达成共识之后，华兹华斯采用了寻常事件与寻常言语方式，而柯勒律治则选择了他们所谓的神异之物——就其成品诗作看来，这种神异之物即是歌谣之中的“恶魔元素”。更准确地说，在创作《忽必烈汗》之际，无论他本人是否心甘情愿（而且最终，他依然心存抗拒），“恶魔之歌”就已经选中了他。这便是《忽必烈汗》的主题：“歌之恶魔”就此现身，“认领”它的歌者。

大多数诗评家都一致认为，《忽必烈汗》创作于 1797 年秋，是那三大梦幻诗作之首。无论这首诗作具体是在几月几号飘然降临“灰烬农庄”（Ash Farm），融入鸦烟缭绕，慰其病体的迷幻之境，它似乎都在精神意义上先于其余二者。同时，在内在层面，它也与其余二者紧密相连。它是一支歌剧式的序曲、一篇简短的“第一幕”，后可跟接“古舟子咏 · 第二幕”和“克里斯塔贝尔 · 第一部 · 第三幕”，而“该隐”的碎片式“漫游”则足以成为《古舟子咏》的“迷你序曲”和“幕间插曲”，一如《黑暗女郎之歌》之于《克里斯塔贝尔》的第一部分。也就是说，这三首梦幻之作共同构成了一部单一的悲剧，剧中的悲剧英雄正是柯勒律治本人，而悲剧“女主”则是“歌之恶魔”(见《橡中蛇》一文)。尽管他已与她断绝关系，但在他创作《克里斯塔贝尔》之际，她的“乐谱”依然遗留在他手中。他以如此激烈而极端的方式完成了“断绝”(断绝得如此彻底，以至于他的人生都因此而遭到毁坏，从那一天起变得残破不堪)，以至于他无法更进一步，对“乐谱”中的新奇音乐加以发展。而且事实上，一如我们所知，就连这份“乐谱”也让他觉得无法接纳；他试图切断自己与它的关联，称之为一次实验——顶多不过一种“新式原则”。不只是柯勒律治本人，任何人都没能再“更进一步”。一些诗人“采而纳之”，却未“融而纳之”。克里斯蒂娜 · 罗塞蒂[①]尤其值得注意，她的确“融而纳之”并完成了一两首杰作，但这一两首杰作始终遵循“新式原则”。直到七十年后，霍普金斯才登上舞台，加入“最后一片红叶”的舞蹈，开始“融而纳之”：

> *Deg*ged with *dew*, *dap*pled with *dew*
> Are the *gro*ins of the *brae*s that the *broo*k *trea*ds through,
> Wiry *hea*th *pac*ks, *fli*tches of *fer*n

① 克里斯蒂娜 • 罗塞蒂（1830—1894），英国重要的女诗人之一。

And the *bea*d*bon*ny ash that *sit*s over the *bur*n.[①]

水露四溅，水露斑斑
践踏而过的溪流冲出阴胯般的湖岸，
丛丛坚硬的石楠，和片片蕨羽，
还有那缀着灼灼红珠跨坐溪上的梣木。

诗的韵律依然是柯勒律治的“新式原则”，但在技艺超群的大师笔下，它已然完成蜕变，变成霍式“跳韵”，而且，根据霍普金斯（与柯勒律治和华兹华斯的革命性观念一脉相承）的定义，它正是“日常会话的韵律”。以上出自《因弗斯内德》的四行诗中，光芒闪闪、极富动感的舞蹈和不加隐饰的直观感受化作能量充盈的鲜活声音，满携熟悉的律动，也即自然会话的律动，跃然流响于读者耳畔。每一个短语都是一拍与众不同、生气勃勃的节奏，一次看似自然、自发，又满含惊喜的“响应”：眼前物景不断，诗中新拍连连。同时，显而易见的是，每一个“响应”单位，每一拍“自然会话的节奏”——无论是复合节奏还是单一节奏——（就像在《克里斯塔贝尔》中那样）都被牢牢锁在“四重余轻”的节奏模式之中。

所以，在实践中，霍普金斯修改了“跳韵”的定义：他将这般“最自然而然的东西”和“最不自然的东西”——一种反复不断，重

① 出自霍普金斯的诗作《因弗斯内德》。《因弗斯内德》一诗依循“跳韵”写就，重读音节已以粗斜体标出；此外，原文中的“ash”既有“灰烬”之意，亦有“梣木”之意，而“burn”则既有“火烧”之意，亦有“小溪”之意，是故最后一个诗行可能存在“双关”之意——即以“火红点点的灰烬‘跨坐’在灼痕之上”来比喻“缀满红色小果的梣木跨坐在——如火焰般‘践踏而过’的——小溪”之上。

拍数量无可更易的基本节奏模式——结合在了一起。

以上分析看似粗浅，其实亦然。但我之前提及的问题似乎依然存在。在完成各式会话节奏和一种不断循环往复，重拍数量固定的单一模式的结合之后，柯勒律治尤觉对于“正统”读者而言，这般“结合”想必是一种难以接受的“异端”。事实证明，他是对的——就连那番仔细而谨慎的解释也无法穿透对此轻蔑有加、不屑一顾的自大——一种源自“文化优势”的自大；对于他所谈论的一切，“优势”一方不仅充耳不闻，也在原则上与之对立。霍普金斯对于这种“结合”的发展远比柯勒律治的所有“实验”都更复杂，但即便是在创作“跳韵”形式最为单一、最为基本，霍式“融而纳之”完全处于柯式“新式原则”的框架之内的《因弗斯内德》时，他依然觉得自己有必要作出解释——一如他在写给他最富于同情、同感的听众卡农 · 狄克逊的信中所作的解释，以以下诗行为例：

Ding Dong Bell
*Pu*ssy's *in* the *well*

铃儿响叮咚
小猫在井中

他煞费苦心地予以阐明，用最浅显易懂的语言：“……如果每一行诗有三个重音或者三个音步，那么有一些音步势必只包含一个音节。”显然，就像柯勒律治一样，霍普金斯深知即便是对于如此“初级”的“跳韵”的理解——对于 1878 年的“正统”读者而言——也依然是一种令人难以承受的“音乐性”要求。

对于“音乐诠释”的要求

若欲理解这一要求，我们必须抛开“技术细节”，在我们自己身上进行测试。这一要求（无论是就柯勒律治的诗还是霍普金斯的诗而言）最为显著的新奇之处在于，它要求读者让自己的声音与诗句本身的生命活力进行合作——一种或可称之为“新式身心合作”的合作。或者，以我已在前文中予以使用的表述来说，它是一种对于新式“音乐诠释”的要求。读者的声音必须完成一次转换——从“言语模式”（speaking mode）切至（因无确切表述，所以）或可称之为“演绎模式”（performing mode）的模式；

> Hanging so light, and hanging so high
> On the topmost twig that looks up at the sky
>
> ——《克里斯塔贝尔》

> Wiry heathpacks, flitches of fern
> And the beadbonny ash that sits over the burn
>
> ——《因弗斯内德》

以上这两对诗行便是典型的例子——它们迫使读者进行“生理性”的合作。每一行诗都像一位舞者，任何意欲读之诵之的人都必须成为舞伴，与之共舞；或以歌者作比，只在唱响相同的旋律之际，你才能置身其中，共此歌声。你大可一声不出，默读这些诗行，但你必须“启动”内在的自我，使之进入“动态”模式并充分地“参与”其中，否则，任何一种读法都无法开始，你只能退至一旁，甘当“壁花”，称之为“念不出口”的诗行。一如世人所知，在同一个人的站立状态（或者静坐状态）和舞蹈状态之间，横亘着一道巨大的“生物性裂缝”；同理，这道“裂缝”同样横亘在同一个人的“随性谈话”（或者“默然倾听”）和“纵声歌唱”之间。这道“裂缝”深如绝渊、阔如鸿沟，以至于很多人都只有在种种特殊的条件得到满足之际才有可能完成跨越。有的人甚至永远无法完成跨越。这道“裂缝”总是极易被人低估。事实上，如欲跨越这道“裂缝”，那“同一个人”得在短短一瞬之间变成一种完全不同的生物——体内的化学反应、大脑的律动以及“生理意识”都与一瞬之前完全不同，而且，在“跨越”之际，他所面对的，并不仅仅是对于“生物性跳跃”的恐惧。

然而，在某些特定的环境下，“跃过裂缝”显然是再自然不过的一种行为，而且，这种跳跃几乎总能带来最为强烈的快感。在某些情况下，一跃而过不成问题，因为跳跃的冲动来得不由自主，比如：“哈喽，这是什么？”（一个随口而出的问题）会在短短一瞬间变成——“这他妈的！”（不无所谓“强烈的快感”），但就舞蹈、歌曲以及诗歌而言，根据柯霍二人的理解，出于某种原因，能否一跃而过就成了问题。可即便如此，和霍普金斯笔下那些“障碍重重”也更具独创性的诗作相比，《克里斯塔贝尔》和《因弗斯内德》也无异于简单的儿童游戏；一旦“障碍”增多，那道“裂缝”也将变得更加宽阔。

每当词语的“自然分量”与固定的重音数量无法完全达成一致，这道更为宽阔的“裂缝”便在人们的感知中隐隐出现。在试读以下这句出自《克里斯塔贝尔》的关键诗行之际，人们便能察觉到某种直指这道巨大“裂缝”的微小迹象：

Which is lord of thy utterance, Christabel.

（是你言语的主宰，克里斯塔贝尔。）

假如这番“叮咛”出现在日常会话之中，大多数人都会依循“自然分量”，将它念成：

Which is *lórd* of thy *út*terance, *Chrí*stabel.

但在这首重音模式已经得到确立的诗里，原本倾向于滞留在“自然分量”中的声音如受节奏法则的抽打，被迫迈动舞步。换言之，读者的声音必须唤醒并激活更深一层的“音乐诠释”，稍稍违逆“自然分量”的要求，将“Christabel”念成更显仪式化的“*Chris*ta*bel*”，而非自然而然的“*Chris*tabel”。因此，如果这一诗行处于孤立状态，再成熟的读者也未必能像即兴朗读前文中引用的艾迪生、格雷夫斯以及赫鲁伯的诗时一样“目至声出”。它并不遵循某种单纯、单一的韵律。它活在剑拔弩张的两种法则之间：“自然分量”之法则与“隐蔽”的重音模式之法则。这种“夹在中间”的状态并不十分新奇。它贯穿乔叟[①]的所有诗文。《克里斯塔贝尔》中的这一行诗——如我所言——只是“微小的迹象”。如果《因弗斯内德》以及《克里斯塔贝尔》中的绝大部分诗行所要求的“音乐诠释”是“第一层级”的“音乐诠释”，那么“Which is lord of thy utterance, Christabel”这一诗行所要求的，便是将将挤进“第二层级”的“音乐诠释”。在上下文中，它几乎无法作为一行“异常”的句子而得到任何一位现代即兴读者的注意。然而，这种“异常”确实存在。而且，这种“第二层级”（方便

---

① 杰弗雷·乔叟（1343—1400），英国诗人、小说家。

起见，姑且以此称之）的复杂韵律在其发展过程之中已然自成一种独特的传统。

在以“第二层级”的复杂韵律写就的诗中，诗行并不始终服从（有时甚至处处“违逆”）一种单纯、单一，符合“自然分量”，并与某种固定的韵律模式完全达成一致的法则；相反，它不断探索，在一片可屈可伸、饱含张力，介于两种同时存在的对立法则之间（也即介于某种符合“自然分量”的法则和某种与之对立，基于一种固定而基本的韵律模式的法则之间）的“对位”(contrapuntal) 领域中寻求出路。绝大多数诗人都只偶尔沉浸其中，或为“特殊效果”，或是出于偶然，不曾久久沉溺，但霍普金斯不断通过系统的方法对它加以发展，并且至少取得了一项尤显奇异成果。

在将诗作寄给罗伯特·布里吉斯[①]之后，霍普金斯找到了一位诗之“听觉”最为成熟，诗之“性情”最为“正统”的读者。他曾寄出数首诗作，以下这首《风鹰》便是其中之一：

The Windhover:
To Christ our Lord

I caught this morning morning's minion, king-
  dom of daylight's dauphin, dapple-dawn-drawn Falcon, in
    his riding

① 罗伯特·布里吉斯（1844—1930），英国诗人、作家、医生，英国第二十一任桂冠诗人。

Of the rolling level underneath him steady air, and striding
High there, how he rung upon the rein of a wimpling wing
In his ecstasy! then off, off forth on swing,
As a skate's heel sweeps smooth on a bow-bend: the hurl and gliding
Rebuffed the big wind.My heart in hiding
Stirred for a bird, —the achieve of, the mastery of the thing!

Brute beauty and valour and act, oh, air, pride, plume, here
Buckle! AND the fire that breaks from thee then, a billion
Times told lovelier, more dangerous, O my chevalier!

No wonder of it: sheer plod makes plough down sillion
Shine, and blue-bleak embers, ah my dear,
Fall, gall themselves, and gash gold-vermilion.

风鹰

——献给我主耶稣

今晨我看见晨明的宠儿，白日—
王国的王子，受那斑斓黎明牵动的茶隼，正翱翔
空中，圈圈盘旋，高高跨坐在平稳的烟云之上，
紧抓波纹潋潋，宛如缰绳一般的翅膀，
忘情徜徉！自由地旋转，飞去，飞向前方，
就像冰鞋的后跟顺然滑过一个弯道：那般疾抛与滑航
无视迎面狂风。我心深藏

被一只飞鸟触动，——为它的成就、它的风采而激荡！

犷野之姿、之力、之美，喔那风息、骄傲、翎羽，在此
　　融为一体！此时此刻，从你身上迸裂的火花，
让你更显千万倍的可爱，千万倍的危险，哦，我的骑士！

　　可这不足为奇：不懈的耕作会让入地的犁耙
闪闪发光，暗淡如灰的余烬，啊我亲爱的你，
　　也将掉落、开裂，露出金子般的朱砂。[①]

人们或许会感到好奇：若在布里吉斯初读《风鹰》之际，诗稿上并无任何韵律标记，他会如何解读——比如——这第六行诗：

As a skate's heel sweeps smooth on a bow-bend: the hurl and
　gliding.

在摸索韵律法则之际，他很可能会试着让“自然分量”和某种遥似“拉丁六步”的韵律完成匹配，将它念成：

As a *ska*te's *heel* sweeps *smoo*th on a *bow-ben*d: the *hurl* and
　*gli*ding.

① 诗中的“茶隼”即“风鹰”，一种体形较小的鹰，因爱迎风翱翔而得名“风鹰”。

通常情况下，遵循“自然分量”，依照单纯、单一的韵律法则予以解读的读者都会作出这种诠释。这种“七重”诠释的确不乏令人信服的美感；人们甚至会说，它强化了在下一行诗中踩着“切分节奏”，打着阵阵急旋迎面吹来的狂风：

Rebuffed the big wind.

在这狂风之中

My heart in hiding

声音依然微弱，却已悄然苏醒，予人震颤。

接着，布里吉斯很可能会陷入沉思，细细琢磨前半行诗的新奇结构：

As a*ska*te's *heel* sweeps *smoo*th on a *bow-ben*d.

他或许会将它视作一个“蹒跚而行”但却特别有效的五步诗行，也可能会以此自问：霍普金斯缘何无法满足于此？就好像这一行诗也许能和另一行出自另一首霍诗——《海与云雀》之中，他完全乐于“满足于此”的诗句成双共韵：

Frequenting there while moon shall wear and wend.

（在月亮渐蚀渐行之际频频来访）

毕竟，“As a skate’s heel sweeps smooth on a bow-bend.”（即“就像冰鞋的后跟顺然滑过一个弯道”）这一短语的确有其独到之处、精妙之处。它准确地模拟了屈膝若跪、乘着动势入弯的滑冰者长而有力、如在慢镜之下平缓而过的滑行。也许，布里奇斯会很欣赏能让“sweep”（即“滑过”）一词成为全行核心的韵律创新：在接收并担起一拍显然至关紧要的重音之际，“sweep”一词让声音“提悬”其上（就好像在朗读过程中，就其实际效果而言，它无异于一个单纯的“is”），让“skate’s heel”（即“冰鞋的后跟”）轻轻从中穿过，并在某种程度上维持落在“heel”上的真实重音，逐渐将声音的重心转移到落向“smooth”（即“顺然”）的真实重音之中。

布里吉斯也许会感到好奇：这一特殊的重拍（即一个显然应当得到重读的音节牺牲它在韵律上的优先地位，将其“优先重读权利”让与其他音节）是否就是霍普金斯所谓的“**一种重在感觉，独立于诗歌中的自然重拍之外的重拍**”？或者——这是否就是他所谓的“次要重拍”（secondary stress）？甚至——这是否就是他所谓的“弱读音节”（outride）？——尽管通常情况下，霍式“弱读音节”似乎多为更趋轻读的“添插式”音节。

霍普金斯之所以发明这些术语，一是为了通过编写一套正规正式的韵律分析“代码”来满足他的学者良知，二是为了给那些对其更显“任性”的种种创作深感不解的“正统”读者提供实际的帮助。这一大堆看似“专业”，却只趋于“概括”的术语恰恰说明，在诗行脱离严格而规律的韵律之后，一切符号性的术语体系都不足以精确“译”出行中那些细腻而微妙的“音调乐转”。通常情况下，霍普金斯只借更为宽泛、更重写意的表达来进行说明，时而谈及“重踏”（treading）之声、“停驻”（dwelling）之声，或“**以某种方式（作者加斜）凌空飞过整个音步，将一拍重音分入所有音节之中的声**

音”，时而又道（信心略减），“诗歌意义的‘提取’有赖对于重音模式的把握；对于重音模式的把握共有三种依据，一即正常的音节重读与音节本身的强度，二即语境提示，三即‘头韵’与‘准韵’”[①]。或者（再退一步）：“欲晓哪些音节无论如何都该重读，哪些应当轻读，读者更应遵从听觉的判断，而非任何挤入狭小空间之内的指示。”或者（初显犹豫）：“尽管有些时候，或许两种读法都行得通。”或者（终于放弃）：“但重音的重度如此变幻不息，没有任何标记能够准确地加以形容。您是否觉得最好还是将一切都交由读者来把握？”

但同时，霍普金斯深知自己无法将一切都交由读者把握——即便是他那些最具音乐想象力的读者，而且，无论布里吉斯多么欣赏遵循五步诗律，作出精妙的“拟态”：

As a skáte's héel sweeps smóoth on a bów-bénd.

霍普金斯在稿件中亲手标注的韵律指示都已表明事实绝非如此。对于这一短语而言，从头到尾，伴随重音而来的“吸氧机会”绝无五次之多；根据霍普金斯的要求，无论如何，它都只有三次喘息之机。单就重音数量而言，这首十四行诗堪称“正统”：每个诗行都只包含五个重音。早在全诗首行之中，霍普金斯便已确立这一规则；这是一个令人惊讶不已，却在韵律上保持“正确”（即约翰逊所谓的“正确”）的五步诗行：

---

① 此处的“准韵”原文为“assonance”，亦称“半谐韵”，意指两个相邻或接近的单词中存在至少一个相同的元音或者辅音，例如“time”和“night”，再如“mystery”和“mastery”。

> I *cau*ght this *mor*ning *mor*ning's *mi*nion, *king-*

尽管即便在此，他也忍不住要在“minion”（即“王子”）的“-ion”上加注一笔“饰音”符号，以便最后一拍重音重重砸向行末的“king-”（即“王”）。整首诗中，这一韵律模式不断得到重申，所以，在此模式之下，“skate's heel”必须提起自身的重量，离开冰面，飞入风息之中：

> As a *ska*te's heel sweeps *smoo*th on a *bow*-bend: the *hu*rl
> and *gli*ding.

如此一来，无论布里吉斯如何解读，在现代读者听来，这一诗行都已跃然而起，重获新生。它已成为一次异常准确的模拟：一系列极具暗示、极其精细而清晰的连贯动作让那空中翔禽的飞行过程得到了完美的呈现。此刻，原本因为重力的影响——因为那位屈起双膝，乘势滑入长弯的滑冰者的体重而尤显沉重的“As a skate's heel sweeps smooth on a bow-bend.”仿佛飘然腾空，如电贯体。它“复制”了那只小小风鹰的形体——一副强健有力、利若刀锋，双翅肌肉紧绷，半张半合，因为迎面而来的强劲风压而更显紧致，更具张力的“流线”形体。飞行员伏卧在舱，驾着一枚精实而锐利的导弹，迎着无形的阻力，穿越坚硬的风墙，以其非自然的速度疾速坠冲，如空中芭蕾一般画出一道急转之弧：在读者勉力压抑、强行无视那股重拍如震，来势汹汹的强烈湍流（诗行中的所有词语无不竭尽全力，试图借助“自然分量”之力、依仗自身顽固而桀骜的形体来维持这股湍流，反抗霍普金斯予以确立，只容五声重音存在的内在韵律规则）之际，这种具体而真切的感受被生生注入读者的感知之中。同时，这种微微倾斜，并且不断得到修正的绝妙平衡促使风鹰颤然扎动翅膀，调整副翼，宛如幻象一般离开纸面，腾空而起，疾速横穿书页。

风鹰起飞之际，读者别无选择，只能付诸演绎，与之共翔天际。行中词语的“自然分量”和隐性韵律模式的“五重法则”互为支撑，撑开一个饱蕴“对位张力”的“风洞”，股股张力无比强劲，一只无形之手遽然抓夺，将读者的声音从动态的合作中抽离，使之陷入某种足具紧迫之感的“绝氧之境”。读者必须离地升空——必须飘然融入歌中，或者融入任何一种能让这行诗文“念得出口”的“言语”之中。

这般跨越“裂缝”、由“语”及“歌”的跳跃打破了一道“音障”。这种突破——从一种“凡俗”模式到一种“神圣”模式的突破——正是霍诗（尤其是这首《风鹰》）主题的关键。但除此之外，在霍普金斯的诗作中，它还另有一种更为普遍的功效。风鹰那块尤似龙骨一般突起，（实际上）像极了“冰鞋后跟”的有形胸骨如同利刃一般划过一个不可能的弯道——直到它遽然低首，冲破一道形上之墙，闯入精神之境。正是在这行诗中，这般有形的“洞中碰撞”以及突如其来、直注精神自由的冲闯因为一个冒号的存在而呈现出强烈的戏剧效果。风鹰全速滑行，迎头撞向冒号，并在一瞬间完成穿透，自由地抛出松弛的身体，进入另一侧的世界，宛如一位完成持续八秒之久的绝氧冲刺，乘势撞线而过，手臂高高抛起，双腿松弛摇摆的短跑健将。如此，风鹰通过

the hurl and gliding

（那般疾抛与滑航）

扶摇直上

Rebuffed the big wind

（无视迎面狂风）

整个短语完美地模拟出一只双翅高举，如被用力抛起一般在那长长的俯冲之后“踏浪”而升，穿越狂风，画出一道光滑弧线的风鹰；它就像一个不停颤动、不住摇摆的十字架一般——在这个短语的牵引下——升入下一层高空。

最终，尽管这一诗行的韵律完全属于“第二层级”的复杂韵律，尽管它被夹在“剑拔弩张”的“自然分量”之法则与“五重一行”的隐性法则之间，只在双方的拉扯之下维持平衡，但在实际的诵读过程中，它其实并不那么难读。“五重一行”的基本模式已然明了。而且，在人们眼中，霍普金斯本就是个“特殊案例”，绝大多数读者都已做好准备——所有“疑点利益”[①]皆归霍普金斯。如果真的存在困难，那么困难（相比在这一行诗中，这种困难在其他十三行诗中更显突出）就在于：读者必须“飘飘然”念出所有轻读音节并在诵读之际保持自然、放松。

非正统韵律、逆转韵律

一种棘手程度略有增加，但也同样属于“第二层级”的复杂韵律不时会在依循霍普金斯所谓的“逆转韵律”写成的诗行中显现。在

① 此处的“疑点利益”原文为“the benefit of doubt”，意指“如果证据无法直接证明被告有罪，应当作出有利于被告的判决”，亦可译成“无罪推定”。

此，一如在韵律分析领域的方方面面，定义性的术语同样力有不逮。霍普金斯起笔写道："我所谓的逆转音步，即将重音置于本应轻读的音节之上，并将轻音置于本应重读的音节之上；哪些音节本应重读或者轻读可据其余音节的轻重次序作出判断。行首音步以及一次停顿之后的行中音步皆可自由逆转。"然后，他继续写道："行首音步的逆转以及某个行中音步在一次强烈停顿之后的逆转都是无比自然的变化，从乔叟开始，直到今天，我们的诗人几乎人人都曾如此为之，而且无人多加赘注，于是这种逆转通常无法引起任何注意，也就无法被视作一种正式的韵律改变，但是很显然，那种不规则的变化存乎一切合乎自然的运动与发展之中。"以上说法足够直白易懂，但接着，他补充道："然而，如果两个连续音步同时发生逆转（特别是当逆转的重复能够归化第二个尤为敏感的音步时），那么重复的原因只有两个：不是因为诗人极无乐感，就是因为诗人有意为之。"话至此处，也许绝大多数"正统"读者都会出声喊停，毅然坚守原则。

霍普金斯亦将他的"逆转韵律"称为"对位韵律"；在阐述何谓"对位"之际，他从《复乐园》中引用弥尔顿的诗行为例：

> *Bút* to *ván*quish by *wís*dom *héll*ish *wíle*s.
>
> （但要用智慧去征服恶魔的诡计。）

为了避免霍式"对位"[①]和"非逆反对位"（《风鹰》中的第六诗行即是一个典型）发生混淆，我将继续使用"逆转"一词来进行描述。

① 作者所谓的"对位"一般指"两种音乐或者两种韵律的叠加与融合"，但在此，霍普金斯所谓的"对位"更强调"两种互相逆反的韵律法则的叠加与融合"，是故亦可称之为"逆反对位"。

据我所知，在霍普金斯和弥尔顿之间，只存在唯一一个依照“逆转韵律”写成的完整诗行，而霍普金斯必然不会遗漏这一尤其精妙的“逆转韵律”样本。它出现在济慈的《恩底弥翁》之中。虽然济慈的语句变幻不拘地徜徉在抑扬格，镶着固定韵脚的五步对句之中（单就诗文形式而言，这首《恩底弥翁》比其他任何一首济慈的诗都更自由），但是相对而言，他却很少进行“跳韵”实验，而且，在他笔下，“跳韵”绝无可能成为“主导原则”，尽管逆转行首音步是他的一大喜好。在想必是于《夜莺颂》时期成形的单节短诗《五月诗》里，十个五步诗行的行首出现了五个（甚至六个）逆转音步。但在《恩底弥翁》中，他就已然明了如何通过逆转行中音步来达成显著的效果：

> *To* the *swift*， *tre*ble *pipe* and *hum*ming *string*.
>
> （应和着轻快、高亮的笛声和嗡鸣的弦乐。）

在此，通过转变行首两个抑扬音步，使之成为一个“抑抑扬格”（即“弱弱强”）音步和一个单一重读音节，他后抛落在“swift”（即“轻快”）上的逆转重音，使之迎头撞向落在“treble”（即“高亮”）上的自然重音，从而鸣响一声“切分强音”（syncopated flourish）、一次音乐性的强调，似由一旋、一踩连接而成的舞步——一节逆反“抑扬惯性”[①]，与之完全逆反、完全“对位”的舞步。它是一次自然天赋的触碰，一次灵光闪现、轻而易举的实况模拟。然而，和他在前一行诗中的作为相比，它根本不算什么。在这个五步诗行里，至少有四个抑扬音步发生了逆转，一行切分节奏异常强烈，具有绝妙美感与动态力

① 此处的“抑扬惯性”原文为“iambic expectation”，亦可直译为“抑扬期待”，表示“读者对于抑扬节奏的预判”。

量的诗随之形成——叶芝笔下的众多诗行或许都深受它的影响:

Young companies nimbly began dancing.
(年轻的舞伴灵动起舞)

"Young companies"(即"年轻的舞伴")这一行首词组虽不反常,但却略不"正统"。若以传统方式加以规范,这一诗行或可写成:

Young companies were dancing in a ring.
(年轻的舞伴成圈起舞。)

——一个完美的传统诗行。在济慈笔下,"Young"(即"年轻")一词渴望得到重读,但因顾及它的舞伴——自携"双重"的"*cóm*-pa*niés*"——和整个五步诗行的舞蹈节奏(因为有伴共舞,所以,为了顾全大局,它亦致力于这种节奏的呈现——至少看似如此)之间的共同利益,它自我克制,足显谨慎。事实上,在欣然若狂的"nimbly began dancing"(即"灵动起舞")袭来之际,"Young companies"这一行首词组的力量顿显微弱,似被一卷而空。于是,第一种"音乐诠释"应运而生:"nimbly began dancing"突如其来,(因为抑扼不规则的冲动而)略显庄重的"Young companies"被一把抓起,升入遽然旋跃之中:诗行舞至中段,多少显得有些庄严的舞步忽然失重,化作狂野的腾跃——

×   /   ×   /   /   ×   ×   /   /   ×
Young *cóm*pa*nies nim*bly be*gan dan*cing

如此，新的节奏模式（即“强弱弱强强弱”）便被无可抗拒地叠加在正规的抑扬韵律之上，与之完成“逆反对位”。也许，就此诗行而言，济慈本人的朗读方式也始终如是，因为在此“二元形态”（前半部分保持庄重，后半部分如癫似狂）之下，的确有一声流连不去的重音、一次绵长未绝的强调——就像一支歌曲的最后一个音符一样——试图落向并停留在同样渴望得到重读，不仅亟欲与“string”共韵，更欲与之同“重”的“-ing”上。于是，整个诗行就此升空，成为一个有些飘飘然的“对位”诗行；这类诗行（在现代读者听来）在乔叟的诗作中尤为普遍，而且毫无疑问，乔叟的诗作正是这类灵感、这种“可能”的来源。但当源自抑扬传统的现代新潮滚滚而来，当叶芝以及霍普金斯的诗歌犹在耳畔，当与古老的“头韵”传统一脉相承的早期音乐在因新及旧的回顾中得到重估——在这种种因素合力斩断枷锁，解放了现代“听觉”之后，在一位足具音乐直觉的现代读者听来，另一种“音乐诠释”突然焕发出生命的活力。“nimbly began dancing”伸手而回，蓦地抓住“Young companies”，将其拽入全新的舞蹈，使之升而融入汹涌的漩涡：本被压抑在“Young”体内的冲动终得释放，“-ies”上的重音亦被扫落音步：

/ / × × / × × / / ×
Young *com*panies *nim*bly be*gan* *dan*cing.

这一崭新的节奏被叠加在整个诗行的“韵律惯性”——一种由在此之前的 312 个诗行予以奠定的“韵律惯性”之上，与之完成“逆反对位”。即便是在霍普金斯的诗文中，也很难找到如此完美、如此摄人心魄的“**逆转韵律**”（或曰“对于‘逆转韵律’的完美应用”）。

“逆转韵律”的应用有赖于一个基本的“时间计划”，这种“计划”不仅规定了重音的数量，更使音步的构成受到了严格的约束，所以如此看来，“逆转韵律”似与“跳韵”截然不同。之前谈及的《风鹰》第六行对《因弗斯内德》（或者《克里斯塔贝尔》）的韵律模式作出了堪称精妙的发展，它之所以有此奇效，是因为它将“自然分量”叠加在隐性韵律模式之上，从而制造出伴随五个得到自然重读的音节而来的五个必要重拍，但它并不在乎这五个重拍何时出现（只要它们来得自然而然，只要整个诗行共计五步，不多不少），也不在乎轻读音节的数量（只要它们齐齐列于重音前后，自然前进，不乱队形）。但弥尔顿和济慈的诗行之所以有其效果，只是因为它们遵从并履行了霍普金斯对于“逆转韵律”的定义——“将重音置于本应轻读的音节之上，并将轻音置于本应重读的音节之上；**哪些音节本应重读或者轻读可据其余音节的轻重次序作出判断。**”换言之，它们不仅将其“自然分量”叠加在一种严格的基础韵律（也即严格的抑扬五步模式）之上，更使二者完成了“逆反对位”。于是，人们便能理解“对位韵律”何以会在霍普金斯口中成为“逆转韵律”的别名，也能理解“逆反对位”的效果何以远比《风鹰》第六行的“对位”效果更为显著、更显清晰。“剑拔弩张”已不足以形容两种韵律法则——“自然分量”的节奏和基本韵律模式——之间的关系；它们已然“短兵相接”，一步一争，引起连连爆发，每一个音步的行进都伴随着异常强烈但却时时受到严格管控的切分音效。另一方面，“逆转”诗行与相对来说更为丰满的“跳韵”诗行之间的区别其实并不“固定”。随着“五重”跳韵诗行中的轻读音节沉向五个构成基本五步的自然重音之下，“逆转”之感便会猝然袭来，兀然出现在

As a skate's heel sweeps smooth on a bow-bend: the hurl
and gliding

这一丰满有余的诗行之后的

Rebuffed the big wind.My heart in hiding...

便是一个典型。

我正试图跟踪一条最简单的路径——一条贯穿一片或须借助大量复杂的技术才能自由穿越的丛林的路径。目前为止，我的论述共分三步：第一，即遵循单一韵律法则的诗行；第二，即从两种韵律法则之间那片饱含张力的“对位”空间之中通过的诗行；第三，与第二种一样。 但在此类诗行中，两种“对位”法则已然构成“逆反对位”。

尽管柯勒律治和霍普金斯深感忧惧，但通常来讲，对于现代“正统”读者而言，第一类诗行与第二类诗行其实并非极难应对之物，而且，只要基本韵律足够明朗，这些诗行（比如上文中引用的弥尔顿和济慈的诗行）也并非无法理解、“念不出口”。对于“正统”读者而言，真正堪称困难的挑战并不来自那些额外音节众多，行中足显拥挤的诗行（比如柯勒律治的众多诗行和霍普金斯笔下那些相对来说更具长度的诗行），而是始于这些音节——一如我的描述——尽数下沉、一并消失之际。

Hear, Nature, hear! Dear Goddess, hear!
（听着，造化，你听！亲爱的女神，你听！）

以上这行诗出自《李尔王》（第一幕，第二场，第299行），“自然分量”之法则似乎坚持要有六声重音出现，但实际上，这一诗行是一个只容五声重音出现的时间单位。如果六个饱满的重拍被“执意如此”的“音乐诠释”强加于此，那么这一诗行便几乎成了一个独一无二的“亚历山大诗行”[①]——只由六个单词、八个音节构建而成的六个音步：

Héar，Náture，héar！Déar Goddéss，héar！

第五声重音既可落在“God-”或者“-dess”上，亦可“以某种方式”均匀分布在整个“Goddess”（即“女神”）上。也许，在某些演员口中，这行台词的节奏的确如此——六响庄严的鼓点。但实际上，对于整部剧作的“五步”规范的遵从势必会将“Dear”（即“亲爱的”）上的饱满重音提起、抽离，让“Dear”一词变成一个“重在感觉”的音节，并将清晰的重音置于“God-”之上，而整个诗行也就此成为一个“五重”诗行，两个双元音音节（即“-ture”和“Dear”）——就像卡通作者的“科斯普拉特”[②]（Kersplatt）一样——盘卷、积蓄力量，后再根据莎士比亚的意图在恰当的位置予以释放：

-ture héar！（-ture 上标 ×，hear 上标 /）

① 此处的“亚历山大诗行”一般指“抑扬格六音步诗行”。

② 一种棋盘游戏，开始游戏之前，玩家可以发挥想象，自行使用橡皮泥等材料“捏”造棋子。文中的“科斯普拉特”应特指这种游戏中的棋子。

和

-dess ***hear***!

如此一来，尽管诵者必须沉住气息，压低声音，但他已然陷入一种要求诵者充分完成“动态参与”的祈祷状态，而且，这般祈祷状态已经无比接近一种虔诚而炽热的狂怒。

然而，如果《李尔王》的基本“五步”模式不曾得到坚定的确立，换言之，如果这一诗行出现之际，读者并不了解它对五拍重音的严格要求（就好像这种低声祈祷窃窃出自某位小说人物之口），那么读者便会寻求“自然分量”的协助，很可能会将它念成：

Hear, Nature, ***hear***! Dear ***God***dess, ***hear***!

或者，如果读者知道这确是一行依照某种确定无疑的韵律模式写成的诗，但却并不确定具体是哪一种，那么，在分析过程中，读者也很有可能会发现以下这般可能：

Hear, ***Na***ture, ***hear***! Dear ***God***dess, ***hear***!

就好像在它之后，跟着类似《克里斯塔贝尔》这样的诗行：

Stretch ***for***th thine ***hand***, and ***feel*** no ***fear***

（伸出你的手来，不要感到惧怕）

怀亚特[1]是唯一一位能将这种多遭截剪、“赤身裸体”的韵律作为一种常规方法应用在所有曲目、戏目之中，甚至不时将它作为一种几近主导原则的原则应用在“五重”诗行之中，并创作出一整部杰出的“诗歌全集”的诗人。怀式非正统音乐给怀亚特的“正统”读者们带来的种种困难投出一束强光，照亮了历史的一角，使人们得以一窥两种音乐传统之间的历史关系。

1942 年，三十九岁的怀亚特去世，但在他去世之前的十五年里，他的诗歌方法就已无法被人理解。1557 年，《杂集》问世之际，在怀亚特的首任编辑陶特尔[2]看来，怀式韵律已然不可接受。在《杂集》中，怀亚特最著名的诗作——长二十一行的《她们躲我而去》中的十四个诗行都已经过陶特尔的校正，许多诗行几乎面目全非。如今回首，人们不难发现，这部《杂集》的出版宣告了一个历史进程的最终胜利；这一历史进程显然始于乔叟，因为将那种种欧陆韵律模型和诗体模型引入英国的人，正是乔叟。在那之后的一百五十年里，这一历史进程的结果始终模糊不定。然而，在以怀亚特之死为始，直到陶特尔校正怀式韵律为止的十五年里，“新式正统”的力量突然之间占据了绝对的优势。1553 年，亨利八世与罗马教廷决裂，而“新式正统”的胜利想必也与这一重大决裂有所关联——一种模糊的关联。《杂集》的流行程度（问世之后的三十年里，它曾历经九次再版）和英语诗歌在《杂集》问世之后的风格变化显然足以说明，陶特尔的标准不仅反映出某位学究——抑或某种潮流的专横，也反映出一种深刻而真切，影响了所有英语诗人的品味转变。

---

① 托马斯·怀亚特（1503—1542），英国诗人、政治家，其 96 首诗作皆收录于由英国出版商陶特尔（约 1530—1593）编辑的《杂集》之中。

② 校正者亦可能另有其人，方便起见，以主编之名“陶特尔”为其统称。——原注

彼特拉克[1]是陶特尔心目中的理想诗人。收于《杂集》中的彼特拉克诗歌样本意在为代表新式上流文化的宫廷诗人提供各式在韵律上保持正确的诗法模型，为“远离常俗之辈的粗劣技艺的阶层之庄严”提供一种标准。对此，一百年后，德莱顿[2]那番有关“适于高雅绅士的诗歌风格”的著名“恶论”正是一种呼应。陶特尔和德莱顿双双提出了以下这一核心观点：就诗歌模式而言，“韵律正确”就是“社会正确”，或者——换用今天的话来讲——“韵律正确”就是“政治正确”。一切无法达成所谓“社会正确”的事物——理所当然——就是粗俗的、不够格的，甚至是不被允许的。陶特尔之所以反感怀亚特的“不规则”韵律，不是因为他更青睐另一种有别于此的艺术，而是因为在怀式诗歌中，他一无所闻，只听见刺耳的杂音和粗俗的乐声以及——也尤其是怀亚特的“不够资格”：因为诗艺拙劣，所以“不够资格”——自然而然、清楚明了。更似恶兆的是，这种“新式正统”认定，怀式诗歌和旧体诗歌已经因为“话语方式的束缚”而落下无可救药的残疾，而正确的韵律则是优雅、自由，不受任何与之类似的基本缺陷约束的韵律。也就是说，至此，尊崇严格韵律的音乐传统对于“寻常话语节奏”的敌意已然完成了自我确立，成为一条效及全英的律法。

尽管形态有所改变，但1816年的柯勒律治和19世纪晚期的华兹华斯所面对的，正是这样一种“判决”。然而，怀亚特依然是最为典型“判例案件”；和柯式音乐以及华式音乐相比，在诸多关键层面，怀式音乐都更显精细、微妙。时至今日，经过陶特尔校正的“她们躲

---

① 弗兰齐斯科·彼特拉克（1304—1374），意大利诗人、学者，以其十四行诗著称于世。

② 约翰·德莱顿（1631—1700），英国诗人、剧作家、文学批评家，一生为贵族写作，歌颂君王与王朝复辟。

我而去”依然比怀亚特的原始版本更受各式选集的青睐。1928年，在评论陶特尔的《杂集》之际，罗林斯[1]将怀亚特描述成一位“在充满让他深受困扰的重重困难的语言领域中拙步摸索，为萨里伯爵[2]笔下那些行文更为流畅、节奏更令人愉悦的诗行铺平道路的先驱”。罗林斯的描述几乎自动复述了陶特尔在1557年如此成功地为之添砖加码，德莱顿在17世纪60年代卓有成效地立之为法，柯勒律治的批评者在1816年（在之前那篇“告令”中）如此自信（也如此成功，因为这篇“告令”正是挫败柯勒律治，使他灰心丧气的因素之一）地予以重申的文化价值观念；几乎所有活跃在陶特尔和罗林斯之间的文学批评家都几乎无条件地接受这种价值观念，并视之为英语诗歌“本身”（per se）的凭据，倘若没有这种凭据，英语诗歌就“无疑是不折不扣的散文（或者“浮夸”，或者“最为单调”）”。

但对那些权威的论调，怀亚特本人作何感想？——大概一如（试图发扬“新原则”的）柯勒律治和（试图解释他的“跳韵”，但求一人理解的）霍普金斯的感想。在长达四百年的时间里，他的音乐成就和他自觉予以继承并作为一位顶级大师予以发展的整个音乐传统彻底“失声”；从怀亚特的角度来看，这四个世纪对于诗歌而言，只可能是一个人耳失聪的“黑暗时代”。怀亚特若还活着，他的批判可能更加不留情面。毕竟，（得到众多“随从”的支持与认可的）陶特尔不单忽略了怀亚特的音乐，更试图破坏并重塑他的杰作，只因少量原始手稿偶得幸存，他的部分诗作才终得拯救，而就那份“告令”——那番对于《克里斯塔贝尔》的审判而言，人们不禁会感到好奇，倘若这种官方的热忱——就像斯大林时代的“作家联

① 海德·爱德华·罗林斯（1889—1958），美国学者，一生致力于诗歌研究。
② 萨里伯爵即英国诗人亨利·霍华德（约1517—1547）。

盟”——被赋予强大的“权力与意志”(Power and Will)，它会演化得何等狂热。

到了20世纪20年代与30年代，对于怀式音乐的一致抗拒开始瓦解。在某种程度上，逐渐得到听众欣赏的霍式音乐撼动了“正统”观念的团结（1918年，霍普金斯的诗歌问世；直到十年之后，750册首版诗集才终告售罄），而霍式音乐之所以能得到欣赏，或许又是因为人们对于隐藏在约翰·邓恩[①]的逆转对位韵律背后的技艺与追求有了全新的认知。这类精妙的音乐之所以能（作为一种独一无二的卓越艺术和对于“英语诗歌”的改良与完善）为人所闻，在很大程度上是因为一些美国读者——比如庞德、艾略特的谛听：他们的听觉与深深植根于英式正统观念，有史以来始终保持封闭的认知体系全无交集[②]。

---

① 约翰·邓恩（1572—1631），英国诗人、教士，玄学派诗歌的代表人物。

② 在现代听觉苏醒之初，怀式音乐的重响过程相当有趣。在其诗作经过陶式校正之后，怀亚特便已沉入萨里伯爵的阴影之中，在长达两个半世纪的时间里，他几乎消失无踪，即便真有机会露头现身，也自无路可走，只得被人推回黑暗之中，屈居萨里脚下。1816年，首部“原版”怀诗全集问世，主编诺特在集中写道：“他的诗歌表达拥有某种真挚的情感，怀式诗歌思想的质朴也足显高贵，怀亚特的爱之倾诉之所以和萨里伯爵的浓浓情话有所不同，正是因为这种真挚与质朴，而且在我看来，这种真挚与质朴或也足以将他与其他任何一位英语作者区分开来。”最后这句突如其来的“拔高”之论令人心暖，他之所以不辞劳苦，不怕麻烦，也正是因为这一判断。但他始终未能复兴怀式韵律，使之重新得到普遍的理解。19世纪末期，考托普亦对怀式音乐饱含激情的汹涌力量与独创特质有所回应——但也同样未能从中认出任何一种韵律模式。1916年，第二部“原版”怀诗全集出版之际，主编福斯威尔发现了怀式诗歌的伟大特性，但这伟大特性已然无关怀式韵律。蒂利亚德是最早对隐藏在怀亚特的非正统韵律艺术背后的某种深思与技巧有所察觉的学者之一。这种“察觉”出现在1929年；此前一年即1928年，罗林斯才刚刚 （转下页注）

(接上页注) 认定怀式韵律之"拙"并重申了陶式品味与陶式听觉的优越，而蒂利亚德之所以会有此感知，正是因为邓恩的影响。当时，那种极具劲力、足显"强硬"的邓式"对位"诗法正逐渐成为一种现代上流时尚，而蒂利亚德亦可满怀自信地说："邓恩的粗野"并不"野蛮"，相反，它不仅足具"修养"，也正是"邓式激情的标志"。不过，在能完全相信蒂利亚德的确"心口如一"之前——甚至，在能充分理解他的言下之意之前，人们也许想先看看他会如何标注一些邓式讽刺诗的韵律，或先听听他会如何诵读这些诗文（若能如此当然更好）。如此说法或许对他不公，毕竟，在感知怀式韵律之际，他所对抗的，是屹立372年之久，几乎无可撼动的"正统"观点。但即便如此，即便据其相关评论所示，他确已有所认识（某种萦绕耳畔、挥之不去的认识），觉得怀亚特的"粗野"韵律时常展现出奇异而独特的美与质感，他依然相信，在"正统"韵律未然之际，这种美与质感只可能源于偶然。更准确地说，他依然相信，如果某种足具野性的细小"意图"（或曰"源于故意的非正统性"）偶然孕育出一两个动人的诗行，那么这种偶然便仅仅是一种幸运的偶然，一如"纵身跃过餐桌与一桌剩宴"或许远比"随同众宾绕桌而过"更令人印象深刻，尽管这种"一跃而过"的冲动也同样可能（实际上是更有可能）导致某种"粗野得无可救药"的结果。

蒂利亚德在怀亚特的诗中感受到"粗野"的两个极端：某些地方，是明明白白的"野蛮"，而其他地方，则是足具"修养"的"粗野"（就像邓式"粗野"一样）。蒂式措辞的"社会含义"正是得到更新之后的陶式"社会含义"，他继承了陶特尔的老练。他感受到一种"从粗劣的不规则性到精致的不规则性的转变"。他在对冲他的赌注。在着手分析具体案例之际，他修改了所谓"修养"与"精致"，并用"富于表现且足具意图的不规则韵律"来形容一下这段诗文：

Sighs are my food, drink are my tears
(Clinking of fetters such music would crave);
Stink and close air away my life wears;
Innocency is all the hope I have...

叹息是我的食物，酒饮是我的眼泪
（镣铐叮当是这般音乐的向往）；
我的生活耗尽闷热发臭的空气；
纯真是我所有的希望……

但大体上，（在"正统"韵律规则于他脚下愈感坚实之际）他感觉怀式抒情诗中那些相对较短的诗行才是怀式韵律之力的载体。他摆出陶式"宫廷式的（转下页注）

（接上页注）鄙视”，说他发现“某些用更沉重的韵律写成的诗歌（即由七八个五步诗行构成的诗歌或者十四行诗）着实粗鲁”。（陶特尔更不留情面，索性一贬到底，说这些诗歌“像猪一样粗野”。）

因为在他觉得“富于表现和意蕴”的诗之中，蒂利亚德无法找到任何一种“音乐诠释”赖以形成的基本韵律体系，所以难以理解的是：他何以如此自信，认定在那些在他看来“粗野得无可救药”的诗中，不存在任何“富于意蕴”但却“避他而去”的精妙之处？他的自信显然毫无依据；他只是耸耸肩膀，换了换嗓。就这整个过程而言，唯一的“偶然”在于：在这些高度精炼的短诗之中，饱含怀亚特的深思熟虑，隐藏在每一行诗背后的韵律意图是否会在蒂利亚德的“正统”听觉世界中“偶然”与某种“念得出口”的“抑扬顿挫”达成一致，比如：

That now are wild and do not remember
（如今她们任性放荡，不再想起）

无论如何念诵，都真真切切，正中靶心。

在表达犹疑之际，蒂利亚德已经足够友善。毫无疑问，他确实听到了某种特殊的声音。但或许，他真正应该感谢的人不是邓恩，而是沃尔特·德·拉·梅尔。在他看来，《她们躲我而去》是一首充满“饱蕴深思的不规则节奏”的诗作。蒂利亚德尤其欣赏这一诗行：

It was no dream：I lay broad waking
（这不是个梦：因为我完全清醒）

不仅认为它具有强烈的非正统美感，还会毫不迟疑地让三声极具份量的重音落在“I láy bróad wáking”之上。再者，在一个相对而言尤显平淡的邓式“对位”诗行的启发之下，他逐渐体会到伴随

Into a strange fashion of forsaking
（变成令人撕心裂肺的绝情）

中的“*strange*”而鸣的奇异音乐，发现怀亚特也能通过相同的手法，“成功让重音足够完美地落在‘*strange*’之上”。这话听来似乎有点拐弯抹角，但紧接着，他就给出了理由。在就《她们躲我而去》所作的评注之中，让人一瞥怀式音乐绝技（这种音乐绝技想必曾让沃尔特·德·拉·梅尔如痴如醉）之后，蒂利亚德立刻收手，写道：“另一方面，可以说，陶特尔的替换（即用‘*bitter*’来替换‘*strange*’）亦是高明之举。”换言之，无论怀式天才能够完成何等“富于表现且足具意图”的创造，在其内心深处，蒂利亚德可能依然希望这些创造能够得到“乐团指挥”的校正。（转下页注）

（接上页注）接着，他陷入怀旧，续笔谈及陶特尔对于全诗末行的校正（即用“‘How like you this?’的愤愤重复”来替换怀亚特那句不可思议的收尾），并誉之为——在他看来——“更有力量”的选择。至此，人们难免感到好奇：既然如此，所谓“从粗劣的不规则性到精致的不规则性的转变”又是何意？再者，虽然蒂利亚德不曾冒险下笔标出重音，但根据他对于诵读方法的描述，人们几乎可以想象，他自己根据正确的“音乐诠释”，在以下诗句：

That now are wild and do not remember

标出了五声重音。用他自己的话说，这一诗行“饶有阵阵思绪缓缓袭来之感，因为我们不得不在重读‘wild’之际完成一次沉重的停顿，继而重新聚积力量，起声进入后半诗行”。但紧接着，他拉转笔锋，开始着墨逢迎（他所谓的）“短缩诗行”（shortened lines）的音乐效果（它们——如他所言——“更加自由”，“因为一种更顺畅的节奏……而更具速度”），并以下诗行为例：

Therewith allsweetly did me kiss
（接着如此甜美地吻上我的脸庞）

将世界文学史上最为真实真切，最具精美设计，也最性感撩人的爱吻之一——

Therewithall swetely did me kysse

变成一阵突如其来的震耳重击：

*There*with all *sweetly did me kiss*

仿佛一众大学男女在其合声共步、歌嘲舞讽之际突然听到一声巨响。

蒂版怀诗全集的有趣之处在于蒂利亚德自己的立场——一种介于两种音乐传统之间的立场。他对怀式非正统韵律效果的欣然回应是一种自发而真实的回应，但他忠于韵律“正统”以及它所代表的一切，这份忠诚远比那般临时暂时、迟疑不决的感受更具力量；他的感受不断受到这份忠诚的审查与校正，实际过程足具启示。——原注以下便是经过陶特尔校正的《她们躲我而去》（摘自一部重印于1991年的著名诗选）。和陶特尔相比，这部选集的编辑下手更狠，第二诗节的首行诗原本在陶特尔的《杂集》中幸存了下来，但却难逃这位编辑的校正：

They flee from me, that sometime did me seek,
With naked foot stalking within my chamber;
Once have I seen them gentle, tame, and meek,
That now are wild, and do not once remember,
That sometime they have put themselves in danger
To take bread at my hand; and now they range
Busily seeking in continual change.

Thanks be to Fortune, it hath been otherwise
Twenty times better; but once especial,
In thin array, after a pleasant guise,
When her loose gown did from her shoulders fall,
And she me caught in her arms long and small,
And therewithal so sweetly did me kiss,
And softly said, "Dear heart, how like you this?"

It was no dream; for I lay broad awaking:
But all is turned now through my gentleness
Into a bitter fashion of forsaking,
And I have leave to go of her goodness,
And she also to use new-fangledness.

But since that I unkindly so am served:
"How like you this," what hath she now deserved?

她们躲我而去，从前却光着脚丫，
在我的房间轻轻把我寻觅；
我曾见过她们温柔、顺服、听话，
如今她们任性放荡，不再想起
从前那个不怕危险的自己
多想要我手上的面包；如今她们东奔西跑
在不断的变化中忙着寻找。

感谢命运垂怜，至少曾经美好
二十倍的美好；有此一回历历如昨，
一身薄衫的她，优雅地抬手一撩，
让那宽松的长袍从她肩上滑落，
把我锁进又细又长的胳膊，
接着如此甜美地吻上我的脸庞，
温软地说："宝贝，你可喜欢这样？"

这不是个梦；因为我完全清醒：
但一切都已改变，不顾我的温顺
变成令人撕心裂肺的绝情，
我必须忘记她的温存，
而她也得穿上新衣送上新吻。
可我已被如此残忍地躲开：
"你可喜欢这样"，那她又该受到怎样的对待？

但怀亚特的原始版本（原始诗稿留存在他自己手中）与此大有不同。原诗首节如下：

They fle from me that sometyme did me seke
　With naked fote stalking in my chambre.
I have sene theim gentill tame and meke
　That nowe are wyld and do not remembre
　That sometyme they put theimself in daunger
To take bred at my hand; and nowe they raunge
Besily seking with a continuell chaunge.①

看得出来，在陶特尔听来，在怀亚特的首节诗中，只有第一行诗和第六行诗可以接受，其余五行皆不顺耳，而且，第二、第四和第五诗行想必尤其令他感到恼火。从他对这三个诗行的校正来看，他或已提前认定，因为创作手法着实笨得可怜，怀亚特只能试着用“-embre”来押“-ambre”的韵，并在下一行中通过一个尤显马虎而将就的“-aunger”来完成过渡，引出节末两行的C韵，从而满足尾韵模式的要求②；或者，他意识到怀亚特其实明知应该如何分步、押韵，却仍试图以“-er”为韵，侥幸过关，但他绝对无法容忍这种侥幸，执意视之为诗歌技艺上的拙劣和对诗歌纪律的彻底漠视。无论出于何种考量，他都像个毫无耐性的老师一样，觉得自己该让怀亚特看看究竟什么才是抑扬五步诗行的

① 陶特尔并未更动原诗首节的意义。

② 《她们躲我而去》的三个诗节全部按照“ABABBCC”押韵，但在当时的诗歌“正统”看来，“-er”音一般不适合用作尾韵。与此同时，尾韵音节又是一个音步的组成部分，所以在此，作者认为在陶特尔看来，怀亚特不谙音步之道，不顾音步组合，只是一味追求尾韵。

正确仪态，并让读者的耳朵得到保护，免受劣质音乐的玷染。

但在一位现代诗人看来，那三个“-er”韵或许完全不成问题，而能接受三个“-er”韵的现代诗人也想必能够接受这种显而易见的不规则性（即单行重音数量和音节数量的不规则性）——能够接受这种显而易见、不受任何固定形式束缚的自由；人们大可以像说话一样“说”出这首韵律“宽松”，只受整体尾韵模式（包括三个但求一声轻触的“-er”）约束的诗歌。假如这是一首现代诗歌，假如这位能够接受三个“-er”韵和这种不规则性的现代诗人被人问道：“可那三行以‘-er’韵收尾的诗句总共含有多少重音，又分别含有多少重音？”那么这位诗人大概会说：可这不是重点。重音无关紧要。每一行诗都各携抑扬，只是一个自然而然的过程，就像说话一样。若你坚持要我回答，我想首先——

With *ná*ked *fó*te *stá*lking in my *chá*mbre

就像这样，一共四声重音。再者——

That *nówe* are *wýlde* and *dó* not re*mém*bre

就像这样，也是四声重音，只是出现的位置稍有不同。最后——

That *sómetyme* the *pút* theim*sélf* in *dáun*ger

嗯——这么一读，好像得有五声重音。可这不是重点。这不是一首依照“韵律”写成的诗。在本质上，它不受任何一种韵律的约束。不过在我听来，这几行诗都很悦耳——自然、悦耳。说实话，我觉得它们相当美妙：

> With *ná*ked *fó*te *stá l*king in my *chám*bre

令我浑身打颤，而以下诗句：

> That *nówe* are *wýlde* and *dó*not re*mém*bre

听起来就像某种狂放不羁的意大利歌曲里的一句歌词。

这种现代意义上的自由解读不仅超出了陶特尔的认知范围，也超出了那个时代的认知范围，超出了怀亚特本人的认知范围。《她们躲我而去》当然不是一首依照某种虽然封闭却很宽松的尾韵模式写成的“自由体诗”。在怀亚特笔下，诗中音节无不处于韵律的控制之下：他热切地倾听着每一个重音，倾听着重读音节对非重读音节造成的影响，他希望他的重音能够完美呈现他想要的效果。陶特尔也在倾听音节的轻重——但他的听觉正是对以怀亚特为杰出代表的音乐传统听之不闻、视之若敌的新式音乐“正统”的听觉。

如果第一诗节便是此诗全文，陶特尔或许会有所迟疑。众所周知，怀亚特的许多诗歌都是为他自己那只“诗琴”而作，只在琴声流淌之际，他才开口吟唱，而且总体而言，他始终对诗节形式的创新（据说，将十四行诗引入英语世界的人正是怀亚特）贪婪成癖，一旦发现新的可能，他便欣然沉浸其中。陶特尔不仅知道配乐而唱的歌谣在无乐而诵之际常会落入某种异乎寻常的韵律模式，也了解怀亚特对于诗歌形式的实验主义热衷近乎反常，所以，他很有可能预先认定，那三个问题诗行的确是为了适应某种特定的音乐才那样变形，而且无论如何都是三个“四重”诗行——是三次怀式技术创新、三个隐藏在依照传统“皇家诗体”[①]写成的五步诗节中的小小惊喜。如此一来，他便有可能会笔下留情，勉强容忍单行音节数量上的不规则性——甚至接受最后那个挤满十二个音节的诗行。

然而，第二诗节和第三诗节的存在恢复了他的自信，坚定了他的怀疑：尽管怀亚特能够写出令人难忘的诗歌，但就韵律而言，他还不够资格。这两个诗节宛如铁证：这首《她们躲我而去》的确是怀亚特依照“皇家诗体”（它是极得乔叟喜爱的诗歌形式之一）写成的诗——既然如此，那么每个诗节都应包含七个五步诗行。怀亚特的原文如下：

Thancked be fortune, it hath ben othrewise
　Twenty times better; but ons in speciall,
In thyn array after a pleasaunt gyse,
　When her lose gowne from her shoulders did fall,
　And she me caught in her armes long and small;
Therewithall swetely did me kysse,
And softely saide, dere hert, howe like you this?[②]

It was no dreme: I lay brode waking.
　But all is torned thorough my gentilnes

① “皇家诗体”一般五步成行，七行成节，单节成诗，按照“ABABBCC”押韵。
② 陶特尔并未更动此节诗文的意义。

Into a straunge fasshion of forsaking;

And I have leve to goo of her goodness,
and she also to use new fangilnes.
But syns that I so kyndely ame served,
I would fain knowe what she hath deserved.①

在这两节诗中，对应第一节第二行与第四行的两个诗行各含五声清楚的重音。同时，看得出来，其他一些亦当如此的诗行（比如第二节第六行，第三节第一行、第三行、第六行）似乎都未如此——都不符合“五重”规则。也就是说：

With naked fote stalking in my chambre

That nowe are wyld and do not remembre

Therewithall swetely did me kysse

It was no dreme: I lay brode waking

Into a straunge fasshion of forsaking

① 陶特尔更动了第三行与第七行的意义。第三行意为“变成一种奇怪的绝情”，第七行意为“我想知道她又该受到怎样的对待”。

以及

But syns that I so kyndely ame served

必须各携五声强烈的重音。此外，另外一些诗行虽然在重音数量上达到了要求，但却既不符合音节规则（每行十个音节），也不符合韵律规则（每行五次抑扬），而是自行其是，毫无规矩。

对于陶特尔来说，这就已经足够。作为一名服务于新式法则的“警官”，他开始动笔执法，予以教化。

这一新式“正统”对于英语韵律的控制来得异常突然、异常彻底，而时人对于一切“非正统”英语传统的抗拒也来得异常一致，前者有多“异常”，后者就有多“异常”。萨里伯爵常被引为首位“皈依正统”的显要诗人。但这种“控制”与“抗拒”的严重影响却略显滞后——直到斯宾塞[①]笔下才告形成。尽管从许多方面来看，和那个时代的任何一位音乐大师相比，斯宾塞的敏锐听觉与音乐天赋都毫不逊色，但他满怀皈依的热忱——一种虽显积极，却尤为激进的热忱，竭力抑压这种听觉与天赋，使之服从新式“正统”的统治。他写道：

> 时而大张人口，却似令人憎厌的呵欠一般，不仅缺乏劲力，亦可能不在额定范围之内的重音……就像一只一腿拖在身后的跛鹅……像一只一腿提在胸前的瘸犬。所以，这种重音习惯必须得到克服，粗词野语的使用必须得到抑制。

---

① 埃德蒙·斯宾塞（1552—1559），英国诗人，英国文艺复兴时期最重要的诗人之一。

在斯宾塞让他自己麾下的音节在他的“阅兵场”上排成一行，反复操练抑扬步法之际，怀亚特的这些诗想必在他的脑海中有过停留。在那个时代，除了踢走抑扬音步的倾向之外，词语的自然倾向无一不被归入粗鄙之流、野蛮之流、低劣之流——无一不是生自“常俗之辈的粗劣技艺”的粗俗之果。但这似乎并不仅仅是个规矩问题或者“教养”问题，连感知体系本身都已落下某种“文化残疾”。在斯宾塞的“宫廷受众”听来，旨在通过逆转对位“自然分量”与正规基本韵律来完成更具张力，也更微妙的音乐表达并传达更为真切，也更直接的诗歌之声的韵律艺术已然无异于“笨拙的技法”或者“明明白白的技艺贫乏”。直到1929年为止，瘸跛明显的怀式诗行给陶特尔以及所有和他志同道合的后起之辈带来的困难始终和《高文爵士与绿衣骑士》给学者们带来的困难（时至今日，这种困难依然存在）紧密相关，如影随形。和乔叟一样，怀亚特显然能够听懂——也能欣赏——《高文爵士与绿衣骑士》中诗行（或者与之共承一脉的诗文）的音乐。乔叟和怀亚特二人也依然能够从中汲取所需（怀亚特的需求可能更大一些）。

事实上，头韵传统为经过手工精制、外呈奇节怪瘤、内嵌橡木瘤纹的怀式诗行提供了大量养分。一部长年未得出版，直到1960年才由缪尔[①]完成编辑，以《布莱吉手稿》（*Blage Manuscript*）为名问世的诗集之中收有怀亚特及其同道的作品，集中一些诗文几乎清晰地展现出，那些具有宫廷气息却又反复无常的怀式五步诗行如何隐隐“脱胎”于节瘤连连、均以头韵技法写就的诗行之中。其中一首诗作的开头如下：

---

① 肯尼思·亚瑟·缪尔（1907—1996），英国学者。

Dryvyn to Desyre, a drad also to Dare
(欲望一朝燃，惧者亦生胆)

纯正的古英语血统，一行描述宫廷腐败的诗。紧随其后的

Bitwene two stoles my tayle goith to the ground
(两条圣带间，吾尾与地连)

便已足具怀式风格，而此后一行——

Dred and Desire the reson doth confound
(惧欲尤相乱，智理莫之辨)

则将头韵诗行的"协音模式"(consonant pattern)和流行于伊丽莎白时代早期的"戏剧五步"(dramatic pentameter)紧密结合。几行过后，一个依然深藏于橡树树干之中，却已进入挣扎，试图摆脱束缚舞跃而出的诗行——一行苦乐参半、似是而非的典型怀诗赫然眼前：

Desirous and Dredfull, at Lybertye I go bound.
(惧欲共满腔，吾自任去往。)

尽管在怀亚特笔下，这份"遗产"已然经过乔式"诗网"的过滤，但在阅读《布莱吉手稿》之际，如此印象依然挥之不去：头韵诗歌的确就像一个母体一样孕育了怀亚特的才华。以上这些诗皆属首批在乔叟广授"精种"之后入胎而生的"混血"之诗。也许，让陶特尔紧眯伦理之眼，难安清洗之手的怀式诗也正是此类混血"之诗。尽管

怀式诗行只保留了“旧种诗乐”的一声弦“嘣”、一份诡谲，但对陶特尔而言，这就已经足够——怀式音乐必须接受“手术”。人们对于“头韵传统”这一成熟而复杂的口头音乐形式的一切理解似乎都在这台“手术”发生前后——在“由怀及陶”的“一代人”时间里——终告消亡。至少，对于上流文化以及新式“正统”而言，它已不复存在①。

在陶特尔的《杂集》问世之后的半个世纪里，以英语诗法的潜在可能、变化模式以及理想形式为对象的理论研究趋于深化、强化。但斯宾塞的评论堪为明证：除了邓恩的诗作、某些剧作家的作品以及为与某种特定的音乐并行而作的诗之外，英国先锋诗人的作品已在很大程度上成为一种对于英版法式诗歌模型以及（也尤其是）英版意式诗歌模型的完善。当英国本土诗人对种种约束心生厌恶，感觉有必要诉诸实验，寻找一种更为多变的音乐形式时，他们往往选择向上寻找，诉诸上流文化之上，对各式经典韵律进行修补，一如西德尼及其一“圈”同道所为，一如坎皮恩所为。那些年里，似乎没有任何一位诗人作出过任何一种尝试，来着手改编、开发或者重新引入支撑《高文爵士与绿衣骑士》式传统的古老韵律，就好像这般韵律在人们的记忆中留下的一切痕迹都已了无踪影。

它就此埋没，直至今朝。大约一百年前，唯一一份幸存至今的《高文爵士与绿衣骑士》文本重现人间（重现于一座修建于伊丽莎白时代的著名图书馆中），进入公众视野之后，众多学者着手分析，试图找出它的基本韵律，但其纷纷争议足以证明，他们无不困惑不已。

如我所言，《高文爵士与绿衣骑士》给这些学者带来的困惑恰似

① 《农夫皮尔斯》依然受到拥护，但其拥护者主要是神职人员。1550 年出版的新版《农夫皮尔斯》于同年重印两次，后又于 1561 年再次重印。——原注

怀亚特给陶特尔带来的困惑。但这些学者和陶特尔有所不同：他们并没有怀有任何强烈而单一的先入之见，也不奉守任何顽固而死板的规则；否则，在他们看来，在这首古老的诗歌中，对于这般规则的“侵犯”（或因诗人无知无能、不够资格，或因誊写糟糕）——理应依照规则予以校正的“侵犯”也可能会无处不在。更准确地说，在解析韵律之际，他们只能仰仗两种粗略的“指南”：其一，即以《贝奥武甫》为其代表，似都遵循“四重”韵律的远古诗歌；其二，即以（与乔叟同代，稍稍晚于《高文爵士与绿衣骑士》的）《农夫皮尔斯》为其代表，通常被视作“七重”诗歌的诗歌。相应地，这些学者也分裂成两大阵营：诵读之际，“七派”每行念足七重，“四派”每行只念四重。

“四派”似已逐渐获得胜利。但一如对于《高文爵士与绿衣骑士》中各式疑难的细致分析（耶鲁大学教授玛丽·波洛夫[①]曾在 1962 年发表过一份卓越的研究报告）所示，任何一种诵读方法都几乎只是一种“试探”。由于传统诵读模式——音乐“现场”已然彻底匿迹，而《高文爵士与绿衣骑士》之诗行也未提供任何不证自明、直指基本韵律的“标示”，这些诵读方法也都只可能是一种“试探”。同样的疑难也会出现在以下诗行之中：

That nowe are wyld and do not remembre

如果这行诗源自一首失落之诗，是其唯一一块因为得人引用方才幸存下来的碎片，哪怕全诗首节俱在，这种疑难也可能依然如故。倘若果真如此，怀亚特的韵律意图和他自己的诵读模式也将永远是个不解之谜。但正因这首诗作全诗俱在，一节不落，韵律准则足显明朗，我们

① 玛丽·波洛夫（1923—2019），美国诗人、翻译家。

才能通过“音乐诠释”来“重建”应随这一诗行而生的怀式音乐。但就《高文爵士与绿衣骑士》中诗行而言，这般疑难显然永远无法得到解决——

比如，霍普金斯会把他的“赞成”票投给“四派”还是“七派”？以下这引人注目的《高文爵士与绿衣骑士》中的一行诗（词语拼写已转为现代拼写）在韵律上堪称典型：

Christ's lily and beast of the waste wood.

（耶稣的百合与废弃森林的野兽。）

但重音又该何去何从？但当这一诗行出现在《德意志号沉没》中时（第二十节，第六行），它既非四重诗行（一如据说带有四声重音的《高文爵士与绿衣骑士》中的诗行），也非七重诗行，而是一个五重诗行。这一点可以确定，因为：首先，全诗所有诗节都具有相同的“重音构成”；其次，他严格遵守由他自己确立并且贯穿全诗的韵律规则，因而赋予这一第六行五声重音。任何一位熟悉霍式“逆转对位”的读者都能轻而易举地将这行九音节诗行样本念成：

Chríst's *lí*ly and *béast* of the *wáste wóod*

同理，据他自己的实践结果判断，霍普金斯有可能会自然而然地将《高文爵士与绿衣骑士》第 2081 行念成：

Éach híll had a *hát* a *míst*-hackle *húge*

（每座山丘都戴着一顶雾羽般的巨帽）

这行诗中的前五个单词足以和之前那个霍式诗行中的前四个单词的节奏——一种经过裁切的逆转节奏——构成精确的对应。可以想象，对于霍普金斯而言，只要始终坚持他的常规操作——“逆转对位”诗行节奏与五重法则，《高文爵士与绿衣骑士》中绝大多数诗行也同样易于诵读。他会将第744行念成：

> Of hóar óaks full húge a húndred togéther
> （百株霜白巨橡聚合一处）

一如他会将他自己的诗《丰收喝彩》第7行念成：

> And, éyes, héart, what lóoks, what líps yet gáve you a
> （而眼睛、心灵，何等容颜、何等红唇，会给你一种……）

他会将《高文爵士与绿衣骑士》第1595行念成：

> Hít him úp to the hílt that his heart súndered
> （使尽全力把他打倒，直到他魂断心裂）

一如（除了最后那个轻溢而出的音节——“-dered”）他会将他自己的诗《无题十四行诗》（以“No Worst…”起头）第12行念成：

> Dúrance déal with that stéep or déep. Here! créep
> （……耐力应对那般高陡、渊深。来吧！潜行）

他会将《高文爵士与绿衣骑士》第789行念成：

> Of *hárd héwn stónes úp* to the *táb*lez[①]
>
> （高高城垛上的尖硬之石）

一如他会将他自己的诗《丰收喝彩》第13行念成：

> The *héarts réars wíngs bóld* and *ból*der
>
> （心不断鼓起勇气，扬起翅膀）

如果“to the”这两个音节能够缩短成一个音节的话（但无论如何，“the”都微不足道，在许多古英语方言之中，它的发音都会遭到省略、吞抑，变成一次“声门之扼”，顿在名词之前）。霍普金斯不断削减语素，扭曲句法，来实现种种能与《高文爵士与绿衣骑士》式节奏高度吻合的节奏效果（形态尤显怪异的《丰收喝彩》第7行便是一例）；这种创作风格几乎令人起疑：莫非他曾亲眼见过这首古老诗歌的早期誊本（或许是在某份刊物之上），并像他从弥尔顿的诗作中收集逆转节奏一样（一如他所承认的那样）从中收集过一些惊人的节奏？

这种推测的、暂时的，以霍式“已知”实践为依据，以《高文爵士与绿衣骑士》式未知韵律为对象的“重建”不仅意味着人们同样可以依据已由整首诗作予以确立的“已知”基本重音模式来“重建”怀亚特的短行音乐，还清楚表明这些“重建结果”属于何种“音乐诠释”传统：一方面，这是一种被陶特尔以及无数继之而来的“正统”

① “tablez”＝“battlements”，即“城垛”。

人士“革逐出门”的诗律传统；但另一方面，它又是口头英语表达的自然“跳韵”与生俱来的血统，即便霍普金斯不曾亲眼见过任何一行《高文爵士与绿衣骑士》中的诗（事实恐怕的确如此），湮没四百年之久的《高文爵士与绿衣骑士》式节奏在霍式诗行中的复活也依然不足为奇，些许源自其他头韵的古诗，他也的确“亲眼见过”[①]的线索以及英语本身的自然生命已然足以解释一切——除了霍普金斯的天赋才华。

正如霍普金斯在《风鹰》中所为，怀亚特在全诗首行——一个完美的五步诗行之中便已简单明了地揭示出诗中所有旋律变化赖以生成的基本韵律模式：

They fle from me that sometyme did me seke

接着，他立刻给出第一个纯粹的英式“惊喜”——一个与如上这一“意式模型”构成鲜明对比的“惊喜”：

With naked fote stalking in my chamre

如果这行诗出自乔叟笔下（它的确极具乔式风格），人们或许会预先认定“fote”（即“foot”的旧式拼法）中的“e”是一个有声元音，从而念出一个完整无缺、以弱音收尾的抑扬五步诗行：

① 据他自己的实践结果判断，霍普金斯有可能会理所当然地将《农夫皮尔斯》中的大多数诗行念成“五重”诗行。——原注

With *na*ked *fo*te *stal*king *in* my *cham*bre①

一个精巧而美丽的诗行。但即便它如何精巧、美丽，人们仍能感受到蕴藏在“stalking in my chambre”（即“在我的房间轻轻地走”）中的汹涌情欲和戏剧活力。不过无论如何，怀亚特的其他诗作都已表明，在此，“e”这个词尾元音并不发音。

所以，在此，他的实际所为，是让一个音节从一个“正统”抑扬诗行中掉落。这一音节的掉落同时引发了三种变化。诗行缩短，从原来的十一个音节变成仿佛可用十个指尖一一清数的十个音节。在杀死一个以弱音收尾的抑扬五步诗行之后，这一变化似乎唤醒了一个强大的幽灵——一个以强音收尾的抑扬五步诗行：仿佛此时此刻，“Chambre”中的轻读音节“-bre”正被迫承担起一个与它自身的自然分量“逆转对位”的重拍，一个不受韵律束缚的十音节诗行正被强行“征入”严格的抑扬韵律之中。

事实上，重重落在“stalk-”上的自然重音在与落在“fote”上的重音发生猛烈的碰撞之后，整个“stalking in my chambre”的节奏都已发生逆转——与那如同幽灵一般虽无实际形体，却正隐隐作声的抑扬诗行形成了“逆转对位”。如此一来，这一诗行便可念成：

With *na*ked *fo*te *stal*king *in* my *cham*bre②

---

① 在此，“fote”中的元音“e”是一个发音元音，所以“-te”构成一个轻读音节。

② 在此，“fote”中的元音“e”并不发音，所以“-te”并不构成一个轻读音节，“fote”成为一个单一重读音节。

然而，由于“stalking in my chambre”的“自然分量”不顾抑扬节奏，坚持疾速而过，行中五个在严格意义上理应存在如是的重音会在实际念诵过程之中遭到破坏。读者的声音勉力试图在“in”上“消散”，从而加快整个短语的速度，若欲稳固这声重音，读者必须采取具有决定意义的第三步措施——即通过有意为之的音乐诠释，来强行留住最后三声为了满足五步基本模式的要求而在的重音。换言之，“stalking in my chambre”这一亟欲匆匆而过的短语必须被迫放慢速度。也就是说，在此，伴随“stalk”一词而来的阴邪诡秘之感得以持续涌涨，满蕴强劲的力量温柔而顺畅通过“-ing my chambre”，从而一连将那三个强拍（即“stalk”“in”与“cham-”）栓入“stalking in my chambre”之中（用霍普金斯的话说，即“以某种方式将一拍重音分入所有音节之中”）：

With *ná*ked *fóte stálking ín my chám*bre.

落在“stalk-”上的那声尤其沉重、尤其持久的重音正是这一诗行的关键所在。可以想象，在诗琴旋律的伴奏下，这一诗行将会顺然融入怀亚特的歌声。

至此，“光着脚丫”的生物依然身份不明，它可能是人，也可能属于其他各式物种。但如果读者预先认定它就是那个在第二节诗中得到公开介绍的女人，那么更为宏大的戏剧效果便会随之呈现。这一瞬间也便成了整首诗中的“情色高潮”之一——女人的形象得到了生动的模拟：她光着脚丫，迈着逾墙之步悄悄寻觅，如同鬼魅一般穿过昏暗的卧室，渐渐向“我”靠近。虽然“四重”诠释足具美感，但被掷于“stalk-”与“cham-”上的两声重音犹如急急一推，让那光脚的情人太过轻快地穿过了房间，而以怀亚特的歌声以及如今已归默然的琴音为其依托的“五重”诠释则让那个如醉似迷魅影一般难以自拔于痴恋之中的女人牢牢“固定”在一幕触目惊心的幻景之中——于是，整首诗歌以此为源，逐渐扩展，仿佛痛苦缓缓苏醒，最终彻底占据诗人的身心。

接着，怀亚特的琴音和读者的“音乐诠释”亦可通过类似的配合完成对于下一诗行的演绎：

That *nowe* are *wyld and do not remem*bre

可以说，在这行诗中，怀亚特同样丢弃了一个行中音节[①]。可以想象，在此音节掉落之后，剩下的诗行也同样得到了诗琴旋律的从容掌控。情况一如此前：丢弃这一音节的结果便是后半诗行的“逆转”与“对位”；由于“自然分量”毅然决然，强烈要求读者把后半诗行念成：

and *do* not re*mem*bre

读者的“音乐诠释”必须“以某种方式”让那缺一不可的三声重音和这后半诗行的“自然分量”完成“逆转对位”，并且再次出力干预，迫使整个短语放慢它的速度：它让位于诗行“力量曲线”顶端的“wyld”征用“and”一词，使之成为一个载体，并将自身沉重而持久的重音移至其上。实际上，经由“wyld”之声汹涌而出的怨愤与悲叹

① 即本应处于“wyld”与“and”之间的一个音节。

被引入在“wyld and”这个旨在延长强调的“延音”组合中成为必要一环的“and”，并且从中通过，让以下短语：

> and do not remembre

化作一声飘然而去，尤显迟缓的悲鸣（音调虽低，但却依然是一声悲鸣）。整个诗行的穿透力无疑大增，宛如一支镞上加镞的长箭，而这一切变化的基础正是读者对于“wyld”一词的“音乐诠释”和对“and”一词的“音调调节”。

人们可以通过类似的把握与处理来从所有被人称为“不规则”诗行的怀式诗行中“提取”源于切身感受的音乐之美、音乐之真——“提取”感受的“赤裸”。没有任何诗句能像怀亚特的这些诗句一样切肤入骨，直抵情感之源。但一如我们所见，在任何时候，他都仅仅是在利用那一整套被陶特尔及其一众后继放逐在“正统”之外的可能来进行创作。

单就此类案例而言，“跳韵”“对位韵律”或者“逆转韵律”这些术语只不过是静静躺在乐谱架上的指挥用棒。能让那些令 1557 年的陶特尔和 1929 年的罗林斯连连摇头、满怀遗憾与怜悯的变幻无常的音节序列重获新生，动人心魂的“音乐诠释”才是正常音乐演出的关键所在。

在这样一种音乐传统的框架下写就或从这样一种音乐传统之中汲取养分的诗歌，面临着两种“在音乐上不为‘正统’读者所闻”的风险。第一种风险发生在显性韵律和在作者笔下与之完成“逆转对应”的隐形韵律之间的距离变得如此遥远，以至于隐性韵律如遭掩藏，似已消失无影，不闻于读者之际。《高文爵士与绿衣骑士》中的诗行便是如此。处于孤立状态的

With naked fote stalking in my chambre

或者

The heart rears wings bold and bolder

亦然。对于此类诗行，怀亚特那些诗琴在手的“圈”友大概不会不知所措。霍普金斯也显然不会不知所措。但那些无论何时何地都只依照那种简单、单一的韵律法则，惯以随性的会话风格诵读几乎所有诗文（一如我在篇首所言），仿佛所有诗文都只遵循如此一种简单韵律的现代读者就会常常不知所措——即便眼前的诗行出现在相当规则的“五步环境”之中。更准确地说，他们并非完全不知所措：他们将会说出或者试图说出诗行，仿佛它是一行韵律简单的话语——换言之，仿佛它是一个“自由诗行”。如果读者口中这个韵律简单的诗行恰好符合某种迷人的节奏，比如

That now are wyld and do not remember

那么这般读法便会作为一种虽然不守规矩但却足显从容、得体的读法而得到接受。但如果读者的声音陷入某种丑陋的、不平衡的节奏或者栽进一个如同绕口令一般的诗行之中，那么读者便有可能会像陶特尔一样心生抱怨，觉得这行诗在技术上“不够资格”，或像罗伊·福勒评价我的那行“Hearing the horizons endure”一样，觉得这行诗“念不出口”。

然而，即便读者因为未能奉行隐性韵律法则而被诗歌“罢免”，一切依然如故。一丝希望依然存在：一旦读者受到指导，得知隐性韵律法

则的究竟，他们便会——跃过裂缝。他们将从“话语之境”跃向“歌吟之境”，脱离植根于“正统”音乐传统的简单韵律结构，融入植根于非“正统”音乐传统的复杂韵律结构。如果读者愿意奋力一跃，一切依然完好。但如果读者止步于裂缝边缘，断然拒绝一跃向前，那么对于读者来说，这类诗行只能永远保持沉默，永远“念不出口”[①]。

言归原点，那行我于开篇之际便已列出，曾让罗伊·福勒尤感困惑的简单诗句出现在一首由一系列富于长短变化的诗行构成的诗作末尾——尽管总体而言，“每行五重”是这整首诗作的“主导原则”。比如，倒数第二诗行：

Between the streams and the red clouds, hearing curlews

就几乎只可能是一个“五重”诗行。我曾几次听人朗诵过它，但它始终被人念成：

Bet*ween* the *streams* and the *red* clouds, *hear*ing *cur*lews.

初次听闻这般念法之际，我深感震惊。在我自己听来，这一诗行的声音始终如下：

Between the *streams* ( ) and the *red clouds*, *hear*ing *cur*lews.

① 在发现自己能够故意跃过这道裂缝并意识到这种跳跃已然彻底改变他对在此之前令他毫无所感的诗（实指克洛卜施托克的诗文）的理解与欣赏之后，维特根斯坦深感震惊。这一发现无疑是最具戏剧性的范例：正负两极充满电能，一闪电火跃燃而过。（以上内容引自瑞·蒙克在其《维特根斯坦传》中的叙述）——原注

"Between the streams"这一渐升渐强、尤显持久的引导性短语将这整个诗行提至某一具体的高度，同时勉力助推，使之成为一段划空而过的"旋律"（而非"话语"）："red clouds"（即"红云"）和"curlews"（即"鹬鸣"）得以悬浮空中，以无尽的天幕为衬。此后，一段类似的节奏起伏又在全诗末行中得到浓缩。在此，韵律标记似乎亦不足以精确"描绘"我所听到的"Hearing the horizons endure"。它在两种"音乐诠释"之间摇摆；这两种诠释虽然看似略有不同，但却仅仅是构成一个和弦的两个声部。若有读者提出要求，我可能会如是标出韵律（让一声重音落在"horizons"的"-riz-"上）：

Hearing the horizons endure.

第一声重音落在"Hear-"上，而第二声则"以某种方式被分入""-ing"以及"-ing"与"the"之间的短暂停顿之中（因此，这第二声重音亦是一声"重在感觉"，或多或少落入默然的重音）。第三声重音落在"-riz-"上，而第四声则主要落向"-ons"，但在减慢"-zons"这一音节的行进速度，使之保持音高之后，它又继续延伸，直达尾词，提起"-en"来，"以某种方式将自己分入""-ons"和"en"中。最后，第五声重音落在"-ure"上。但在我听来，最为自然而然的音乐源自一种更显"造作"的重音形态（尽管它已深深陷入非"正统"音乐传统的"魔咒"），这一形态几乎（但不完全）可被描述为：

Hearing the horizons endure

在此，“Hearing”一词担起一声单一重音的时值，让重音的回响随“-ing”消散，没入“the”前的小小停顿，而最后四声强而持久，并且各具高度的重音则积叠一处，接踵而至，直到最后一声“-urc”音终被举向遥远的碧蓝——它们仿佛层层后退的地平线一般，不断拉开（诗中描述的）奔宁高原的一片壮阔。

附文

霍普金斯曾将英语“跳韵”追溯至“《农夫皮尔斯》中的古英语诗歌”。这类诗歌的“技术形式”最初由“前诺曼征服”时代那些起源于德国与斯堪的纳维亚半岛彼此交融混合的战斗民族带入英国。那种依靠重音的排列来呈现节奏的“二段式”头韵诗行宛如一根脊柱，支起了曾于各式混种语言之中完成进化，最终在以兰格伦[①]的《农夫皮尔斯》和《高文爵士与绿衣骑士》为代表的古英语中现身的“诗之活体”。为《克里斯塔贝尔》撰写简引时的柯勒律治和后来的霍普金斯所面对的“社会/文化”难题也和这一著名“系谱”的“政治”一面颇有渊源。

到了十四世纪，在《农夫皮尔斯》和《高文爵士与绿衣骑士》成文之际，继承这一传统的诗歌已然成为“民族之诗”——各省口音都在这类诗中留下了各自的印记。当时的乔叟——与兰格伦同代的乔叟凭借一己之作证明，这类诗歌并非“宫廷之诗”。

在英格兰，具有宏大贵族体系的“王庭”始终地位特殊。即便是在入主英伦三百年后，它也依然——在某种程度上——以在根本上有

① 威廉·兰格伦（约1332—约1400），英格兰诗人。

别于其他民族，仍旧处于守御之势，以其铜墙铁壁的城堡为核心的占领军自居，依然无意放弃诺曼先祖留在法国的领地与财产，也依然保持着对于法国文化与欧陆文化的基本忠诚；最重要的是，它依然说着“优越阶级”的语言，依然遵守一种独属于社会强权与政治强权的“声音准则”。

“优越阶级”的“声音准则”对英伦诗歌文化造成的影响始终是一个诱人的谜。但法语之所以能高居“宫廷语言”之位如此之久（即便到了16世纪，它也依然有其用途），想必——至少在某种程度上——是因为它为这种“声音准则”提供了一种如此“便捷”的形式：一旦出现冲突与对抗，征服者的占领军之声便会立刻取此捷径而出，耀武扬威。

可以确定的是，当“宫廷”贵族开始改说英语之时，他们不曾松手片刻，始终牢牢抓住这种“优越阶级”的准则，极力确保这一“发声诀窍”不在“宫廷英语”取代“宫廷法语”的过程中遗落。新式“宫廷英语”的话语模式必须通过某种方式——像“宫廷法语”的话语模式一样——响亮而有力地宣而告之：说话之人绝非那些满口怪异杂乱的英语方言（或者日耳曼方言），只顾“自说自话”的“部落佃农”之一。它必须——万无一失地——宣而告之：这便是“王的英语”。宣告一旦发出，这种崭新而专横的“王的英语”便会成为一种必须表现出“它不具有一丝一毫的‘英国性’”这一最清晰也最显著的特征。类似的事情必定已经发生。无疑，在“友好关系”依然如此脆弱之际，任何一个手握如此权力的人类群体都会如此为之。

乔叟是那些廷臣的“暗面”——一个敏感的“暗面”。他敏锐地意识到，这一崭新的“双重世界”已然孕育出丰富的人性内涵，而这种人性内涵也已然在一种单一的语言中渐渐苏醒（他之所以有此意识，或许是因为他亦“明”亦“暗”）。他在一种英语诗歌之中“归化”了直到当时为止仍与英伦文化格格不入、相去甚远的“宫廷”阶级文化。他将那些源自法国和意大利的诗歌形式及其养分来源——文艺复兴文化财富与浪漫主义文化财富——一并植入“宫廷”阶级的新式“简化”英语。这一创举是为包括乔叟本人在内的廷臣而作出的，他们立刻认出——这便是真正属于他们的诗歌，也意识到它与“原生”英语诗歌——在性情上、音乐上、精神上——截然不同，一如“王的英语”之于古老的“原生”英语。

他将“原生”头韵（“跳韵”）传统的“强强”连响一举逐出上流文化。乔氏新诗车载斗量、广受欢迎，这些全新的诗作——在其自身所在的位置——将具有严格的韵律，注重抑扬、押韵的意法诗体规则确立为“王的英语”的诗歌“传统”。

然而，如果乔叟的确成功地复制了欧陆诗歌模型光滑而平稳的规则韵律，他便无法成就“乔式奇迹”。乔诗出世之时已被今人奉为“英语诗歌的黎明”，但这并不意外，因为历史证实了乔叟的“文化政变”，因为历史只由胜者书写。那或许是个“血色黎明”。如果“英语诗界”存在一场“内战”，也许这便是这场“内战”的开端：在乔叟的非凡诗篇设下“战争前线”之后，“王的英语”麾下那些纪律严明、“韵律”一致的齐整方阵沿线镇守，直到今天，奋力抵御卷土重来的部落“跳韵”，胜败参半，而这场断断续续的战争所引发的混乱或许又因为另一场发生在“英语话语方式”之间的“内战”——一场与“诗界内战”同时发生，“战争前线”与“乔氏战线”在大体上保持一致的“内战”的延续而变得更加复杂。人们难以不作此想：这样一场“战争”必然有其无比确定的历史起源，即便仅仅是因为时至今朝，在苏格兰、威尔士、北爱尔兰以及英格兰，英语“诗界”依然烽烟四起，敌对双方的旗帜依然如此鲜明——即便仅仅是因为没有任何外族势力能像这场“战争”一样对不列颠人造成如此具有毁灭性的重创。

只有威尔士人、苏格兰人或者爱尔兰人才能充分感知到这两场“战争”——“韵律形式之争”与盘根错节的“话语模式之争”——的讽刺意义。之所以如此，正是因为他们屡战屡败，无法阻止盎格鲁-撒克逊人、斯堪的纳维亚人以及最终入主为王的诺曼入侵者从他们脚下偷走他们的国土。一如乔式尾韵抑扬韵律已然取代日耳曼式头韵跳跃韵律，那种铿锵作响的多音节诗行也已取代本土凯尔特民族的诗歌形式，这些民族——与其他诸多民族一起——保留着世界历史上进化程度最高，最为复杂、精密的诗歌传统之一。

新兴“乔叟主义”阵营和“古英语传统”之间的战争贯穿之后的数个世纪，不仅不曾平息，而且偶呈爆发之势。它之所以能持续至今，原因也许相当简单。一方面，继承了“军事占领群体”的统治地位的阶级在不断重申这一统治地位以及“优越阶级”的话语准则之际也正不断强加严格韵律形式的规则，而这种规则也作为创立于以“宫廷”为中心的“上流”文化之中的诗歌传统继续巩固着自我。另一方面，尽管“古英语”诗歌传统已然退化成发育不良的通俗头韵，但其“跳跃韵律”与生俱来的音乐从战争中幸存了下来，像一支转战地下的民族主义游击队伍一般在依然保有寻常话语方式的地区方言之中自我繁殖。但就某些层面而言，更为古老的凯尔特诗歌传统不仅同样幸存了下来，也比“宫廷”诗歌传统与“古英语”诗歌传统更加完好、更具弹性。一方面，有血有肉的凯尔特民族幸免于难，存活了下来，虽然分于异地但却血脉相连，虽然孤立无依但却聚凝成一，宛如饱含活力的腺体持续分泌出众多或已历经数千年的“择优而育”绵绵延续至今的诗歌“种姓”的遗传基因。另一方面，种种凯尔特语言也已幸存了下来，其独一无二的诗歌传统“遗迹”也依然神圣[①]。在以英语诗歌之精妙的“纯洁源泉”来形容乔式诗歌，以英语诗歌之力量的“地下库藏”来形容《贝奥武甫》之际，我们大概也正掩饰着这样一个事实：这两大源头——容我以另一种喻体作比较——就像一对蜘蛛，一雌一雄，几乎时时试图消灭或者麻痹对方，唯独在其设法完成某种如电贯体，无时不处于不确定状态的交合之际，美好的瞬间才会到来。但毫无疑问的是，我们始终不曾留意：倘若失去“凯尔特母宫”的护裹与养育，英语诗歌亦将变得毫无特点，世人莫识，陷入几近彻底的贫乏。

“宫廷”诗歌传统与“古英语”诗歌传统这两大最引人注意的竞争对手之间波动不定的关系走向，始终与英语诗歌的“历史发展曲线”保持一致，而凯尔特传统则出于种种原因常常表现出对于古英语传统的支持，而且，随着时间的推移，二者也变得越来越不可分割。实际上，如果二者的关系可被视作一场婚姻——如果古英语传统（或曰“非‘正统’传统”）可被视作新娘，而具有严格韵律的新式“正统”传统可被视作新郎，那么这场婚姻的命途便可写成一部尤显奇特的卡通式剧本。

乔式诗歌象征着蜜月：夫妻双方满怀深情，温柔地包容彼此，尽管新娘——虽然满心爱慕——依然矜持不苟。怀亚特的出现标志着这场婚姻初陷困境：夫妻之间首次发生争执——虽有催情之效，却仍是争执；妻子初显坚决，执意自行其道（欲同当时的英王亨利八世本人私奔而逃），而丈夫则扭缠不懈，试图控制对方。萨里伯爵（“又名”陶特尔）象征着他那突如其来的严厉：他板起脸来，一副“宗教

① 直到17世纪，创办于古代凯尔特世界，以其修行之苦闻名于世的“诗歌学院”依然活跃。最后两位“盖尔语诗人”故于18世纪20年代，一位故于南尤伊斯特岛，另一位故于斯凯岛。——原注

改革”之相，强行迫使妻子服从。西德尼代表着他的懊悔：他怕自己已然令她心碎，忆起她那撩人的激情，继而改头换面，又复乞爱于她，千方百计，徒然无功地祈求。接着，在马洛笔下，在莎士比亚的早期作品之中，她突然爆发，陷入爱的疯狂，骄横、耀眼，狂烈、惊恐，他则斗战不息，试图将她制服。婚姻终告失控：他愈感绝望，百般挣扎，意在重执婚印的尝试无一不被她令人震惊的狂怒与复仇的盛怒粉碎；她盛气凌人，拽扯他的头发，风暴一般在房中席卷而过，每遇妨碍、磕绊，便一通摔砸，一针、一线、一词、一句都在汹涌的回忆之中百万倍地放大——直到他忧及自己的理智——中期莎士比亚。当他宛如重归童年，沉浸在对女儿的溺爱中时，她化身为希克拉库斯，加入“女巫秘社”，睡在棺材里吓他——诸如此类：晚期莎士比亚和韦伯斯特[①]。此后，婚姻陷入阴郁，夫妻同房异室：弥尔顿。紧扣清教婚锁，崇奉武以持家，官腔尤为浓重的教条与训诫不断在他的房间里回响，将妻子屋中（已是囚室一间）传来的最后哀叹彻底淹没。

之后发生的，是一次历史意外，但这次意外——在某种程度上——不可避免地补上了最后一刀，似乎彻底杀死了这场婚姻。1660年，“王政复辟”，拥有一半法国血统，从小接受法文教育，极度痴迷布瓦洛[②]的查理二世结束了十四年的流亡，离开“法国宫廷”，回到英国，在英国建立起一种立刻成为唯一、全盘（除了实际的语言）法国化的“宫廷”文化：价值观念、礼仪、品味、理想、形式——尽归“法式”，而且，由于查理本人对于废除王室、斩其父首的英国传统文化（特别是在弥尔顿笔下被理想化、政治化的盎格鲁-

① 约翰·韦伯斯特（1580—1625），英国剧作家。

② 尼古拉·布瓦洛（1636—1711），法国诗人、文学批评家。

撒克逊文化）深感厌恶——一种“合情合理”的厌恶，以上这一切的法国化程度又变得更加彻底。这种新式“宫廷”文化在一夜之间成为“政治正确”的文化，像一纸离婚判决一般强制启用布瓦洛式尾韵对句，使之成为“王的英语”的终极诗歌形式。在那一天，古英语传统——这位此时已然深陷悲苦、颓靡不振的新娘——终遭离弃，被一脚踢出“优雅文学”，一切通往曾经完全归她一人所有的财产的权限尽遭剥夺。此后，正如霍普金斯所指出的那样，她流落失所，沦为贫贱，只在“大报民谣”、“民间小调”以及其他类似的“夹缝”中苦苦求生。她的抗辩、她真正的声音——已然不为一扇扇高窗背后的“正统”之耳所闻。德莱顿、蒲柏①、斯威夫特②和约翰逊在暗巷里、后梯上找到她的身影，轻抚她的头发，各自解囊相助并将秘密藏在心底。

斯马特的出现引发了一阵小小的骚乱：他劈断如同疯人脚镣一般缚其双踝的对句，从凡街俗道上迎她回来，崇之、敬之，尊之为“上帝之母”。之后，尽管她正逐渐找回信心，四处明送秋波，甚至与年轻的查特顿③携手私奔，但身着“宫廷”制服的对句也已现身“公路”，开始严密巡查。接着，“法国革命”的震波突然袭来，将她同时抛入布莱克、华兹华斯与柯勒律治怀中。漫漫岁月不枯身心，兴奋之情唤醒青春，她重新振作，积聚惊人的能量，奋力呼唤，让她久已远离的丈夫忆起所有过往。他透过他那三张面孔凝望着她，继而是一瞬癔狂，心想：是的，我能和她回到过去。布莱克以她惯用于“前征服”时代的古老诗体为基础重新发明出一种诗歌形体，它宛如一个由千百万根金线编织而成、温暖着昔情旧梦的爱巢——尽管在这爱巢之

① 亚历山大·蒲柏（1688—1744），英国诗人、文学批评家。
② 乔纳森·斯威夫特（1667—1745），爱尔兰作家、政论家、讽刺文学大师。
③ 托马斯·查特顿（1752—1770），英国诗人。

中，在向她靠近之际，布莱克依然心怀某种恐惧。在极乐与惊恐交融的一夜过后，柯勒律治梦醒于新房之中，尤感头晕目眩，在她爬满蓝脉的脚上幻见一尖偶蹄，于是怯而匿首于“黑暗森林”之中。华兹华斯和她生下一个孩子，然后将他自己锁入一座“玻璃山”中。彭斯[①]独自一人迎难而上，接受了她的条件，尽管最终他殒命于重重重压之下。雪莱和她生下一个弗兰肯斯坦式的人形机器，继而自溺于错乱之中。拜伦在自家门口发现泪流不止的她，但却无法把她当真。时机已过。抑扬诗步已然稳住群情，定下人心。济慈勉力跟随她的脚步，与之同归伤逝，却一去不返。只有克莱尔[②]幸存下来，他浪迹乡郊，不断呼唤她的名字，像不断遭到拒绝、不断被人贴上精神错乱的标签，不断陷入失落与迷茫的青年华兹华斯一样步履维艰，直到完全没入北安普敦综合精神病院的阴影之中。丁尼生俯望夜下海港，献上正式的悼词。“正统”势力如此彻底地恢复了对于“公路”的掌控，以至于当霍普金斯听见

> 她依然活着：
>
> 物事深处涌动着最珍贵的新生

并作出全新的尝试，甚至——一如他所想象的那样——随她一同穿越威尔士，进入爱尔兰（仿佛他的天主教信仰本身就是一种孤独而绝望的努力——一种不断回溯，旨在寻找那位遭人离弃，或已无人倾听，或已消失在世人的认知之中的“源泉之女”的努力）时，他写给她的书信仿佛是用隐形的墨水写成——或者，即便这篇篇信文白纸黑字、

---

① 罗伯特·彭斯（1759—1976），苏格兰诗人。

② 约翰·克莱尔（1793—1864），英国诗人。

清清楚楚地出现在耳锐心细如布里奇斯一般的读者眼前，它们也依然“念不出口”。她只能化身为“西北疯尼”[①]，秉着烛台一盏，指立唇前，于夜半时分寻他而来。

1993

① 此处的“西北疯尼”典出莎剧《哈姆雷特》。哈姆雷特在第二幕第二场中说道：“天上刮着西北风，我才发疯；风从南方吹来的时候，我不会把一只鹰当作了一只鹭鸶。”

橡中蛇

柯勒律治韵律“新式原则”的神话体系

> 尽管基督精神是我的热情所在，但于我的智思而言，这份热情已经过盛：因此在诱惑面前，在灾难来临之际，它几乎无益于我。
>
> ——柯勒律治，《书信》

小引

在《神话、韵律、节奏》一文中，我将柯勒律治的韵律“新式原则”置于一种“非正统”的英语诗律传统的框架之内：于此，它与一整套特定的、稳固的，诗人赖以在诗行中摆布音节之轻重并贯彻始终的法则（虽不“正统”，但仍是“法则”）达成一致。在这层意义上，他的“新式原则”其实远非新式原则，他既不如他所想，是在引介某

“智慧之树”，出自一份 15 世纪瑞士手稿

种新奇之物，也不像他人所指责的那样，是在自我放纵，沉溺于任情恣性、反复无常的日耳曼怪想之中。柯勒律治之所为，仅仅是在长达150年的空白之后复兴一种土生土长的诗歌节奏模式；这一节奏模式有其鲜明、客观的特征，无论是在童谣中，还是在莎士比亚的诗中，它都清晰可辨。

同时，柯勒律治显然明了，他的"新式原则"源自一份在自身内部寻找一种崭新节奏的主观冲动——仿佛他笔下的每一个词、每一行诗的显现都完全取决于他对柯式音乐的内在"源泉"[①]的发现；这份"自知"如此强烈，以至于对于早期英语诗歌中的众多"先例"，他都"视而不见"。

我谈到，在"非正统"传统这一称谓背后，在所有以这一传统为归属的诗人心中，潜藏着一种奇特而持久的主观因素——一种旨在包容不为"正统"所容之经验的本能尝试、一种旨在为均衡的存在整体（在此整体之中，"正统"仅仅是相互影响、相互作用的众多角色之一）寻找直接表达途径的努力。正如我所暗示的那样，英国政治社会历史的偶然进程正是以如此方式对灵魂与生俱来的诗歌天赋作出了划分与分配，或者归之于韵律形式的"正统"传统，或者归之于韵律形式的"非正统"传统。就诗歌本身而言，我借助一个以一场困难重重的婚姻为喻体的粗糙比喻对这种"分隔"状态作出了简要的概括；在这场婚姻中，"非正统"诗歌不可避免地扮演起那个狂乱不安的

① 在宣称"新式韵律"是其个人发明的同时，柯勒律治也已预见到他将面临的指控——即他的"新式韵律"必属仿效；沃尔特·斯科特和拜伦即是两大仿效对象（事实上，柯勒律治才是斯科特与拜伦的仿效对象）。于是，1816年，在《克里斯塔贝尔》的诗前引言中，柯勒律治写道："因为，在我们之中有一些批评家，他们似乎认为每一种可能的想法与意象都自有其传统渊源，他们不知世间尚有大大小小的源泉之类的存在，他们也会在任何一条溪流流过眼前之际慷慨回溯，其源头来自在他人之池的池壁上凿出的一个细孔。"——原注

女人。

在杰出的“非正统”作品中，即便是在字面的意义上，这个女人也的确倾向于以这样一种方式现身。她或是作为一个在作者的生活中占据核心地位的真实女人得到呈现，或是扮演着某个意义更为重大的象征性角色，或者既有其真实的一面，亦不乏象征意义。在怀亚特笔下，人们不难发现，她是一个具有独特人格的真实女人，而在邓恩笔下，那些身份不明、出现在邓氏爱情诗歌中的女人则是各式“前景”，掩藏着更深层次的斗争，即邓恩与那位“伟大女性”[①]——与他的早期天主教信仰之间的斗争。

在莎士比亚笔下，十四行诗中那位特定的女性即是“以那伟大女性为代表的天主教信仰”的“前景”，而“伟大女性”也正是“死而复苏的异教信仰的伟大女性”的“前景”。

莎翁之后，堪被英国教会称为“死而复苏的异教信仰”（它或遭抵拒或被追求，换言之，即或遭禁绝或被热切逢迎甚至拥抱——如果可能的话）的精神内涵始终是欧洲诗歌的首要主题。这般异教信仰或许算得上是教会所谓“无神科学”的同胞手足——一位尤为奇特的手足。

在这一脉传统之中，柯勒律治显然占据着特殊的地位。

以下这段文字源于我在《神话、韵律、节奏》一文中就柯勒律治的三首梦幻之诗的统一性所作的一番论断：“……也就是说，这三首梦幻之作共同构成了一部单一的悲剧，剧中的悲剧英雄正是柯勒律治本人，而悲剧‘女主’则是‘歌之恶魔’。”[②]在此，我将略微深化这一论断，提出如下论点：这三首诗作共同构成了一个单一的神话，而

① 在某种程度上，邓恩为纪念“处女”伊丽莎白·德鲁丽之死而作的两首非同寻常的《周年挽歌》可被解读为邓恩对于“伟大女性”之“死”——即“圣母玛利亚”之死——的“哀悼”（一如本·琼生所隐约揭示的那样）。——原注

② 该句为译者添加，方便读者理解。

这个神话，一如所有诗人的神话，亦是一幅由象征之笔绘就的精神画像，投映出柯勒律治本人最深层的精神结构。柯勒律治异常明晰、连贯且一致地构建着他的神话，这个异常简洁的神话让发生在柯勒律治体内的大规模“精神生物事件”得到了无比完整而直接的呈现。

这是一个关于他何以成为诗人的神话。在这层意义上，它又是一个具体的“创造神话”——关于独一无二的柯式音乐何以诞生，关于他在创作过程中对“新式原则”的实际应用。同样，这也是一个关于他何以走向毁灭的神话。

与此同时，鉴于他的思考、兴趣和阅读，这个神话宛如晶体一般从传统材料中析出，并因此而成为一个典型：它象征着一场发生在两大传统——宗教传统与智思传统——之间的冲突；在这场冲突中，柯勒律治饱受创伤，称他为烈士或许亦不为过。

我希望能在这段引文中表明，尽管我将那三首犹待探讨的诗作并称为一部前有序曲、中有插曲的三幕式悲剧歌剧，但柯勒律治借这三首诗作予以呈现的，却是同一张地图。换言之，以这三首诗作为载体的象征世界具有一种“形象化的同时性”。从一开始，在《忽必烈汗》中——甚至早在《忽必烈汗》的开篇五行诗中，这张地图便已完完整整、清晰可见。这三首诗作就像一张经过三次曝光的相片，相片里是同一个人，但相机镜头不断推进，人像不断放大，而且放大效果尤为显著。

柯式象征地图的这一逐诗渐变的发展过程将会得到简明、直白的描述。一旦主要的柯式象征符号得到识别，一旦这些符号在柯式双重人格中的地位与作用得到把握，一切都会像戏剧情节一样逐渐展开，各式角色（即各式象征符号以及象征性人物）来来去去，不断互动、变化，不断揭示出各自的本性，并逐步解开柯勒律治的命运之谜。然而，对于这三次曝光的同时性的呈现将会更显复杂一些，更准确地说，这种同时性的呈现必将对读者的耐心提出额外的要求。但即使果真如此，最初的要求也无过于一出戏剧的开幕场景对观众提出的要求——一切尽在意料之中：剧中角色悉数登台，完整存在，却依然保持着神秘；他们活力充沛，毫无保留，但他们在整部剧中所承载的意义却几乎不曾遭到泄露，只有在全剧演毕、情节告终之际，这种意义才会显现。比如，在全剧首场中出现的一只巨型爬行动物便是一个只能根据剧情的发展才能逐渐解开，不至剧末不知答案的谜。所有角色、情节似都无法得到即时且完整的解释，我们必须延缓我们对于这种解释的迫切要求。对于以下这番对于柯式梦幻地图的探索而言，类似的耐心也同样不可或缺。

1. 两个自我

世上曾有两个柯勒律治。自儿时起，直到生命终结，他都不时会觉得自己是一个“自我的蜂巢”。但他所意识到的，主要是两个自我。1805 年，在一条笔记中，他发出如是呼喊：“一个人若像这样活在始终处于分裂状态的‘存在’之中，他该如何保持健康？”二十年后，他准确地辨认出这两个自我：

> 啊，可即便是在少年时代，当我念出祷词，我心中也已存在一处冰冷的空洞、一阵疼痛——它使我无法与上帝完全结合；我无从弃之，它亦无意弃我——仿佛有一条蛇缠绕我心，蛇嘴在那空洞边停靠，吸入一种欲罢不能般的无力之感……我心中的那个空洞甚至可以说是遗留在我体内，未受激发的自我——其他的一切都沉浸在耶稣对我的爱中，并因此而化作我对耶稣的爱。

“基督徒式的自我”始终是他想成为的那个自我——从他仍是奥特里圣玛丽教区的牧师（亦是“国王学校”的校长）家中最小的孩子时起，到他长成年仅八岁，却已智识超群、语出惊人的神童，到他几乎（在创作《古舟子咏》的同时）接受薪职，为一位论派教徒在什鲁斯伯里传教，再到他不断加大力度，以其基督徒式的深思熟虑来充实他业已问世的作品、他的“笔记”与书信（直到他离世之日为止，这种力度都在不断加大，他的基督教哲学思辨亦不断强化）。——一个“基督徒式的自我”。

另一层面——则是那个“未受激发的自我”。在他身上发生了什么？他静卧于蛇吻之下，不受耶稣之爱感染——他拒绝祈祷，拒绝以任何方式参与基督徒柯勒律治旨在像华兹华斯一样（或曰“像华兹华斯所接近做到的那样”）以“完整之人的语言”开口说话的努力。他静卧在那个虔诚的少年心里，也依然静卧在那具年已五十有三，犹如人之废墟一般的基督徒式躯壳之中。

那些年里，他究竟经历了什么？

——一个为大蛇之身缠绕，始终处于蛇吻之下，拒绝与基督教精神及其重在训诫说教的智慧发生任何接触的“未受激发的自我”。

两个自我。

2. 敏感的柯勒律治

柯勒律治对女性一片痴心。同时，也极少有人能像柯勒律治一样如此专注于关于女人的恶梦——如此可怕的女人、如此可怕的恶梦。他说他曾经是他母亲的宠儿。此言或许不假。他是柯家幺子——第十个，也是最后一个孩子。不知何故，他在很小的时候便有此意识：女人是一切福乐、一切爱意、一切慰藉之源。从那时起，一切皆乱。他与七位兄长争夺母亲的独宠，结果败下阵来。他像艾略特诗中的“小小灵魂”一样在窗边的椅子上蜷起身子，藏在书后，变成一株可怕却也令他着迷的“见血封喉”树——一位多言成癖的道德学家，其毒舌可及之处，不生一叶一芽。

很有可能，也最有可能的是，在一段时间里，他的确是他母亲的心肝宝贝。但没过多久——（据各式证据推断）甚至可以说很快，他母亲就不得不着力保护他那七位兄长，使其免受柯式“智力刀枪”的危害。在那场他毫无胜算的争宠之战中，他发现母亲屡屡“投敌”，和兄长们站在一边。不难想象，在那间小而拥挤的牧师住宅里曾经上演过怎样一出情节不断“裂生”，柯勒律治不得不亲身经历的大戏。

柯勒律治深爱的父亲过世之后，年仅十岁的他被母亲送至伦敦，进入纪律严明，足具修道院气息的伦敦基督公学念书。从那以后，学生时代的柯勒律治便极少得到离校允许，重归母亲怀抱的机会似乎总共只有三到四次。在此期间，他将对于母亲的热切依赖转向他的姐姐安妮，而安妮则久病不愈，恰在柯勒律治离开公学进入大学之前撒手人寰。日后，在一个又一个对他半心半意的女人面前，他都会谈起他的母亲，说她从未让他感受到拥有一个母亲的感觉。母亲过世时，他不仅没有出席葬礼，连信都未写一封（当时，他的长兄乔治已经子承父职，继任教区牧师）。

到他二十岁出头时，类似的剧情再次上演。他失去了他的初恋玛丽，而玛丽——至少在他痛苦不堪的回顾中——似曾满足过他那种种无比强烈的情感需求和情欲需求。可接着，他又甘由骚塞[①]作主，在

① 罗伯特·骚塞（1774—1843），英国诗人、作家，与柯勒律治和华兹华斯一起被并称为“湖畔派”三大诗人。

其迫使之下（事后，他的确感觉自己受到了逼迫）和一位出身宗教家庭的姑娘——他的第一位萨拉结婚。二人的婚约曾被他视作他一生中最恶劣的“犯罪”——不仅是对萨拉，也是对他自己的“犯罪”。他处于愉快的自我欺骗中（这是他最伟大的天赋之一）并借此度过了婚后的两年。可谁知道他会是怎样一位丈夫？威廉·华兹华斯和多萝西·华兹华斯在他家附近租下一间房子（单纯是为了离他更近）之后，他和萨拉之间便开始产生摩擦，他的婚姻也开始变得难以忍受。萨拉天天在家抱着尚未断奶的小哈特雷·柯勒律治，柯勒律治天天在外，夜不归家，和他的新“灵魂伴侣”形影不离，一回家便不吝溢美之词，在萨拉面前热烈赞颂华兹华斯那位“优雅的妹妹”——那位他和他的“灵魂伴侣”共同拥有的“灵魂伴侣”。柯勒律治似乎并未因为萨拉的怨愤而感到自责，尽管在他看来，萨拉的确非常痛苦。但作为一个勇敢而体面（这份体面尤其重要）的男人，作为一个心怀热忱理想的基督教徒，他不断付出努力，试图维护婚姻生活的快乐和夫妻之间的亲近。可实际上，这种付出又换回了什么呢？而且当时，鸦片也已进入他的生活。

当萨拉在地处下斯托伊的那间小屋中酸酸地等待时，华兹华斯的妹妹——在二人置身塞缪尔·帕尔默[①]式的北萨默赛特魔幻天堂，站上高高的丘陵，上沐二十四五岁的年轻月光，下临道道幽深而奇异的巨壑，举目凝望西海之际——又对她丈夫的内心世界造成了何等隐秘的影响？柯勒律治已对华兹华斯满心崇拜，并称后者为他所遇到过的最伟大的人和最伟人的在世诗人，而此时此刻，在他身边的，还有这位深陷忧扰，又扰人至深的多萝西·华兹华斯——这位聪明耀眼、野性未驯、敏锐超凡、胆魄过人的林地精灵，这位深居华式神河之源的

---

① 塞缪尔·帕尔默（1805—1881），英国风景画家、版画家。

“仙女”，这位欣喜若狂、聆传神谕的女巫。

他母亲已然沉入地下海洋。他的初恋玛丽以及所有“塞壬”悉数滑离，落入冰洞。对于当时的柯勒律治而言，这位活力四溢、光彩照人，年已二十有六，却仍独身未嫁，人以“狂野”和“吉普赛”加以形容的女人，这轮苦恋一切（实则苦恋着牧神潘），注定迈向缺损的明月本身——在某种程度上——必是一剂良药。无疑，一剂良药有其成效，但这成效在更大程度上源于她所唤起的一切，而非她能亲自做到的一切。每到周日，他都尽职尽责，悉心传道，但平日里，根据他当时的诗歌内容推断，他夜夜梦见的，却是一种截然不同的生活，仿佛在潜意识里，他已经开始实施他的宏伟计划，移居远方，在美洲荒野之上，和土著部落一起，紧依如此半似女神化身的萨斯奎哈纳河（他之所以选择这条河流，纯粹是因为它的名字），在他于珀切斯[①]的南北卡罗莱纳游记中读到的鳄鱼（同时，他亦写下了关于这些鳄鱼的详细笔记）发情时的咆哮声中建起他（内在）的“大同天堂”。在他想象中的某个地方，他深思已久的“大同世界之构造”——哲学家心目中的理想社会的构造——已塌成碎片，但这一地碎片又化作一片肥沃的腐土，土壤中的野性生命——那些“生着腿脚的黏滑之物”饱受激发，焕发出新的活力，黑暗孕育着崭新而狂野的希望——短暂、清晰。

3. 橡树一瞥

无论柯勒律治走到哪里，他那力发千钧，令人无从抗拒，被他自

---

① 塞缪尔·珀切斯（1577?—1626），英国神父、旅行家，曾留下多部异域游记。

己以其思想之“速度”与“音乐”，其滚滚思潮之浩然、猛烈及其精神能量之纯粹加以形容的口才都会成为一个传奇。

与此同时，在他的自我感觉中，他强烈地意识到（他曾反复提及的）“一种力量的缺失”。他曾通过各种方式来阐述这种意识：

> 相较于我的能力，我的力量是如此微弱——我相信，这是我第一次明确找到或者说真切地感觉到“力量”与“能力”[①]的差别：前者是一棵橡树，后者是一棵几乎如橡树一般高大、宽阔的一年生或者两年生热带树木；但这橡树——我的橡心始终缺失；活力竭尽所能，却无缘不朽。（笔记）

他为“力量”找到的意象——“橡树”，正如这种意识本身，令他心神不宁。

他感觉——这棵橡树并不存在。

“力量缺失”这一观念与另一种观念紧密相关。在柯勒律治本人眼中——从其自身内部观察，被他的读者与听众视作心理活动和语言艺术的特技式炫目展示的一切都是一种出于恐惧的逃离。这一观念也同样令他心神不宁。他时刻监督着自己的所有心理过程，而这一观念亦逐渐融入这种监督——成为一段满含悲叹，几乎从未间断，以其自身兴奋昂扬的智力分析和言语表达才能为对象的评注。

> ……在逃离之际隐藏自我，使之免受我内在的个人情感影响的欲望最常激发我的雄辩；这种逃离与隐藏无益于这些情感的表达，但毫无疑问，这般努力的确为我的思想带来了激情与

① 此处的“能力”原文为“power”，“力量”原文为“strength”。

光辉。(笔记)

他由始至终都为这一特定的缺陷而感到悲伤，这份时常上升为悲痛的悲伤是一场永恒的急难，它清醒、敏锐，时刻保持警惕。他索性接受并相信，于他而言，“智性的自我”已然演变成某种永远向上、不懈攀爬、彻底离开危机四伏的情感之渊、继而猛然飞往某处高空的“逃生舱”。无人能像柯勒律治一样如此如痴如醉地对这一本能反应的“逃脱原理”作出探究。在他的满心希望（在 1800 年前后因为华兹华斯将《克里斯塔贝尔》排除在第二版《抒情歌谣集》之外）首次轰然倒塌之后，他变得极其敏感，总能在所有最最轻微的大脑活动中察觉到这种逃脱本能：

> 我为什么总对任何践行某种无趣之事的有趣“想法”感到厌恶？……这是否是一种怯懦，一种对于所有深层“情感”的惧怕，即便它是一种令人愉悦的怯懦？(笔记)

他单就这种本能而发的议论若被收集一处，足够编成一部小小的选集。这些议论宛如阵阵气息，来自他对这种本能为他带来的悲苦——对这种本能对他造成的侵蚀与毁坏的永恒感知。

然而，他就生活在这间“逃生舱”里：正是在这间“逃生舱”里，他为报纸、杂志写作，与朋友、客人和陌生人说话，发表他那些如焰火般绚烂的独白；正是在这间“逃生舱”里，他讲学、传道、说教、祈祷；无论是在公共场合，还是在私人世界，他自发予以认同的，也完完全全是这样一个自我——这个逃逸的自我。正是这一自我——缺乏力量。

用他自己的话说——它缺乏“橡树”。

因此，他不遗余力，试图让自己依附于这棵缺失的橡树的某种替代：“*我的本性需要另一种本性的支持。*”无论与谁接触、交往，他都清楚地意识到这种私密的动机与需求。

然而，他似乎从未心怀如此想法（像他这样的人，摆在今天，或许自然而然会有此想法）：在他如此惧怕的那一部分自我内部，“橡树”或许长势良好，“力量”或许根深蒂固；他之所以缺乏这份“力量”，只是因为它恰恰就是他所逃离的东西；那份痛苦不堪、万劫不复的情感——那只燃着熊熊烈焰，他（一如他所承认的那样）没有勇气踏入其中（他的“*怯懦，一种对于所有深层‘情感’的惧怕*”）的炽热焚炉——也许正是饱受煎熬的“橡树”本身。这般想法似乎从未在他心中成为一种可能。但很显然，事实恰是如此。在十分短暂的一段时光（他一生中绝无仅有的一段时光）里——在他与威廉和多萝西成为朋友之后的头几个月（从 1797 年秋到 1798 年初夏）里，他有能力直面这些情感，并依照其各自的本性予以应对。其结果便是那三首梦幻之诗。事实证明，他的“梦幻诗艺”无外乎一种沉凝而从容的勇气与诗歌语言的结合：它敢于也能够深入探索、分析与描摹那个由他“未受激发的自我”、那条大“蛇”和那难以面对的情感构成的世界。如此，倘若他用于表现“未受激发的自我”之世界的象征体系始终一致，那么我们就有理由期待，他的“梦幻诗界”，就像北欧神话所承载的宇宙（亦像为诸多萨满传统所共享的内在世界）一样[①]，

---

① 在北欧神话所描绘的宇宙中，贯连九大世界的巨轴正是通常被描述成一棵巨型梣树的“伊格德拉修”（Yggdrasill，又译“世界之树”，意为“奥丁之马”）。在几乎所有萨满传统中，这棵巨树都以某种方式占据着核心地位：它是一道脊梁，为两个世界（即这个世界与另一个世界）——抑或三个世界（即上界、中界与下界）所共享。这一观念在各大宗教信仰中幸存下来。据他自己所唱，北欧神话中的“众神之父”奥丁被长矛贯肋，倒吊在“世界之树”上整整九夜，与“精神天赋的赐予者”进行萨满式交流： （转下页）

将是一个以那棵大树（具体说来，即那棵“橡树”）——以及那条大“蛇”为核心的世界。

我希望能通过后文中的探讨来展示这种“期待”将如何在那三首梦幻之作中得到完整的“实现”：在《忽必烈汗》中，它实现得尤为隐秘；在那两首卓越的叙事长诗——《古舟子咏》和《克里斯塔贝尔》中，它实现得毫无遮掩。

也许可以说，在早年间，柯勒律治所逃离的，正是那棵饱受折磨，由他对他母亲的异常依恋幻化而成的情感之树——仿佛他已将他母亲内化为那棵最原始的“蛇橡”。他最初的爱所孕育的“力量”已然成为他不敢面对的“恐怖”。可以想象，如果他母亲能够确保年少的柯勒律治所获得的是她一心一意、毫无保留的爱，那么这棵“橡树”就似乎能将他一把抱起，给他支持，让他无所畏惧地徜徉在强大的“力量”之中。如欲重新进入“橡树”的世界并重新建立他与“橡树”之间的团结，他就必须得到“橡树”的“力量”。换言之，成年之后的他所需要的——他知道自己最需要的，不仅是能支持其本性的“另一种本性”，而且是一种能够替代被确保的母爱的

（接上页）我吊在那棵被风吹动的树上
整整九个长夜，我吊在那儿
一根长矛贯体
一份献给奥丁的祭物
由我自己献给自己——

而这幅“吊像”也让耶稣在北欧人的心目中成为一个熟悉的形象。米尔恰・伊利亚德在他的《萨满信仰》中对这棵巨“树”作出了丰富的诠释（详见《萨满信仰》）。在“前基督教”传统中，这棵巨“树”与大“蛇”以及那个“女人”之间的紧密关联在“女神信仰”的古老“符号表征”体系中占有至关重要的地位：对此，约瑟夫・坎贝尔曾在他由赛克与瓦伯格出版社出版的系列著作《神的面具》中作出过一番综述。——原注

爱：来自朋友的、被确保的爱——但最重要的，是被确保的、来自他所深爱的一个女人的爱。这样的爱将会成为“橡树”的“变体”。他确实曾在笔记中写道：

> 为什么爱就像一棵橡树？1. 一条主根深入地下，根须无数，而枝条高悬空中/“大地”与“天堂”——此刻新生的树叶依旧不断融入并巩固着整个树躯——“巢”——掩蔽——旧叶仅只因为新叶的生长而蜕落。（笔记）

在那短短的几个月里，他与他所尊崇的威廉·华兹华斯以及他真心爱慕却无法触碰的多萝西·华兹华斯之间的互相迷恋以某种方式满足了他的需求。这一对兄妹就像一对“精神双亲”一样（本即幼年丧亲的兄弟五人之长，本就身负家人的期望，准备终生从事教育的威廉·华兹华斯自然而然地承担起“父亲”的角色）以某种危险而有效的方式为柯勒律治重新建起那座“橡”中之“巢”——那种原始而纯洁的福乐：置身“巢”中的他不仅呼吸着无穷的勇气，不惧任何创造，还能轻而易举地接受从小到大与他自己有关的一切真实。

然而，好景不长。1789 年初夏，这座“橡”中之“巢”的坠毁成了美好逝去的标志。柯勒律治记录道，他和华兹华斯逐渐意识到他们的“数据相异”。华兹华斯家的租期将满，新的计划不可避免。首版《抒情歌谣集》完稿付印，问世在即，新的契机拉开充满冒险的序幕。一场德国之旅和一番对于德国哲学的研修[①]如同二人携手共进的光辉道路上的下一个扩张阶段一般吸引着他、鼓舞着他，仿佛此前一年的与世隔绝仅仅是一番筹备。但很显然，这个三人小圈已然破裂。

---

① 1798 年，二人共赴德国，在德国生活了一年，期间曾向各派德国哲学家求教。

尽管多萝西所谓“三体一魂”的爱之盛宴似乎仍未开席，三人之间已成为习惯的互相依赖也仍将在此后的数年中延续，但如今回顾，人们不难发现，单就柯勒律治的真正需求而言，一切都已结束。两位诗人之间那种种微妙而根本的矛盾虽然一直以来都遭到抑扼，但却一触即发，只等《抒情歌谣集》在公众领域掀起波澜，届时，来自外界的苛评终将暴露这些如同暗礁一般危险的矛盾。而且，到此三人再度聚首于坎伯兰郡以图恢复他们的“魔力小圈”之际，柯勒律治也已深陷并挣扎于一段全新的爱恋之中。那时，他的人生挚爱——他的第二位萨拉（她的姐姐玛丽后来嫁给了华兹华斯），尽管柯勒律治不会立刻梦醒，打消和他的新萨拉共建“橡”中新“巢”的迷狂之念，但就实际而言，这种幻梦并无实现的可能。很快，那些崭新的希望将被转变成崭新的、前所未有的痛苦，像滚烫的沥青一般浇入他已然苏醒的，对那种种“内在的个人情感”的重重恐惧之中。

与此同时，那棵赋予他牢牢抓住三首梦幻之诗的勇气，曾在威廉与多萝西的爱与呵护之下蓬勃地生长一时的“萨默赛特郡橡树”也已在痛苦中“消失”。这棵短暂之“橡”——这棵在短短数月中赐予他灵感与勇气的“橡树”在1800年遭到了实际的砍伐。当时，华兹华斯拒绝将业已完稿的《克里斯塔贝尔》收入第二版《抒情歌谣集》，并在书中一条注文里通过一番不仅摧毁了柯勒律治的诗歌抱负，还摧毁了诗作本身的话语撇清了自己和《古舟子咏》之间的关系。从那以后，柯勒律治不再确信他的诗歌才能。不久之后，他便写道：“我体内的诗人已死。”他是认真的。那个足以替代现实，孕育出三首梦幻之诗，他费尽千辛万苦才（如此侥幸地）得以深入的世界已然再次关闭。或者，更准确地说，它再次变成一个可怕到难以面对的世界。同时，当华兹华斯的决定和他冷酷的言语如同刀刃一般劈下，那棵替代之“橡”也倒入那片熊熊如故的内在烈焰之中；一棵“燃烧之橡”被掷入另一棵“燃烧之橡”，一次无比可怕的爆炸让柯勒律治只顾奔逃。他高高飞入平流层中，（这一次永远地）回到了安全的地方：

> 诗歌已经毫无可能。一切尝试都将把我赶入那个充斥着尖锐情感的领域；晦涩的研究——自我遗忘之母——能为我提供庇护。

从这时起，在之后的几年中，极端的意象接连出现在他的笔记本上，像那熊熊烈焰的火花一般阴燃在孤立之中——或是作为一番诗意的想法：

> 魔鬼以“地狱”尽头的重重坚冰映出的火光温暖着自己。

或是作为一声突如其来的惊呼：

> 如果我是阿喀琉斯，我就把腿砍掉，摆脱我那脆弱的脚跟。

或者（也许更惊人的）是作为一行癫狂的隽语（越是浑不自知，便越是一种自我揭示）：

> 诚然，一切恶中皆有善可想象，——试想一个午夜时分家宅着火的人，他的“损失”亦将照亮他的逃离之路——

或是直白的自我描述：

一连好几个小时放松地躺在沉闷的焦虑之中，不敢有一丝想法，唯恐某种痛苦的想法释放一阵贯穿全身的疼痛，甚至不敢转身，唯恐肉体的运动引发一连串痛苦的想法——

所有这些残缺的感受所承载的癫狂正是那棵纵火之“橡”的“美杜莎”之舞——是“橡之九头蛇”的可怕扭动。这条大蛇化身为一个如石像鬼般尖厉的女人、一个蛇化人形的狰狞女巫，对他紧追不舍，将他逼入那些令他几乎夜夜尖叫、难以安眠的离奇噩梦之中。在他的交际圈里，这些“尖叫之夜”（和他的口才一样）也曾被视为传奇。他为一首诗作草草写下的笔记让人得以一瞥到1806年时，他的诗之梦幻神话已经变成何许模样：“死亡为始——噬食‘生命之树’/于是成为不朽；描述可怕的‘变形’/与‘树中女仙’结婚/他们的后代——以但丁的方式/——”但他早已失去面对这首诗作以及写下这首诗作的力量。

多年以后，当他逐渐迈向生命的终点，在那骚动不已的滚滚情欲几乎完全升华为他对基督教精神的迷执之际，那种缺失已久的神圣“力量”，那种缺失已久，来自他的“造物女主”以及“创造之力”本身的爱又再次盘旋在他眼前——依然遥不可及：

Elohim = Robora，即“力量”，与“橡树树干”的形象与概念紧密相连。

希伯来语中的“Elohim”意为“最初的耶和华”——作为“万军之主”和“宇宙之创造者”的耶和华。他是“约伯的耶和华”——不同于“仁慈与宽恕的耶和华”。换言之，“Elohim”这一表述所指的，是接替了那位“伟大女神”[①]的本性与特质（除了性别之外的一切）的耶和华。《圣经》中就这位耶和华所作的一些描述几乎逐字再现了那位“伟大女神”——“阿娜莎”的某些举动。因此，“伟大女神的力量”也作为被压制在耶和华名下的力量被具体地包含在“Elohim”一词之中——一如它被具体地包含在“耶和华神”这一（由“Yahweh”与“Elohim”结合而成的）称呼之中。于是，在某种程度上，“Elohim”正是“那另一位神”——一位“**比耶和华更伟大**”的神、一个在柯勒律治的诗之梦幻神话中化身为“那个伟大的无名女性”并且——一如她在前耶和华时代的以色列时所为——像一位“女仙”[②]一样栖居“树”中的上帝。

“橡树”——

持续出现在柯勒律治那个智性的、基督徒式的、逃亡的“自我”的幻梦——一棵随风飘荡，没有归宿，后有激流相迫，直趋自我麻醉的幻梦之中的“橡树”（用他自己的话说）正是如此模样。

---

① 这位“伟大女神”融鱼、蛇于内。摩西的魔力（即蕴藏在摩西手杖中的力量）正是“大蛇之力”。公元前七世纪希西加（Hezekiah）改革之前，那条任何挨了蛇咬的人只需看上一眼便得治愈，时人崇之，且以燔祭事之的摩西“铜蛇”（见《圣经·民数记》第8—9章）一直悬挂在“神殿”之中。公元前二世纪前，（护身符上的）耶和华也一直以人身蛇腿示人。——原注

② 《牛津英语大辞典》释义：“1.（神话学）一位生死均在其所居之树中的‘树中女仙’。2a.（动物学）一种产于印度，毒性极强的有帽毒蛇……与眼镜蛇同属。2b.一种产于阿比西尼亚的大型狒狒。”“树中女仙”之于树木，一如（更为人熟知的）“水中女仙”之于溪流：一位“守护精灵”——一位超自然的陪护者。——原注

4. 悲剧歌剧

那三首相继匆忙而来的梦幻之诗可被当作一部单一的作品——一部宏大的歌剧来阅读。《忽必烈汗》就像全剧“序曲”和一个简短的“第一幕”的结合。

忽必烈汗

忽必烈汗曾在上都下令
建造一座富丽堂皇的安乐之宫：
阿尔芙，那条神圣的河流，
穿过深不可测的岩洞，
　　注入一片无光之海。
方圆十里肥沃的土地
被高塔与城墙围绕：
溪流蜿蜒在明亮的花园，
繁花芬芳在万千枝头；
森林似山丘一般古老，
环抱洒满阳光的草场。

喔！可那幽深而奇异的巨壑
沿着青山斜裂，横断杉盖！
一片蛮野之地！神圣、着魔，
一轮残月高悬，月下似有女人
为她的恶魔恋人恸哭！

在这深壑之中，乱流沸腾不绝，
仿佛大地急急粗喘，
一股强劲的泉流不时迸涌：
在它阵阵迅猛的爆发之间，
巨石腾跃，犹似回弹的冰雹，
又似连枷之下蹦跳的谷物：
在这岩舞之中，那神圣的河流
亦不时被蓦然抛向半空。
漫漫五里逶迤，圣河形若迷宫，
缓缓流过林地与山谷，
抵达深不可测的岩洞，
裹着喧嚣沉入一片寂死之洋：
在这喧嚣之中，忽必烈汗遥遥听见
先祖之声正预言战争！

　　宫殿穹顶投下的阴影
　　随浪起伏，轻漂河腹；
　　泉流与洞穴合鸣，
　　鸣响和谐的旋律。
那是一座鬼斧神工的奇迹，
一座阳光灿烂、连着冰洞的安乐之宫！

　　幻景之中，我曾看见
　　一位手持扬琴的少女：
　　一位阿比西尼亚姑娘，
　　轻轻拨动琴弦，

歌唱阿伯拉山。
我若能在心中重现
她那让我如痴如醉的
乐曲与歌声，
只消用那悠扬的音乐，
我便能重建那座空中宫殿，
那座阳光灿烂的穹宫！那些冰洞！
乐声入耳之际，无人不见其貌，
无人不罢呼喊：当心！当心！
他那闪亮的眼睛、飘扬的头发！
织一个圈，绕他三周，
闭眼，心怀神圣的恐惧，
因他曾以蜜露为食，
畅饮天堂仙乳。

“序曲”以其精简的象征语言阐明了情境与主题，以

一座阳光灿烂、连着冰洞的安乐之宫！

这一诗行结尾。之后所有——从

幻景之中，我曾看见
一位手持扬琴的少女

到全诗末行——为“第一幕”。《古舟子咏》——作为“第二幕”——紧随其后，而《克里斯塔贝尔》第一部则——作为“第三

幕”——为全剧收尾。此外，另两首诗也与由这三首作品共同构成的“单一剧情”密切相关。一是《该隐的漫游》：它不仅可以作为整部歌剧的“引词”，还可作为《古舟子咏》（即“第二幕”）的“迷你序曲”产生效用。二是《黑暗女郎之歌》：它不仅可被视作《克里斯塔贝尔》第一部（即“第三幕”）的“迷你序曲”，还有承“二”启“三”之效。

在这部戏剧的语境中，“序曲”部分提出了一项旨在解决柯勒律治的两个自我之间的致命冲突的“暂定方案”——一份在出神状态下提出的“停战协议”。鉴于这场冲突对柯勒律治造成的真实影响，我才用“致命”一词来加以形容：他本人亦会将它描述成一场“断我咽喉”的冲突，而且，自此往后，他将终生忍受这种后果——忍受一种日益“清教化”的，如同死亡一般的，对于肉体、“橡树”以及诗歌的麻木。

然而，在忽必烈的“天堂”里，一如在一幅“曼荼罗”中，敌对双方悬浮在某种共存模式之下。对立的两极在诗中达成的这种对称已招致无数评论。最为重要的一番评论也许依然隐于无形——但它将在后文中逐渐显现。

常在柯勒律治的内在世界占据主导地位的“自我”的“智性一面”显而易见于忽必烈的安乐花园的无上宏丽之中；在这片土地上，在忽必烈汗温和而令人喜悦的凝神谛视下，一切事物——无论是秩序井然之物还是极尽狂野之物——都欣欣向荣，仿佛这座安乐之宫就是其治下王国的缩影。在这般陷入神迷的意识之中（一如在那青烟缭绕的幻境之中），就连那个“未受激发的自我”也获准活出它的真实本性，满足它的基本需求。或者说，至少，它看似能够获得这种准许。《忽必烈汗》就像一个一切都已准备就绪，却空无一人，只等剧中人物登台亮相的舞台。幕布升起，揭开绚烂的舞台布景；景中，足具人性的存在只有那个正为她的恶魔恋人恸哭的女人。但实际上，她只存在于猜想之中，形象相当模糊：从句法特征上看，她存在于虚实之间（“月下似有女人/为她的恶魔恋人恸哭！”）。而且，无论如何，她为之恸哭的恋人也还尚未现身。

然而，她那片“蛮野之地”、她那道“幽深而奇异的巨壑”——那“爱之约会”发生的地方——正是忽必烈的“天堂花园”中最为壮观，也最核心的景致，仿佛大汗本人会和他的宫廷贵客们一起漫步于高地之上，在皎皎月光下共同见证并惊叹于那幕“神异”的奇景：壑中女人如狼似虎，在那泉若雷鸣的深渊里同恶魔交欢，而河水、溪流则如天然的乐器一般奏响曲乐，乐声在整座天堂中回响。

如我所言，“序曲”部分将这一切都作为一种“提议”——一种可能的欢乐来予以呈现。它提供了一种柯勒律治将通过“第一幕”“第二幕”“第三幕”的创作来予以探索的可能；在此过程中，他将作出他那在劫难逃的尝试，实施某种系统的“共存计划”，来融合他的两个“自我”——“基督徒式的自我”和“未受激发的自我”。

在“序曲”中，这种可能性似乎真实存在（尽管它只是一种神迷状态下的设想）。但随着“序曲”进入尾声，即将上演的正剧“隆隆作响”，现实亦如远海之雷一般闯入梦境：

> ……忽必烈汗遥遥听见
> 先祖之声正预言战争！

——天堂之梦被两行恶兆般的诗打破，一场执意保持真实，拒绝得到解决与平息的争吵复归耳畔。在这三首梦幻之诗以及这次人生危机的语境中，（同时在历史层面和心理层面）相抗为战的两种“先祖之声”正是他那两个自我的声音：一是源自“基督新教信仰”的那些声音，二是源自“异教想象的阴冥之力和生物能量”的那些声音。此刻，这两种声音已然摆开阵势，准备展开决定胜负的最后一战——或者，更准确地说，是准备通过这三首梦幻之诗来展开最后一战中的最后三场交锋。

同时，这三幕悲剧也是同一个主题的“变奏”：那位“女性”对“未受激发的自我”的“呼唤”和“基督徒式的自我”旨在抗拒这种“呼唤”的尝试。但冲突逐渐强化，逐渐放大，直至“特写镜头”之下的过程却由始至终都遵循一种线性的剧情发展模式。剧情并未终结，悲剧并未完成，直到柯勒律治放弃挣扎，不再试图夺回他那已心甘情愿地臣服于“呼唤”的“未受激发的自我”，继而抽离肉身，逃往德国——逃往一个“基督徒式的/智性的自我”之光环的愿望变得极其强烈，强烈到可以给他保护的地方，并弃“橡树”于不顾，任它在自己的余生里燃烧抑或闷烧于痛苦之中，渐渐化为灰烬。

在就这些有关“三诗一体”的推测而作的简要引文中，我曾提出，实际上，这三首梦幻之诗共同构成了一个单一的神话——一个在一部“三幕式悲剧歌剧”中被戏剧化的神话。接着，我进一步提出，这则神话可被称为柯勒律治的韵律“新式原则”——他最终在《克里斯塔贝尔》中予以呈现的“音乐”——的“创造神话”。纵观这种“音乐”赖以逐步显现的三首诗作，一个共同特征尤为醒目。一旦柯勒律治的两个自我得到明确的区分与粗略的识别，这一特征便一目了然：那个“异世之女”始终是这三首诗作的核心。剧中，这一“半超自然”的形象不断改变自身的形态：在“序曲”以及“第一幕”中，她苦苦思恋，引人入迷，带来迷狂之乐；在“第二幕”中，她化身为志得意满的致命邪魔；在“第三幕”中，她又变成在性方面不可抗拒的恶魔。或者说，至少，这似乎就是她赖以示人的三张面孔。在这三首诗中，这个女人始终与“智性的自我”的基督教价值观念保持对立，这种对立即便说不上激烈，也已尤为直接。

然而，这一女性形象又因为另一种一贯属性的存在而变得更为复杂（但在另一种程度上，她或许又因此而变得更为简单）。在《忽必烈汗》中第一次显形时，她是神圣而魔幻之歌的天赋的给予者，能在半空中创造一座“皇家天堂”。在《古舟子咏》中第二次显形时，她是一幕可怕而美丽的幻景——同时也是这幕幻景赖以得到讲述的“奇怪的言语（催眠）之力”[①]的给予者。在《克里斯塔贝尔》中第三次显形时，她是引人入迷的“言语的主宰”[②]。

换言之，无论在其他层面她可能拥有何种身份，这个女人正是独属于柯勒律治一人的“咒语式语言”的灵魂。而且，在某一层面，柯勒律治的“悲剧歌剧”（不仅为他而悲，还为她而悲）正是一番以这一“神异”形象为对象的戏剧化处理。也正是在这层意义上，一如之

---

① “奇怪的言语之力”一语出自《古舟子咏》：

> 我像夜晚一样四处流浪；
> 我有奇怪的言语之力；
> 在我遇见某人的那一刹那，
> 我便知道他必须听我说话：
> 我将对他讲述我的故事。

② “言语的主宰”一语出自《克里斯塔贝尔》：

> “我这胸脯的触碰将会唤醒一种魔力
> 它就是你言语的主宰，克里斯塔贝尔！
> 你今夜即知，明日亦悉，
> 我这耻辱的标志、悲伤的印记；
> ……”

前所言，这部“悲剧歌剧”才成为他的韵律“新式原则”（亦是霍普金斯的“跳韵”的原始形态）的“创造神话”。

5. 描绘忽必烈汗的天堂

我在所谓的“序曲”部分所描绘的天堂给人留下一种印象：它是一个巨大的球体，或者——也可能是一枚底宽于顶的巨卵。

那座“阳光灿烂的安乐之宫”——连同其中的花园、树林与河谷——位于卵顶。稍低之处，在一片草木丛生、形如悬檐的坡地下，一道掩藏着圣河之源的深褶被掖入宫底，远离直直洒落宫中的阳光，却对月光张开神秘的怀抱。以上这些，是上层的、外在的特征，犹如掩映着一双精神之眼的一头秀发和一对靓眉，而眉眼之下，则是一张饱含肉欲，或许尤显粗鲁的嘴——嘴的主人又矮又胖，一副异国面相。

一潭“无光之海”积于卵底，冷得可怕。

卵内，大片长而杂乱的蜂巢状寒冰从拱顶“天堂”的底面挂下。在“阿尔芙河”(River Alph) 的“排水系统”经由这些冰洞向下扩张、排水的同时，势如瀑布的河水结成冰柱，拉长冰壁，任由余者涌入从卵底的冰寒之海发散而上的致命寒冷之中——仿佛忽必烈汗会通过“安乐之宫”的地窖，顺着特制的索具下到这些冰洞之中，接着透过冰墙，抑或直接通过通气管道向下凝望，将目光注入那道“深不可测”的绝渊。

一个“液压系统”如同虹吸装置一般从那“地狱之海”中吸取业已得到更新的液体，使之经由某些特定的冰洞不断上流，并从宫下巨壑中迸涌而出，继而任其奔流，于其再度坠跌，经那冰洞下归卵内那片寂死之洋之前在重力的牵引下流过漫漫五里河谷。

在补充更多细节之后，整个系统的具体形态或许会像一幅印度微型绘画作品一般更加清晰地呈现在世人眼前。

显然，这座天堂的有趣之处就在于，它不止如此。这幅卡通画像所描绘的，正是柯勒律治的"心灵"，而流经他"心灵"的河，正是"阿尔芙河"。这条"阿尔芙河"何以如此特殊？

柯勒律治曾是一个德文郡男孩（德文郡口音始终多多少少地伴随着他，一如坎伯兰口音始终多多少少地伴随着华兹华斯，一如苏格兰口音始终多多少少地伴随着彭斯）。如果他祖父的部落曾经从其故乡所在的高地一路向西，径直开往埃克塞特，那么他们就会经过一条溪谷——谷中小溪名为"阿尔芬溪"。但"阿尔芙河"显然另有所指。

"阿尔芙河"是一条"神圣的河流"。它如何"神圣"？那道"阿尔芙河"如同爆发一般从中喷薄而出的"蛮野"之壑又何以既"神圣"，又令人"着魔"？

那个深处黑暗之中——为一个"恶魔恋人"恸哭的女人究竟是谁？这位"恶魔"又将从哪座庙殿中现身？可以想象，在忽必烈的花园里，他不会是一个"满携地狱气息，与巫师相会于夜半时分的基督教意义上的恶魔"。他会更具"东方"气息，更接近一位披着人形伪装的"上帝"——一位湿婆的化身，或者至少也是一位变幻莫测的"夜行神明"，就像趁夜探访赛姬的无名幽客[①]一样：一位

① 在赛姬（即济慈在《赛姬颂》中以"诞生最晚却美冠众神的你"来歌颂的赛姬）的故事里，赛姬的两位姐姐满心嫉妒，于是设法说服赛姬，使她相信她那位在漆黑夜里到访，她也因此不曾睹其真容的恋人其实是一条可怕的巨蛇——一如足受彼时那些"正统"之口劝说的柯勒律治本人对其梦幻灵感的看法。（也一如在济慈的《拉弥亚》中足受友人——哲学家阿波罗尼奥斯劝说的本乌斯对于拉弥亚本人的看法。）但在赛姬趁着恋人熟睡点起一盏油灯，意欲一窥其貌之际，她看见的却并非一条大蛇，而是伟大的爱神厄洛斯本人。一滴滚烫的油从那燃着无比炽烈的怀疑之火，亮着检审之光的灯盏中滴下，落在爱神肩上，令他倏然惊醒，即刻弃她而去。一如柯勒律治的缪斯弃之而去。——原注

“（半人半神的）精灵”——像苏格拉底的厄洛斯一样，而非“恶魔”。

又或者，他也许会是一个狄奥尼索斯式的着魔之人。曾让拜伦惊骇不已的，正是这行诗：

> ……为她的恶魔恋人恸哭的女人

也正是在拜伦的劝说下，柯勒律治才（在长达十九年的雪藏之后）让《忽必烈汗》出版问世（仿佛在他自己看来，这首诗作还是永不问世为好）。

此外，由那洞穴（即那“冰洞式”的排水系统）和（从深壑之中“阵阵”迸涌，舞石半空的）“泉流”共同鸣响的“和谐的旋律”也尤显神秘。它只可能是音乐，但这音乐的创造过程究竟如何？它又是怎样一种音乐？

有此一点毫无疑问：在忽必烈的穹顶之下伴随天堂之乐而鸣的任何一种“和谐的旋律”都必然饱含与之相当的欢乐。

所以，这种音乐究竟是什么？又或者——能“鸣响音乐”的，又到底是何种泉流、何种洞穴？

6. 夜莺与夜行恐龙

在《通往上都的路》中，约翰·利文斯顿·洛斯[①]从柯勒律治的笔记内容和他已为人知的阅读入手，一路回挖，深入隐藏在《忽必

① 约翰·利文斯顿·洛斯（1867—1945），美国学者、文学评论家。

烈汗》与《古舟子咏》背后的想象，发掘种种隐埋其中的深层内涵。

此类诗歌显然永远无法得到“解释”。它们是“心灵生活的总体象征”。但它们可以被人“解读”——一个“总体象征”首先就是一个盛装“解读”的容器：读者注入“解读”，而后饮之。如此，我在文中所言或许也只于我一人有用。对于其他读者而言，这满篇议论的唯一价值或许也只在于——它将促使其他读者激发他们自己的思考，发挥他们自己的想象，并用他们自己的“解读”来填满容器。潜在的“解读”形形色色，变幻无穷，一如潜在的读者千千万万，各不相同。所以，洛斯的种种发现无法“解释”任何东西。但它们的确为“解读”提供了助力。

只要牢牢抓住我在前文中提出的几个问题，我们就能跟随洛斯的脚步，向前行进一段距离——继而更近一步，抑或拾起被他忽略的东西。

在“阿尔芙河”背后，除了其他各式珍奇物事，洛斯还发现了“尼罗河”——作为“神圣”本身的“尼罗河”。但这一发现是否足以成为“一种解读”？接着，他又找到了与“神圣”和“着魔”相关的各式“支流”，这些“支流”皆与“阿尔芙河”相连，却也皆为源自各式“山中天堂”的细流。

“恶魔恋人”依然神秘——他并未找到太多有用的线索。“恸哭的女人”亦然——他在书中只提到柯勒律治的两条笔记：其中一条关于“一首关于一个狂人的狂野之诗”，这位“狂人”可能是个女人，但也可能不是；另一条则关于一位无疑是一个女人的“林中狂人”。

他最丰富的发现“出土”于“强劲的泉流”之下。直接而实在的先例包括：或从无底之源，或从地下海洋迸发而上，已在另一片陆地上遁地而下，并倾向于在“尼罗河”之源重新汇聚的泉流。

这股狂猛的“泉流”满携原始之力，纵鸣原始之声，而这“力声合一”之效自有其他来源；关于这些“来源”，柯勒律治留下了细致的笔记，其中最令人印象深刻的一条与美洲荒野上的“鳄穴”有关：

> 鳄鱼可怕的咆哮，犹如沉重而遥远的雷鸣，不仅摇风动水，亦让大地颤抖——而且，当成千上万条鳄鱼同时纵声咆哮，你简直不得不信，甚至整个地球都已陷入可怕的躁动不安中……（笔记）

如此文字已足够醒目。可接着，他又再添笔墨，对发情的鳄鱼作出了一番描绘——一番不可思议的记述：它抽动身体，如入痉挛，不停搅动水泥，不断自我炫耀，口喷如雾之息，尽释雷鸣之吼——“一切皆为吸引心仪的母鳄”。

一场震撼人心的骚动：一片水穴，一条欲火焚身、如入癫狂的巨型爬行动物和最荡魂摄魄的“原始情歌”——浑似一曲恐龙的求爱之歌。

洛斯注意到的，仅仅是一种隐喻性的关联——仿佛一个诗性隐喻只可能是一个诗性隐喻。柯勒律治的读者很可能会轻易默认：在那女人恸哭，“阿尔芙河”喷薄而出的“蛮野之地”，并不存在任何爬行动物。——果真如此吗？

在笔记中，在柯勒律治专注于鳄鱼之际，他特别提到了鳄鱼的眼睛——“小而深陷”。这一描述会像防盗铃一般突然响起，让熟悉柯勒律治的读者顿生警觉，立刻联想起《克里斯塔贝尔》中杰拉尔丁的眼睛。不过，从另一方面来讲，《克里斯塔贝尔》也的确不是《忽必烈汗》。(或者说，至少，眼下，它们还不是同一回事。)

将那些鳄鱼原地固定在“珀切斯游记”中后，手持一根裂口捕蛇小棒（对于他要捕捉的猎物而言，这根小棒未免太过轻便）的洛斯——在柯勒律治的笔记中［紧随那条关于一位正“被反弹的树枝鞭打”的“林中狂人”（女性）的笔记之后］——注意到了以下这些关于一只夜莺，最终亦被写入《夜莺》的诗行：

是那快乐的夜莺
正簇拥、匆促、滔滔地倾吐音符
以那急啭粗啼鸣响美妙的旋律，
因他担心一个四月的夜晚
太过短暂，不够他尽情唱完
他的爱情颂歌，不够他卸下灵魂之重，
鸣尽灵魂之乐！——

对此，洛斯只是一带而过。然而在此，在于《忽必烈汗》从中冉冉升起的地下世界吐出的气息中，透过“阿尔芙”之声

乱流沸腾不绝，
仿佛大地急急粗喘

透过暗壑中那个纵声吟唱她的“爱情颂歌”，竭力为她的恶魔恋人“卸下灵魂之重”的女人的恸哭——透过阵阵痉挛已于此时此刻更显迫切地融入沸腾不息的“强劲泉流”中的鳄鱼之咆哮，夜莺“簇拥、

匆促、滔滔”不绝的“急啭粗啼”已然清晰可闻[①]。

---

① 根据他在马耳他时（1804年）记下的数条笔记判断，爬行动物对于柯勒律治的吸引胜过其他任何一种动物。他就他与蜥蜴的几次接触所作的描述极富戏剧色彩，精确的文字宛若固定不动的特写镜头，入迷一般满含喜悦地投以凝视，令他笔下的蜥蜴全如D. H. 劳伦斯画中的蜥蜴一样生动。他甚至想驯化一条蜥蜴，养作宠物。然而，他也同样欣然享受着关于这些蜥蜴有多致命的暗示与传言。在以下这条他游访西西里时记下的笔记中，爬行动物的现身地点与现身方式尤其值得注意：

“……沿着一条布满大坑小洼，多有石灰岩台阶的道路蜿蜒而下，半途遥见一座拱桥横跨‘急流’。又复曲折，抵至‘急流’，‘河’引马首，领我一行穿经一道如此险峻而狭窄的坚石之沟/喔，此地岂非为‘马’而在！/小径两侧的‘岸肩’之上，各有‘高石’一块，形如‘博德巨卵’/‘女人和孩子’，少说亦有50余人，浣于‘急流’之中，衣抵‘流中固石’，不住拍打、揉搓。喔，这难以忘怀的‘蛮野’之景！巨‘石’、巨‘树’，大小树木、岩石，那‘高高’耸立的壁墙，以及这整道长庭！还有‘急流’中那些毛腿似男的蛮野之女，——夹竹桃！常春藤！香桃木/和那遍地香草——可爱的‘蜥蜴’——

‘天堂’/……”

如果这条日记出自任何一位后来的作者笔下——如果它出自拉斯金或者丁尼生笔下，人们便可心存怀疑，怀疑他们是否有意或者无意地抄袭了柯勒律治在《忽必烈汗》中描绘的那片“蛮野之地”，因为《忽必烈汗》已就如何感受这种“综合效应”并付诸热烈而狂放的诗句向他们作出了展示。但由于这些文字出自柯勒律治自己笔下，它就更是一种更为完整而细致的“注释”——一种旨在阐明《忽必烈汗》中那段诗所承载的感受的“注释”，而非一种“自我抄袭”。换言之，它对“蛮野之女”作出了更为清晰而明确的描述（她们近在眼前，就在那急流之中）并（于这整幅景象在他心中激起的欣狂之情达到巅峰之际）将本应在诗中“此处”现身，其实却被抑压在下的“可爱蜥蜴”引入。在这片日记版的“蛮野之地”上，那条难以现身于诗中那股“强劲的泉流”之中并化作某种“隐匿之存在”的鳄鱼以及他（或者她）那些蜥类同伴化身为“可爱的蜥蜴”，得见天日并立刻促成那声“完满之呼”：“天堂”。我的言下之意，即孕育出《忽必烈汗》中幻景的，正是这幅在西西里的峡谷中令他心醉神迷的原始景象（一如以上这条日记所载）。这条日记无非是以一种更为直白的语言描绘出了“原始景象”的实际“成分”。——原注至此，人们也许依然不愿在那个恸哭于暗壑之中的女人和那条咆哮于卡罗莱纳荒野之上的鳄鱼之间构建这般关联（即便二者之间的联系就像一线被月光照亮的黏液一般在茫茫脑海中被自行其是的思绪迅速捕获），也依然不愿承认杰拉尔丁睁着一双鳄眼，一如人们也许同样不愿相信，在“名叫‘死中之生’的噩梦”[1]的“腐泥之浆”中，生活着“依靠腿脚爬行的黏滑之物”（清教徒是对的，诗性隐喻滥杂无章，不知羞耻）。

然而，即便如此，人们也难再抗拒一种感觉：在夜莺的“急啭粗啼”、鳄鱼的求偶咆哮、“阿尔芙河”的“急急粗喘”（它撼摇大地，使之一起一落，宛如一个女人的胸脯——一个为她的恶魔恋人恸哭的女人）和那个在月光下为她的恶魔恋人恸哭的女人之间的某个地方——各式声乐正以某种方式交织成歌，化作一曲如同“阿尔芙河”的阵阵水流一般彼此交融的“和谐旋律”。

---

① “名叫‘死中之生’的噩梦”一语出自《古舟子咏》：

> 她唇色红艳，神情放纵，
> 金发熠熠满头：
> 她肤色白惨，如害麻风，
> 她是名叫“死中之生”的噩梦，
> 能以冰寒冻人血流。

7. 维京罗曼史

可以说，一旦这支“马斯亚斯之笛”[①]的所有“音孔”能够同时产生功效，“阿尔芙”之泉无疑就已足具创造音乐——或者放声歌唱的能力。但那些“冰洞”又何以创造音乐?

洛斯——同样是从柯勒律治的阅读之中——找到并发掘出一种引人入胜的“联想机制”。

但尽管如此，倘若“冰洞”之乐能够融入整座“神殿”的音效之中，其阵阵回响或许就会更显清晰——如果忽必烈的这座卵形“天堂”可以被称为一座单一的，由“神异”的“乐曲与歌声”构成的“神庙”式建筑的话。

同时，如果另外一股近在咫尺，便于借取，而且是由柯勒律治本人提供的“助力”能够得到援引，其他种种足以回答我所提出的各式问题的答案亦会相应地浮出水面。

在写成《忽必烈汗》之前的一段时间里（大多数评论家认为，《忽必烈汗》完成于1797年10月下旬，为了更好地完成我的论述，我且假定这一时间准确无误），柯勒律治曾经不太认真地考虑过——“以但丁的方式”——创作一首关于“托尔（Thor）之旅”的长诗。无论这一想法意味着什么，它都足以说明柯勒律治与北欧神话之间

---

① 称其为“马斯亚斯之笛”是为间接构建它与某种最为原始而基本的牧神“潘”之乐器（马斯亚斯在某种程度上正是一位牧神）之间的关联。我之所以称之为“马斯亚斯之笛”而非“潘之笛”，是因为马斯亚斯正是在一场音乐比试之中被阿波罗击败，一如柯勒律治的梦幻音乐正是在一场音乐斗争之中被“正统”音乐击败。败下阵来的马斯亚斯被阿波罗活活剥皮——而世人亦可借此喻指柯勒律治被代表“正统”势力的“官方委员会”活活剥皮。——原注

的亲密关系已经得到激活。所谓“激活”，意即他对北欧神话已然深有领悟，多有细思，且已遍寻其中，觅得可供加工的素材并置之于“创造之炉”，以文火炖之——也就是说，某种目的明确，旨在“炖”就一件作品的计划已成形于想象之中。

通常情况下，人们不会将柯勒律治与阿斯加德的神明联系在一起。然而，值得注意的是，18 世纪 90 年代后期的柯勒律治即便不是沉迷，也已深深着迷于一切可用“日耳曼式”加以形容的事物。正因如此，“托尔之旅”才会出现在他尤为贫瘠的作品计划列表之中（弥尔顿也有这样一张列表，表中计划多达九十余项）。

无论如何，北欧神话中的两则故事都必已自那幽深处升至浅表——即便不在他的剧情计划之中，也已处于相当接近“水面”的层位。一为托尔钓捕“米德加德大蛇”[①]的故事，后者即冥界女王、死亡女神赫尔的兄长——那条在海底深处，蛇身环绕世界一周的巨型海蛇。二为神使赫尔莫德或者其父奥丁（通常认为是前者）深入冥界，请求赫尔让他带回死去的弟弟——光明之神巴德尔的故事；最终，赫尔莫德的尝试被伊沃尔（Evil，即“邪恶”）——邪神洛基（而洛基又是赫尔与“米德加德大蛇”的父亲）的伟大“母亲”本身挫败。

显然，这张由钢丝铁线织成的联想之网就低悬在他另一大作的规划之上——一件他多有论及的大作《邪恶的起源》。这些想法与《古舟子咏》之间的关联似乎比它们与《忽必烈汗》之间的关联更加紧密，可一旦一个富有想象力的想法开始沸腾，股股蒸汽与阵阵香味便会通过一切可以穿透的孔缝泄漏而出，而富有创造力的想象则像不断演化的生物机体一样，自有一套无所顾忌，无视道德原则的“危急适

① “米德加德大蛇”又译为“凡尘巨蟒”。

应”系统。北欧神话所创构的世界多多少少也是一个卵形的世界——卵底也同样盛着一片没有生命、不见阳光的海洋。若将北欧神话的“世界之卵”和忽必烈汗的“世界之卵”置于一处，予以匹配，那么前者便不仅能像夜莺的鸣啭与恐龙的咆哮一样放大并增强诗中最为强烈的暗示与最为突出的概念，还能帮助我们进一步深入那个复杂的世界，进一步揭示根本意义上“神圣”，解读普遍意义上的（心灵生活之）“总体象征”。

二者（若像我所建议的那样）一经匹配，“阿尔芙河”的“强劲泉流”便被叠加在赫瓦格密尔——那“咆哮的大锅”之上，后者位于赫尔冥界的冰封之尽头，亦是那条不单以尸为食，而且盘踞在贯连并维系着九大世界的巨树伊格德拉修之下，不断啃咬其根的黑龙尼德霍格的家。这口冥界之锅不住沸腾——而“阿尔芙”之泉则猛然推开锅盖，阵阵迸涌。锅中的沸水从巨树的根下喷薄而出，流经九大世界，满足一切需求，继而回注没有生命、不见阳光的赫尔冥界，终归赫瓦格密尔之中，开启新的循环。

除此之外，还另有两股泉流涌自巨树之下：由三位“诺恩女神”照管的“命运之泉”和从巨人密米尔那颗与身异处——尤似俄耳甫斯之首和布兰之首[①]的“神谕之首”中流涌而出的“智慧之泉”。

这些“神异”的属性悉数融入柯勒律治的“阿尔芙河”之泉，并且将在《古舟子咏》和《克里斯塔贝尔》中一一显现。

尤其值得注意的是，这些属性强化了“阿尔芙河”之泉与以下这些形象之间的融合：一股源自一个半冰冻“地狱”的泉流，一位与亡者同居阴间的冥界女王、死亡女神（亦是“邪恶”的孙女），一条以

① 诗人俄耳甫斯的断颅继续歌唱，在莱斯博斯岛上的狄奥尼索斯神庙中传达神谕。渡鸦之神布兰的断颅继续歌唱，始为英国传达神谕，终被埋在“塔丘”上的一座神庙之中。——原注

尸为食的巨型爬行动物，一条盘身填海的海蛇（关联不远，延伸可及）。同时，在将整个错综复杂的“机体”织入一棵巨树——一棵作为“宇宙”之脊（柱髓一体）的巨树之际，它们更以足具力量的“命运观念”和“神谕语式”丰富着“阿尔芙河”泉流的内涵；这棵生于北欧神话，通常（但不总是）会被认作一棵梣树的巨树将在柯勒律治的想象中勉力成为那棵“橡树”——尤其是在一首关于他所选定的英雄“橡树之神”托尔的诗作之中。

但托尔之旅并未成行。终为柯勒律治踏上路途的人，是那年迈的“舟子”。他是否也是一位“橡树之神”或者“守橡精灵”？

8. 和谐的旋律

从那“蛮野之地”迸涌而出的“强劲泉流”已然发出巨大声响。但与“音乐”相关的表述却直到“序曲”即将结束之际才出现在以下诗句中：

> 泉流与洞穴合鸣，
> 鸣响和谐的旋律

除了“泉流”之外，这些“冰洞”亦对这座“天堂”的“安乐”作出了贡献。要说二者之间有何区别，那么区别就在于，同样作为“鬼斧神工的奇迹”的组成部分，同那“泉流”相比，这些“冰洞”更加不可思议。和“阳光灿烂的穹宫”一样，这些“冰洞”亦在诗中得到了两次满含狂喜的惊叹。所以显然，在“和谐的旋律”中，他们同样扮演着十分重要的角色。

就其功效而言，这些“冰洞”似乎类同长笛抑或一台巨大的管风琴。在离开“天堂”并经由这些“冰洞”注入地下世界之际，“阿尔芙河”奏响崭新的音乐、另一种音乐——一种与喷泉之乐交相混融、达成和谐的旋律。柯勒律治深深着迷于这类“乐器”——由种种自然之力奏响的竖琴与长笛。

各式水乐开始汇聚、交响。那条身处“阿尔芙河”之源，欲火焚身、难抑癫狂的巨型爬行动物（在那口盛装柯勒律治的早期诗歌计划的“创造之锅”中，这条爬行动物须与那条栖身冥界死水的爬行动物——尼德霍格以及那条海蛇中的海蛇——“米德加德大蛇”共享基因）将在不久以后完成变形并重归剧情。不过在此，在《忽必烈汗》中，它的阵阵咆哮已混融并被压抑在壑中女人的恸哭（尽管是为一位恶魔而哭）之中，而这声声源于苦恋的恸哭不仅已经被一只歌急心切、乐如泉迸的“夜莺”之喉过滤，而且——在持续获得美感并且丝毫不失洪亮的同时——在“冰洞”系统的作用下发生进一步转化，不断融入“和谐的旋律”，为“阳光灿烂的穹宫”之乐伴奏。

因此，在柯勒律治的想象中，这条来回往复、不断循环的“阿尔芙河”在任何时候都是一条“歌与音乐之河”：一种“神圣”的、“着魔”的、“恶魔般的”、“神谕式的”、“宿命”的、“原始”的、“爱入癫狂”的歌与音乐；一条涌自另一个世界，又复归其中的河流。

如果柯勒律治对于托尔的兴趣尚未成熟到让他想以托尔为主角，“以但丁的方式”来创作一首长诗，那么在忽必烈汗的“天堂”中，北欧神话之宇宙或许无外乎一个可供和声回响的空间，一张为低音提琴而作的乐谱，抑或一道光泽暗淡、只为一张色彩已足够丰富的挂毯更添些许阴沉的荧织。正因这般兴趣已足够成熟，我们才有理由认为，北欧神话之宇宙的实际存在——一种如悬半空、与“天堂”万物共存的存在——其实已对整首诗作造成一种结构性影响；这层对于象征意象的动态运作以及诗歌本身的核心意义而言不可或缺的影响将在《古舟子咏》中变得更为强而易感、显而易见。

更重要的是，这一宇宙同时也指向另一种意义更为重大的“天堂”模型——一个神圣“天堂”的模型；对于当时的柯勒律治而言，这一模型必定直指其心，不断压迫他，令他痛苦不已。在这更为宏大的模型里，所有元素——尤其是那条河流——都神圣无疑。那是一条绝对圣洁的河流，尽管它没有被描绘成歌，但它首先就象征着终极的爱与终极的“语言”。

9. 寻泉阿伯拉山

同在《忽必烈汗》中，从“一位手持扬琴的少女”开始，第二个幻景——一幕完全独立并（如我所言）足以构成一个简短“第一幕”的幻景就此显现，正剧也随之上演。

在此，所有读者都能察觉到场景与焦点的突然变化。实际上，此刻的柯勒律治已然梦醒，仿佛他那个在剧中饰演“恶魔恋人”一角的“未受激发的自我”来得太晚，恰在忽必烈的“天堂”——连同那个为他恸哭的女人一起——蒸发之际才肯现身。与此同时，正如所有梦醒之人所经历的那样，那幕看似真实的“天堂”梦景被译成一段形式迥异、实质无差的记忆。他曾“看到并听见”那个在忽必烈的“天堂”的蛮野裂缝中恸哭的女人，但在梦醒时分，在他的记忆中，那个女人已化身为一个渐趋模糊的形象——“一位手持扬琴的少女”。

在他不顾一切，试图牢牢抓住梦中的女人之际，柯勒律治勉力推动他的“梦幻镜头”，使之逼近女人的形象（其他的一切显然都已遭到排除)，直到这一形象填满整个前景。但在这一看似简约的形象中，梦中女人的所有性质依然俱在，只是披上了一层伪装外衣。为其恶魔恋人恸哭的女人已改变了她的风格。她的“性之暴烈”已被隐匿在肤色黝黑、扬琴在手，放声歌唱阿伯拉山的阿比西尼亚少女口中那曲动人心魄、令人难以抗拒的小夜曲里。那座阳光灿烂的穹宫和那天堂花园——连同所有包含其中、隐藏其下的事物——悉已重现于记忆之中，化作“阿伯拉山”(Mount Abora)。从巨壑中喷涌而出的“阿尔芙河”亦未消失，亦已遭到隐匿：圣河源头隐入“阿伯拉山”，五里水流隐入阿比西尼亚少女本身，而其声响则已隐入少女的歌声。洛斯已在神话传说的世界里找到众多不仅能将“阿伯拉山”和“阿尔芙河”，而且能同时将此二者与尼罗河之源联结一处的“地理线索”；这些线索足以提供大量聚集在那条河流与那个女人的种种层次繁复却又难分彼此的性质周围，即便处于潜伏状态，也已足具活性的意义。在这第二个幻景中，物事如故：大蛇、依靠腿脚爬行的巨型生物、无底之泉、地下海洋、喷薄而出的泉流等——一并涌入一条同时也是一个女人的河流，她一手拿着乐器，王冠上顶满了蛇（形象一如幻影般出现在阿普列乌斯[①]眼前的埃及女神伊希丝)。

一如“阿尔芙”之于“序曲”(稍后解译)，“阿伯拉”一词正是破译“第一幕密码”的关键所在。相关细节的丰富与深入超过洛斯所能虑及的程度。柯勒律治尤嗜在各式名称中摆布字母、设置双关。在“Abora”中，无论有意与否，“A + B（= Alphabet，即‘字母表’）”和原指“说出一段神圣的习语”(简单说来，即“祈祷”)，常被柯勒律治用于“ora pro nobis”（= “pray for us”，即“为我们祈祷”）之

---

① 阿普列乌斯（约124—约170)，古罗马哲学家、作家，长篇小说《金驴记》的作者。

类的表述中的拉丁文单词“orare”（意为“神谕”的“oracle”、意为“崇拜、爱慕”的“adoration”等英文词语皆以“orare”为源）的命令式——“ora”结合在一起，而“orare”的根词即“os”（=“mouth”，即“口”）。于是，“Mount Abora”这一宛如象形文字或秘密符号一般的名称就有可能被人（比如查尔斯·兰姆[①]）自然而然地解译成一个意涵丰富的双关表述，作为柯勒律治的密友以及双关修辞的狂热爱好者，查尔斯·兰姆[②]素与柯勒律治紧密合作，共创双关，根据柯勒律治笔记的记载，他“将‘自然自然而然’这一俄耳甫斯式的多义形容奉为‘双关舞台上的终极女主’或者‘双关舞台上的神圣女角’，并将‘自然因自然而然’视为最伟大的复合双关或者‘双关中的双关’”。实际上，在彼此为伴之际，柯勒律治、兰姆二人谁都不会错过这个机会。且不论柯勒律治本人，就连兰姆都会将“阿伯拉山”译读成“字母神谕之口之山”或者“喔，字母之山，为我们祈祷！”——仿佛在说：“喔，语言之山，为我们祈祷！”一如我们如今所为。

于是，“阿伯拉山”成了一座象征着言语本身之神圣的圣山。一如“序曲”部分的场景设定戏剧化了“阿尔芙河”的种种特质，“第一幕”的场景设定也戏剧化了“阿伯拉山”的种种特质。梦中之河与忆中之山的“共同身份”变得更加明确。前者既是一个深陷苦恋的女人的声音，亦是一股不断鸣响歌与音乐的“和谐旋律”中的神圣言语之泉，而后者则是一座神圣言语之山，一条流经一位性感迷人、沉浸在“乐曲与歌声”中的少女之身的圣河之源。这第二个女人（这位阿比西尼亚少女）将其乐声的倾听者——柯勒律治那个“未受激发的自

① 查尔斯·兰姆（1775—1834），英国散文家。

② 我且于此假定此人是兰姆，但此人也同样可能是骚塞。——原注

我”——转变成那第一个女人（那位深处天堂巨壑中的女人）在（一轮几乎暗淡无光）残月之下为之恸哭的恶魔。

面对此情此景，柯勒律治也必已感受到另一层关联的压迫力——一层宛如钢丝铁线般清晰而强劲的关联。在柯勒律治与《忽必烈汗》直接相关并且多遭“掠夺”的阅读中，洛斯发现“阿伯拉山”亦与一场预言中的战争——一场终将解放阿比西尼亚全境（即尼罗河源头之水流过的每一寸土地）并扩张阿比尼西亚帝国的疆土，使之“远至耶路撒冷”的战争有所关联。

在《忽必烈汗》中，柯勒律治的想象对其自身的所作所为一清二楚。也许，在波洛克来客敲响房门、打断梦境[①]之际遁逃而去的存在正是紧随《忽必烈汗》而来的两首叙事长诗的“原始形态”。在柯勒律治的发掘下终于《古舟子咏》和《克里斯塔贝尔》中现身的一切都在“序曲”中得到了预言——一切要素俱在，就好像在柯勒律治的构想中，这两首长诗——就像艾略特用以构筑《荒原》的五大章节一样——的的确确就是一件单一作品的组成部分。（事实上，柯勒律治的梦幻之诗与《荒原》的关联相当紧密。）不知何故，早在写下《忽必烈汗》的开篇五行诗时，他便已意识到“阿尔芙河”的喷发将会成为一个非常重要的启示。在他的认知中，“阿尔芙河”的迸涌是爱的“诞生”——一种“恶魔般的”、终成歌乐的爱。他那“未受激发的自我”——那个作为“一种足受激发的咒语式语言”的自我——的冒险之旅化作一首神圣的史诗，而“阿尔芙河”的迸涌便是这趟旅程的

① 据柯勒律治所言，《忽必烈汗》一诗是他因为神经痛而服用鸦片酊后在梦中偶得之作，它之所以只是一个梦幻“片段”，正是因为一个“来自波洛克的人”打断了他的梦境。

“源起”[①]。意即，在承载着柯勒律治的生活与命运的神圣戏剧中，它是柯式诗歌“语言”的“源起”。

如此，这条河流便恰如其分地为字母表中的第一声音响[②]所定义。但与此同时，另一条完全不同的河流也已透过“Alph”这四个字母隆隆作响。这另一条河流出现在圣约翰之《启示录》的最后一章——基督徒心目中的所有“人间天堂之景”中最为著名（也最为人熟知——尤其是为柯勒律治熟知）的一景。在《启示录》中，上帝借天使之口传达意旨，对约翰说：“我是阿尔法与欧米迦。”（《启示录》22：13）此刻的上帝正代表“他的儿子”——“上帝的羔羊”说话；“阿尔法与欧米迦”是“语言”之生命——耶稣之生命的始终[③]。因此，“阿尔法”相当于“神圣之爱的源起”。处于（非因鸦片而起的）神迷状态下的圣约翰在目睹“神圣之爱”仅仅几个诗节过后便听到了这些话语，而显现于约翰眼前的“神圣之爱”并非一位即将诞生的“神人”，而是一条奔涌而出、注入世界的河流：“一道生命水的河，明亮如水晶，从神和羔羊的宝座流出来。”（《启示录》22：1）

在《忽必烈汗》中，或是那条从安乐宫下奔涌而出，被柯勒律治称为“阿尔芙河”并象征着“神圣”的恶魔之爱与柯式诗歌语言的河流，取代了那条从神与羔羊的宝座下奔涌而出，被称为“阿尔法与欧米迦”并象征着“神圣之爱”与“神圣语言”的河流——或是两座“天堂”已然通过某种方式融为一体，两条河流也已合二为一，成为同一条河，就好像世间或许只存在一座“天堂”、一条象征着爱与神圣言语的河流，但这同一座“天堂”、同一条“河流”却在柯勒律治

---

① 此处的“源起”原文为“nativity”，一可泛指“诞生”“起源”，二可特指“耶稣的诞生”。

② 希腊字母表中的第一个字母名称为“Alpha”。

③ “阿尔法”与“欧米迦”分别是希腊字母表中的第一个与最后一个字母的名称。

的两个自我中得到了截然不同的反映：在他“未受激发的自我”中，天堂与河流一如他在诗中所绘，但如我所述——在另一个极端，在他“基督徒式的自我”中，二者却得到了另一种隐性的反映，一如他在《启示录》中所见。

在《启示录》中，圣约翰降服于上帝的“召唤”；在《忽必烈汗》中，柯勒律治也几乎降服于甕中女人的“召唤”。圣约翰心醉神迷，柯勒律治也同样心醉神迷。圣约翰陷入“基督徒式的自我”的掌控，就此成为神圣；柯勒律治陷入“未受激发的自我”的掌控，就此成为恶魔——

或者，更准确地说，他并未彻底成为恶魔。在“第一幕”中，柯勒律治听见了“召唤”，得到了机会，却没能把握住它。他只知道，只要他能“在心中重现”那位少女的“乐曲与歌声”，他就能抓住机会，彻底降服于她的“召唤”。如此，他便能从饱蕴神奇力量的“悠扬”音乐中获得鼓舞与启发，并以此来重建

> 那座空中宫殿，
> 那座阳光灿烂的穹宫！那些冰洞！

一如圣约翰在目睹那条河流前所见：“圣城耶路撒冷”从上帝所在之天堂降下——像一座由珍贵的宝石（关于这些宝石的详细说明填满了整整十个诗节）筑造而成的巨型烛台一般悬在空中。接着，柯勒律治将被抓提而起，升入泉流之中——并非那条从神和羔羊的宝座下涌出的“生命之水的河”，而是那股涌自一位非洲女巫的神谕之口，不断吟响情爱之歌的“皮提亚式”喷泉[①]。这位非洲女巫年轻、性感、艳

① 皮提亚即在德尔菲神庙传达阿波罗神谕的女祭司，作者以“皮提亚式”来强调这股喷泉如同神谕一般。

丽、迷人，她的声音让她的听众陷入疯狂，而这位听众——柯勒律治自己——心中明了：他本可从她琼浆玉液般的歌流——而非伊甸园里的河水与树木之中畅饮他的“蜜露”、他的“天堂仙乳”，并且沉醉其中。这种自相矛盾（一个纵声恸哭、歌唱，犹如恶魔一般的女人为“矛”，隐形的“圣城耶路撒冷”为“盾”）的整体意象正是那场愈演愈烈，此刻已在“一位论派牧师柯勒律治”体内达到高潮的精神心理危机的总体象征；在这场危机中，柯勒律治满心渴望，渴望被那歌声征服。

换言之，在“第一幕”中，面对那个女人的“召唤”，他回以一份“意愿”，但在最后关头，他退缩了。更准确地说，在“第一幕”中，在那“未受激发的自我”陷入欣狂，尤觉

> ……用那悠扬的音乐，
> 我便能重建那座空中宫殿，
> 那座阳光灿烂的穹宫！那些冰洞！
> 乐声入耳之际，无人不见其貌

之际，他那“基督徒式的自我”惊恐不已，趔趄而退，高呼：

> 当心！当心！
> 他那闪亮的眼睛、飘扬的头发！
> 织一个圈，绕他三周，
> 闭眼，心怀神圣的恐惧。

如此变化清楚地表明，正是在写下这些诗行之际，柯勒律治完成了“自我”的转变：他纵身一跃，离开“未受激发的自我”，遁入“基

督徒式的自我”，并发现自己正放声呼喊，欲求祛除他那“未受激发的自我”——至少也得让他像一个从地狱冒头的妖精一样遭到抑压。柯勒律治服从“基督徒式的自我”的禁令，拒绝了女人的“召唤”，《忽必烈汗》也就此结束。为了遏制那个奇怪的女人旨在展现自身并以歌声夺其心魂的尝试，他将织圈绕其三周，而以上这次转变即是绕其一周的第一个圈。之前提及的那场预言中的战争就此打响，这次转变即是拉开战争序幕的第一场小规模冲突；同时，在“基督徒式的自我”获得首场胜利之后，它也成了柯勒律治就其悲剧性的选择所作的首份声明。

从圣河之女到圣山之“河女”的角色变化尤显奇异。也许，在“序曲”部分，柯勒律治就已足有悲剧将至的预感，于是便以下连“无光之海”的天堂这一意象来象征他自己的命运，但在这段简短的“第一幕”中，他又就他自身的具体处境作出了解读：如果他能通过某种方式让他自己的天赋和华兹华斯的天赋完成融合，那么一切自当如是。尽管最终，在柯勒律治坠落之际，华兹华斯宛如花岗岩山一般高大坚挺、无可撼动的形象化作庞大黯影，赫然耸立于背景之中，但在二人携手为伴的第一年里——在柯勒律治写成《忽必烈汗》的这一年里，华兹华斯的存在显然也曾彻底满足过他的需求，赋予他赖以直面自我的信心与力量，一如多萝西的声声耳语也曾为他注入勇气。如我所言，对于柯勒律治而言，华兹华斯兄妹共同构成了一棵及时、适时的“橡树”。或者，更确切地说，他们构成的，并非“一棵橡树和一条大蛇”，而是与之“形异质同”的“一座大山和一位狂野的女仙”。在创作《忽必烈汗》、《古舟子咏》以及《克里斯塔贝尔》（第一部）的那段时间里，柯勒律治的天赋的确一如“第一幕”所示——一座巍峨的“阿伯拉山”、一座以月为巅的高山：升至顶点的自信、爱与远见之明悬如皓月，灵感的激流源起山中，滚滚奔涌。

10. 学会飞翔：第一堂课

在“第一幕”中被那高呼“当心！当心！”的基督徒之声驱逐的种种力量在“第二幕”中卷土重来，力图报复。在《古舟子咏》中，它们向敌人郑重宣战。

换言之，在《忽必烈汗》中遭到回绝的“召唤”——来自身处“蛮野之地”的女人以及阿比西尼亚少女的“召唤”又复响起。但这一次，柯勒律治别无选择。此刻，它已不再是一声“召唤”，而是一个“既成的事实”。

但在此之前，他必须被拽离原处，拖至他能听到“召唤”的地方。旋风袭来，他那“未受激发的自我”无可奈何，只能任其卷曳，终被带至战场——他那“基督徒式的自我”将会战败于此，而“召唤”亦将化作一声宣告——“基督徒式的自我”已然战败。

但在整个梦幻事件（包括他被卷至战场、直面冲突的过程）发生以前，它至少经历了三个截然不同的准备阶段：第一阶段发生在他的青少年时期，第二阶段发生在他首次试图创作一首成熟的、可持续的大型诗歌之际，第三阶段发生在他首次与华兹华斯合作期间。

第一阶段发生在他地处奥特里圣玛丽的家中，与他的母亲和兄长密切相关。他出生时，他的母亲已属于他的七位兄长。他们与柯勒律治之间的竞争——旨在夺取母亲的关爱——集中体现在他与年龄和他最为接近的一位兄长的关系之中。据他后来所言，这位兄长“极爱动手打我”。一如柯勒律治后来的描述，在这位兄长毁掉了一份母亲正为柯勒律治特别准备的奶酪餐点后，兄弟间的矛盾彻底爆发——这一回，柯勒律治最后把对他折磨有加的哥哥击倒在地。在随后的争斗中，年少的柯勒律治抓起刀来解决问题——并被母亲缴械。接着，他夺门而逃，强烈的愧疚、懊悔以及对于母亲与哥哥的愤怒让他不愿回家，在奥特尔河边藏了一宿、睡了一宿，熬过一个“可怕的风雨之夜”，直到浑身冻僵，虚弱得无法动弹为止。最终，一如他后来所言，他也因此而落下病根：“我无疑伤了身子——因为此后多年，我始终虚弱，饱受寒热之苦。”终其一生，他都不曾忘记这件事情，在他自己看来，它在很大程度上是一次旨在让他母亲感到痛苦的尝试，是旨在让自己成为母亲失而复得——因此也最受母亲疼爱的羔羊的最后一搏。无论这次离家出走是否属于那些事情虽小、情节虽轻，但却足以对成年之后的整体人格造成影响的童年经历，它都以一种极端的形式对柯勒律治与他的兄长、母亲以及风雨自然之狂野之间的关系作出了概括。

首先，这次经历在柯勒律治心中留下了一个有着切肤之痛、戏剧性极强的印象，它象征着一个折磨不断、伤痕难愈的童年：人性之爱的源泉给他安慰、让他确信在先，后又粗暴地拒绝他、排斥他，用他的竞争对手来取代他。据他自己分析，一如他的笔记本所见证的那样，他惯于逃离他那爱痛交加的“内在个人情感”，遁入他那智性的、道德的自我——他那“基督徒式的自我”，遁入那张窗边座椅——那间超然世外、刀枪不入的庇护所中。但在这场意义重大的争斗中，他的遁逃方向完全相反。回顾之下，他所选择的这条路线并不陌生。他并未纵身投入“晦涩的研究——自我遗忘之母”的怀抱，而是拔腿冲向风暴与黑暗的狂野，前去觅寻两种他在家里、在日常生活中永远无法找到的东西：一是一种更为高等，可作为替代，而且必将——像上帝一样——显现于“自然”之中的安慰与力量；二是他刚刚失去的母亲，她此刻必已出门，在更深的层次——一个没有哥哥存在，由他独享母爱的地方——寻找他的身影。

这份融“上帝”之爱、“自然”之爱与“母亲”之爱于一体，足以取代生母之爱的安慰，将在他所承受的极端痛苦的迫使下现身，并纠正一切错误，修复一切福乐，给予他完美的爱——源自生命之源的爱。她将从野性的“创造”中现身，从自然力量掀起的风暴中现身，从洪流汹涌的奥特尔河中现身，并纵声为他恸哭，唤他回家。她将找到他，陪伴他，为他吟唱一支足以重建“天堂”的安眠之曲，同时敞开胸脯，任他畅饮蜜露仙乳。她将搂他入怀，诉说满含祝福、引他入迷的话语。

少年柯勒律治——像一个幼小的萨满一般——在冰寒蚀骨的风雨中经受的磨难将会迫使她展现自身，给予他以上所有。

此后，这般策略又将多次——几乎是作为“一种基本理念”——突然显现于危机状态之下。在最肤浅的层面，在他白日入梦，深陷孤独、伤感，耽于自怜自哀之际，与之类似的反应总会不时出现，一如他在笔记中所述。在哲学层面，这般策略可以说是一条尤其庄严、高贵，直通万民同权的社会乌托邦的道路——一次远离竞争（“一切财产为人共有”）、远离人类的恶意与争斗（“一切邪恶的动机不再”），直达美洲荒野，融入自由之境的飞翔：在那荒野之上，雷鸣阵阵使鳄啸，鳄爱如狂啸如雷，喷薄而出的泉流滚滚沸腾在天堂之中。

在诗歌创作层面，只要柯勒律治力可从心，它便在他奋然攀飞、汲汲翱翔（较之行走，更多的是飞翔）于坎伯兰群山抑或苏格兰群山上空之际不断地自我演练，予他宽慰。一旦展翅高飞，他便紧紧抓住形形色色的自然世界之美，理解它们、拥抱它们，仿佛只有它们才能给他安慰——尽管一切自然之美都无外乎一份邀请、一种承诺，他真正需要的东西始终不曾出现。他兴奋、狂热、匆忙、轻率，像在绝望中寻觅的人一般自我放纵，而且，他也常在笔记中明言，自然之美越是强烈，他的认知便越令他感到痛苦：那个理应在此，理应成为一部分美的女人——从未现身。

但在梦幻之诗的层面，首先，它将柯勒律治领入一个空中天堂——那个女人将在那里为他恸哭，继而向他招手，对他歌唱；接着，它又化作一阵旋风，将他卷至风暴的另外一侧；最后，它送他出城，让他有父无母地漫游在外，到午夜的橡林中祈祷。这是三场梦幻冒险[①]。

然而，在这三次真正的飞翔开始之前，它又将他带到了别处。在它的引领下，他进入了我所谓的第二个准备阶段。在这一阶段，所谓“飞翔”的基本顺序（即先飞入荒野，再与合“母亲”“上帝”“自然”为一的存在相遇，最终回到教区）得到了至关重要的修改。

11. 作别华兹华斯

初识之际，柯勒律治、华兹华斯二人皆是某种意义上的泛神论者。他们听任这般热忱相对自由地飞翔在其基本的宗教价值观念之上，肯定世间万物的精神属性，试着相信一切事物之中皆有精灵驻留。他们享受这一观念，几乎认定“万物有灵”，甚至发现自己时时视之为一种能够彻底激活感官、解放理解之力的思想模式。同各种自然元素与自然特征的“精神一面”相比，形形色色的“自然之灵”并不更具个性、更有动力。它们无不各司其职，宛如公职人员一般隶属并服务于包罗万象的“普遍之灵”——一个被二人共称为“上帝”的存在。

它们是“自然”的一个方面——可为精神意义上的人类所共享的

---

① 本段所述分别对应《忽必烈汗》《古舟子咏》《克里斯塔贝尔》这三首梦幻之诗的核心情节。

一面。所有内化了“自然之灵”的人都将经历相应程度的“自然化”。这正是华兹华斯式宗教哲学的基础。他视“自然”为自然、实在、真实的存在，所以在他看来，所有内化了“自然之灵”的人都能和“自然”——在“普遍”意义上被精神化的“自然”——共享这种自然、实在与真实：

春日树林的一阵律动
　　也许要比一切圣贤的教导
更能让你明辨是非善恶，
　　学懂人生之道

其余所有皆源于此。

柯勒律治在“自然”中所见不止于此（而且最终，他并不确信自己真的喜欢这般“所见”），但在早年间，他的信念也大致如此。然而，他并不满足于此。在他看来，华兹华斯的方法有其局限。在此方法中，他感觉到某种对于幻变之象，对于以梦为镜、极富象征并且不断投映出心灵之奥秘的“内在世界”的敌意。他曾以“刻薄”一词来批评这种方法本身——或华兹华斯对这种方法的“冷漠的愚忠”。

在柯勒律治的观念中，“精灵”的世界不仅包含另一个完整的维度——“内在世界”，而且涉及一个超自然世界的边缘——投映在“想象性幻景”中的边缘。柯勒律治心目中的“内在世界”并非一种由受外在事件与感觉对象浸染的情感如同风雷雨雪一般织融而成的内在“天候”（一如华兹华斯心目中的内在世界），而是一个由独立自主的内在戏剧、异乎寻常的存在状态以及深不可测的潜自然——抑或超自然人格共同构成，与外在世界紧密相关，并且关系复杂的“领域”。正是在意识到如此区别之后，二人开始发现他们的“数据相异”。

在华兹华斯尚未成名，仍在摸索中前行之际，他接受以“神异”一词来形容柯勒律治的特有观念——不同于他所特有的“自然”观念。他愿意纵容柯勒律治，甚至愿意坐下来，与他协力创作《该隐的漫游》。至少，他愿意作出这般尝试。而且，在他的创造才能拒绝合作之后，他再次作出努力，试为《古舟子咏》贡献力量并取得了远甚于前的成功。

然而最终，柯勒律治的“神异”世界原形毕露：那是一个“恶魔般的心灵世界”，而且，那是一个非同寻常的心灵，蕴藏其中的力量——种种尤似精神力量的力量——不受道德意志的控制，而是首先受到与性相关的因素以及它那种种奇怪的恐惧与需求、它那狄奥尼索斯式的原始音乐和那种种源自古老的神殿，与它一同显现的能量的控制。

作为一首引介之诗立于首版《抒情歌谣集》中的《古舟子咏》所引发的公众反应唤醒了华兹华斯，成为使他逐渐意识到事实真相的警钟之一。到柯勒律治完成《克里斯塔贝尔》（第二部）时，华兹华斯已然彻底警觉——不光警觉，而且深为惊恐、反感。他开始拉开距离，回避柯勒律治及其诗作——一如柯勒律治立刻感受到的那样。

然而，在那首柯勒律治早在遇见华兹华斯之前便已勉力耕耘数年的弥尔顿式诗作——《民族的命运》中，这种神秘的倾向——这种让此时此刻的华兹华斯退而远之的倾向就已经存在。

12. 灵魂层面的演练

在《民族的命运》中，柯勒律治先以开篇一节向“语言、生命，——永生的上帝”致意，继而将上帝的“创造”描述成一台由各类精灵操作的伟大机器：机器运转之际，即便是那些邪恶的精灵也同样有益于人，因为它们能让人类的思考停留在精神层面，从而让人“持续训练，接近上帝”。

当华兹华斯深居山中，进行济慈所谓的“精神举重”时（济慈的想法与华兹华斯类似，但后者更为虔诚），柯勒律治已然受到精灵成群的“极地地区”的吸引。他在诗中描述了令人振奋的想象训练——以想象与内化这些超自然力量为目标的训练如何让“拉普兰人”变得高尚：

> 因为想象是最先
> 让黑暗的心灵摆脱感官欲望的力量；
> 它为心灵带来新的快乐，使之充满
> 狂野的活力；它为空气注入人的气息，
> 隐隐惧怕着种种无影无形的存在，
> 并以此来解放心灵，教授自我控制，
> 令其免受现时之冲动的粗暴奴役，
> 直到迷信在不知不觉之中
> 将理智摆上她的王座。

接着，柯勒律治进一步指出并阐明，想象中的事物越是恐怖可骇，就越有益于灵魂——因为灵魂将因此而变得敏感并感受到强大的压迫力，从而能在如此短暂的时间里接受“至高的上帝无往而不胜的善”。如此见解岂不像极了“对上帝的敬畏是智慧的开端”？他为阐释这一论点而列举的“骇人”案例则更具有启示意义：

> 因此我非自负，
> 也并非完全没有受许之力加身，

但我依然认为，极地古人用于
震慑粗野之众的传奇尤其可怕：

（古人以可怕的传奇唤醒众人，使之认识到“上帝”与“理性”）

或是关于心怀怜悯、为惨遭屠戮的婴儿
悲叹的精灵，或是关于那只名叫
沃柯的巨鸟，它那急急振翅之声
正是风呼雨啸，它那不可言喻的形体
疾疾飞自死亡之母，发出一声
尖鸣，凶手一旦听见便难逃一死。

“信天翁”（即《古舟子咏》中的海鸟）的这只“分身”于此展翅而上，毫无顾忌。阅至此处，在预先知晓后事如何的情况下，人们或许会暂作停顿并注意到这只“巨鸟”实为“死亡之母”的使者。在北欧神话中，“死亡女王”的“三重祖母”正是“邪恶”本身。但诗中的这则传奇并非北欧神话，而且无论其身份如何，这位“死亡之母”都会对杀人凶手作出惩罚。所以，这只“沃柯”其实是一位“神圣法则”的守卫者——一位化作鸟形的“复仇女神”、一位化作鸟形并依照“审判”对凶手实施惩罚的“生死女神”。这个精灵是善是恶？柯勒律治未作多言，轻掠而过，疾笔直入下一诗节——一个因为它与《古舟子咏》之间的关联而频受关注的诗节：

陷入奇异神迷的格陵兰巫师
穿透覆于深渊之上、人迹未至的
重重洋床之域，直至那个位于深渊顶端

被殊形骇状，绝非大地、空气抑或
渊上之海孕育的奇观异景围绕的洞穴：
洞中住着狂怒之形，无眠的寂静守卫着
它无人知晓的名字，充满渴望的眼睛，
苍白的脸颊，悬停的呼吸和因惧怕声响
而半张的双唇；它在恐惧中消亡无影，
唯恐宿命的话语在某种危险的爆发中
偶然逃逸，在无意中泄露自然的元素，
让自然陷入狂暴。

一位陷入神迷的巫师穿透深渊之海，去面对一个“狂怒之形”——很显然，这正是一次旨在预演“古舟子”之旅的诙谐彩排。这段诗直接誊自一份关于“萨满之翔”的早期人类文化学记述——这一点必已经有人指出，然而在此，它似乎应当再次得到强调。从《吉尔伽美什史诗》开始，被神话化、诗歌化的“萨满之翔”便随处可见于文学作品之中。但据我所知，柯勒律治是有史以来首位在诗歌作品中以如此严格的表达提及“萨满之翔”并对它加以利用（即便他仅仅是以一种极其直白的语言对它作出了描述）的英语诗人。换言之，毫无疑问，柯勒律治不仅在自身直觉的引导下接触了这种具有普遍意义的经验——一如（深受柯勒律治所作的范例影响的）济慈在《恩底弥翁》《拉弥亚》《无情的妖女》中所为，更在其真正的语境中找到了这种经验本身。

接着，他径直深入，开始述写承载着他自身“命运”的那一部分故事（就好像他能预见自己的未来一样）：

然而那位巫师
以善之精灵唐迦萨克之力武装自己，

迫使她解开枷锁，释放海洋之流
脂满肉丰的后裔；——继而穿过生活着
一如远离狂风暴雨与势不可挡
拍摔在深海表面的浪潮一般
远离关爱的无邪之物的灵魂领域，
终在凶残的海之守吏的愤然追逐下，
伴着遥遥可闻的喘息，赶在冰霜
封冻归门之前，再度占据他那
血肉筑成，已为一族畏怯之众
在那无人借居的暗帐中逗留良久的
寓宅。——狂野的幻想！但却智慧，
它教人把至高的上帝无往而不胜的善
深深依赖……

以上这段诗对早期穿越者的航程反馈作了补充，使“萨满之翔”及其归途得到了更加完整的描述。柯勒律治意欲讲述一则“可怕”的传奇，描绘一个可怖的意象；然而，在形形色色、满诗皆是的“可怖意象”里，唯有这趟旅程没有任何寓意。也就是说，在那数年时间里，在他自认最具野心的诗歌作品中，这趟旅程是唯一一个真实的“神异”事件。

他焦虑不安，急于挽回“过错”（似是义务使然），试图于“出水”之时——在确信“神圣的真相”正逐步通过教义的传播“艰难地取得她的胜利”之际——融入一则关于上帝之善的训诫并以此来救赎纵身投入那则“可怕传奇”的“狂野幻想”中的自己，而这番尝试也正是那终将让他付出如此惨重之代价的“本能反应”的首次预演。

在这段诗中，他那两个自我之间充满悲剧色彩的“双重”神学关联首次浮出水面。“萨满之翔”及其归途始终处于善之精灵“唐迦萨克”之力的护佑之下，而且，萨满完成来回之后，柯勒律治正式将这位善之精灵比作即将到来的耶和华。与此同时，他将那具“狂怒之形”塑造成一个邪恶的形象。这一身居海底深渊，格陵兰巫师穿越重重洋床前去探访并且“以其魔咒”强行使之“解开枷锁，释放海洋之流脂满肉丰的后裔”——海豹、鲸鱼等能为人类提供食物的海洋动物——的生物是一个如此可怕的存在、一位如此可怕的“混乱女王”，以至于她的名字——一经说出——会“让自然陷入狂暴”。

这是一种传统的两极对立。那位归属“上层世界”并为巫师的来回旅途提供保护的“上帝”代表着善，而那身居海底，统治着“下层世界”并掌管着海中生物的“女性精灵”则代表着恶。若非那位邪恶的“女性”不仅统治着“下层世界”，还尤为异常地控制着食物的来源，这“善恶之分”便会尤其接近基督教或者摩尼教教义对于宇宙的划分：一个上帝在上、撒旦在下的宇宙。在其他任何一个神话体系中，这位“动物与食物之母”也都同时是化作某种形态的“生命之母”。她并不是一个与善良的上帝对立的存在。相反，她其实恰恰就是上帝的“前身”，是先于上帝统治着上帝之领域的女神：她就是善良的上帝；或者更确切地说，她就是“生死之神”，就像约伯的耶和华一样，是超越善恶的存在。

柯勒律治完全有理由责怪为他提供原始素材的人。他曾介绍过他的素材来源（一份关于格陵兰历史的资料），并就其内容作出了如下注释：

> 他们将“善之精灵”称为“唐迦萨克”。另一个伟大却恶毒的精灵是一位无名女性，她以一座海底大宅为家，能够依靠其魔力将所有海洋动物都拘禁在这居所之中。每当饥馑降临格陵兰

> 岛，一位“安格柯克”或者“巫师”就必须踏上旅途，深入海底，至其所在。他将穿经灵魂的王国，越过一道可怕的深渊，踏入这位“幽灵”的“宫殿”，继而吟唱魔咒，打开囚牢，释放其中的生物，使之径直升向海面。

事实上，这是一份关于爱斯基摩巫师之翔（所有飞翔情节中最著名的一段）的简述，它被一位基督教传教士或者一位曾经亲眼见证过这种飞翔的基督教徒记录在柯勒律治的原始资料之中，但这位记录者对其所见所闻有所误解。其实，这位深居海底的女人正是又名“努丽阿育克”或者“塞德娜”的“阿娜卡格萨克”。她的确就是身处万物之源、身处爱斯基摩猎人所遭遇的天气以及运势之源的女神；因此，就其本质而言，她也正是“食物女神”[①]。她就像派遣巨鸟沃科执行审判的“死亡之母”一样，是一位执掌审判大权的女神。于此——在饥馑降临之际，她正作出审判：只有在某个凡人触犯了某条禁忌之后，她才会扣押海洋生物，使之远离猎枪可及之处，而萨满的职责便是解除违禁之举，争取她的宽恕。人们害怕她、敬畏她，但却一如约伯害怕并敬畏着耶和华：在这层意义上，她只可能是“善良”的精灵，而非“恶毒”的精灵。

柯勒律治本人的飞翔尽管始于一番误解，但最终依然准确无误地找到了他需要找到的神明。如此一段——如我所言——已在他的诗歌创作中占据核心地位的“萨满之翔”，足以在柯勒律治直截了当的“诗之诚实”穿透迷雾一般的基督徒式解读并识破那位女性精灵的真实身份之际，证明“古舟子之旅”的萨满式飞翔路径的真实性。

---

① 再往西行，到阿拉斯加，她就成了“尼吉维克”——字面义即“食物之所在”。——原注

但到了那时，他又将费尽心力，以最快的速度爬出那源于“诗之诚实”的梦幻瞬间。之后，身处基督徒式庇护所中的柯勒律治将回首向她望去，仿佛对于此前的一切，他都从未有所理解，但某种残留在他伤痕累累的视网膜上的影像又将促使他（于 1802 年）在笔记中写下：

> 呜呼！呜呼！“自然”竟是一位谨慎而狡猾的女巫，她在世已久，身心如海龟一般坚韧，而且能像生出千百细芽的水螅一般自我裂生，却又始终完整如一。长远来看，她无疑终将战胜“心灵夫人”，并完成她的复仇……

《民族的命运》正是以这样一种方式为第三阶段的准备打下了基础；善之精灵“唐迦萨克”和那“伟大而恶毒的无名精灵”将在第三阶段的准备过程中扮演意义更为重大，同时也更为人熟知的角色并直接面对彼此，而柯勒律治亦将在此二者的引领下直接进入《古舟子咏》的创作。

13. 象征人生

在《民族的命运》与《古舟子咏》之间，除了《忽必烈汗》以外，还有另外一首意义重大、无法绕开的诗作。这首诗作为“古舟子”之旅提供了第三阶段（也是最后一个阶段）的准备。

1797 年 10 月，结识华兹华斯兄妹二人并如着魔一般初陷友情浪潮中的柯勒律治突然觉得时机已经成熟，自己酝酿已久的《该隐的漫游》已可入墨成诗。极少有人曾像柯勒律治一样在一阵妒火的怂恿下对自己的兄弟刀刃相向，但他既已如此为之，昔日那番童年经历与这首残缺不整的散文诗之间的关联便也不言自明。

同时，显而易见的是，这首奇怪的诗作就像一座废墟般的船坞，正是在这座船坞中，“古舟子”之舟被投入水中——或者，更确切地说，正是在这座船坞中，“古舟子”之舟自发入水，开启了它的旅途。

柯勒律治苦心经营的另一首史诗——《邪恶的起源》，连同那首但丁式的《托尔之旅》以及那项奇异的计划——一首关于“邦蒂号”叛逆水手克里斯琴的长诗（“布莱船长！……我身在地狱！”）——一起，都忽然退居幕后，把舞台留给一股突如其来、势如惊厥，旨在（于一夜之间！）著毕这部关于该隐杀害亚伯并因此而饱受苦难的宏大狂想的猛烈干劲。

柯勒律治的一生是“象征性的一生”——如果它真的存在的话：在如此人生中，所有事件——即便是最微不足道的事件——都如同一首足具深层秩序的诗歌中的一个意象一般在“人生结构”中发挥着恰如其分的作用，承载着足以引发共振的力量。但在柯勒律治的一生中，单就象征意义而言，没有任何一个事件能比这个由他悉心打造的奇异夜晚——《该隐的漫游》的诞生之夜更具有活力：那晚，他说服他深为仰慕的新交华兹华斯和他紧密合作，携手重著那场原始的搏斗、那场发生在亚当的两个儿子——“虔诚”的亚伯与“未受激发”的该隐——之间的杀亲之斗。

如果曾于儿时杀兄未遂并夺门而出，“飞”入奥特尔河边的风雨之夜的柯勒律治选在这段童年经历的纪念日来创作这首《该隐的漫游》，那么亚伯的“虔诚”与该隐的“未受激发”便会显得无比突出。

然而，外在的情境——他精心构思的这场“典型的心理戏剧”——仅仅是一副装置。他之所以创建这副装置，正是因为他需要借助它来向前迈出他那不由自主的一步：也就是说，他将就此迈出首步，踏上征途，直奔他已无法回避的最终决战，与那另一个自我一决胜负。

根据柯勒律治的计划，华兹华斯负责创作第一诗章，描写亚伯如何惨遭杀害，柯勒律治负责第二诗章，刻画该隐的愧疚，而第三诗章则将由率先完成己任的人来开启。柯勒律治笔走如飞，极速写下一首风格迥异于以往任何作品的散文诗，却在停笔后发现，若有所思又若无所思的华兹华斯依然直直凝望着一张白纸；于是，《该隐的漫游》便半途而废于"一阵笑声之中"。但很显然，必要的一步已经迈出。

尽管《该隐的漫游》是一部内容饱满、哥特气息浓厚的歌剧式散文诗，但在柯勒律治笔下，该隐的形象却仿佛出现在一幕真实的幻景之中，足具某种现实之感——它亦真亦幻、令人不安：

> ……当该隐，他的父亲，从黑暗中现身，那孩子惊恐不已。因其强而有力的四肢似已历经烈火焚灼，变得枯瘦无力；他的头发犹如野牛前额上蓬乱的鬈毛，衬着他那怒视如斯，目光阴沉而凶狠的眼睛：繁密的黑发芜生双鬓，左右缠作两团，已然满沾污渍，烧得焦脆，仿佛刚被一只烧得通红的铁手紧紧抓住，竭力撕扯；曾经如是、此刻如是、将来亦必如是的剧烈苦痛以其奇怪而可怕的语言诉说着他的面容。

整首诗都很像布莱克的《一次难忘的幻想》，布式风格尽显于字里行间，只是它的确出自柯勒律治笔下，而且较之《一次难忘的幻想》，它的表达更为明确、有力，结构更为紧凑、缜密——它更关乎作者本人的人生急难：透过这一句句诗，柯勒律治在此非常时刻所承受的痛苦清晰可感。

在柯勒律治主动扮演起该隐这一角色之际，他与华兹华斯之间那种依然为强烈的互相吸引所掩盖，尚未接受检验的对抗关系（多萝西位于前景，而萨拉和她年幼的儿子则处于背景之中）的诸多方面都已不可避免地被一一激活。感应与预言中的一切已然觉醒。

柯勒律治几乎不可能有意识地推定华兹华斯很快就会化身为他的所有“兄长”，无情地将他从所有爱与祝福中驱逐。但如今再读《该隐的漫游》，人们完全可以想象，柯勒律治的“痴心妄想”并未失控，而且，在他的幻想中，柯勒律治成功地实现了他在现实中无法实现的目标：在现实中没能杀死兄长的他在幻想中成功“杀死”了——夺其所爱的——华兹华斯。

但也许，当他凭直觉感知到自己其实已在某个维度被华兹华斯杀害时，更为深重的痛苦也已悄然成形。正于此时此刻，在柯勒律治意识到自己既是罪不可赦的该隐，又成为惨遭谋杀的亚伯之际，他穿透表面，坠入诗之深处——“梦幻层面”：在这一层面，“未受激发的”柯勒律治——该隐杀死了“基督徒式的”柯勒律治——亚伯。

这时，诗性叙述开始变得尤为奇异。在这一夜写成、篇幅简短的第二诗章中，遭到上帝惩罚的该隐无比痛苦地游荡在一片森林之中，直到他年幼的儿子引领着他走向沙漠中的一处水源，带他直面那个似乎就是遭他毒手，此刻也同样痛苦不堪的弟弟亚伯的灵魂的存在。接着，亚伯作出一番奇怪的声明：“上帝仅仅是生者之神，死者另有其神。”然后，他又补充道，所有曾于生前向死者之上帝献祭的人都必定命途多舛，但在死后，“他们的苦难都将结束”。

此刻只求从痛苦中解脱的该隐开始寻找这位“死者之神”。阵阵回声传自未来——以尼采的《查拉图斯特拉如是说》为源。他向那个似乎就是亚伯的灵魂发出恳求，请它带他去往这另一位神的所在。“这位死者之神是谁？他身居何处？他接受怎样的献祭？我曾奉上祭物，但我的祭物未得接收；我曾祈祷，但我的祈祷未为所闻……”于是，那灵魂便带领着他——向着“死者之神”进发。

很显然，在某种程度上，诗中的该隐所处的宇宙与“格陵兰巫师”所处的宇宙尤为相似，因为二者均是一神在上、一神在下的宇宙——上层世界的神代表着善，下层世界的神（其称谓是“神”，而非“恶魔”）善恶未明，犹待评估。尽管柯勒律治在那条就“巫师之旅”所作的笔记中将那“另一位神”形容为一位“恶毒”的“无名女性”，但事实上，如我所言，她是一个民族的救星——唯一的救星。在《该隐的漫游》中，情况恰复如是，此刻的该隐（甚似离家远逃，遁入“可怕风雨”的幼年柯勒律治）在痛苦与绝望中寻找的，无非就是能让他免受折磨的“那另一位神”。

这已足以表明，柯勒律治那个“未受激发的自我”——他体内的该隐——正何等绝望、何等不顾一切地寻找着一个与格陵兰“安格柯克”在海底见到的精灵相当、相等的存在。

《该隐的漫游》有其后续——一份粗略的草稿一直留存至今，据其内容判断，它想必就是已经进入规划阶段的第三诗章的概要。在此续篇之中，该隐将对他的妻子讲述他的故事——一如“古舟子”将向“婚宴宾客”讲述他的旅程。他将诉说自己如何在沙漠中找到一棵杜松，如何遇到亚伯的灵魂，又如何从亚伯那里听说“另一个拥有掌控死界的力量，比耶和华更伟大的存在”以及人入死界之后的种种经历。

亚伯已然魂在旅途，准备去向这另一位“更伟大”的神献上他的祭物，而该隐则听凭亚伯引领着自己和他的儿子去往同一个地方。他们来到“一道满水巨壑，并在鳄鱼等物的跟随下下入壑中”。向下穿越这座“鳄穴”之后，他们踏上一片广袤的草地。在此，亚伯取血于臂以为祭物，献给“死者之神”，之后，他又劝说该隐从他儿子的手臂中取血为祭。

该隐正欲照办之际，第二个“亚伯之魂”（这一回是真正的“亚伯之魂”）在“大天使米迦勒”的陪同下从天而降，对该隐发出警告，让他切勿牺牲自己无辜的孩子。这时，第一个“亚伯之魂”抛开伪装，自现真容，化作一位邪恶的魔鬼，在米迦勒的追逐下遁逃而去。

该隐献祭未果，那“另一位神”也便不曾显灵——半途夭折的祭神情节在一阵刺耳的杂声中消解于无。当然，有一点清晰易懂：只要该隐能够割开儿子的臂肉，取其鲜血为祭，那么那位“比耶和华更伟大”的存在便至少会现身“认领”他的儿子——“认领”该隐的“替代性自我”。（在此，这个“孩子”完全可以被直接解读成柯勒律治本人：一如他所抱怨的那样，他觉得自己始终是个“男孩”——一个在他看来该为他人生中的无数痛楚与苦涩负责的“男孩”。）

读罢整部《该隐的漫游》，所有读者都会眺望远方，将期待的目光投向那片广袤草原的尽头，好奇这另一位须以臂中鲜血祭之，“比耶和华更伟大”的神究竟是谁。至少，在《该隐的漫游》的语境下，他必然是一个与那“狂怒之形”或者备受祝福的“阿娜卡格萨克”不尽相同的存在。

后来，当柯勒律治谈及那一夜的合作时，他曾明确表明，在他看来，华兹华斯之所以无法为《该隐的漫游》作出贡献，是因为作为一名伟大的诗人，华兹华斯自己默认这种合作方案“过分荒唐”，对它不以为然；这种出于本能反应的道德判断发自一位具有压倒性力量的权威，以至于合作方案一遭否决，柯勒律治便立刻信心全无，不再对这一至关紧要，在他的私密人生中占据着至高地位的主题抱有任何期待，并当即与之断绝了关联。当他的目光透过华兹华斯的眼睛打向这一主题，它便——如他所言——生生枯死在“一阵笑声之中”——一阵终于此时此刻在真正意义上令亚伯的垂死之呼溺毙喉间的笑声。

然而，柯勒律治的“命运神话”——他生无可避、死亦难逃的精神困境并未就此渗入地下，在华兹华斯的致命笑容中蒸发。无论如何，它都仍在延续。直到数月之后，一切才见分晓。同时，在就这番半途遭弃的创作尝试所作的评释中，柯勒律治以活泼、得意的笔调得出了结论：“……结果，《古舟子咏》应运而生。”

尽管合作就此结束，柯勒律治开始独立创作《古舟子咏》，但也正是在《古舟子咏》的成诗过程中，华兹华斯找到了真正卓越的灵感，为“古舟子”之旅提供了些许助力。于是，悲伤如故，却也更具智慧的该隐再次现身。

14. 敲若沉铅、回响似金

《该隐的漫游》就像柯勒律治的第一次意志坚定，旨在直面他的“斯芬克斯”的努力。在华兹华斯的支持（他的专注孕育出强大的电场，再度巩固了柯勒律治的决心）与多萝西的注视下，他以二手的（陈旧的）方法与材料为拳，奋力砸向“智性自我之墙”——只为破牢而出，穿越阻碍，直抵那“另一位神”的所在。这番努力以失败告终：他不仅没能挣脱束缚，而且连墙外的天光也未能得见一瞥。

但正如柯勒律治似已知晓的那样，时机已经成熟。他的这番努力、这种时刻准备作出牺牲的明确态度以及这般深沉而迫切的渴望，的确唤醒了“墙”外的某种存在。接着，在他毫无防备的某一时刻，《忽必烈汗》——作为来自“斯芬克斯”的一番回应、一份邀请，甚至“一声召唤”——（穿越那处鳄鱼聚居的“巨大水壑”）从那深渊中浮起，赫然现于眼前，以高度原始且独具柯式风格的措辞重新定义了柯勒律治的处境并重现了那场发生在两个“自我”之间的可怕内斗，尽管在诗中，这场斗争被“转化”成“一次理想化的和解”——一次发生在一幅绣满天堂美景的“曼荼罗”（一如我所描述的那样）中的和解；这幅“天堂曼荼罗”超越了斗争双方，又或者——斗争双方就像一幅西藏唐卡上处于“永恒轮回”中的妖精一样，仅仅是在图景的边缘龇牙低吼，嘀咕战争。

与此同时，以那“另一位神”为“邪恶”之神的基督教式（或者摩尼教式）构想也已得到矫正。在《忽必烈汗》中，这“另一位神”已然化身为一位“女仙”（一位女神的化身、一位“恶魔”的恋人），她爱入癫狂，吟唱着饱蕴重建幻景之力的灵感之歌。

此外，那座“鳄穴”的另一层本质也作为附带细节为这声“召唤”所揭示：此刻，它已不再是一个盛满死水的沉洞，也不再是那个通往死境的入口，而是一个内涵丰富，孕育着生物意义上的生命、爱、歌谣与醉人之美的源泉。

若以学界所青睐的方式认定《忽必烈汗》创作于 1797 年 10 月下旬，那么《忽必烈汗》便极有可能是以这样一种方式紧随《该隐的漫游》而来的诗作。

接着，在 1797 年 11 月上旬，《古舟子咏》开始成形。

15. 童迦萨克遇见阿娜卡格萨克

在他已于《该隐的漫游》中勘绘而成的洞穴壁画式地形图，以及那条粗略而古老，充满臆测色彩，在《民族的命运》中被他“擅自占用”的萨满式飞翔路径的共同辅助下，柯勒律治——遵循本能的引导——踏上了旅途。

古舟行进之际，在柯勒律治的记忆中，这幅地形图和这条飞翔路径始终无比清晰——只需记住这点，任何读者都能依照这两份“向导”逐站追踪“古舟子”的航行路线。

若以如此方式逐站匹配“古舟子”的行程，人们不难发现，“舟子”成功经受住了该隐不曾经受住的考验。“舟子”的效仿对象即是“格陵兰安格柯克”；或许，在精神层面，他正是那位“安格柯克”的“转世”，而促成这种“转世”的，正是柯勒律治强烈的主观需求。然而，与“舟子”同行的，还有其他许多以诗歌性文字为载体的“萨满之翔”，这些记录就像顾问一样伴他左右，为他提供参考。一旦古舟出海，一切便归大海掌控。他被“风暴”卷至异境（就像先知被无形之手抓入天堂幻景一般），遇见那个“比耶和华更伟大”的存在。

古舟驶入冰域，陷入重重冰崖的包围。海上女妖斯库拉与卡律布狄斯自我滋生，化作一整幕海景。他并未绕着地球外部航行，而是深入忽必烈汗的卵形宇宙内部，置身卵底，驶于那片“无光之海”。出于对诗意连续性（以及想象体系）的考虑，大量悬垂在忽必烈汗的天堂底部，不断将“阿尔芙”之水输入“无光之海”，使之再次冷却、深沉的巨型冰块已被激流拆散、扯碎，此刻正漂浮在海面之上。

这些漂若冰崖的冰洞并未完全失声。即便形不如初、调不如旧，它们也依然是“阿尔芙”之水——依然是那化作坚冰的“异世之歌”，只是如今，歌中已尽是地狱之声。它们

> ……裂鸣、低吼，咆哮、呼号，
> 像在迷狂之际听到的声响。

它们正朝“赫尔冥界”冰封的尽头漂去，向“大锅”——“赫瓦格密尔”漂去，而那“和谐的旋律”或许也正逐渐退入这一地下泉源中那

阵阵原始的鳄号。不过，由柯勒律治自身规律性的咆吼式“迷狂”幻化而成的可怕女妖恐怕也并非完全“不在现场”。

一些评论家曾以“舟子”的“歧途”作比，来阐释一旦偏离航线，“西方世界”的海上扩张将会面临怎样的境遇——一座万物忧郁、众象逆反的迷宫，它不仅让评论家们深感有趣，还让柯勒律治本人兴致盎然。《古舟子咏》以其良性的象征模式为依托，对源自任何一种视角的解读都具有善意。

如此，作为一份站点明确、行程清晰的“精神冒险”（一种所有欲求迫切的灵魂——无论是睡是醒——都会自发开启的探索之旅）标记，“舟子之旅”是一趟直抵目标的航程；古舟所行，是一条直达“蜜露”、直通核心启示的捷径。无疑，这种“蜜露”与启示正是柯勒律治的迫切欲求。

《古舟子咏》并非一部“冒险传奇”，而是世所罕见的伟大象征诗歌之一，所以，即便此时此刻，诗中出现的所有元素与自然特征悉数成为象形符号（一种意在改变世界的性状与结构的图像语言），我们也不应感到惊奇。那重重冰崖便是屏障——是那另一个世界的“周界地壳”。这场“场景变化”中的首要象征符号即是太阳和月亮。

在此“临界”之处，第一个世界——“日之世界”——在后，被迷雾笼罩，太阳隐于雾中，穿雾而移，不显真容；另一个世界——“月之世界”——在前，披着“雾烟般的白”中透出“朦胧的白月光”。

由于“舟子”来自其中（并且随身带上了他那一副副以良知与期望铸造而成的“防光护镜”），亦将回归其中的“日之世界”是一个“基督新教”式世界，这另一个出现“在前”的世界将会首先显现为一个“地狱”——正如《该隐的漫游》所示。

于“舟子”而言，在此时空变幻的过程中，其种种发现的每一个特征都将被那些“正统护镜”扭曲（自《古舟子咏》问世以来，所有阅读此诗的“正统”读者也都遇到过类似的问题）——直到这些“护镜”在诗中一阵高潮来临之际“自愿”脱落。

同时，作为一名“论派牧师”——他不得不将《古舟子咏》写成一部能让教会会众和像“欲担牧职而不达”的骚塞这样性急易躁、阴晴不定的友人与舆论制造者满意的作品，柯勒律治自己也将遭遇重重困难。

“信天翁”是一个结构复杂的象征符号。撇开更高层次的寓意不谈，可以说，在此“萨满之翔”——这趟旅途的梦（一种原始的生物性幻梦）之维度，“信天翁”所扮演的角色即是“界门守卫”[①]。他以自身特有的形式象征着即将来临的整一幕幻景；对于“新男孩”——“舟子”而言，这是一种简单如“ABC”一般的形式。作为“界门守卫”的“信天翁”，就像“沃柯”一样，是那“名叫‘死中之生’的噩梦”的使者——既是来自那片腐败的“死亡之海”的使者，又是来自那片丰饶多产、光热四射的“诞生之海”的使者。这便是他最为单纯、明了的功能。于是，他掀起一阵和风，放行“舟子”，让他穿越砰然作响的道道界门，进入另一个世界，去面对静候其中的启示。同时，“舟子”像转动钥匙一般杀死了他——仿佛这是必不可少的一步。

穿过界门之后，古舟离开一个宇宙，出现在另一个宇宙之中（它以相同的材质占据着相同的空间——这一“设定”令柯勒律治尤感兴

---

① 无论何时何地，每当踏上追寻之旅的男女英雄穿越界限，进入另一个世界，或者打破禁忌，向某一神秘的境地迈出关键一步，“界门守卫”通常都会现身，而且往往会以鸟、鱼或者野兽的形态现身——时而亲切、和善，以魔力相助，时而危险、可怕，以毁灭相胁。无论是善是恶，这一造物都会（通过献祭、自我牺牲、变形以及扮演向导或者导师等方式）直接或者间接地被“奖赏”取代，就好像它是那种“奖赏”的某个方面——唯一一个在时空变换的初始阶段可为未经转变的冒险者所见的方面。——原注

趣)。这儿便是那个“深不可测”的地方;“舟子”的“突破”在

> 在我们之前,从未有人闯入过
> 这片寂静的海洋

这一双诗行中得到了完美的暗示。太阳的变化标志着这一崭新“宇宙”的显现。太阳已不再是那照耀俗世的太阳,而是一个

> 宛如上帝之首

在其语境之中尤显奇妙、惊艳的太阳。也就是说,那个世俗的、日常的宇宙已被“神圣的宇宙”取代,而且实际上,在某种意义上,这一“神圣的宇宙”正是一座“天堂”——一座此时此刻尤显骇人的天堂:但上帝就在那儿,仿佛亲自坐镇高空一般毫无遮掩地显现在“舟子”眼前。

那是一轮像极了上帝——而且像得太过可怕的烈日,那炽烈的日光就像上帝的目光一般直直打在抬首凝视的越界者脸上。换言之,某种罪过已将那份“额外的”、赤裸的,宛如最后警告一般的荣耀“投映”到太阳之上,而且实际上,头顶的太阳已经开始发生质变。它与“上帝之首”的“可怕相似”正是作为“上帝之首”的它的“最后一次训诫式爆燃”。它不再属于这一崭新的“宇宙”——尽管它是一个“神圣的宇宙”,但它不是“耶和华的宇宙”。这一新“宇宙”的统治者——一如诗本身即将揭示的那样——是一个“比耶和华更伟大”的存在。和那另一个与其神明之间隔着数层面纱的宇宙相反,这一崭新的宇宙赤裸裸地存在于它的神明面前——它太过赤裸,赤裸得可怕。

太阳那次“额外”的爆燃与“舟子”杀死“信天翁”这一举动并

无关联。无数民间传说中的人物都曾遵循“舟子”所遵循的萨满式路径来完成他们的旅途，而且，在许多故事里，守卫“界门”的动物皆是标准的“剧中人物”——就好像这些象征着卵壁的动物必然将和意欲穿壁而过、进入卵子内部的精子迎面遭遇。倘若“舟子”之旅发生在典型的“萨满式”故事中，那么扮演“界门守卫”一角的“信天翁”就会对“舟子”说：“如果你想走得更远，并找到你想要的东西（那无限良善之物、神圣的新娘、重生），你就必先把我杀死。”

但在《古舟子咏》中，此类“指示”无一直接、无一明了，而“舟子”也不曾透露过他杀死“信天翁”的任何动机。他就这么杀死了它——仿佛不知道自己何以如此为之，仿佛实际上是“信天翁”要求他如此为之，而他几乎是在违背自身意愿的情况下如此为之。然而，尽管“舟子”对古老的规则一无所知，他仍然依照规则行事，并将获得奖赏。

同时，太阳也正不断地变化。

16. 月之日

忽必烈汗的天堂仍在经历从天堂到地狱的转变。一如各式经典意义上的地狱，“舟子”所处的地狱也是一个半冰半火的地狱。那些“冰洞”已经变成一片位于世界底端、覆盖整个南极的“无光之海”，而那“阳光灿烂的安乐之宫”则已变成“一片铜黄色的灼热天空”，一轮“血红的正午之日”嵌于天空正中，死死悬在头顶。一切价值都已在“舟子”那些“护镜”的扭曲下（一如在“闭眼，心怀神圣的恐惧”之后）发生倒转。

但此时此刻，这轮爆燃于一瞬之间，看似“上帝之首”的太阳不仅颜色血红，而且“不比月亮更大”。

在此，柯勒律治的用词极为精简，在这寥寥数语的字面意义的范畴内，这轮辉煌的、在那短短一瞬之间看似耶和华一般的太阳已然变成一位另类的“日神”：一位是一轮令人惊骇之日，亦是一轮“不祥之月”的“血祭之神”。

在之后的诗中——不出数个诗节，读者便会看见，在一段纯粹的噩梦描写中，这轮尤显凶邪的“似月之日”已经完全被月亮取代——一轮已为读者熟知的残月。

此刻，倘若再将三首梦幻之诗当作一部单一的戏剧来看，人们不难发现，在那另外两首诗中，也发生过与“舟子”的世界所经历的巨变类似的变化。在《忽必烈汗》中，以那“阳光灿烂的穹宫”为载体的“皇家秩序”让出舞台，退出“前景”，令灯光聚焦那道蛮野之壑，那股力势惊人的强劲泉流从中喷薄而出，那个身披残月之光的女人从中为其恶魔恋人恸哭。在《克里斯塔贝尔》中，在低声呜咽的杰拉尔丁从“橡树”下现身之际，月亮虽然圆满，却仍“小而沉滞”；换言之，月亮虽然圆满、闪亮，却仍像鳄鱼的眼睛一样——仍像柯勒律治如此令人费解地注意到的那样——“小而深陷”，而这一转变同时也为杰拉尔丁之眼的转变作出了铺垫：在“第二部”中，那双“大而明丽”“闪闪发光”的“明”眸变成一对

缩在脸上
双双缩成一只蛇眼

的眼睛，蕴藏诗中的神秘力量也随之彻底转而滑入恐怖之中。

17. 另一位神：第一印象

此刻，透过柯勒律治那些（逐渐锐化成清教式“护镜”）新教式“护镜”，“舟子”看见那片“寂静的海洋”其实是一片“毫无生机的海洋”：它正不断腐烂，燃着“死火”，仿佛一片逐渐潮解的墓地，教人联想起腐败不堪的“赫尔冥界”——

也教人联想起该隐“在鳄鱼等物的跟随下”向下深入的那道“满水巨壑”。

无疑，在那“黏滑海洋”之上，正有“生着腿脚的黏滑之物”缓缓爬行。

这便是柯式梦幻之旅的底点：在此，该隐必须从他儿子的手臂中取血为祭，否则他便无法和那“比耶和华更伟大”的存在取得联系；在此，“格陵兰安格柯克”遇见那位又名“食物与众生之母”“伟大却恶毒的无名女性”，劝她宽恕人类，释放人类赖以为生的海洋动物，“使之径直升向海面”。

恰在此时，一个女人从那落日中现身。

尽管身处一片足够蛮野的地带，但她既不为她的恶魔恋人恸哭，也不手弹扬琴，吟唱一首能将听者变成一个恶魔，使之满口皆是显得迷狂却有违禁忌的言语的歌曲。但这个女人和之前那两个女人之所以有所不同，也许主要是因为她的“召唤”和之前那两个女人的“召唤”在本质上存在差异。她的“召唤”已然不容丝毫抗拒，不留商量的余地。

起初，她似乎不愿完全显露真容：“一个斑点、一团雾气、一个形体”——她的大船上下颠簸、左右摇摆，神秘地行进在一片死寂之中。但在“舟子”行罢该隐胆怯不敢为之事——咬破臂肉、引血而出之后，女人便开始向他靠近。

接着，“舟子”竟也饮下自己的鲜血，很显然，在某种意义上，“舟子”饮血如进“圣餐”。在此语境中——在“舟子”尝试与一个超自然的存在交融之际，“舟子”所饮之血即是那另一位神本身。从那“血红”的“似月之日”中现身的女人正是“血流”（即“生命之河”）之神。

与此同时，“舟子”正牺牲自己，将自己作为一份祭物献给那个女人——一如该隐若真破臂取血于幼子之身，他的儿子也将成为一份象征着该隐的“幼小的自我”的祭物。于是，那个女人寻腥而来，舐其鲜血，夺其心身。

她从太阳中现身——那是一轮初似上帝之首，再似血红之月，此时正从天顶落下的烈日，而“舟子”则仿佛是在牢栏背后把这轮她从中现身的落日看在眼里并对它作出了生动而形象的描述。那艘载她而来的大船瘦骨嶙峋，而这根根瘦骨便是那道道牢栏。“舟子”眼前的日落景象融积极意义与消极意义于一体。只要这颗血红的火球是那女人的家，它就是一颗久遭监禁的“不法之球”（就像柯勒律治的“橡树”一样），而那女人仿佛是从那座“囚球之狱”中脱身而来，已重获自由，再次逍遥法外；只要这颗火球仍是那个曾经看似上帝之首的太阳，它便下沉不止（并逐渐禅位于“黑暗”），并因为那个女人的现身，因为她对这个看似属于“舟子”的“宇宙”的占据而被隔离在外。

也就是说，她就像现身于柯勒律治的噩梦中的女人一般现身于这个“宇宙”之中，而且，此时此刻，“舟子”对她的态度也几乎无异于深陷梦境，时而纵声尖叫的柯勒律治对于梦中女人的态度。她似乎是一个完全消极、十足可怕的存在——一如柯勒律治所述：

> ……在一个极其可怕的梦里，我看见一个容貌半融于黑暗之中的“女人”，她的形象牢牢攥住我的右眼并试图拽出我的眼珠；我紧紧抓住她的胳膊——一阵毛骨悚然的感觉；华兹华斯听到我的尖叫，大声向我呼喊；我听到他的呼喊，觉得他很残忍，只在远处呼喊，却不来救我；直到他的第三声呼喊传至耳畔，我才闻声梦醒；那“女人”名叫“Ebon Ebon Thalud”……

除此之外，其他数位“梦中女人”在他的笔记中也得到了记述。

18. 另一位神的名字

起初，这个从太阳中现身的女人似乎孑然一身，她那艘瘦骨嶙峋的大船疾速穿越死寂而来，宛如一艘烧得通体焦黑，载着一位维京英雄穿行在“赫尔冥界”的“棺船”。

但突然之间，“舟子”发现，她并非孤身一人，伴她而来的，是“一位死神”。不过，二者的形象似已在同一个人身上完成结合，化作一个风情万种、性感勾魂的女人——

> ……她唇色红艳，神情放纵，
> 金发熠熠满头

但在某种意义上，她同时也是“肤色白惨，如害麻风”的“一位死神”。此刻，作为故事的叙述者，“舟子”——在灵感的引领下深入另一个宇宙，与赋予他这般灵感的精灵迎面遭遇的诗人柯勒律治——在惊骇之余直截了当地对眼前的女人作出了认定：

> 她是名叫"死中之生"的噩梦，
> 能以冰寒冻人血流。

所以，这个"女人"、这个名叫"死中之生"的噩梦也许就是那条以嘴触碰虔心祈祷的青年柯勒律治心中那处"冰冷的空洞"的大蛇——它将继续缠绕其心，以嘴触碰虔心祈祷的老年柯勒律治心中那同一处"冰冷的空洞"。而且，这一存在也直接出自《忽必烈汗》。

创作《古舟子咏》的这一年（即1798年）年末，柯勒律治开始在笔记本上为他自己创建一个德语词库。词库第一部分的副标题为"精灵、人、鸟等之名"；"A"栏中的唯一一个词条是：

> Alpe：噩梦

或许，柯勒律治早已认识"Alpe"一词，它只是作为一份"旧爱"被录入词库。在柯勒律治一生中的很大一部分时间里，他似乎都活在这类奇异而惊人的噩梦之中；一如我引用于上节节末的那场噩梦[①]，它们无一不以形色骇人、显得怪诞的女人为主角。然而，在他邂逅

① 现代心理治疗专家或许会将我所引用的这场噩梦解读成一次绝望的尝试：在意识分裂状态之下，某个独立自主、能量过载，位于大脑右半球内的意识核心试图通过某种具体、有形的暴力——某种恐怖袭击式的暴力——来消除大脑左半球过度严厉、理性，正以苛刻的监管与审查来封堵这一核心的求生之道的警戒状态。根据这一理论，这种暴力尝试会（在梦中）自显为一个不断攻击右侧身体——尤其是如容器一般容纳左脑"警戒智思"的右眼球——的可怕女人。同样，根据这一理论，喜剧性的卡通式内在情景也正是以这样一种方式——在"形而上的恐怖"与实际的生理性崩溃的伴随下——对自我的谬误作出了纠正。反对这一理论的人或会指出：柯勒律治之所以在梦醒之后发现自己右眼眼皮浮肿，并不是因为他做了这个噩梦；相反，右眼眼皮的浮肿显然正是这个噩梦的起因。即便如此，梦中那个女人的名字依然 （接下页）

（接上页）有趣："Ebon Ebon Thalud"。无疑，隐秘的关联根脉深植——深到连柯勒律治自己恐怕都无法摸清。但最表层的关联明了如下：

Ebon＝黑色（Black）

Blackness＝（阿拉伯语）神圣的智慧

Ebon＝（由拉丁语而来）"来自善"或者"出自善"

作为一个沉迷于词源研究的学者，柯勒律治亦会在"Thalud"中发现以下这些最表层的关联：

Tha是为——

Thalassa＝（希腊语）海洋

Thanatos＝（希腊语）死亡

Anathema Maranatha＝（阿拉姆语）在宗教层面最受诅咒之物

所共有的词干。

"Anathema Maranatha"曾在《圣经·哥多林前书》（16：22）中得到使用："若有人不爱主,这人可咒可诅。"在柯勒律治做此噩梦之前的两三年里，他也曾在一段即兴创作于笔记之中，意在抨击贵族"主顾"的诗中使用过这一短语：

无论何等尊称贵号冠其名姓，

于我而言，他都可诅可咒

"Maranatha"意为"我们的主已经到来"，但它却被用作一声经过双重强化的诅咒；在这声诅咒中，遁于无形的"Anathema"一词犹待解释——它之所以默不发音，完全是因为它无比肮脏，肮脏到难以言表。"Anathema"本是某种具有神圣用途的供物。具体说来，在"前耶和华时代"的圣城（耶路撒冷）神庙中，它是一种献给"阿娜莎女神"的供物。更具体地说，它是神庙圣妓行淫所得，交归"阿娜莎女神"所有的酬金。所以，二者结合之后所构成的"Anathema Maranatha"这一表述就像一组浓缩而成的象形文字一般象征着那场在以柯勒律治的三首梦幻之诗为载体的梦幻戏剧中被戏剧化的宗教性冲突。在这位特定的"噩梦女妖"的名字中，柯勒律治以"Anathema Maranatha"这一特定的、自相矛盾的，由祝福之词反转而成的诅咒之语为媒介间接提到了那位特定的女神——这种经过重重加密的指涉几乎准确无误、完整无疑。Lud＝凯尔特不列颠之神勒德；又名"利尔"(Llyr)，后成"李尔"(Lear)之原型的"伦敦神王"与之同名。（接下页）

"Alpe"这个能同时将他在噩梦中见到的女人与一座白色的高山（比如"阿伯拉山"）和他心中的圣河"阿尔芙河"结合起来的德语名词之前，他就已经相当熟悉意为"白色"的希腊词根"Alph"（和拉丁词根"Alb"）。

同样，他也相当熟悉意为"麻风"的"Alphos"，熟悉"Alphitos"——希腊神话中那位在保姆口中变成吓唬小孩的妖怪，但却能治愈麻风的白脸女神的形态。他读过所有与之相关的论著，也很有可能已经发现前人在"Alphito"和"Albina"［即以自己的名字来命名"Albion"（即"不列颠"的古称）的死亡与诗之灵感女神"］之间构建的关联。

于此，那条在忽必烈汗的天堂中化身为恸哭于残月之下、圣壑之中的女人，在梦醒时分的记忆中化身为肤色黝黑、手持扬琴、歌唱"月山之源"与灵感圣流的阿比西尼亚少女的"阿尔芙河"不仅"恢复"了她的名字，而且更明确而具体地表明了她的身份：她是肤色惨白，如害麻风，名叫"死中之生"的噩梦。

同时，她也是那个本就该是阿娜卡格萨克、努丽阿育克或者塞德娜——该是海洋生物之母、海之精灵和"生死女神"的"伟大而恶毒的女性"。

（接上页）因此，由以上这些"粒子"复合而成的"Ebon Ebon Thalud"实际上就是作为"处于'黑色'阶段的不列颠至高女神"的"名叫'死中之生'的噩梦"。无疑，她也正是那位于其"遭拒"阶段（"寻仇"阶段）现身于三首梦幻诗作中的"神异"女性。这场噩梦发生在华兹华斯家中；噩梦袭来大约一个月前，华兹华斯拒绝将《克里斯塔贝尔》放入《抒情歌谣集》，并已在实际上将柯勒律治逐出与《抒情歌谣集》相关的所有创造性伙伴关系（柯勒律治本人亦作此理解）。在他做此噩梦仅仅数日之后，柯勒律治便（在一封信中）以持续"硬化"于其余生之中的措辞（他把一切殊荣让交华兹华斯，同时贬低自己，认为自己无外乎"某种形上学者"）首次宣告放弃兑现诗歌才华的权利。——原注

19. “古舟子”成为那另一位神的造物之一

“舟子”噬臂饮血，完成“血祭”之后，“棺船”立刻驶来，行至古舟之侧。随船同来的，是一位与死神掷骰子争胜，高呼“我赢了”的美丽女人。

在这一环节被戏剧化的现实发生在很久以前。正如柯勒律治自己所言，他那“未受激发的自我”的确始终属于那条缠绕其心、冷冷施吻的大蛇。早在柯勒律治出生之前，在他啜饮母宫仙乳、母宫蜜露之际，“舟子”的献祭便已完成。诗中的噬臂、饮血等举动无非是一种仪式化的“重申”——“重申”已在梦幻时光中发生的事情。

那个女人始终是赢家，是主人。她从未失败。打一开始，她便已获胜并将胜者的奖赏拥入怀中，吻之以其奇异、血红的双唇。同理，她与死神掷骰子，高呼“我赢了”，也无非是为了“重申”——重申早已在梦幻时光中发生的事情。

真正不同于以往，且正持续变化、持续向她施压，迫使她以一种新的仪式规则来约束柯勒律治并强制他以一种新的方式来“演绎”这场“戏剧冲突”的，是那“基督徒式的自我”的“入侵”：它不断加强力度，抗拒女人的要求，并且满怀敬神之心，不懈付出愈发虔诚的努力，欲夺“未受激发的自我”于那女人的蛇形身体环成的圈中，使之回归主的怀抱，并将“邪女”祛除。

起初，处于“基督徒式的自我”治下并深受其影响的“未受激发的自我”——“舟子”——卷入女人的“风暴”，直面女人的召唤，并以此拉开了“舟子”之旅的序幕。发生在女人现身、高呼“我赢了”之前的所有事件无异于一个“去基督化”的过程：在此过程中，重重包裹着“未受激发的自我”的“基督性聚积层”逐层遭到剥除。

直至此刻，在女人喊出“我赢了”之际，“舟子”才如遭猛掷，完全陷入女人的“宇宙”：

> 红日落海；群星奔涌：
> 暗夜霎时降临

而残月就此升空，

> ……一颗明亮的星
> 被尖尖月脚揽入月弯。

恰如那位“女性”怀抱她的爱人，恰如蛇身裹绕柯勒律治的心。与此同时，水珠滴落船帆——恰似蜜露滴落“天堂”之树。然而，这滴滴“异界魔露”丝毫未让古舟上的二百名水手重新焕发活力，他们难抵新月之力，突然悉数倒毙——突然得令人诧异。

这就是说，“舟子”的“基督徒式人性”——让“基督徒式的自我”之影响赖以实现并生效的那些“活性精灵”——无法在那位“女性”的“月之境域”中存活。

然而，“舟子”依然不愿完全接受她的掌控，视她为全知全能的神，仿佛那只绕其颈项的“信天翁”[①]仍在发挥一副十字架的功效，仿佛它的死尸同时亦是那副“舟子”用以杀死“女性”之使者（即生

---

① “绕其颈项的‘信天翁’”这一意象出自《古舟子咏》：

> 啊！天呐！船上的老老少少
> 向我投来何等凶狠的目光！
> 他们摘下我颈间的十字，
> 把那死去的信天翁挂上。

前的它）的“基督式弓弩”。于是，在之后的一段时间里，作为一份“基督徒式”的良知活在由这位“女神”主宰的世界里的“舟子”惊恐不已，备感煎熬。在他周围，基督式、基督性的一切都已死亡。但那些依旧挡在“舟子”眼前，坚持让“舟子”以基督式视角看待一切的“护镜”不会让眼前这个它们无法从中辨识任何生命的世界里的任何事物在“舟子”眼中获得生命。尽管他已将自己的鲜血——将他自己的心献给那位“女性”，但他依然无法放弃某种根深蒂固的“基督式智性战斗精神”，它那副“信天翁式弩型十字架”死死固定在“舟子”颈间，宛如一把架好的枪。

平常“舟子”祈祷时，情况一如他的描述：他向耶和华祈祷。然而此时，不知何故，他那“未受激发的自我”竟以如此强大的力量掌控着他的言语，使他无法出言祈祷。离口而出的只有一阵“邪恶的低语”：它就像那艘载着名叫“死中之生”的恶魔的“鬼船”疾疾驶去，从海上消失之际发出的“遥遥低语”——或者，它也许就像“死中之生”的秘密之吻。

正是在此时此刻，在“舟子”认识到他向耶和华发出的祷告毫无意义，认识到这般祷告干若尘沙之际，他那“未受激发的自我”突然接管了一切。“护镜”随即跌落，仿佛羞于再作阻挠。于是，“舟子”立刻在水蛇与海洋爬行动物中认出“她”来，并意识到自己正默默祝福这些生物——祝福这些曾经危险致命、曾经令人憎恶的存在。他似乎仅仅是睁开了他的眼睛，便让自己在突然间彻底陷身于“她”的世界，被它的神圣之美淹没。

“信天翁”从“舟子”颈间落下，跌入海中。换言之，它不再是一位被钉在一副十字架上的神明，它回到“她”的怀抱，或许是以孩子的身份——一个重获新生的孩子。随即，“舟子”坠入一种极乐的安眠状态并在梦中酣饮甘露，宛如一个尚未出生的婴儿，而那古舟则在

“海之精灵”的掌控下将他带回家乡。

此时，“舟子”已经设法蜕尽所有附其身心的“基督余迹”，也已完全献身于那位女性——那位统治着一片充满美与极乐的幻景，直至此刻方才亮明身份的“众生之母”。

然而，我们不得不问：在柯勒律治为了操纵诗的最终走向而奋力挣扎，并随“舟子”一起越过重重障碍，逐步返归日常世界之际，对于已经发生的一切，他本人是否全然明了？他是否认为某种美妙之事抑或可怕之事——抑或难以言表之事已经发生在“舟子”身上？乘舟出海的“格林兰安格柯克”踏上归途，向着故土、故神——善良的“耶和华/童迦萨克”飞去，柯勒律治本人（而非“舟子”）的“基督徒式良知”却迟迟未醒。直到它终于醒来，他那“基督徒式的自我”才匆忙提起笔来。

此时的柯勒律治不遗余力，欲将古舟置于善良的耶和华或者童迦萨克式的精灵的掌控之下。但他们已成多余。其他种种更为深邃的力量正发挥效用，主导一切。某种——在意识清醒的“基督徒式自我”的感知中——宛如“可怕的魔鬼”一般的存在紧随“舟子”身后，尽管它从未改变，始终就是那个“在世已久，身心如海龟一般坚韧，而且能像生出千百细芽的水螅一般自我裂生的狡猾女巫”，是那多彩如虹的海洋爬行动物之母。这位以“阿尔芙”之水、“阿尔芙”之洋为居所，此时因已重申自己的权利而感到满足的女仙宛如海底地震的震波一般从水下袭来，击中船身，古舟与舟上陈旧的“基督徒式自动机械”的尸身沉于汪洋之中。

20. 无法说谎的舌头

《歌者托马斯》是隐藏在《古舟子咏》背后，为其提供原型的苏格兰民谣之一。在这首以其直截了当的方式讲述一趟“萨满之翔”的民谣中，一位声名卓著、策马在途的苏格兰巫师（他的传奇故事至今依然回响于连绵在特威德河上方、气势宏伟而惊人的艾尔登群山之腹）被一位“恶梦‘死中之生’式的精灵女王”强行夺走身心，继而受其监禁，身陷阴间七载。返归人间时，他的言语——就像“舟子”的言语一样——已经遭到改变。

在有史以来最伟大的民谣之一——这首旋律格外凶邪、怪异的《歌者托马斯》中，尽管托马斯百般抗议，但他仍被赋予他最不想得到的东西——一条“永远无法说谎的舌头”；他知道这样一条舌头，人类无法接受。

呈现于《古舟子咏》末章的戏剧效果源于“舟子”“奇怪的言语之力”对闻其言语之人造成的影响。他刚一张嘴，没等他的故事化作只言片语，那位驾舟而来、救他于汪洋之中的“舵手”便一阵眩晕，倒在舟中。“舵手”的儿子乱了神智，而那“虔诚的隐士”就像听从了《忽必烈汗》赖以收尾的劝告一般“心怀神圣的恐惧”抬眼而望，向上帝祈祷，上岸之后，他双腿颤软，几乎无法站立。

然而，受“舟子”影响最深的人莫过于那位“婚宴嘉宾”——他或许就是柯勒律治本人。

在此，“婚宴嘉宾”所面临的困境不仅源于他难以将眼前这幕以那“伟大的异教女神”之胜利为主题的幻景融入一份基督徒式的良知以及一种让柯勒律治“如受当头震击”①一般惘然离去的生活方式，

① “如受当头震击”一语出自《古舟子咏》末节：

> 他（即“婚宴嘉宾”）走时如受当头震击，
> 仿佛知觉丧尽，惘然无神：
> 第二天清晨他便不复如昨，
> 变得更具智慧，更加悲沉。

还源于她已经获得胜利这一事实。“舟子”那条非真莫诉的无法说谎的舌头已对“婚宴嘉宾”坦言：他的基督式人生以及与之并行、有其限度的认知体系无异于一则谎言。

《古舟子咏》在虔诚的尾声中结束，但这虔诚的尾声却是一番空无意义的拒绝，因为柯勒律治所拒绝的，正是此时拒之已晚的一声“召唤”。他拒绝了“他那‘未受激发的自我’和他的‘力量’属于（在他离开海洋，重新踏上陆地之后）再次以那‘*伟大而恶毒的无名女性*’的形象出现在他眼前的存在”这一事实。但拒绝事实全无益处。虽然柯勒律治大可织起这第二个圈，绕他着了魔的“未受激发的自我”一周——一如《忽必烈汗》的最后数行诗文所示（尽管“闪亮的眼睛”已经变成“闪烁的眼睛”，尽管“飘扬的头发”已经变成一把日渐灰白的长须，尽管那位唱起“阿伯拉山”之歌的“恶魔歌者”已经变成一个“蠢货”），但这已于事无补。

“舟子”坚持要让柯勒律治聆听自己的声音。那座“阳光灿烂的穹宫”和那些“*冰洞*”持续得到重建——但这般“重建”却发生在柯勒律治业已地狱化的视野之内，而那位“女性”则作为一种“恐怖”现身其中。

那条“*永远无法说谎的舌头*”对他讲述且将持续对他讲述的关于他自己的一切摧毁了他的人生。

21. 她的乐曲与歌声

除了那首非常简短的《骑士之墓》以及《柳蒂》中的一些诗行以外，人们只能在这三首梦幻之诗中听见柯勒律治的独特音乐。这三首梦幻之诗才是真正的柯勒律治之歌——这一判断恰如其分，因为柯勒律治和他的“缪斯”之间的关系正是在由这三首诗歌所构成的戏剧中得到了演绎。

被这位“歌之缪斯”“附身”之后，他在民谣诗体中找到了他最纯粹的声音。这声音的出处并非任何一支存世的民谣。它只出现在“她”的故事之中。在《古舟子咏》和《克里斯塔贝尔》这两首叙事诗里，他将他最纯粹的声音发展成一种音乐，而这种音乐又是如此新奇，以至于他不得不（在《克里斯塔贝尔》的诗前小序中）为它的怪异而致歉并作出解释。

《古舟子咏》一诗由古老的“四行式民谣诗节”（第一、三行为抑扬四步诗行，第二、四行较短，四个诗行共成两对，大体上遵循短行押韵原则）构成，柯勒律治对于这类诗节的灵妙处理几乎从来不乏肯定与赞赏。那种为了让他开口讲述他的故事而被赋予“舟子”（一如他所声称的那样）的“奇怪的言语之力”实际上就蕴藏在这种诗体之中——以一种令人难以抗拒的绝妙形式。

柯勒律治不时会在诗节里引入一个额外的“四重”诗行，从而在后半诗节中构建一组八音节对句（仅有一处例外）。这一小小的创新所引发的音乐性强化与怪异感浪潮清晰可感。

就其效果而言，它解放了诗歌的旋律，带来一种突然、惊心，从牢固而紧致的诗节形式中喷薄而出的狂野之感。

此外，他也常在抑扬四步诗行或者抑扬三步诗行中引入少许额外的音节。尽管这一手法在传统民谣中亦不罕见[①]，但在《古舟子咏》

---

① 在此，作为“异教幻景”与一种特定的音乐闯入柯勒律治的诗歌中的一切皆与我在《神话、韵律、节奏》一文中提出的论点有所关联。以下这段出自罗伯特·彭斯的“剪贴簿”的论述切中肯綮：古苏格兰歌谣具有高度 （转下页）

中，它依然时时能够引发一种诗之音乐突然得到解放的感觉以及一种“柯式独特音效”的强化，一如“额外诗行”所引发的效果。在某种程度上，它是一种“音乐”效果，但首先，它更是一种独特诗风的体现——一种简单明了，却富于想象，足具催眠之力的“封压”式诗歌风格；它难以言喻，却历历可辨，例如：

And a thousand, thousand slimy things (9 音节)

(千千万万的黏滑之物)

或者：

(接上页) 的不规则性；对于英语诗人而言不可或缺的精准重音与严格韵律不见其中，多余的音节比比皆是，但被填入相应的曲调之后，这些音节却连同各自的曲调一起以某种最为悦耳的形式完美地融入歌谣之中。以《磨坊，磨坊，哦！》为例，若以平淡的语调来诵读这首优美的老歌，它便坑坑洼洼，满是怪异的停顿，毫无韵律可言；另外，若以同样的语调来诵读所配曲调与《磨坊，磨坊，哦！》相同的另一支老歌——一支被布雷姆纳收入《布雷姆纳苏格兰歌谣集》中，以“对芬妮我可不吝给予”开头的老歌，人们便能读出无比精准的韵律；然而，若让二者在一位真正的评论家——一位超越偏见，以对诗歌自然本性的全面把握为基础来作出判断的评论家——面前被唱出声来，那么和抑扬顿挫犹如野禽鸣啭，旋律悠扬动人心魄的《磨坊，磨坊，哦！》相比，后者将是何等单调而沉闷、何等陈腐而瘸跛的一支歌曲。在那些单以一个过律音节“hypermetrical syllable”，意指“不符合韵律要求的冗余音节”结尾的曲调中，这种效果尤其显著。配以这些曲调并在我的同伴——在普普通通的苏格兰人口中化作日常歌声的许多完整诗歌或者文字片段都具有一定程度的不规则性；这种足具野性的不规则性源于某种对于古苏格兰语音节的欢乐排列，然而在这一行又一行的唱词末尾，又往往不存在任何缀饰，就连韵脚或者相同的象声词之类的尾音都不曾出现。这有时让我有所想象：也许，对于一名听觉敏锐、乐感强烈的苏格兰诗人而言，在彻底摆脱韵脚限制的情况下以笔下诗歌来为众多最受苏格兰人喜爱的曲调（尤其是我在前文中提及的那类曲调）填词也并非全无可能。——原注

And the rain poured down from one black cloud (9 音节)
(一块黑云泼下雨水)

或者:

And the bay was white with si/lient light. (9 音节).
(月光静染，港湾里一片银白。)

而在八音节对句和额外音节同时出现之际，“柯式独特音效”便再次得到强化，例如:

Like waters shot from some high crag, (8 音节)
The lightening fell with never a jag (10 音节)
(闪电划破长空，直劈而下，
像瀑布泻落峭壁悬崖)

或者:

For the sky and the sea, and the sea and the sky (12 音节)
Lay like a load on my weary eye (9 音节)
(因为云天、大海，大海、云天
沉沉压向我疲惫的双眼)

或者:

When the ivy tod is heavy with snow, (10 音节)

And the owlet whoops to the wolf below. (10 音节)
(当常春藤上白雪积满,
当猫头鹰冲地上的恶狼叫唤。)

柯勒律治注意到了这种效果。在(《古舟子咏》完全定稿之前)起笔创作《克里斯塔贝尔》(第一部)之际,也许他还打算将《克里斯塔贝尔》写成另一首“民谣体民谣”,但早在第一诗节里,全新的音乐就已接管一切:

'Tis the middle of night by the castle clock,
And the owls have awakened the crowing cock;
Tu-whit! —Tu-whoo!
And hark, again! the crowing cock,
How drowsily it crew.
(夜半时分,城堡钟鸣,
雄鸡被猫头鹰的呼号惊醒;
嘟——喂! 嘟——呜!
它啼罢一声,又接一声,听!
它叫得多么迷糊。)

接着,他彻底摆脱了民谣式诗节形体——但却不曾脱离民谣模式。

22. 女郎出橡

《克里斯塔贝尔》(第一部)的剧情简单、单一。杰拉尔丁对克里斯塔贝尔施以催眠魔咒，引诱并侵犯了她——在全诗[①]结尾，被诱奸的克里斯塔贝尔安躺在实施诱奸的杰拉尔丁怀中。

全诗开头，于夜半时分离开城堡，来到古老的“橡树”下为身在远方的恋人祈祷的克里斯塔贝尔听见一阵呻吟，继而发现了杰拉尔丁：

少女忽受惊吓，一跃而起，
这可爱的少女，克里斯塔贝尔！
近处传来一声呻吟，近在咫尺，
可她听不出是谁的声音。——
它似乎就在那橡树后头，
在那又大又粗的老橡背后。

夜晚寒凉，树林光秃，
是那冷风在瑟瑟低吟？
可今夜哪有风在吹拂，
连这可爱少女的发卷
也不曾离开她的脸颊——
今夜哪儿有风来捻转
那片红色的叶子，叶族的遗孤；
它在它能翩翩起舞时起舞，
如此轻盈，如此高高
挂在仰望天空的顶梢。
嘘——少女跳动的心啊，
耶稣，玛利亚，保护她吧！

① 此处的“全诗”指《克里斯塔贝尔》的第一部分。

如此诗行不断延续，不断以其催眠之力让读者陷于迷境，去迎接全诗的高潮；在那奇异的高潮部分，杰拉尔丁将会揭开谜底，言明她赖以征服克里斯塔贝尔的力量究竟是怎样一种神秘的力量。先前我曾提及，这位以不同的形象出现在三首梦幻之诗中的“神异女性”实为“某种特殊言语的灵魂”。我称之为柯式“咒语式语言”的灵魂。她既是“阿尔芙河”——那条神圣的情欲之河，是那位歌声能化听者为恶魔的阿比西尼亚少女，又是那个名叫“死中之生”（又名“天堂之母”“阿娜卡格萨克”），只在“舟子”以自己的鲜血向她献祭（似饮“圣酒”一般让她饮自己的鲜血）后才释“舟子”于无言的噩梦。此时，她已成为那个出“橡”而来，以其言语催眠“基督徒式的自我”——或者化身为克里斯塔贝尔的“基督徒式的自我”的“灵魂”——的“爬行女人”（为让读者认识到这般形态，柯勒律治煞费苦心）。无论这个女人身处何种情境，她的“言语”始终志在征服（或者也可以说“的确已经征服”）那个“基督徒式的自我”。在《忽必烈汗》中，“基督徒式的自我”不得不织一个圈，绕她歌声的影响一周，从而将她祛除；在《古舟子咏》中，她彻底征服了“基督徒式的自我”：被征服的“舟子”沦为一座疯狂的废墟，终被急急送回由基督教价值观念支配的世界。

而且，无论她身处何种情境，她的力量始终被明确地施加在“言语”之上。阿比西尼亚少女的歌唱不仅将她的听众变成了恶魔，而且赋予了她重现那首足可重建天堂的魔幻之歌的灵感。她虽然让“舟子”从沉默中解放，解放他的舌头，但却只是为了让那一再占据他身心的“奇怪的言语之力”真实地讲述她的故事，而不管他愿意还是不愿意。最终，她那极具催眠之力的神异力量如此彻底地控制住了克里斯塔贝尔的言语，以至于这位身陷魔咒的少女别无选择——或者沉默无言，或者成为任她摆布的傀儡。

杰拉尔丁正是这种力量的终极化身。可以说，《克里斯塔贝尔》（第一部）的剧情设计纯粹是为了展现这种力量获得完美胜利的瞬间。而且，这种力量具有令人信服的真实性①。以下这段杰拉尔丁宣告自己成为全能的主宰——成为克里斯塔贝尔的言语之主宰的诗不仅是《克里斯塔贝尔》的高潮（因此也是整部“三幕式悲剧歌剧”的高潮），还是英语诗歌史上最具催眠魔力的咒语：

我这胸脯的触碰将会唤醒一种魔力
它就是你言语的主宰，克里斯塔贝尔！
你今夜即知，明日亦悉，
我这耻辱的标志、悲伤的印记；
　　你的抗争尽是徒然，
　　　　因你无可言他，
　　只能如是宣称：
　　　　在那昏暗的林间，

① 《克里斯塔贝尔》（第二部，方便起见，我将在文中多次提及这一部分）的存在只让《克里斯塔贝尔》一诗和《古舟子咏》之间的关联更显明确。《古舟子咏》置“舟子”与“名叫‘死中之生’的噩梦”于一种全景式设定之中，并为之绘制出一幅肖像。一如前文中的描述，在《克里斯塔贝尔》（第一部）中，柯勒律治推近镜头，完成聚焦并予以特写，无比确切地揭示出发生在“舟子”与“噩梦”之间的一切。经过如此程度的放大，“舟子”已分裂成两个人物：克里斯塔贝尔（他“基督徒式的自我”的理想灵魂）和她的父亲——“那位年迈的骑士，利奥林爵士”（他“基督徒式的自我”的道德自我与智性自我的外壳）；而那“名叫‘死中之生’的恶梦”则高呼“我已赢了!”，令读者如坠云雾。在《克里斯塔贝尔》的第一与第二部分中，柯勒律治将隐藏在那声高呼背后的那则内在故事——那场内在戏剧完整地搬上了舞台，从而精准地揭示出那位“蛇女”如何从征服“舟子”敏感的灵魂出发，发动对其道德自我与智性自我的征服。——原注

你听到一阵低吟，

遇见一位光亮的女郎，她美丽绝伦……

一番无比奇异的宣言由此而发，但音乐的力量掩盖了宣言的复杂。

至此，我已循着种种线索，深入柯勒律治个人神话的象征体系，探寻柯勒律治的韵律“新式原则”之源，而这番探寻似已将我们带到这位身份古怪的神异女性面前。我们能否再靠近一些，把她看得再清楚一些?

我已谈及她和萨满传统中的“生死女神”“动物之母”，和耶和华背后的“阿娜斯”，和赫尔与“阿尔菲多斯”，和伊希丝与“噩梦”之间的关联。但归根结底，柯勒律治的神圣“常量”无疑就是那棵“橡树”、那条“橡中大蛇”和那个“橡中女人”。若将橡子比作苹果，那么以上三者便可喻指著名的“伊甸园组合”——苹果树、毒蛇与夏娃。除了《圣经·创世纪》中那番为人熟知的诠释之外，某些关于这一“三角关系”的神话解读有时也会将“大蛇”与“女人”描绘成同一位“女神”的两个方面或者分别描绘成这位“女神”与她的“女祭司”。有时也会出现两个女人，可能出现的“角色分配方式”也因此而变得多样。于是“大蛇”便可被描绘成“上帝”，而那两个女人则成了同一位“女神”的对立两面——这就是隐藏在以亚当的两位伴侣为核心的神话背后的真实：夏娃、“恶魔莉莉丝”以及那条“大蛇”与此二者之间的神秘关系，对于这层关系，柯勒律治想必一清二楚。若能予以谛听并着耳于这种神话语言背后的身体语言，人们便不禁会在“和谐的旋律”中听到柯勒律治的两种声音，以及他直到数年之后才加以区分，分别属于两位萨拉的两种声音。人们完全能想象（甚至能看见!），若对柯勒律治进行脑部扫描，那棵枝杈繁多的橡树便会赫然显现，化作一幅扭曲的全息影像，他笔下的每一个词语都让它颤若闪电。在他虔诚祈祷之际，人们也完全能把那条缠吻其心的“大蛇”想象成一条剧烈扭动于他的心电图底谷的波线。换言之，人们能感受到“一个神话体系的生物性真实”，这种“真实”将他的“噩梦剧”像幻象一般投映在“穴壁”之上，不断影响他的行为方式，离间他的友情，溶解他的诗歌事业。尽管从另一个角度来看，这种“真实”可以被解读成一幕不仅规模宏大、切中要害，而且简洁澈亮、熠熠生辉的幻景——一幕彰显英式“精神/智性困境”的幻景，但也正是这种困境，终让柯勒律治自己吊死在一副十字架上。

无论从何种角度来看，“杰拉尔丁强暴克里斯塔贝尔”这一意象都以一种最为强而有力的方式象征着柯勒律治的诗性生命中的核心事件、原始事件。在诸多方面，这一极具启示意义的情节令人深感震惊，不单是因为一个女人先催眠、后强暴了另一个女人，也不单是因为促使她如此为之的动机如此神秘（凭空出现，竟然只为实施迷奸）。杰拉尔丁强暴了柯勒律治“基督徒式的自我”的“灵魂”，所以实际上，她也强暴了柯勒律治本身。她同时强暴了“男中之女”和“女中之男”。一如柯勒律治的诗所揭示的那样，杰拉尔丁的情欲之力与情欲之美不仅慑住了克里斯塔贝尔，还慑住了柯勒律治自己。但真正令人震惊（令人难以忘怀、难以捉摸）的是，这种绝伦之美以其从容到令人恐惧的姿态来予以揭示的，却是一副丑恶到难以形容的胸脯（“我这耻辱的标志，悲伤的印记”）。和他设法予以暗示的“恶之恐怖”相比，他（在“第二部”中）用以形容这副胸脯的词语——“老”“冰冷”，甚至那些被他（从“第一部”中）删除的描述——“丑陋、畸形，污泽秽色”“一副邪秽之象”——简直微不足道。但这“耻辱的标志”恰恰就是她身份的证明，而“这名为杰拉尔丁的恐怖存在不仅自我揭示，原形毕露于柯勒律治眼前，而且作为他‘言语’之‘真相’的‘主宰’——在施以这种不可逆转的强暴、凌辱与侵占之际——彻底俘获了他那‘基督徒式自我’的‘灵魂’”这一事实也正是那个——对于柯勒律治而言——“无法面对的真相”。

杰拉尔丁在《克里斯塔贝尔》中所表现出来的“人性”确立了她的“重心”，但对读者来说，重要的是那层笼罩她全身的“暗示光环”；在梦幻之诗的发展过程中，她不断显现，而这层光环则正是此前所有“显现”的“总合”。她那副死尸般的、爬行动物般的胸脯将她的“神圣”之美（诗中，柯勒律治曾以“神圣”一词来形容她那双转眼间就在他笔下“缩”成“蛇眼”的眼睛）定义成“比耶和华更伟大”的存在。那位“伟大而恶毒的无名女性”的“狂怒之形”；那位深居海底，赐予人类食物的“海洋生物之母”；那位手持扬琴的阿比西尼亚少女；那条食尸于赫尔冥界的黑龙尼德霍格；那个在巨壑之中为她的恶魔恋人恸哭的女人；那些在腐败的海洋之中依靠腿脚爬行的黏滑之物；那只“夜莺”；那条爱入癫狂的鳄鱼；那个名叫“死中之生”的噩梦；那些遣“Ebon Ebon Thalud”入梦，拽扯柯勒律治的眼球的“酒神女祭”；那位面色煞白、如害麻风，化身为暗夜妖精的女神阿尔菲多斯；那条绕世一周，盘身填海的米德加德光蟒；那轮拥星入怀的残月；那位谨慎、狡猾，在世已久，身心如海龟一般坚韧的女巫——“自然”；那位“天堂之母”；那位掌管着熊熊死火，不断腐烂的无边海墓的“伟大女神”；那口不断沸腾、光热无限，不断孕育新生的大锅；那条鸣响情欲之歌，象征着神圣语言的河流——曾经跃跃欲动、隐隐作现于杰拉尔丁身后的一切，连同它们的“形上内陆”和“梦幻藻海”一起，都在盘绕于杰拉尔丁体内的力量中完成了汇聚。杰拉尔丁这一矛盾如克莉奥佩特拉与克瑞希达[①]的结合体一般的存

① 此处的克莉奥佩特拉与克瑞希达皆为莎翁剧中的人物。

在，其“一思一虑、一举一动”都在向柯勒律治“基督徒式的自我”发出召唤——唤他屈服于她独特的爱，屈服于她的真实之美，屈服于她已成为主宰这一事实。这场发生在“催眠状态下的强暴”无非就是杰拉尔丁之“召唤”的终极形式，是杰拉尔丁完成占据，造成“既定事实”之后的傲慢封印，而《克里斯塔贝尔》（第一部）则是她赢得的奖赏——一份“不灭不朽的诗之奖赏”，是其胜者意志的“最终定格”。在“第一部”结尾，她心满意足地躺下来，就像那条缠绕柯勒律治心灵的大蛇一样，而克里斯塔贝尔则无助地熟睡在“蛇弯”之中，虽然遭受侵犯，但是无比幸福。

尽管柯勒律治并未立刻清醒地认识到诗中究竟发生了什么，但在内心深处，他不曾有丝毫疑惑，明了一切之后便选择了逃离。

23. 言语的主宰

透过这番她赖以宣告她的意志与全能的咒语式宣言，杰拉尔丁其实是想告诉克里斯塔贝尔：此时此刻，你已明了我的邪恶秘密——我死尸般的、爬行动物般的身体，但这是一个你永远不可泄露的秘密。它就像一道催眠命令一般得到下达，要求克里斯塔贝尔从此往后只要开口，便只以“美丽绝伦”来形容杰拉尔丁。在《克里斯塔贝尔》古老的哥特式故事情节中，这一强制生效的保密机制具有某种古老的功能：在“第二部”中，杰拉尔丁将着手实施她第二阶段的计划——引诱克里斯塔贝尔的父亲（一如引诱克里斯塔贝尔），克里斯塔贝尔只能听之任之，无法言说。

然而，作为神圣的“阿尔芙河”——即柯式诗性语言之河——的化身，杰拉尔丁的言下之意还不止于此：她不仅在对克里斯塔贝尔说话，还在对柯勒律治本人说话。如此语境下，她所传达的，与其说是一道催眠命令，毋宁说是一份事实声明。尽管在柯勒律治眼中，她只是一个恐怖的幻象，他只能以“美丽绝伦”来形容这种幻象。尽管柯勒律治同时视她为“死亡与腐海女神”和“生命与光辉灿烂的诞生之海之女神”，他仍将致以崇高的敬意，将她奉之为“完全美丽”的存在；也就是说，他会像约伯一样赞颂她的美丽——“尽管它戮我身心”。这并非某种诗歌性或者宗教性的反常状态，而是“神秘生活中的一种常态”，或许，在全身心投入研究的科学家的生活中，情况亦是如此。这是一种单纯的认知——对于某种（想必亦是一种生物性法则的）自然法则的认知：作为现实的存在被人感知到的一切都会释放某种无可抗拒、无异于美的魅力。名为杰拉尔丁的“女性”——作为终极的现实——自显于柯勒律治的独特意识之中，因此，她就是终极的真相。因此，她就是终极的美。因此，让她的现实、她的真相——因此也不可避免地（而且像是顺带一般）让她的美丽得到表达的言语，也正是柯勒律治自己的“神圣言语”，是他唯一真正的言语。

正因如此，她才成了柯式“言语”的唯一“主宰”，也正因如此，柯勒律治“基督徒式的自我”——在不断逃避杰拉尔丁、逃避她那棵“橡树”的可怕生命的过程中——从未拥有过神圣的言语；这一自我所拥有的，仅仅是一种混乱、嘈杂，堵住柯勒律治的耳朵，使之无法听见杰拉尔丁的真相、现实与美的“召唤”以及一切出“橡”而来的歌声的“智性语言”。

在他拒绝杰拉尔丁，就此逃离之际，他也放弃了使用这种“神圣言语”的权利。自此，从杰拉尔丁的角度来看，从他自己“**那个充斥着尖锐情感的领域**”的角度来看，他已沦为一个无言之人。无论他如何滔滔不绝、笔耕不辍，他的所书所言——较之“神圣语言”——皆已不成语言。于是，他的亡德之旅便成了他亲手织成，绕那“未受激发的自我”和“她”一周的第三个圈。

这也解释了独一无二的柯式音乐何以只出现在屈指可数的几首诗作之中：三首梦幻之诗为主，另有两三首作品也稍有沾染。它只在以柯勒律治的神话为主题的诗作中响起——或者，更准确地说，它只在以“她”的神话为主题的诗作中响起。无论何时何地，那一整簇如同核心一般的意象——“女人/爬行动物/橡树”——一旦出现，它那种种如时针转动一般规律而必然的意义与活力便连同它那与众不同的“神圣”语言一起——随之显现。这是“神话诗人”独有的特征。相较之下，在华兹华斯的诗文中，神话性元素立显模糊、隐约，它们以一种更为松散的方式弥漫在一种更为统一的气质之中：药用树胶[①]随时可能在最不可能的角落汩汩冒出。但在柯勒律治的诗中，除非这个女人或者她的橡树即将出现或者已经出现，否则读者就只能读到为柯勒律治的“基督徒式（智性）自我”所独有的语言，听到为这一自我所独有的声音。这种语言和声音有时也能铸就一首可敬可赞的诗作：在他笔下的诗——作为一番哀叹——与她痛苦的缺离直接构成“对位”之际（比如《沮丧》《无望的劳作》），在她近在咫尺的感觉无处不在之际（比如《这椴树凉亭》《夜半之霜》）。不过，铸就这类诗作的原料与那三首梦幻之诗赖以成形的魔幻实质截然不同，柯勒律治——在他承认自己“痛恨作诗”时——对此一清二楚。正如相应的记载所证实的那样，除了他能自然而然，如受祝福一般释放自我的那几个月时间之外，无论他如何努力“作诗”，他的诗歌都只能在茫茫语海中找到他那“基督徒式的（智性）自我”的语言——那种令他释放无门的语言。

然而，柯勒律治的神话不时也会戴上各式令人难以想象的面

① 此处的“药用树胶”原文为“medicinal gum”，喻指具有治愈之力的成分。

具——尤其是“狂欢面具”。在《烈火、饥馑与屠杀》和《恶魔的思绪》这两首（就像《骑士之墓》影响沃尔特·斯科特一样影响了拜伦与雪莱的）诗中，读者便能隐约看见那些欢跃于柯勒律治的“精灵女王”周围的“墨菲斯托菲里斯式妖精”的身影，而另一首能让读者对一整部充满灵感、题材庞杂，但却未经开发的打油诗集（一笔巨大的损失）心怀遐想的诙谐小诗《乌鸦》——如今看来——则是一首以“橡树”为其坚实核心的作品。除了这些作品以及三两声更为沉闷的回响以外，我们只能于不经意间在他草草记下，意在速写天光、树叶与水之印象的描述性散句中听见他那“未受激发的自我”的低声细语。在这些文字中，他蹑足而过（从他无法面对的种种恐怖之侧经过），潜入一种微妙的言语境界，吟响了一种激情洋溢，无可比拟——直到霍普金斯出现才觅得共鸣的“宣叙”。

然而，在这些可助我们一窥柯式神话的文字碎片中，最具启示意义的，当属《骑士之墓》。

24. 在赫维林峰的胸口

在《骑士之墓》中，“橡树”再次出现——但只是为了消失。如果说《乌鸦》戏剧化了因为“橡树”的毁坏而凶相毕露，为图复仇而不惜杀戮的“未受激发的自我”的狂怒，那么《骑士之墓》便记录了柯勒律治如何在哀悼中接受了他所失去的一切：

亚瑟·欧凯林爵士的墓在哪里？
这个好人的墓可能在哪里？
在赫维林峰的胸口，依着一泓泉水，

> 在一棵年轻桦木的细枝之下！
> 在炎炎夏日孕育甜美的音符，
> 在一年之秋舞动黄叶，沙沙作响，
> 又只在冬天呼呼咆哮的橡树
> 不复存在——桦木取而代之，茁壮成长。——
> 骑士的遗骨已入尘土，
> 他的宝剑已锈；——
> 他的灵魂，我相信，已与圣徒一处。

诗中又出现了另一座“天堂之山”、另一泓泉水和另一棵树，而树下则出现了一个前所未有的存在——一个埋在墓中的死人。

那棵如此甜美而英勇地活过春夏秋冬的橡树突然不复存在——不留任何解释。取而代之的，是一棵除了“年轻”以外别无特定属性的桦树。

骑士死，橡树去。其逻辑是：二者是同一回事——或者说，二者相依而生。如今，橡树不复存在，而骑士则身埋曾受橡树粗枝荫庇的土地之下，在他的尸骸上方，取橡树而代之的，是一棵桦树。

“亚瑟·欧凯林爵士”这一姓名就像《黑暗女郎之歌》中的“亨利爵士”、“福克兰勋爵”以及克里斯塔贝尔的父亲“利奥林男爵”、杰拉尔丁的父亲“特莱缅因的罗兰·德沃爵士”这些复合词一样，是柯勒律治的古怪发明之一。根据这一经过细心聚合的名字判断，亚瑟爵士是一名出身布立吞王室（名“亚瑟”）的凯尔特（姓“欧凯林”）战士（拥有“骑士”称号）。他是一位部落首领，曾经投身那场僵局难破的“异教/基督教”之战，浴血奋战于那条模糊不明的战争前线——并以某种方式同时效力于斗争双方。在他身后，也许豁然敞开着以“圣杯”为核心的神话体系的“神异”维度，唯独在这“神异”

的领域中，异教世界与基督教世界才有可能合二为一。

但在更为特殊的语境下——在柯勒律治的个人神话体系中，（作为托尔的形态之一——“Ar-Thur”）亚瑟爵士成了一位“橡之骑士”。他与如此轻易就落入（诱惑并侵犯了他女儿克里斯塔贝尔的）杰拉尔丁的掌控之中的利奥林爵士，与（《黑暗女郎之歌》中那位）在某种意义上扮演着“恶魔恋人”一角的亨利爵士，与虽是搭船出海，却以一种丝毫不失骑士之风的方式完成了相当于一趟改良版“托尔之旅”的追寻之旅的“舟子”之间，都存在着某种松散的关联。

拥有一半贵族血统的他曾活在“异教世界与基督教世界或许可以共存”这一可能之中，以调解两个世界之间的矛盾为己任：他是一个拥有两个自我的人。他仿佛就是一个能在搁置“基督徒式自我”的偏见的同时让“未受激发的自我”的声音为人所闻——甚至暂时陷自身于“未受激发的自我”的掌控之中的“忽必烈·柯勒律治”，一个能够自甘迷醉，准许（仿佛被人下了药一般）处于半梦游状态的克里斯塔贝尔接受志在必得的杰拉尔丁的征服与诱惑（甚至能像利奥林爵士一样让他自己也屈服于杰拉尔丁）的柯勒律治，一个能在短暂的时间里把他的梦幻之诗当作直截了当的自传来书写的柯勒律治。

此刻，这位骑士已经身在墓中，橡树也已不复存在。这一事实告诉我们，柯勒律治的“调解机能”已然丧尽，而柯勒律治本人也已相应地退而独以他那“基督徒式的自我”来认定自我。因此，此时的柯勒律治也已“失去”他那“未受激发的自我”——以及那个女人、那条大蛇、那棵橡树，剩下的只有现已化身为一棵桦树，出现在《骑士之墓》中的“基督徒式自我”。这棵桦树已然取代那棵曾与亚瑟爵士共享生命的“橡树”，开枝展叶于骑士之墓上方。

但人们也许会感到好奇，骑士何以埋葬于华兹华斯之山——赫维林山？这首《骑士之墓》在各方面都与《克里斯塔贝尔》更为接近，但（从主题上看）它成诗于《克里斯塔贝尔》之后。虽然柯勒律治有时会在人前朗诵此诗，但在他着手合编那部问世于1834年（即他逝世那年）的《柯勒律治诗歌全集》之前，他都未曾公开发表过它。但一些与他相识的人曾经作出推断，认为这首《骑士之墓》早在1802年——在华兹华斯给他致命一击两年之后——便已写成。毕竟，它纪念着柯勒律治自己的话：“我体内的诗人已死。”然而，亚瑟爵士却像埋葬于华兹华斯的家门口一样埋葬于赫维林山——为什么是赫维林山，而非（可能更受亚瑟爵士青睐的）“阿伯拉山”或者其他某座可能足以替代“阿伯拉山”的山？

因为赫维林山不可替代。在他照旧往返于他自己位于凯斯维克的家与华兹华斯那座位于格拉斯米尔的小屋之间，徒步翻越赫维林峰之际，他对北欧神话中的冥界女神相当的熟悉，绝无可能错过在脑海中激发联想的机会[①]。对于柯勒律治与华兹华斯兄妹而言，赫维林山是座圣山。多萝西曾亲笔记下他们三人如何幻想在山上修建一座房子——一个为他们的“诗之未来”而建的家。在那宿命般的“三日之访”过后——当华兹华斯在接受了业已完稿的《克里斯塔贝尔》并让柯勒律治心中的希望之火熊熊燃成烈焰之时突然出尔反尔（当时的华兹华斯或许未事婉转，尽以直言相向，也很有可能已向柯勒律治口头“意译”了那番针对《古舟子咏》而作，直到第二版《抒情歌谣集》出版后才出现在柯勒律治眼前的致命评注）之后，柯勒律治也许再次登上过赫维林峰，但无论他来过与否，他早晚都将在他的诗之希望所承受的致命一击生效之际意识到，最恰当的埋骨之所正是这个曾被他的诗之希望视作理想家园的地方。对统辖着那场永远无法入墨成诗的

① 此处的“冥界女神”即指赫尔，而所谓“联想”即指由“赫维林山”到“赫尔”的联想；“赫尔”在英文中写作“Hel”，而“赫维林山”则写作“Helvellyn”。

“托尔之旅”的诗歌天才而言，这座“赫尔（不再是传谕女巫赫尔，而是死亡女神赫尔）之山”正是一座合适的坟冢；在此，他将安身于“名叫‘死中之生’的恶梦”的棺船之内。此外，当时的柯勒律治很有可能在偶然间想到了古挪威语单词“vella”（意为“沸腾”）和“vell”（意为“一阵冒泡”），以及它们与意指“源泉”的古斯堪的纳维亚语词汇和古英语词汇之间的紧密关联。换言之，从亚瑟爵士的墓边流过的那道泉水正是自北欧巨“树”的根部沸滚而出，从北欧冥界涌入现世的那股喷泉。它是“阿尔芙河”的“强劲泉流”之源——一眼更为狂野的源泉，和“阿伯拉山”相比，赫维林山更“接近”它。

但托尔的“橡树”又何以被一棵“桦树”取代？这棵“桦树”从何而来？

25. 白桦与黑暗女郎

“桦树”为柯勒律治带来的喜乐，常常在他谈及“橡树”之际提供一种足以对抗由“橡”而生之悲愁的反作用力。“桦树”轻若风息的泻地银光以种种显而易见的方式出现在“橡树”的对立一面——而且，在柯勒律治的神话体系中，“桦树”不以那份根脉深植，不断为柯勒律治内心深处的热情提供养分的“力量”与真实为归属，但它的确为柯勒律治提供了一种替代性的欢乐。 那是一种能让他免受那种种热情的困扰并为他带来安慰的快乐、一种源自一份于他而言既可悲又可怕，虽然“非其所是”却又“是其该是”之爱的应许之乐——一种对于一份本有可能成为现实的理想之爱的怀念。

在《古舟子咏》完稿、《克里斯塔贝尔》（第一部）成诗的那几个月春日里，另一首显然也曾奋力争取梦幻之诗所具备的自由、张力与深度——却最终失败的“民谣”亦正成文于柯勒律治的笔下。它名叫《黑暗女郎之歌》。

柯勒律治只保留并发表了这首叙事长诗的一小部分，这块诗歌碎片虽似断肢，但不失完整。在某种意义上，这首《黑暗女郎之歌》就是一本密码簿——它以一种简单明了的方式揭示了《古舟子咏》与《克里斯塔贝尔》这两首叙事长诗之间的紧密关联。

全诗开头，“黑暗女郎”在“无声的痛苦中”哭泣，苦等与她情定终生的“骑士”“翻山越岭”寻她而来。这便与“三诗五女”（三首梦幻之诗，五个女人）中的两个女人产生了直接关联：一是那个在怀裹“阿尔芙河”之源的神圣巨壑中为她的恶魔恋人恸哭的女人，二是在橡树下为她身在“千里之外”的恋人祈祷的克里斯塔贝尔。随着诗的发展，这种关联也愈显强烈。

在某种程度上，“黑暗女郎”与为恶魔恋人恸哭的女人更加接近，因为她不但坐在一条拍着石面飞溅而下的溪流附近，而且虽非身处“残月”之下，却在一轮“渐渐西斜”、沉向黑暗的红日下“久久不去”。

但换个角度来看，她又与克里斯塔贝尔更为接近，因为她坐在一棵树下，身下又是一片青苔；尽管树不再是那棵挂满槲寄生，在克里斯塔贝尔头顶狞恶地炫耀它那有无数头头角角的“橡树”，而是一棵披着“银皮”的“桦树”，但至少长在克里斯塔贝尔之“橡”上的青苔依然存在——就在女郎身下。或许，这片青苔也正是那块在“晨祷、午祷、晚祷”之际被《古舟子咏》中的“虔诚隐士”垫在膝下的厚苔：

　　满覆那截
朽烂了的老橡残桩。

就好像在精神层面，那位虔诚的隐士就在她的身旁，用他隐形的胳膊搂住她的肩膀，让他虔诚的护佑之声停留在她耳畔。（在作出进一步的解读之后，即便是说她似乎就坐在亚瑟·欧凯林爵士的墓上亦不为过。）

一如以上这些（源自三首梦幻之诗）暗示所示，这位“黑暗女郎”通过某种方式吸收并融合了分别位于柯式“女性光谱”的两个对立极端的女人：一个心地纯洁的基督徒式处女——就像克里斯塔贝尔一样，一个出身地狱，形如爬行动物的塞壬——就像杰拉尔丁一样。与她相关的一切“银白”都绽放出克里斯塔贝尔式的光辉，与她相关的一切“黑暗”中都隐藏着一个杰拉尔丁。

当她苦苦等候的“骑士”终于翻山越岭而来，四个不自然的诗节已为一个不自然的贵族形象作出了铺垫。在由形形色色的符号筑成，不但精确、多变，而且在语源层面极具韧性的柯式代码体系中，“骑士”冠上的“狮鹫”——那只翱翔空中的半爬行动物——确是不祥之兆。

来者竟是“福克兰勋爵”——就连他那朴实而单纯的基督教教名“亨利”也无法完全“驯化”这个以地名来命名的名字：“福克兰”——南极众海的边缘、“信天翁”的纬度。“骑士”脱口而出的名字：

> 福克兰勋爵，是你！

“黑暗女郎”又更不加掩饰地揭开了“骑士”和她自己的身份：

> 她一跃而起，她紧紧搂住他的脖子。

这一看似偶然，却直指“信天翁”的暗示始终漂浮在文字表面，贯穿她的宣言：

我的亨利啊，我已给了你很多，
我给了你有去无回的付出，
我给你我的真心，给你我的安宁，
　　天呐！我给了你全部！

但已经答应将他父亲的“九座城堡”中“最美丽”的一座（仿佛这便是为他理想中的缪斯而准备的城堡）献给“黑暗女郎”的“骑士”突然提出要求，说：

只需等到星星露面……

只需等到西天的余晖
尽灭于黄昏之手，
我们便在闪烁的星光下
　　穿越黑暗，悄然远走！

此时，这一暗示突然由稀转稠、由稠转硬。此刻，在一个如同“十字架”一般纯粹的克里斯塔贝尔和一个痴痴苦恋，在内心深处为其恶魔恋人恸哭的女人之间不住踟躇、摇摆的“黑暗女郎”开始转向，“硬化”为一个“激进好战的克里斯塔贝尔”并保持住了这一状态。面对“骑士”的提议，她选择了退却：

黑暗？黑暗？不！怎么会是黑暗！

闪烁的星光？为什么，亨利？为什么？

这番“爆发”的唯一借口便是：她赖以表达自我的，是一系列“神话代号”——一系列在《古舟子咏》中变得更为明晰的符号。所谓“黑暗”即在“名叫‘死中之生’的噩梦”赢下骰战并发出胜利的呼喊——“我赢了！”之后“霎时”[①]降临的黑暗，所谓“星”即在暗夜霎时降临之际奔涌而出的群星；在那群星闪烁的黑暗中，那轮残月即将升起，身处残月之下的“黑暗女郎”也将发现自己已似狼人变身一般变成那个为了“恶魔恋人”恸哭的女人，而“福克兰勋爵”无疑就是她的“恶魔恋人”。于是，她以同一套代号语言作出了反驳：

喔，上帝！那是正午时分，
　　他立下他那神圣的誓言！

所以，也就该在正午时分，
让我的郎君领着我走出娘家，
可爱的男孩女孩衣白如雪，
　　在前头抛撒鲜花：

一队点头奏乐的乐师领头……

---

① “霎时”一语出自《古舟子咏》：

红日落海，群星奔涌：
暗夜霎时降临。

这般情景越来越像那场在“盛宴”开席前举行的“教堂婚礼”——那场被“舟子”用咒术拦下的宾客自觉无法参加，并且——迫于来自那幕“七彩大蛇与墓中蠕虫女神”之幻象的压力——不得不转身离开的婚礼。但“黑暗女郎”却欣然无忧地继续讲述她的婚礼计划：

高雅的音乐与华屋相配，
孩子们衣衫雪白，紧跟在后，
　　抛洒鲜花与蓓蕾！

我和我的郎君携手前行，
我发辫乌黑，闪着珠光，
两旁簇拥着娇羞的少女
　　和俊秀的儿郎。

在这场显得勉强的婚礼（书写如是诗行之际，柯勒律治忆及被迫成婚的自己，陷入痛苦的挣扎）中，“基督徒柯勒律治”似正勉力（借“黑暗女郎”之口）劝说这位“情定终生的骑士”——完全像他一样——祛除“未受激发的自我”的世界，拥抱基督教道德法则。此刻，在“克里斯塔贝尔人格”的支配下，“黑暗女郎”无疑正如此为之。

可以想象，“福克兰勋爵”正听得沮丧不已：原本希望拥抱一位“杰拉尔丁”，最终却被一位“克里斯塔贝尔”锁颈入怀。他曾梦想将她转变成一位抚琴而歌的阿比西尼亚少女并在琴声的引领下——（或许是）在鳄啸如雷的萨斯奎哈纳河边——纵情狂舞，但这个梦想似已径直步入一个陷阱。我们完全可以作此假定，因为在他发出最初那声“爱的召唤”（“到黑暗中来”）之后，他便被“黑暗女郎”的反应惊得哑口无言，彻底陷入沉默。

也许，他正满怀绝望地思索着自己如何才能唤醒那个遁入“隐性”状态的“杰拉尔丁”并予以激励，助其摆脱眼前这个“显性”的、专横的“克里斯塔贝尔”的支配。也或许，除此之外的另一种可能正疾速掠过他的脑海：赫维林山上一座“来之过早”的“骑士之墓”。

诗中的句子从未冲破界限，闯入“诗之领域”，事实上，这些文字正是那场以蕴藏在柯勒律治体内的诗歌天赋为对象的仪式性暗杀的预演：一份出自“基督徒式的自我”之口，旨在扼喉窒息的独白。换言之，它戏剧化了对于“言语的主宰”——杰拉尔丁的彻底压制。她的形象只能通过反射映现在“福克兰勋爵”充满自信的期许与召唤以及“黑暗女郎”的黑暗（在一条笔记中，柯勒律治曾经称她为“黑女郎”）之中；这种黑暗被动地凝聚在她“乌黑的头发”之内，终将——（按照克里斯塔贝尔的意愿）心甘情愿地——屈服于克里斯塔贝尔的新娘花冠上那“桦银”般“闪着珠光的辫穗”和那装点着这场婚礼的方方面面，在全诗开头便已在她头顶那棵“桦树”身上得到集中表现的“银白”。

而取代“亚瑟爵士”的墓上那棵“橡树”的，正是这棵“桦树”。

而且，在那一闪而过的一刹那间，“黑暗女郎克里斯塔贝尔”也正是那只沉沉绕挂在“福克兰勋爵”颈间的“信天翁”。的确，在发表那番关于她心目中的完美婚礼的致辞时，她始终绕挂在“福克兰勋爵”颈间。

这便是能引领我们在柯勒律治的代号式神话体系中找到“信天翁”之所在的线索之一。

26. 三个平面的相互作用

在我于前文中予以追循的特定诠释中，由三首梦幻之诗构成的单一“悲剧歌剧”讲述了一则以发生在柯勒律治的两个自我之间的冲突为主题的自传性故事，来自那位“爬行女性”的“召唤”促成了这场冲突并将它推向了高潮。

这场“三幕式戏剧”的自传性一面构成了柯式幻景的一个平面（或曰“层面”）——一个或许可被称为“具有戏剧活性的上层”的层面。

在这一层面，我将发生在《古舟子咏》中的“转变”——从令人憎恶的“死亡”宇宙到备受祝福的“生”之宇宙的转变——解读成由“舟子”的世界观的突然转变所引发的变化之一，并以“一次从他‘基督徒式的自我’的世界观到其‘未受激发的自我’的世界观的转变”来加以描述。在其他相关的解读中，这一转变也曾被描述成“一次从一个新宗教到一个更为古老的宗教的转变”——一次从“基督新教”到“古老异教”的“回归”。对柯勒律治而言，这次“回归”异教的经历是一次直抵一幕承载着更为宏大的精神意义的幻景的突破：那是一幕充斥着海蛇之美，重建了他（也即“舟子”）的精神性存在并抵偿了他在基督徒式的冒险历程中遭遇的一切恐怖的幻景。然而，在这短暂而神秘的“逆转”结束之后，在柯勒律治惯于尊奉的基督徒式“态度”重申它的统治地位之后，其所见所历——在重归故土的“舟子”口中、在听他讲述的人听来——已不再是一幕承载着更为宏大的精神意义的幻景，一次关于神圣的创世荣耀的启示，而是某种可怕到难以言表、消极到不可思议的恶兆，一则如同诅咒一般足令述者魂飞、闻者魄散的恐怖故事。

在“自传”层面，这般幻景也正是以这样一种方式像诅咒一般不断影响着柯勒律治本人——破坏着他的人生。

然而，只有在柯勒律治予以抵制之时——只有在他拒绝“召唤”之时，它才会变成一种“诅咒”。阿波罗的残躯曾向里尔克[1]下达命令：“**你必须改变你的生活。**”就柯勒律治而言，接受这幕幻景并服从“召唤”或许就意味着放弃基督信仰（其“彻底”程度至少不亚于歌德放弃基督信仰，仅只重新适应他需要保持信念时的决绝）。哪怕单就其社会性后果而言，这般信仰转变也想必意义重大。另外，对于拒绝“召唤”之人的传统处罚即是某种意义上的死亡（正因如此，在对此类事件保持密切关注的社群中，“召唤”本身才如此遭人惧怕：服从与拒绝皆非常人所欲）。

在呈现处于“自传”层面的柯勒律治如何于耳闻“召唤”之际作出回应的同时，这场“三幕式戏剧”也将“召唤”的“出处”——那个梦幻般的“原型世界”融入了自身。这一“原型世界”构成了另一个有别于“自传”层面的深层层面。也许，种种自传性的因素赋予了这个世界以其清晰可辨的“柯性”一面——或者说，正是因为这些因素的存在，柯勒律治才敏锐地意识到在它自显真貌之际，这个世界正处于怎样一种特殊的形态。但与此同时，它也显然就是那个业已——作为最古老、最深邃，也最具有深切意义与广博胸怀的“宗教”真相之一——以某种不甚相异的形态自显真貌于所有文化之中的“原型世界”。它就是伟大的“生命与死亡之女”的世界，作为她的化身之一，那位在性方面不可抗拒的“新娘”通过某种方式成为一种具体的象征：不仅象征着动植物两界，象征着自然元素的运转，还象征着以

---

① 赖内·马利亚·里尔克（1875—1926），奥地利诗人。后文中“你必须改变你的生活”一语出自里尔克的代表作《古阿波罗残像》。

吞噬生命的坟墓与孕育生命的母宫为代表的两个极端——二者就像她那两个为了成为主宰而不断争斗的自我一样，在更大程度上是“共生共处”、互为所容而非“交替为主”的两个极端。

在此深层层面上，从令人憎恶的“死亡”宇宙到备受祝福的“生”之宇宙——从如害麻风的“阿芙洛狄特”到与死亡掷骰争胜的“天堂之母”“玛丽女王”的转变并非从一个宗教到另一个宗教的转变。整幕幻景都坚实地存在于一个——单一的——“异教宇宙”之内。这种转变仅仅是一次源自来回于伟大“女性”之象的两大极端之间的摆荡的脉冲、一次“舟子”——作为伟大“女性”的伴侣与孩子——赖以在“惊恐与崇敬”（一如约伯的惊恐与崇敬）中包罗“女象整体”的“眼动”。

因此，这是一个宗教结构完好无损的“异教”层面、“原型”层面，而位居其上的，则是宗教结构同样完好无损的“新教”层面（或曰“耶和华层面”）。只需略微改变一下说法，这一事实的神学含义便会浮出水面。一如上文中的概述，伟大“女性”之“宇宙”的“负极”在不同的层面具有不同的意义：在“原型”层面，它纯粹就是伟大“女性”之神圣“完全体”的“暗面”，是其神性的“相位”之一；但在“新教”层面，它却是那个令人厌恶的可怕地狱——一个基督徒视若邪恶，绝无可能予以接受的地狱。同理，这一“宇宙”的“正极”在不同的层面也具有不同的意义，尽管这些意义并不那么显著，也不互相颠倒（既不矛盾，也不对立）：在“新教”层面，如果它能被人接受（在某种意义上，《古舟子咏》正是一首旨在表现接受这一“宇宙”有多困难的诗歌），那么它就是“天堂之母”“玛丽女王”的善之“宇宙”（它是那幕原始“异教”幻景的组成部分，也是唯一一个可被某种形式的基督教观念同化的组成部分），而在“原型”层面，它则是“玛丽女王”的前身（即那同一位以非基督性形态存在的“女神”）的善之“宇宙”——一如它可能就是一位慷慨好施、慈悲为怀的“阿娜卡格萨克”的善之“宇宙”。

这条经由某种类似“凯尔特基督天主教观念”的领域，通往“异教”幻景之全貌，为“新教徒舟子”所遵循的路线澄清了柯勒律治何以偶尔会就天主教观念作出一些足以“缓和”他“严”以为常的“保留态度”的零散评论。它也许能够解释他那数页关于“圣特蕾莎”的笔记何以突然焕发出一种尤为奇异（仿佛源自某种私密的迷恋）的强度与张力——就好像只有在经历《古舟子咏》中那种“知觉过敏型玛丽亚崇拜”的浸泡与软化之后，他那“基督徒式的自我”才有可能向那伟大的“蛇女”以及她在《克里斯塔贝尔》中的一切作为举手投降。

如此一来，柯勒律治所描绘的“耶和华上层”之象和“异教下层”之象便在某种“双关”意象中融合。这一“双关”意象的运行机制既非源于偶然，也非成于人为——它始终忠于历史真实。

在《古舟子咏》中，这两个层面在一个同时属于这两个层面的“第三层面”的作用下完成了结合，这第三个层面与其说是一个“层面”，不如说是一个“平面”[①]；它垂直切穿上下两大水平层面，将二者平分为二。这一平面即“萨满平面”，实际上，“舟子”正是沿着这一平面走完了他的旅程。在发生于上层层面的激烈冲突中落下伤残之后，“舟子”被迫开启“萨满之旅”，径直下行，投身于下层层面饱蕴治愈之力的“完全体”中。最终，他将那幕“完全体”之象和一手的“完全体”生存经验带回了现世——所以，他也治愈了我们。这便是我们将《古舟子咏》视若珍宝的原因之一。

---

① 此处的“层面”与“平面”的原文分别为“level”与“plane”，前者一般用于特指“水平面”，后者一般用于泛指“平面”。

27. “信天翁”拼图

“信天翁”是华兹华斯的贡献。柯勒律治曾作为一名“异能产婆”服务于华兹华斯的“创造之灵”，而华兹华斯也证明了他有能力回报。他至少有能力从柯勒律治隐秘的自我世界中取出一件“要物”，然后穿越柯勒律治的自我审查，将它“走私”到柯勒律治的意识之中。但这只是再平常不过的经验——在两个人的“兴奋波长”达成一致之际。

于是，那只白色的“信天翁”振翅而起，飞出“阿尔芙河”的“意象之巢”——就好像它是一只“阿尔芙翁”[①]。从任何一个角度来看，这只海鸟的适切性都足显神秘。

在最一般的意义上，这只伴舟而翔，满怀善意的“信天翁”就是那声化作鸟形的“召唤”，因此，如我先前所言，它也正是那位化作鸟形的伟大“女性”（就像“沃科”一样）——或者说，在如此语境下，它也正是化作鸟形的“名叫‘死中之生’的噩梦”。

“舟子”射杀“信天翁”之时便是“基督徒式的自我”向“未受激发的自我”、向以它为代表的伟大“女性”之“原型平面”宣战之时。

同时，在“萨满平面”，这只海鸟就是以动物形态现身的“界门守卫”：它的牺牲开启了那幕精神异景。

然而，在《黑暗女郎之歌》的推动下——当“信天翁”被视作“黑暗女郎”本人的化身，“信天翁”更趋复杂的含义以最清晰的方式浮出了水面。从这一角度来看，“信天翁”的重要意义与发生在

---

① “信天翁”的原文为“Albatross”，“阿尔芙河”的原文为“Alph”，而“阿尔芙翁”的原文则是二者的结合——“Alphatross”，作者意在将两者结合来表现“信天翁”与“阿尔芙河”之间的紧密关联。

“自传平面”的冲突密切相关。

这只海鸟同时包含着“黑暗女郎”的两个自我——即“克里斯塔贝尔·基督徒式的自我”与“杰拉尔丁·未受激发的自我”。

绕船飞舞、玩耍之际，它是“黑暗女郎杰拉尔丁”，正在“无声的痛苦中”为她的恋人恸哭（或曰“哭泣”）——换言之，它正发出“召唤”。但在“舟子”射出的弩箭刺穿它的身体之际，它体内的“杰拉尔丁之灵”——“信天翁”的生命——也遭到了杀害。

接着，坠落的海鸟在半空中完成了转变。击中甲板时，死去的“信天翁”已经变成活生生的“黑暗女郎克里斯塔贝尔”（此即“信天翁”的死亡），正一步一步向她的婚礼现场迈进，或者至少也正表现出坚决的态度，强调这场婚礼必须是一场“白”色的婚礼，而且必须在“正午时分”举行。

此时，“舟子”已经有意识地作出了拒绝“召唤”的决定。所以此时，他必须接受教导并认识到他已经无意识地作出了相反的决定，认识到在射杀“信天翁”时，他就已经向那“召唤”投降。此时，“舟子”已经杀害了飞翔在他“谎言”般的“基督徒式”人生中的“信天翁”。所以此时，他必须接受教导并认识到在那“真相”般的“未受激发”的人生中（在这般人生中，“舟子”眼中的“杀害”其实是一次“牺牲”），这意味着什么。

于是，“舟子”被以风、海之中的所有元素与造物为灵肉的伟大“女性”卷入“公堂”，直面审判。

审判、惩罚与矫正的过程在“寂静的海洋”中开始——始于“天地万物”的“瘫痪”。情感之水与真言挚语之水（依然是“阿尔芙”之水）似已彻底枯竭——即便古舟之下仍是一片“阿尔芙”之水的海洋。语言本身——“基督徒式自我”的语言本身（对耶和华的祈祷）已经枯竭，舌头已经萎靡难振。理应如生命一般鲜活的“阿尔芙”之水此时似已变成一片实际上正不断腐坏的死水。

在无法接受伟大“女性”之宇宙的“基督徒式自我”眼中，伟大“女性”之宇宙正是这样一副光景。“基督徒式的弩之自我”不仅拒绝了它，而且在杀死这个宇宙的使者——“信天翁”之际杀死了这个宇宙。

“基督徒式的弩之自我”已扮演起“一位死神”的角色——正不断让眼前的一切陷入显而易见的死亡。

若将如此情境视作一场游戏，那么可以说，“基督徒式的弩之自我”已经取得了第一回合的胜利，而且，在取胜过程中，它默然凝视着眼前这个正因它的拒绝而不断死去的世界——一个似正不断腐坏的世界，迫使“信天翁”与伟大“女性”的海洋（即“阿尔芙”之水）进入一种如同死亡一般的“状态”，并为自己注入一种恐怖的生命力。

就在这时，“舟子”发现“信天翁”正绕挂在他颈间。

在一般意义上，此刻的“信天翁”具有双重身份。它是“舟子”“基督徒式的弩之自我”，正背负起“十字架”的重量，经受着“剧痛”的折磨；作为柯勒律治的“基督徒式自我”，它无论如何都无法回避这种痛苦。但同时，它也是为“基督徒式的自我”所害的牺牲品——是一个“死亡具象”，象征并代表着因为伟大“女性”的“召唤”遭到拒绝而陷入“寂死”的海洋。

但在更特殊、更严格的意义上，这只绕挂在“舟子”颈间的“信天翁”无异于绕挂在“福克兰勋爵”颈上的“黑暗女郎克里斯塔贝尔”。

在《黑暗女郎之歌》中，克里斯塔贝尔赢得了最终的胜利。在“福克兰勋爵”提及“黑暗”“星星”之际，她夺取权力，掌控着“黑暗女郎”的身体，摆出不容分说的抵御姿态。她因一场坚持在“正午时分”举行的“白”色婚礼而作的独白犹如一次“双向驱魔”，就好像在以左臂紧搂“福克兰勋爵”的颈项之时，她还腾出右手，从双乳间提起那只雕着耶稣受难之像、闪着珠玉光泽的十字架，举于两嘴之间，在阻断“勋爵”淫吻的同时放逐他体内的“恶魔恋人”（或曰“未受激发的自我”）和她自己体内的“杰拉尔丁之灵”。

一如先前所言，面对这样的独白，“福克兰勋爵”伫立无言，仿佛他的舌头已经“枯到根里”，而丧权失位的杰拉尔丁则像一只死鸟一般在克里斯塔贝尔体内摔落。也就是说，“黑暗女郎克里斯塔贝尔”就像那副致命的“十字弓弩”和惨遭杀害的“信天翁”的结合体一般绕挂在“福克兰勋爵”颈间：一位“奖金”伴身的“死神”。

在不仅无以成诗，而且中途流产的《黑暗女郎之歌》中，游戏到此为止：“黑暗女郎克里斯塔贝尔”依然是无可争议的赢家，而“福克兰勋爵”则让目光越过她的肩膀，久久凝望着他那“厄洛斯世界”的死亡，一如“舟子”让目光越过死去的“信天翁”的肩膀，久久凝望着那片不断腐坏的海洋，一如柯勒律治让目光越过他那日渐冰冷，他想爱却无法再爱的妻子的肩膀，久久凝望着她身后的世界。

《古舟子咏》的核心事件，是“舟子”从一个无法在那可憎的死亡世界里完成祈祷的“基督新教徒”到一个在那充满绚烂生命的世界里不由自主地祝福“创造”的（准天主教）“异教徒”的转变。这一突如其来的“颠覆”——即“未受激发的自我”对“基督徒式自我”的颠覆——可以被解读成“杰拉尔丁式自我”在化作“黑暗女郎”形态的“信天翁”体内突然复活之后对于“克里斯塔贝尔式自我”的颠覆。

在《黑暗女郎之歌》中，如此“颠覆”不可能发生——尽管“福克兰勋爵”这样期盼，但在《古舟子咏》中，它不仅可能发生，而且确已发生：游戏远未结束。当“舟子”目睹道道暗影蒙上落日，杰拉尔丁便在“信天翁”体内苏醒。当“舟子”张口咬破手臂，杰拉尔丁便无可抑扼地重获新生（“舟子”也就此重拾言语）。

克里斯塔贝尔和杰拉尔丁这两位共处于“黑暗女郎信天翁”体内的女性“玩家”之间的对立状态以及“游戏”的进展与局面此刻都已被“投映”到那艘“鬼船”之上：“克里斯塔贝尔 · 基督徒式的自我”化身为“一位死神”，而“杰拉尔丁 · 未受激发的自我”则化身为一位美丽而致命的“月之女性”。这时，胜负终见分晓：“黑暗女郎克里斯塔贝尔”的致胜一掷如虚似幻，她的“盈利”也只是暂时的“盈利”；在完全复活之际真正完成致胜一掷，从而终结了整场游戏的，是那取饮鲜血的超自然“女性”。她纵声高呼：“**我赢了！**”——意为：“**一切都属于我！**”而所谓“一切”，即指柯勒律治和整个“宇宙”。随即，“谎言”的偏颇观念开始瓦解，包罗万象的“真相”之启示开始接管一切。

这一转变也被“投映”到基督徒船员身上，“投映”到天空之中：船员悉数倒下；“黑暗”侵蚀天空，群星“奔涌”而出，残月高高升起。接着，死去的基督徒船员眼中的诅咒——那种比孤儿的诅咒更可怕、更恶毒的诅咒——渐渐枯萎（也许一如依然挂在“福克兰勋爵”颈上的“黑暗女郎克里斯塔贝尔”眼中的诅咒），取而代之的，是月下海洋的光热——一片被美丽的海洋生物占据，充满神圣生命的海洋，就好像“福克兰勋爵”低头一看，便会发现依偎在他怀里的，并非那个吹毛求疵的克里斯塔贝尔，而是一个活力四射、光芒闪耀，在那突然升起的残月之下、在那“幽深而奇异的巨壑”中给他浓浓拥吻的杰拉尔丁。如此，在那“海之女性”赢得绝对的胜利并重夺大权，得以全面掌控她自己的创造之后，“舟子”（作为她的战利品之一）陷入一阵狂喜，一一辨出斑斓的色彩，并满怀深情地祝福着眼前的一切。于是，那只死去的“信天翁”就像他那“弩式基督徒式自我”的最后一片残骸——就像此时终已真正死亡的“黑暗女郎克里斯塔贝尔”的最后一块血肉一样从他的颈间坠下，沉沉落入大海。

但人们难免再次作出想象，想象这具沉沉坠落的鸟尸——就像之前那样——再次于半空中完成转变，变回曾经的自己，找回它真正的生命——杰拉尔丁式的鲜活生命；或者，人们甚至可以想象，它会在变回一只活生生的“信天翁”后，再变成一条色彩夺目、荧光熠熠的海蛇，继而一头扎进海里，与所有欣然游弋的海蛇为伴，在闪闪耀动的七彩荧光中旋扭而去。

此情此景之上，那轮用“尖尖月脚”将那明亮的星“揽入月弯”的残月高高举起了这位“海之女神”的古老旗帜。“舟子”就是那颗明星。柯勒律治自己也与“舟子”同在，此刻的他正安躺在（曾经那个名叫柯勒律治的少年在夺门离家，闯入“可怕的风雨之夜”后找到的）那位“伟大而恶毒的无名女性”怀中，比“天堂之母”更加幸福，而且实际上，正是和这位“无名女性”一起，正是在一次纵情而销魂的拥抱中，他才得以从深渊里穿爬而过①。

---

① 或许，在忆及那场以创建于流经美洲南部的萨斯奎哈纳河岸边的美好生活为主题的“大同天堂之梦”，并让思绪继续南漂之际，柯勒律治也曾注意到乘着“蛇筏”离去的墨西哥“救赎之神”奎兹特克（又名“羽蛇神”）的悲剧式经历。在迷醉中向（阿兹特克阿娜斯）索奇奎特萨尔投降之后，奎兹特克冉冉升空，成为（残月之侧的那颗）晨星。如此一来，柯勒律治也可能不会写下《骑士之墓》，而是通过转录奎兹特克的自我哀悼来悼挽他死去的诗歌天赋：

> 他唱响一首挽歌，关于
> 他的离去。他唱道：
> “我们的母亲
> 那以群蛇为披风的女神
> 以我为子
> 带我离去。
> 我哭泣。”

——原注

但这一切都很短暂，且只发生在这区区几首诗中——在他意识到这一切已经发生之前。

附文：脊中蛇

在三首梦幻之诗中，柯勒律治的基督徒式两难处境尤显鲜明。在一定程度上，这般困境源于以下这一事实：在所有正统的基督教文化语境中，柯勒律治的“另一位神”，那代表着另一种真相，“比耶和华更伟大”的神的化身——“蛇”——正是“邪恶”的化身。

柯勒律治所亲历的启示性经验中的爆发性“神异”元素其实完全有可能获得数种不同的形态，而且其中任何一种形态都有可能成为一个富于表现力的有效意象。人们难免感到好奇：倘若柯勒律治——曾像（直面大体相似的两股力量之间的冲突时的）莎士比亚和艾略特一样——选定一个进化程度比“蛇”更高，秉性比“蛇”更宽厚，而且不像“蛇”一样恶名昭彰，被视为禁忌的符号来象征他的困境，那么于他而言，这种困境是否会变得更容易应对，他所面对的核心难题是否会变得更容易解决?

关于柯勒律治，有此一点不容置疑：他那源于本能的高洁之“善”始终保持着百分之百的真实。他与生俱来的心地、灵魂与思想之善以其特有的方式成为一种根本的热情，其他种种热情无不如枝叶一般受其支配。它几乎能作为一种无私——有时又几乎能作为一种潜在的圣洁直接为人所感。在他的诗中，这股热情无处不在，在他笔记本里，它也同样无处不在。当他兴奋不已地醉心于七彩海蛇、醉心于杰拉尔丁的奇异之美时，这股热情真真切切；在他对他“残忍”的朋友们的谦逊之爱——那份持久如一、代价高昂的谦逊之爱中，它也同样真真切切。他的整个存在（不单是他那个满怀警惕的虔诚的“基督徒式自我”）都令人信服地散发出这股热情，尽管这股热情的确屡屡遭到其“基督徒式自我”的那种狭隘的，有时因为他自己的种种认知而锐化成“宗派性急怒”（比如那份以天主教观念为敌的急怒），并且——作为一种有时近似嚣张的智性暴烈——令他追悔不已的绝对主义观念的取代与掩盖。同时，这股热情也在他邂逅他最具梦幻色彩的诗之瞬间之际得到了最为赤裸的展现。也许，对于许多读者而言，柯勒律治的诗歌以及“基督教道德家”柯勒律治本人的矛盾之处依然在于以下这一事实：那种无所不能的“神异”之美——那种先后在《古舟子咏》和《克里斯塔贝尔》中改变了“舟子”与克里斯塔贝尔本身的精神形态的“神异”之美的载体竟然是那“邪恶”的存在（《古舟子咏》中的海蛇与《克里斯塔贝尔》中杰拉尔丁的“蛇之自我”）；换言之，尽管这份神秘的善良之爱浸透了柯勒律治的所有天性，他的诗歌却揭示并在某种意义上证明了于他而言，这份善良之爱——就像发自某一核心的光热一般——始终以被他所属的教派视作邪恶的终极象征的形象为源。

在诗歌中，“蛇”被“女人”同化。就此，后弗洛伊德主义者大有可能会将这位“柯勒律治之女”视作一个极具消极意义的角色：“蛇”在基督徒看来有多消极，这个“女人”在后弗洛伊德主义者看来就有多消极。也就是说，《忽必烈汗》中那位“眼睛闪亮、头发飘扬”，被恶魔化的“恋人/歌者”可能难逃只从子宫——而非“天堂”——啜饮蜜露、仙乳的“嫌疑”。

的确，在《古舟子咏》中，在其基督徒式的幻景（幻景中，“女人”的海洋无异于一座干枯的死亡地狱）崩塌之后，“舟子”突然接受了“女人”的海洋，将其奉之为一座光彩炫目的爱之天堂，并坠入一种催眠般的出神状态，在晃若母宫（抑或摇篮）的船身中沐浴祝福，以全身肤肉为口，畅饮蜜露、仙乳。而且，在遭受强暴——并彻底着魔的克里斯塔贝尔在杰拉尔丁的缠搂中苏醒之际，情况亦复如是：

喔，悲伤与耻辱！这是她么？
是跪在老橡树下的那个她么？
瞧啊！给她带来如此伤害，
把这少女搂在怀里的人
似正睡得安详、平静，
像个抱着孩子的母亲。

一颗星低沉，一颗星升起，
喔，杰拉尔丁！这半个时辰——
你已经如愿！整整半个时辰，
小湖畔、溪流边，夜鸟皆噤声。
可这会儿它们又放声欢呼：
峭壁间、塔楼旁，嘟——呜！嘟——呜！
树林里，山冈上，嘟——呜！嘟——呜！

看呐！克里斯塔贝尔
从迷梦中渐渐苏醒；
她放松四肢，神情
变得忧伤、温柔；嫩滑的眼睑
薄薄盖住眼睛；颗颗泪珠落下——
硕大的泪珠让睫毛闪闪发亮！
笑容不时爬上她的脸颊，
好像婴儿看见一道闪光！

如此看来，这位“蛇女”不仅是那虚幻的，似乎无所不能的邪恶魅惑的化身，她还可以被视作柯勒律治的“幼稚病”的症状之一。

欲为柯勒律治辩护的人必须将舞台上的一切都转移到另一个在各方面都更为宏大的舞台之上，也必须找到一个更适切的词语来取代“幼稚病”这一具有轻贬之意的精神分析学术语。在柯勒律治本人看来，某种意义上的“童心”是一个成年人所能具备的“最高天赋”。柯勒律治的这一判断，并非得自被奉为基本信条之一，在中国和印度两国延续的精神传统与智慧传统，而是源于他自身的感知。他明确地将这一判断和语言的生理机能联系起来：

> 从与依偎在她胸怀前的孩子说话的“母亲”开始，跟踪“语言”的成长与持续（若非其绝对的诞生）——（笔记）

他也明确地肯定了纯粹而完整的主观意识的作用：

> 将童年的种种情感带入成年的种种能力，将孩童的惊奇感与新鲜感与熟悉的事物结合起来……这是天才的特性与特权，是区分天才与才能的标志之一。（散文第十五章，《朋友》）

然而，柯勒律治对于那个同时也是一条大蛇的“女人”的极乐感知——那种更为玄奥的感知根脉深植，不止于他的童年和她母亲的子宫。

在几乎所有异教传统中，“蛇”都是一个积极的形象——而且常常被奉若至高神明：虽然不时显得“可怕”，但绝非邪恶的象征。

也许，这似乎暗示着，在他旨在让自己成为一个纯粹的、全心全意的基督徒的努力背后，其实隐藏着一个纯粹的、全心全意的、如假包换的，如同在为《金驴记》收尾之际重获新生的阿普列乌斯一般的异教徒柯勒律治。但事情显然没有那么简单。又或者，事情也许要简单得多。他对“蛇女”的态度无关幻象，无关怀旧，无关消极意义上的“问旧寻古”。对他而言，这种态度它关乎存在、不容分说、难以抗拒、无从理解。如此看来，人们就不得不将看似不可能的关联纳入考量的范畴。

在“异教信仰”之外，“蛇”与“女人”的结合体亦出现在起源于印度的精神苦行主义观念之中。唤醒“昆达里尼”（Kundalini，即“生命力”）这一理想的目标是一切瑜伽修行（无论形式）的根基。在印度式精神世界里的那种奇异的生物性“统觉”中，这种生命力正是成功的瑜伽实践，从脊柱根部唤醒，继而经由脊柱“逐站”提升，使之纵穿上体，最终抵达颅顶的“大蛇之力”。在上升过程中，这种奇迹般的原始能量接连唤醒所有“神异”天赋的核心，使其在某种更为崇高的，被视作与“真正自我”之融合（即人类意识所能企及的最“神圣”的存在状态）的“证觉”状态下发挥出极致的活性。浩如烟海的“印度式精神世界”文学始终围绕着这一至关重要的“实际要务”：唤醒处于休眠状态的脊柱之力。在它真正苏醒之后，这股力量不仅会在修行者所亲历的幻景中化身为一条大蛇，而且始终被描述成一条大蛇——可能取而代之的，唯有“神母”。

大蛇之力不仅能在瑜伽修行过程中“苏醒”，在某种程度上，它甚至可能在任何一个拥有热情汹涌的“高浓度”内在生活的人体内自行苏醒，一如人们常在伴随强烈的热爱而来或以某种无可逃避并且足够持久的剧烈痛苦为源头的异常反应发作时所体验到的那样。根据坊间传记文献所载，无论何时何地，倘若人们的身心并未（在必要的训练与引导下）做好准备，那么“蛇”力上涌所引发的，就可能是种种混乱、惊骇，看似病态或将持续多年的“身心效应”。倘若鸦片以及柯勒律治与鸦片之间的斗争不曾扰乱人们的视线，那么以上这些形容就可能完全适用于他那种种奇特的生理症状。可即便如此，无论外在生活如何，大蛇之力都终将像母亲一样为人们带来某一部分的精神天赋（比如治愈之力）——即便不是终极的启示。无论是在那种精密而复杂，养成于坚持不懈的印度式精神现象背后，还是在那种简单、粗犷，在传统萨满（即“安格柯克”）为了成为萨满而亲身经历的种种苦行与艰难的启蒙训练中层见叠出的自发性精神现象背后，都涌动着这样一股大蛇之力。

若将柯勒律治的幻景置于这一生物性[①]语境之中，人们就难免会感到好奇：催生出这幕幻景的，是否有可能就是这样一种——为其“未受激发的自我”所自发经历的——精神“苏醒”？这幕幻景的反常张力与反常“权威”都暗示着这般可能。如此一来，柯勒律治对于这幕幻景的描述——那番陷他于如此痛苦的道德挣扎之中的描述——就能被视作一次繁杂意象的“过度结晶”，以及一次过于字面化的、以基督教式措辞为媒介的诠释的结果。从他“基督徒式的自我”的角度来看，这一结果似乎不可避免。换言之，在历史上出现过的所有充分而适切的“符号范例”（或曰“神话范例”）与“概念范畴”尽遭剥夺之后，柯勒律治的基督新教主义观念也许会自动将他眼前的幻景误译为邪恶的“蛇”行。于是，他所面对的艺术难题就会变成：如何使一种能让这幕幻景所承载的启示仅以与其对立的一面示人的符号语言来表达。如其诗歌所示，他借助另一种语言的力量解决了这一难题。尽管他以新教语言确立了诗歌的架构，他仍松开了新教语言的囚链，

---

① 大蛇之力可被视作一种蕴藏于我们的动物性身体之内，虽然通常处于休眠状态，但一经唤醒便能对高度成熟的意识造成如同超自然的，足具凝聚、整合、强化之效的影响的资源——一种原始而根本的“应急资源”。此处的“生物性”即指如此意义上的生物性。——原注

再以一种天主教语言为过渡，融入一种纯粹的，处于眼前幻景之核心的异教语言。假设如我所言——大蛇之力才是柯勒律治的真正主题，那么异教神话便无异于一个他赖以象征这一主题的恰当符号。

如果这一假设不假——如果大蛇之力确实曾在柯勒律治体内苏醒、上涌，那么它将有助于解释一个显而易见的矛盾：他那仁善的、精神化的、孕育圣洁的核心热情——以及那条奇特而超凡的大蛇——和他那些伟大诗篇中的“蛇女”意象在他体内的“和平共存”。

据一则印度传说所载，耶稣之所以匿迹人间十七年，是因为他在喜马拉雅山中和克什米尔瑜伽高人一同修行。祭奉耶稣的山顶圣祠闻名遐迩，至今受人尊崇。倘若这同样也是一则为人接受的西方传说——一则就像它如今已然完完全全为我们所知一样完完全全为当年的柯勒律治所知的传说（一如其他任何一则西方传说），我们或许就更能将柯式宗教情感的包容性——那种原始而根本，超越基督情怀的包容性——置于一个积极的语境之中，也更能在他——在远离“基督徒式自我”的繁忙推理的另一端——于“蛇”和“女人”这两大意象内瞥见的一切中找到某种积极的价值。接着，我们或许也就能说，反对并挑战了柯勒律治始终处于防御状态的正统基督教观念的，与其说是一个“未受激发的自我”，不如说是一个规模更为宏大的“全面启示”：它在真正意义上更像是耶稣本人的启示，而且，更不言而喻的是，它是一个关于一位更伟大的“爱神”的启示。

可以想象，柯勒律治本人的神话体系正不断透过三个“八度音程”散发出光热：位于上层的“神异”音程，位于中层的“异教”音程以及位于下层的“母宫世界”音程。在上层音程，持续上涌的“昆达里尼”和源于“蛇”之意象与“伟大女性”之意象的“神圣”启迪——即“神圣”的权威与实际存在——产生共鸣。在中层音程，具有双重本性，象征“性”与死亡的异教“蛇女”之“歌”，“移译”、包容并传递出源于上层音程的启示与真正力量。在下层音程，绕世一周的巨“蛇”与“母之子宫”的“乐曲”则为源自中层音程的“歌”伴奏，与之完成和谐的“对位”，引发丰富的和弦音效。三大音程皆以“昆达里尼”赖以从中攀升的脊“树”为核心。用神话叙事语言来说，“昆达尼里”试图通过完全掌控柯勒律治来彻底改变柯勒律治，而这种尝试也为那出以“召唤”为核心的戏剧定下了剧本。他对这种尝试的认知引发了那幕音乐性幻景的自然呈现；他曾费尽心力，只为找到足以表现这幕幻景的韵律与节奏。

正是在这层意义上，他的“基督徒式自我”在拒绝“召唤”的同时拒绝了那位“更伟大的神”。更准确地说，正是在这层意义上，他的“基督徒式自我”审查了一切，唯独放过了一份浸透身心、向往良“善”的热情与一份炽热的宗教虔诚——这份热情与这份虔诚始终是其存在本身的重要组成部分。

这两块落在“大蛇”与“蛇女”的晚餐桌上的碎屑是柯勒律治能够带入日常生活之中的一切。唯独在那极其短暂的一段时间里，他曾赴宴而去，并带回三首梦幻之作。

注

虽然我在本文中所作的评论主要以不难在柯勒律治的诗歌、笔记、传记和J. L. 洛斯的《通往上都的路》中找到的材料以及与北欧神话、钦定本《圣经》、民谣等相关的常识为基础，但我的确也在很大程度上动用了另外两大或许不为许多研修英语诗歌的学生所熟知的资源。

其一，即宗教传统中对于那位伟大“女性”的崇拜的历史。我特别引入了一种看待这段历史的视角，可以说，在此视角之下，这段历史照亮了人类心理演化进程的各个方面：它不仅揭示出这一进程如何在人类文化自有记载以来的漫长发展过程中为人经历（并得到表达），还揭示出这一进程如何在“精神—生物”意义上的个体生命中不断重演（而且不时重演于高度自知的状态之下——一如柯勒律治的经历）。感兴趣的读者可在埃里希·诺依曼的两部著作——《意识的起源与历史》（R. F. C. 赫尔译，普林斯顿出版社波林根系列丛书，1954）与《伟大的母亲：一次原型分析》（拉尔夫·曼海姆译，普林斯顿出版社波林根系列丛书，1955）——中（尤其是在后者中）找到一份形象的概述，纵览这一主题庞大的线性结构，也可在安妮·巴林与朱尔斯·卡什福特合著的《女神神话》（维京出版社，1991）中找到一份更为详尽的素材说明。

其二，即关于萨满传统的文献。萨满式经验永恒的自发性与普遍性，它在大小艺术传统与精神传统的发展历程中占据的地位，以及它和数类诗歌的风格与题材之间的直接关联，都相当值得深究。最知名的萨满现象概论莫过于米尔恰·伊利亚德的《萨满信仰：通往迷狂的古老技艺》（威拉德·特拉斯克译，伦敦劳特利奇出版社，1964）。

译后散记

冬天的故事

对中国读者来说，特德·休斯——和他的前辈 T. S. 艾略特甚至同为战后诗人的菲利普·拉金相比——不是一个熟悉的名字；即便真有一定名气，他也非作为二十世纪最重要的英语诗人之一，而是作为“那个据说害惨了普拉斯的家伙”而为人所知。倘若“休斯系列”丛书在书店上架，愿意翻开一看甚至掏钱买下其中一册的读者中，恐怕也会有不少是受到了围绕着这对诗人夫妻的种种谜团的吸引。我相信，若我不是这部文集的译者，我便是其中之一。但同时，我也相信，在读完这部文集之后，休斯都会以一种截然不同的形象出现在每一位读者心中，每一位读者都能准确地识别出休斯的四重身份——虽然谜或许依旧是谜。

首先，毫无疑问，他是一位诗人。一如他在引文中所言：“诗文自证，无可置疑，同时也间接回证诗人本身。”与《冬日花粉》同系列的《雨中鹰及其他》已经收录了休斯最重要的诗歌作品；在这部文集中，虽然数量有限，但读者仍能在特定的语境下读到《思之狐》、《像是一只蚂蚱》《画眉》等佳作。在这些构思精妙、内劲无穷的诗篇以及休斯就他本人的创作道路（《诗歌创作——文选三则》等）、创作意图（《诗歌与暴力》等）与创作心得（《沙滩上的乌鸦》等）所作的剖析中，一个诗人的独特“声音”（voice）和它独特的“话语方式”都清晰可辨。

其次，他是一位独具深度的批评家。一如编者威廉·斯卡梅尔在序中所言：“更不为人所知的是，在这些年里，在保持核心关注的同时，他也写下了大量的文学批评与文化批评……这奠定了他在‘诗人—批评家’传统中的坚实地位，这些诗人批评家的现实思考与理论思考共同构成了经典英语文学批评的‘正典’。”谁说诗人作不了批评，谁说批评家成不了诗人？主观的心和客观的眼睛（抑或客观的心和主观的眼睛）如何完美的融合——休斯的文字为我们提供了完美的范例：哪怕是最“应景”、最“批评”的文章（比如《退世》《邓格博士》《被绞死的人与蜻蜓》《环境革命》）也因为角度的设定与情绪的拿捏而足具诗性的张力与广度，哪怕是最“原创”、最“诗性”的解读（比如《对立的自我》《启示——艾萨克·巴什维斯·辛格的天才》《瓦斯科·波帕》《莎士比亚与神秘新柏拉图主义》）也因为体系的构建与理论的提炼而足显批评的缜密与深度，遑论那些不惜“自伤自毁，却无比英勇”的洞见（比如《伟大的主题——莎士比亚评注》《艾米丽·狄金森》），遑论那些满含智慧与耐心、诚恳与自信，毅然叫板权威，还魂英语世界的反思（比如《神话、韵律、节奏》《橡中蛇》）。

再次，他是一位心系未来的教育家。还有谁能像青少年写作大赛评委特德·休斯一样以发掘“隐匿的能量”为己任，为之担忧，为之呐喊？还有谁能像校园广播播音员特德·休斯一样如此率然、坦然地揭开诗人赖以成为诗人的神秘面纱，把最真实的自己暴露在世人面前，只为让孩子们“学会思考”，只为唤醒一颗又一颗向往诗意的心？还有谁能像“想象的代言人”特德·休斯一样细述“想象”的前世今生，并汲汲为之绘制未来的蓝图？

最后，他是普拉斯的丈夫和遗稿执行人。的确，像“因为他不希望它成为一份不可不读的记录，出现在她的孩子们眼前”这样看似借口的解释多少显得有些无力，但“遗忘”又何尝不是的“生存的基本要素”？休斯对《雾中羊》具体到每一个诗行、每一个意象的解读何尝不是爱的铁证？在如此深刻的理解面前，指责乃至质疑本身才成了无力的借口，无知的象征。在完美形态的《爱丽尔》——也即完美形态的普拉斯面前，那些随着普拉斯的离去而永远消失在悲伤与谜团中的遗稿也不再像是一种遗憾，而更像是一种守护、一种祝福。

从 2017 年冬，到 2020 年冬，《冬日花粉》的翻译，我耗时三年有余。这是艰难的三年，不单因为休式关注的广博（萨满文化、古代神话……）、休式思维的复杂（批评体系、解读角度……）和休式语言的独特（连篇长句、诗性表达……），也因为翻译本身也是一个学习的过程。作为译者，我曾因为长期翻译休斯的长句而失去正常的自然写作能力，曾为准确理解《被绞死的人与蜻蜓》一文花费过量的时间与金钱寻购巴斯金的纸质版画册，也曾为了在《橡中蛇》的译文中不出差错而“闭关”一个月，彻夜攻读英诗历史与英诗韵律……

形容过去的三年，唯有“苦旅”二字适切，但它太过模糊，直到我动笔开始写下这篇后记之际，一些美妙的瞬间才似路灯一般在漫长的夜里亮起：某个冬夜，我筋疲力竭，再也译不出一个字来，电视剧里的情节却如神明的指引一般以一种奇妙的方式让我顿悟翻译本身的意义；某个冬夜（当时我正于鲁迅文学院翻译家班进修），我沉浸在（休斯所描绘的）波帕的世界里，却在见得一幕妙景之际突然壮起了胆，想用一介译匠的手去抓住那抹稍纵即逝诗意；某个冬夜，复杂的音步相连成铐，束我心手，终于寻得钥匙，却又得寸进尺，不知满足，竟还学起步来；某个冬夜，百思不得其解——“冬日花粉”象征什么，还去查找“花粉”的意思，接着鬼使神差地查起普拉斯的诗名目录，讶异不已地望着那首《冬树》；等等。

二〇一七年·冬·杭州

夜黑得嘈杂。窗外的流光乱得仿佛一种陌生的语言。电视屏幕像只眼睛，较劲般亮着。电视剧接近尾声，俗套的情节，女儿投入父亲的怀抱，母亲在一旁流泪，血到底浓于过错，喜剧收场到底胜过没有收场。片尾曲响起，我像刚从水里冒头似的吸了口气，拔出压在腿下的手机，亨利·福塞利的《牧羊人之梦》亮起，十一点四十七分。我关掉电视，摸黑回到房间，钻进被窝，打开床头小灯。米色的光，米色的首版《莎士比亚全集》。我抽出想读的那册，左手松页，右手定格，受谁引领般找到熟悉的尾声，埃尔米奥娜复活，里昂提斯和珀迪塔父女团聚。合上书，搁回床头，扯指按熄小灯，手背仍感到灯下些许余暖。闭眼，五颜六色的光在爬动，睁眼，敞亮的黑暗，眨眼间，一股冲动将我拽下床去，摁在案前，双手被操纵似的——又像自己下了决心一般打开电脑，点开文档，删掉所有自译的莎剧片段，照着先已誊好的朱生豪译文一字一句敲了一遍：

可怜的灵魂……

贷期那么短，这倾颓中的大厦
难道还值得你这样铺张浪费?
是否要让蛆虫来继承这奢华，
把它吃光?这可是肉体的依皈?
所以，灵魂，请拿你仆人来度日，
让他消瘦，以便充实你的贮藏，
拿无用时间来兑换永恒租期，
让内心得滋养，别管外表堂皇……

……

“本文中作者节选的莎剧段落的译文皆取自朱生豪先生的译本”——添上注后，《莎士比亚与神秘新柏拉图主义》的初稿译毕，《冬日花粉》的翻译就此开始。

二〇一八年·冬·北京

保存文档，离开咖啡店，缩着脖子走回鲁院。风起，飞扬的沙尘像融入天空的灰烬。零散几声清脆的笑声在远处响起，旋即闷入一泓灰黑。夹在腋下的电脑冻成了冰砖。雨腥味儿越来越浓，树影摇曳，“愈发安静地刨抓笑声的炙热灰烬”。忽觉一阵胸闷，就近躲入一条细细的弄堂，只见一户人家，门楣怅然斜着，门框黑得似已饱汲夜墨，一个孩子坐在门前的台阶上，旁若无人地在地上一次次转动陀螺似的玩具，像要将弄堂外的世界里“最可怕的对峙与冲突转化为某种不动声色的嬉戏：一串魔咒、一个谜语、一场游戏、一则故事”。

僧人远游而来，忘记走了多久，灰发半长，草履半破，一路仰仗火虫化斋，囊中已无多少剩下，近来又逢夜雨连绵，潮毒又致大半余虫奄奄一息。僧人一半忧心，一半释怀，至少这十数只活物有个善终，不致以祈福驱邪为名，燃尽半寸弱躯，终被善主家的孩童一脚踩毙。云外有山，山外有城，城中荧光散缀，浮着，苦雨直直落下，洗刷灰黑，抹掉所有轮廓，糊了点点淡黄。僧人缓缓忆起轮回，那光点像极了虫子的魂，身周楼宇连踵，恍若置身一片碑林，玻璃异常警觉，敛息伏在暗处，映出一潭浓黑，乍一抬头，轻提帽檐，见一古庙湿淋淋扯开大口。天压下来，庙门歪着，似乎不堪重负，篱笆残乱，如一列怪齿。雨倒识趣，怯了，便稍稍收退，碑挤了挤，也算让出一条小道。僧人动动五指，轻轻耙了耙地，泞得正好，索性扯掉草履，拔步而去，肩膀醒了似地一颠，忽觉背囊重了些许。门连着石路，脚肚子贴上卵石，微烫，悟得一瞬柔软，接着发麻，渐渐没了知觉。路连着不远不近的一栋庙殿，殿顶蚀在夜里，剩一道细檐，像梦中一声叮咛，守着殿里一汪橙黄。那橙黄冷冷地填满所有窗格，窗下的檐廊初看一片光滑，廊中愣愣开着光晕，牵着僧人不觉来到殿门。门合着，僧人不肯屈指，怕惊着什么，不扣，只慢慢抬起食指，用厚茧触了触木沿，那门扇随即退去，光携着一阵暖意涌来，丝毫不抢、不冲，也非拂面而来，只含郁郁憧憬，顺势而出。僧人紧紧眼睛，那光便已遁入身后的夜里，眼前一台空空的佛座，怀着孤烛一盏，一线蓝烟从半空垂下。烛火凝着，守着一只圆垫，垫上一位童僧侧身背对佛座，面向殿门，正安然熟睡。僧人极小心地卸下背囊，却仍吵醒了童僧，那童僧眼皮一松，淌出清澈的好奇。僧人手入囊中，摸翻片刻，取出一只火虫，双唇一鼓，往虫身上吹了口气，再俯身用虫背在地上一擦，火光便自虫肚子里迸绽。虫子张开翅膀，嘶嘶粘着地面打起转来，那童僧目放如朵，眸中聚着一片红亮。烛光忽地熄灭，那虫子不住旋舞，飞出庙殿，飘然升入空中，直到不见。僧人只见无数豆大的灯点坠下，划破夜幕，碎在卵石路上，化作那童僧清脆的笑声。

——作于《瓦斯科·波帕》初稿译毕当夜。

二〇二〇年·冬·杭州

夜半，将

骑士的遗骨已入尘土，
他的宝剑已锈；——
我相信，他的灵魂已与圣徒一处。

改为

骑士的遗骨已入尘土，
他的宝剑已锈；——
他的灵魂，我相信，已与圣徒一处。

之后，终于不再靠咖啡“续命”，但咖啡的劲儿还在，便点开收藏夹，读了一篇保存已久的，名叫《柳宗元最后的夜晚》的散论。谁料读完便酒壮贼胆似的开始动笔：

“千山鸟飞绝，万径人踪灭”——谁没读过，谁人不懂？但大多数人恐怕读不透其中三字，“鸟飞绝”。翻译容易，鸟都飞没了，但这三字恐怕没这么简单。不谈这两句诗是柳宗元心境的写照或者它们承载着多大的生命之重，单从文字上讲，“飞”字并非一个单纯的动词，“鸟/飞绝”恐怕不是最适切的读法：“绝”对“灭”，“鸟飞”对“人踪”，所以是“鸟飞/绝”，而非“鸟/飞绝”；二者读来差得不多，可在意义和诗性上，可谓天壤之别。“鸟飞”往浅了讲，是“现象”，往深了讲，是某种“具有活性的精神憧憬”的投映（“未来是一只灰色的海鸥”同理）。柳宗元看见的，不是“鸟都飞没了”，而是一个死掉的，“鸟飞”如灯般熄灭的夜晚——他最后的夜晚。

此外，再谈一个“钓”字。深读过《江雪》的人其实不难发现，“钓”字是这首诗里唯一一个可以“确诊”的动词（“灭”和“绝”都是“疑似”），而且，“钓”不仅是一个“确诊”动词，还是一个仄声动词。可以说，这首诗总体处于“平声环境”之中，按照普通话发音，诗中的仄声字只有七个；“平声环境”的直接作用几乎有且只有一个，那就是突显仄声。就音乐性而言，这个“钓”字就像一道雷电一样（在相当寂静的环境中）劈下，极具破坏力，突然到令人措手不及。然而，在这首诗的“语境”中，这道“雷电”似乎并不那么“适切”，因为如果我们（为了方便而）略显草率地将这首诗定性成一首“静态诗”，那么这道“雷电”想必——在一部分人看来——是一个败笔（就好像在冰湖上禅定时突然有人大喊“救命”一样）。但事实上，这个“钓”字绝无可能是一个“败笔”，《江雪》一诗之所以伟大，也正是因为这道“雷电”：它不是一道突然劈下的雷电，而是一道“凝固的雷电”。“钓”字的强烈张力即源于此：如果——一如先前所言——写下“鸟飞绝”时的柳宗元是一个绝望的、灰心的、无奈的柳宗元，那么写下“独钓寒江雪”时的柳宗元就是一个慈悲的，虽然都不得志却依然心怀天下的柳宗元，甚至可以说，在短短两行诗（即二、三行）里，他就完成了伟大的蜕变；在梦想破灭、希望丧尽的冷寂中，柳宗元——才——意识到、感受到自己那颗从未如此温热的心。“钓”，是面对永恒未知之际的坦然，是一种源于绝望和无奈，却超越了绝望和无奈的好奇；“钓”，并非一次痛快的放手、一声锋利的抱怨，更非一种消极的接受或者自我安慰——它是一次“漫长的哀悼”。这个“钓”字，是柳宗元在诗中所完成的惊人“转变”（甚至“升华”）的表相，在这“钓”字背后，或许隐藏着另一个与之同音的“庞然大字”——

没错，正是一个“吊”字。

不妨作此想象，柳宗元站在山顶念诗，山脚下站着两位听众，一是写“夜半钟声到客船”时的张继（甚至写“蜀江春水拍山流”时的刘禹锡），二是写“国破山河在”时的杜甫。倘若这二位手里都没拿着柳宗元的诗稿，那么前者听到的大概是“独钓寒江雪”，后者听到的大概就是“独吊寒江雪”。所以，在我看来，这首诗之所以伟大，正因如此——因为这颗跳动在绝冷之中，柳宗元在短短两行诗里便重新“找回来”的温热的心。

…………

写罢发给一位熬夜赶稿的译友一读，他读了回道：“你真是中了休斯的毒”。

二〇一九年·冬·杭州

夜赴机场，倦意把身子抬向半空，身下像是一辆月亮马车，遥远的夜幕融化我心，闭眼，心译西尔维亚·普拉斯的《冬树》：

Winter Trees

The wet dawn inks are doing their blue dissolve.
On their blotter of fog the trees
Seem a botanical drawing—
Memories growing, ring on ring,
A series of weddings.

Knowing neither abortions nor bitchery,
Truer than women,
They seed so effortlessly!
Tasting the winds, that are footless,
Waist-deep in history—

Full of wings, otherworldliness.
In this, they are Ledas.
O mother of leaves and sweetness
Who are these pietàs?
The shadows of ringdoves chanting, but
chasing nothing.

冬　　树

潮湿的夜墨淡出破晓的蓝。

雾做的吸墨纸上，树群
像植物素描一般——
记忆生长，一圈圈连绵，
一连串的婚宴。

它们不知堕流，不知怨恨，
比女人更加真实，
能如此轻易地播撒种子！
尝着不生双脚的风，
半身没入历史——

半身长满另一个世界的羽翼。
如此，它们便是勒达（Ledas）。
喔，树叶与甜蜜之母，
这些怜子圣母（pietàs）是谁？
斑鸠的影子把圣歌唱响，却无法
赶走一丝哀怅。

过往的爱恨情仇、诗情画意，恐怕只是一个漫长的梦，一个关于回归的梦，萨满的梦，它化作冬日的花粉，凝聚所有遗憾与渴望，带着未解之谜飘向未来，谜底，或许尽在《冬树》之中。

叶　紫
2021年2月15日于杭州

桂图登字：20-2018-098

图书在版编目（CIP）数据

冬日花粉：休斯文集 /（英）特德·休斯著；（英）威廉·斯卡梅尔编；叶紫译.—南宁：广西人民出版社，2021.9
（休斯系列）
书名原文：Winter Pollen：Occasional Prose
ISBN 978-7-219-11119-2

Ⅰ. ①冬… Ⅱ. ①特… ②威… ③叶… Ⅲ. ①散文集—英国—现代
Ⅳ. ① I561.65

中国版本图书馆 CIP 数据核字（2021）第 000755 号

冬日花粉：休斯文集
DONGRI HUAFEN：XIUSI WENJI
［英］特德·休斯 / 著 ［英］威廉·斯卡梅尔 / 编 叶 紫 / 译

策　　划 吴小龙
责任编辑 许晓琰
责任校对 周月华 梁小琪 李新楠 文 慧
装帧设计 刘 凛
责任排版 李宗娟
封面用图 伦纳德·巴斯金画作

出版发行 广西人民出版社
社　　址 广西南宁市桂春路 6 号
邮　　编 530021
印　　刷 恒美印务（广州）有限公司
开　　本 889mm × 1194mm 1 / 32
印　　张 19.75
字　　数 478 千字
版　　次 2021 年 9 月 第 1 版
印　　次 2021 年 9 月 第 1 次印刷
书　　号 ISBN 978-7-219-11119-2
定　　价 89. 80 元